SV

»Wohin ich in Wahrheit gehöre«

Ein Uwe Johnson-Lesebuch

Herausgegeben
und mit einem Nachwort versehen
von Siegfried Unseld

Suhrkamp

Erste Auflage 1994

Drucknachweise am Ende des Bandes

Druck: Offizin Andersen Nexö Leipzig GmbH
Printed in Germany

Inhalt

Die Orte des Aufwachsens aus dem Gedächtnis verlieren, das hiesse ja die Dievenow vergessen, die für ein Kind zu breite Schlange Wassers mit ihren niedrigen schwarzen Booten, den glucksenden Fischkästen, dem wildwüchsigen Bruch und den federnden Wiesen an ihren Ufern. Sie bleibt, wie die Peene, die bei Karnin weissen Sand auswäscht, fein wie für Sanduhren, wie die Nebel, die an der güstrower Bahnhofsbrücke den Blättersträhnen der Trauerweiden zu trinken gibt. Unverzichtbar und jeweils aufs Neue zu leben ist der Tag, der aufwachte an der bützower Schleuse, seinen Mittag hielt inmitten der Ebenen von Schwaan und den Abend beging auf den wiegenden Querwellen des alten Hafens von Rostock. Alle Flüsse sind aufgehoben in ihrer Zeit, und alle nach ihnen, vom badischen Rhein bis zum Hudson der Walfänger, wozu sind sie denn da? zu erinnern an die Flüsse von ehemals.

Ich über mich

Herr Präsident, meine Damen und Herren: Wer in eine Akademie gewählt wird, soll Pflichten erwarten. Dennoch, wenn man in Darmstadt als erste von ihm eine »Selbstdarstellung« verlangt, kann er überrascht sein von der Härte, ja, Grausamkeit der Aufgabe und, in meiner Angelegenheit, versucht sein, ihr auf einem Umweg zu genügen, nämlich einer Vorstellung der Ansichten, die ihn bisher beschreiben sollten.

Zum ersten, Ihr neues Mitglied wird des öfteren, grundsätzlich, ein »Pommer« genannt, als sei das eine erschöpfende Auskunft. Daran ist richtig, daß er eine Bauerntochter aus Pommern zur Mutter hatte, jedoch nicht aus jenem hinteren Landesteil, von dem es lateinisch heißt, er singe nicht, sondern aus dem Gebiet westlich der Oder, 1648 schwedisch und 1720 preußisch geworden, was einem 1934 Geborenen als Obrigkeit den Preußischen Ministerpräsidenten Hermann Göring einträgt. Für die ersten zehn Jahre aufgewachsen im Vorpommern eines Reichskanzlers Hitler, bin ich zu wenig ausgewiesen als ein Pommer, wie er in den Büchern steht.

Zum anderen, es gefällt Leuten, mich einen Mecklenburger zu nennen, als sei das ein verläßliches Kennzeichen. Dafür ist nachweisbar, daß mein Vater geboren wurde im Ritterschaftlichen Amte Crivitz und aufwuchs im Domanialamt Schwerin, also in jenem »besten Mecklenburg«, das die traurigste Figur machte unter den Staaten des damaligen Europa. Dem bin ich verbunden nicht nur durch einen Vater, einen Absolventen des Landwirtschaftlichen Seminars Neukloster und Verwalter herrschaftlicher Güter, sondern auch durch eigene, ausgiebige Beschäftigung mit dem Boden dieses Landes, beim Kartoffelwracken, Rübenverziehen, Heuwenden, Einbringen von Raps und Roggen, des Umgangs mit den Tieren auf diesem Boden nicht zu vergessen. In Mecklenburg habe ich gelernt, daß man als Kind schlicht vermietet werden kann in drei Wochen Arbeit auf fremdem Acker gegen einen Doppelzentner Weizen, daß Existenz umgesetzt werden kann in jeweils gültige Währung, und ich bin dankbar für die frühe Lehre. In Mecklenburg war ich von meinem elften bis zu meinem fünfundzwanzigsten Lebensjahr, und im sechzehnten mag ich begriffen haben, wie ich zu antworten wünschte auf die Ansinnen der Leute und Behörden, mit denen ich befaßt war. Viel nun spricht dafür, daß ich ein Mecklenburger sei.

Im Mecklenburg des Nachkriegs allerdings galt ich als einer von den »Flüchtlingen«. Da verschlug wenig, daß Vorpommern noch insofern zum Reste Deutschlands gehörte, als es der sowjetischen Militär-Administration für das Land »Mecklenburg-Vorpommern« unterstand. Denn am 1. März 1947 verschwand Vorpommern in der gesetzlichen Kürzung »Land Mecklenburg«, und wir waren endgültig von auswärts. In jeder ersten Prüfung durch die Einheimischen galt der Rest der Familie als unwiderruflich überführt: wir hatten keine feste Statt in Mecklenburg, und wir hatten zu wenig mitgebracht. »Flüchtling« also, nur daß diese Bezeichnung strengstens verbeten war durch die Behörden, »Umsiedler« war statt dessen erwünscht. Siedeln hätte meine Mutter können, schon damit ich einen anderen Anfang fortsetzte als den eines Lehrlings in einer Dorfschmiede; sie ging in die Stadt Güstrow, da stand das ehemalige Gymnasium, das mein Vater für mich gewünscht hatte, die John Brinckman-Oberschule. Der Namensgeber war in Nordamerika gewesen, aber geschrieben hatte er im mecklenburgischen Platt. Das lasen wir auch.

In dieser Oberschule der Sowjetischen Besatzungszone und der späteren Deutschen Demokratischen Republik wurde ich mir bekannt gemacht als ein »Bürgerlicher«, Sohn eines Beamten bei einem abgeschafften Landwirtschaftsministerium, kein Sohn von Arbeitern und Bauern, an denen die Versäumnisse der bisherigen Bildungspolitik vorrangig gutgemacht werden sollten. Meine Mutter ging Uniformen schneidern für die Rote Armee, sie nahm Arbeit in den Volkseigenen Kleiderwerken der Stadt, sie kontrollierte Fahrkarten in Personenzügen – ich blieb der Sohn einer Angestellten, »bürgerlich«. Meine Mutter trat über in den Dienst der Güterwagenschaffner bei der Deutschen Reichsbahn, fortan war ich der Sohn einer Arbeiterin. Solche Kinder wurden eher zugelassen in eine Universität der D. D. R., als was ich bisher gewesen war.

Die erste Universität war eine mecklenburgische: Rostock, deren Studierende einstmals »höflich verbeten« gewesen waren. Nur, daß kurz vor dem Beginn des Studiums, am 23. Juli 1952, das Land Mecklenburg aufgelöst worden war in drei Bezirke, wobei nicht nur allerlei

Historie verlorenging, sondern auch die Einheit »Mecklenburg«. Auch die Universität Rostock sollte eine sozialistische werden, und wer die Auslegung dieser Verwandlung durch die Behörden einmal verfehlt und dabei des Beistands seiner Kommilitonen entbehrt, geht nach dem zweiten Jahr erst einmal weg. Es muß nicht die Universität sein in Mecklenburg.

Unverdrossen als ein Mecklenburger bezog ich eine sächsische Universität, die von Leipzig. Hier geriet ich an Freunde, die mit einer unverdächtigen Neugier beobachteten, wie ich meine mitgebrachte Phonetik gegen ihre Landessprache verteidigte, und obwohl sie mir in meinem Bestehen auf dem mecklenburgischen R eine Nähe zu schauspielerischem Dilettantismus zugestanden, konnte ich mich doch mit meiner Kenntnis der Leipziger Straßenbahnlinien ausweisen als einen bemühten Adepten, und jederzeit vermochte ich sie zu versöhnen mit meinem einzigen annehmbar sächsischen Satz: »Da gommt Wald'her« (was eben zu sprechen war mit einer unverkennbaren Vorfreude auf eine unverhoffte Ankunft des damaligen Regierungschefs W. Ulbricht). In Leipzig traf ich ein Mädchen, das war aus Mecklenburg, aus Mecklenburg-Schwerin, aus der Residenzstadt Schwerin geradezu, auf die hatte ich lange gewartet und kann von Leipzig sprechen als »der Stadt, die unsere Jugend war«. Soviel irgend jemand will, bin ich ein Leipziger. Leipzig in Sachsen ist die wahre Hauptstadt der Deutschen Demokratischen Republik. Glauben Sie einem Landsmanne der Sachsen.

Seit 1949 war ich in den Augen der Behörden ein »Staatsbürger« der Deutschen Demokratischen Republik, wiederum ohne daß man mich angegangen wäre um meine Zustimmung in dieser Sache. Was den Behörden zu Ohren kam von meinen Äußerungen über sie, ließ sie zweifeln an meiner Eignung, ihnen in einer festen Anstellung zu dienen, so daß ich nach dem Examen drei Jahre lang zu leben hatte von germanistischer Heimarbeit, »arbeitslos« in einem Lande, das solchen Zustand abgeschafft haben wollte, bald steuerfrei, weil unter dem Existenzminimum. Das war die amtliche, wie immer unausgesprochene, Einladung zum Weggehen, was denn endlich den Anlaß gegeben hätte für eine Bezeichnung als »Verräter«. Da mir aber gerade gelegen war an der Natur dieser öffentlichen Sache, dieser res publica und Republik, weiterhin an dem Deutschen und dem Demokratischen dabei, lebte ich weiter im ehemaligen Mecklenburg und im ehemaligen Sachsen und dachte mir auf der jeweils achtstündigen Eisenbahnfahrt ein Buch aus, von dem meine Freunde mir versicherten, die Behörden würden es mißverstehen als eine Beleidigung der D. D. R. denn als einen Beitrag zu ihrer Wirklichkeit. Vertraut mit der Empfindsamkeit dieses Staates, stieg ich aus der Stadtbahn in Westberlin an jenem Tag des Juli 1959, da in einer westdeutschen Druckerei mein Name auf das Titelblatt von *Mutmassungen über Jakob* gesetzt wurde.

Damit war ich abermals ein »Flüchtling«, nämlich im Verständnis der zuständigen Organe der D. D. R., weil ich versäumt hatte, sie zu ersuchen um eine Erlaubnis zum Umzug. »Kein Flüchtling« war ich in Westberlin, denn ich war gekommen mit einer Zuzugsgenehmigung der Stadt und hielt mich fern von dem Flüchtlingslager Marienfelde, wo man Flüchtlingsausweise und allerlei Flüchtlingsgeld bekommen konnte. Nun waren aber in meinem Buch Personen der D. D. R. auch in normalen, ja lebenswerten Umständen gezeigt, anders als im damaligen westdeutschen Bild von ostdeutschem Leben erwartet, und es erhob sich die Vermutung, ich sei in Wahrheit über die Grenze geschickt als ein »Trojanisches Pferd«. Da ich mich in meinem zweiten Buch weiterhin beschäftigte mit den Unterschieden, der Grenze, der Entfernung zwischen den Daseinsmöglichkeiten in den beiden deutschen Staaten, wurde ich schließlich gedeutet als »Dichter der beiden Deutschland« oder »der deutschen Teilung«. Dies Etikett zu bestreiten, machte ich mir ausdrücklich Mühe. Denn ich war in wissenschaftlichen Instituten belehrt worden über die Bemühungen und die Befugnisse von Dichtern; mir hatte das als eine Warnung gedient. Zum anderen, ich hatte in meinem Erzählen von Leuten in Leipzig und Hamburg lediglich meine verwandelten Erfahrungen anbieten wollen, zur beliebigen Verwendung durch den Leser; es konnte mir nicht recht sein, den ganzen Lebenslauf eines Radrennfahrers (mitsamt den Schwierigkeiten, ihn zu beschreiben) eingeschnürt zu sehen in ein politisches Schlagwort. Die einzige Bedingung, unter der ich diese Indizierung hätte annehmen mögen, ihr Wortsinn, blieb mir vorenthalten: in beiden Teilen Deutschlands mit dem Leser verkehren zu dürfen.

Auch als »Westberliner« wurde ich verstanden oder behandelt, und ich gebe diese Stadt als einen Wohnsitz für fünfzehn Jahre zu. Nicht nur habe ich sie mir als eine Heimat erworben, ich versuchte, auch ihren anderen Bewohnern gut zuzureden bei dem Gebrauch, den sie seit der Einmauerung von ihrer Stadtbahn machten, was mir neben bösen Briefen und anonymen Telephonanrufen auch eine neue Kennzeichnung einbrachte, die als »Kommunistenschwein«, aber bis heute keine lebenslängliche Freikarte der Berliner Stadtbahn wenigstens für den Bereich der Westsektoren. Dann trug mir eine Doppelgeschichte über eine Berliner Liebschaft, getrennt und zerrüttet durch die vollendete Grenze, nochmals den Titel auf den Leib, der mich zum Fachmann machte bloß für die deutsche Teilung, und ich verzog mich nach New York. Nach zweieinhalb Jahren war ich beinahe ein »New Yorker«, denn jenes Buch, das ich dort fand, das Leben eines Menschen von Mecklenburg bis Manhattan, ich hätte es um ein Haar in amerikanischer Sprache geschrieben, wäre mir nicht das Geld ausgegangen, so daß ich es auf Deutsch in Westberlin fortzuführen begann. Ein Westberliner also, aber es genügt ein Umzug nach England und eine Paß-Erneuerung, mich umzubauen zu einem »Bürger der Bundesrepublik Deutschland«, zu kontrollieren am Schalter für die Angehörigen von Staaten der Europäischen Wirtschaftsgemeinschaft. Für die Engländer, die mit mir umgehen, sollte ich nun ein »German« sein, wenn nicht gar ein »bloody German«, aber sie wollen Deutsches von mir nicht wissen, wollen reden über das Fischen und das Wetter, und fragen mich das als einen Nachbarn.

Am Ende könnte man mir nachsagen, ich sei jemand, der hat es mit Flüssen. Es ist wahr, aufgewachsen bin ich an der Peene von Anklam, durch Güstrow fließt die Nebel, auf der Warnow bin ich nach und in Rostock gereist. Leipzig bot mir Pleisse und Elster, Manhattan ist umschlossen von Hudson und East und North, ich gedenke auch eines Flusses Hackensack, und seit drei Jahren bedient mich vor dem Fenster die Themse, wo sie die Nordsee wird. Aber wohin ich in Wahrheit gehöre, das ist die dicht umwaldete Seenplatte Mecklenburgs von Plau bis Templin, entlang der Elde und der Havel, und dort hoffe ich mich in meiner nächsten Arbeit aufzuhalten, ich weiß schon in welcher Eigenschaft, aber ich verrate sie nicht.

Erzählerische Prosa

Versuch, einen Vater zu finden

Dies ist der Versuch, einen Vater zu finden in der Erinnerung. Aber der Vater ist 1888 geboren, die Tochter ist Jahrgang 1933, der Vater ist lange tot. Was wird sie finden?

Auswendig gelernt, die äussere Kruste des Gewesenen, in die Kette der Jahre gezwängt, die zurückrasselt in den Brunnen. Statt der Wahrheit Wünsche an sie, auch Gaben von der Katze Erinnerung, dem Gewesenen hinterher schon durch die Verspätung der Worte, nicht wie es war, bloss was ich davon finden konnte: 1888. 1939. 1968. Damals.

1888, am 10. Oktober, meldete ein Stellmacher Herrn von Bobzin die Geburt eines männlichen Kindes, auf einem Rittergut im Mecklenburgischen, zwischen Fleesensee und Müritz, auf dem Lande, gleich weit von Malchow und Röbel, næm' S' mi nich oevel, wo die germanisierten Slawen hausten, nach Meyers Wissenswertem vom nächsten Jahr. Der Tag wurde von der Herrschaft begangen, weil einmal am 10. Oktober in der Residenz ein Kind als Herzog Adolf Friedrich auf die Welt gekommen war. Wo sall de Jung denn heiten, näum' S' em Johann, hei kümmt ja doch bi de Pier. Auf Johann Heinrich Cresspahl wurde das Kind getauft, in Demut nach dem herrschaftlichen Befehl, in Trotz nach dem Vater. Der Junge wurde mit seinem zweiten Namen gerufen, er sollte nicht zu den Pferden. Den alten Cresspahl, seine Berta, geborene Niemann, habe ich versäumt. Von ihnen gibt es nur die Kalligraphie der Amtsschreiber, keinen Brief, keine Fotografie. Sie sind welche, die sprechen nicht mit mir. Hätte ich sie gesucht zur rechten Zeit. Ick næm't mi oevel. Nach Büchern, von Bildern habe ich Anblicke von Katen, die abseits von Park und Herrenhaus in lahmem Fachwerk hingen, den schiefen Fenstern, über den Brettertüren die Gitter, die das brennende Stroh auffangen sollten, aber vielleicht lebten die Cresspahls nicht mit Schwein und Ziege unter einem Dach, denn mochte der Rademacher die Mütze ziehen müssen vor der gutsherrlichen Familie, vor Inspektor und Volontär und Gutsförster und Statthalter und

Gouvernante, er bezog mehr als die Pferdeknechte, Tagelöhner, Hofgänger, er mag eine Döns gehabt haben wie ein Bauer, mit einem Fussboden aus Holz statt blankem Lehm, auch Stühle zu den Bänken am langen Tisch, eine Standuhr und (nach dem Zitat) »ein hochaufgetürmtes Ehebette, bei Festlichkeiten mit farbigen Schleifen besteckt, öfters, besonders südlich, mit Gardinen...« (so heisst es). An der Wand die hölzernen Löffel, auch ein rot und blau gemaltes Gesimse für Bibel, Gesangbuch und den Grossherzoglich Mecklenburg-Schwerinschen und Mecklenburg-Strelitzschen Kalender auf das Jahr Christi 1888, welches ein Schaltjahr von 366 Tagen ist. Mit Bildern und dem Motto: *Wenn Einer dauhn deiht, wat hei deiht, / Denn kann hei nich mihr dauhn, as hei deiht.* Wenn die geborene Niemann oder der alte Cresspahl zu lesen verstanden, konnten sie dem Kind daraus vorsingen Wat för den Lüttsten: *Bukauh von Halberstadt / Bring' min lütten Jungen wat. / Watt sall ick em denn bringen? / Poor goll'ne Schau mit Ringen / Dor kann hei recht mit springen.* Der Sonnenkäfer von Halberstadt trug die goldenen Schuhe zu anderen Wiegen als dieser, grosse Sprünge waren nicht vorauszusehen unter dem ritterschaftlichen Polizeiamt und der Gnade Friedrich Franz III., Grossherzog von Mecklenburg, Fürst zu Wenden, Schwerin und Ratzeburg, auch Graf von Schwerin, der Lande Rostock und Stargard Herr. Es war ein Land, daraus liefen die Arbeiter fort, an die Hunderttausend in fünfzig Jahren, ein Sechstel des Staatsvolkes, da hatte der Mecklenburgische Patriotische Verein schon 1855 vergeblich John Brinckmans »Fastelabendsprärig« als Flug blatt verteilen lassen: *Jehann, bliw hir, – bliw hir, Jehann! / Wat wisst du in Amerika!... / Du seggst, dat du hir racken möhst / Un slawen möhst, Jor in Jor ut, – / Dat in dat Dörp kein Pird du weisst, / So låt noch 'ran, so tirig 'rut; / Wat du ok in dei Sälen liggst, / Di awmarachst un an di spannst, – / Wer weit, wennir du Hüsung kriggst, / Wer weit, wennir du frigen kannst.* Mecklenburger vom Gesinde durften nicht ohne Erlaubnis der Dienstherrschaft aus dem Haus, vom Hof. Überschreiten der gesetzten Zeit war ein Vergehen. Verweise ihrer Herren sollten sie bescheiden und ohne Widerrede hinnehmen. Wer ungeschickt arbeitete, gegen ein Verbot tanzen ging oder ins Wirtshaus, wer sich ungebührlich aufführte, die Arbeit hinschmiss, den Gehorsam verweigerte oder den Dienst verliess: sie alle bekamen vom Herrn ohne Gerichtsverhandlung Geldstrafen (Abzüge vom Lohn), auch Haft. Wer aus dem Dienst fortlief, den führte die Gendarmerie zurück. Anzeigen der

Gutsbesitzer in den Mecklenburger Nachrichten warnten Kollegen, einen namentlich genannten Knecht oder ein ebenso beschriebenes Mädchen in Dienst zu nehmen, sintemalen die Beschuldigten des Kontraktbruches überführt. *Riden un rowen dat wir kein Schand, dat ded de Adel in 'n ganzen Land.* Schlug die Herrschaft einem Paar das Recht zur Niederlassung ab, kam ein Kind unehelich zur Welt, dann liess ein Respekt vor der Religion nur noch den Weg über das weite Wasser; es konnten aus Brasilien kaum andere als günstige Nachrichten nach Mecklenburg kommen. Zwar die Cresspahls zogen nicht am 24. Oktober, auch wäre vielleicht ihr Dienstabgangszeugnis von der Art gewesen, ihnen eine neue Stelle zu verschaffen, aber ich nehme es zurück, das hochaufgetürmte, das bebänderte Bettgestelle; die Wiege wird als Korb vom Balken gehangen haben. Bekannt ist 1888 als das Dreikaiserjahr. Im September wurde von Warnemünde nach Gjedser ein Telegraphenkabel gelegt, das kostete zweihunderttausend Mark. In Rostock liess die Aktiengesellschaft für Schiffs- und Maschinenbau, die spätere »Neptun«, ihr hundertstes Schiff vom Stapel laufen. Durch Malchow fuhr seit dreidreiviertel Jahren die Mecklenburgische Südbahn Ludwigslust-Neubrandenburg, im Besitz und betrieben von der Bachstein-Gesellschaft, Sitz Berlin. Im Februar hatte der Kanzler des Deutschen Reiches, Otto von Bismarck, im Reichstag dargetan: *Wir Deutschen fürchten Gott, aber sonst nichts auf der Welt.* Wegen der kaiserlichen Wehrvorlage. Im Falle eines Weltunterganges plante von Bismarck nach Mecklenburg zu übersiedeln, weil dort alles dreihundert Jahre später eintreffe. Lenin war achtzehn Jahre alt, Stalin acht, Franklin Delano Roosevelt sechs, Churchill dreizehn, Einstein neun, Hitler war fällig im nächsten Jahr. Bukauh von Halberstadt / Bring min lütten Jungen wat.

1889 nimmt der Reichstag die Alters- und Invalidenversicherung an, Bismarcks »Staatssozialismus«, aber seinem Sozialistengesetz verweigert er 1890 die Verlängerung, erstmals erreicht die S. P. D. über eine Million Stimmen, die Arbeitervereine dürfen ungestraft von neuem ihr Bundeslied singen (in Mecklenburg erst ab 1908): *Mann der Arbeit, aufgewacht! / Und erkenne deine Macht! / Alle Räder stehen still, / Wenn dein starker Arm es will…*, Bergarbeiterstreik in den Revieren von Ruhr, Saar und Waldenburg, auch wird Bismarck von Bord gewiesen. Nachfolger Caprivi verlängert den Rückversicherungsvertrag mit den Russen nun gerade nicht. Die mecklenburg-schwerinische Regierung kauft einige Eisenbahnen im eigenen Lande auf, 57 Millionen Mark, sie errichtet eine Grossherzogliche General-Eisenbahndirektion; auf der Strecke Neustrelitz-Warnemünde-Gjedser operiert weiterhin die Société Belge, Bruxelles. In den Reichstagswahlen 26,4 % der mecklenburgischen Stimmen für die Sozialdemokraten. 1891 eröffnet imperialistisches Expansionsstreben die Sibirische Eisenbahn, alles wie wir es gelernt haben. Im Oktober hält die S. P. D. ihren Erfurter Parteitag, dessen Vorzüge (gegenüber dem Gothaer) wir auswendig lernen mussten, mehr noch dessen »Schwächen und Fehler«: Die Diskussion über die Diktatur des Proletariats war mangelhaft. (Eine Abschaffung der Gesindeordnung kam korrekt zur Sprache.) 1891 weiss Einer, was kommt: *Ich führe euch herrlichen Zeiten entgegen!* 1892 rächt sich das russische Kabinett am deutschen und schliesst eine Militärkonvention mit der französischen Republik; der Zar hat ein Jahr zuvor im Hafen von Kronstadt die Marseillaise anhören müssen. Für 1893 fehlt mir alles, da war ich wohl am Schulbesuch verhindert... Dazwischen ein meist barfüssiges Kind in sanft gewelltem, mässig bewaldetem Gelände. Ein ritterschaftliches Amt südwestlich von Malchow. Sandwege, Schleichpfade in der Forst, ein Teich am Gut, der See im Dorf der Bauern. Die barften Beine darf ich annehmen; mehr wäre blosse Behauptung. 1894 setzt Willy Zwei den Grafen Caprivi aus dem Amt. Der hatte den Nachbarn des Reiches ein Angebot machen wollen, als er Bismarcks hohe Schutzzölle herabsetzte, da schränkt England seine Orders ein, die mecklenburgischen Grossgrundbesitzer bleiben sitzen auf ihren Kornernten und lassen ihre Geldsorgen wild aus am Gesinde, wiederum wandern Mecklenburger aus in Schwüngen in die Gegend westlich vom Hafen New York, abermals kann kein Poet sie halten. *Denn sittst vilicht, wer weit wo bald / Du ok, verraden un verköfft / In son'n amerikanschen Wald...* 1894. Zweibund Russland – Frankreich. Nikolaus II. wird Zar aller Reussen. Ein Kind in schwarzen, knielangen Hosen, einem zerschlissenen Hemd ohne Bund; das darf ich sehen. Uneben geschnittene weisse Haare, fest gegen den Boden gestemmte Beine; es wäre ja erfunden. Ein Kind, das die Tiere und Vögel belauscht, ihrer Sprache kund. Sau und Ferkel unterhalten sich: Ick wull, dat 'k nich geburen wier. Un ick un ick un ick. – Stargard sall afbrennen: forderte die Ente. – Potz dusend zackerloot: erstaunt sich der Hahn. – Wo sühst du ut? muss man den Kiebitz fragen, dann antwortet er: Krid'witt, krid'witt! Kreideweiss; nämlich unten am Bauch. Was mögen die Eltern ihm erzählt haben von der Welt? 1806 lieferten die Franzosen den Mittenwalder Jägern ein Gefecht in der Nossentiner Heide, dichte bei. Der Hexenbaum von Ulrichshusen, dichte bei. Das heilige Blut von Sternberg, dem zu Ehren 25 Juden und 2 Jüdinnen verbrannt wurden. Erzählungen aus der mecklenburgischen Geschichte für Schule und Haus von Adolf Pentz, Pastor zu Jabel an der Nossentiner Heide, 1880. Wie haben sie ihn zur Schule geschickt? Ene mene Dintenfatt, gah nar School, denn liehrst du wat. Oder: Låt se wat leren, låt se bookstaveren, låt se den Puckel blau verhören! Erst einmal kam Adebor, min Bester, un bröcht em ne lütte Süster.

1894 kam er in die Schule, pünktlich, denn die ländlichen Winterschulen begannen erst Ende Oktober, der Kartoffelernte zuliebe. Das Hauptfach war die Furcht des Herrn und seines Stellvertreters von Bobzin, dem die Erziehung unterstand wie Obervormundschaft, Erbsachen, das Armenwesen, Wegebau und Entwässerung, Feuerwehr, Niederlassung, Hebammenfürsorge, Nachtwächter und Begräbnisse. Wenn der Herr nicht selber zuschlug mit der Peitsche, brauchte er bloss dem Lehrer einen Wink zu geben, beseihn' S' em mal dat Speigatt, dann rief der bei jedem Schlag: Ick-will-di-mo-rit-zen-liehrn, die Mores lehren. Die Höltentüffelschaul, einklassig. *Auf ein Gemüt von Adel / Wirkt schon ein leichter Tadel, / Vergebens durchgebläut / Wird stumpfe Niedrigkeit.* Aber die Kinder der Herrschaft bekamen ihren Unterricht im Schloss, von einer demütigen Gouvernante, bis sie auf die städtischen Gymnasien gegeben wurden. Genealogische Daten gehörten zum Lehrstoff, nicht aber die alljährlichen Reisen des Grossherzogs nach Cannes, Côte d'Azur, seiner ihm dortselbst erbauten »Villa Wenden«. République Française. Wie Mecklenburg-Schwerin eingeteilt ist, wohl, Domanium, Ritterschaft, Städte, durcheinander zersplittert, nicht jedoch, dass die Ritterschaft nur für die Hälfte ihres Besitzes Steuer zahlt, mit der Ausrede, die andere Hälfte sei ja Bauernland, wiewohl gelegtes. Das mecklenburgische Wappen in einfacher Gestalt ist ein Stierkopf; das vollständige Wappen besteht aus sechs Feldern und einem Mittelschilde. Es erinnert an die sieben Landesteile, aus denen im Laufe der Zeiten unser Vaterland erwachsen ist. Es wird von einem Stier und einem Greif gehalten und ist mit der Königskrone geschmückt. Auf goldenem Grunde ein schrägliegender Stierkopf mit silbernen Hörnern und goldener Lilienkrone, aber mit geschlossenem Maule, was ist das? *Gott segne Friedrich Franz / Und seiner Krone Glanz / Trübe sich nie.* Die Sprache des Unterrichts war eigens zu erlernen, eine fremde: Hochdeutsch.

1895 hatten die Bobzins eine Wahl. Entweder fehlten ihnen Tagelöhnermädchen auf den Feldern, oder ihnen ging im Haus Bedienung ab. Sie entschieden sich für den Verkauf und sollen dann in der Residenz gelebt haben wie die anderen Fetthammel, die Domänenpächter, die ihren Ruhestand in Schwerin verbrachten. Die neue Herrschaft waren die von Haases, allerjüngster Adel von der männlichen, tiefschwarzer, überdies mecklenburgischer von der weiblichen Seite her. Die dachten anfangs bloss Bargeld anzulegen, verbrachten die unfreundlichen Jahreszeiten in Berlin, im Tirolischen: oft stieg dem Inspektor das Wachstum seiner Macht ins Gehirn. Er konnte sich in solche Wut bölken, die Leute hatten weniger Angst vor ihm, als um ihn. Jedoch war von Haase ein Mann des Geschäftes, er half dem Leutemangel auf dem Gut ab mit Säe-, Mäh-, Häcksel-, Dreschmaschinen, mit Rübenschneidern und am Ende sogar einem Dampflokomobil, so dass der Inspektor fortgelobt werden durfte und mein Vater die Welt auch buchstabieren lernte an Firmennamen aus LEEDS, aus SHEFFIELD. Jedoch war von Haase seinem Kaiser dankbar ergeben und liess zwei Badezimmer ins Schloss bauen, denn Willy Zwo oblag obendrein einem englischen Tic, weswegen er nur in Häusern von sanitärem Luxus zu Gast kam, nun konnte es doch so sich fügen... Allerdings floss das Wasser im Haus nur an einer Stelle, aus der Pumpe in der Küche, dort musste es auch gewärmt werden; wenn die Hausmädchen die Treppen hinauf-, die Treppen herunterliefen mit den schweren Kannen, fehlten sie an anderen Ecken und Enden des Hauses. In einer anderen sanitären Errungenschaft musste von Haase zurückstecken; weiterhin kam jeden Morgen ein Tagelöhner mit einer Schleppe und dem schlechtesten Pferd, das die beiden Kästen mit dem edlen Kot aus den Fächern der nordwestlichen Ecke des Hauses zog, es soll da einen Schnack gegeben haben wegen eines besonders ertragreichen Schlages. Ganz wie in einer fürstlichen Haushaltung führte der Inhaber dieses Amtes den Titel Porteur, dennoch stand er an der allerletzten Rangstelle des Hofes, noch unter den Feuerbötern, den Heizern. Die Haases führten Sonnendächer ein über dem westwärtigen Balkon und der Terrasse, buntstreifiges Segeltuch an den Gittern, und es war, als begehe das Schloss den ganzen arbeitsamen Sommer hindurch ein gelassenes Fest. Von den Haases weiss ich mehr als von Cresspahl zu dieser Zeit; die sind aufbewahrt in Memoiren und Biographie, komplett mit Portraits in Öl, Stuttgart 1949 (Abbildungen schwarzweiss); Stuttgart 1958 (Abbildungen farbig).

1895, am Sedanstag, nennt der deutsche Kaiser eine Gruppe seiner Untertanen, die sozialistisch gesinnten, »eine Rotte Menschen, nicht wert, den Namen Deutsche zu tragen«, statt Blumen und Karten offenbar, denn einen Verzicht auf ihre Dienste unterlässt er. Weniger als zwei Tage später, am 2. September um 6:06 Uhr morgens beginnt eine totale Mondfinsternis. *Un süh, »Meteor« is vorüt, un de Kaiser, / Dor steiht hei an't Stüer, un ruhich / Hölt hei den Kurs, un de Yacht geiht / Glatt as de irste dörch't Ziel!* Die Grossherzogl. Eisenbahn-Generaldirektion Schwerin begründet die Linie Rostock–Tribsees, 47 Kilometer, weiterhin die Strecke Gneez–Jerichow, 19 Kilometer, zum Schaden und zum Zorn der Stadt Wismar, ohnmächtig, denn sie besass weder Sitz noch Stimme im Mecklenburgischen Landtage. Der Kranke auf dem deutschen Thron vertut sich abermals mit der Sinnesart der englischen Verwandtschaft, am 3. Januar 1896 schickt er dem Präsidenten der Burenrepubliken, Onkel Paulus Krüger, ein Glückwunschtelegramm und wünscht ihm Unabhängigkeit von den Briten, was Oma Victoria kränkt, verletzt und verstimmt; die Arbeiter in den Docks von London überfallen die Deutschen mit Knüppeln, Deutsche verlieren ihre Stellen in Comptoirs und in der Hotellerie, deutsche Clubs müssen schliessen, eine Masse Geschäfte bleibt in der Luft hängen, noch die Italiener sind böse auf die Deutschen, weil derentwegen der Mittelmeervertrag von England nicht erneuert wird. Der Admiral und Staatssekretär im Reichsmarineamt, Tirpitz, aber ist es zufrieden, sei doch so »dem Volke die Notwendigkeit der Flotte gezeigt«, jener Flotte, ohne die das Deutsche Reich hätte gemeinsam mit England arbeiten können, mit der es nur noch gegen England gehen kann in jene Zukunft, die laut des Allerhöchsten Wahrsagers in der Nähe von Wasser befindlich ist. 1896 die deutsche Einladung an alle Kriegsmarinen der Welt, einschliesslich der U. S. A., zu was? zur Eröffnung des Nord-Ostsee-Kanals. Auch die »Gelbe Gefahr« *Völker Europas, wahret eure heiligsten Güter!* und so fort, bis zur Abpachtung Kiautschous auf 99 Jahre, 1898, von einem sehr gelben Kaiser der Chinesen, der Verschwendung von 133 Millionen Mark auf die Marine im Jahr 1899, den abgelehnten britischen Bündnisangeboten, dem Beginn des Burenkrieges, dem Boxeraufstand in China 1900 und einem Beitrag der deutschen Kultur im selben Jahr, in dem das Bürgerliche Gesetzbuch in Kraft tritt: *Pardon wird nicht gegeben! Gefangene werden nicht gemacht! Wer euch in die Hände fällt, sei euch verfallen! Wie vor tausend Jahren die Hunnen ...* bis zum Tode der Queen Victoria 1901, bis zum abermals verweigerten Bündnis mit England, bis zu jenem 25. Januar 1902, an dem der Herzog Adolf Friedrich von Mecklenburg-Schwerin Sich nach Genua begibt, um von dort eine Orientreise anzutreten. *Ete-Hete-Hans – Grete. Friedrich Franz – Friedrich Franz – Friedrich Franz – Richard.* Adolf Friedrich (Franz) begleitete Cresspahls Geburtstag Jahr für Jahr in jenem Kalender, auf dem vorn ein Hase und ein Fuchs abgebildet sind mit Sonnenschirm und Botanisiertrommel, in grünem Rock und an der Schulter das Schiessgewehr. Das Lichtbild auf der Rückseite des Kalenders für 1902 zeigt Adolf Friedrich mit anderen mecklenburgischen Fürstlichkeiten und der Königin der Niederlande beim Abnehmen der Parade des 17. Dragoner-Regimentes. Von Cresspahl habe ich so gut wie nichts.

Es gab mittlerweile Flugzeuge, Automobile, Lokomotiven, sogar elektrische, Telefone; er wird sie nicht zu Gesicht bekommen haben. Vor einem Abend mit Licht aus der Decke hätte er sich wohl eher erschrokken als bei fremdem Fusstritt nachts im Wald. Wenn die Herrschaft sich gab als liberal, durften die Kinder mit denen des Gesindes spielen; er mag die auch haben bedienen müssen: einen Apfel aus der Spitze des Baums holen, einen Ball aufheben, die Zügel halten. Einmal hat er der eigenen Tochter gezeigt, wie man aus einem Weidenzweig eine Pfeife macht, er führte das vor als der Handwerker der er war, unter seinen genauen Schlägen mit dem Messergriff löste der Bast sich ab mit einer Art Gehorsam, obwohl man ihn doch beschwören muss und singen: *Maidach Maidach / wenn de Rogg riep is, / wenn de Vagel piep is, / wenn de rode Rüste kümmt / mit 'n scharpen Metz, / will den Jung dat Uhr afsniedn* – wenn man ein Kind auf dem Lande ist in den letzten Jahren des vergangenen Jahrhunderts. Singen habe ich ihn nie hören können. Die Müritz, ich wünschte sie ihm, zwanzig Kilometer Blick über Wasser, den im Dunst zum Himmel verwischten Horizont, die scharf heranspringenden Baumkanten des östlichen Ufers, Sonnenbahnen, abgelenktes Licht auf dem Wasser, das in der Ferne den Booten und Dampfern einen silbernen Strich unterzieht und sie schweben macht – es ist eine Sicht auf die Natur, ein Umgang mit ihr, die wären ihm ungenau erschienen. Aus Seen holt man Fische. Die Müritz lag ab vom Wege, war ohne Boot kaum zu regieren; er wird Krebse in den Wasserlöchern gegriffen haben, auch Karauschen aus Bauernteichen, Krutschen mit Maibutter waren eine Tracht Prügel wert. Ein an allen Gliedern durchgehauenes Kind, vielmals gegerbt an Arsch und Rükken, ihm wird der Kopf von einer Ohrfeige nur zur Täuschung geflogen sein; mir fehlt nur, von wem er die Schläge bekam. Wer seine Mutter mit ihm gesehen hat, sagt noch dem Vierzigjährigen einen tröstenden Anschein von Gehorsam nach, auch Fürsorge als Bedürfnis statt Schicklichkeit. Für was in der Kindheit mochte er danken: für Zärtlichkeit? für Strenge? Er konnte auch vergessen haben, so dass das Vergeben ihm entging. (Meinem Vater vertraue ich, warum nicht dem seinen?) An Wintersonntagen mit dem Peekschlitten aufs Eis, erschlichene Freizeit, ich sprech sie ihm zu; mit eigens erlaubtem Spiel war es nach dem fünften Geburtstag vorbei. Und die Kinderprozessionen sommersende, mit ausgehöhlten Kürbissen und Gurken, die durch die in ihre Wandungen geschnitzten Kreuze und Sterne Lichter in der Stadt spazieren führten: *Ollsch mit de Lücht, juuch, / de de Lüd bedrücht, juuch, / de de Eier hålt, juuch / de se nich betålt, juuch!*, es war eher für Mädchen, er konnte der Schwester den Kürbis samt Tragestock herrichten, und was würde es wohl verschlagen gegen die Zwölftengottheit. Längst inzwischen war die Mutter zurückgeholt in den Gutsdienst, ob sie nun im Haaseschen Haus Böden schrubben musste oder im Küchengarten dahinter zur Hand gehen; für den Jungen blieb das Schwein, das wollte Disteln gestochen haben, die Kuh, die musste weitergepflockt werden, die Gänse, über die er mit Peitschenknallen wachte – da war die Schwester, die er einst abgehalten hatte vom Hinfallen, Verkrabbeln, die er nun zu schützen hatte vor fremden Hunden und der alten Frau, die als Hexe verschrien war im Dorf. Was für ein Tier brachten sie durch als Hausgenossen? Verträge unterhielt er meist mit Katzen, als ich da war, jedoch hat einst bei uns ein Hund gelebt. Danach, als Schuljunge, stand er ausserhalb des Unterrichts der Herrschaft zu, begann seine Laufbahn mit »dem sinnigen Geschäfte des Hütejungen«. Die Haases müssen Schafe gehalten haben, denn vor Schafen hat er einmal mich gewarnt (nicht um von sich zu erzählen), weil sie so unvernünftig erschrecken können vor dem Klappern einer Hungerharke, die tiefsten Pflöcke aus dem Boden sprengen, ein Kind wohl an die zwanzig Meter durch die Stoppel hinter sich reissend in wilder Flucht, – die lass los, Gesine. Sein landwirtschaftliches Wissen vermehrte er beim Absammeln der Steine von den Äckern, den empfindlichen Maschinen aus England zuliebe, beim Rübenverziehen, Hacken, Stallausmisten bei Schweinen, Kühen und Pferden, bei einer jeden Arbeit, deren Anblick einen Erwachsenen zu dem Ausruf bringen konnte: Du, Jung –! (In die Schmiede wird er selten gekommen sein, da gab es was zu lernen.) Wenn die von Haases Saisonarbeiter hielten, waren ihm ein paar Worte Polnisch geläufig, oder mehr als die notwendigen; die schwedischen Wanderarbeiter blieben mittlerweile aus – Hurra die Enten! hiess es im Herbst, wenn die Wildenten einfielen und die Jagd anfangen konnte; mochte er etwas anderes rufen, treiben gehen musste er doch im Winter. Dass er Korn binden kann ohne Blick mit Gedanken anderswo, das habe ich gesehen. Wenn die Knechte noch das erste Fuder in achtsamem Schweigen aufluden, um die Mäuse aus den Scheunen zu bannen, ein liberaler Gutsherr mit berliner Gewohnheiten wird auch geringen Vorteil hingenommen haben. In der Gegend wurde immer noch an Wotan geglaubt, sie traten dem nicht mit seinem eigenen Namen zu nahe, als de Wulf sprachen sie ihn an, oder als de Oll; am Ende hat Cresspahl noch mitgebetet beim Überreichen der letzten Garbe an die gnädige Familie: *Gondag, gondag in'n Herrenhus, / wi kåmen mit 'n Ollen von 't Feld to Hus, / wi hebben mit em in de Wedd bunnen, / de Oll de hett den Sieg gewunnen* ... Ran musste er beim Ausnehmen der Kartoffeln, bei einigem Glück mit einem deftigen Sackfetzen unter den Knien, mit dem kurzstieligen Kratzer hinter die Staude schlagen, sie vorreissen, die Knollen absammeln in den Korb, so in der zweiten Reihe, den Korb rücken, voranrutschen, mit den drei breiten Zacken zuschlagen, reissen, bei aller Eile zurückbleiben hinter den Grossen, die vier Reihen ausräumten. Die Ferien auf dem Lande hiessen nach dem Tüffelwracken, sie waren länger als in den Städten. Wie war es anders abzusehen, als dass er nach Palmarum 1902 fürs Leben bi de Lüd kam, wenngleich in einer träumbaren Zukunft bi de Pird? (Er wurde schon in diesem Frühjahr konfirmiert, da er vierzehn Jahre alt werden würde und der Schulpflicht entledigt, bevor der Kantor die Winterschule überhaupt öffnen durfte. Noch der Bibelspruch zu meines Vaters Konfirmation entgeht mir; er muss, er mag damals versucht haben, ihn zu beherzigen.) Dennoch, Herr von Haase genehmigte das bescheidene Gesuch des Rademachers, seinen Sohn auf den Herbst nach Malchow in eine Tischlerlehre geben zu dürfen. Ein Gutsjunge in städtischer Lehre, Herr Dr. Julius Kliefoth will da nur eine Ausnahme begreifen. Aber Kliefoth kennt eher rangnähere Spielgefährten und die Knaben in der Bürgerschule als die fremden bei Handwerkern. Womöglich stand in Cresspahls Zeugnis für das Fach Kopfrechnen die Note »schwach«, was damals zu übersetzen war in »Religion: fleissig«, und die Herrschaft wünschte ihn auszuzeichnen. (Es träfe nur ihn, mein Stolz ist nicht einverstanden. Demnach bin ich auf meinen Vater stolz?) Im Alter habe ich ihn Holz hacken sehen, da zerfiel ein Klotz unter wenigen Schlägen in handliche Scheiben, die wiederum spritzten in akkuraten Stäben davon (die wir der Massen elegant nicht brauchten. Lieber unbequem als unsauber arbeiten). Solch Anmachholz mit einem Streifen Bast umwunden, es mag dem Kind im Schloss Belohnung erworben haben, andere Anstelligkeit auch. Oder, die Haases zogen in der Einrichtung die alte Mode der altdeutschen vor und sahen voraus, der Junge werde zurückkommen als ein Holzhandwerker, der zwar Deichseln und Wagenräder bauen konnte, obendrein aber Kunstmöbel in gutem Stande halten. Nur Möglichkeiten für ihn, und war doch mein Vater, keine von ihnen darf ich wählen, bis auf die eine, die schaffte er ab: zurück in den Gutsdienst kam er nicht so bald.

Stadt Malchow am See, 1902.

Das Kind vom Lande war bekannt mit der Stadt, er hatte sie besucht, zu Fuss mit dem Stock hinter den Gänsen, auf dem Milchwagen mit Einkaufszetteln, ein wenig wie ich ankam in Gneez, die Stadt brüllte ihn nicht unverhofft an wie mich New York; mir aber war schon Jerichow erschienen wie eine Stadt, er war gewöhnt an Pracht in Gestalt des herrschaftlichen Schlosses, selten einmal eines wohlbestallten Bauernhofes. Es war ein Anderes, hier anzukommen mit der Aussicht auf vier Jahre Bleibens, ein erstes Mal inmitten fremder Menschen unter einem dieser Dächer zu schlafen:

Malchow im Herzogthum Schwerin, gestiftet vom Herrn Nikolaus III. zu Werle 1235, gelegen auf einer Insel im eigenen See, zählt 457 Wohnhäuser mit 1075 Haushaltungen und 4033 Einwohnern.

– Biholl wat du sühst, ok wenn du 't nich vesteihst: hat Cresspahl mir geraten, als ich von Jerichow in eine grössere Stadt zu leben ging; vielleicht war das wie er sich einrichtete in seiner ersten Fremde: alles behalten, was es zu sehen gibt, am Ende gibt es nach und lässt sich begreifen. Im ersten Lehrjahr wird er vom Handwerk kaum mehr dazugelernt haben als die Namen der Werkzeuge, eben damit er sie zuzureichen wusste. Er war »de Jung« im redebrechtschen Haushalt, ein Glied der Familie im Guten wie im Bösen, wenn man Herrn Dr. Julius Kliefoth glauben soll; der aber erlernte in der Bürgerschule das Latein, seine Familie gehörte zu den »guten, alten, besseren« von Malchow, ihrem Namen zum Trotz. Redebrechts Lehrjunge war Erzieher, Pfleger, Ernährer des häuslichen Schweins, er kochte ihm Kartoffeln, bereitete sein Lager, hielt es sauber; weh ihm, wenn das Tier schrie. *Wat kümmert mi, wat achter mi passiert, säd de Jung, as hei Schläg kreeg.* Da waren die Hühner zu wecken und auf die Stange zu schüchern, Wasser zu tragen, die Werkstatt auszufegen, für die Frau zu laufen, wenn sie einen Einkauf vergessen hatte. Da er Logis im Haus hatte, war er Laufjunge für alle im Haus, vom Hahnenschrei bis der Hahn einschläft. Freizeit: vom Steg hinter dem Garten angeln, jedoch für die Küche der Meisterin. Ankucken darf man die Gesine, Redebrechts Enkelin, ankucken schadt ihr nich, is nich verboten. Die andere Obrigkeit waren die beiden Fussgendarmen der Stadt, Wachtmeister Hagen (Militärdienstkreuz und Ehrenmedaille des Ordens von Oranien-Nassau in Silber) und Wachtmeister Rodau (Militärdienstkreuz und Landwehrdienstkreuz), Briefträger August Gutow, Stationsvorsteher II. Klasse der Friedrich Franz-Eisenbahn Friedrich Dallüge, ganz oben Friedrich Zelck, Bürgermeister, Rechtsanwalt beim Amtsgericht, Syndikus am Kloster Malchow, Polizeirichter für das ritterschaftliche Polizeiamt und dennoch bloss geschmückt mit der Friedrich Franz III. Gedächtnismedaille, zu tragen am Bande des Greifenordens auf der linken Brust. Denn jener war verschieden zu Cannes, 1897 gefolgt von Friedrich Franz IV., Grossherzog zu Mecklenburg, Fürst zu Wenden etc. Im ersten Lehrjahr bekam Cresspahl einen wöchentlichen Lohn von zwei Mark, *wer eenen Schilling verdeenen kann, dörf ok eenen vertehren*, ein Wert des Geldes war ihm in der Stadt aufgegangen: 90 Pfennig nahmen die Bauern für das Pfund Butter, im Laden kostete es eine Mark und 20 Pfennig, Brot dreizehn Pfennig das Doppelpfund, das halbe Kilo Salz wegen der Steuer von acht Pfennig ganze zehn

Pfennig das Pfund. Jedoch wurde er im Hause verköstigt, er hatte keine Briefe zu schreiben an die Eltern für vier Pfennig Porto im Landzustellbereich, er mag zwei Doppelkronen erspart haben bis Ende 1902, vierzig goldene Mark.

1903, versteht sich, baut die Deutsche Bank die Bagdadbahn. Versteht sich, der erste Termin des Malmöer Vertrages von 1803, wonach das Königreich Schweden gegen eine Zahlung von 5,625,000 Mark die Stadt Wismar mit Poel und Neukloster an Mecklenburg verpfändete, vorbehaltlich des Rechts, in hundert und aber hundert Jahren gegen Zahlung dieser Summe, durch Zinseszins um drei Prozent vermehrt, das Pfand von neuem zu erwerben; das Jahr, in dem Schweden es vorzog, diese 108,041,200 Mark zu behalten, mit vorgetragenem Verzicht für den 19. August 2003; patriotische Umtriebe zu Wismar in Anwesenheit des Grossherzogs samt hochgestellter Verwandtschaft. 1903 gab der alte Redebrecht an den Sohn ab. In den Wahlen zum Reichstag, Juni 1903, wurden in Mecklenburg für die Konservativen 33,7%, für die Liberalen 25,7%, für die Sozialdemokraten 40,6% der Stimmen abgegeben, welches Ergebnis das Wahlgesetz mit Blick auf Besitz und Gewinn umrechnete in vier konservative, einen liberalen und einen sozialdemokratischen Volksvertreter. *So as de een heet, süht de anner ut, un wat de een gelt, is de anner wiert.*

Im Februar 1904 überfällt Japan die Flotte Russlands im Hafen von Port Arthur und eröffnet den Krieg etwas später auch schriftlich, im April verstehen England und Frankreich einander in einer Entente Cordiale, im Juli stand Heine Cresspahl mit Gesine Redebrecht auf dem malchower Kinderplatz zwischen den grossen leinenen Zelten des Volksfestes, von allen gesehen, von Niemand entdeckt, *dat du min Leewsten büst, / dat du woll weist / kumm bi de Nacht, kumm bi de Nacht / ick weit wo du heitst. / Dat du min Leewsten büst / hest man kein Geld*... im Oktober ging sie eines Nachts oben an das kalte Fenster und zeigte Cresspahl, wie sie mit aufgelösten Haaren aussah. »Ich war fünfzehn. Er war sechzehn. Es war nichts ausgemacht und nichts angesagt. Unten in den Büschen am Garten, da stand er.« Bis dahin hatten die Familie wie die Gesellen dieser Liebschaft mit Neckereien eher nachgeholfen als geschadet, im Dezember nahmen der alte Redebrecht wie sein Sohn den Lehrjungen an die Kandare mit einer moralischen wie volkswirtschaftlichen Predigt über das Thema: wie Einer als Johann von 'n Lann' nicht Meister wird und Nie; zu seinem Entsetzen. Es war ganz ausserhalb von ihm. So weit weg von ihr hatte er nicht denken können. Er verteidigte sich verworren, die Männer glaubten ihm, die Frauen hatten es von vornherein gewusst, der Gesine waren die Augen geöffnet worden, zwar wurde er nicht aus der Lehre geworfen, sie ging aus dem Haus, aus freien Stücken so weit wie in eine güstrowsche Pension. *Hei säd mi so vel, un ick säd em kein Wurt, / un all wat ick säd, wir: Johann, ick möt furt...* später hat sie es anders wahr haben wollen. Woher weiss ich das. Woher mag ich das wissen. Es hat ganz anders abgehen können, von dem einen wie dem andern hat Cresspahl zu mir geschwiegen. Ich weiss, dass ich dies weiss. Da ist keine Stelle in meinem Gedächtnis, die sich meldete. Ich ahne nicht, wo es aufbewahrt ist. Beweisen kann ich ihren Namen, meinen Namen, sonst fehlt alles. Es ist da, um ein Vielfaches kräftiger, sichtbarer, fassbarer als bloss der Wunsch, es möge so gewesen sein. Es ist nicht an dem, dass es so gewesen ist, weil ich es so brauche; nur, dass ich anders es nicht erkennte.

Zwar darf die Tochter wünschen. Sie darf den Männerturnverein von Malchow dem Bund der Malchower Schützen vorziehen. (Die Segler hätten Cresspahl abgeschlagen als Mitglied, selbst wenn er mit einem Boot angekommen wäre.) Der Vater als Schützenkönig von Malchow, oder als Inhaber von Schiesswürden Trostes halber, Erster und Zweiter Ritter, es geht ihr gegen den Strich. Lieber sieht sie ihn im Umzug hinter der Stange mit dem eichenlaubbekränzten Behelf, den vier F *Frisch – Fromm / Fröhlich – Frei*, bis endlich die Fahne gefunden wurde, die nach dem Verbot von 1848 ein halbes Jahrhundert im Versteck lag (oder: stand). Cresspahl (singend?) in der Turnerfeuerwehr von Malchow, mit einem Krug Bier in der erhobenen Hand bei der Turnfestfahrt auf geschmücktem Erntewagen, all das will die Tochter hinnehmen, bleibt ihr der Schiessport, e. V. seit 1884, und ihm erspart. Die Herkunft des Wunsches ist ihr bewusst. Damit hört es auf, Nachweis oder Auskunft fehlen. Mit dem Wünschen geht es nicht weiter dahin, wo er zu sehen wäre.

Am Jahr 1905 haben wir lange lernen müssen, fast ein halbes Schuljahr in Geschichte wurde vollgepackt mit der russischen Revolution im

Januar, dem Aufstand der Schwarzmeerflotte vor Odessa und Konstanza im Juni. (1905 heiratet der deutsche Kronprinz, Wilhelm, die Prinzessin Cäcilie von Mecklenburg-Schwerin.) 1905 verschwindet mein Vater noch mehr aus der Sicht, was immer ich um ihn stelle an Möglichem, Notwendigem, selbst wenn es ihn erwischt haben muss, und er bleibt weg für viele Jahre. Militärdienstpflichtig mit dem vollendeten 17. Lebensjahr, wurde Cresspahl nach Ostern 1905 aufgefordert, »mit reingewaschenem Körper und Hemd« vor der ärztlichen Kommission in Waren a. d. Müritz zur Musterung anzutreten. Ein neues Hemd, er wird es haben bezahlen können, er bekam mittlerweile drei Mark die Woche. Für diensttauglich befunden, wurde er dem Holsteinischen Artillerie-Regiment Nr. 24 in Güstrow zugeteilt. Durch Kliefoth weiss ich: Das Holsteinische Artillerie-Regiment Nr. 24 lag mit fünf Batterien in Güstrow und mit einer in Neustrelitz (das war die »Salutbatterie«). Die Kasernen in Güstrow habe ich ohne Absicht, ohne Ahnung gesehen, tiefrote Ziegelblocks hinter niedrigen Mauern mit Zierkronen, ein Karree zwischen Friedhof und Barbarastrasse, so dass es wohl später auch ein russisches Viertel abgegeben haben wird, mit grüngestrichenen Sichtblenden. Inzwischen zu Zivilwohnungen hergerichtet; noch ist zu erraten, wo die Wache stand. Cresspahl wurde da nicht als Kanonier ausgebildet, sondern als Fahrer, mit Sporen an den Stiefeln. Er musste nicht die Geschütze putzen, sondern die Pferde striegeln. Die Artillerie hatte damals noch die blauen Kanonen, ohne Rücklauf. »Die Bohrung des Geschützes heisst Seele, ihr Durchmesser das Kaliber.« Von den Gemeinen wurden einige nach dem ersten Jahr wegen »Anstelligkeit« zum Gefreiten befördert. Dann wurden sie Stubenälteste, oder sie mussten Unteroffiziersdienst mitmachen. Nach zwei Jahren wurden sie entlassen in die Reserve. Inzwischen war die Einkreisung des Deutschen Reiches vollständig. Die europäische Öffentlichkeit lachte, wenn Willy Zwei nur den Mund auftat. (Im Inland wurde er mittlerweile zitiert als Lehmann, ohne Herr, oder als Léman.) Die Rekruten sangen schon vor der Entlassung Reserve-Lieder, was aber streng untersagt war. Reservistenlieder habe ich keine gefunden. Bei der Entlassung wurde ihnen der Mobilmachungsbefehl ausgehändigt. Da ist keine Spur von Cresspahl für mich, nicht einmal das unvermeidliche Gruppenfoto mit der Schiefertafel und den neckischen Gebärden. Als wünschte er abermals ungesehen zu sein. Ungesehen zu werden.

Cresspahl als Rekrut hätte noch einem vielfach vorbestraften Schuster gehorchen müssen, wollte der in der Uniform eines Offiziers die Stadtkasse von Güstrow berauben, aber eine löbliche Polizei verwies jenen Wilhelm Voigt im Mai 1906 der Stadt Wismar und der Mecklenburgischen Lande, so wurde er Hauptmann von Köpenick. 1906 fällt der Kanzler von Bülow im Reichstag ohnmächtig zu Boden, während Bebel ihm die marokkanischen Leviten verliest. 1907 brachten die Reichstagswahlen 37,8 % mecklenburgischer Stimmen für die Konservativen, 22,8 für die Liberalen, 39,4 für die Sozialdemokraten. 1907 gingen die Briten auch noch mit den Russen in einen Vertrag. 1908 zieht Willy Zwo einhundertfünfzig Schutzleute ins Berliner Schloss, weil er sich fürchtet vor unbotmässigen Bürgern in der Stadt, den Briten hingegen lässt er im Daily Telegraph ausrichten: *Ihr Engländer seid verrückt, wie Stiere, die Rot sehen!* und diesmal bleibt ihnen das Lachen stecken. Auf beiden schweriner Landtagen scheitert der Entwurf zu einer mecklenburgischen Staatsverfassung an der Ritterschaft; Mecklenburg bleibt das einzige Land im Deutschen Reich ohne allgemeine Wahlen, der letzte ständische Staat, Ritterschaft, Domanium, Landschaft, ernst angetan mit Mittelalter, die komische Figur Europas. 1908 war Cresspahl wieder zu Hause. Bei den Eltern nur zu Besuch, obwohl seine Dienstzeit ihm Anwartschaft verlieh auf den Posten eines Gespannführers oder gar Kutschers für die Herrschaft. Bei welchem Verein immer er sich zurückmeldete in Malchow, in der Stadt machte er seine Gesellenprüfung. Was könnte ich mir schon vorstellen als Probearbeit: ein Türschloss aus keinen anderen als hölzernen Teilen, einen Rollsekretär nach amerikanischer Art und doch mit Geheimfach; wozu. 1909 ging er los. Von nun bis er in meine Nähe kommt, da verkneife ich mir, willentlich nach ihm zu suchen.

Er wird auf Wanderschaft gegangen sein. Es war die Sitte. Warum sollte er schon mit zwanzig Jahren sich anders anstellen als nach der Regel? Die erste Zeit in Mecklenburg. Das darf ich denken, es festzubinden mit Worten wie Griese Gegend oder Fischland ist mir versagt. Wenn er es eilig hatte in die Residenz, er wird sich haben gedulden müssen, denn dort lebten AllerhöchstDieSelben Herrschaften weiterhin im Glauben, die sozialdemokratischen Volksaufwiegler aus den grossen Städten seien für die Benutzung von Personenzügen zu verwöhnt, weswegen ein Abkommen der FriedrichFranzBahn mit der

Preussischen Bahnverwaltung die Schnellzüge fernhielt von Schwerin in Mecklenburg. Wenn ich will, trug er schon in diesem Jahr die Karte dieser Partei für sozialistische Demokratie in der Tasche, einer zugeknöpften Tasche allerdings, und dachte angesichts des vaterländischen Aufwallens zum 100. Todestag der Königin Luise, was »Die Neue Zeit« ihn lehrte, ganz schamlos gegenüber dem bürgerlichen Aufschrei: »Wenn jetzt in einem sich wissenschaftlich nennenden sozialdemokratischen Organ in wahrhaft niederträchtiger Gemeinheit versucht wird, das Bild dieser Fürstin in den Schmutz zu ziehen ...« Es braucht nicht dieses Jahr 1910 zu sein. Aber sie müssen ihm aufgefallen sein mit ihren Kundgebungen gegen das Dreiklassenwahlrecht in Preussen mit sechstausend Leuten und Polizei in Essen, mit Polizei in Braunschweig, mit 150,000 Leuten auf dem treptower Wahlrechtsspaziergang in Berlin, denn es mochten die Mecklenburger Nachrichten das in die Ecke stellen, in der Volkszeitung aus Rostock war es zu finden. Japan annektiert Korea. Im Dezember wurden die Deutschen gezählt und meldeten sich zu 64 Millionen, davon in den beiden Herzogtümern Mecklenburg 746,305, ein Sechsundachtzigstel. Den Mindestbeitrag von dreissig Pfennigen im Monat hätte er aufbringen können, und seit dem vorigen Jahr und Parteitag galt der Partei als zugehörig jedermann, der sich zu den Grundsätzen des Erfurter Programms bekannte, da mögen ihm fürs erste gefallen haben die Forderung nach »Selbstbestimmung und Selbstverwaltung des Volks in Reich, Staat, Provinz und Gemeinde« wie die progressiv gestaffelten Steuern auf Einkommen und Vermögen, kaum aus Neid. *De ein sleit den Nagel in, de anner hängt dor den Hot up.* Zum Glück weiss ich das eine: jede seiner Sündenlisten fing er an mit dem Parteitag von 1910, da hatte eine Frau namens Luxemburg nicht ausreden dürfen. Im Mai 1911 eröffneten der Grossherzog und seine hohe Gemahlin in Schwerin am Faulen See eine Mecklenburgische Landes-Gewerbe- und Industrie-Ausstellung. Denn diese Familie wünschte die Industrie nur als Gast, liess Fabrikgründern abwinken, und bekundete ihren Sinn für das Höhere durch Duldung einer Klaviermanufaktur und erwies ihre Gnade lediglich den Bierbrauereien. In Schwerin hätte ein Tischlergeselle leichter Arbeit gefunden als ein Arbeiter. Nächstens denke ich noch: er hielt an in Schwerin! dabei konnte er Crivitz und Rostock und Parchim vielfältiger beschreiben, mehr als bloss die Wege von den Bahnhöfen. Im September 1911 feierte die deutsche Turnerschaft die Eröffnung eines

Turnplatzes in der Berliner Hasenheide vor hundert Jahren; er mag eins dieser Feste erwischt haben unterwegs. 1910 bis 1914, es ist eine lange Zeit für Wandern, vielleicht ein Jahr zuviel. Sohnestreue klingt anders. Anhängliches Wesen ist so nicht offenbar. Vielleicht also erfuhr er aus einer italienischen Zeitung, dass die S. P. D. 1912 als stärkste Partei in den Reichstag zog, wenn auch nur mit einem Abgeordneten aus den sieben mecklenburgischen Wahlkreisen. Mecklenburg in einem italienischen Munde 1912! das nehme ich zurück. Meyer spricht von einer Berner Klause namens Chiusa, sodann erstirbt ihm das enzyklopädische Wissen. Auch die Fella ist ihm unbekannt, erst beim Tagliamento gerät er wieder ins Conversieren. Chiusaforte, ein Arbeitsplatz. Bis ich ein Bild von diesem Chiusaforte aufgetrieben hatte! Eine graue Fotografie zeigt eine gedrungene Stadt, vielstöckige Steinhäuser, an der unteren Fella, zwischen den Kalkmassen der Venetianer und der Julischen Alpen. Im Sommer ist das Geröllbett des Flusses fast so breit wie das ganze Tal, von dünnen Wasserfäden durchrieselt; die Platzregen im Herbst werfen einen mächtigen Strom ab, einen torrente, der wiederum Geröll und Erde von den kahlen Abhängen reisst und mitnimmt. Da will ich hin, das will ich sehen, diesen November. 1913 Tod Bebels, zweiter Balkankrieg, Albanien wird noch rasch selbständiges Fürstentum, Deutschland feiert in einem fort das Jahr 1813, und Mecklenburg feiert für sich ein Mädchen aus Friedland (Mecklenburg-Strelitz), das bei jenem Krieg in Männerzeug mitgemacht hatte. Willy Zwo begeht das fünfundzwanzigste Jahr im Amt und in Schlesien Manöver, *Alle Dag wat Nieges, säd de Katt, dor verbrennt sei sick de Tung an de heite Melk*, das letzte Kaisermanöver, das weiss er nicht, das ahnt er nicht, er deckt noch einen Leutnant, der seine Rekruten lehrt, das zivilistische Pack mit der Waffe niederzustrecken, wenn es frech vorkommt. Da nicht dies Cresspahl zurückholte in die Heimat, versagte auch die Sturmflut vom 30. Dezember 1913, nicht so wild wie die von 1872, aber sie biss kräftig am Ufer der Insel Poel umher, riss einen deftigen Brocken Erde am Strand der Rostocker Heide ab, liess die Warnemünder noch zu Silvester auch in ihren Strassen Boot fahren. Er hatte wohl Niemanden so dicht an der Ostsee, und im Lande würden sie wohl allein fertig mit dem Schnee, der Norddeutschland zudeckte Meter hoch. Cresspahls Schule war nicht von der Art, dass er sich ein Chiusaforte hätte ausdenken können. Mir passt auch, dass es die südlichste Gegend ist, in die er sich gewagt hat: låt mi man lachen, du. In einem Brief schreibt er, sein unaussprechliches Hochdeutsch, von »den italienischen Ebenisten des 18. Jahrhunderts«; so streng hielt er sich damals fern von mir, aber Italien hat er mir zugegeben, das nimmt mir keiner weg, es wird mir reichen bis zum Herbst. *Ümsünst springt kein Hund oewer 'n Tun, hei möt weiten, wat dor achter is.* Da ist eine Stelle, die von innen zu kennen wehre ich mich. Nie habe ich ihn gefragt, es zu wissen war ich gedrängt, von ihm zu hören hätte ich nicht ertragen: was zu seinen Zeiten das Liebesleben hiess. Stünde es in Briefen, ich würde es lesen, voller Scham ob meines Mangels an Scham, obendrein müssten es Briefe sein an andere als mich, zweifacher Einbruch in sein Geheimnis, ich täte es ungeachtet meines eigenen Verbotes. Da sagen sie mir: in Güstrow stand das amtliche Bordell an einer Strasse, die heisst Glewiner Mauer. Was soll ich damit! Da bin ich fix bei der Hand: die Löhnung reichte zu keinen solchen Sprüngen, da hätte er als Mannschaft auf Offiziere treffen können, nun nimm mal Haltung an ... Ich kann aufsagen, was mir passiert, wenn ich mich entscheide für das Ungewünschte: Amusement, Trauer, kumpelhaftes Billigen – lieber verweigere ich die Entscheidung. Ob ich bei Güstrow, Parchim, Malchow, an der Fella Halbgeschwister leben habe, er hat es mir verschwiegen, ein anderes, in England, ausdrücklich genannt; was er mir vorenthielt, war überlegt. So bestimme ich es. Hier bin ich im Unsicheren sicher; hier lauert keine Katze Erinnerung.

1914 baute Cresspahl sein Meisterstück. Im Frühjahr machte er sich auf den Weg nach Malchow/Mecklenburg/Deutschland. Bei Pontebba musste er schon wählen. Links die steilen Pässe bis fast vor Salzburg, rechts der freundliche Abstieg nach Kärnten; den einen Weg war er gekommen. So möchte ich denken: Graz und Pressburg, Krakau und Warschau, Thorn und Posen, Stargard und Penzlin, Jabel, Nossentin, Silz, Karlshof, Malchow am See. Für den ganzen Weg von Mecklenburg in den Süden, den Osten, den Norden möchte ich gern denken, er habe unterwegs jeweils ein paar Tage geholfen mit den fortschreitenden Ernten, mit einem Blick auf das Wirtschaften der ungarischen und polnischen Bauern, mit einem anderen Blick aufs Essen und einen Mundvorrat. Sparsam war er. Geld brachte er mit. In der Innung redeten manche, stimmte keiner gegen ihn, sie liessen ihn zu für die Prüfung, sie nahmen seine Arbeit ab (es muss etwas gewesen sein, das kann ein Mann bequem tragen), sie sprachen ihn zum Meister. In Malchow bleiben hiess Gesine auf dem Möhlenbarg treffen, die hiess nunmehr Gesine Zabel, *De Fisch mücht de Katt woll, se mag sick man blot de Föt nich natt måken*, er ging weg nach Waren, da redete ein Tischlermeister von Verkaufen. Er war mit dem fast einig, da genügte ein Attentat in Sarajevo, das Warten war vorbei. Russland wünschte die Aufteilung der Türkei zu seinen Gunsten, wollte auch mehr das Sagen haben auf dem Balkan; Frankreich gedachte sich Elsass-Lothringen zurückzuholen, auch in Afrika etwas zu gewinnen; Grossbritannien benötigte das Sagen auf den Weltmeeren für sich allein, konnte die deutschen Kolonien gut brauchen, auch paar Stücke Türkei; Österreich hoffte zuversichtlich auf russischen Boden und darauf, das Sagen zu bekommen auf dem Balkan; Willy Zwo bedurfte all dessen auch, sowie des deutschen Sagens in Europa, weiterhin des Kanoniers Heinrich Cresspahl an der Barbarastrasse in Güstrow.

Heinrich und Lisbeth Cresspahl*

Im August 1931 saß Cresspahl in einem schattigen Garten an der Travemündung, mit dem Rücken zur Ostsee, und las in einer englischen Zeitung, die fünf Tage alt war.

Er war damals in seinen Vierzigen, mit schweren Knochen und einem festen Bauch über dem Gürtel, breit in den Schultern. In seinem graugrünen Manchesteranzug mit Knickerbockers sah er ländlicher aus als die Badegäste um ihn, er betrug sich vorsichtig und seine Hände waren klobig, aber der Kellner sah es, wenn er die Hand hob, und setzte ihm das Bier bald neben die Hand, nicht ohne Redensarten. Darauf antwortete Cresspahl mit leisem, vergeßlichem Knurren. Er sah an seiner zerknitterten Zeitung vorbei auf einen Tisch in der sonnigen Mitte des Gartens, an dem eine Familie aus Mecklenburg saß, jedoch in einer zerstreuten Art, als habe er seine veralteten Nachrichten satt. Er war damals füllig im Gesicht, mit trockener schon harter Haut. In der Stirn war sein langer Kopf schmaler. Sein Haar war noch hell, kurz in kleinen wirbligen Knäueln. Er hatte einen aufmerksamen, nicht deutbaren Blick, und die Lippen waren leicht vorgeschoben, wie auf dem Bild in seinem Reisepaß, den ich ihm zwanzig Jahre später gestohlen habe.

Er war vor fünf Tagen aus England abgefahren. Er hatte in Mecklenburg seine Schwester verheiratet an einen Vorarbeiter beim Wasserstraßenamt, Martin Niebuhr. Er hatte das Essen im Ratskeller von Waren gestiftet. Er hatte sich Niebuhr zwei Tage lang angesehen, ehe er ihm tausend Mark gab, als Darlehen. Er hatte das Grab seines Vaters auf dem Friedhof von Malchow auf zwanzig Jahre im voraus bezahlt. Er hatte seiner Mutter eine Rente hinterlassen. Hatte er sich nicht losgekauft? Er hatte einen Vetter im Holsteinischen besucht und ihm einen Tag Korn einfahren helfen. Er hatte seinen Paß um fünf Jahre verlängern lassen, nach den Vorschriften für die Einbürgerung. Er hatte noch fünfundzwanzig Pfund in der Tasche und wollte nur wenig davon ausgeben, bis er zurück war in Richmond, in seiner Werkstatt voll teuren Werkzeugs, bei verläßlicher Kundschaft, in seinen zwei

Zimmern am Manor Grove, in dem Haus, auf das er ein Gebot gemacht hatte. Er hatte auf der Reise noch einmal gesehen, wo er ein Kind gewesen war, wo er das Handwerk gelernt hatte, wo er zum Krieg eingezogen wurde, wo die Kapp-Putschisten ihn in einen Kartoffelkeller gesperrt hatten, wo jetzt die Nazis sich mit den Kommunisten schlugen. Er hatte nicht vor, noch einmal zu kommen.

Die Luft war trocken und ging schnell. Die warmen Schatten flakkerten. Der Seewind schlug Fetzen von Kurkonzert in den Garten. Es war Friede. Das Bild ist chamois getönt, vergilbend. Was fand Cresspahl an meiner Mutter?

Meine Mutter war 1931 fünfundzwanzig Jahre alt, die zweitjüngste von den Töchtern Papenbrocks. Auf Familienbildern steht sie hinten, die Hände verschränkt, den Kopf leicht schräg geneigt, nicht lächelnd. Man sah ihr an, daß sie noch nie anders denn aus freien Stücken gearbeitet hatte. Sie war so mittel groß wie ich, trug unser Haar in einem Nackenknoten, dunkles, locker fallendes Haar um ihr kleines, gehorsames, ein bißchen gelbliches Gesicht. Sie sah jetzt besorgt aus. Sie hob selten den Blick vom Tischtuch und knetete ihre Finger, als wäre sie gleich ratlos. Sie allein hatte gemerkt, daß der Mann, der sie ebenmäßig ohne ein Nicken beobachtete, ihnen nachgegangen war von der Priwallfähre bis an den nächsten freien Gartentisch. Der alte Papenbrock lag mit seinem ganzen Gewicht gegen seine Lehne und quengelte mit dem Kellner, oder mit seiner Frau, wenn die Bedienung an anderen Tischen stand. Meine Großmutter, das Schaf, sagte wie in der Kirche: Ja, Albert. Gewiß, Albert. Der Kellner stand an Cresspahls Seite und sagte: Nicht daß ich weiß. Wochenende. Kommen viel vom Land rüber. Gute Familien. Mein Herr.

Ich war hübsch, Gesine.
Und er sah doch eher aus wie ein Arbeiter.
Dafür hatten wir einen Blick, Gesine.

Cresspahl stand an der Fähre zum Priwall, als die Papenbrocks in die Vorderreihe kamen, auf der Fähre stand er gegen den Schlagbaum gestützt, den Rücken zu ihnen. Auf der anderen Seite ließ er sie an sich vorbeigehen zu Alberts Lieferwagen und verlor sich bald unter den Spaziergängern in der dick überlaubten Villenstraße. Am Abend fuhr Cresspahl mit einem gemieteten Auto zurück nach Mecklenburg, über den Priwall, entlang der Pötenitzer Wiek, entlang der Küste nach Jerichow. Mein Vater, als sein Boot nach England in Hamburg ablegte, nahm sich ein Zimmer im Lübecker Hof in Jerichow.

Jerichow zu Anfang der dreißiger Jahre war eine der kleinsten Städte in Mecklenburg-Schwerin, ein Marktort mit zweitausendeinhunderteinundfünfzig Einwohnern, einwärts der Ostsee zwischen Lübeck und Wismar gelegen, ein Nest aus niedrigen Ziegelbauten entlang einer Straße aus Kopfsteinen, ausgespannt zwischen einem zweistöckigen Rathaus mit falschen Klassikrillen und einer Kirche aus der romanischen Zeit, deren Turm mit einer Bischofsmütze verglichen wird; lang und spitz läuft er zu, und wie die Mütze eines Bischofs hat er Schildgiebel an allen vier Stirnen. Um den Marktplatz im Norden, zur See hin, standen ein Hotel, die Bürgermeisterei, eine Bank, die Raiffeisenkasse, Wollenbergs Eisenwarenlager, Papenbrocks Haus und Handlung, die alte Stadt, hier gingen Nebenstraßen ab, Kattrepel, Kurze Straße, die Bäk, Schulstraße, Bahnhofstraße. Am südlichen Ende, um Kirche und Friedhof herum, war die erste Stadt gewesen, fünf Gänge zwischen Fachwerkhäusern, bis sie abbrannte, 1732, erst im neunzehnten Jahrhundert wieder zugestellt mit gedrungenen Backsteinhäusern, Schulter an Schulter unter sparsamen Dächern, da steht heute das Postamt, das Konsumkaufhaus, die Ziegelei hinter dem Friedhof, die Ziegeleivilla. Um die Stadt herum waren viele Scheunen übrig, die Nebenstraßen waren bald Feldwege, und neben Schaufenstern in der Hauptstraße standen hölzerne Hoftore. Da, auf hundertzwanzig Hektar, wohnten Ackerbürger, Kaufleute, Handwerker. Cresspahl kam von Süden, auf der Gneezer Chaussee, und fuhr über die Hauptstraße am Marktplatz vorbei heraus aus Jerichow, denn er fing nun an, die Stadt zu erwarten. Da war die Stadt zu Ende, bis zur See lagen Felder.

Jerichow war keine Stadt. Es hatte ein Stadtrecht von 1240, es hatte einen Gemeinderat, es bezog Elektrizität vom Kraftwerk Herrenwyk, es hatte ein Telefonnetz mit Selbstanschluß, einen Bahnhof, aber Jerichow gehörte der Ritterschaft, deren Güter es umgaben. Das war nicht mit dem Brand gekommen. Die Ritterschaft hatte den Bauern, die das Land urbar gemacht hatten, ihre Höfe genommen, ihre Felder den eigenen zugeschlagen, sie leibeigen gemacht, und das schwächliche, über die Ohren verschuldete Fürstenhaus hatte ihnen das Recht dazu im grundgesetzlichen Erbvergleich von 1755 bestätigt. Von den Dörfern, die Jerichow stark gemacht hatten, gab es noch drei, winzige, ärmliche Siedlungen. In diesem Winkel regierte der Adel, Arbeitgeber, Bürgermeister, Gerichtsherr über seine Tagelöhner, als Raubritter berühmt geworden, als Unternehmer wohlhabend. Jerichow war wiederum nicht weit von dem Rodedorf, als das es angefangen hatte. Von der Schiffahrt war es ausgeschlossen durch die großen Häfen, seine Entfernung vom Meer. Wo ein Hafen für Jerichow hätte sein können, saß das Fischerdorf Rande, schon am Anfang des Jahrhunderts reich genug für Grand Hotels, Erbgroßherzog, Stadt Hamburg. Jerichow war eine Station geblieben auf dem Weg nach Rande, früher die Diligencen wie jetzt die Omnibusse gaben die zahlkräftigen Badegäste nicht ab. Der Handel kam nicht über die schmalen Chausseen, die großen Straßen zogen tief im Süden an ihm vorbei. Der Ritterschaft war Jerichow so recht, als ein Kontor, ein Lagerplatz, ein Handelsort, eine Verladestelle für den Weizen und die Zuckerrüben. Die Ritterschaft brauchte keine Stadt. Jerichow bekam seine Bahnlinie nach Gneez, zur Hauptstrecke zwischen Hamburg und Stettin, weil die Ritterschaft das Transportmittel brauchte. Jerichow war zu arm, sich eine Kanalisation zu bauen; die Ritterschaft brauchte sie nicht. Es gab kein Kino in Jerichow; die Ritterschaft war nicht für die Erfindung. Jerichows Industrie, die Ziegelei, war ritterschaftlich. Ihnen gehörte die Bank, die meisten der Häuser, der Lübecker Hof. Der Lübecker Hof hatte eine Klärgrube. Die Ritterschaft kaufte in Jerichow Ersatzteile für ihre Maschinen, sie benutzte die Verwaltung, die Polizei, die Rechtsanwälte, Papenbrocks Speicher, aber ihre großen Geschäfte machte sie in Lübeck ab, ihre Kinder schickte sie auf Internate in Preußen, den Gottesdienst hielten sie in ihren eigenen Kapellen und begraben ließen sie sich hinter ihren Schlössern. In der Erntezeit, wenn der Weg nach Ratzeburg oder Schwerin zu weit war, fuhren die Herren abends zum Lübecker Hof und spielten Karten an ihrem eigenen Tisch, gewichtige, leutselige, dröhnende Männer, die sich in ihrem Plattdeutsch suhlten. Cresspahl bei seinem Bier hielten sie, wegen des großstädtischen Kennzeichens an seinem Auto, für einen Handelsreisenden.

Seine Hauptstraße, die schmale Schneise aus der Rodezeit, nannte Jerichow die Stadtstraße.

Cresspahl erkundigte sich beim Frühstück nach dem Wetter. Er ging in die kleinen Läden, kaufte Schreibpapier oder Hemden von der besseren Sorte und fragte nebenbei. Er stand eine Weile auf dem Weg hinter dem Hof von Heinz Zoll, der hier die besseren Tischlerarbeiten machte, und besah sich das Holzlager im offenen Schuppen. Er fing an, sein Bier im Krug zu trinken, bei Peter Wulff. Peter Wulff war in seinem Alter, weniger prall damals, ein nicht beflissener, maulfauler Wirt, der Cresspahls geduldiges Warten beobachtete wie der ihn. Cresspahl schrieb eine offene Postkarte nach Richmond und gab sie dem Hoteldiener zum Einwerfen. Er besuchte den Rechtsanwalt Jansen. Er ging nach Rande und aß im Hotel Stadt Hamburg zu Abend. Es las alle Anzeigen im Gneezer Tageblatt auf der Seite für Jerichow und Umgebung. Er ging nicht langsamer, wenn er an Papenbrocks Einfahrt vorbeikam, aber seine Gänge brachten ihn da vorbei, und er wußte nach einer Weile, daß der junge Mann, der im Hof beim Sackabladen die Aufsicht führte, Horst Papenbrock war, der Erbe, damals 31 Jahre. Zwischen fliehendem Kinn und fliehender Stirn war Horsts Gesicht so spitz wie ein Fisch. Cresspahl sah den alten Papenbrock durchs offene Fenster am Schreibtisch, schwitzend über seinem behaglichen zarten Bauch, so heftig nickend vor Höflichkeit, als dienerte er im Sitzen. Offenbar handelte er mit der vornehmen Kundschaft nicht gern, oder nicht lange, Papenbrock, der so knausrig war, daß er sich einen Personenwagen nicht leistete und die Familie im Lieferauto zum Kaffeetrinken nach Travemünde fuhr. Meine Mutter sah Cresspahl nicht. Er sah meine Großmutter in der Bäckerei verkaufen helfen, eine ergebene flinke Alte mit einer etwas süßlichen Redeweise, besonders zu Kindern. Hier grüßte Cresspahl im Vorbeigehen, durch die offene Tür.

und ich war nie ein Schaf, Gesine.
Dich haben sie auf die Seite geschmissen, dir haben sie die Pfoten zusammengebunden, dir haben sie den Hals mit Knien gegen die Tenne gedrückt, dir haben sie mit einer stumpfen Schere die Wolle abgerissen, und du hast das Maul nicht aufgemacht, Louise geborene Utecht aus der Hageböcker Straße in Güstrow, du Schaf.

Cresspahl wußte, daß Horst Papenbrock und der Ackerbürger Griem Nazis waren und zu ihren Schlägereien nach Gneez mußten, weil die Sozialdemokraten in Jerichow ihre Nachbarn, Verwandten, Stadtverordneten waren. Er wußte, daß Papenbrock mit seiner Getreidehandlung, seiner Bäckerei, seinen Lieferungen aufs Land der reichste Mann in Jerichow war, und daß er außerdem noch Geld verlieh. Er wußte, daß die Geschichte hier lediglich eine Franzosenschanze hinterlassen hatte, an der Küste, acht Kilometer entfernt. Er wußte, daß noch ein Tischler sich in Jerichow nicht halten konnte.

Jerichow ist umgeben von Weizenfeldern, im Süden hinter dem Bruch ist der Gräfinnenwald, dann fassen übermannshohe Hecken Wiesen ein. Das Wetter ist das der See. Der meiste Wind ist westlich, vornehmlich im hohen Sommer und Winter. Hier ist es kühl. Hier sind die meisten trüben Tage im Land. Hier regnet es seltener als anderswo in Mecklenburg, und Gewitter kommt nicht oft vorbei. Die Apfelblüte ist spät, Mitte Mai, der Winterroggen ist reif am 25. Juli. Der Frost setzt später ein und verschwindet früher als im übrigen Land, aber er dringt kaum in den Boden, denn die Luft ist immer bewegt vom Wind, hier.

1920, während des Kapp-Putsches, beschoß Baron Stephan le Fort, Rittmeister a. D., Besitzer von Boek (2622 Hektar), die Stadt Waren an der Müritz mit einer Kanone, weil die Arbeiter die Stadt übernommen hatten. Der Einschuß am Rathaus ist heute noch zu sehen. Als die Landarbeiter der Gegend von fünf Toten in Waren hörten, gingen sie mit Jagdflinten und Sensen los und suchten auf den Gütern nach den Gewehren, Maschinengewehren und Munition, die die güstrower Reichswehr den Besitzern geschickt hatte. Der Gutspächter Papenbrock auf Vietsen, der sich in seinem Haus fünf Baltikumer als Hauslehrer, Eleven und Sekretär hielt, schickte die Soldaten durch den Hintergarten weg, als der Gärtner angelaufen kam und den Anmarsch des Feindes meldete. Papenbrock, damals 52 Jahre alt, stellte sich auf der Freitreppe auf, mit zurückgedrückten Schultern, Bauch im Gürtel aufgehängt, in Breeches und Stiefeln und sagte: Meine Herren. Ich gebe Ihnen mein Wort als Offizier. Bei mir sind keine Waffen. (Wenn Sie trotzdem suchen wollen, seien Sie bitte im Kinderzimmer leise und lassen die Mädchen schlafen.)

Meine Mutter, ein vierzehnjähriges Kind, stand in ihrem knöchellangen weißen Hemd auf den Dielen und wand sich ihr Haar ums Handgelenk und sah hin und her zwischen Papenbrock, ihrer Schwester Hilde und den Arbeitern, die sie auf Platt ausfragten. Papenbrocks Gesicht schaukelte zwischen einem drohenden und einem zärtlichen Ausdruck. Sie sagte endlich, tief Atem holend und mit niedergeschlagenen Augen: Inne Döe. Hinter dem eichenen Schrank im Kinderzimmer, der von Wäsche zentnerschwer war, in einer zugestellten Tür, hingen neun Infanteriegewehre und zweihundert Schuß Munition in Gurten. Meine Mutter wurde für zwei Wochen auf Wasser und Brot gesetzt. Papenbrock sprach von Verrat durch sein eigen Fleisch und Blut. Seine Frau sprach von der Liebe des Christen zur Wahrheit. Papenbrock rutschte die Hand aus an ihre Schläfe, und er ging den Sommer über nicht in die Kirche. Auf den umliegenden Gütern wurde von Papenbrocks Offiziersehre gesprochen. 1922 gab Papenbrock die Pacht auf.

In Vietsen hatten wir Mädchen jedes für sich ein Dienstmädchen. Dann gab es noch die von der Plättstube, der Küche, der Waschküche, die zum Saubermachen, und die Mamsell.
Eine Zeit lang hatte Louise Papenbrock einen Hausgeistlichen.
Einmal bestellte Hilde sich Strümpfe aus dem Schrank, weil ihr die vier Schritte auf den Flur zu weit waren, und Papenbrock ließ sie hart an. Sie mußte dem Mädchen fünfzig Pfennig geben.
Wenn Papenbrock verreisen wollte, telefonierte er mit dem Vorstand des Dorfbahnhofs und ließ ihn den gewünschten Zug auf freiem Feld beim Gut anhalten. Der Mann sagte: Ja, Herr. Für zwei Weihnachtshühner.
Und wenn Papenbrock zurückkam, zog er beim Gut die Notbremse und zahlte die zweihundert Mark Strafe und stieg in den Kutschwagen, mit dem Fritz nach dem Fahrplan auf dem Feldweg angefahren kam.
Fritz ist mitgekommen nach Jerichow. Er ist da gestorben.
Als Robert siebzehn war, mußte Hilde ihn immer zwei Stunden vor Schulanfang wecken, damit Louise Papenbrock nicht das Dienstmädchen in seinem Bett fand.
Das Mädchen hieß Gerda, und war so alt wie ich. Sie hat ins Dorf geheiratet, denn schwanger war sie.
Und Papenbrock zahlte die Aussteuer.
Und Louise Papenbrock konnte ihren Mann wieder einmal nicht verstehen.
Robert hat ein Pferd in einem Wettrennen mit einem Auto totgeritten.
Als Robert in einer Stunde nach Teterow reiten wollte, faßte ich das Pferd am Halfter und führte es zum Stall. Er neben mir her sagte

wieder und wieder, leise wegen der Knechte: Giv mi dat Pier. Im Stall war es düster, es war ein verhangener Abend kurz vor einem Regen, und ich konnte nicht sehen, daß er seinen Revolver aus der Tasche gezogen hatte. Er sagte: Giv mi dat Pier, orre ick scheit.
Scheit doch.
Ich habe mich im Unernst gebückt, und nicht mehr ist mir abgefallen als ein Haar.
Und das Pferd stand auf den Hinterbeinen. Das war zum Reiten verdorben.
Sech dat man nich Mudding: sagte er.
Mudding hett nüms nich wüßt.
Dein Onkel Robert kam betrunken zur Schule, machte Schulden in Restaurants, schoß auf Spatzen in der Stadt und traf Fensterscheiben. Als er die Tochter eines Lehrers geschwängert hatte, mußte er nach Parchim getan werden. In Parchim
nahm er sich ein Zimmer im Hotel Graf Moltke.
Und flanierte durch die Stadt mit einem silbernen Handstöckchen. Er saß in der Goldenen Traube in der Langen Straße bei Ente und Rotwein und sah vor dem Fenster den Rektor mit seiner Frau und lud das bestürzte Paar ein zu Ente und Rotwein. Das war sein Ende in Parchim.
Von Parchim an weiß ich nicht mehr.
Von Parchim ging er nach Hamburg.
Mit drei Mark in Silber von Parchim nach Hamburg?
Robert hat erst einmal zwei geliehene Pferde verprölt, und dann noch dem Teufel ein Bein abgesoffen.
In Vietsen wurde gesagt: Er lernt Import und Export in Rio de Janeiro.
In Vietsen hieß es: Mach die Tür auf, die Kornjuden kommen.
In Vietsen lebte deine Urgroßmutter noch. Sie hat immer die Gänse geschlachtet.
Henriette hieß sie. Sie war aus einer adligen Familie. Sie hatte solche Ausdrücke: Perron, Dependance. Oder: Wasch-Lavoir.
Bei der Haussuchung hat einer der Arbeiter zu mir gesagt: Treck di doch wat up din Föt, Kind.
Papenbrock hat Vietsen aufgegeben, weil die Adligen ihn seit März 1920 schnitten.

Papenbrock wurde die Pacht von Vietsen nicht verlängert, weil er nicht nach Vertrag drainiert hatte.
Weil alle über sein Kinderzimmer lachten.
Weil er nicht drainiert hat.
Wir wissen es nicht, Gesine.
Warum willst du das wissen, Gesine.
Wegen Cresspahl. Was wollte Cresspahl in einer solchen Familie.

Die Landwirtschaft braucht Steuererleichterungen! Überhaupt muß der Fiskus die Abgaben in Naturalien annehmen! Das Tarifrecht muß geändert werden! Der Staat soll lieber was gegen die Zwischenhandelsspannen tun! Wenn Berlin wenigstens die Einfuhren drosseln würde!

So: klagte Papenbrock senior: könne der Mecklenburgischen Ritterschaft vielleicht noch einmal über das Jahr 1931 geholfen werden!

Der Alte schrie nicht einmal, vertuschte auch nicht sein Asthma in den Pausen, zu denen die Zigarre ihn zwang, lag schlaff bei halbgeschlossenen Augen, gegen sein Sesselpolster in den schiefen rötlichen Sonnenstrahlen, die seine Kontorfenster blind machten. Er wollte nur Zeit gewinnen gegen seinen Besucher, einen Menschen namens Cresspahl, der ihn auf dem Briefpapier des Lübecker Hofs um eine Unterredung angegangen war. Der Besucher gab sich zudem, als läge ihm ernstlich an den Sorgen des ostelbischen Adels.

– Die Steuerschulden der Herrschaften, die sind wohl zum Tapezieren: sagte Cresspahl ernst, im selben förmlichen Platt, gehörig steif auf dem Besuchssofa, den Blick auf Papenbrocks abendlich spiegelnder Glatze haltend. Der Vater der Braut erkannte beim besten Zwinkern nichts Unehrerbietiges.

Papenbrock wußte gegen den Mann nichts zu tun. Der Mann war kräftig, nicht verspeckt, nicht kleinzureden. Der Mann konnte sich das Zimmer im Lübecker Hof schon acht Tage leisten. In dem Telegramm, das er aus England bekommen hatte, war von Aufträgen die Rede, wenngleich Frieda Klütz, Telegrafistin von Jerichow, nicht imstande gewesen war, für Papenbrock eine genaue Übersetzung dieser Geschäfte anzufertigen. Die Tochter erzählte von dreitausend Pfund auf einem Konto bei der Surrey Bank of Richmond, und Papenbrock hatte sein verächtliches Pusten versteckt, denn er hielt was vom Baren. Der Mann hatte darauf verzichtet, dem künftigen Schwiegervater mit einem Konto in Jerichow zu imponieren, der hatte aus dem deutschen

Bankenkrach vom Juli gelernt. Der Mann hatte gedient, den hatten Papenbrocks Kameraden an der Russenfront zum Unteroffizier gemacht. Der Mann war Mecklenburger. Aber Papenbrock konnte sich nicht zu dem Mann entschließen.

– Wenn Sie als ein geriebener Kaufmann für das Programm der Ritterschaft eintreten . . .: sagte Cresspahl auffordernd und nahm die Schultern ein wenig vor, als sei er neugierig auf Papenbrocks Absprachen in den Ministerien von Mecklenburg-Schwerin.

Papenbrock zögerte noch, diesem Cresspahl seine Freunde zu offenbaren. Der kam aus einer Gegend im Südosten, in der Papenbrock einmal eine Gutspachtung verloren hatte. Dieser Cresspahl hatte womöglich im warener Rathaus hinter einem Schreibtisch gesessen, als Papenbrock seine Gewehre an eine Arbeiterkontrolle herausrücken mußte. Dieser Cresspahl hatte inzwischen zehn Jahre außer Landes gelebt, in den Niederlanden, in England, bei den Gewinnern des Krieges, und selbst der Hauptmann a. D. Papenbrock konnte einen solchen Schwiegersohn nicht leicht beim Stahlhelm annehmlich machen. Der Mensch benahm sich nicht einmal, als hätte Papenbrock vor wenig Jahren sein Vorgesetzter sein können. Dieser Mann, so bürgerlich ihm seine Sparsamkeit in den Geschäften Jerichows anzurechnen war, er saß doch bei Peter Wulff in der Hinterstube, über die Polizeistunde hinaus, und redete mit Leuten, die mit Fahrrädern aus Wismar kamen und von denen nicht einmal der Landjäger wußte, wo sie über Nacht abblieben.

Das war in Itzehoe vor paar Wochen. Die Nazis hatten am Oesauer Berg eine Versammlung, und als die Kommunisten über sie herfielen, was hatten sie mitgebracht? Ja, Stielrungen, Mistgabeln, Fahrradketten, Stacheldrahtkeulen, Nägelstöcke, Gummiknüppel. Lies du mal den Lübecker Generalanzeiger!
Der eine Tote war nämlich ein Kommunist, verstehst du.
Ich hab gelesen: bloß die Nazis schießen. Wo mögen die Nazis ihre Schußwunden herkriegen?
Du erzähl mal lieber von England.

Papenbrock mochte nicht sich anfreunden mit einem Mann, der trug keinen Hut. Der ließ sich sehen auf der Terrasse des Hotels Erbgroßherzog in Rande mit einem Dr. Semig. Mochte Dr. Semig doch zwei Diplome an der Wand haben und zu Kaisers Geburtstag seine Kriegsauszeichnungen durch die Stadtstraße tragen. Papenbrock hielt es für ausreichend, Semig seine Rechnungen zu bezahlen, und zwar postwendend. Aber Semig saß vor einem christlichen Hotel unterm Sonnenschirm und trank den Kurgästen Cognac vor und erklärte Fremden die Welt.

Mein lieber Herr Cresspahl, wollen Sie was wissen? Auf eine Domäne in Schönberg ist neulich ein einziges Gebot abgegeben worden, und wollen Sie wissen wie hoch? Achthundert Zentner. Nein. Mein lieber Herr Cresspahl, wenn Sie es wissen wollen, Gastwirt müßte ich sein, nich Tierarzt. Sie haben gesehen, die Stammtische platzen, in den Gaststuben stehen die Leute schon am Nachmittag. Wissen Sie das, das Liter Milch bringt siebeneinhalb Pfennig. Nein. Wenn ein Pferd Koliken hat, warten die Bauern, wahrhaftigen Gottes, erst mal ab. Bei einem mittleren Schwein geht der Adel noch lange nich ans Telefon. Und wer läßt denn heute noch die ganze Herde gegen Rotlauf impfen? Wenn aber sie anrufen, machen sie vorher einen Preis mit mir aus. Früher hätte ich abgeklingelt. Aber in solcher Notzeit, und als Jude …
Was Sie nich sagn.
Aber mein lieber Herr Cresspahl, sehen Sie das nich? Sie wissen doch, man sieht es. Sehen Sie mich mal an, Herr Cresspahl! Nu weiten Se dat, nich?

Und Papenbrock wußte nichts gegen diesen Cresspahl zu tun. Dieser Mensch ließ sich auf eine Zeit nach dem Abendessen bestellen, dieser Mensch ließ Papenbrock allein seine Zigarre rauchen, er bestand nicht auf dem fälligen Rotspon, der Mensch war nicht zu kränken. Der Mensch hatte Geld, fast wie die lübecker Partie. Er würde ja vielleicht nicht geradezu Dr. Semig zur Hochzeit einladen. Und Papenbrock rutschte aus seinem Sessel, tappte in dem nahezu nachtfinsteren Zimmer umher, bückte sich mit seinen 63 Jahren unter den Schreibtisch, stellte die Flasche offen hin, goß ein und sagte, unverhofft in Hochdeutsch: Herr Cresspahl …, winkte meinem über alle Worte verblüfften Vater zum Aufstehen und fing an: Herr Cresspahl, denn wollen wir also verwandt sein. Sag mir mal, was sie dir für einen Vornamen gegeben haben.

Lisbeth Papenbrock hatte sich meinen Großvater gut gezogen.

– Und dann? fragt das Kind. Dann war deine Mutter nach der europäischen Sitte verlobt?

Dann war sie mit Heinrich Cresspahl, Kunsttischler aus Richmond, verlobt. Louise Papenbrock hatte den Tisch im Eßzimmer heimlich neu gedeckt und war beim Polieren der Gläser, als die Herren aus dem Kontor kamen. Mit dem Tuch in der Hand griff sie sich Cresspahls, versuchte ihm in die Augen zu sehen und sprach vom nötigen Wohlwollen Gottes. Cresspahl hielt das für harmlos, und Papenbrock, abgewandt zwinkernd, verzog sich zu seinem Weinkeller. Meine Mutter zeigte sich Papenbrock noch einmal als seine Vorzugstochter, ging bedienend um den Tisch, leise, nicht übermütig, zufrieden. Louise Papenbrock weinte, wenn es sich zu ergeben schien. Papenbrock trank Cognac und Mosel durcheinander und sprach über die hübschen Kinder, die seine Tochter mit Cresspahl in die Welt setzen würden,

aber nicht mit deinen Knochen die Mädchen, Heinrich Cresspahl, prost!

und sprach über Heinz Zoll, Tischlermeister zu Jerichow, den er auskaufen würde. Und meine Mutter setzte sich neben ihn und sah Cresspahl an, als bitte sie ihn um etwas, aber Cresspahl bewegte ernsthaft seinen Kopf, und sie sagte, ein wenig ängstlich, doch verschmitzt: Vadding wi bliewn nich. Und Papenbrock fuhr an sein Herz, wo ihre Hand schon war, und er grinste etwas geniert, weil er sein Erschrecken gezeigt hatte und eben daran gewesen war, es zu übertreiben.

– Und Horst Papenbrock? fragt das Kind.

Horst Papenbrock war nicht dabei. Darauf hatte meine Mutter geachtet. Der hatte Kameradschaftsabend bei den Gneezer Nazis.

Wie weit war Cresspahl vom Ekel, als er Tag nach Tag im August 1931 in Jerichow vertat, ein gesunder Mensch als Müßiggänger mitten in der Ernte, blind vor Verstrickung in sein Bild von der jüngsten Tochter Papenbrocks, als sei sie für sein Leben die einzig Nötige?

Cresspahl muß sich geekelt haben vor der Wiederholung. Mit sechzehn Jahren ja, da konnte die Welt noch zugestellt werden von der Nähe, dem Atem, dem Blick, dem Hautgefühl, der Stimme eines Mädchens; mit sechzehn Jahren, ja da mögen ihm einmal die Absicht und der Plan und die Zukunft verhängt worden sein vom geduldigen, zuversichtlichen Verlangen nach einer Fünfzehnjährigen, die so sehr Ziel wurde, daß er in ihr nicht mehr die Enkelin des Meisters wahrnahm, nur noch die unausweichliche Notwendigkeit, das Vertrauen auf einen abgeblendeten Entwurf für das ganze kommende Leben: mit sechzehn Jahren, als Tischlerlehrling in Malchow am See, zu Anfang des Jahrhunderts; aber 1931, in Jerichow bei Gneez, mit 43 Jahren?

Ist nicht die Wiederholung unerträglich: daß immer wieder das Bedürfnis nach einer Person das Bewußtsein wie zum ersten Mal nach dem alten Raster preßt, daß längst ausgedachte Empfindung wiederkehrt wie frisch, daß die Vorstellung unermüdet von neuem die bloße Außenseite einer Person ausdeutet und ausbaut zu allen denkbaren Entsprechungen zwischen ihr und ihm, daß die Leerstellen in der wirklichen Person ungewarnt verdeckt werden von dem Bild der Person, daß der Herzschlag anzieht nur bei ihrem Anblick so lebensängstlich wie nur beim Anblick einer anderen Person schon vor fünf, vor zwölf, vor achtundzwanzig Jahren, als wäre hier unerhörte Wirklichkeit zu entdecken, noch nie Berührtes, noch nie Gefühltes? er muß sich vergessen haben.

Stand, ein kräftiger Mann mit heilen Armen, verschlafen und freundlich auf dem Marktplatz neben der Stadtwaage, auf die Gutswagen nach Gutswagen zufuhr, ging an den heißen müden Pferden entlang, ließ die krumm im Schweiß hockenden Gespannführer hinter sich, als sei Arbeit zum Besichtigen da. Neben der Stadtwaage stand er nicht so nahe an Papenbrocks Haus, daß er wartend aussah, aber nahe genug, um einen Fensterflügel aufklappen zu sehen.

Fuhr, harmlos wie ein Badegast, spazieren im Kutschwagen des Tierarztes, vorbei an den im Sommerweg mahlenden Erntewagen, ein Landschaftsbetrachter, ein Sommerfrischler, der unverdrossen beiläufig die Rede auf den hiesigen Kornhandel brachte und aus allen Äußerungen Dr. Semigs über Papenbrocks Geschäftssinn nur hörte: Sie werden Glück haben mit dem Mädchen, Cresspahl. Glück werden Sie haben.

Ging, ein Nichtstuer in Schlips und Kragen, vorbei an den Schnitterkolonnen auf den hitzigen Kornfeldern, weg vom schwer pulsierenden

Lärm der Dreschautomaten, wie zur Erholung unter dem harten gespannten Himmel auf den Wegen um Jerichow, von Schloß zu Schloß, von der Steilküste bis zum Gräfinnenwald, rund um das Bruch, in allen Straßen der Stadt, nur weil Papenbrocks Tochter hier aufgewachsen war: hier wollte er kennen, was sie aufgeben mußte.

Setzte sich, ein Forschungsreisender, in die Bahnhofswirtschaft, das Lokal der Nazis, und trank das saure Bier und wartete auf Horst Papenbrock bis zum dritten Abend und ließ ihn lärmen über den Dawes-Plan und die Reichstagswahl vom vorigen September und trank ihm vor, halbe Liter Kniesenack und großen Weizenkorn, und trug den taumelnden, fröhlichen, weinerlichen Erben Papenbrock über den Marktplatz um Mitternacht und lehnte ihn gegen das Tor seines Vaters und ging in Peter Wulfs Hinterzimmer zum Erzählen, wenig betrunken, sehr vergnügt, ganz zufrieden.

Reiste nach Hamburg auf einen Tag und kam zurück und zeigte sich bescheiden in einem englischen Hemd von Ladage & Oelke, in dunklem Anzug und ohne Hut auf dem Weg zu Papenbrocks Haus und Kontor; hatte den Leuten in Jerichow Wochen lang Spaß gemacht mit seiner Liebschaft und hatte den Kopf voll von dem Geheimnis, das zwischen ihm und Lisbeth Papenbrock eingerichtet war, für niemand zu sehen als für sie und ihn.

Ein Protestant. Protestanten.
Muß einer auch Geld haben, wenn er soviel Zeit aufbringt für sein Gemüt.
Mit Nazis. Säuft mit einem Nazi.
Ja gesundstoßen will er sich nicht.
Du hast den Mut nicht. Du machst dich nicht lächerlich vor zweitausend Leuten.
Das stellt er sich vom Leben vor: ein frommes Mädchen.
Ja dich hat sie nicht genommen, Stoffregen.
Die kommt nicht wieder. Die geht mit ihm wohin er sagt. Sie hat ihn schon an der Hand gefaßt, wenn sie eben vom Markt in die Feldstraße kamen.
Die lagen im Wald. Er hat mich auf dem Rad nich vorbeifahren hören, und sie hatte die Augen offen.
Auf den Rehbergen. Wo du einen Streifen See siehst, zum Steilufer hin.

Eine hat ihn gewarnt. Meta Wulff setzte sich nach der Polizeistunde zu Peter und Cresspahl und fing an zu reden von Pastor Methling und von Lisbeth, die an jedem Kirchtag in der zweiten Reihe unter der Kanzel saß. Wulff versuchte sie mit Knurren aufzuhalten, aber Meta, Fischerstochter von der Dievenow, gab ihm einen Schlag unter die Schulterblätter und rieb ihm den Rücken und sprach weiter von den Bibelstunden für Kinder, die Papenbrocks Tochter über die Christenpflicht hinaus im Gemeindehaus abhielt. Cresspahl hat nicht mehr verstanden als: sie kann auch noch gut mit Kindern.

Cresspahl, zurück in London zu Beginn der 36. Steuerwoche 1931, richtete sich allen Ernstes auf ein Leben mit Papenbrocks jüngster Tochter ein. Die beiden Gesellen, mit denen er für gewöhnlich die Tischlerei unterhielt, sahen ihn nun öfters auf dem mit Hinterhöfen umbauten Hof stehen, den Blick gegen das Ziegelpflaster oder gegen den Schornstein des Gaswerks von Richmond, die Hand im Nacken, tief im Überlegen, ohne je den Kopf über sich zu schütteln. Da sie aber beide länger als ein Jahr für ihn und meistens neben ihm gearbeitet hatten, wiesen sie einander nur mit Lächeln hin auf den Alten, der in der Hitze stand wie ein Blinder, Minuten lang, bis er wieder hörte, daß innen gar kein Hobel mehr ging. Der jüngere, genannt Perceval, ging an einem späten Abend kundschaften und konnte doch nur erzählen, daß der Alte noch bis Mitternacht in der Werkstatt zu Gange gewesen war. Darauf boten sie ihm an, Überstunden zu arbeiten. Aber Cresspahl hatte gar keinen von ihnen entlassen wollen.

Die Firma gehörte Cresspahl nicht. Die Firma, Pascal und Sohn, gehörte Albert A. Gosling, Esq. Albert A. Gosling war ein drahtiges, ängstliches Männchen, Teilbesitzer eines Textiliengeschäftes in Uxbridge, und war durch das Gesetz der Erbe Pascals geworden. Reggie Pascal, ohne Nachkommen und selbst schon der Sohn im Firmennamen, hatte das Geschäft der Tischlerinnung von Richmond zugedacht. Gosling focht die Verfügung als entfernter Neffe an, und als Einzelhändler sah er die Werkstatt an für einen Grundbesitz, zu verkaufen. Die Anwälte, Burse, Dunaway & Salomon, die nicht freudig für den wechselhaft kriegerischen und kriecherischen Mandanten aufgetreten waren, überwanden sich und erklärten ihm die Firma Pascal und Sohn, seit einer Generation eingeführt bei bürgerlichen und fürstlichen Dauerkunden, als ein Kapital. Als Albert A. Gosling zu erkennen gab, daß er vom Kapital die Zinsen verstanden hatte, annoncierten Burse, Dunaway und Salomon in der Richmond and Twickenham Times nach einem Meister, der bereit war, einen Tischlereibetrieb im Auftrag zu verwalten. Cresspahl bemerkte das Inserat, als er mit Mrs. Trowbridge von einem Ausflug nach Dorking zurückkam und sie zu einem Abendessen in Short's »Greyhound« in der George Street von Richmond einlud. Oder war ihr die Anzeige aufgefallen? Das ganze Frühjahr 1928 über erschien Albert Gosling, einen neuen Bowlerhut auf dem Kopf, in der Werkstatt und versuchte Cresspahl auf die Finger zu sehen. Da er aber nicht wußte, was eine Zwinge war und was ein Raspel, sprach er von seiner kindhaften Verehrung für Reggie Pascal, dem er gleichwohl nichts auf die Knochen im Friedhof Sheen gelegt hatte, und bat sich Abschlagszahlungen aus. Seine weinerlichen Verdächtigungen machten Cresspahl die Arbeiter scheu, und er bedang sich aus, daß die Abrechnung über die Anwälte ging. Burse, Dunaway und Salomon alle zusammen beschworen Gosling, die Werkstatt in Ruhe zu lassen; Dunaway, in seinem Jähzorn, schob einmal die Akte so über die Tischkante, daß sie fast gefallen wäre. Gosling legte seine Gewinne in neuen Maßanzügen an und stand mit einem neuerdings frisierten Bärtchen öfter mit jungen Herren umher am Bahnhof Paddington als im Laden bei seiner Frau in Uxbridge; wenn er nach Richmond kam, so um in bürgerlichen Trinkstuben über die Deutschen herzuziehen, gegen die er sein Leben eingesetzt habe. Davon erzählten Cresspahl nicht nur Kellner, auch Perceval, damals Lehrling. (Perceval hätte den Meister gern einmal zuschlagen sehen.) Mr. Smith setzte hinzu, daß Gosling während des Kriegs im Marineversorgungsamt in Dartmouth Mützen gezählt habe. Salomon, dem als jüngerem Partner von Burse und Dunaway die Akte Pascal allein aufgenötigt war, hatte Gefallen gefunden an dem hartnäckigen Handwerker aus »Michelinberg«, der nicht auf Gesprächen über die Wirtschaftskrise oder die Juden bestand, und er hätte ihm gern zu einer Rückgabe des Auftrags geraten, wäre nicht seine Treue gegen den Mandanten, angesichts Cresspahls hübscher Erträge, doch kräftiger geblieben. Cresspahl kannte Angehörige des jüdischen Glaubens nicht nur als Händler auf den Dörfern um Malchow, sondern auch als Unteroffiziere an der Westfront, und er konnte sich ohne Schmerzen gewöhnen an Arthur Salomon, der so schamlos stolz war auf seinen Oberschulakzent, sein konservatives

Schwarz, sein rothölzern eingerichtetes Büro, die juristischen Schwarten hinter seinem kleinen, wachsamen, verbitterten Kopf. Cresspahl beauftragte ihn, ein Kaufangebot für Pascals Grundstück vorzutäuschen, jedoch zu einem niedrigeren Preis. Dann ließ er sich von ihm einen Abfindungsvertrag für Mrs. Elizabeth Trowbridge entwerfen.

Es mag drei Wochen gedauert haben, daß er den Anblick eines etwas kleinstädtischen Mädchens, winkend auf den Landungsbrücken von Sankt Pauli, im Gedächtnis fest behielt, die ganze Fahrt von Hamburg nach Kingston-on-Hull bis zum Bahnhof von King's Cross, einen vollen Tag und zehn Stunden, und dann noch zwanzig Tage bei der Arbeit, noch bei dem letzten Abendessen mit Elizabeth Trowbridge. Dann schickte Lisbeth Papenbrock ihm ein Werk des gneezer Lichtbildners Horst Stellmann, Porträts seine Spezialität: ein nicht auffälliges Mädchen, das seine Haare mit einem Mittelscheitel geteilt hat und seitlich über die Ohren gelegt hat, Lisbeth Papenbrock mit den Händen vor dem Bauch aufgebaut vor Stellmanns eigenartig gerafften Vorhängen. Sie blickt vorsichtig und belustigt auf die Plattenkamera, an der Stellmann sich windet unter seinem schwarzen Tuch, und ihre Lippen waren ein wenig offen. Alle früheren Bilder vergaß Cresspahl sogleich.

Betn scheef
hett de leeve Gott leev.

Gestern oder übermorgen vor sechsunddreißig Jahren bekam Papenbrocks jüngste Tochter die Einladung, Leslie Danzmann in Graal zu besuchen. Ihre Betten hatten in der rostocker Töchterschule Kopf an Kopf gestanden, und Leslie Danzmann machte tatsächlich Ferien in Graal. Sie war die Witwe eines Marineoffiziers, und von seiner Pension konnte sie nur die Nachsaison an der Ostsee bezahlen. Leslie Danzmann war gern gefällig.

Die Freundin aus Jerichow kam nach dem Frühstück in Graal an und schrieb im Speisesaal des Kurhauses Strandperle Ansichtskarten bis in den späten Nachmittag. Leslie sagte ihr die Ausflüge vor: Moorhof, Wallensteins Lager, Gespensterwald, Forsthaus Markgrafenheide. Als sie wieder auf dem Bahnsteig im Wald standen, umarmten sie einander unverhofft, ein ländliches Mädchen in einem zu groß karierten Jackenkleid und eine bleichhaarige Dame im Tennisdreß, beide überschwenglich, die eine wegen des Freundinnendienstes, die andere, weil sie die Ledige nicht hatte warnen mögen. Dann ging sie zur Post, setzte ihre Unterschrift auf die erste Karte an Papenbrock und steckte sie ein.

In dem von hohen Baumkronen weggehaltenen Licht, zwischen saftigen Farnfeldern begann Lisbeth Papenbrock zurückzufahren auf derselben Strecke, und nicht in Rostock und nicht in Bützow sah sie aus dem Fenster. In Bad Kleinen sah sie hinter ihrem Berliner Tageblatt Dr. Erdamer zusteigen, und an einer Dame mit einer liberalen Zeitung ging Dr. Erdamer vorüber. In Gneez hielt der Schnellzug neben dem nach Jerichow, und obwohl in Gneez Schweinemarkt abgehalten wurde, lag der Bahnsteig unbestanden. Nach fünf Stunden Versteckens war sie in Hamburg. Sie wollte gar nicht ihre Eltern hintergehen; sie wollte ein Geheimnis nicht ausliefern.

Am nächsten Morgen fuhr sie mit der Straßenbahn nach Fuhlsbüttel, holte den bestellten Flugschein ab, stieg in die londoner Maschine, landete in Bremen, landete in Amsterdam, landete neun Stunden später in Croydon bei London, und ließ sich in einer offenen Autodroschke nach Richmond fahren, eine mitgenommene, aufgeregte Touristin, die leicht offenen Mundes auf die vom Dunst des Nachmittags beschwerten rötlichen Straßenfarben starrte, fast überrascht, daß das New Star and Garter Hotel nicht nur in Griebens Reiseführer stand sondern auch am Richmond Hill (acht Schilling. Zwanzig Prozent Arbeitslose in England). Als der Chauffeur über das Trinkgeld verärgert abfuhr, wäre sie ihm am liebsten nachgelaufen. Sie wollte hier nicht mit Fehlern beginnen.

Es war schon dunkel, dicke aschige Nacht, als sie auf dem Hof vor Cresspahls Werkstatt stand. Sie ließ sich Zeit, ihm bei der Arbeit zuzusehen, einem derben Kerl in einem Hemd ohne Kragen, der seit Tagen nicht gegen seine gelben Bartstacheln angegangen ist und leise fluchend mit schweren Zwingen hantiert. Manchmal zwinkerte er in Gedanken, so allein glaubte er sich. Als er endlich mit einer Pfeife vor die Tür trat, konnte er ihr Gesicht nicht erkennen, und erkannte sie.

Sie waren sehr gerührt. Alle Worte, die er ihr über das Haus und über Salomon und über Richmond angeboten hatte, nahmen unverzüglich für sie die Gestalt seiner Treppe, seiner Küche, seines Zimmers und der Gaswerkschornsteine vor dem Fenster an. Sein Besuch in Jerichow nahm unaufhörlich an Wirklichkeit zu. Schon ängstigte sie sich davor, ihn zu verlieren; sie wünschte sich, vor ihm zu sterben.

Cresspahl war erschrocken. (Es war ihm nicht um das Geld, das sie auf diese Reise geworfen hatte; ihm war unbehaglich, daß sie sich geeinigt hatten auf sparsames Wirtschaften.) Er war erschrocken über die Einfälle, die er nach diesem von ihr gewärtigen mußte. Ihm war unheimlich, wie blind sie sich in einem Schritt, in einer Zeit mit ihm glaubte; wo ihn noch Fremde und Entfernung scheuerten, bemerkte sie keinen Abstand mehr. Sie kam ihm vor wie das Kind, das beim Eierlaufen vor Überschwang vergißt, daß auch die Spielgefährten die zerbrechliche Last ganz, zur Not mit feindseligen Tricks, ins Ziel bringen wollen; er fühlte sich verpflichtet, auch noch dafür zu sorgen, daß sie heil ankam. Jetzt war er ihr nicht nur durch sein Alter überlegen. Sie machte sich abhängig. Das hatte er nicht gewünscht.

Sie ließ ihn tagsüber arbeiten, und abends hatte er so viel für sie gedacht, daß er anfing, in einem fort zu reden. Sie waren einer des anderen so sicher, sie gaben einander Widerworte, nicht nur im Spiel. Mit Rührung wiederholten sie einander die Gelegenheiten und Orte, an denen sie früher hätten zusammenkommen können: 1914 auf dem Pfingstmarkt in Malchow, 1920 im Rathaus von Waren, 1923 in Amsterdam, im August 1931 für nur eine Minute auf dem schweriner Bahnhof. Alle Verluste schienen unausdenkbar; nunmehr waren sie davongekommen.

Sie führten einander aus (denn die deutsche Devisenbeschränkung von 100 Mark war eben aufgehoben), und wenn Cresspahl sie zu Schmidt in der Charlotte Street zu deutscher Küche führen wollte, wünschte sie sich ein englisches Restaurant. (Leslie Danzmann hatte ihr eins von ihren Kleidern gegeben.) Er ließ sie aus der Speisekarte wählen. Sie verstand, daß sie sich in der Sprache üben sollte, und er sah den Kellner ein Lächeln in den Schnurrbart schieben. (Es war nicht lange her, da hatte er mit Elizabeth T. im Black Horse in Dorking gegessen. Das White Horse hatte er auch zu opfern.) Sie wollte ihn nicht erziehen, wenn sie ihm einen Patentrasierer kaufte, sie wollte den Anschein davon. Sie war so übermütig, auf dem oberen Deck einer Straßenbahn zur Hauptverkehrszeit fiel von den Umsitzenden ein Lächeln für sie ab, auch für Cresspahl. Einmal hatte sie, mit ihrem Portemonnaie auf dem Tisch, eine Rechnung bezahlt und legte die Hand auf seinen Tabaksbeutel und steckte ihn in ihre Tasche, damit er ihn nicht zu tragen brauchte, damit er sie später darum bitten konnte, damit sie ihm später etwas geben konnte.

Er hatte einen Tisch gemacht, ein leichtes und festes Eichengestell, daran konnten sie mit vier Kindern sitzen. Es war ihr recht. Er zeigte ihr seine Zeichnung für Betten, und sie bestellte sich eins, in dem sie zusammen liegen konnten. Ihm war es recht.

Sie erzählte von ihren Spaziergängen in Richmond, von ihren Urteilen über einzelne Geschäfte. Die gewundene Hauptstraße erinnerte sie an Gneez, die Haus für Haus ausgearbeiteten Fassaden, auch die geringe Größe der Läden, die vielfach überlaufenen Gehsteige. (Er sah sie an; es fiel ihm nicht auf, daß sie die längste Zeit von der Parish Church sprach.) Er wollte Dank zeigen und fragte nach Jerichow, und sie machte aus Jerichow geringschätzige Geschichten:

Bäcker Molten hat in seinem Schaufenster ein handgemaltes Schild: Deutsche, eßt deutsches Brot! Sie hätte zu Hause nicht darüber zu lachen gewußt, aber vor einem Schaufenster mit Backwaren an der George Street konnte sie sich nicht lassen vor anhaltendem dunkelkehligem Kichern.

(Sie erzählte ihm nicht, daß Pastor Methling von der Kanzel herab gegen die Vermessung von jerichower Boden für eine katholische Kirche gewettert hatte. »Und darum zum Reformationstag mit Zylinder in die Kirche!« hatte er ausgerufen. Da Jerichows Handwerk sich einrichtete auf große Stücke aus diesem Auftrag, mußte Schneider Pahl jeden Tag einen neuen Zylinder in sein Fenster stellen. Die Handwerker von Jerichow gedachten Pastor Methling seine Zylinder wohl zu zeigen, wenngleich nicht aus seinen Gründen.)

Sie machte ihren Bruder komisch, um Cresspahl einen Gefallen zu tun: Horst Papenbrock, der im braunen Hemd und Schulterriemen zum Abendbrot kommt, mit dem auch uniformierten Griem mehrmals die Stadtstraße abschreitet, nur weil die Reichsregierung das Verbot der S. A. aufgehoben hat: als Anzeige. Horst Papenbrock, der in der S. A. nichts werden kann, weil sein Vater keine Lastwagen für Propagandafahrten übers Land herausrückt. Horst Papenbrock, der eine kleine, nahezu weiche Stimme bekommt, wenn er seinen Vater um Spenden für die S. A. anfleht.

Vadding du kannst doch nich wolln daß dein Sohn als gewöhnlicher Sturmmann rumlaufen muß.

Jetzt hat die Reichswehr euch erst mal das Verbot vom Hals genommen. Mier givt dat nu nich.

Sie hatte darauf geachtet, daß auch er nach ihrer Abreise eine ihrer Ansichtenpostkarten mit der Dampfer-Anlegebrücke von Graal bekam (mit schönen Grüßen von Leslie Danzmann).

Ich wollte vorher noch einmal mit dir schlafen, Heinrich Cresspahl. In einem Bett, mein ich.

10 Eier kosteten 78 Pfennige im Jahr 1931, ein Pfund Butter eine Mark dreißig. Die Petrikirche zu Jerichow nahm für Ausschmückung zur Trauung und spätere Reinigung zwei Mark, für Läuten bei Annäherung des Brautwagens drei Mark, für Brennen der Altarlichter eine Mark, für Gesang und Orgelspiel während der Zeremonie drei Mark und verkaufte Eintrittskarten an Leute außer der Hochzeitsgesellschaft für eine viertel Mark. Die Gebühren waren im voraus zu entrichten. Lisbeth Papenbrock hatte aus diesem Katalog alles, bis auf die Gästekarten und das genierliche Singen, bestellt; sie wurde wahrhaftig am Reformationstag nach dem Mittagessen in einem von Swensons schwarzen Leihwagen durch die Stadtstraße zur Kirche chauffiert; nun kam sie nicht zu einem heilen Gefühl. So oft hatte sie die Empfindung erwartet, jetzt knitterte und brach schon die Hoffnung darauf, nicht allein unter den Blicken von beiden Gehsteigen in das langsam fahrende Auto, die ihr eben noch höflich schienen,

Ick kann mi nich helpn, ick finn mi hübsch: sä de Katt un speigelt sick in'n Soot.
Dunn föl se rinne.
Un du hest's stött!
Seid up't Liev, un kein Ier. De Kriech is dörtein Jår rümme, un se geit nå Inglant.
Wecke lang hett, lett lang hängn.
Den'n wart wi kötte sniedn!
Ottje Stoffregn is all dun.
De Myrt hett se sick in'n Blaumnpott treckn mötn.

nicht nur unter dem verbissenen Schweigen der Familie, die seit gestern abend kreuz und quer zerstritten war: Louise Papenbrock mit ihrem Mann und der Braut, weil der Hochzeitszug nicht zu Fuß ankommen sollte; Papenbrock mit seiner ältesten Tochter, weil sie ihren bankrotten Mann auch noch betrunken angebracht hatte; die wiederum mit Horst, weil er den Mund nicht halten konnte über die anonymen Briefe, die Cresspahl angeblich bekommen hatte; Horst mit seinem Vater, weil er ihm nicht das Tragen der S. A.-Uniform zur Feier erlaubt hatte (obwohl Pastor Methling bereit gewesen war, eine Abordnung uniformierter S. A. für einen vaterländischen Auftritt zu halten), weil sein Schwager aus Krakow wiederum Hilfe aus seinen Schulden bekommen hatte, weil Lisbeths Mitgift von seinem Erbe abging; Lisbeth mit Horst, weil er Cresspahls Verwandtschaft Proleten genannt hatte; Papenbrock mit allen, weil sie ihn zu einer Einladung an den ältesten Sohn in »Rio de Janeiro« hatten zwingen wollen;

recht eigentlich störte sie Cresspahls nachgiebiges Gehabe. Sie fand es nicht recht. Er hatte sich gefügt in das Datum des Reformationsfestes, die aufgesetzten Anzeigen für den Rostocker Anzeiger und das Gneezer Tagblatt und den Lübecker Generalanzeiger waren ohne Striche aus Richmond zurückgekommen, er hatte ihr den Willen gelassen mit dem Motto für die Predigt (»Wer die Hand an den Pflug legt und schaut zurück, der taugt nicht zum Reiche Gottes«; Lukas 9,62), er hatte zwar auf Dr. Semig, aber nicht auf den Wulffs als Gästen bestanden, er hatte am Ende von Papenbrock einen Hut angenommen, damit er auf der Schwelle der Kirche etwas zum Abnehmen trug, all dies in Verrechnung gegen die Zusicherung und das Vertrauen darauf, daß der Schnellzug Nummer 2 ihn mit ihr um halb acht aus Gneez vor Jerichow nach Hamburg retten sollte. Wenn aber er einen Handel wollte, warum legte er ihr nichts obenauf für den Willen zum Umzug ins fremde Land, der doch das größere Opfer blieb?

Dat dau ick föe di, Cresspahl. Föe di dau ick dat. Öwe sühst du dat?

Dies ist das erste Bild: Der Bräutigam mit meiner Mutter vor der Kirchhofsmauer, ihr Gesicht auf Augen und Lippen verkürzt, unkenntlich unter der Kante des langen Schleiers, der ihr einen Strich über die Stirn zog und darüber ihren Schädel nachbildete und bloßstellte in einer törichten und verletzlichen Gefäßform, er (längst ohne Hut) rechts von ihr, den linken Arm hinter ihrem Rücken ohne sie zu berühren, ein verkleideter Bauer in seinem lockeren schwarzen Anzug (von Ladage & Oelke, Alsterarkaden), ein Auswärtiger, der träg vorgeschobene Lippen anbietet anstatt des Lächelns, ein Fremder, der auf den Schnellzug Stettin-Hamburg vertraut. Dies Bild wechselt mit Cresspahls Mutter, einer Alten mit verzogenen Schultern, der unter ihren dürren schwarzgrauen Haaren die Glücksgrimasse an den gelben Zahnstummeln mißrät, so aufmerksam horcht sie in ihren verarbeiteten, überanstrengten Körper, uns' lütt Oma, eineinhalb Jahre vor ihrem Tod. Neben ihr wird Gertrud Niebuhr aufgestellt, ihr zweites Kind, befangen und unbeholfen ob der Ehre und des Vorteils, die erst zu Hause das Fest auf das lebhafteste in Worten wiederholen wird, auch Martin Niebuhr, freundlich und starr in seinem ungelüfteten Festtagsanzug, auch Peter Niebuhr, Student der Forstwissenschaften aus Berlin, dem die Brillengläser die Augen verspiegeln, der sich hält als sei er in ein allzu entferntes Land geraten. Die alle konnten nur ein sehr südliches Platt. Und vor ihnen Stellmann rückt sein Stativ weiter und weiter zurück, streckt eine Hand mit drei schwörenden Fingern unterm schwarzen Tuch hervor, erfleht mit scharfen Kommandos mehr synchrones Mienenspiel. Und einmal ist der Halbkreis der vereinigten Verwandtschaft samt Pastor im Rücken schwarz abgedeckt von zahlreichen derben Männern, jeder unter einem schwarzen Zylinder, die nicht mit Bosheit ins Bild getreten sind aber in ihren steinern festlichen Mienen eine kleine Freude kriechen lassen, als sei an diesem Reformationstag Einer, und nämlich keiner von ihnen, lächerlich hereingelegt worden.

Dies Bild habe ich nie gesehen.

Das andere Bild ist eine Fotografie, versteift durch lackierten Karton mit der eingravierten Anschrift des Lichtbildners Stellmann, die Ansicht einer langen Tafel unter Blitz- und Lampenlicht in den Tafelaufsätzen und den Bratenplatten. Als ich es sah, war es kaum abgegriffen. Aber das Chamois war in seinem pappenen Etui nahezu dunkelbraun geworden und hatte die Gesichter neblig verwischt. Ich erkannte Papenbrock an seinem birnigen Schädel, auch seine etwas unterwürfige Strenge, mit der er sich zur Dame an seiner Rechten lehnt. Diese Dame, in einem uniformähnlichen Kostüm, das ihre eckigen Schultern herausbringen soll, war vielleicht eine Verwandte der Bothmers und hieß

Isa. Die Frau an Papenbrocks anderer Seite kenne ich als meine Mutter; es ist mir versichert worden. Sie trägt nunmehr eine vielleicht grünliche Bluse, die mit einer dünnen weißen Kordel locker um den Hals zusammengezogen ist; die Aufnahme überrascht sie mit einer Hand hinterm Kopf an den zu einem Helm gesteckten Haaren, so daß sie lacht, vor Vergnügen an ihrer Ungeschicklichkeit, aber als stünde ihr Lachen nicht. Diesem Gesicht war meins 1956 ähnlich. Die Fotografie ist dadurch verdorben, daß Cresspahl dem Objektiv die Hälfte seines breiten Rückens zukehrt, im Gespräch mit dem Rechtsanwalt aus Krakow, der Hilde Papenbrocks Erbteil vertrunken hat und ihr ein Unglück nach dem andern beibringt; und diesem Menschen, ausgestoßen aus der Mecklenburgischen Anwaltskammer, der unerschrocken seinen schwarzen Scheitel hinhält, vergnügt und womöglich nur verschmitzt mit seinen verkniffenen Augen, seinem festen Backenfleisch, dem trinkt Cresspahl zu mit Cognac. Neben diesen beiden hat die Kamera einen Herrn beim Weggehen aufgehalten; Semig mit dem Hasenkopf, Semig mit der breiten flachen Bürste vorn an seinem geschorenen Hasenkopf, Semig mit den krummen Lippen und der gekrausten Nase, er muß aber gar nicht niesen, er möchte liebenswürdig erscheinen. Semig ging noch vor Ende des Kaffeetrinkens. Er blieb hinter meiner Mutter stehen und beugte sich über ihre Schulter, nicht lange, für vier Worte (Glück werden Sie haben mit dem Mädchen, Cresspahl). Den anderen nickte er beim Verlassen des Raums zu, und bei Bothmers wie bei Papenbrocks galt sein Verhalten noch lange als erstaunlich taktvoll für einen Juden, und für einen Akademiker. Pastor Methling war sauer auf Semig, weil er nun nicht mit Anstand sitzen bleiben konnte. Als er aus der Tür war, kamen die Schnapsflaschen auf den Tisch, und als meine Mutter und Cresspahl mit dem Schnellzug Nummer Zwei gegen viertel zehn in Hamburg ankamen und über die Kirchenallee zum Hotel Reichshof gingen,

– waren sie verheiratet: sagt Marie. (Sonnabend ist der Tag der South Ferry, wenn Marie ihn dazu erklärt.)

Und die Ferien waren vorbei, was, Lisbeth Papenbrock?

Und daß ihr niemand half. Mrs. Jones, die in Cresspahls zwei Zimmern einen Anschein von Sauberkeit vorgetäuscht hatte und jetzt noch zur Wäsche kam, die konnte ihr nicht Auskunft geben über die Schlachter und Gemüsehändler von Richmond, die kaufte am Bahnhof von Brixton ein. Und Mrs. Jones hielt sie für die gnädige Frau, sie ging unziemlichen Unterhaltungen aus dem Weg, in denen sie ihre Meinung hätte mit Namen ausdrücken müssen. Und sie verstand Mrs. Jones nicht.

Mrs. Jones sagte: Was für ein apartes Gesicht!, strahlend über ihr Enkelkind, das flache Schläfen hatte wie sie, so rechnerisch aus länglichen Augen sah, den Mund so zum Strich drückte wie sie. Lisbeth Papenbrock hatte verstanden: Was für ein getrenntes Glaubensbekenntnis! Den Klang dieses Englisch mußte sie sich wieder und noch einmal im Gedächtnis wiederholen, bis eine Erinnerung an die Schulzeit ungefähr einrastete. Diese Sprache war so schnell. Und die Melodie der Sätze schien zwar in einem einzigen hohen Ton versammelt, in Wirklichkeit schlug sie vielmals nach unten und oben aus und änderte die Bedeutungen. Das konnte sie Mary Hahn nicht anlasten; Mary Hahn hatte in der Rostocker Töchterschule ein schottisches Englisch durchgesetzt. Und sprechen mochte sie so deutlich und langsam wie sie wollte, die Kaufleute unterbrachen sich doch beim Abwiegen und sahen ihr auf den Mund. Cresspahl, der soviel Englisch hatte wie ein Puertorikaner nach zwei Jahren New York, Cresspahl verstanden sie.

Und sie hatte die Worte nicht! Sie konnte ein Gespräch führen über John Galsworthy oder Sir Thomas Beecham, aber auf einen Schmortopf, ein Passiersieb mußte sie mit dem Finger zeigen. An jedem Abend ließ sie sich von Cresspahl das Rezept für morgen aus Frieda Ihlefelds Hauskochbuch übersetzen (9. Auflage im Verlag von Friedrich Bahn, Schwerin i. M.), aber Cresspahl hatte wenig Erfahrung mit dem Jargon der Kochkunst, und ein Lexikon besaß er nicht. (Ein Lexikon mußten sie auch noch kaufen. Sparen war das nicht.) Und dann kam sie doch vom Einkaufen in die Werkstatt und fragte nach dem Wort für Semmelmehl, sehr geniert vor den Gesellen, denen Cresspahl dann das Gewünschte beschrieb, indem er die Herstellung erzählte und mit Gebärden andeutete. Und dann mußte sie ihre Gewichte in die englischen umrechnen. Und in den Restaurants, im Hotel war erwartet worden, daß sie nicht auf Sixpence sah; in Richmond wurde erwartet, daß sie auf den Penny achtete.

Und Cresspahl sah nicht, daß sie getröstet werden wollte! Cresspahl kam vergnügt zu den Mahlzeiten heraufgestiegen und streckte die

Beine lang unter den Tisch und lobte das Essen. Und sie sah etwas Neues an ihm: er vermochte seine Ohren zu verschließen. Was er nicht hören wollte lief ab wie Wasser an seiner wachsamen freundlichen Miene. Er sah sie an, er erbaute sich in den Mundwinkeln über den Anblick, er sah um ein Winziges an ihren Augen vorbei, er hörte sie nicht klagen. Das hatte er nicht gemacht, als sie noch Lisbeth Papenbrock war. Auf die Art konnte sie einen Streit nicht bestehen.

Heinrich, du, was Schlimmes. Pastor Methling will in Pension gehen mit achtundsechzig, der ist sicherlich krank.
Angestellter ist er. Mit seiner Pension, was soll er länger arbeiten als er muß.
Heinrich Cresspahl! Ich will dir was sagen! Seine Arbeit ist um Gotteslohn, und du spottest über einen kranken Mann.
Der hat gesund gelebt. Und Gotteslohn ist noch Vorzugsbehandlung bei seinem Arbeitgeber.

Nach dem ersten Streit über die Kirche setzte sie ihm das Essen hin, aß aber nicht mit ihm. Zwischen den Mahlzeiten ging sie aus dem Haus, um ihn zu strafen, weit weg in die Stadt. Sie fror vor dem fremden November. Die Ähnlichkeit der historischen Gebäude mit ihren Vorstellungen von ihnen war niederdrückend. Vogelschwärme über den Dächern von Parliament Street, weniger als die war sie hier zu Hause. Ein Soldat der Königlichen Garde, den Säbel vor der Nase, ging mit wuchtigen Schritten hin und her inmitten der Passanten und sah aus wie ein ungeheures Huhn, weil der Helm nicht viel von seinem Gesicht sehen ließ und das rote Helmbüschel obenauf doch sich hätte sträuben können. Das war ihr unlernbar: daß im Union Jack ein weißgerandetes rotes Georgskreuz auf schrägem Andreaskreuz auf blau, über rotem, schrägem Patrickskreuz sitzt. Im Grasfeld zwischen Westminster Abbey und St. Margaret waren Poppy-Friedhöfe hergerichtet, für die militärischen, die halbmilitärischen, die feuerwehrähnlichen Verbände, kleine Holzkreuze mit roter Rosette wurden feilgehalten, fertig zum Einstecken angespitzt. So hatte der Mohn am Ende des Krieges in Flandern geblüht. Das war nicht zum Andenken an die Toten ihrer Seite. Und wenn sie doch zu Cresspahl zurückging, Meilen lang neben immer den selben Doppelhäusern mit immer den selben mal eckigen mal gewölbten Balkons, immer den selben lackierten Säulen, unter den weißen und gelben Laternen, mit den Füßen im nassen Laub, war sie es nicht zufrieden, daß ihr die Christenpflicht vorschrieb, Cresspahl zu verzeihen. Es fiel ihr schwer, das ihm zuliebe zu tun. Sie fühlte sich übervorteilt.

Cresspahl dachte: es reicht, wenn Einer sich mit Umarmen entschuldigt. (Er ahnte auch nicht wofür.)

– Hatte sie Heimweh, deine Mutter, diese Lisbeth Papenbrock in Richmond? sagt das Kind.
– Sie konnte nicht ausbrechen. Ihre Taufgeschenke, ihr eigenes Geld hatte sie verjubelt mit der Flugreise über Graal/Ostsee, mit Einkäufen für die eigene Küche. Sie mußte ja hier ein Bain Marie haben wie ihre Mutter in Jerichow.
– In Jerichow wäre sie nur Gelächters sicher gewesen, nicht wahr? Sie wollte das Ziel der Klasse erreichen, nehme ich an.
– Und am Ende hatte die Bürgerstadt Richmond selbst darauf bestanden, daß diese Mrs. Cresspahl mit ihr sich verhielt. Sie war eine Kundin, und wenn sie ihre Wünsche nicht ausdrücken kann, ziehst du eben alle sechs Reisschubladen auf und erklärst ihr die Sorten und nennst ihr die passenden Gerichte, eine wird sie schon nehmen. Und steht der Ladentisch erst einmal voll mit Töpfen zum Kochen, zum Schmoren, zum Braten, zum Dünsten, so muß sie einen erkennen als den gewünschten und kaufen. Und da sie nicht von Natur schüchtern war, kam bald das Benehmen ihrer Mutter hoch, die zu Verkäufern sagen konnte: Das können Sie gleich wieder wegnehmen, so etwas Billiges brauchen Sie mir nicht vorzulegen. (Das tat Louise Papenbrock aber nur außerhalb der Hörweite von Albert. Albert mochte nicht, daß man von ihren Manieren auf sein Vermögen schloß.)
– Und die Leute, die ihr nichts verkaufen wollten?
– Perceval und Jim waren anfangs geniert, mit dem Meister und seiner Frau zu essen, und schätzten an ihrer mecklenburgischen Küche vorerst, daß sie so das Geld für Fisch mit Chips an der Bude sparten. Nach einer Weile hatte sie gelernt, Hammel zuzubereiten. (Der Schlachter konnte bald feststellen, ob eine Kundin anständig kochte, diese belog er nicht mit seinen Empfehlungen.) Dann Mrs. Jones mit ihrer schielenden Enkelin, die blieb schon aus Neugier. Auch Straßenkinder, eine frierende abgerissene Meute, die konnten sich bei ihr auf ein Stück Brot

verlassen. Wenn die am Tor des Botanischen Gartens von Kew lungerten, für eins zahlte sie mit, am ehesten für Mädchen. Ein Abendessen für Salomon. Salomon blieb zwar nur eine Stunde, aber er war gekommen.

– Und der Pastor.

– Kein Pastor. Sie erkannte ihren Gottesdienst in dieser Sprache nicht wieder. Sie hatte in den Lexika der Zentral-Bücherei am Green recht und schlecht die Unterschiede zwischen High Church, Low Church, Broad Church zusammengelesen; so recht protestantisch war keine von denen. Für sie hätte vielleicht die Low Church gepaßt. Sie traute sich nicht weit über die Schwelle. Da standen zivile Stühle, wie zu einer wandernden Versammlung. Der Prediger mochte sich Pastor nennen, sein prächtiger lila Umhang machte ihn für sie zum Priester. Und sie war verwirrt von der Vielzahl der Gemeinden in Richmond: da gab es die Kongregationalisten, die Baptisten, die Spiritualisten, die Christliche Wissenschaft, die Methodisten und die Presbyterianer am Little Green. In Jerichow gab es nur die Petrikirche. (Und sie hatte nachgefragt: Pastor Methling hatte sein Amt nicht wegen Krankheit aufgegeben.)

– Und hatte sie so wenig Geld wie wir?

– Cresspahl um mehr als das ausgemachte Haushaltsgeld zu fragen fiel ihr nicht leicht, ging ihr auch gegen den Stolz. Aber sie hatte etwas mehr auszugeben als wir, und sie hatte auch die noch unangewachsene Würde der jungen Hausfrau, die zum ersten Mal das Geld eines Mannes verwaltet. Und sie wollte nicht das Haus hinterm Gaswerk, das Haus mit der Werkstatt. Sie wünschte sich einen Neubau, nur zum Wohnen geeignet, etwas mit Erker oder Balkon, mit einem Garten rückwärtig (»für die Kinder«). Dafür waren achthundert Pfund, für Besitz auf Lebenszeit, auf den Tisch der Makler zu legen. Cresspahl hatte ihr freigestellt, die wenigstens zur Hälfte herauszuwirtschaften. Er hätte ihr ein solches Haus gleich anzahlen können mit seinen Ersparnissen; das verschwieg er ihr. Er wollte ihr Zeit lassen, wie man einem Kinde Zeit läßt.

– Und was schrieb sie nach Hause?

– Sie gab an. Sie beschrieb von Richmond den Park, die behäbigen Geschäfte in der George Street, Reiter im Park, Paraden der East Surreys in ihren roten Röcken, Schlittschuhlaufen auf der Eisbahn an der Richmond Bridge. Die verrottenden Kästen ihrer Nachbarschaft, in die die

Arbeiter eingesperrt waren, verschwieg sie. Wenn sie schon im Ausland guttat, sollte es für Jerichow ein beneidenswertes Ausland sein. Hier gab es die Kolonialwaren, Kaffee, Tee, Kakao, Trinkschokolade zu unvergleichlichen Preisen. Und sie schrieb: daß bei der Oktoberwahl die Kommunisten keinen ihrer 26 Kandidaten durchgebracht hatten und daß 21 nicht mehr als ein Achtel der Stimmen in ihrem Wahlbezirk bekamen und so auch ihre Kaution verloren. (Sie schrieb nicht, daß Cresspahl den Premierminister MacDonald für einen Verräter an der Labour Party hielt, weil er eingewilligt hatte, die Arbeitslosen-Unterstützung zu kürzen.) Einmal hatten sie auswärts gegessen, im Original Maids of Honour Restaurant, für 3 Schilling pro Person; sie schrieb von Restaurants wie von allwöchentlichen Zielen.

– Gab sie ihm die Briefe zu lesen?

– Sie gab ihm die Briefe zu lesen, und er las sie verstehen geben, daß sie glücklich war. Er sah sie freundlich an, von der Seite, etwas von unten, nicht ganz behaglich, aber so, daß sie den Blick nicht gewahr wurde.

– Bekam Cresspahl noch Briefe ohne Absender aus Jerichow?

– Sie bekam einen Brief ohne Absender, abgestempelt in West Central 1. Er war mit einer Maschine geschrieben und bedauerte ihre Abgeschlossenheit vom geselligen Verkehr im Ausland. Hingegen mit Mrs. Trowbridge werde sie sich gut verstehen.

– Diesen Brief zeigte sie Cresspahl nicht.

– Den behielt sie für sich. Sie hatte ihm von Herbert Wehmke, Fähnrich zur See, nicht einen Ton gesagt. Sie wollte es ihm nicht für immer verschweigen, aber noch für eine Weile.

– Wetten? sagt das Kind: wetten, daß es kracht? Wetten?

Lisbeth Cresspahl war ängstlich in England. Sie hatte Angst vor den Arbeitslosen, die mit dem National Unemployed Workers Movement aus Wales, Nordengland, Schottland nach London marschiert kamen, eine abgerissene Masse Männer, denen auch sie schlechte Ernährung und erbärmliches Wohnen ansah. Sie stand in einer dünnen Reihe Zuschauer am Charing Cross, eine Bürgersfrau in einem neuen Mantel, einen Fuchskragen um den Hals, in Schuhen nach der diesjährigen Mode, und blickte etwas töricht, sehr erschrocken auf den Hungermarsch. Ihr war noch nicht begreiflich, daß die Demonstranten lediglich auf ihre Lage aufmerksam machen wollten, sie traute nicht ihrem geduldigen, friedfertigen Verhalten. Überdies war das N. U. W. M. von der Kommunistischen Partei aufgezogen. Sie hatte einmal etwas auszurichten für Perceval und traf auf die Eltern Ritchett, Leute in Cresspahls Alter, in verwahrloster Kleidung, mit einem fauligen Geruch, die sie fast mit Unhöflichkeit am Betreten des Hauses hindern wollten. Sie hätte sich gern damit begnügt, den Jungen zu bedauern, daß er von der Arbeit zurückkam zu schlampigen Eltern, in eine verschmutzte Wohnung. Sie mochte lange nicht glauben, daß andauerndes Leben ohne Arbeit und Einkommen solche Gleichgültigkeit erzeugte, für die die Ritchetts tatsächlich auch sich geschämt hatten wie für eine private Verfehlung. Dann bekam sie heraus, daß Perceval mit seinem Lohn auch noch aufkam für die Eltern, dazu Geschwister, weil das Arbeitsamt von Richmond an ihrer Bedürftigkeit kleine Zweifel hatte. Jetzt dachte sie sich hinter den kahlen Fenstern in den Arbeiterstraßen mehr solche verreckten Haushalte, und konnte nahezu den Trotz der Unversorgten verstehen, die nur noch auf der Straße und in der Kneipe, mit gelegentlicher Rasur und ramschiger Kaufhauskleidung, einen bürgerlichen Schein wahrten. Mit Almosen traute sie sich nicht zu den Ritchetts; die hatten auch ihr Scham eingejagt.

Gib dem Jungen mehr Lohn, Cresspahl.
Von deinem Küchengeld gib ihm, Lisbeth, und laß es die Konkurrenz nicht wissen.

Als sie noch Papenbrock hieß, war sie sicher gewesen. Für Gerechtigkeit hatte sie nicht einen Begriff mitgebracht, sondern ein Empfinden. Das Empfinden, beraten von der evangelischen Religion, ließ Unterschiede zu, allerdings nicht krasse. Die Armut in Mecklenburg war vor ihr versteckt gewesen: in der Verspätung der mecklenburgischen Seele, im Vertrauen der Familie Papenbrock auf ihr Recht zu bevorzugtem Leben, in regelmäßigen Spenden an die Kirche, in dummen Sprüchen, wie dem von dem Tüchtigen und seinem Lohn, oder dem, daß auf dem Lande noch niemand verhungert sei. Da hatte sie sich nicht in Gefahr geglaubt. Hier glaubte sie sich gefährdet, denn aus Cresspahls Reden hatte sie ungefähr entnommen, daß sie beide am Rande der Krise nur mitschwammen, wegen des Zufalls, daß Adel und Bürgertum noch Geld aufwenden mochten für Ausbesserung und Nachbau der Familienmöbel. Er versuchte ihr auch zu erklären, was ihm aus Versammlungen der Labour Party haften geblieben war: die Verursachung der Arbeitslosigkeit durch rückläufige Ausfuhren Englands in allen wichtigen Produktionszweigen, und daß da ein Mechanismus am Werke sei. Er hatte auch wohl so eine Meinung, daß die britische Politik den eigenen Arbeiter der Sorge um den Außenwert des Pfund Sterling opfere. Sie hörte das nicht gern. Es waren also wirtschaftliche Gesetze und wirkliche Personen, von denen ihre Lage abhing, nicht ein Schicksal. Einem Schicksal hätte sie sich womöglich überantwortet. Sie kam sich gefangen vor. Denn Wohltätigkeit über ein gutmütiges Maß hinaus hätte ihr ins Küchengeld geschnitten, hätte den Traum vom eigenen Haus beschädigt. Sie war also ungerecht, und sie glaubte der Ungerechtigkeit eine göttliche Strafe auf dem Fuß, mochte die auch vorerst irdisch ausfallen. Wie sollten sie beide auf Dauer bestehen in einem Land, in dem die Kirchen und die Plätze ausgehängt und bestellt waren mit Mahnmalen an die Toten im Krieg gegen die Deutschen? Wie lange würde Cresspahl noch arbeiten dürfen in einem Land, in dem die Handwerker inserierten mit der Versicherung NUR BRITISCHES MATERIAL VERWENDET. NUR BRITISCHE ARBEITSKRÄFTE BESCHÄFTIGT, worauf konnten sie hier vertrauen? Und insgeheim dachte sie wieder und wieder: So schlimm ist es in Deutschland nicht. Als sie dem Kapitalismus zum ersten Mal begegnete, hielt sie ihn für etwas Ausländisches.

Dies vorlaute Wesen, das hat sie von dir, Lisbeth.
Das hast du von mir, Gesine. Und sieh dich vor, daß nicht dein Kind einst dich entschuldigen will wie du mich.

– Da konnte sie doch nicht klagen in Richmond: sagt das Kind von seiner Großmutter, »deiner Mutter«.
– Kein Vergleich mit Richmond 1932. Was da vor Gericht kam, waren Diebstähle, betrunkenes Randalieren, Überfahren der gelben Linie auf der Landstraße, Kraftfahrzeugvergehen überhaupt.
– Und die Schönheiten Richmonds: sagt das Kind, advokatisch.
– Und die tüchtige Stadt Richmond, lieblich in den Arm genommen von einer Windung der südlichen Themse, auch gewürgt zwischen ihr und der Sperre des Berges von Richmond, so daß sie nicht auseinanderlaufen konnte in Spekulationssiedlungen und im Innern einen Stein

sorgsam auf den anderen zu setzen hatte, Bürgerhäuser und Paläste in Terrassen angeordnet um den Richmond Hill, eine Marktstadt, Stadt der Gärtner, Sterbeort der Großen Elisabeth, Namenspatron von Städten in aller Welt, Richmond, Kentucky, Richmond, Indiana, Richmond, Virginia...

– Meine Schularbeiten hab ich gemacht: sagt das Kind, auf Englisch, nicht unversöhnlich.

– Sie gab sich Mühe, unsere Lisbeth Cresspahl. Da war nun Richmond Bridge, Tausende Male in Gemälden festgehalten, sogar durch J. M. W. Turner, ein Gegenstand der Geschichte und der Bildung, hundert Yards Brücke zwischen der Stadt und den fürstlichen Bauten im östlichen Twickenham, spätes achtzehntes Jahrhundert, verspielt umgeben von Sportbooten, Ausflugsschiffen. Lisbeth Cresspahl sah da fünf Bögen aus weißem Stein, ein krummes Pflasterbrett darüber, sie war höflich genug, den Anblick auswendig zu wissen; er rührte sie nicht. Gewiß, sie ging fast regelmäßig auf den Park Richmond Hill (immer durch Queen's Road, nicht über Hill Rise, wegen der ehemaligen Brauerei, in der die Kriegskrüppel die Poppies für ganz England anfertigten), sie stand oft beim Thatched Cottage (das sie »Reetdachhus« nannte) und befaßte sich mit dem vorgeschriebenen Blick auf die Themse hinunter, über straff abfallende Parkwiesen, zwischen vornehm und gefällig arrangierten Baumgruppen auf die buschigen Ufer, die Inselhaine, das Wasser, das im Abendschatten bläulich wurde; sie zählte auch in Briefen auf, was klare Tage an Weitsicht hergaben: das Schloß von Windsor, die Höhen von Berkshire, den Berg von St. Anne, den Schweinerücken und davor die Wolken aus Kastanienblüten über dem Bushey Park mit seinen zahmen Hirschen und Rehen; es tröstete sie nicht. Die Landschaft war verschwenderisch angelegt, ohne Nutzwirtschaft, einschüchternd im Alter ihrer Kultur, abweisend vor Herrschaftlichkeit, fremd. Sie ging dahin eben allein, nicht wegen der Aussicht, sondern um allein zu sein. Ihr war nicht geheuer bei dem Gedanken, daß sie vielleicht nur mit dem Willen hier würde anwachsen können.

– Ihr war nichts verschwiegen worden.

– Cresspahl hatte sie vorbereitet. Er hatte sich als eine Art Werkmeister bezeichnet, er war tatsächlich nichts Besseres als das, es paßte nicht für den Vorwurf, nach dem ihr zu Mute war. Er hatte ihr die Gegend am Gaswerk nicht beschrieben als respektabel, und sie hatte sich abgefunden mit dem Gasometer, dessen Rosa jetzt bis zur Mitte in einem schmutzigen Braun überstrichen war und darüber in große Rostdreiecke aufgebrochen war; sie war doch getroffen von dem Hochmut der Richmond and Twickenham Times, die sich darauf verließ, »daß in dieser ärmlichen Umgebung wohl wenige protestieren würden« gegen den widerlichen Anblick. Sie hatte nicht erwarten dürfen, daß die Bürger Richmonds sie in nachbarschaftlichen Verkehr ziehen würden, ihr war nicht wohl dabei, nun tatsächlich allein zu sein, unter der mittleren Schicht, wenig über der unteren, Ausländerin obendrein. Cresspahl hatte ihr vorgeschlagen, kirchliche Veranstaltungen auszunutzen für Bekanntschaften; sie hatte ihn wild angeschrien in ihrer Wut auf sich selbst, daß sie hier in Liturgie und Ritual nicht finden konnte. Nun fand sie grausam von ihm, daß er schon bei dem Wort Kirche aus dem Gespräch ausscherte, ohne Aufhebens und gutmütig, als sei hier nur für sie ein Raum ausgespart, den zu betreten ihm nicht zustand. Sie hatte, um diesen Streit aufzuheben, im Antiquariat Hiscoke in der Hill Street eine King James-Bibel gekauft; Cresspahl hatte den Lederband aufgenommen und schweigend zurückgelegt und nicht angedeutet, ob er verstand, daß sie sich Mühe gab. Manchmal hätte sie ihn anfahren mögen: Du hast alles, was du wolltest! und erschrak vor der eigenen Antwort: Was ich wollte; ihr war nicht geheuer, daß ihr solche Anfälle beikamen. Sie zögerte die Gänge zum Ausländeramt oft um Tage hinaus; sie sah den Beamten nicht gern ihre beiden Pässe aufblättern wie etwas bald Ungültiges. So weit war sie noch nicht. Und Cresspahl sah nichts! Der ging mit ihr im strahlenden Juni auf die königliche Pferde-Schau, stolz und zufrieden mit Lisbeth Papenbrock am Arm, und so sahen sie aus auf dem Foto, das sie nach Deutschland schicken mußte: ein zuversichtliches, ein fröhliches Paar, und nicht wie ihr war. Einmal sah sie Cresspahl durch eine offene Tür an einer Theke stehen, ein Glas in der Hand, behaglich redend mit seinen Nachbarn, so ungestört, als brauchte er sie nicht, so weit entfernt, als werde sie ihn nie erreichen. Sie konnte ihm nicht einmal vorhalten, daß er zuviel Geld in die Kneipe trug. Sie konnte sich nicht beschweren, daß er sie warten ließ auf eine Schwangerschaft (dafür fehlte einer Tochter von Papenbrocks die Sprache), und nachdem sie ihm Kinder versprochen hatte (»vier, Heinrich«), hätte sie vorgezogen, daß es anfing. (Sie hatte Angst vor den Schmerzen bei der Geburt.) Da waren viele kleine Klagen, die sie mit Verstand und Gerechtigkeit nicht aussprechen konnte, und sie war rat-

los genug, einige davon aufzuschreiben, um sie zu einer späteren Zeit anzusehen, womöglich zu begreifen. Bei einem Sturm im August (12., Freitagmorgen) mit gefährlichen Blitzschlägen und tropischem Regen wurde sie den Gedanken an das Sterben nicht los und erschrak vor dem Gedanken, daß Cresspahl das versteckte Schulheft nach ihrem Tode finden könnte, und tat es heimlich in den Späneofen in der Werkstatt. Sie faßte immer neue Vorsätze, und immer von neuem geriet sie in Streit mit Cresspahl, fand nicht heraus, wandte sich wortlos ab und blieb für Tage gefangen in einem Schweigen, das sie vor den Arbeitern mit krampfiger Gesprächigkeit verdeckte. Aber allein mit Cresspahl und der Katze hätte sie nicht einmal die Katze harmlos anreden können. Cresspahl konnte das auch, wortlos und blicklos neben ihr leben, nachdem Zureden mehrmals an ihr vorbeigegangen war, und was sie in solchen Auseinandersetzungen zusammenhielt, waren die eingeführten Zeiten für die Mahlzeiten, die Zeit für das Aufstehen und nur eine heikle, quecksilbrige Zeit für die Versöhnung, und nicht ein Wort vorher, auf die norddeutsche Art.
– Das ist die norddeutsche Art? sagt das Kind. – Das habe ich nicht geerbt: sagt Marie, überzeugt und erlöst.

Lisbeth Cresspahl konnte, ohne die Augen zu schließen, vor sich ihre Mutter sehen beim Schreiben der Briefe, die sie in diesem November 1932 aus Jerichow bekam. Die Alte saß am Küchentisch, wo sie beim Überlegen auf die Speicherwand sehen konnte, die oft noch von der niedrigen Sonne mit gelber Farbe und schwankenden Ästeschatten bemalt war. Sie hielt lange inne, auf der Suche nach den Geschichten der Woche, den Kopf gegen das kühle Hoflicht erhoben in einem strengen, blinden Blick. All die Bibelstellen und Anrufungen Gottes, die sie da versteckte, würde Papenbrock am Sonntag mit unernsten Strichen und Ausrufszeichen versehen. Der Streit zwischen den beiden war längst zur Neckerei verkümmert, und neuerdings glaubte Lisbeth Cresspahl sich mit Cresspahl nicht weit von diesem Einvernehmen.

Und an jedem Montagnachmittag, ob nun der Seewind mit breiten Regenschößen durch die Stadtstraße fegte oder nicht, ging Louise Papenbrock zur Post mit ihren Englandbriefen, sah Jedem auf dem Bürgersteig ins Gesicht, stellte sich auf dem Amt in die Reihe, den Brief sichtbar in der Hand, und ließ Obersekretär Knever jedes Mal von neuem das Gewicht bestimmen und das Porto ausrichten, so daß die Briefwaage in Papenbrocks Kontor ins jerichower Gerede kam. So wollte sie unter die Leute bringen, daß sie zwei Töchter verheiratet hatte, zwar eine unter Polizeiverdacht bei Krakow, allerdings eine mit Auskommen und Ansehen, obendrein im Ausland.

Je undeutlicher sie die Nachrichten aus Krakow ausdrückte, um so vorstellbarer wurden sie. Es war Hilde Papenbrock zuzutrauen. Die stellte sich nicht gegen ihren Dr. Paepcke, ehemals Rechtsanwalt und Notar, nicht einmal wenn er mit Schwiegervaters unwiderruflich letztem Darlehen nicht seine Veruntreuungen bereinigte, sondern eine Ziegelei in Pacht nahm. Sie hatte sich einreden lassen, daß da genug Gewinne gegen die Schulden ins Haus standen, und ließ sich für die Angst entschädigen mit Ausflügen nach Berlin, Besuchsfahrten von Gut zu Gut, Festen im Kurhotel Krasemann am See. Das Gerücht beschrieb sie in einer anbetenden Haltung vor ihrem Alexander; wirklich mochte sie ihn nur keinen Spaß entbehren lassen. Als Kind, wenn sie nicht gutgetan hatte, flatterten ihr die Lider, für Sekunden unbeaufsichtigt. Jetzt, in einer nassen Nacht ohne Gewitter, war die Ziegelei niedergebrannt. Die Paepckes waren nachweislich im Stadtkino gewesen, aber schon als sie gegen Mitternacht vor ihrer Villa auffuhren, stand da die Kriminalpolizei und wollte sich nicht zum Schnaps einladen lassen und wollte den Herrschaften aus der eben erst angehobenen Versicherung eine Anwesenheit und Brandstiftung nachsagen. Hilde Paepcke wurde gefragt: ob sie Hindenburglichter kenne. Sie hatte das dann zu rasch und rundheraus abgestritten.

Es ist nicht meine Familie, Cresspahl.
Jetzt ist es unsere Familie, Lisbeth.
Am Ende mußt auch du bürgen.
Für Dummheit bürg ich nicht. Die stellen ein Hindenburglicht auf Ziegelboden. Den Brandherd erkennt ein Kind.

Über Horst Papenbrock war zu erfahren, daß die drohende Einbuße an seinem Erbe ihn recht handsam gemacht hatte. Auch war er geknickt von dem Verlust an Stimmen, den die Nazis bei der Reichtagswahl am 6. November erlitten hatten; für ihn hätte es in einem Zug aufwärts gehen sollen mit seinem Verein. Er zeigte sich sogar versöhnlich gegen die Schwester, die Deutschland für England aufgegeben hatte, und legte ihr das Bild eines Mädchens bei. Das war eine füllige Brünette, fast anmutig vor Jugend, hätte sie ihr Gesicht nicht so starr gehalten. Elisabeth Lieplow hieß sie, aus Kröpelin. Sie zeigte sich in einem ärmellosen weißen Turnhemd, auf dem Busen das Enblem des Bundes Deutscher Mädchen, mit dem Hakenkreuz. Er wünschte sich das Bild zurück, aber der alte Papenbrock sollte es nicht zu sehen bekommen, vorerst.

Und Lisbeth Cresspahl setzte an das Ende eines ausführlichen Briefes über Geschäftslage und Richmond Park und Kochrezepte ein knappes Postskriptum. – Im März: schrieb sie. – Anfang März. Cresspahl will ein Mädchen. Und wenn ich recht bekomme, heißt der Junge Heinrich.

Henry meinst du.
Henry mein ich, Cresspahl.

In diesem Jahr hatte Adolf Hitler durch die Gefälligkeit eines Regierungsrats in Braunschweig erstmals die Staatsangehörigkeit des Deutschen Reiches erlangt.

Die Briefe, die Cresspahl in diesem November 1932 aus Jerichow bekam, waren von den Leuten aus Peter Wulffs Hinterzimmer, frotzelnde Bemerkungen über ihr Bier und sein Eheglück, dazu Geschichten, die Satz für Satz aus beiläufiger Erwähnung von Vornamen zusammenwuchsen, auch aus Ausschnitten von Zeitungen. Sie schrieben aber nicht von sich, sondern von den Kommunisten aus Gneez und Gadebusch, die sich mit nächtlichen Besuchen und Versammlungen wieder lieb Kind machen wollten. Aber diese Sozialdemokraten ohne Amt konnten denen den vorigen August nicht vergessen, als die Kommunisten zusammen mit den Nazis gegen die preußische Regierung gestimmt hatten. Da war doch von der »Bonzenwirtschaft« der Regierungssozis die Rede gewesen, nicht wahr. Nun wieder boten die ein Bündnis gegen die Nazis an. Da hatte die deutsche Sozialdemokratie ein anderes Gefühl für Würde, kannst mal sehen.

Die sind doch tief im Absaufen. Cresspahl. Sollen wir uns da reinziehen lassen?

Der Anlaß dieses politischen Kampfes in Jerichow waren die Zigaretten einer dresdner Firma, Marke »Trommler«. Die Fabrik war mit den Nazis im Geschäft und legte jeder Packung das Bildnis eines nationalsozialistischen Politikers bei. Böhnhase, Tabakwarenhändler in der Stadtstraße schräg gegenüber Papenbrocks Speicher, hatte die in gefälligen Stapeln an seinem Flammenspender liegen. Die Kommunisten hatten nun eine sozialdemokratische Vermittlung für die Marken ihrer eigenen Manufaktur in Berlin erbeten, ohne Erfolg. Einer war darauf gekommen, Böhnhase in Person zu fragen. Böhnhase wollte die Sorte »Kollektive« nicht nehmen, weil er den Namen nicht verstand. Aber von »Rote Sorte« hatte er Probelieferungen bestellt, und Böhnhase war D. N. V. P., der ließ sich von Sozialdemokraten nichts sagen. Die »Rote Sorte« war beliebt geworden bei Landarbeitern und Bauern, wegen des Anklangs an Kartoffeln und Rüben.

Es waren auch nicht die Sozialdemokraten gewesen, die das Denkmal für die Toten des ersten Weltkriegs befreit hatten von dem angeberischen Gedenkkranz, den Hitlers S. A. da hingelegt hatte. Darüber wurden die Reden im Lübecker Hof geführt. – Es ist mir nicht bekannt, daß diese Rotzbengel S. A. Blutzoll im Kriege entrichteten: sollte Gutspächter Kleinschulte ausgerufen haben, vielleicht im Suff und zu später Stunde, aber doch unter Beifall, in Anwesenheit eines jungen von Plessen. Dann hatte er das Gerippe des Kranzes auf seinem Misthaufen ausgestellt. Horst Papenbrock konnte das nicht begreifen, da Kleinschulte früher Bargeld gespendet hatte an die Nazipartei. Kleinschulte, Herr über achtzig Hektar an der Ostsee, kniff neuerdings ein Auge zu, wenn er in seinem Kutschwagen an dem jungen Papenbrock vorbeifuhr, so daß er noch verschlafener und tückischer aussah als sonst, und das nüchtern.

Auf der Straße nach Rande war ein junger Schuster, eingeschriebenes Mitglied der Hitlerjugend, so kräftig verprügelt worden, daß er drei Stunden brauchte, um zum Krankenhaus in Jerichow zurückzukriechen. Der Oberlandjäger war in Urlaub, und die Stadtpolizei erklärte sich für überlastet. Die Ritterschaft war einverstanden. – Wer schwängert, soll auch schwören: sollte Kleinschulte gesagt haben, und nicht im Hinterzimmer des Lübecker Hofs, sondern in einer Sitzung der Stadtverordneten, zu Protokoll. Dem Jungen, der immer noch festlag mit einem gebrochenen Arm, war unheimlich wegen des Märtyrerlärms, den die Ortsgruppe Jerichow der N.S.D.A.P. um ihn anstellte, und als er sein Bild zum zweiten Mal im Gneezer Tageblatt gesehen hatte, ließ er sich nachts an zwei Laken auf die Straße hinunter und verzog sich aus der Gegend. Wenn man Frieda Klütz glauben wollte, so war er jetzt in Hamburg, denn von da war ein Telegramm an seine Eltern gekommen, zwar ohne Unterschrift. Frieda Klütz war bereit, auch den Inhalt des Telegramms zu erzählen, aber Peter Wulff kannte ihn schon und ließ das aufgeregte alte Mädchen stehen, damit es platzte von seinem ungesagten Geheimnis. Erich Schulz hieß der, von den Schulzens in Jerichow-Ausbau, dem kleinen Weiler östlich der Rander Chaussee.

– Haben wir hier auch: schrieb Cresspahl. – Faschisten nennen die sich hier. In Chelsea ist ihr Hauptquartier, mit Wachen vor der Tür und Truppentransportwagen auf dem Hof. Freikorps spielen die. Aber totschlagen dürfen sie, glaube ich, noch nicht. Kennst du eine Elisabeth Lieplow aus Kröpelin? Schreib mal, dann schreiben wir uns.

Cresspahl schickte an Peter Wulff in Jerichow/M. einen Ausschnitt aus dem News Chronicle von der ersten Januarwoche, weil es darin hieß, Deutschland werde ein glückliches Jahr erleben, wenn die Vorzeichen nicht täuschen. Die erwartete wirtschaftliche Erholung Deutschlands werde der roten Drohung ein Ende setzen. So etwas schickten sie einander als Anspielung, als Anfrage, als Neckerei. Beide glaubten nicht an eine Besserung. Dem Gneezer Tageblatt glaubte Peter Wulff die amtlichen Bekanntmachungen, und die Lokalnachrichten zur Hälfte.

– Wenn überhaupt, nicht in Mecklenburg: schrieb er zurück.

– Die Regierung in Schwerin hält ihre Leistungen bis Monatsende zurück, zu Gunsten ihrer eigenen Terminzahlungen an Zinsen und Gehältern. Jetzt hat ein Rechtsanwalt aus Rostock ein Konkursverfahren gegen das Land beantragt, gut der Mann. Du bleib man wo du bist, womit ich nichts für das englische Bier gesagt haben will. Herzlich, Gruß, Wulff.

– Was fanden die beiden aneinander?

– Vielleicht konnten sie auskommen wegen ihres ähnlichen Alters. Sie waren beide Mittelstand, beide waren für ein paar Jahre Mitglieder der Sozialdemokratischen Partei gewesen. Vor allem, sie konnten einer des anderen Nähe ertragen, bei einander sitzen, auch ohne Gespräch. Das sah nur aus wie Intimität. Und beide hatten Spaß am gegenseitigen Aufziehen, und konnten es ertragen. Cresspahl hatte sein schweigendes Vergnügen gehabt, wenn Meta Wulff ihrem Mann vor Wohlwollen und Billigung den Rücken rieb, und der hatte vor Cresspahls Augen den Kopf etwas gequält verkanten müssen. Cresspahl hatte Meta Wulff reden lassen müssen über Ehen mit sehr großem Unterschied im Alter, und Peter Wulff hatte ihn offenbar gleichmütig beobachtet, mit Genuß an seinem wehrlosen Zustand.

– Ist das wieder norddeutsch?

– Es ist mecklenburgisch, und du hast es geerbt.

– Wenn es praktisch ist, bin ich einverstanden.

– Und sie waren beide an der Westfront gewesen.

Die Westfront kam vor in Ausschnitten aus dem Daily Express, die Cresspahl an die Gastwirtschaft und Kaufhandlung Wulff schickte, zusammen mit einem Blatt, auf dem Lisbeth Cresspahl die angestrichenen Stellen übersetzt hatte. Da war in Deutschland eben der ehemalige Soldat August Jäger wegen »Kriegsverrats« verurteilt worden. Er war im April 1915 bei Langemarck von einer französischen Patrouille gefangengenommen worden und hatte den Plan eines deutschen Gasangriffs angegeben, nicht nur das Datum, auch die Aufstellungsorte der Gaszylinder und ihre Zahl. Am 14. April kam der englische Verbindungsoffizier bei den zwei französischen Divisionen zum Stab der Zweiten englischen Armee und meldete dem Hauptquartier, daß die ganze Front des 26. Korps entlang, von Langemarck bis zur Höhe 60 Gaszylinder lagen, je zwanzig auf vierzig Meter, unmittelbar hinter den deutschen Linien, in bombensicheren Betonbunkern. General Plummer schickte lediglich ein Geschwader Aufklärungsflugzeuge über die deutschen Stellungen, die auf die Tarnung der Gasbunker hereinfielen, und glaubte so eigensinnig an eine absichtliche Irreführung, daß er auch die Meldung ans War Office unterließ. Am 22. April kam das Gas und brachte Briten und Franzosen zu Tausenden um. Jetzt verlangte der Daily Express ein Gerichtsverfahren für die verantwortlichen Militärs der alliierten Seite, entsprechend dem für August Jäger in Deutschland. Riesenschlagzeilen.

Dazu brauchte Cresspahl keine Zusätze zu schreiben. Beide erinnerten sich daran. Cresspahl hatte einen ganzen Schulhof voll blauschwarzer Toter gesehen. Sie waren einig genug miteinander.

Generäle vor Gericht, wo gibts denn so was.
Dieser Jäger, vielleicht hatte er was gegen Gas.
Studenten von Langemarck. Verblödete Hammel.
Deutschlandlied singen unter Trommelfeuer.
In einem Loch haben die gesessen.
Aus Angst haben die gesungen, aus gewöhnlicher Scheißangst.
Helden von Langemarck.
Du kannst mich mal mit Langemarck.

Und bei der jerichower Feier zum Tag der Reichsgründung mußte Bürgermeister Erdamer eine Pause in seine Festrede machen und dann mit großem Räuspern sich befassen mit einem Gerücht, das in der Stadt und auf den Gütern die Runde mache, zu dem ihm die Worte fehlen und dem er auch im Namen der Vereinigung Stahlhelm ein entschiedenes Halt zurufen müsse, auch im Namen der heldenhaften Studenten von Langemarck. Er regte sich sehr auf dabei, er war gekränkt über die Verletzung seiner Lesebuchgeschichte, und manchmal sah er fast bittend auf sein Publikum, wie ein kleiner Junge, der Überlegene um Gnade bittet. *Seid doch nicht so.* Dann, etwas unsicher, mit einer Hand auf seiner steifen weißen Haarbürste reibend, gab er den geselligen Teil des Abends frei, das lustige Theaterstück mit Tanz bis in die späte Nacht.

Wulff hatte etwas erfahren über Elisabeth Lieplow aus Kröpelin. Sie war eine Führerin im B. D. M., und sie war im Dorf Beckhorst bei Gut Beckhorst unliebsam aufgefallen, nicht weil sie dort ihre Mädchengruppe in der einstweilen verbotenen Uniform aufmarschieren ließ, sondern weil sie das an einem Sonntagmorgen tat und ihren Untergebenen auf dem Brink von Beckhorst das Entkleiden zur Gymnastik befahl, eine halbe Stunde vor Beginn des Gottesdienstes, so daß die Kirchgänger alle vorbeimußten an einem Haufen knapp bekleideter Mädchen, die sich abzappelten mit Grätsche und Brücke rückwärts. Von Horst Papenbrock sagte er in diesem Brief nichts, weil er wußte, daß Lisbeth mitlas.

Cresspahl war sich nichts vermutend gewesen.

Er hatte Lisbeth Papenbrock eingewöhnt geglaubt in Richmond, in England. Wenn sie neuerdings das Telefon hörte, sah sie sich nicht mehr nach ihm um, sondern griff fast unbedenklich zu und schlug sich durch das ganze Gespräch mit nahezu keinem Mißverständnis in der fremden Sprache. Ihr war Englisch unterlaufen in deutschen Sätzen, – oewe dat's'n fulltime job: hatte sie harmlos gesagt, und erst an Cresspahls unverhofftem Aufblicken die Mischung bemerkt. – Orre nich –? sagte sie, mit schrägem Kopf, geniert und spöttisch, damit er das Versehen nicht in Worte brachte. In solchen Augenblicken glaubte er zu denken was sie dachte. Er hatte sie im Royalty Kinema heimlich beobachtet, während Buster Keaton in »Speak Easily« sich von einem Universitätsprofessor für griechische Mythologie zum Manager einer Operettentruppe mauserte, er hatte auf ihr stilles, unterrichtetes Lachen vertraut. Sie hatte sich zureden lassen, damit sie mitging zum Weihnachtsfest des Anglo-German Circle von Richmond im Bahnhofshotel, sie hatte das Absingen der deutschen Weihnachtslieder, von der Stillen Nacht bis zu Anrede an den Tannenbaum, über sich ergehen lassen wie etwas Lästiges, und sie hatte zum Aufbruch gedrängt, als das neue Vereinsmitglied Weihnachtsmann mit seinem Sack auftrat, so daß die Präsidentin, Mrs. Allen, das Geschenk für Mrs. Cresspahl (eine Kinderklapper aus Zelluloid) mit der Post nachschicken mußte. Er hatte verstanden, sie bedürfe des Deutschen nun weniger.

Er hatte sich verlassen auf ihre Aufmerksamkeit für die Angelegenheiten von Richmond. Wenn sie sich aussprach zu Gunsten der Eingemeindung von Ham in Richmond, wenn sie den Namen des Bürgermeisters Reid erwähnte wie etwas längst Bekanntes, es hatte geklungen, als sei Richmond nun ihre Stadt geworden, indem sie zumindest an ihren äußeren Veränderungen Anteil nahm. Sie hatte ihm erzählt von den Arbeiten an der Richmond Bridge, der auf der Seite von Middlesex ein Pfeiler verstärkt werden mußte, von der Arbeit des Tauchers auf dem Grund der Themse, gesichert von Seilen, Signalleinen und Luftröhren, von den Scharen Kindern auf der Uferpromenade, die die Versenkung jedes Zementsacks kritisch beurteilten und ihre Berufswünsche unter den Wasserspiegel verlegten. Der Dezember 1932 war ungewöhnlich warm gewesen, mit viel Sonnenschein, und von allen ihren Spaziergängen hatte sie etwas aus der Stadt zurückgebracht, nicht Heimweh nach Jerichow. Sie war mit offenem Mantel aus der Bäckerei getreten, so daß ihr vortretender Bauch für einen Augenblick auffiel auf dem Bürgersteig, und eine alte Frau, von Gehabe eine Bettlerin, hatte zu ihr gesagt: God bless you, dearie. Den halben Schilling, den die Alte enttäuscht zurückwies, legte sie sich beiseite. Als das Kaufhaus Wright Brothers in der George Street sich die oberen Fenster mit einem Ausverkaufsschild zustellte, weil das prächtige Eckgebäude umgebaut wurde, neu versehen mit elektrischen Personenaufzügen und einem neuen Tee Restaurant, rief Mrs. Cresspahl die Nummer Richmond 3601 an und ließ sich zu dem Sonderpreis die Kinderausstattung zurücklegen, die sie vor dem Einsetzen des Gedränges in Augenschein genommen hatte. Sie hatte sich auch befaßt mit Richmond auf eine Art, wie eine Tochter von Papenbrock sie gelernt hatte: sie hatte die Geschichte der Stadt nachgelesen und konnte Cresspahl in den Überresten des alten Tudorpalastes jenes Fenster zeigen, aus dem am 24. März 1603 dem wartenden Reiter der Ring zugeworfen wurde, der bedeutete, daß Elizabeth, Königin von England und Irland, nun endlich an ihrem Schnupfen gestorben und der Weg frei war für James VI. von Schottland. Diesen James kannte Lisbeth Cresspahl offenbar gut genug, um ihn einen Liederjan zu nennen. Nun war alles verabredet, eine Klinik, ein Arzt und eine Hilfe für den Haushalt vom 10. Februar 1933 an (nicht Mrs. Jones, die dafür zwei andere Anstellungen hatte aufgeben wollen), eine diplomierte Säuglingsschwester, die zudem sich auf Kochen verstand. Cresspahl hatte sagen hören, daß Väter beim ersten Mal sich lächerlich benehmen, und er achtete also darauf, ob er seine Frau zum Lachen brachte, wenn er sie nichts Schweres anfassen ließ oder ihr Essen nach den Vorschriften des Arztes überwachte. Er brachte sie nicht zum Lachen. Manchmal schien sie nicht ihn zu hören, sondern schon das Kind unter ihren gefalteten Händen. Aber die Schweigekrämpfe waren seit dem Herbst ausgeblieben. Es kam öfter vor, daß er für sich dachte: Es wird gut gehen.

Einmal, im Januar, traf er sie in einer Seitenstraße der George Street. Damm und Bürgersteige waren fast unbegangen. Sie hätte ihn näherkommen sehen können. Sie ging langsam, mit abgesetzten Schritten, eine Hand auf der Hüfte, und sah nicht vor sich hin, sondern an den Häusern empor. Es sah aus, als suche sie etwas über den angeberisch verzierten und bekuppelten Mansarden. Sie hielt ihr Gesicht fast unbeweglich. Ihre Haut war kalt und gerötet vom Wind. Ihr Blick war sonderbar klar, zeigte keinen Gedanken. Sie ging an ihm vorbei, obwohl er stehengeblieben war. Bei einer Wahl zwischen ihr und dem Kind hätte er sich gegen das Kind entschieden.

Dann, Ende Januar, bat sie ihn, bei Moxon, Salt & Co. in der Regent

Street anzurufen. Es war die Vertretung des Norddeutschen Lloyd, und sie wollte eine Schiffskarte nach Hamburg. Cresspahl war so wenig auf der Hut, daß er fast sofort geantwortet hätte. Dann sah er, daß sie sich auf den Streit vorbereitet hatte wie auf eine Arbeit und daß sie beliebig lange sitzen würde wie jetzt, ein wenig krumm, mit den Unterarmen auf den Knien, den Bauch abstützend, ergeben und unbeugsam. Er sagte vorsichtig: Du kannst nicht beides haben, ein Kind bei dir zu Hause und mich auch in Jerichow. Und sie sagte, nicht unfreundlich: Was geht dich das Kind an, Cresspahl.

– Darum bin ich in Jerichow geboren.
– Würdest du es erheblich vorziehen, geboren zu sein in Richmond? sagt das Kind, sagt Marie. Das ist nun ihr Deutsch. Sie sitzt vor ihrem Abendessen, die Fäuste unters Kinn gestemmt, sehr neugierig.
– Das will ich dir sagen. Und daß ich da aufgewachsen wäre, und hätte England nie verlassen.
– Das verstehe ich nicht. Ach so. Na ja entschuldige.

Was gingen Cresspahl die fetten Schlagzeilen an, mit denen die britischen Zeitungen die Ernennung eines Herrn Hitler zum deutschen Reichskanzler meldeten! die regten sich auch nicht auf und fanden den Führer der größten Partei an der richtigen Stelle, unter Aufsicht der versammelten Rechten; Börse ruhig, Mark etwas anziehend gegen Pfund. Ihm aber, Cresspahl, war die Frau davongefahren über den Kanal, mitten in einer Kältewelle aus Rußland, in der 31. Woche schwanger. Gewiß war es in England kalt wie seit sieben Jahren nicht, aber bei Lübeck war der Dassower See zugefroren. Da gingen die Fischer zu Fuß zur Arbeit und hackten sich Löcher in den entlegenen Buchten. – Mir ist kalt: hatte sie gesagt. Dann war sie in die Kälte gefahren.

Am Abend vor ihrer Abreise hatte Cresspahl die Versammlung des Anglo-German Circle von Richmond besucht, allein. Zu Hause hätte er ihr zum Bleiben zureden müssen, auch sie hätte es erwartet. Der Gastredner des Abends, Herr von Dewall von der Frankfurter Zeitung, stellte es als den Wunsch der Deutschen hin, daß sie nicht mehr als eine kleinere Macht angesehen wären. Er dachte da an eine begrenzte Aufrüstung und verwies auf das Beispiel des unbewaffneten China, das in Japans Gewalt sei. Dr. Jackson befragte Wolf von Dewall nach seinen englischen Eindrücken. Der Vertreter der Frankfurter Zeitung sprach von der Entwicklung eines gänzlich neuen Menschenschlags in Deutschland. Die Leute hätten sogar neue Gesichter. Von Dewall bewunderte die Engländer. Schwer von Entschluß, täten sie einen Schritt doch unveränderlich in die vernünftige Richtung. Cresspahl konnte von der Veranstaltung zu Hause nichts erzählen; die deutsche Sucht nach Waffen und die englische Beständigkeit hätten ausgesehen wie noch mehr Gründe gegen die Reise nach Jerichow. Er mochte ihr nicht Herrn von Dewall beschreiben; sie hätte seine Wut sich selbst zugedacht. Er saß eine Weile im Dunkeln auf ihrer Bettkante. Dann glaubte er das Licht fast lautlos eingeschaltet zu haben, aber sie hatte die Augen offen, lächelnd wie ein Kind, das eine Überraschung vorausgesehen hat und sich verstellt, um weder die eigene noch die andere Freude zu beschädigen.

Am 31. Januar 1933 meldete der Daily Express aus Berlin, ein General Schleicher habe mit einem militärischen Staatsstreich eine Diktatur des Militärs errichten wollen. Die Potsdamer Garnison sei bereit gewesen, auf die deutsche Hauptstadt zu marschieren. Sie war aber nicht marschiert. Die S.P.D. hatte beschlossen, einen Mißtrauensantrag gegen das Kabinett der Harzburger Front einzubringen. In bewährtem Gegensatz hatte die K.P.D. beantragt, der Reichstag möge der Regierung Hitler/von Papen das Vertrauen entziehen. Nun war der Reichstag aufgelöst. Was war da Neues? Zu Cresspahls Verblüffung aber hielt alle Welt für natürlich, daß eine junge Frau zu ihrer ersten Entbindung nach Hause fuhr. Nun es ihn betraf, fand er es nicht natürlich. Er hörte ein Gespräch zwischen seinen Gesellen ab. Sie sprachen über Mrs. Cresspahl. Perceval zählte die Hausarbeiten auf, die er für frühere Meistersfrauen habe machen müssen. So habe Mrs. Cresspahl ihn eine geschlagene Stunde lang einen Pfefferkuchenteig durchkneten lassen. Dann aber habe sie eine Schüssel mit dem fertigen Gebäck in die Werkstatt gestellt. – War ich baff: sagte Perceval. – Aber das Maul: sagte er: das der Chef neuerdings zieht. Eine richtige miese tükkische Schmollfratze von einem Pfennigfuchser hat der Mann sich angenommen. Versteh ich nicht. Von der bekäme ich ein Kind mit Freuden! und Mr. Smith sagte freundlich: Halt die Klappe, T. P. Mr. Smith, ausgemergelt vom Trinken, hatte viel zähe Kraft in seinen langen Armen übrig, und wenn er den Jüngeren zwischen fülligen Brauen und dem Rand seiner Nickelbrille hervor ansah, machte er ihn so stumm wie er wollte. Cresspahl hatte bisher nicht mit Behagen angesehen, welche Mühe Mr. Smith sich mit dem Alkohol gab, aber an diesem Abend schickte er nach Bier. Das war nicht, weil Mr. Smith ihm Percevals Erziehung ein bißchen abnahm.

In Richmond gab es 60 Gaststätten mit Ausschankgenehmigung, und Cresspahl war fast jeden Abend unterwegs, als wolle er sie alle kennen lernen. Er trank langsam, nahezu planmäßig, bis er sich müde genug zum Einschlafen fühlte. Aber schon wenn er aus der Kneipentür kam und vorsichtig hindurchtrat zwischen den frierenden Kindern, die dort auf ihre Eltern warteten, hatte er die Gespräche an der Theke vergessen. Er hatte mitgelacht über die Tiraden, die Miss Newton, eine ältliche Fürsorgerin, vor dem Magistrat gehalten hatte gegen die Verschiebung der Polizeistunde auf halb elf, um eine halbe Stunde. Er war fast eine Auskunftsperson in dem Stadtgespräch Nummer Eins, das weder die Schließung des Gaswerks von Richmond begriff noch daß die Arbeiter sämtlich gekündigt werden sollten. Dennoch werden sie dies rosa rostige Ungeheuer von einem Gasbehälter nicht abreißen! Der Mann mußte es wissen, der hatte da in der Nähe einen Betrieb, Holzbearbeitung oder so. Säuft erst neuerdings.

Was Cresspahl auf dem Heimweg durch die kahle Petersham Road vor Augen hatte, im pfeifenden Wind der Kanalstürme, war Lisbeths Gesicht hinter der Scheibe des anruckenden Zuges im Victoria-Bahnhof. Er hatte, auf der Suche nach einem letzten möglichen Wort, sich so unbehilflich angestellt, daß sie die Verhandlungen mit Gepäckträger und Schaffner erledigt hatte, bevor er den Mund aufbekam. Sie zeigte ihm, daß sie ausreichend Hilfe auf der Reise haben würde, und daß sie überdies sie benutzen konnte. Er hatte außer dem verstanden, daß sie hier etwas allein tat, ohne ihn, gegen ihn. Sie hatte sich an beiden Armen in den Waggon gezogen. Sie hatte hinter der Scheibe gestanden, mit hängenden Armen, als sei ihr das Öffnen des Fensters zu beschwerlich. Sie hatte nichts angesehen als ihn. Es war ein anderes Gesicht. Sie schien jünger, und zu jung für ihre neuen Erfahrungen. Sie hatte wieder ein Mädchengesicht, etwas ungenau um die Augen, ein Weniges starrsinnig. In seiner Erinnerung, in der Finsternis des verlassenen, ungeheizten Zimmers, stand es still, bis es schwankte unter dem Ruck des anfahrenden Zuges und schräg wegfiel.

Mitte Februar schickte er ihr eine Ansichtenkarte. Sie zeigte die Richmond Bridge, und unter die Pfeiler hatte er ihr die Gründungen aus

Ulmen- und Eichenholz skizziert, die schon 156 Jahre im Wasser aushielten. Er schrieb von den Fortschritten der Aufträge, die sie noch kannte, auch Grüße von Dr. Salomon und Mrs. Allen. Dann war der Raum für den Text erschöpft. Denn es mochte zwar sich so verhalten, daß er ohne sie schlecht leben konnte, aber es ging nicht an, daß er ihr das aufschrieb, nicht wahr.

Als sie ihm drei Wochen fehlte, war er ziemlich überzeugt, sie sei mit seinem Einverständnis, wenn nicht auf sein Drängen hin nach Jerichow gefahren, zum mindesten ohne Streit. Er war jetzt ganz unbefangen, und in seiner Erinnerung war sie es auch.

Auf dem Weg von London nach Jerichow wollte Cresspahl in Lübeck einen Zug überschlagen. Er verlangte von sich Eile nach Jerichow. Er mochte sich das nicht auferlegen. Als er die ungeschickten Treppen in die Querhalle des Bahnhofs hinauf war, konnte er hinuntersehen auf den Stettiner Schnellzug, über Gneez, mit Anschluß nach Jerichow. Er wußte, daß Eile nach Jerichow von ihm zu erwarten war. Er hatte ein flaues, widerwärtiges Gefühl künftiger Schuld. Es war ihm lieber als die Aussicht auf Papenbrocks Haus, auf Louise Papenbrock und die verlogene Frömmigkeit, mit der sie ihn vor das Zimmer führen würde, in dem er mittlerweile ein neugeborenes Kind annehmen durfte. Er war noch nicht fertig für das Zimmer. Übrigens war er da gar nicht erwartet. Er hatte sagen hören, daß solche Kinder in den ersten Lebenstagen ohnehin nicht gut sehen. Als er seine Reisetasche los war, schien ihm der Aufschub geglückt und nahezu in Urlaub verwandelt.

Die Kerle vom Zoll in Hamburg waren auf eine wilde Art feierlich gewesen. Sie hatten ihn mit Namen beglückwünscht zur Heimkehr nach Deutschland. Wäre er nicht gekleidet gewesen wie zu einer Beerdigung, sie hätten ihn womöglich in die Rippen gebufft. Es war indessen ein gewöhnlicher Arbeitstag, der 2. März 1933, ein Donnerstag, und er wollte einmal in der Freien Hansestadt Lübeck nachsehen, ob sie da auch so aus dem Häuschen waren.

Die Ausgänge des Bahnhofs waren locker verstellt mit Uniformierten; je einer im alten Polizeigrün und einer im Anzug der S. A. ließen sich da Brieftaschen zeigen. Aber der städtische Beamte, der die Reisenden seinem Partner zuführen sollte, trat oft beiläufig von ihm weg, in einer verlegenen Weise, so daß die Kontrolle im Gedränge den Anschein einer unseriösen, fast unsittlichen Handlung annahm. Dennoch legte sich Cresspahl ein hilfsbereites Wesen zu (mit dem er sein Lebtag Begegnungen mit Amtsträgern eingeleitet hat), als ob er in Geduld warten wolle, bis der Braune auch ihm seine Papiere so befingere wie jetzt den beiden Jungen, die unter ihren Schiebermützen nicht nach Arbeitern aussahen, eher nach Friseurlehrlingen. Jedoch der Posten mit dem Tschako machte ihm mit wütendem Kinnschwenken deutlich, daß die Fahndung nicht galt für Leute, die in schwarzer Kleidung und geputzten Schuhen einen Besuch in Lübeck machten, und auf dem Bürgersteig erwischte Cresspahl von ihm noch einen angewiderten, fast mitleidheischenden Blick. Der Polizist schien sich zu ekeln vor der Privatarmee dieses Hitler, und Cresspahl hätte ihm fast zugenickt.

Erwin Plath wohnte in der Vorstadt St. Lorenz Nord, in einer Seitenstraße der Schwartauer Allee, in der Nähe des Grenzschlachthofs, und Cresspahl stand etwas erstaunt vor dem stattlichen, sauber bemalten Giebelhaus, ehe er klopfte. Die Frau fuhr ihm entgegen, als hätte sie hinter der Tür gelehnt. – Mein Mann ist nicht da! schrie sie, – mein Mann ist nicht da! sagte sie noch einmal, und Cresspahl trat einen Schritt auf den Bürgersteig zurück, damit sie ihn genauer betrachten konnte. Das half ihr nichts. Ihr Mann sei nicht da! rief sie aus, als sollten alle Nachbarn es erfahren. Cresspahl öffnete langsam die beiden oberen Mantelknöpfe, aus Verblüffung, auch weil ihm der Kragen stramm saß, und unverhofft flüsterte sie etwas. Er verstand, daß Erwin am Nachmittag beim Hindenburghaus »zum Folgen« antreten werde. – Mein Mann ist nicht da! gab sie ganz laut von sich, und Cresspahl versuchte erst gar nicht zu antworten. Als er wieder in der Schwartauer Allee war, erlaubte er sich Kopfschütteln. Erwin hatte ihm vor Jahren in Hamburg erzählt von einer zwar eigensinnigen, aber verträglichen Ehefrau, und nicht von einem verängstigten Mädchen, das sich in Schauspielerei versuchte.

Auf der Eisenbahnbrücke wandte er sich nicht nach rechts, sondern geradeaus auf den Ebertplatz zu, ging über den Stadtgraben, an den Puppen vorbei, ließ sich von einem Denkmal mustern, gab ihm Widerrede,

sag du doch mal was, Bismarck

umrundete das Holstentor in seiner Erdschüssel und verschwand in der inneren Stadt. Da war kaum etwas zu sehen. Er besichtigte die vollgestellten Möbelgeschäfte, und ihm mußte keiner erklären, daß die Arbeitslosigkeit immer noch auf die Abzahlungsgeschäfte drückte, daß darum die Sägewerke zögernd kauften und daß hier auf einen wie ihn nicht gewartet wurde. Eben noch hatten die Kaufhäuser Weiße Wochen veranstaltet. In den Schaukästen eines Maklers drängten sich Häuser zu billigen Preisen. Er wurde mehrmals aufgefordert, ja nicht die Obstbaum- und Schweinezählung am 3. März zu versäumen. Er wurde amtlich darauf hingewiesen, daß das Jahr 1933/34 zu denen des Maikäfers zähle. Stand, ein stämmiger Mensch in Feiertagskleidung, die Hände auf dem Rücken, vor Anschlägen und Schaufenstern und Zeitung-Aushängen, ging gemächlich die Breite Straße hinunter, die Königstraße hinauf, hielt die kurzen krummen Haare auf seinem nackten Schädel in die weiche fließende Luft, etwas neugierig, immer noch nicht überrascht.

Dann sah er etwas, aber die Zeit fing an so schnell zu laufen, daß er am nächsten Tag nicht mehr alles glaubte. Am Hindenburghaus marschierte ihm ein Trauerzug entgegen, mit gedämpften Trommeln, Fahnen der Marine und mit Hakenkreuz, und am Ende, weit hinter den blauen und braunen Uniformen, sah er wahrhaftig Erwin latschen, ein bißchen krumm, als seien sie doch nicht gleichaltrig, mit etwas stierem Blick, als helfe er tatsächlich jemand zu Grabe tragen. Nur, was hatte ein eingeschriebener Sozialdemokrat zu tun mit einem verstorbenen Kapitänleutnant, mit einem Gefolge von S. A.? Erwin wollte ihn nicht wahrnehmen, als er sich einreihte und die angemessen benommene Miene annahm, und bis zum Alten Friedhof trotteten sie stumm nebeneinander her, die reinen Leidtragenden. Erst als der Zug auf die Mittelallee eingeschwenkt war, schwankte Erwin in einen Seitenpfad, das Taschentuch im Gesicht, etwas Unsichtbares wegwinkend, so daß er Niemandem groß auffiel. Später fand Cresspahl ihn am äußersten Rand des Grabfeldes, hinter der Wand eines Mausoleums, unruhig, Schulterblicken verfallen, flüsternd, nicht vergnügt, nicht der Spaßmacher, den Cresspahl seit so zwanzig Jahren kannte. Erwin wartete auf jemanden. Cresspahl war es nicht. Im Grunde wartete er auf die Polizei, nur hätte er vorher gern noch jemand Anderen getroffen.

Es war also Cresspahl, der mit Erwins Briefumschlägen vom Friedhof zurückfuhr, auf der hinteren Plattform der Straßenbahn 2 die Israelsdorfer Allee hinunter über den Klingenberg bis zur Kronsforder Allee. Die Adresse war in einer Straße mit Bürgerhäusern, elegantem Putz zwischen Fachwerk oder ausgesuchtem Jugendstil in Ziegeln. Hinter diesen stillen Gardinen war nichts entsetzlicher als daß Marlene Dietrich in Hosen aufgetreten war, nichts dringlicher als den Tonfilm »F. P. 1 antwortet nicht« noch einmal zu sehen, nichts mehr geraten als die schwarzweißrote Fahne auf den Mast zu ziehen, eine gefühlvolle Bereitschaft zum Staatsgenehmen, die den möglichen Fehler wenigstens gegen die Willigkeit des Versuchs verrechnet wissen wollte. In einem solchen Haus, in einem von Samt und Mahagoni verdunkelten Zimmer, konnte Cresspahl die beiden Pässe abliefern, denn Papiere fürs Ausland waren es. Die Leute um den polierten Familieneßtisch schienen ihm Schule zu spielen, in einer ungeduldigen, hastigen Art, als wüßten sie allerdings Eiligeres. Es war die Frage, ob die Kommunisten den Reichstag angesteckt hatten, oder Hitlers Sturmabteilungen. Es war weiterhin die Frage, ob die Sozialdemokratie nunmehr eine Hilfe für die Kommunisten mit ihrer Würde vereinbaren könne. Denn die mecklenburgischen Landtagsabgeordneten der K.P.D., Warncke, Schröder, Quandt, Schuldt, waren auf der Flucht, und es stand zu befürchten, daß demnächst Ernst Thälmann an der Tür klingelte. Es gab Berichte, nach denen Thälmann nach Dänemark unterwegs war. Jedoch hatten die Kommunisten mit den Nazis gegen die Sozialdemokratie paktiert. War ihnen das Schlagwort »Sozialfaschisten« je zu vergeben? Der Leiter der Besprechung war ein untersetzter, schwächlicher Mann, er hielt den viereckigen Bart unter seiner Nase ganz still und seinen blanken Rundschädel schräg wie ein Schlafender, aber wenn er aufwachte, eiferte er wie ein erzürnter, unerbittlicher Studienrat. Cresspahl erfuhr nicht den Ausgang des Streits, denn er fuhr mit zwei anderen in die Stadt zurück, und zwar nacheinander in verschiedenen Straßenbahnen, und nämlich diesmal auf der Linie 1 über die Ratzeburger Allee. Auf dem Weg dahin schimpften sie ihm etwas vor über den Lübecker General-Anzeiger. Wollte man diesem Blatt glauben, so hatte der Reichstagsabgeordnete Julius Leber an einem Februarmorgen auf der Großen Burgstraße in einen Streit zwischen dem Nazi Brüggmann und dem Arbeiter Rath eingegriffen mit der Anregung: Stich zu! Insbesondere waren Cresspahls Weggenossen erbost darüber, daß die bürgerliche Zeitung nicht Respekt zeigte vor dem Stand des Reichstagsabgeordneten (der auch Redakteur der sozialdemokratischen Konkurrenzzeitung Lübecker Volksbote gewesen war). Es war vom Verleger Charles Coleman zu erwarten gewesen, nachdem er freiwillig die israelischen Kulturnachrichten aus dem Blatt geworfen, Anzeigen der S.A. mit Hakenkreuzen zugelassen, Biographien von Mussolini und Hitler vertrieben hatte; jetzt war die Zeitung so weit, daß sie nicht nur den Polizeibericht über die Beerdigung des Parteigenossen Brüggmann druckte, sondern auch die Darstellung der N.S.D.A.P.-Kreisleitung davon. Die Schimpferei klang kleinmütig, nach enttäuschter Hoffnung, und Cresspahl stellte sich gelangweilt.

Am Klingenberg traf er keinen seiner Weggefährten an, und ganz unrecht war es ihm nicht, denn sie hatten ihn immer noch nichts sagen lassen über seine Entfernung von der S.P.D. seit 1922. Nach einer Weile verzog er sich zur Beckergrube, wo Erwin auf ihn hatte warten wollen, und saß lange umsonst an einem Hinterhoffenster, in der Guten Stube einer alten Frau, die ihn behandelte wie einen von vielen Unerwachsenen, die sich aus bloßem Mutwillen in lästige Umstände bringen. Es war zu merken, daß sie in solchen Besuchen geübt war. Sie sprach nur Platt. Sie zwang ihn zum Verzehren einer Scholle, in sehr wenig Butter gebraten. Dann wollte sie ihn nicht gehen lassen, beschwor ihn in geradezu sanften Tönen, als hätte sie sich vorher nicht streitsüchtig gegeben. Sie erinnerte ihn an seine Mutter, ihm kam Lachen bei. Draußen fielen ihm Betrunkene auf, weil sie so lustlos und ohne Vorfreude herumstanden. Auf der Johannisstraße drückte ein Gedränge ihn dicht an eine Schlägerei, die eben anfing mit lockeren Püffen zwischen drei Männern. Die traten nach jedem Zusammenprall noch einen halben Schritt weiter, nahmen die Schultern hoch zurück wie angeberische Kinder, bis einer einen Schlag mit der Hand auf seinen Oberarm festhielt und mit der anderen Hand dem Angreifer unters Kinn hieb. Denen ging es noch einmal um den Aufzug des Reichsbanners vor zwei Wochen, dem die S.A. die Straße gesperrt hatte, mit der Begründung, es sei da geschossen, auch eine Beleidigung des Reichskanzlers Hitler gerufen worden; die beiden Toten waren aber als Angehörige des Reichsbanners identifiziert. (Und gestern abend war angeblich ein Fackelzug der Nazis von den Dächern herunter beschossen worden.) Der Polizist vor der Reichsbank sah strikte nach Norden, auch das Gehör drehte ihm nicht den Kopf herum; offenbar war er beschäftigt mit dem erneuerten Verbot, Zweige und Weidenkätzchen aus Versehen oder vorsätzlich abzureißen. Gegen Abend kam Cresspahl am Schüsselbuden vorbei, und als er an der Nummer 17 das Konsulatsschild Seiner Großbritannischen Majestät Georgs des Fünften wahrnahm, hatte er die Empfindung von zwei verschiedenen Wirklichkeiten, und wäre lieber nur in einer gewesen. An den Salzspeichern war er auf dem Weg zum Bahnhof, da fing Erwin Plath ihn ab. Er hielt sich nun recht gerade, wie ein Spaziergänger mit viel Selbstachtung, und sprach laut über einen Sonntagsausflug, den er nach Ratzeburg vorhatte, mit dem Motorboot auf der Wakenitz. Er konnte es aber nicht lassen, sich umzusehen, und er wartete immer noch. Es war jemand, der gegen Mittag zu Hause nach ihm gefragt hatte. Dahin wollte Cresspahl nicht mitgehen, aber auf dem Bahnhof fand er keinen Zug nach Gneez mehr, geschweige denn nach Jerichow, und als er abermals an Erwins Tür klopfte, wurde er festgenommen, fix aus dem dunklen Hausflur heraus, und auf die Polizei gefahren in dem selben Personenwagen, der ihm gleich als zu vornehm für eine solche Straße erschienen war. Die Beamten waren bereit, ihm für sein Geld Essen in die Zelle bringen zu lassen, so viel hatten die britischen Beilagen in seinem Paß bewirkt, aber sie wußten sonst nichts anzufangen mit dem langsamen Patron, der nur einen Zug in Lübeck überschlagen haben wollte und auf dem Hocker so steif und zusammengezogen saß, als fürchte er seinen schwarzen Tuchmantel an den Wänden zu beschmutzen. Damals hielt die lübecker Polizei noch auf Sauberkeit, und verdachte ihm beleidigende Absicht. Also holten sie ihn erst frühmorgens zum Verhör, und immer noch nicht wollte er sich retten mit dem geschäftlichen Ansehen seines Schwiegervaters in Lübeck. Er war sicher, hier hülfe nur noch Dummtuerei. Er bestand auf einer Gegenüberstellung mit seinem Freund Erwin Plath, denn den habe er besuchen wollen, und nun sei ihm die Zeit knapp, und er wolle noch was davon haben. Endlich stellten sie ihm Erwin in die andere Ecke des Bürozimmers. Erwin sah um die Schultern etwas abgestoßen aus, aber nun war er offen vergnügt, swinplietsch auf mecklenburgisch, als sei das Warten endlich vorüber und das Eingetroffene weniger ärgerlich als die Ahnung davon. Der Kommissar, blitzend vor ausgeschlafener Laune, legte ein langes Verhör an und wollte es gleich listig beginnen mit der Frage: woher die Herren einander denn kennten, bei solcher Freundschaft. Und Cresspahl deutete Haltung an und zog den entgeisterten Vernehmer vom Drehstuhl mit dem schmetternden Ausruf: Holsteinisches Artillerie-Regiment 24 zu Güstrow, 2. Batterie! Nach der ersten Silbe sprach Erwin mit ihm gleichzeitig, und an der richtigen Stelle ließ Cresspahl ihm Luft zum Nachklappen: 5. Batterie! sagte Erwin.

Als sie beim Frühstück in Gerda Plaths Küche saßen, hatte Erwin mit dem Warten wieder angefangen. – Wer mag das wohl gewesen sein, gestern mittag, von dem du mir Nachricht zum Hindenburghaus geschickt hast: sagte er sinnend, knetete seinen Nacken. – Der das Zeichen mit den beiden Mantelknöpfen wußte: sagte er, seitwärts neben Cresspahl blickend, von dem er hier Hilfestellung nicht erwarten konnte. Und Gerda warf einen ganz unbedachten Blick auf Cresspahl, der ihr bisher ein deutlich befremdetes Benehmen gezeigt hatte, und beide begriffen gleichzeitig, daß gestern wirklich jemand verloren gegangen war, der das Zeichen auch als ein Zeichen gekannt hatte. – Dor sitt ein': sagte sie, den Ellenbogen gegen Cresspahl gewinkelt. Sie sahen beide zu, wie auf Erwins Gesicht das Entzücken gegen die andere Erkenntnis verteidigt wurde. Dann sagte er zögernd: Nu sup'ck mi dål.

An diesem Morgen, Freitag den dritten März 1933, wurde Gesine Cresspahl in Jerichow geboren.

Jakob Abs*

In diesem Herbst war Jakob achtundzwanzig Jahre alt, und er hatte noch in keinem den Oktober so als eine Zeit erlebt. Die Minuten seiner Arbeit musste er sparsam ausnutzen und umsichtig bedenken, er kannte jede einzeln. Das Papier auf der schrägen Tischplatte vor ihm war eingeteilt nach senkrechten und waagerechten Linien für das zeitliche und räumliche Nacheinander der planmässigen und der unregelmässigen Vorkommnisse, er verzeichnete darin mit seinen verschiedenen Stiften die Bewegung der Eisenbahnzüge auf seiner Strecke von Blockstelle zu Blockstelle und von Minute zu Minute, aber eigentlich nahm er von dem berühmten Wechsel der Jahreszeiten nur die unterschiedliche Helligkeit wahr, am Ende machten die Minuten keinen Tag aus sondern einen Fahrplan. In diesem Herbst nun: wie ich sage: fiel ihm die Zeit nicht erst wieder ein, wenn er die Tür verschlossen hatte vor den Gleisbildern dem Mikrofon den Lautsprechern den Telefonen und den langen glänzenden Flur hinunterging unter den kalten weissen Strahlen der Leuchtstäbe bis zum Treppenhaus, das nach aussen hin offen war und ihm den Unterschied des Lichtes an die Augen brachte. Unter dem anderen Licht stand die Trübnis der kahlen Industriestrasse, auf dem Fabrikhof kreischten und polterten die Kräne über dem hoch aufgewälzten Schrottgewölle, auf den schnellen Elektrokarren schepperte die Last unter heftigen Bremsrucken, Schaufenster waren weiss und grün erleuchtet, an der Haltestelle der Strassenbahn standen Menschen unbehaglich in der windigen Feuchte vor den berussten öden Mauern in der Dämmerung: er vergass es nicht über seiner Arbeit. Aus den breiten Fenstern des hohen fahlroten Turms am Rangierbahnhof sah er die verschlungenen Gleisstränge bis zur Elbebrücke, klein und schnell rollten die schweren Züge unter ihm, die Rangierbrigaden schoben und zogen das weite Feld einzelner Wagen und Wagengruppen zu langen Zügen zusammen mit Laufen und Pfeifen und Hin und Her neben der kurzen breiten Maschine, aus den Hallen sprang Hammerlärm dünn und scharf in das dicke Fauchen von Dampf. Über die Elbe aber zwischen den Masten und Drähten der elektrischen Sprechleitung lief seine Strecke weit hinter den nebelweichen Horizont immer an der Westgrenze des Staates entlang. Die Anlage der Geleise zwischen den Blockstellen und Meldestationen und Bahnhöfen hing als abgekürzte stilisierte Blaupause vor ihm über den Lautsprechern, und wenn von irgend wo aus der weiten Ebene ein Zug angemeldet und abgefragt wurde von der dienstlichen Formelsprache der entfernten Stimmen, erdachte Jakob sich den Anblick des unsichtbaren Bahnhofs und die Signale vor dem Zug, der für ihn eine Chiffre war aus Kennbuchstaben und einer Nummer, und er wusste nach der Zeit und nach Kilometern wo der Zug stand im Fahrplan und wo er tatsächlich stand sich selbst und jedermann im Wege, der Verspätete ist gleich im Unrecht. Dann hob er den Handwrist auf einen von den Schaltknöpfen seitlich und sagte dem Mikrofon wie er es haben wollte, dann schaltete er die Leitung wieder um, endlich die Stimme des Fahrdienstleiters F-d-l (der in der Ferne sass über seinen Bahnhof sehend) sprach und erklärte was Jakob sich vorstellte in der Entlegenheit auf seinem Turm: ein Güterzug von hundertzwanzig Achsen mit Kies Schnittholz Braunkohle Rundfunkapparaten Schiffsmotoren Panzern (ein Dg, vielleicht 1204) zog sich hinein auf das zweite Gleis unter den redenden F-d-l, die Signale am Ausgang des Bahnhofs tauschten ihre Stellung, auf dem Hauptgleis trampelte der Schnellzug vorüber, den Jakob vor einer halben Stunde (Uhrzeit: 14/07) hatte unter sich auslaufen sehen und den die Nachrichten auf den Lautsprechern wieder zusammensetzten auf seinem Bildblatt zu einem dicken schwarzen Strich in schräger Richtung abwärts aus den durchfahrenen Betriebsstellen und den vergangenen Zeiteinheiten heraus.

In diesem Herbst verstrickten der Mangel an Kohle und der schadhafte Zustand vieler Betriebseinrichtungen den Fahrdienst ungleich verspätet in das Netz aus Planzeiten und Fahrstrecken, und oben in dem mächtigen Turm sassen die Dispatcher mürrisch und überreizt vor den Lautsprechern, denn am Ende waren alle Strecken verfilzt und verknotet mit wartenden überfälligen Zügen, so dass kein Stück des Fahrplans mehr zum anderen stimmte und jede Schicht so verworren aufhörte wie sie begonnen hatte. Überdies war jede Entscheidung eine Frage des staatlichen Gewissens, keine Antwort ergab ein Gleichgewicht, jede machte mit Notwendigkeit den schuldig, der sich hierauf hatte einlassen müssen von Berufs wegen. Jakob indessen hielt sich ziemlich lange in seiner Geduld. Er lehnte gewissenhaft und mit einer

Art von Gleichmut rückwärts in seinem Stuhl vor der Arbeit, hielt seinen langen schwarzen Kopf versöhnlich überlegsam schräg und sah in seinem verengten abwesenden Blick in der Ebene all die Bewegungen geschehen, die seine zögernde tiefe Stimme mit dem Mikrofon besprach. »Nein, ich nicht. Du vielleicht?« sagte er. »Das kommt vom Rauchen. Unsere volkseigene Zigarettenindustrie. Red ihm zu, davon kann sie nicht platzen, deine Ausfahrt. Ach was. Er soll sich keinen Fleck ins Hemd machen«; manchmal nickte er als sei der Mitredner am anderen Ende der Leitung vor ihm leibhaftig. Jedes Ereignis zog einen borstigen Schwanz wechselseitig bedingter Abhängigkeiten hinter sich, die Voraussicht war im eigenen Gebiet unsicher geworden, einmal erreichte Pünktlichkeit wurde vielleicht verdorben von den Unregelmässigkeiten, die der angrenzende Dispatchbezirk mit Aufatmen und Bedauern an den Turm übergab. Wenn das Geschling sehr unentwirrbar und überall voller Kletten schien, nickte Jakob aber auch und erhob schweigend seine Mundwinkel und sah eher mit Neugierde nach ob in den Minutenspalten nicht vielleicht doch noch eine Zugfahrt unterzubringen war als dünner unterbrochener Blaustrich. Das Signal Grün gab die Fahrt frei, der allgemeine Wettbewerb hiess der der grünen Strecke, Pünktlichkeit und Verspätung wurden hinterher verteilt als Punkte von Plus und Minus, viele Pluspunkte waren Prämien wert. Aber die zahlreichen Rundschreiben des Ministeriums und die Kampfaufrufe der regierenden Partei meinten oder wussten kaum mehr als den Plan, Jakob indessen hatte zu tun dass er bei dieser beschwerten Art von Betrieb den Plan überhaupt im Gedächtnis behielt, – übereinandergelegt und durchsichtig hätten Planblatt und Betriebsblatt ausgesehen nicht wie zwei ähnliche sondern mehr wie ein nördliches und ein südliches Sternensystem ineinander: sagten die Dispatcher in diesem Herbst; Jakob war nicht der einzige, der die hektografierten Blätter auf der brauchbaren Rückseite mit Notizen des Dienstes beschrieb.

Er war vor sieben Jahren als Rangierer zur Deutschen Reichsbahn gekommen in einer geringfügigen Stadt an der mecklenburgischen Ostseeküste. Er hatte gearbeitet als Gehilfe und Sekretär und Assistent auf den meisten Betriebsstellen seiner heutigen Direktion um die nördliche Elbe: so kannte er in seinem Dienst viele Leute, alle sagten Jakob zu ihm und du (er war aber nun Inspektor); dies mochte sein weil er sich so geduldig mit jedem benehmen konnte. Auf den Bildern im Schaukasten der Sportgemeinschaft Lokomotive stand er ohne namhaften Unterschied zwischen dem Linksaussen und dem Mittelläufer der Handballmannschaft I, und war auch in den fotografischen Aufnahmen von der Enttrümmerung der Ruinen in der Stadt und überall so gross und festschultrig ruhig anzusehen, dass der Betrachter doch gleich dachte oder sagte: »Das is Jakob. Der da, siehssu, welche so ebnmässich kuckt«.

– Ach der. Ich mein er wär Verteidiger. So wie er aussieht.
– Ja du denkst er kann nicht laufen. Kann er aber, und nimm ihm den Ball mal weg. Er hat nun seit vielleicht zwei Jahren nicht mehr gespielt. Die ganze Aufregung und Wichtigkeit kann dir über werden, und alle diese Publikumsmätzchen hat er nie gemocht, so: der Ball kommt auf Mann, er tritt einen Schritt seitwärts und macht einen Satz, oder Radschlagen: das nicht, und bei einem Spiel hatte er einen, der ihn wie verrückt abdecken wollte, du schiesst kein Tor! sagt er immer wieder, wurd er gar nicht müde bei, da musst Jakob den Ball loslassen und lachen. Es gibt eben Dinge die kannst du nicht immer von neuem anfangen. Wenn du das meinst mit Überdruss.
– Und wann habt ihr denn schon mal Sonntag vor Überstunden.
– Ja. Am Dienst hat es natürlich auch gelegen.

Sass hinter verschlossener Tür ohne sich umzusehen in seinem Turm und redete in die Welt und verzeichnete die entfernten Geschehnisse, die unablässig dahingingen und auf einem Blatt Papier als technische Kurve zurückblieben aus der Zeit, die ohne Aufhören verging. Auf dem breiten grauen Fluss schwammen die Schleppzüge dahin unter den flach gespreiteten Rauchschwaden, die feuchte Luft hing dick und schmutzig über der Stadt, der Himmel war weiss all den Tag.

Neuigkeiten von Cresspahls Tochter 1

Ja, Neuigkeiten. Was wollen Sie denn wissen? Seit sie das Kind hat, wohnt sie am düsseldorfer Flughafen in zwei Zimmern über einem Rentnerpaar, dem die Papiere weggeschwommen sind, teure Gegend, aber sie verdient wohl anständig, irgendwas mit Fremdsprachen. Morgens in einem hellem VW mit Schiebedach, dem ganz alten, zuerst gekauften, fährt sie stadteinwärts, erst zum Kindergarten, und vielleicht würde Ihnen gefallen, wie vor dem Portal das spitzknieige Mädchen sich noch einmal hineinbeugt in den Wagen und etwas sagt zu seiner Mutter, die antwortet in einer Art von Niederdeutsch, die hierzulande gar nicht gesprochen wird – das Kind versteht aber, im Herbst darfst du endlich in die Schule. Die Innenstadt kriecht neuerdings im kreisenden Schatten schmalkantiger Hochhauszinken, im Keller unter einem verschwindet der Volkswagen in der automatischen Garagenpforte. Oben wird wohl saubere Arbeit sein. Abteilung Sekretariat mit anderthalb Metern Schreibtisch, Jalousien gegen den Regenhimmel, vormittags Post und Diktat, nachmittags Empfang der auswärtigen Besucher. Sie hilft da was verkaufen nach Westen, nach Skandinavien, auch nach Afrika. Später, im nassen Abendlicht, steht das Kind am Rinnstein, wartet auf den Volkswagen. Abends sind beide allein, da kommt nicht Besuch, wenig Telefon. Aus den offenen Fenstern im Lampenlicht hört man ihre Stimmen. Das Kind kiekst, sie spricht wie vor sich hin, langsam, der Tonfall singt, sie wird was vorlesen. Cresspahls Tochter mit dem Kind. Können Sie auch sehen Sonntag, nachmittags im Aperwald oder am Rhein. An Wochenenden in den Niederlanden an einem Wasser, zum Urlaub an der dänischen Ostsee. Und nach dem Gesicht, breitknochig im Joch, um die Augen sieht die Haut hart aus, nadelige Falten, nach den Lippen würden Sie sagen: dreissig Jahre, ungefähr. Ja, ungefähr. Und Sie würden vielleicht sich fragen: warum ist denn die immer allein? Aber mehr würde Ihnen nicht auffallen, wenn Neuigkeiten, würden Sie beliebige erwarten, gewöhnliche, kaum Aufregendes, nicht etwas Ausgenommenes, sondern das übliche Gelebthaben wie alle, wie mancher, durchschnittlich. Hunger 46, ja wer hätte denn 1946 nicht gehungert?

Osterwasser

Im Frühjahr nach dem Krieg sah Cresspahls Tochter in dem mannshohen Spiegel neben der Küchentür eine dürre langbeinige Gestalt vorbeistaken. Da fiel ihr das Osterwasser ein.

Sie ging in den Spiegel hinein, bis sie den Rahmen mit beiden Händen halten konnte, und nähere ihren besorgten Blick dem Sattel Sommersprossen, der auf ihrer Nase den Winter überstanden hatte. Sie suchte mit dem einen Auge im andern zu lesen, ob man mit dreizehn Jahren zu erwachsen war für Osterwasser. Ihr Kopf rutschte schräg, bis sie mit langer Zungenspitze deren Bild hinter dem Glas anstoßen konnte so behutsam wie die Katze, die ihr eben durch den Sinn schlich.

Mitten im Sprung durchs Fenster kam ihr Zweifel. Osterwasser mußte man holen am ersten Feiertag vor Sonnenaufgang, aus einer Quelle, und sprechen durfte man kein Sterbenswort, sonst verlor es die Wirkung. Die Wirkung versprach Schönheit für die Haut, die damit gewaschen war.

Eine Quelle bei Jerichow wußte sie aber nicht. Die schwächlichen Grabenflüsse kamen alle tief aus Mecklenburg. Sie zog ein Bein hoch und überlegte mit den Zehen, ob auch gehendes Wasser zu Ostern kräftig wurde. Zu ihrer Freundin Inge mochte sie deswegen nicht gehen, nachdem sie neulich von Inges Großmutter ein Marmeladenbrot angenommen hatte und beide ihr beim Essen so aufmerksam zusahen. Wenn Gesine still saß wie jetzt auf dem Fensterbrett, und die Gedanken blieben stehen und hielten die baumelnden Beine an, fühlte sie sich leer in der Mitte. Sie schluckte eben, als sie Schritte hinterm Haus kommen hörte. Sie sprang hinaus. Ihr Vater hielt mehr von Türen.

Aber wer heutzutage in Cresspahls Haus durch die Türen ging, konnte nicht in Ruhe überlegen, ob vielleicht die Ostsee auch eine Quelle war. Vor den Türen mußte heutzutage angeklopft werden, weil hinter ihnen die Flüchtlinge kochten, wuschen, halbnackt waren, schliefen, und noch beim Durchqueren der Küche mußte die Tochter des Hauses ein Wort abgeben, damit die Vertriebenen sich nicht angefeindet fühlten. Sie mochte auch nicht angeredet werden oder fremde Hände auf dem Kopf, außer von Jakobs Mutter, die das Mädchen aber nicht anrührte. Die Tochter des Hauses lief aufwärts durch den toten Garten hinter den Trockenschuppen der Ziegelei und kletterte nach oben auf die Stufen der halb abgetragenen Mauer. Über den Spitzen des Holunders sah sie den blassen Jungwuchs der Wiesen mit Altgras verfilzt. Hinter den Koppelzäunen wischte die Luft das kahle Bruch in eins. Fingerschmal standen im Westen die Schloßwälder, durch die Gräben gingen mit dem Wasser von den Seen.

Am Sonnabend vor dem Fest war Jakob von den Bauern zurückgekommen und packte in der Küche aus der schwarzledernen Kastentasche langsam auf den Kacheltisch. Sie kam mit dem Holzkorb herein, warf ihn an den Herd und wartete gebückt halb umgewandten Kopfes, weil er sechs Jahre älter war und erwachsen. Er sagte na und du. Sie packte ihre Beine auf den Schemel und schaukelte in den Knien, stützte sich zum Tisch hinüber. Er hatte ein abgezogenes, ausgenommenes Kaninchen mitgebracht, einen Klumpen Butter, einen ungleichmäßigen Kristall roten Viehzuckers, Eier. Ein Ei rollte abseits zu ihrer Tischecke, fing sich in ihrer rasch aufgestellten Hand, die es zurückschickte. Jakob drehte es mit dem Finger wieder in Bewegung zu ihr und sagte: Mit Zucker, kennst du das? Gesine setzte das Ei auf die Spitze, ließ es stehen, polkte mit fünf Fingern am oberen Schalenende und fragte Jakob, wie sie zu Hause Osterwasser geholt hätten.

Jakob saß krumm da. Er war zwei Stunden zu Fuß gegangen. Er hatte Staub im Gesicht. Er war so alt, daß er für seine Mutter das Essen verdienen konnte und für ein fremdes Mädchen noch ein Ei. Mit Zukker hatte sie noch nie eins gegessen. Sie schloß die Augen, legte den Kopf zurück und ließ sich das Ei in den Hals laufen, während Jakob erzählte, daß das Osterwasser in Pommern aus einer Quelle oder fließendem Wasser geholt worden war. Man mußte es trinken oder sich damit gewaschen haben, bevor der Osten heller war. Man durfte kein Wort sprechen, und es hatte für Gesundheit und Schönheit gegolten. – Soll ich dich wecken? fragte er.

Sie hatte im vorigen Jahr verschlafen, schwenkte ab leicht den Kopf, der an dem schmutzfleckigen Ei sog, und sah aus spaltoffenen Augen zu ihm hin. Er hatte den Blick gar nicht gewandt. – Sprich ja nicht: sagte er. Er sah etwas neben ihren Augen. Dann kam die Lehrerin aus Westpreußen in die Küche und fragte nach Cresspahl, während sie öfter zu dem blutstreifigen Kaninchenkörper und zu den Eiern hinblickte. Gesine mochte nicht zusehen wie er der Frau nichts abgab und ging mit dem leeren Korb zurück zum Holzplatz.

In der schwarzen Nacht lag sie wach und zählte die Stundenschläge aus ihres Vaters Zimmer. Vom offenen Fenster kam es kalt. Einmal fuhr sie auf, weil die Katze am Fußende des Bettes heftig den Kopf gehoben hatte. Das einjährige Russenkind der Lehrerin weinte im Schlaf, und die Wände redeten unruhig. Nach Mitternacht fing der Wind an und rüttelte die Fensterhakenaugen in den Zapfen. Eine Dachpfanne klirrte kurz an der Wand des Ziegeleischuppens herunter. In Pommern war Osterwasser auch für Gesundheit. Wenn der Hunger wehtat, hörte er auf gesund zu sein. Hoffentlich machte Jakobs Mutter die Eier nicht zum Verstecken, sondern briet sie richtig in der Pfanne, die so heiß und fettig war, daß der Rand die Schalen schnitt wie ein Messer. Als sie aufwachte, war es draußen grau.

Sie tat alles auf Zehenspitzen, weil Cresspahl ihr verboten hatte, in einem Kleid aus dem Haus zu gehen. Sie nahm das grünsamtene, mit dem ihre Tante Papenbrock vor vierzig Jahren zum Konfirmandenunterricht gegangen war. Aus den Holzpantoffeln stieg sie leise wieder aus. Vor dem Spiegel griff sie sich mit beiden Händen die Haare hoch und versuchte, am Gesicht entlang sich in den Nacken zu blicken. Das ins Sandgraue verschossene Kleid hing in breiten Falten zu einer Glocke an ihr herunter, der Kragen flappte lumpig, und mit dem schwer verschatteten Gesicht auf dem mageren Hals kam sie sich fremd vor wie ein Gespenst. Schnell ließ sie das Haar fallen, behielt die Hände oben und gab sich mit beiden abgespreizten Daumen das Zeichen: Nicht sprechen. Keine Angst.

Als sie unbemerkt zwischen Koppelzaun und Ziegelei auf den Feldweg gekommen war, fing sie an zu laufen mit dem bauchigen Eimer in der Hand. Neben der Karrenspur hatten die Kühe sich einen Steig getrampelt, der war so breit wie ihr Fuß lang, und sie konnte laufen wie die Kühe ein Bein vor das andere schwingen und die Füße setzen. Die Pfadränder waren noch nicht abgetreten, das dickbetaute Gras wischte ihr die Beine naß bis unter die Knie.

Nicht lange, und ihr Arm wurde den Eimer müde, fiel und schlug ihr die scharfe Standkante ans Bein. Sie hielt fast augenblicklich an und sah sich um. Sie war kaum vorangekommen. Die Stadt ließ sich noch nicht in einem Blick umfassen, Cresspahls Haus stand deutlich, von der Villa dahinter kam Fensterlicht. Am Ziegeleischuppen bewegte sich etwas Langes, das lebte, kroch auf den Koppelweg vor, glitt weg. Sehr langsam wandte sie den Kopf wieder nach vorn. Das fahle Licht schien immer stärker, nahm den Wiesen, den Weiden, den fernen Wäldern, dem Himmel, ihren Füßen im Gras, allem die Farbe. Osten war hinter ihr.

Die Sonne lief ihr nach, sie mußte schneller sein. Eine Zeit lang war es lustig, den Eimer im vollen Lauf von einem Arm zum andern zu schwingen. Nur über die Koppelschleete kam sie langsam, und erst beim letzten hatte sie begriffen daß der Eimer zum Werfen war. Da war sie schon um das Bruch herum. Es gab einen Weg hindurch, aber im Bruch hatte sich eine alte Frau mit drei Kindern ertränkt, als die russischen Truppen für den nächsten Tag angesagt waren. Auch Neugeborene wurden dahin gebracht. Kurz, sie hätte da jemanden treffen können, und sie durfte doch nicht sprechen.

Nach einer Stunde war sie anderthalb Stunden von Jerichow entfernt und stand mit halbnassem Kleid, sandbespritzten Beinen vor dem Eingang zum Schloßwald. Sie ging auf Zehenspitzen hinein. Die Kiefern standen so starr. Die Kronen verdunkelten den stillen Raum zwischen den Stämmen. Der Fußweg lag voller Nadeln, rostgelb und grün, Zapfen, dünnem Astbruch, als sei da niemand gegangen. Die Schritte donnerten in ihren Ohren. Sie nahm den Eimer unter einen Arm und hielt mit der anderen Hand den Henkel fest, damit er nicht mehr klapperte.

Die Schneeschmelzen und Regen aller Jahre hatten tiefe Mulden in den Weg gewühlt, er ging auf und ab, Gebüsch wuchs ihn zu an den Seiten, und der Stern schien ihr wieder dunkel wie die Nacht. Der Stern war eine Kreuzung von drei Fahrwegen und zwei Fußwegen. Der Försterweg stieg so steil an, daß er auf den freien Himmel führte. Sie nahm den schrägen Steig zum Wehr, überhängende Äste schlugen zu, Büsche jagten sie. Später wußte sie nicht mehr, ob sie den Rauch eher gesehen oder eher gerochen hatte. Er war so plötzlich vor ihr, als sei sie in die Russen hineingelaufen. Hohe kantige Tarnzelte standen vor ihr, verstellt durch blattloses Unterholz. Atemlos steif setzte sie einen Fuß hinter den andern rückwärts. Die Wache saß über ihr auf dem Hochstand. Es war ein Soldat allein. Er legte den Karabiner quer, damit er sich vorbeugen konnte über das Mädchen mit dem riesigen Eimer, das sich jetzt langsam in den Hüften wegdrehte, das Biwak im Blick behielt, die nackten Füße mit den Zehen zuerst aufsetzte, Astzeug umtrat, endlich völlig umgewandt starrstand, Atem holte, lief. Der Soldat fingerte den Zigarettenstummel aus der hohlen Hand, führte ihn zum Mund, sog so schwer als seufzte er. Jetzt hätte man unter ihm durchgehen können, ohne daß die verkniffenen Augen unter den verkniffenen Brauen sich gerührt hätten.

Das brachte ihr den Umweg über die Försterei ein, der bog fast ganz um die Hügelkuppe, und im Tal des Gräfinnenwalds zwischen den Buchen erwischte sie einen Blaubeerensteig, der am dritten Graben aufhörte. Über die ersten beiden hatte sie springen können. Hier war noch der Abdruck des Rundholzes zu erkennen, das quergelegen hatte. Das Wasser roch faulig, stand still. Sie schleuderte den Eimer in die lichteste Stelle des Gesträuchs auf der anderen Seite, lief ein paar Schritte zurück und sprang. Ein Fuß sackte ihr sehr lange weg in den morastigen Grabenrand, und als sie sich hochgerobbt hatte, wäre sie am liebsten so liegen geblieben. Und sie hatte so viel Zeit verloren. Sie dachte ein Schimpfwort so herzlich, daß sie einen Augenblick lang fürchtete gesprochen zu haben.

Sie saß eben halb und hatte einen Arm zum Eimer hingestreckt, als sie den Mann sah. Seine große hängende Hand zuckte. Die schweren Soldatenhosen standen dicht bei ihren Händen, an ihrer Schulter, über dem grasfleckigen Hemd sah sie harte Bartstoppeln einzeln. Das Gesicht war sanft, unbewegt, nicht einmal ihr zugeneigt. Krumm gebogene Finger strichen Haar aus der Stirn, kreideweiche Stimme sagte etwas.

Sie schüttelte nicht einmal den Kopf, wirbelte auf den Rücken, stand, ging rückwärts, die Lippen fest verschlossen. Als ihre Fersen den Grabenrand spürten, war sie versucht hinter sich zu sehen. Der Mann hatte seinen Stand nicht gerührt, hielt sie mit den Augen fest, sein Mund hing verzogen.

Er stand im Weg. Die Wegmündung, sechs Schritt breiter Grasflekken, ließ ihr nicht Platz für einen Anlauf nach drüben. Das Erlenholz stand zu dicht und würde sie abprellen, wenn sie ausbrach. Sie trat einen halben Schritt seitwärts. Der Mann trat einen halben Schritt seitwärts.

Sie warf sich mit dem Rücken gegen seine Knie, als er ansetzte, aber im Fallen griff er sie, zog sie über sich, legte sich behaglich zurecht unter ihr und fing an, ihr an den Ohren entlang zu streichen, als spürte er ihre stoßenden Knie nicht. – Mädchen: sagte er, – Mädchen, wie ein

Überraschter, staunend. Sie merkte Jakob schon auf der anderen Seite aus den Büschen treten, als sie den Kopf halb aus dem breithändigen Griff zwängen und zubeißen konnte. Sie kam nicht frei. Der Sprung drückte Jakob neben ihnen in die Knie, er federte hoch, stieß den Liegenden mit steifem Fuß gegen den Hals, riß sie hoch und warf sie mit einer Hand rücklings in die Erlen.

Vorgebeugt mit hängenden Armen sagte er etwas. Sie verstand nicht. Der andere lag, blickte starr, stemmte die Ellenbogen auf, stieß im Aufsprung Jakob von den Füßen, bückte sich über ihn, bekam Jakobs Knie ans Kinn, riß ihn im Fallen über sich, würgte Jakobs Hals, stöhnte unter ihrem Fußtritt, hatte losgelassen. Jakob stand wieder. Der andere griff sich mühsam hoch an den dünnen Stämmen, richtete sich krumm auf. Diesmal schlug Jakob zuerst, gegen Kinn, Hals, Schläfe, Augen, bis die torkelnden Bewegungen des anderen zusammenfielen. Jakob zog ihm die Hände unter dem Körper hervor, band sie zusammen mit Peitschenriemen aus der Hosentasche, riß den Eimer aus dem Gebüsch und hielt eben die Fingergabel vor die Lippen, als Gesine den Mund aufmachen wollte.

Er ging voran. Nach ein paar Metern wandte er den Kopf und winkte sie vorwärts um die Wegbiegung. Sie kamen an eine tote Feuerstelle, neben der eine Aktentasche lag, ein Kochgeschirr, offene Konservendosen, Decken der Luftwaffe. Jakob ging einmal um die schwarzgraue Asche herum, nahm eine Dose in die Hand, stellte sie zurück. Er atmete schwer. Dann sah er die Maschinenpistole, griff sie am zerkerbten Schaft hoch, schwenkte fragend das Gesicht. Gesine fing an zu gehen.

Als sie anfing zu weinen, nahm er sie an der Hand und zwang sie zum Laufen. Der gleichmäßige Trab brachte ihren Atem in Ordnung, im Vorholz hat sie (glaubt sie) nicht mehr geweint. Dann kamen sie auf die Schilfwiese, sahen über Knickstufen, Zäune, ausgebleichte Wiesen die graue See und grau den großen Graben darauf zukriechen. Jakob blieb stehen.

Vom Wehr aus sah sie ihn auf einem Koppelpfahl hocken, mit ausgestreckten Beinen, das Gesicht gekehrt gegen das Vorholz, hinter dem Jerichow war. Die Kälte des rostigen Eisenstegs brannte ihre Sohlen. Über die Wiesen kam harter Wind herangefegt. Sie zog sich das Kleid über den Kopf und hangelte sich am Steggeländer in das schwarzklare Wasser bis an die Schultern. An einem Arm hängend wischte sie sich eine Handvoll Wasser ins Gesicht, stemmte sich zitternd hoch mit den

Beinen, kroch keuchend zurück ins Kleid, dem rasch dunkelgrüne Flecken durchschlugen. Als sie mit dem leeren Eimer an der Hand neben Jakob ankam, wurde das verwischte Meerende haarbreit kantig, scharf, hell. Als sie um das Vorholz herumgelaufen waren, zitterte der Bischofsmützenturm schon im Tageslicht.

Sie waren vor dem Frühstück am Haus. Sie lag schon im Bett, als Cresspahl durch die Tür sagte, wach, mürrisch: Zieh dir ja Hosen an, du. Er ließ sie aber schlafen, bis Inge kam.

Inge kam, mit der sie vor Zeiten einmal befreundet gewesen war, und erzählte vom Kirchgang. Sie hatte auch Osterwasser holen wollen, aus dem Bruch, aber schon vor dem Haus hatte ihr Heini Lang aufgelauert und Fratzen geschnitten, bis sie gelacht hatte. Lachen bedeutet ja noch nichts, aber Reden bedeutet, und sie hatte Heini Lang ja angeschrien, den.

In der Woche nach Ostern wurde in die sowjetische Kommandantur gegenüber Cresspahls Haus ein deutscher Soldat gefahren, den die Russen westlich vom Gräfinnenwald aufgegriffen hatten. In der Stadt wurde erzählt, er sei aus der Gefangenschaft gelaufen. Er war so kaputt vom Krieg, daß er sich nicht in sein Dorf traute und Wochen lang im Wald davor kampiert hatte. Der war durcheinander, den haben sie weggebracht, hat wirr geredet.

Den vergaß sie. Aber lange später noch trieb das Datum von Ostern, ein geöffnetes Fenster, davor rasch ins Frühjahr laufende Luft ihr Herz so schnell wie das des Mädchens, das bei Cresspahl am Tisch saß, mit einer Hand im wassersträhnigen Haar den Widerschein des Blicks in Jakobs Gesicht las und sich gesagt sein ließ, daß Weinen gegen Osterwasser nicht bedeutet, damit du schön wirst, gut zu sehen.

Es hatte Spiegeleier gegeben mit Speck und Bratkartoffeln. Sie war so satt, die Augen fielen ihr zu.

Neuigkeiten von Cresspahls Tochter 2

Damals, dreizehnjährig, merkte sie sich noch nach Jahren, was gewesen war. Von 1933, 34, 35, 36, 37 wusste sie nicht viel mehr als die Birke im Hinterhof und ihren Farbenwechsel, den Kacheltisch in der Küche, um den sie mit erhobenen Händen herumhangelte, bis sie allein gehen konnte. Den Geruch von frisch angeschnittenem Holz in ihres Vaters

Werkstatt, Katzen auf der Bodentreppe. Der erste Anblick von unruhigem Grau war später die Ostsee in der wismarer Bucht. Auf die Mutter konnte sie sich nicht anders besinnen als mit dem Jahr achtunddreissig. Der Sarg stand im Vorderzimmer zur Strasse hin, die Spiegel verhängt. Pastor Brüshaver wartete vor dem Haus, bis die Kiste vernagelt war. Brüshaver führte ihr die Hand mit den drei Schaufeln Erde. Sie war in der Erinnerung nicht sicher, deutlich aber war ihr das Jahr achtunddreissig für Verwandtschaft. So verwandt bin ich. Das Haus schwarz voll Verwandtschaft aus Lübeck, Holstein, die Niebuhrs aus Wasserberg. Da war auch jemand aus England und Lisbeth Papenbrock, natürlich, hielt ihr noch lange vor, dass sie nicht geweint hatte. Sie hatte nur nicht verstanden. Von neununddreissig an war Krieg, Krieg in der Wochenschau vorm Kasperlefilm. Was sind Polen für Leute; Vierzig verbaute die Nazi-Marine den Strand mit Bunkern, kam sie in die Schule. Einundvierzig baute die Luftwaffe an die kleine Stadt Jerichow Kasernenviertel, Jerichow Nord, was sind Russen für Leute; zweiundvierzig schloss Cresspahl die Bodentreppe ab. Der Musiklehrer spielt auf dem Klavier die ersten fünf Töne der 5. Symphonie von Beethoven, wer von euch kennt das? Das Kind von Cresspahl hebt den Finger. Haussuchung, der Vater blickt schief, grinst, ich will dir mal was sagen. Von da an, so Anfang dreiundvierzig, schickte er sie nicht mehr schlafen, wenn abends Leute vom Boden in die Küche, Brüshaver und Stoll an die Hintertür kamen, sie hörte nicht zu, sass so dicht neben ihrem Vater, dass er den Arm nicht über ihre Schulter legen musste, manchmal schwenkte ein fragender Blick auf das Kind und Cresspahl nickte und das Kind nickte, ernsthaft, ich sag nichts. Vierundvierzig, im März, zu ihrem Geburtstag, wieder Besuch aus England, Schokolade, wenn er dich in Berlin in den Zug setzt, Gesine, wenn er mich in Berlin in den Zug setzt, findest du dann bis Schwerin? Da hol ich dich, holst du mich. Fünfundvierzig treiben die Trecks und Versprengte der Ostarmeen durch Jerichow, das Haus voller Flüchtlinge, einer davon Jakob Abs, siebzehn Jahre, schwarzhaarig, wenn ich einen Bruder hätte, sie versteht sein Platt nicht, pommersch, wir sagen hier so. Warum weint deine Mutter so oft? Bleibt ihr bis Weihnachten? Sein Achselzucken nimmt sie aber für ein Versprechen. Im April kommen die Amerikaner, nehmen sich Jerichow Nord, Stacheldraht an der Stadtgrenze, verschwinde hier, get away, und sie: mein Vater ist Bürgermeister. Cresspahl, Bürgermeister, Militärpolizei vor dem Haus,

Panzer auf dem Friedhof. Im August, eines Morgens ist die Stadt leer. Drei Stunden lang wird von Frieden gesprochen. Um elf ziehen die Wagen der Roten Armee über den Stacheldraht herein. Die Kommandatura in der Ziegeleivilla gegenüber, bis ins nächste Jahr noch läuft Cresspahl mit der Armbinde auf die Dörfer, geht aufs Rathaus. Noch abends ist er unterwegs nach Kartoffeln, Holz, Medikamenten für die Leute, aber er verfeuert sein eigenes Tischlerholz, jeden Sack Mehl lässt er wieder wegbringen. Siebenundvierzig wird das Kind des Bürgermeisters auf einem Plattenwagen in die Seuchenbaracke gefahren. Sie liegt mit dem Gesicht zur Wand, zweiundvierzig Grad Fieber, der Vater kommt nicht, nach der zweiten Woche Jakob am Fenster, steig raus hier, ich fang dich auf. Das Haus ist leer. Von den Flüchtlingen ist nur die Familie Abs da, alle Zimmer lysolgescheuert, abends bringt Jakobs Mutter ihr gestohlenes Fleisch: deinen Vater haben sie mitgenommen, du kannst jetzt du sagen, ich bleibe hier, Jakob auch. Lange Zeit verstand sie den Grund für die Verhaftung, die Abtreibungen als Vertreibung, wir sollen alle weg von hier. Cresspahl hatte aber nicht nur die Rote Armee beleidigt, er war auch gegen die Sprengung der Wohnhäuser in Jerichow Nord gewesen. Nach der Entlassung sitzt Cresspahl tagelang in der verschlossenen Werkstatt, schweigt beim Essen, beobachtet seine Tochter, bis sie ihm nachgeht: jetzt erklär es mir. Darauf er: geh du nach England. Im März wird sie vierzehn. Das nächste Jahr scheint ihr länger als alle fünf darauf. Sie bleibt, muss gar nicht bitten. Achtundvierzig geht Jakob zur Eisenbahn, sie kommt auf die Oberschule von Wismar, Fahrschülerin, manchmal wartet Jakob auf dem Bahnsteig. Sie zeigt ihm die Liebesbriefe, die sie in ihrer Manteltasche findet, er gibt ihr Ratschläge, sie fürchtet, er lacht mich aus. Sonnabends, wenn er sich unter der Pumpe wäscht, Schuhe putzt, sich anzieht, zu tanzen im Strandcafé, glaubt sie ihn auf der Seite der Erwachsenen. Er steht mit älteren Mädchen vor dem Krug, sie geht ihm aus dem Weg, gibt patzige Antworten. Sie hat das Gefühl, alle sehen ihr zu, ihr Vater, Jakob, Jakobs Mutter, es ist, als hätte sie die Sprache verloren. Im Sommer wird sie zu Ferien geschickt, nach Wasserberg auf die Schleuse, im Herbst ist Jakob versetzt nach Schwerin. An einem Wochenende hat er eine Schlägerei auf der Stadtstrasse, in der Bodenkammer muss wieder einer versteckt werden, sie möchte endlich zwischen Gut und Böse unterscheiden. Was ist das. Im Winter kleben immer wieder Flugblätter an der Schule gegen die Besatzungsmacht, gegen die Partei. Zum Prozess müssen alle in die Aula, wenn ich nicht so jung wäre. Ich muss hier ganz allein durchkommen, ich kann mich nur nach meinem Vater richten, da war Ende dreiundvierzig was. Was sollte ich da mitbringen aus Berlin, er spricht nicht. Von meinem Vater weiss ich 1946/47/48, aber er ist geboren 1888, im ersten Krieg war er, dann Kapp-Putsch, lernte sein ganzes Handwerk von Grund neu in Italien, versuchte es in England, in den Niederlanden, blieb hängen an der mecklenburgischen Ostseeküste in einem Ort mit zehntausend Einwohnern; da kamen die Nazis, da bin ich geboren, warum in Jerichow? Die Stadt ist kahl, eng, windig. Hätte es nicht wenigstens eine von den Vorderstädten sein können, Parchim, Güstrow, wozu werde ich hier älter? Und im Konfirmandenunterricht sagt sie Brüshaver, das ist alles nicht wahr. Zusammen mit anderen bin ich auf der Erde, das ist alles. Und Brüshaver, sanfter, weisser Schnurrbart im rosa Gesicht, kugeliger Bauch im Gehrock, schmeisst die Tochter seines Freundes raus. Aber Cresspahl lacht, fragt sie aus, er will nur wissen, ob sie das gelesen hat. Nein, es ist ihr eingefallen. Er hustet, vor Rührung, gibt ihr recht, konfirmiert wird sie nicht. Und Brüshaver kommt monatelang nicht in das gottlose Haus, obwohl er doch immer noch lieber einen trinkt als Frau Pastor Brüshaver das gern möchte. War es damals zum Lachen? Ist es heute lustig? Der Schreck über die Gründung der Bundesrepublik und des Westgeldes trifft sie. Die teilen sich los, die stossen uns ab. Jetzt müssen wir hierbleiben, es ist endgültig. Sie zieht manchmal das blaue Hemd der ostdeutschen Jugendorganisation an. Sie glaubt ungefähr diesen Staat besser, nachdem der vorige nicht gut war, lässt sich zu Arbeitseinsätzen schicken, marschiert mit in Demonstrationen. Es passt aber nicht. 1951 durchsucht die Steuerfahndung Cresspahls Haus und Werkstatt, wiederum in der verzweifelten Annahme, Cresspahl müsse etwas gegen den Staat getan haben, nachdem der Staat doch soviel gegen ihn tat. Die Erlaubnis zum Studium bekommt sie nur mit Mühe, obwohl ein Handwerkermeister selbst für sein Kind zu zahlen hat.

Englisch, warum? Ihr Vater hatte in England gearbeitet. Englisch hatten die amerikanischen Besatzer gesprochen. England lag hinter dem Dassower See, hinter Ratzeburg, in Lübeck, hinter der Grenze. England lag in der Welt. Nachts die Leuchttürme von Pelzerhaken und Dameshöved: der Westen. Sie ist nicht sicher. Auf einem Segeltörn hat sie die Navigation und verfranst das Boot nach Bornholm. Sie wollte nur sehen, ob ihr vor der Küste etwas einfiele, die war dänisch.

Im Winter schickt Cresspahl sie nach Westberlin, Sägeblätter holen. Sie merkt sich alles, was sie sieht, ausser Fremde weiss sie kein Urteil. Sie versucht es noch einmal mit Brüshavers Meinung, Gott habe den Menschen insofern geliebt, als er ihn wählen liess einmal. Zwischen dem Einen und dem Anderen. Es ist nicht zu beweisen. Sie versucht es noch einmal mit der Lehre der Schule, es müsse die Welt nicht nur zum Guten, sondern nach den Einfällen der Partei verändert werden. Zu glauben ist es nicht. Die grosse Veränderung ist die Universität nicht. Es geht nach Fleiss, die Mädchen werden verteilt, die Grossstadt ist nicht wie in den Büchern versprochen. Sie bringt alle zwei Monate einen jungen Mann nach Jerichow, soll aber nun Cresspahl ihn ansehen oder Jakob? Jakob hat die ganze Zeit gearbeitet, sie weiss davon nicht viel mehr als dass er ein hohes Tier ist bei der Eisenbahn, aber auf den Fahrten zwischen Universität und Jerichow bleibt sie immer einen Abend an der Elbe und lässt sich von Jakob mitnehmen, zum Arbeiten, zum Essen, zum Tanzen. Er stellt sie immer so vor: das ist meine Schwester. 1953, im April, werden den Arbeitern die Volksbühnenrechte entzogen, die Rückfahrkarten verteuert, sie hat es satt inzwischen, den Sozialismus gegen diesen Staat zu verteidigen, wenn das so ist, geh ich in die Welt. Dameshöved, Pelzerhaken, Lübeck, Ratzeburg, England, Amerika. Die Welt fängt an mit den Flüchtlingslagern, der Untersuchung auf Geschlechtskrankheiten, Beine breit machen, Zettel stempeln, was wissen Sie über Truppenbewegungen im Küstenraum? Sie will nicht nach Hamburg entlassen werden, das ist zu nahe, ein unvorsichtiger Blick über die Grenze kann sich verirren auf Jerichow. Jetzt, da sie aufgegeben ist, begreift sie ihre Familie. Sie hat eine Familie, Jakobs Mutter, Jakob, den Vater, der anfängt, ihr die ersten Privatbriefe seines Lebens zu schreiben, mit den Fehlern der Volksschule von 1905. Er spricht von der Stadt, von den Leuten, von sich nicht.

In Frankfurt auf der Dolmetscherschule fühlt sie sich anfangs zurückgesetzt, weil sie nicht studieren kann. Sie muss aber arbeiten als Haushaltshilfe im amerikanischen Viertel, als Kindermädchen. Und nach dem ersten Jahr als Auslandskorrespondentin in einer mittleren Firma kommt sie sich vor wie zurückgegangen in die Zeit, von der ihr Vater immer erzählte. Wie von etwas Besserem, in die zwanziger Jahre. Ende vierundfünfzig kann sie die Simultandolmetscherprüfung bezahlen. Sie bekommt eine Stelle im Wald bei Mönchengladbach, in der

Nato-Verwaltung, für den Verkehr mit den deutschen Behörden. Angebote vom Geheimdienst lehnt sie ab, noch lebt ihr Vater in Ostdeutschland, sie will sich nicht noch einmal einmischen in Gut und Böse von Ost und West. Leben will sie, wie alle. Von damals ist der alte VW, die Mansarde in der düsseldorfer Altstadt, die ersten eigenen Möbel. Na ja. Cresspahl kommt zu Besuch. Sie kann ihn nicht überreden zu bleiben. Er lacht sie beinahe aus. Jakobs Mutter kommt zu Besuch, sie kann sie nicht überreden zu bleiben. Sie hofft, es wird Jakob erzählt. Jakob kommt nicht, schreibt lange, spöttische Briefe, dein treuer Bruder, komm du doch. Heimlich, ohne Ausweis geht sie sechsundfünfzig über die Grenze zu Jakob nach Jerichow. Sie kann Jakob holen für zehn Tage nach Westdeutschland. Er fährt zurück, ohne etwas zu versprechen und am nächsten Morgen, auf seinem eigenen Rangierbahnhof, gerät er zwischen zwei Lokomotiven. In Jerichow glauben sie alle, er hat dableiben wollen und Cresspahls Tochter heiraten. Und finden sich ab mit dem Kind, das Juli siebenundfünfzig geboren wird, sie nennt es nach Jakobs Mutter, die zwei Jahre lang eine Enkelin versorgen konnte. Die war jetzt auch in den Westen gekommen, die starb da. Achtundfünfzig Amerika, neunundfünfzig geht sie in die Industrie. Seitdem ein Jahr wie das andere. Der Umzug in die größeren Zimmer in der besseren Gegend am Flughafen. Nach Hösel wird sie auch mit höherem Gehalt nicht kommen. Im bürgerlichen Sinne hat sie es geschafft. Das Kind wird eine bessere Schule haben als sie. Sie wird ihm schon beibringen, wo es hier langgeht. Jetzt lebte sie hier, gehörte hier her, sie verstand ostdeutsche Verhältnisse nicht mehr besser als diese. Sie war nicht mehr unsicher ihrer Herkunft wegen. Ostdeutschland war lange her. Jerichow war lange her. Sie war entschieden, hier zu bleiben. Bis ihr Vater starb. Die Reise zur Beerdigung wurde ihr nicht erlaubt. Die ganzen vergangenen Jahre, die sie so säuberlich hatte trennen können, 45 Kriegsende, 46 Osterwasser, 47 Fleckfieber, 48 Schulanfang, alle vergangenen Jahre liefen ineinander. Sie hatte nichts vergessen. Nichts war weit weg, sie war aus Jerichow. Von den Vorgängen beim Begräbnis, (angeblich war die kirchliche Feier gegen Cresspahls Willen gewesen, angeblich hatte die Stadtverwaltung an der Grube etwas gesagt über den früheren Bürgermeister), darüber erfuhr sie lange nichts Zuverlässiges, denn alle ihre Leute waren jetzt tot und sie versuchte, eine Zeugin zu beschaffen, eine Zeugin in den Westen zu holen.

Beihilfe zum Umzug

Grete Selenbinder war eine der mehreren Nenntanten Gesines, die nach dem Tod von Cresspahls Frau anfingen, das Kind zu erziehen zu einem anständigen, wenigstens Christenmenschen, bis Cresspahl sie alle aus seinem Haus schickte eine nach der anderen. Nach dem Krieg kam das Kind noch an Silvester und bestellte Cresspahls Empfehlungen fürs neue Jahr, saß unachtsam auf der Stuhlkante, tunkte krumme Lippen in den saccharinenen Pfefferminztee (auf der Kredenz stand eine Kristallschale mit künstlichen Früchten), schwieg wohlerzogen zu den Ausstellungen an Cresspahls Lebensart, kam lange nicht und hatte bald Jerichow hinter sich und der Grenze gelassen, übrigens sich aufgeführt so unkindlich, daß nicht nur die Tanten in einer engen Stadt wie Jerichow gut und gern zehn Jahre daran zu reden hatten.

Die zehn Jahre waren kaum um, und doch antwortete Tante Grete auf Gesines Drucksache, und nicht mit drei Worten Unterschrift auf vorgedruckter Karte, sondern in einem vollbezahlten Brief mit wollig verfilzter Schrift in Zeilen, die abfielen, liebes Kind, deine dich liebende Tante kümmern so besondere Sorgen mit dem Sohn, er will mir wohl nicht aus dem Osten helfen. Sie erwähnte auch andere Verwandtschaft, den Umbau einer Straßenmündung am Marktplatz, zudem aber Umstände der Beerdigung, die Cresspahls Tochter nicht gesagt worden waren. Sie nahm sich die Mühe, den Brief noch einmal zu lesen.

Alt bin ich nun zum Lachen so alt, und zu nichts noch gut, und hab die Enkelkinder nicht im Leben gesehen.

Tante Gretes Sohn hatte Jerichow und den ostdeutschen Staat seit langem aufgegeben, denn auf seinen kleinen Betrieb da waren unverhältnismäßige Behörden zugekommen und fingen an und sagten, er habe damit gesündigt an der Wirtschaft des Volkes, und er hinterließ dieser Wirtschaft lieber alles gleich. In Lüneburg war er lange nichts geworden, bis er endlich in der Nähe für nicht viel Geld sich einkaufen konnte in ein heruntergekommenes Geschäft für Installation, das arbeitete er zurecht, erwarb es mit hochverzinsten Krediten ganz, zahlte dem vorigen Besitzer die Rente, kam eben so aus inzwischen. Von seiner zweiten, hannoverschen, Frau hatte er mählich zwei Kinder, und gerade war das Auto bezahlt, da kam ihn ein Unfall teuer zu stehen. An Gesine gab er darüber umständlich Auskunft, und erwähnte unbefangen Sehnsucht nach der Mutter, denn er hatte sie zuletzt gesehen vor fünf Jahren in Westberlin, als sie noch durfte nach Westberlin, und er schon lange nicht nach Ostberlin, weil die ostdeutsche Volkspolizei ihm nun seine Empfindlichkeit nachtrug.

In der Regel jedoch zeigte die Polizei des ostdeutschen Volkes sich willens, nach Westdeutschland Leute zu lassen, die vor Alter nicht länger taugten und der Wirtschaft des Volkes hart auf der Tasche lagen. Diesem redlichen Interesse legte ein anderes redlich sich quer und wollte Zettel nur tauschen gegen Schein, Fragebogen gegen Formular, Erklärung gegen Bescheinigung, und wollte nicht gelten als altmodischer Beamtendünkel, sondern als Geschichtsschreibung einer neuen Gegenwart, in der ein Sperling beliebig mochte vom Dache fallen aber nicht eine alte Frau an die Grenze fahren dreieinhalb Stunden mit der gewöhnlichen Eisenbahn. Die Gänge zu den Ämtern von Jerichow, die Reisen zu den Dienststellen von Wismar unterhielten Tante Grete viele Wochen lang, sie kleidete sich fast jeden Tag wie sonntags und zeigte bald auch ihrer alltäglichen Umgebung die verblüffend verkleinerten Gebärden des Bittstellers; abends mußte sie die Füße hochlegen und die Worte bedenken, die sie unumgänglich hatte wiederholen müssen vor den Barrieren, und ihre Angst allein haben, denn sie konnte nicht gut Trost erwarten von den Nachbarn, die so hoch nie kommen würden mit der Hoffnung auf eine Ausreise. Am Ende war doch kein ostdeutsches Papier erfindlich, das noch hätte fehlen sollen. Wohlbekannt hingegen war den Ämtern ein Dokument, das der Sohn der Frau erst einmal schicken sollte aus Westdeutschland, das tat er nicht, kam wohl nicht an seinem Rathaus vorbei, was mochte ihm da nur im Wege sein nun schon ein halbes Jahr.

Sie wolle ihm doch nicht zur Last fallen: versicherte Tante Grete bald in Briefen überallhin nach Westdeutschland, wo Verwandtschaft und gute jerichower Bekanntschaft verstreut saß und unbehaglich bedachte, wie sehr eine alte Frau ihre Gelegenheiten verlangen kann und Geld kosten und Geduld. Mit den dicken Paketen aus der Lüneburger Heide hatte sie doch bisher reichlich leben können, und war ihr ein nettes Gedenken beim Sonntagnachmittagskaffee denn nicht genug? Ob denn ihr Stolz nicht erinnerlich sei: fragte sie verstört, und viele Leute waren seit Jahr und Tag aus Jerichow gegangen und entsannen sich leicht einer fast unleidlichen Hochnäsigkeit, die übrigens damals dem Sohn die Klempnerei hatte ausreden wollen als nicht gut genug; sie wolle besten Willens Frieden halten mit der Schwiegertochter aus Hannover: schrieb sie, und die Jüngeren dachten an das Flüchtlingsmädchen, dem Tante Grete die Liebschaft mit dem Sohn verbot 1946, weil die Zugezogenen nichts hatten und nichts waren; sie wolle doch nur die Enkelkinder im Arm halten dürfen: schrieb sie, und alle konnten den Sohn verstehen, wenn er endlich sein Leben nach dem eigenen Kopf haben wollte und das seiner Kinder erst recht; sie sei nun doch alt: schloß sie, und viele nickten beim Nachrechnen und wollten ihr das zugestehen, das wohl, hätte sie nicht auf ihr Alter ein paar schwierige ostdeutsche Ansichten angenommen hinsichtlich des westdeutschen Staates, und Gott wußte, weil jedermann es wußte, Tante Grete konnte den Mund nicht einmal in der Kirche halten. Nein, das sollten die beiden untereinander ausmachen, da griff nicht Verwandtschaft geschweige denn Bekanntschaft ein und behüte zur Feder, die einen und die andern nicht redeten dem Sohn zu oder ins Gewissen, ohne bösen Willen nur neugierig konnte sie abwarten, ob die Frau den Sohn herumbekam mit Liebe und Familiensinn, statt ihm ausgesprochen abzubitten.

Schicklicher Weise mußte man ihr zurückschreiben, und die meisten Antworten befaßten sich also mit Tante Gretes Hoffnungen wegen ihrer reichsdeutschen Witwenpension und ostdeutschen Versicherung, und zweifelten umständlich an deren Gültigkeit, denn sie hatten gelernt, von da nichts zu übertragen. Ihr Sohn hatte diese Sicherheiten nicht einmal erwähnt auf seinem Rathaus, und hätte doch schnell das fehlende Stempelpapier bekommen dafür, denn stimmt eine westdeutsche Stadtverwaltung dem Zuzug einer ostdeutschen Rentnerin bei, so ist sie der neuen Bürgerin verpflichtet für den Fall ihrer Verarmung, das ist nicht leichtfertig zu erlangen, erst auf Vorhaltungen, die unterließ der Mensch. Sie wurden denn auch von anderer Seite vorgebracht, und taten sich leicht mit der Meinung westdeutscher Verwaltung, wie wenig das Leben in Ostdeutschland wert sei für Junge wie für Alte, und das mag unterschreiben wer will.

Zumindest nicht eindeutig empfanden Darsteller und Zuschauer beim Lesen des Briefes, in dem Tante Grete plötzlich für den übernächsten Freitag ihre Ankunft in der Grenzstation Büchen ankündigte, überglücklich, mit viel Gepäck, und in dem sie rätselhaft bemerkte, sie alle müßten Gesine Cresspahl abbitten, was sie früher nachgesagt hätten, und ihr dankbar sein.

Cresspahls Tochter hatte sich nur Zeugen beschaffen wollen. Ihre Handlungsweise wurde von vielen mißbilligt, und ihr selbst war auch nicht sonderlich wohl dabei.

Geschenksendung, keine Handelsware

Aus Jerichow bekam Gesine Cresspahl noch Pakete, als sie längst in Frankfurt Geld verdiente, denn Jakobs Mutter traute den Städten nicht und schickte dem Kind zur Vorsorge Gestricktes aus Selbstgesponnenem, Gebackenes, Geräuchertes, Gekauftes nie, zu kaufen gab es wenig, das sich für den Westen noch geschickt hätte. Die Verpackung war altmodisch, wie für Segelschiffgut. Die Abs lag schon lange auf dem Friedhof hinterm hannoverschen Schloß, und Gesine fand immer noch hartes, geöltes Packpapier, in das die Alte mit der Stahlfeder in pommerscher Volksschulschrift die vorschriftsmäßige Erklärung neben die Adresse geritzt hatte: Geschenksendung, keine Handelsware.

An ihren Vater schickte Gesine einmal im Jahr fünf Meter Manchesterstoff, jeden Monat Rauchtabak, im übrigen nur Gewünschtes. Als sie ab und an schon zwanzig Mark übrig hatte, dachte sie öfter, der Verwandtschaft die Harke zu zeigen und was zu schicken. Aber es hatte um die Jahrhundertwende einer dem Platz Jerichow das Gelübde hinterlassen: mich sollt ihr gar nicht wiedersehen, oder unantastbar, und als er nach elf Jahren kam mit etwas Geld, war er immer noch so in Fahrt, daß er dem Rat und der Gemeinde am liebsten die Gasanstalt abgekauft hätte, weil in der Stadt nichts höher stand als deren Schornstein. Die Alten erzählten davon noch, und Gesine hätte sich nicht gerne fragen lassen: Na, willst du uns jetzt auch die Gasanstalt abkaufen?

Dann ging Cresspahl ab mit Tod, und seine Tochter mußte sich bedanken in Jerichow bei einigen Leuten, die ihn vernünftig unter die Erde gebracht hatten. Da gab sie, als einmal ihr Brief einen andern an Land zog, auch ein Päckchen auf die Post, an die Frau von Brüshaver, mit herzlichen Grüßen von Ihrer ergebenen. Sie hatte an eine stille, magere Person gedacht, sie bekam aber einen Dankesbrief in forschen Tönen, die anfangs zwar das Du zurückerbaten, dann aber doch bemängelten daß Gesine da was gepackt hatte mit Liebe. Mit zartem Gefühl war der Empfängerin vorerst nicht geholfen, was sollte sie mit Sachen zum Genuß, solange sie noch Zwiebeln brauchte, Weizenmehl, Reis, Hartfett, Milchpulver, alle Gewürze, und so fort durch den ganzen Laden, und den nebenan, und den gegenüber. Frau Pastor Brüshaver schloß mit dem Bemerken, das liebe Kind könne ihr Beliebiges ja denken, aber sie sei nun einmal eine alte Frau, und sie wünschte sich ehrlich und aufrichtig von dem berühmten westdeutschen Klosettpapier, im Alter soll man nicht mehr so viel lügen.

Die Cresspahlsche besann sich, wie ungemein faßlicher noch eine Lisbeth Papenbrock das gesagt hätte, und sie begriff, daß Jerichow ihr die Gasanstalt anbot auf dem Teller. Zu heilen Zeiten hätte die Pastorswitwe kein Wort gerichtet an eine Unverheiratete mit einem nicht ehelichen Kind, auch wenn sie ein Geld verdiente, das Jerichow nun allerdings so übers Haus ging wie uns der Dollar. Gesine ging in diesem Herbst manchmal ein Stück zu Fuß durch Düsseldorf nach Hause und versuchte an den im Licht ausgelegten Waren zu erinnern, was sie wahrgenommen hatte bei ihrem letzten Besuch in der Brüshaverschen Schlafzimmer. Neben der Lampe hatte ein Buch in schwarzem Kaliko gelegen über den Unfug des Sterbens vor vielen Jahren. Gab es solche Bücher heute noch? Nach Kölnisch Wasser hatte es gerochen hinter einem grünen Etikett. Dies und das mit Mehl und Mandeln und entkeimtem Toilettenpapier aus weichstem Zellstoff in Zellophan schickte sie weg und machte sich oft Spaß mit dem Schweigen, das hinter der jerichower Kirche hervordröhnte.

So fand sie viele Leute wieder vor den Schaufenstern Westdeutschlands, und ein Stück vom alten Jerichow im zeitgesättigten Geruch der kleinen Delikatessengeschäfte, und alle kamen mit und sahen ihr über die Schulter.

– Nein, das kann ich nicht annehmen als Dank: sagte Kern von der Tischlerinnung, wenn sie vor einer Tonbank stand und wußte nichts von Zigarren: Aber zu Neujahr von Cresspahl sozusagen durch die Tochter, da nähm ich wohl diese leichten holländischen Importen, und könnte es wohl eine Schachtel sein aus buntem Blech, du denkst dir doch wohl meine Enkelkinder, na legn Riegel Sch'lade zu. Dank dir auch, ich erkenn die Absicht.

Die Papenbrock, Oll Klupasch, Heinz Wollenberg, Jöche, Niebuhr, sogar die Selenbinder halfen ihr ein und flüsterten ihr zu, wenn sie an den Vitrinen und Wursthaken und Regalen entlangblickte und nicht finden konnte was noch. – Was der krumme Martens sich wohl freuen würde zu dem Katenschinken, so was räuchert er lang nicht mehr, kuck mal die Feigen, haben wir dir erzählt von im Krieg, kauf bloß keine Dosen: das dürfen wir nicht haben, daß du jetzt Weizen schicken mußt in eine Weizengegend! sieh bloß mal wie appetitlich der Käse, vor dem Krieg haben wir alle Virginia geraucht, ja mit Stahlspänen könnt ich meinen Fußboden wohl wieder christlich kriegen, ach Mensch ein Hemd wirklich ohne Bügeln, Wolle ohne Holz, Strümpfe ohne Naht, Fahrradspeichen, Schreibpapier und Reißbrettstifte, ach Gesine womit haben wir das verdient, was waren wir früher gut bei Sach, und leben jetzt her hinter der Zeit.

Von den Jungen wußte sie nicht mehr viele da. Zu ihrer Zeit war die Oberschule von Jerichow Kaserne, und die Klassenkameraden in der Bezirksstadt hatte sie durch die täglichen Fahrten hin und her nicht recht gewonnen und bald verloren mit dem Studieren und Weggehen nach Westdeutschland. An Peter Pillgrimm, Fahrschüler wie sie damals, versuchte sie es, aber er verbat sich was er ein Almosen nannte, womit sie aber nur den Auflauf gemeint hatte, den er sich zuzog mitten auf der Stadtstraße 1950 mit der Westzigarette zwischen seinen prall aufgeworfenen Lippen, das Papier so weiß, so blond der Tabak, so lang und prächtig das Stück von drüben. Damals hatte er ihr auf langes Drängen eine verkauft für Gegenleistung; inzwischen mochte er sich gewöhnt haben an Orient.

Die Alten blieben ihr, und dankten nicht besonders. Für sie war Ordnung, daß die von Jerichow wie alle gewöhnlichen Leute mit denen zusammenhielten in schlechten Zeiten gegen die Schuldigen, in guten untereinander; einmal bekam sie auch schriftlich, daß die Ostdeutschen mit dieser Art von Wirtschaft den Krieg bezahlten immer noch, nachdem die Westdeutschen wieder lebten, und wenn einer sich anständig hielt und abgab und teilte, verdiente er nicht eigens ein Lob. Ohne Namen auf einer Ansichtenkarte sagte einer: Laß es uns doch schlecht gehen, um so rascher haben wir das besser eines Tages. Andere waren geniert, daß sie mit aller guten Arbeit nicht herankamen an die Sachen zum besseren Leben, und so gewiß sie Gesine einen Satz Bohrer oder eine Meßlehre anrechnen wollten, sie hätten sich das doch lieber selbst ausgesucht bei Wollenberg am Markt mit sachverständigem Genuß und mit ehrlichem Geld beglichen wie früher. Und unbehaglich war ihnen, daß nach dem Erlaß eines westdeutschen Justizministeriums jeder solche Pakete pro Stück mit dreißig Mark absetzen konnte von seiner Steuer, weil die Bedürftigkeit ostdeutscher Empfänger zu unterstellen sei und von einer Prüfung seiner Einkommens- und Vermögensverhältnisse in jedem Falle abzusehen. Dazu schrieb nun Cresspahls Tochter schöne Grüße. Ja da wollten sie das lieber unbestimmt erwidern und auch so.

In der Reihe vor der blankgescheuerten Blechtheke des Paketpostamts sah Gesine, an den Aufschriften, wie viele ihr Jerichow hatten, verlassen und verloren, und wie viele von einer verleugneten Regierung noch den Umgang mit den eigenen Leuten sich verordnen und beschränken ließen. Einmal im Monat durfte einer sich helfen lassen, in genau begrenzten Mengen von dem und dem, und nicht mit dem und nicht mit Medizin, das Packpapier mußte gebraucht sein und die Adresse mit der Hand geschrieben, wie Verdächtige mußten sie harmlos tun, damit ihr Geschenk nicht auffiel vor den Röntgengeräten und Sonden des Staates, den es für den ihren nicht gab, so daß wieder einmal die gewöhnlichen Leute einspringen mußten mit dem Geld, das die Steuer ihnen ließ, für viele Paketkarren voll mattrosa bezettelter Kartons, für Wagen voll, für Sonderzüge voll zu den Geschenkfesten und das ganze Jahr, zum Geburtstag, gegen Mangel, gegen Krankheit, gegen die Trennung; aus Pflichtbewußtsein, Scham, gutem Willen, gegen das Finanzamt.

Vielleicht nicht harmlos aber ganz wie ihr war, wenn die graue scharfe Luft Jerichows wiederging am Rhein, beim Anblick wohlfeiler, altmodisch verpackter Geschenke, ihrer Trauer zuliebe, aus heiterem Himmel, mit rotem und blauem Papier packte Gesine keine Handelsware, Geschenksendungen nach Hause. Sie hielt sich an die Leute, von denen ihr Vater Briefe lang geschrieben hatte, sie lernte sie wieder kennen an ihren Wünschen und Gewohnheiten, das alte Jerichow kam ihr gegenwärtig mit den verbeulten Reklametafeln, unter denen sie größer geworden war, mit dem Postamt, aus dem jetzt ihre Pakete gebracht wurden an ihr bekannte Häuser, da fuhr der Wagen vorbei am Tor des Friedhofs, auf dessen Flügeln die Enkel von Kern von der Innung Halbkreise fuhren, wie sie einmal, damals.

Karsch, damals nahezu vierzig Jahre alt, fühlte doch Beschwerden. Eindeutig waren sie nicht. Einschlafen konnte er nur mit Mühe, morgens schmerzten die Knochen, er wurde lange nicht wach beim Frühstück. Auch tagsüber liefen ihm manchmal die Gedanken weg, vergaß er Anblicke, hätte gern die Augen geschlossen, und er empfand es lange so, als lebte er neben sich her. Er kam leicht darauf, daß viele kleine Defekte der vergangenen Jahre sich zusammentaten gegen ihn, und schob es aufs Älterwerden.

Demnach hielt er sich mit Vorliebe allein. Dazu tat er etwas außer der Reihe. Mit viel von seinen zurückgelegten Einkünften kaufte er einem Ackerbürger im Norden Hamburgs den Dachboden ab. Der Mann hatte gehört von dem neumodischen Usus, daß Leute Teile von Häusern verkauften oder darauf sparten, aber es wollte ihm zu seiner Ziegelkate nicht passen; am Ende mochte er den Kerl von der Zeitung, der an jedem Wochenende nach Entschlüssen fragen kam, wieder nicht einen Verrückten nennen, er fand geradezu etwas daran, er nahm Geld extra für das Vorkaufsrecht auf das eigentliche Haus und wollte nun so recht im Glauben an ein gutes Geschäft weiterleben unter dem verkauften Dachboden, den sein neuer Hausgenosse leerräumte und mit einem großen Fenster nach Norden öffnete. Davon ließ Karsch nichts auffallen. Heimlich auch kaufte er all die Möbelstücke zusammen, um derentwillen er ab und an in fremden Wohnungen hätte leben mögen, und verbrachte sie unter das himmelweite Oberlicht in dem Appartement, das er dem Bauern auf den Kopf gesetzt hatte. Eines Tages verkaufte er die alte Wohnung mit allen Sachen, die noch aus Westberlin, sogar aus der Studentenzeit mitgekommen waren, und zog um mit nichts als dem Telefon unter das Dach. Die Maschinen und Schränke für seinen Beruf saßen den schrägen Wänden so dicht auf dem Leib, so angewachsen wohnte er gleich da, und so gründlich hatte er seine Rücklagen erschöpft, daß er lange nicht würde umziehen können und übrigens einverstanden war, hier älter zu werden.

Von außen gesehen hatte er wenig mehr geändert als die Adresse. Die meiste Zeit im Jahr war er ohnehin unterwegs in Westdeutschland, in den Nachbarländern, und holte die Reportagen zusammen, die ihm seinen Namen gemacht hatten, und wenn er in Hamburg war, konnte man ihn nachmittags in der Stadt treffen, noch wie immer. Er gab sich unverändert, neugierig, maulfaul, pünktlich bis zur Zuverlässigkeit, nett, manchmal wie ein Hamburger, und vorläufig wollte ihm noch keiner verdenken, daß man seine Wohnung nicht aus dem Telefonbuch, sondern tatsächlich nur vom Ortsamt erfahren konnte. Von Reisen zurück, oder aus der Stadt nach Hause gekommen, fand er den ruhigen grauen Raum unter dem Licht von Tag und Nacht sich eigen wie Haut und Höhle; zu mehr wollte er es nicht bringen. Jeweils in den ersten Tagen zu Hause hielt der lange Tisch ihn fest durch viele Essenszeiten, und die Gänge zwischen Schreibmaschine, Dunkelkammer, Küche paßten ihm angemessen. Dann, bald, saß er doch wieder mit den Händen auf den Knien vor den Tasten, las das Geschriebene mit Unbehagen, zweifelte an seinem Gewerbe und ob die Öffentlichkeit ihn denn zu Recht bezahlte und wirklich aus Gründen der Demokratie, Berichtigung des Staatswesens, Kenntnis von der Verwendung der Steuer, und nämlich für Genauigkeit der Nachrichten; es mochte aber auch das Gefühl sein, er habe schon zu lange geschrieben wie der Karsch, der er vielleicht nicht mehr war. Und abends, wenn er den Telefonhörer abhob und dem Kundendienst der Post die eingegangenen Anrufe abfragte, mochte er doch die wenigsten beantworten; er hatte eher gewartet auf etwas anderes, das ihm zu ungenau war, um überhaupt davon zu reden.

Nachts lief er oft umher in dem Gehäuse, das er sich auf den Leib gebaut hatte, schaltete Musik ab, drehte das Fernsehbild aus, horchte auf Schmerzen hinter der Stirn, legte sich schlafen mit offenen Augen. In Gesprächen mit Freunden vermied er sich, trank dann viel nur, um seine Aufführung bei guter Laune zu halten, lud sie ungern zu sich. Es wunderte ihn, wie selten er das Kind sah, das er seiner Frau gelassen hatte bei der Scheidung, obwohl er vor sechs Jahren um diese Besuche lächerlich unvernünftig gekämpft hatte; er versuchte den Jungen mit übertriebenen Geschenken einzuholen, vergaß dann aber Verabredungen mit ihm. Jetzt war er wie gewünscht allein. Es stimmte zu seinem Befinden. Aber wenn er ein paar Abende lang an seinen eigenen sechs Wänden entlanggelaufen war, krumm, dicklich, zerfahren, fuhr er oft mitten in der Nacht weg aus Hamburg, auf Arbeit, weg von zu Hause.

In diesen heiklen Verhältnissen fand er es nicht unglücklich, daß zufällig ein Anruf aus Ostdeutschland ihn zu Hause traf, und nahm die Einladung zu einem Besuch augenblicks an, um so leichter, als er von

Karin F. gern mehr gewußt hätte als sie schrieb auf den Rand von Szenenfotos und er sich überhaupt Neuigkeiten aus einer gemeinsamen Vergangenheit versprach. Er fuhr ab wegen des Balkons, hinter dem in einem baumgrünen Zimmer er vor Jahren gelebt hatte mit ihr in Westberlin, und zwar frühmorgens, weil er ohnehin wach war; aber da er nur der Putzfrau einen Zettel hinterließ und die Freunde vorerst nicht verständigte, gewann sein Verschwinden in Hamburg ein unbestimmtes, fast bedrohliches Aussehen. So hatte er sich das nicht gedacht.

Vorbereitet war er auch nicht auf die Posten hinter der Grenze, die ihn aus dem Wagenstrom nach Westberlin zur Seite rangierten in den inneren Kontrollbezirk, der mit verkümmerten Blumenrabatten zwischen Baracken angestrengt Staat machte, und allmählich kam ihm die Reise so wenig alltäglich und beliebig vor, daß er sich schon Gedanken machte über den ersten Satz einer Reportage: diese Ankunft hätte Vorsorge gebraucht. Seine Verblüffung wuchs beim Anblick von Schriften auf Schildern und Baumwollstreifen, mit denen die Besitzer dieses Landes fast jede ihrer Taten in ein Verhältnis zu denen Westdeutschlands zwangen; der Nachdruck war ihm vom Hörensagen bekannt, er war zu Hause zum Lachen gewesen, es war den Polizisten ernst, und er hielt sich an einen beiläufigen, fast kameradschaftlichen Ton, der dem des Krieges benachbart war, kam so durch. Er hatte aber die Worte nicht verstanden, der Satzbau machte ihm Beschwer, und er war ziemlich kleinlaut, als er in einer Gaststätte in seinem löcherigen Pullover und in ältesten Hosen sogleich erkannt wurde als ein Westdeutscher, so daß er seinem Benehmen hinderlich zusah und darüber den Geschmack des Essens nicht recht wahrnahm. Er hatte auch nicht gewagt, die Kamera mit herein zu nehmen.

Die Ankunft ließ sich privat an. Man umarmt sich nach der langen Zeit. Ein Händedruck hinterher kann ebensogut gelten, die Frage nach dem Ergehen könnte den Grund für die Einladung herausbringen, trinken wollte er vorerst nichts. Aber sie ließ die vergangene Zeit nicht ins Gespräch, bewegte sich munter quer und längs an ihm vorbei, schlug ihm mit dem Handrücken vor den Bauch und fragte: Tennis? und er entgegnete: Ach was, alles und so fort in der raschen, vorschiebenden Art, die offenbar beide nicht vergessen hatten. Nein, sie hatte keinen Grund wie auch immer, den sie zugeben mochte. Nein, es war ihr nur eingefallen, und sie hatte mehr Spaßes halber versucht, die Aufenthaltsgenehmigung an einem einzigen Nachmittag von der Meldestelle bis an die Grenze zu schaffen. Sie kannte da Leute. Sie hatte da Beziehungen. Sie war hier angesehen. Es ging ihr gut. Er lehnte sich endlich zurück, nahm ein Getränk an, beobachtete ihre Bewegungen in dem breiten, dicklehnigen Sessel, den sie auch hier hatte, gegen den sie müde zurücklag in ihren aus der Frisur gleitenden Haaren, langsam trinkend, nebenbei redend, und nach einer Weile saßen sie so unaufmerksam nebeneinander wie in der Zeit, auf die ihre Trennung gefolgt war, gegen seinen Willen. Er entschloß sich, höchstens eine Woche zu bleiben.

Unbehaglich war ihm vor der Begegnung mit dem Radrennfahrer Achim T., denn er konnte sich unter ihrer Liebschaft nichts vorstellen und fürchtete die Verlegenheit des andern vor dem früheren Liebhaber um so mehr, als er ihm ein uninteressiertes Gespräch nicht zutraute, der Art von Beruf wegen. Tatsächlich kam der schon befangen in die Tür, bewegte seine langen Knochen hastig bei der Begrüßung, saß vor lauter Lässigkeit gezwungen und rollte seine Jackenaufschläge. Anfangs vermutete Karsch, der Mensch schäme sich für sein Parteiabzeichen, aber immer wieder ein strahlendes Lächeln kam ihm gutwillig vor, machte ihn irre. Er stellte sich maulfauler als natürlich, um dem Mann auf die Meinung zu kommen, und zu seiner Verdrossenheit stellte sich endlich heraus, daß dieser Achim ihn hoch schätzte, ja verehrte wegen der Artikel, die Karsch nach seiner Auffassung allwöchentlich schrieb im Kampf gegen seine eigene Regierung, und zwar dem Fortschritt der Vernunft zuliebe, und das unter Anfeindungen. Karsch verschluckte sich. Er sah aus den Augenwinkeln zu Karin hin. Sie fand ihren Freund offenbar nur ungeschickt im Ausdruck. Karsch wies, angelegentlich und gesprächig, darauf hin, daß für ihn sein Beruf nur eine leidlich anständige Art des Geldverdienens war. Erläuterungen verkniff er sich, da er auf den Boden sehen mußte vor dem stillen Erröten, das diesem Achim von den Ohren ins Gesicht stieg, wie bei Blonden leicht.

Karsch nahm den Besuch als einen zum Wiedersehen und ging zu denen noch nicht fürs Frühstück zum Kennenlernen. Die Mittagessen, Besuche im Theater und in Sporthallen, Spaziergänge, Besichtigungen und ähnliche Veranstaltungen für den Ortsfremden wollten ihm nicht reichen für sieben ganze Tage Aufenthalt. Er versuchte es mit der Stadt. Der Sandstein der öffentlichen Gebäude kam ihm hessisch, der Himmel über dem kleingärtnerischen Stadtrand vor wie der über Franken, dem Sächsischen konnte er Ostdeutsches nicht anhören; der spärliche Verkehr nicht und nicht Frostaufbrüche im innerstädtischen Asphalt und nicht die gelbweißen Schaumflocken im Parkfluß wollten ihm zusammensetzen, was er hätte weitersagen können. Nicht einmal durch Einkäufe kam er mit der Gegend ins Benehmen. Er fand an Waren nichts mitzunehmen für die Gewohnheiten seiner Freunde, das Spielzeug für Zehnjährige fiel leicht auseinander, die Ansichtenkarten gaben mit Baudenkmälern Nachricht wo er war, er war da nicht. Nicht mit dem Fuß auf dem Schuhputzerbock, mit Würstchen in der Hand, nicht mit den leichten Münzen in der Hosentasche fand er in den Alltag. Er blieb auf der Durchreise. Er stellte sich mit Befriedigung vor, daß das Laub über seinem Fenster dichter gewachsen sein würde bei der Heimkehr, und setzte sich in der Hotelhalle mit Zögern, weil die Bewegung Bleiben hieß. Er ließ sich übrigens immer langsam, mit vorsichtig hängenden Armen nieder, denn mit einem schwereren Leib beginnt einer leicht zu besorgen, er könne dabei stürzen.

Dann entschloß er sich zu einer Probe, aus der er lernen wollte für einen Bericht über Beherbergungswesen, den er in Westdeutschland vor hatte. Er vermaß sein Hotelzimmer, schrieb die Möbel auf, merkte sich im Badezimmer altertümlich beschriftete Porzellangriffe und den Haken für das Abziehleder, den sein Großvater gebraucht hätte. Unter der Glasplatte ermahnte ein Vordruck den Gast, Gäste nicht mitzuführen hierher. Die Teppiche auf der steif knickenden Treppe waren fadendünn getreten. Er bestellte sich ein Frühstück ans Bett, und dazu Orangensaft, Speck mit Ei, Salami, er ließ sich nur gegen genaue Erklärungen hinunterbitten und sich zu den Brötchen nichts vorsetzen als Butter, weil die Küche morgens nicht warm war. Er gab vor, das Zimmer wechseln zu wollen, besah andere Preisklassen. Er bat ihn zu wecken, verglich die bestellte Zeit mit dem Klopfen an der dünnen Tür. Unberaten gab er Hemden in die Wäsche und sollte auf sie warten vierzehn Tage. Das ältere Personal brachte er leicht auf seine Seite; insbesondere der Oberkellner nahm seine Wünsche mit bitter nickendem Blick zur Kenntnis und ging heimlich über die Straße, dem verwöhnten Gast wenigstens die Wurst zu holen. Die Jüngeren, Zimmermädchen, Verwalter, Lehrlinge, nahmen dem Westdeutschen übel, daß er sie so unbefangen hinwies auf die Mängel der Bedienung und des Vorrats; ihre Zuvorkommenheit wurde aufsässig. Am Ende fand er nur heraus, daß das Hotel vor dem Krieg hatte gelten können als gut und bürgerlich und seit den Bomben wie ein natürliches Wesen hatte älter werden müssen inmitten Standards, die ihm glatte Dielen, Glas und helles Holz in übersichtlichen Flächen hätten einsetzen sollen. Und dies war nur ein Hotel von vielen, so daß er nicht mehr unternahm, seine Preise mit denen eines ähnlichen in Kassel zu vergleichen, da die Währungen nur von Staats wegen einen Nennwert gemeinsam hatten und er die Dekkung und den Wert des Ostgeldes nicht eigens errechnen mochte. So gründlich hatte er hier nichts vor.

Er versuchte noch einmal, in der Stadt anzukommen; die deutsche Sprache, die vielen nationalen Ähnlichkeiten der Feuermelder, Telefonzellen, Verkehrszeichen taten so bekannt. Er fuhr zum Leihhaus und versuchte, seinen Rasierapparat zu hinterlegen. Der Angestellte hinter dem Stahldrahtgitter blickte von dem westdeutschen Erzeugnis auf den Kragen und Anzugstoff des kreditsuchenden Bürgers, – Heil? fragte er endlich. – Wie soll ich denn das beweisen: antwortete Karsch schnell. Der andere befingerte sein Kinn, drehte die Maschine in der Hand. Karsch griff sie rasch zurück, ließ Strom anschließen, schnitt mit dem Scherkamm eine Insel in die Haare auf seinem Handgelenk, bügelte die Stoppeln weg. Glatt. Säuglingsweich. Funktioniert. Er bekam Geld genug für ein Paar aus Westdeutschland importierter Schuhe. Vor dem dreieckigen Sandsteinturm noch nicht, weil Passanten das fremdländische Kabriolett umstanden, aber zwei Blocks weiter hielt er an und notierte sich das Gespräch, die drei Leute in der Schlange vor ihm und die Studentin, die er mit einer Schreibmaschine auf dem Treppenabsatz hatte vorbeitreten lassen. Der Vormittag war mitten in der Woche.

Am nächsten Morgen ging er zu den Friseuren im Bahnhof, und wieder überkam ihn Sog in die Vergangenheit inmitten des palastweiten, üppig bestuckten Kellerraums, der herrschaftlichen Sessel, unter der angewärmten Handtuchkompresse, die hier wunderbarer Weise den Bart erweichen sollte. Unter dem langen Messer versuchte er im Kopf auszurechnen, wieso der ostdeutsche Staat zurechtkommen mußte nach Gutdünken seiner Eigentümer. Es kam ihm kein Leihhaus heraus. Wie oft versetzte ein Rentner sein Radio? Das am Telefon wollte der Schuldturm nicht sagen, die Frage wurde jedoch verstanden, sie war dort als Frage bekannt, und Karsch kündigte einen Mitarbeiter westdeutscher Zeitungen an, sah gleich bei der Ankunft sich in den Sessel gedrückt mit Grundsätzen über die gesellschaftliche Funktion eines

Leihhauses im Kapitalismus; er fragte nach dem Zinsaufkommen im Sozialismus. Der Mann hatte die Unterarme steif auf dem Schreibtisch, sah Karsch schwer in die Augen, hüpfte unverhofft auf, schwenkte sich locker auf die Schreibtischecke, verfiel vorgebeugt gleich wieder in handstreckende Starre, zwang sich zu lässigem Ausschreiten, redete so langsam als wolle er etwas sagen, stand, wo die Frage des Besuchers im Weg war. Er ließ sich nochmals Karschs Zeitungstitel nennen, bezweifelte ausdrücklich ein ehrliches und friedlich gesinntes westdeutsches Interesse an Zahlen, wollte heute gar keine in den Mappen haben, ich nenne Ihnen hier ein Beispiel, das ist völlig gegriffen, wolln mal sagen zehntausend, mit gleichem Recht hätte ich sagen können eine Million, so gegriffn ist das! und nun entschuldigen Sie mich. Mit der Frau im Vorzimmer hatte Karsch eben zu sprechen angefangen, da trat ihr Direktor ihnen ins Wort, er verzog sich baff in die öffentlichen Räume und löste seine Rasiermaschine aus, fuhr sich gedankenvoll über das gerötete Kinn, das das Unternehmen ihm bisher eingetragen hatte.

Der Vorfall zog ihn an, hinein. Nicht so sehr die verweigerte Auskunft, die Redeweise lud zum Suchen ein. In den ungetümen Sätzen des Vorstehers dachte Karsch erstmals ostdeutsches Land auszumachen, damit einen Reisebericht zu beginnen. Er meinte nämlich fest, er habe mit der Staatsgewalt gesprochen. Und tatsächlich war er nach wenigen Fragegesprächen dieser Art imstande, die Angestellten des Staates abzusondern mit ihren eigenartigen Fremdworten, Genitivabhängigkeiten, dem formelhaften, zögernden Sprechen, dem auf der Stelle tretenden Blick, den Kinder beim Aufsagen haben, oder mittlere Beamte vor der westdeutschen Fernsehkamera. Es galt nicht nur dem Landfremden, das Verhalten war unabhängig, es machte Staat auch gegen die Einheimischen. Er lernte den veränderten Sinn der Fremdworte, die in seinem Land nicht mehr benutzt wurden oder gar nicht, die zweiten Fälle von Struktur und Perspektive schrieb er auf mit anwachsendem Mitwissen, er lernte diese Sprache nie so gut, daß er sie zur Verständigung hätte benutzen können. Selbst im umgänglichen Reden der gewöhnlichen Leute fand er sich kaum unauffällig zurecht, da ihm zehn Jahre dieser Geschichte fehlten; sie erkannten ihn ohne Mühe. Sie sprachen von Streuung, Engpaß, wo ihm nur die Worte Großhandel und Lieferschwierigkeiten zur Verfügung waren, seine Ratenzahlung nannten sie Sparkaufvertrag, und so deutlich er bald den Abstand bemerkte, den die Leute zu den Ausdrücken der Beamten hielten, er saß doch manchmal da und sprach sich im Kopf vor was er sagen wollte, wie eine fremde Sprache, und hakte an beim Aussprechen. Er war auch bis zum Ende verwundert, mit wie geringfügigen Fetzen Alltagssprache die Einwohner einander ihr Verhältnis zur Regierung abfragten und je nach dem zu Schweigen oder mürrischem Verständigen übergingen. Dies vergaß er nach dem Juni am schnellsten, weil es seiner eigenen Sprache immerhin ähnlich geklungen und getan hatte.

Denn bis zum Juni blieb er. Anfangs eine Woche länger, dann noch eine, anfangs seinen Notizbüchern zuliebe, endlich aus Neugier, auch noch aus privatem Eigennutz. Zur Verlängerung der Aufenthaltserlaubnis verhalf ihm eine politische Überlegung, die die sportlichen Leistungen des Landes in neutralen Staaten, auch in Westdeutschland, auszunutzen dachte für eine Veränderung der weltweiten Meinung von Ostdeutschland, und als Herrn Karsch, einem westdeutschen Journalisten, die Biographie des bekannten Radrennsportlers Joachim T. angetragen wurde, zog er den Auftrag ins Trockene, mit nicht großem Ernst; es war ihm eher angekommen auf Fahrten über die Stadtgrenze hinaus, überhaupt auf Dableiben. Ihm war wie bei einer Entdeckung.

Manchmal. Zu anderen Zeiten ließen Kopfschmerzen, Schlafmangel, Müdigkeit, schwere Muskeln ihm keinen Entschluß durchgehen. Sein Gehirn schien an den Schädelwänden kreisend anzuecken. Das alles hat medizinische Namen, aber schon im Nachdenken darüber verlief ihm die Übersicht, und halbe Stunden später erst merkte er sich liegen wie vorhin, war nicht im Schlaf gewesen, nirgends. Er hätte die Krankheit lieber zu Hause gehabt, er brachte die Rückfahrt nicht über seine Trägheit.

Einmal hielt ihn ein Besuch bei Verwandten, die vom Nachkrieg ins Thüringische verschlagen waren, sie hatten sich das in Westpreußen verlassene Schlafzimmer wieder erarbeitet, auch diese Küche roch nach Kernseife, er hatte mit ihnen nicht soviel Familie gemein wie erforderlich gewesen wäre für die langen Schweigen zwischen den Schlucken Kaffee. Nach einem Tag war er zurück im Hotel, der Tag war aber vergangen. Es mochte auch die Bedienung sein in dem Gartenlokal gerade jenseits der Stadtgrenze, die mit dem Westdeutschen nichts anfangen wollte, da seine sichere Rückfahrt und fremde Herkunft keine Liebschaft hätten natürlich vergehen lassen; das waren lange Vormittage im

Kiesgarten, bevor die Essenskunden kamen, und gewundene Gespräche mit dem Mädchen, das neben ihm am Tisch lehnte, manchmal doch lachend, auf dunkelhäutige Arme gestützt, sich hinunterbeugte zu dem Fremden, der wieder etwas nicht verstanden hatte. Dann mochte ihn auch der Zahntechniker aufgehalten haben, der seinem ostdeutschen Auto den verjährten Kühler eines massig schwereren Modells aus Westdeutschland aufgesetzt hatte. Der Maurer, der seit Jahren sich krankschreiben ließ, um bei gegengesetzlichen Eigenheimbauten höhere Löhne herauszuschlagen, dazu die Versicherung, er konnte vor Kraft nicht sitzen. Der Mann in der Lederoljacke, der drei Jahre Haftarbeitslager bekommen hatte für eine witzige Anspielung auf den hiesigen Staatsratsvorsitzenden in einem öffentlichen Lokal, in das war er zurückgekehrt, den Anzeiger zu finden. Ein vierjähriges Kind, das auf dem Boden kriechend und militärisch schreiend unterschied zwischen bösen und lieben Panzerangriffen. Die drei Polizeimonteure, die Karschs Wagen nicht nach aller Untersuchung, Rücklichtprobe, Bremsversuch für tauglich erklären wollten, sondern erst noch dreimal um den Platz karriolen mußten mit Tempo und Schadenfreude wie Kinder. Der fette strenge Jüngling, der Karsch aus einem Tanzcafé wies wegen amerikanischer Führung der Dame. Der Fotograf, dem die Berufslizenz entzogen war, weil seine platzende Blitzlichtbirne ein Mitglied der Regierung in Ohnmacht versetzt hatte, nun beantragte er monatlich neu seine Zulassung mit der Versicherung, die Birne sei im Lande erworben worden. Frau Liebenreuth, in deren Herrenzimmer Karsch umgezogen war, zum ersten Mal in ihrem alten Leben Wirtin, die winzig und schwarz hinter dem Frühstückstablett stehenblieb und ihm die Nachbarschaft erzählte. Eine breite Kutschenallee, die hell zuwuchs mit flirrenden kleinen Blättern. Der Anschein von Bekanntschaft, angeboten vom Wiedersehen der Straßenecke. Nach einiger Zeit glaubte er der Kenntnis des Landes so nahe zu sein, daß er nicht Gefahr laufen mochte, den möglichen Reisebericht zu verpassen.

Unterwegs hörte er mitunter reden über den Radrennfahrer, der vor den Behörden sein Gastgeber war. Die Jüngeren bewunderten ihn unvernünftig. Es war nicht nur seine Fähigkeit verrückt schnell zu fahren, es waren eher seine mundartliche Redeweise, sein verlegenes Lächeln bei Siegerehrungen, daß er verständlich geblieben war in aller Höhe und Berühmtheit. Daß er eine Schauspielerin im Bett hatte. Manche fanden sein Haar so blond, es griff sie an, wie grau darunter Achims

Gesichtshaut geworden war am Ende der Wettfahrt. Es hieß, er sei reich; wollte er alles verkaufen, sei er Millionär. Man sagte ihm Macht und Redlichkeit nach, als könne er sich verwenden für unschuldig Verhaftete, für Gerechtigkeit überhaupt, da waren Beweise nicht nötig; viele hätten ihm in der Not geschrieben um Geld, um Rat, um Fürsprache. Sein Umgang mit der Regierung, in deren Stimmkammer er aufgenommen war, bestätigte seine Unumgänglichkeit, und mit ihm erschienen die Herrschenden einmal auch als vorstellbare Menschen über ein Tischtuch gekrümmt, die den Arm auf den Achims legten, im Gespräch, vielleicht sogar freundlich. Allmählich betraf es Karsch, wie geachtet und geliebt einer werden konnte in diesem Land mit nichts als Radfahren, und daß die Unteren mit den Oberen sich nur an solchen Stellen trafen, wo Skispringer und Schauspieler Erfolg vormachten, öffentlich lebten, zudem noch wie welche von allen. Karsch besann sich auf die Unterhaltung über eine Biographie, er begann Vorauszahlungen anzunehmen, er lieh sich eine Schreibmaschine. Dies war das erste Mal, das einzige, bei dem Karin ihn warnte. Sie fand sonst nichts an seiner Aufführung. In der Stadt war er eingeführt als der Gast der Schauspielerin F., die ihn mitbrachte, mit ihm ging, ihn vorstellte als Westdeutschen (nicht als versetzte Verlobungsbekanntschaft), so daß der Theaterpförtner ihn grüßte wie einen Nachbarn, die Intendanz ihm Karten schickte, Beamte ihr zuliebe ihm ein Interview weniger leicht vorenthielten. Anfangs hatte sie ihn auf die ärgerlichsten westdeutschen Manieren hingewiesen; seitdem verbreitete er sich, etwa, bei der umständlichen Vorbereitung eines Ferngesprächs nicht mehr über den automatischen Verkehr in Westdeutschland, zog überhaupt seine Vergleiche ohne sie auszudrücken, stellte sein Auto schlichter ab, kleidete sich den Einheimischen ähnlich, ließ kaum ein Gericht noch zurückgehen in die Küche, wollte auch die Küchen nicht noch besichtigen. Mit einem Mal riet sie ihm ab von diesem Plan wie von etwas, das man nicht tut, es ist nicht praktisch, Landes nicht tunlich, sie gab einem Ortsfremden Auskunft.

Er hatte gar nicht hingehört. Im besten Fall verstand er, daß sie einen ihrer Freunde vor der Veröffentlichung schützen wollte. Für ihn aber, Karsch, waren Lebensbeschreibungen gute, unterhaltsame Arbeit. Er fand es regelmäßig lehrreich, eine Person anzusehen auf ihre Entstehung, hinter der Person ihr Leben zu finden. Es machte Spaß, einer bewußten Vergangenheit die tatsächliche zu finden, die Erinnerung einer

Person mitzunehmen zurück ins Vergessene, auch sie überrascht zu sehen vor sich selbst. Es stellte ihn zufrieden, daß noch jeder Betroffene jeweils sich ausgedrückt hätte wie Karsch. Es war nicht nur die detektivische Nachforschung, die ihn am Fragen, Suchen, Nachsehen gehalten hatte; ihn erstaunte auch, wie viel eine Person enthielt an Geschichte der gesellschaftlichen Verhältnisse, der Kampfmethoden, des Anstands, an Mitlebenden. Seine Kenntnisse vom Weltzuckermarkt, vom Börsenrecht, Eheleben 1925, Strafvollzug und einiger technischer Zweige verdankte Karsch solchen Aufträgen. Es waren auch zwei solcher Arbeiten in den Buchhandel gekommen, und beide Male hatte er sich eine Kopie aufbewahrt, in der die Beschriebenen ihr Verschwiegenes noch nicht gestrichen hatten; das eine war die Geschichte eines Gewerkschaftsfunktionärs gewesen, das andere der Daseinskampf einer Firma.

Achims anfängliche Gegenwehr hatte Karsch noch erwartet. Achim, der bisher nur mit Jahreszahlen, Fotografien und Siegerkranzschleifen ausgekommen war in seiner berühmten Rolle, wollte für sie nicht einstehen mit einem wirklich getanen Leben, und schon gar nicht in Tonbandsitzungen mit einem sicheren Herrn Karsch, dem Westdeutschen, mit dem Karin fast einmal gegangen wäre zu den Westdeutschen und Einfamilienhaus und Bürgertum, und immerhin bestand er auf Karins Anwesenheit bei solchen Gesprächen, nachdem nämlich der Plan ihm nähergebracht worden war von Angehörigen der Partei, in der auch er war. Er traute Karsch die Arbeit zu, er hatte die gedruckten Beispiele lesbar und verständlich gefunden; Karschs Vorrat an Worten und seine Art sie zu bewegen machten ihn manchmal doch mürrisch. Karsch versuchte ertragbar zu sein für den Mann, den er hatte übersehen wollen, Achim hielt den umgänglichen Ton gern für das Angebot einer persönlichen Freundschaft, er gab Karsch die Erlaubnis, andere Zeugen seines Lebens zu fragen. An vielen Stellen der Stadt und auswärts, vornehmlich in einer größeren Industriesiedlung in Südsachsen und einem Marktflecken in Thüringen fand Karsch mit der üblichen Mühe Achims sechsjährige, zehnjährige, sechzehnjährige Lebensalter und schrieb sie auf als Beiträge zur Geschichte des deutschen Stundenplans, zur Verwilderung einer Bevölkerung unterm Bombenkrieg, zur sozialen Stellung der Kinder im Schwarzhandel, zur Aufwertung ländlicher Verwandtschaft in Zeiten städtischer Armut, zur Verschiebung der Pubertät infolge erzieherischer, zufälliger, unausweichlicher Vorfälle.

Von einer Großmutter Achims, aus Einwohnerverzeichnissen, von erhaltenen und überlebten Freunden, Lehrern, Vorgesetzten, Maurerkollegen, Zimmervermieterinnen und endlich auch von Achims Vater erfuhr Karsch und bekam heraus, daß Achim doch wohl angefangen hatte mit dem hetzigen Fahren auf dem Rad, als er von hier ein Mädchen besuchen fuhr hundert Kilometer in den Süden an den Wochenenden, als er sechzehn war, bis er das Kind ersetzen lernte durch sportliche Veranstaltungen und Zielbänder. Karsch kam zu seinem Spaß, als Achim T. seine Jahre 1936 bis 1947 in einem Sitz durchblätterte und las, mit vielen zustimmenden Gesten, Nicken mit vorgedrückten Lippen, überraschtem Auflachen, betroffenem Halsscheuern etwa zwei Stunden lang, und ihm schließlich die Blätter zurückgab mit einem Blick von unten und einem schlenkernden Handwerfen, das in der Clique der berühmteren Radrennfahrer neuerdings verstanden wurde als Zeichen für Ebenbürtigkeit, Lob der Leistung. Karsch staunte nicht schlecht, als Achim schon hierfür keine Druckerlaubnis hergab. So frühe Lebenszeit hatte noch keiner zensieren mögen, ja es konnte Manchem das Kapitel Kindheit nicht lang genug anhalten, nicht flüchtig genug das Kapitel der folgenden Jahre, in denen einer eher unberaten sein kann oder gezwungen zu Handlungen, deren sich zu schämen er erst imstande ist in großzügigeren Umständen. Zuerst glaubte Karsch an die bekannten Unstimmigkeiten zwischen der natürlichen Zeit eines Vorfalls und der Zeit der persönlichen Erinnerung, aber schon die Vermutung war Achim zu penibel, und dann bereitwillig ließ er sich ein vergessenes Jahr neu herstellen mit den Klassenzimmern, Tanzabenden, Kuchenpreisen und Wetterlagen, die sein Biograph ihm wiedergefunden hatte. Verwandte Mißverständnisse stießen Karsch auf den Verdacht, er habe es hier nicht mit typischen Problemen einer Biographie zu tun. Tatsächlich hatte Achims anerkennendes Handschwenken nur bestätigt, wie vertraut Karschs Maschinenschrift war mit dem Leben des berühmten Radrennfahrers; sein Blick hatte verlangt, diese Kenntnis anders zu benutzen. Nach und nach meinte Karsch zu begreifen, hier wolle einer nicht bloß sein beschriebenes Leben an Anhänger und Verehrer ausliefern, sondern Verehrung und Anhang praktischer verwalten, dazu zensieren, nämlich gut nennen und als Fehler bezeichnen, was in seinem Leben doch wirklich gewesen war und auf Karschs Blättern so stehen sollte, mit allen Zeugen und Zwischenfällen, nicht des Regens vergessen, im Fall es sollte geregnet haben. Karsch lernte den bewertenden Rückblick nicht anwenden, mit dem Achim inzwischen den Anfang seiner vernünftigen Lebensweise begriff im Anblick der selben sowjetischen Armisten, vor denen der fünfzehnjährige Achim noch vom Pflaster gegangen war mit Fäusten in den Hosentaschen, zum Beispiel; Karsch fand nicht Achims Sicht, die den, unrichtigen, Vorfall übersah, und büßte so zwanzig Seiten ein, dazu ein Mädchen aus Ostpreußen. Karsch gewöhnte sich einen Blick an, der kam bei solchen Gesprächen von unten so fern wie der eines Tauben. Er erkundigte sich nach den staatlichen Ausdrücken, die Achim für solche Belehrungen einsetzte, zögernder, verzwickter im Satzbau als in Erzählungen aus seinem Leben, der dritte Grundzug der Dialektik half Karsch so wenig wie das Leitwort Parteilichkeit. Er sträubte sich gegen Achims hoffnungsreiches Zureden, er war mit der eigenen Meinung gut gefahren bis hierher und wollte damit noch weiter; Achim hinwiederum mißfiel der seminaristische, gelangweilte Schwung, mit dem Karsch ausbreitete, wie genau er wieder nicht verstand, etwa wenn Achim von seinen Reisen auf Rennstrecken in Westdeutschland Dinge erinnerte, für die es dort nicht einmal Namen gab. Ein Glück, daß Achim seinen Biographen insgeheim zum Lachen fand, ihm immerhin seine Kenntnisse im Radfahrwesen anrechnen wollte; nicht schlecht auch, daß Karsch nicht vor der Zeit verfiel in gereiztes Antworten, fahriges Widersprechen, was er eigentlich erwartet hatte nach der ermüdenden Schwere in den Gliedern, leichtem Hirnschwindeln, Schmerzen hinter den Augen, die Tage lang sich verkrochen, dann angewachsen wiederkamen.

Die ganze Zeit wurden die Tage länger, die Abende heller; Sächsisch aus den offenen Fenstern der Straßenbahn brachte ihn kaum noch zum Lachen. Einmal auch kam das Mädchen aus der Waldgaststätte mit ihm tanzen, weil er ihr eine Bekanntschaft mit Karin hatte versprechen können. Inzwischen hatte er so viele belichtete Filme in einem Schuhkarton auf Frau Liebenreuths Schrank, daß er seinen Wagen ansah auf Verstecke für die Fahrt über die Grenze. Er verstand, warum die hiesigen Staatsbesitzer eine Briefzensur angebracht glaubten; er mochte nicht selbst daran teilnehmen. Ein junger Arzt, den Karsch drei Abende kannte, bot ihm schon die Dunkelkammer in der Pathologie seiner Klinik an; Karsch hätte gern auch noch die Pathologie angesehen, er mochte seine Negative da nicht zum Trocknen hinhängen. Es kam neuerdings vor, daß er abends im Postamt vom Schalter für Marken zu dem andern ging um ein Ferngespräch mit Hamburg. Kopfschmerzen, keine Kopfschmerzen; er mochte nicht hier eine Behandlung bestellen, er dachte übrigens: es wird zwei Jahre dauern. Er war nicht mehr alle Tage auf Achse; Nachmittage lang mit den Füßen auf Frau Liebenreuths Fensterbrett las er, blickte gelegentlich zur Seite auf die weiße Lichtwolke über staubigem Parkgrün, er las nicht nur Werke der Radsportgeschichte, auch die Nachkriegsjahrgänge liberaler Zeitungen, schöne Literatur dieses Landes, Lehrbücher der Ökonomie, und allmählich war ihm mit vielen Fingern gezeigt, wo es angefangen hatte und weitergegangen war bis dahin, wo ein Herr Karsch aus Hamburg hier nur noch zu Ferien bleiben wollte, länger nicht. Manchmal, etwa wenn er Achim kriegslüsterne Barone in der Ruhrindustrie auszureden versuchte, kam ihm hinderlich bei, daß er von der Ruhrgegend vielleicht nur den Nachtschnellzug genau wußte, der einmal zwischen Dortmund und Köln nach Italien unterwegs war mit Autos und auf einem Gang mit Karsch und einem Mädchen, das schlaflos gegen die novemberschwarze, koksglühende Wagenscheibe rauchte, da wäre jeder ernst dasitzende Junge recht gewesen; Karsch hätte gern nachgesehen in der Gegend, er entbehrte westdeutsche Zeitungen, er wollte das nicht Heimweh nennen, jeder Tag hier wuchs ihm doch an als Vergangenheit. Später erinnerte er sich an die letzte Woche im Osten wie an etwas Alltägliches.

Was ihm einfiel hatte er besichtigen dürfen (nur nicht die Sperrgebiete der Armee, so daß er mit Phantasie die Kiefernfelder und bekränzten Panzer verdrängen mußte, die die freigegebenen Wochenschauberichte ihm zeigten wie den andern Bürgern; von Gefängnissen war ihm abgeraten). In seiner letzten Woche war er meist unterwegs. Für einen Besuch in einem Lager westdeutscher Flüchtlinge bekam er Stempel, Empfehlungen, angemeldet war er auch, und er hätte also mit den Ankömmlingen vor einer Fernsehkamera sprechen sollen als der angesehene Gast aus dem nämlichen Westen, er erkundigte sich aber auf westdeutsche Art, fragte nach genauen Gründen, benutzte Ausdrücke des täglichen Umgangs, erzählte seine hiesigen Erfahrungen, es wurde gelacht, das wurde nicht gesendet. (Sein einerseits objektivistisches, andererseits subjektivistisches Versöhnlertum verfehlte die parteiliche Perspektive der Nachrichtenerstattung: das wollte er partout schriftlich haben.) Die meisten Übersiedler waren hier schon einmal gewesen; sie waren da nicht zurande gekommen mit einem Staat, der von ihnen absah, der sie nicht auf Arbeit schickte, sie nicht versicherte, sie nicht in unverfängliche Geleise drückte mit Gesetzen, Bestimmungen, Zuvorkommenheiten, der von ihnen nichts wissen wollte, als daß sie mit aller möglichen Kühnheit und Tüchtigkeit arbeiteten, anschafften, allein gegen jeden lebten und besser als der; sie kamen zurückgeschickt von gepfändeten Raten, Hinterhofwohnungen, Akkord, Krankheit, die Hoffnungen waren erfunden gewesen: sagten sie. Die ließen Karsch mitschreiben. Die Jüngeren hätten ihn am liebsten stehen lassen und gehen sehen; die waren hier fremd, die kamen aus Gründen, die zu verstehen sie nicht einem zutrauten, der dahin zurückging. Karsch gab bald auf; von den entlaufenen Fremdenlegionären, die ihm versprochen worden waren, wollte ohnehin keiner einer sein. Sie kamen weg von der westdeutschen Wehrpflicht; sie wollten nicht annehmen, was Karsch ihnen mitteilte über die ostdeutsche. Hinter manchen lief ein Haftbefehl her, Anzeigen, Fahndungsersuchen; sehr vielen war gemein, daß sie in einem westlichen Ausland noch zu nahe gewesen wären an den Eltern, Mädchen, Straftaten, die sie zurückließen; hier waren sie ganz und gar nicht mehr erreichbar, abgeschieden, zuverlässig entfernt, und mochte die Gegend eine Strafe sein, sie war doch freiwillig verhängt. Am meisten verschlug Karsch die Sprache, wie steif die Westdeutschen mit ihm ins Gespräch gingen, als hätten sie mit ihm kein Land, keine Lebensart, kaum Ausdrucksweise gemein. Sie sagten dem Dicken, er möge doch abhauen, sich dünn machen, sich verziehen nach Hamburg, sie kennten es schon. Die ließen sich aber auch von ostdeutschen Reportern nur im Profil fotografieren. Da war auch einer gekommen aus privatem Nachdenken und wollte das erklären. Das Haus stand noch voller Kinderheimmöbel, roch nach ungelüfteter Naßwäsche, die oberen Stockwerke hingen lautlos.

Karsch zählte seine Hemden und fuhr gleich nach Mecklenburg, um die Niebuhrs zu suchen, bei denen er 1945 einen Monat lang gewartet hatte. Vorher war er in Posen aus dem Lazarett nicht in seinen Panzer zurück sondern nach Danzig in Marsch gesetzt worden und dort mit einem Transport von dickbohligen Kisten westwärts. Sie waren vier Mann, zwei im Führerhaus, zwei auf der Ladepritsche mit nichts als Karabinern, und fuhren Ende März die pommersche Küste entlang bis Greifswald, schwenkten dann vor einem Gerücht nach Süden über Demmin und Malchin, das Benzin hatten sie auf den Kisten, in Städten durften sie nicht halten, im April versperrte ein Trupp Flüchtlinge eine dämmerige Feldwegkreuzung, sie nahmen drei alleinstehende Kinder mit, eine alte Frau mit einem Handwagen, den sie nicht hatte stehen lassen wollen und der nun hinter dem Lastwagen herlief, in Kurven steif auf zwei Rädern ging, Karsch gab den Kindern von seinem Brot und kriegte sie auf den Hals, ein kleines Lumpenmädchen versuchte in seinem Schoß einzuschlafen, er hatte in der Nacht eine Kiste geöffnet, er wollte damit nicht westwärts, sie waren schon wieder seit Hellwerden unterwegs zwischen blühenden Apfelbäumen, Aprilwäldern, über unbefahrene Straßen zweiter Ordnung, auf krummen Bodenbuckeln oberhalb grauer Seetücher, gegen sechs Uhr an einem Büschel Mischwald sprang er in den Graben und sah noch die enttäuschten Gesichter der Kinder, als der Handwagen schon lange um das niedrige Gebüsch getorkelt war. Er lief krumm über das kleinsteinige Pflaster in den jenseitigen Graben, das Motorengeräusch hielt an, hielt nicht an. Hinter frischgesetzten Birken fand er einen mannsbreiten Weg versteckt, der naß und gewunden auf ein Schleusenbecken hinführte. Das ebenerdige Ziegelhaus stand taufeucht in der rötlichen Dämmerung, Laken hatten in halbwachem Wind geschlagen. Hinter der Hausecke hatte er an der Milchbank den alten Niebuhr stehen sehen, aufrecht, mit ausgestreckt hängenden Armen, wie auf Wache, mit dem Rücken zu ihm, er hatte langsam den Kopf gewandt und den Fremden mit einer eben so mäßigen Umkehrung der Kinnbewegung eingeladen heranzukommen, wie jetzt den Zurückkehrenden, als fielen die fünfzehn Jahre zu Pfefferstaub in der Sekunde, die Niebuhr nun brauchte, um den Kopf im Imkerhelm seitlich zu drehen und Karsch heranzuholen so achtsam, daß der Bienenschwarm nicht aufgeregter ihm über Helm und Hals kroch. Er sprach nicht, bis der Schwarm zum Klumpen gekrochen war und behutsam in den Eimer abgewogen werden konnte. Dann schob er den Helm in die Stirn, hielt ihn so mit einer Hand. – Ick hew ümme secht du kümmst noch: sagte er. Aber es waren nicht Niebuhrs Augen, der Blick aus dem schlaffen, stoppligen Gesicht wischte so um Karsch herum, daß er sich umblickte. Sofort hob die gestauchte Gestalt in dem blauen Maschinistenzeug die Hand in Hüfthöhe so warnend wie immer in dem vergangenen April, wenn Streifen der Feldgendarmerie oder Fremde auf das Haus zugekommen waren und Karsch aus seiner Bodenkammer in den Verschlag unter der Dachkehle kriechen sollte, neun Mal bis zum Waffenstillstand, einmal mitten in der Nacht. Damals war ein zehnjähriger Junge in Pflege auf der Schleuse, der ihm später Steine aufs Dach warf, wenn die Russen genug nach Uhren und deutschen Soldaten gestöbert hatten, Karsch hob den Ziegel blickbreit, da stand der Junge mit seinem Bruder auf dem Schleusenhof, winkte ihm mit krummem Finger, der Kleine versuchte es nachzumachen, im Haus die Stimmen der alten Niebuhrs riefen ihn durch die Decke nach unten. Jetzt stand das Haus still, kein Dampf bewölkte das Küchenfenster, nirgendwoher klapperten Holzpantoffeln auf den mit Steinplatten ausgelegten Hofplatz. Karsch fragte. Der Alte hielt den Eimer in beiden Händen vor der Brust und folgte mit dem ganzen Kopf dem umherwälzenden Schwarm. Karsch fragte. Niebuhr trottete mit dem Eimer zwischen den Apfelbäumen zu den Bienenstöcken. Karsch rief. Der ausgebleichte blaue Jackenrücken schaukelte beständig weg. Die rückwärtige Haustür war angelehnt. Karsch legte die Hand auf die Stabklinke, trat zurück. Diesmal war es Mittag, Juni, vielfältig zusammenfließende Stille aus Hühnergescharr, Wellentrieb zwischen den Molen, Windgekeuch im Gartenlaub. Auf der anderen Seite des Schleusenbeckens stand unverhofft ein Mann in der Uniform der Grenztruppen breitbeinig, beutelte schwitzende Hände in den Gesäßtaschen, grüßte zurück, spuckte in das halb verschattete Wasser zwischen ihnen. Karsch versuchte sich zurechtzufragen. Der Junge, der damals für ihn den Arzt geholt hatte, war nicht mehr da. Sein knirpskleiner Bruder, der den versteckten Soldaten immer für seinen Vater hatte halten wollen, war nicht mehr da. Karsch und der andere standen so allein in dem weitläufigen Gelände, er war versucht sich umzusehen. Pause. Die Wache spuckte ins Wasser. Karsch fragte nach Niebuhrs Frau, sie hatte ihm damals aus einem Lodenmantel eine Jacke gemacht und aus seiner schwarzen Uniform den Konfirmationsanzug für den älteren Jungen, war sie nun tot? Auf einmal sprach der Soldat lauter, antwortete nicht, verwarnte ihn. Die Schleuse war Sperrgebiet, er war nicht zuständig, der Aufenthalt ist verboten. Er wandte sich ab und ging auf den schwarzgeteerten Schuppen zu. Der grünbunte Mischwald hatte das Kleine Eichholz geheißen. Karsch ging am Haus entlang und blickte in die Fenster, hinter denen damals das Schlafzimmer der Niebuhrs gewesen war. Auf dem Tisch vornan lagen abgegriffene Dienstvorschriften, Zigarettenpapier, ein angerissener Briefumschlag, ein Eisenbett streckte sich unter eine groben Decke, in einem offenen Spind räkelte sich schiefschultrig ein Regenmantel mit Achselklappen, eine Offiziersmütze an der unebenen Kalkwand. Das Schleusenbüro auf der anderen Seite des Flurs sah aus wie vor fünfzehn Jahren, Briefschaften waren auf den Kopf des aufgeklappten Sekretärs getürmt, der Regulator stand still. Karsch drehte sich rasch um, fand aber keinen ihn beobachten. Er ging auf die Mole, saß so zwei Stunden rauchend und betrachtete die Stadt, die an der anderen Seite der flachrunden Seebucht geduckt dasaß, mit niedrigen Hauszeilen am Wasser zu höheren Dächern bis zum rostroten Klumpen des Domturms. Der Wind riß Gischt vom Molenkopf, warf Tropfennetze über ihn. Die Stadt hatte er nicht ein Mal von innen gesehen, sie ließen ihn auch nach der Kapitulation nur nachts aus dem Haus, den Fluß hatte er gar nicht wahrgenommen, immer die Stadt überm See vom Fenster der Bodenkammer aus. Damals konnte Niebuhr reden. Er hatte eine ganze Nacht aufgesessen und versucht zu reden mit den Pionieren, die die Schleuse in den See sprengen sollten; Karsch hörte sie durch die Dielen. Er hatte für den Entlaufenen einen harmlosen Ausweis zusammengeredet. Sein erstes Plattdeutsch lernte Karsch von ihm. Er war damals sechsundvierzig Jahre alt, konnte ein schweres Ruderboot allein über die Beckenmauer hochziehen, konnte Trab laufen bis in die Stadt und ebenmäßigen Atems zurückkommen. In der Nacht danach hatte er Karsch auf den Weg nach Grevesmühlen geschickt durch die englischen Linien. Die fünfzehn Jahre seitdem fehlten. Als Karsch eine Frau mit einem Kastenkorb über den Schleusentorsteg kommen sah, stand er auf. Er bückte sich noch einmal nach einem Spaten, der verrostet und veralgt im Schilfgras verwuchs, ließ ihn doch liegen. Er stand eine Weile am Becken neben Niebuhr, als ein Lastkahn sich nach oben schleusen ließ; Niebuhr ließ den Schiffer die Schotten öffnen, die Tore auffahren, er nahm schweigend die Gebühren und streckte wortlos den Zettel hin, legte zwei unsichere Finger an den Mützenrand, griff nach dem Essenskorb, wollte abziehen. – Auf Wiedersehen: sagte Karsch, schluckend. Der Alte sah die Hand nicht. Aus dem Weggehen zurückgewandt, gesenkten Kopfes, mit kleinen unachtsamen Schüttelbewegungen sagte er leise, entmutigt: Ick hew ümme secht du kümmst noch…, trat hinter die Tür, zog sie ins Schloß. Karsch ging aus dem Gelände auf den Weg, der ihn damals hineingezogen hatte. Die beiden Birken an der Mündung umging der hartgetretene Steig, sie waren aber ungesund angewachsen, standen halbtrocken, gleich gestorben.

Am nächsten Vormittag bog Karsch in eine kleine Stadt südlich von Ostberlin und stand lange vor dem staatlichen Hotel, mochte doch keinen Wagen mit westdeutschem Kennzeichen an dem Rinnstein übernachten lassen. Öffentliche Garagen fand er nicht; sorgenvoll verließ er das Auto in einer Kieferngegend mit Einfamilienhäusern. Unbehaglich ging er zur Stadtbahn. Denn die Beamten hatten ihm beim Ausschreiben seiner Aufenthaltsgenehmigung gesprochen von der Würde ihrer Staatsgrenzen, die niemand leichthin übertreten sollte, auch ein Gast nicht nach Belieben, schon gar nicht nach Westberlin hin, der offenen Stelle im Ostdeutschen, dem Loch, der Wunde, der ausländischen Hallig, der Sickerspalte, in die Leute schon zu drei Millionen sich geflüchtet hatten vor den Werbungen der Staatsmacht, ein Flüchtlingslager aber wollte Karsch besichtigen. Er stand noch am Bahnhofskiosk und leckte an Limonade, als ein altmodischer Personenzug den Nebenbahnsteig voller Leute setzte, die den Treppen zur Stadtbahn zustrebten, viele unbehilflich alt und unter Gepäck, besonders merkte er sich alte Frauen, am hellen Wochentag schwarz angetan, die schrägköpfig blinzelnd schon von weitem jeder Art von Uniform aus dem Weg traten, wie witternd. Karsch hatte seine ostdeutschen Papiere in einer Jakkentasche, die westdeutschen in der andern, schon fühlte er sich verkleidet. Bei der ersten Kontrolle vergriff er sich beinahe, zeigte doch seine ostdeutsche Legitimation, hörte mit dröhnenden Ohren sich eine falsche Auskunft geben, sah wie träumend den verstellten Karsch, deutlich wie ein Gegenüber zwischen den anderen Passagieren, die mit mühsamer Beiläufigkeit Ostberliner Reiseziele erfanden und als harmlose Bürger sich neben und vor die Leute stellten, die sie wirklich waren mit ihrem tatsächlichen Leben, das bis jetzt und hier weggetaucht war vor dem erfinderischen Ansinnen der Staatsmacht: sie möchten noch andere werden. Nicht nur glaubte Karsch etwas eigentlich Ostdeutsches bemerkt zu haben, er war auch bestürzt über die Ähnlichkeit seines Verhaltens, so daß er die Fahrt über den lichtblitzenden Fluß, geöffnete Bootshäuser, Schleppkähne gar nicht wahrnahm und einer benommenen Frage der Flüchtlinge aufs Geratewohl die Spree zur Antwort gab. Der Kontrolle vor Westberlin reichte er seinen westdeutschen Ausweis, neuerdings verdutzt über den langsamen Herzschlag unter der hochmütigen Miene, die sein Gesicht aus freien Stücken über sich zog als westdeutsche Maske. Er rührte sich kein bißchen, als einige Fahrgäste hinausgeführt wurden. Den übrigen folgend kam er ins Lager ohne zu fragen, trocken im Mund, unerklärlich ermüdet, lahm. Ohne Gedanken sah er der Menge zu, die den Hof überlief, trat ohne Überlegung beiseite, als neben ihm Stadtpolizei Kameras des ostdeutschen Fernsehens auf die Straße abdrängte, er dachte nichts als daß alles unumgänglich vorfiel und daß er es sah. Ohne je ein Wort zu notieren, hielt er sich lediglich in der Nähe eines Reporters vom weststädtischen Rundfunk, wurde gestoßen, vorgedrückt, beiseitegeschoben, sah halsreckend immer noch die gesenkten Gesichter verschüchtern vor dem eleganten Mikrofon, das beflissen die Ursachen ihrer Ankunft hören und behalten wollte, sämtliche auf einmal. Da war die ostdeutsche Sprache ins Elend gekommen. Sie lief hier nicht um, galt für nichts als was zurückgeblieben war, ihre Zeichen vermochten das Bezeichnete nicht zu überführen, nur mit der Sprache waren die Fremden gekommen, die verständigte sie nicht, sie konnte auf Mitkenntnis nicht rechnen, kaum auf Hörensagen, und auch Karsch hätte früher nur allgemeine Sturheiten der ostdeutschen Politik, allenfalls der Landwirtschaft, auslaufen sehen, wenn er hörte: Ich hätte noch ausgehalten, aber meine Frau wollte nicht mehr; wir haben uns fünfzehn Jahre nichts gegönnt als für den Hof, umsonst; sie sind mit Lautsprechern, mit Polizei gekommen; wir dachten, sie machen zu; wir haben so lange gewartet auf Besserwerden; ich sollte nicht studieren dürfen; aus unserer Straße sind so viele weg, ich wollte da nicht allein bleiben; ich bin gestern entlassen; wir sollten mit Gewalt in die Armee; ich hab meine Enkelkinder hier; ich wollte vom Leben noch was haben: sagten sie aus, befangen, als verdienten sie Mißtrauen. Inzwischen hatte Karsch gesehen, wovon sie sprachen, er glaubte sich Augenzeuge, dabeigewesen, in nur wenig verengertem Blick setzte das Zuhören ihm das andere Land wirklich zusammen, obwohl es von hier aussah wie überzogen mit einem engmaschigen, hartfaserigem Netz aus Veränderung. Unwillkürlich unterschied sein Ohr Schichten von Sprachentschlüssen, wenn einer, eilfertig, ängstlich, sich schon versuchte in Westdeutsch. Nicht alle waren recht ehrenwert, tatsächlich nur Manchem wollte er mehr wünschen als eben viel Glück, aber alle zusammen und jeder für sich redeten wie die verlassene Gegend, die ihm auf der Haut saß. Noch half ihnen die Fremde, das Vergangene gegenwärtig zu halten: in der Fremde muß man genau, einfach und ohne Hoffnung reden, vielleicht versteht es doch Einer. Sie waren gekommen, weil das verlassene Land anders war, aber kaum, weil das aufgesuchte so war, sie gehörten hierhin noch nicht wie dorthin nicht mehr, und in diesem unentschiedenen Augenblick war Karsch ihnen näher als ein Westdeutscher, war er von Westdeutschen abgesondert, denn er meinte ja wunder was gemein zu haben mit den Fremden an Kenntnis und Anspielung in Lippenschürzen oder Verstummen aus den neunzig Tagen, die er ihr Gast gewesen war, und es tat ihm leid um die Menge Wirklichkeit und Nachbarschaft, die sie zurücklassen würden im Vergessen, in der westdeutschen Entfernung. Wenige Tage hier, und sie waren nicht mehr ähnlich, schon lange nicht verbündet, und mußten jeder allein die abgeschlossene Lebenszeit vor der Aufnahmekommission einwechseln in die ausländischen Werte der verschiedenen Flüchtlingsscheine, in Aufenthaltserlaubnis, Kleiderschecks, Arbeitsplätze, Kredite, und in das Ticket für den Ausflug über das Land, das inzwischen verloren war. Karsch verließ die Sitzung, in die er sich hatte mitnehmen lassen, und ging über den drangvollen, hitzestaubigen Lagerhof zurück zur Stadtbahn. Auf dem Bahnsteig erkannte er Neuankömmlinge von draußen, schon hatten sie die Vorsicht vergessen und traten harmlos aus den Zugtüren als Leute, die ihre Häuser aufgegeben hatten und nicht mehr besaßen als ihr Gepäck. Ein paar Mal fuhr Karsch zu weit, stieg unachtsam um, bis er an der Siedlung war, in der er früher gewohnt hatte. Viele Kaufleute von damals waren aus dem Geschäft, andere erkannten ihn nicht, und als er an die zweihundert Zigaretten kaufte, große Tüten voll in der Drogerie, im Schreibwarenladen, in der Fischhalle, hielt man ihn fast durchgehends für einen Ostdeutschen, der seine nette Westoma gemopst hatte. Mit Paketen unter beiden Armen ging er lange im Schatten. Wenn er blicklos vor sich hinsah, kippten die Hausfronten. Der Nacken war taub. In der Telefonzelle mußte er sich anlehnen. Er sprach mit einem Bekannten aus der Studienzeit, der mittlerweile als Arzt arbeitete, und fragte ihn um ein geeignetes Medikament. Der wollte auf die Entfernung nicht untersuchen und lud ihn ein. Karsch schützte Eile vor, er mochte seine drei Monate nicht an einem einzigen Nachmittag in Worten ausgeben. Er hätte sein Durcheinander gern entschlossen, und wäre es unüberlegt. Er verzichtete darauf, den Abend hier zuzubringen. An der Grenze nach Ostberlin fielen seine Mitbringsel auf, und er nannte eine ausgesucht unglaubwürdige Adresse in Köpenick als Reiseziel, aber der Zollbeamte hatte auch im Heißen gestanden und mochte sich nicht anlegen mit dem Westdeutschen, der sprach so langsam, dem lag der Schweiß so schwer an den Schläfen. An der äußeren Grenze Ostberlins besann er sich noch eben auf die Jackentasche mit seinem ostdeutschen Papier.

Der Nachmittag hatte ihm die Empfindung von Dazwischen auf den Leib gerückt, die war ihm so unheimlich, er brachte seine ostdeutschen Sachen ins Reine, sich in Sicherheit, zurück. Mit Achim T. ließ er sich ein auf den Streit, den er eher hätte anfangen dürfen, überließ ihm auch das Manuskript der Biographie, da es ungedruckt billig aufzuwiegen war gegen die Vorschüsse, die er genommen hatte; in der Eile vergaß er, eine Kopie anzuziehen. Auf Abschiedsbesuchen zeigte er sich erstaunlich mit einer Art von Witz, die hierzulande gar nicht Flachs heißt; Frau Liebenreuth lud er ein für eine Woche nach Hamburg, er riet niemandem dahin zu gehen für immer. Überdies war er gerade noch gedankenlos genug gewesen, auf der Autobahn einen Anhalter mitzunehmen, ohne den Jungen zu fragen, warum der unter seinem Monteurkittel nackt war. Er stritt eine absichtliche Beihilfe zur Gefangenenflucht ab, er wurde doch ausgewiesen, es paßte ihm gerade. (Damit dachte er eine Einreisegenehmigung fürs nächste Jahr gut zu haben.) Zum ersten Mal war er unhöflich genug, die Verkehrsvorschriften seiner Gastgeber nicht zu beachten, auf der vierstündigen Fahrt zur Grenze stoppten sie ihn einmal und noch einmal wegen überhöhter Geschwindigkeit, er wollte sein Ostgeld so oder so loswerden. Er hatte in der Nacht kein Auge zubekommen, in allen Gliedern war er wie zerschlagen, die Müdigkeit ließ ihn den Wagen noch eben halten; jenseits des Schlagbaums ließ er ohne Gegenwehr sich ansaugen von den moderneren Straßen, pfiff immer noch leise, wenn sein schmutzräudiger Karren sich verfing in den glänzenden Kolonnen des Ausflugverkehrs, kam wie von Entbehrungen heimkehrend durch die nachmittäglichen kleinen Städte, hätte nicht schriftlich geben mögen, was denn nun im Vergleich ihm gefiel an den Mienen, der Kleidung der Spaziergänger, nahm sich unbedenklich für zugehörig, bemerkte in den Geschäftsauslagen nicht ohne Vorfreude all die Gegenstände und Mittel zum bequemeren Leben, atmete noch das anständiger raffinierte Benzin in der Luft wie etwas Heimatliches, und sagte sich übrigens, wenn er um Zeitungsfarben an Kioskecken rutschte, wie in Antwort auf die Schlagzeilen: Na, wartet! denn bis zum September hatte er nun zwei Monate Zeit, einen Fortsetzungsbericht herzustellen aus der Sensation, die er bei sich zu haben meinte, er sah schon die Drucktype, die Ankündigung über dem Kopf seiner Zeitung, na warte. In der Dämmerung schubste Gedränge ihn über die Hamburger Elbbrücken wie nach Hause, denn er hatte hier ein paar Jahre sich aufgehalten.

Gleich darauf konnte er nicht anfangen. Die stillstehende Wohnung hatte das Bankkonto abgeräumt, auf der Hand hatte er nur genug für acht Wochen, das war ihm zu unruhig, es hielt ihn nicht am Tisch. Seit der Studentenzeit hatte er sich nicht gestattet, Geld zu leihen, einem kleinkaufmännischen Leitsatz zuliebe, dem schon seine Eltern den eigenen Kolonialwarenladen geopfert hatten. Er fing an zu telefonieren. Da er nicht reisen wollte, nur ungern schreiben, bekam er mit einiger Mühe bloß einen italienischen Dokumentarfilm zu übersetzen, überwand sich auch einige ostdeutsche Fotos zu verkaufen, (er fotografierte nur zu eigenem Spaß), nahm auch Vorschuß auf die geplante Serie über Hotels, bis er sich wieder unbesorgt vor die Maschine setzen und anlehnen konnte. Dazu muß einer aber unter die Leute, es ist nötig zu reden, wer wird denn da nicht einen mittrinken, im Gespräch ergibt sich, was einer alles verpaßt hat, seine Abwesenheit kommt heraus, wie denn in Ostdeutschland? Karsch benutzte den Begriff Aufenthaltsgenehmigung. Eine ostdeutsche Aufenthaltsgenehmigung für Leute von Zeitungen war nun erst recht unerfindlich, warum warst du da so lange, man sieht doch alles auf den ersten Blick. Über diesen ersten Blick mochte Karsch sich nicht verbreiten, er erwähnte das Buch über den Radrennfahrer als Beschäftigung. Über einen Radrennfahrer nicht im Ernst! Karsch versuchte, nicht mehr als das zu erklären, er mußte doch antworten mit ostdeutschen Brotpreisen, Wohnverhältnissen, Kulturpolitik. Zum Glück verliefen solche Unterhaltungen bereitwillig in müden Diskussionen über die Aussichten einer Wiedervereinigung, später in Klatsch. Es saßen ihm aber ostdeutsche Sprachgewohnheiten noch so auf der Zunge, daß er etwa riet, man müsse alles im Zusammenhang sehen, wenn er die Meinungen eines anderen zu verworren fand, und die Blicke wandten sich ihm so befremdet zu, daß er nicht mit dem rechten Schwung erklärte, dieser offizielle Lehrausdruck der ostdeutschen Partei werde da unter den Leuten witzig verstanden, andere Druckverhältnisse vorausgesetzt... sie ließen ihn ausreden, er nahm sich doch mehr Überlegung vor. (Es war nicht so harmlos, als hätte einer von einer Englandreise immer noch ein paar ausländische Ausdrücke sprechbereit.) Auch der Taxichauffeur, für den Karsch mitunter die Nachtschicht fuhr, hupte vor dem Haus, nun sollte Karsch unter Freunden erklären: wie es denn wirklich gewesen war. Nach und nach erzählte er Achims ganzes Leben mit dem Versuch der Beschreibung, nur um dem geplanten Bericht nicht vorzugreifen.

Und noch nachts am Telefon fragte ihn einer: Wistu dich wirklich nicht geirrt haben? Er holte sich auch das Kind, er fuhr mit dem Jungen nach Travemünde, verdarb ihm aber den Spaß am Mittagessen in der Schiffergesellschaft, als er ihm ausreden wollte, daß in Ostdeutschland die Polizei mit Maschinengewehren Jagd auf die Passanten machte, und er wiederholte auch seine belehrenden Auskünfte über comic strips, da wäre der Junge lieber am Strand geblieben, und das aufblasbare Gummitier kaufte er nun zu spät, er hätte doch was mitbringen sollen von der Reise. Er setzte den Jungen in der Stadt ab, zeigte ihm nicht seine neue Wohnung, sah ihn in die Straßenbahn steigen, überwand sich nicht ihn zurückzurufen. Inzwischen waren die Kopfschmerzen so dumpf verwischt, daß er sie diesem ausgenommenen Sommer zuschrieb, in dem die Hitze so windlos über der Stadt pendelte, und nächtliche Schweißausbrüche auch. Für den Herbst nahm er sich eine klinische Untersuchung vor, erst wollte er fertig sein. So matt und mau läßt einer sich mitnehmen in die Redaktionskonferenz und besinnt sich gar nicht auf die Woge von Dreck und Druckerzeugnissen, die jeden Morgen auch hinter seiner Wohnungstür ausläuft und einen Haufen Leugnungsgebrüll zurückläßt; da setzt er sich auf seinen alten Platz zwischen die Dritte Seite und Sport, die weiße Wucht aus Sonnenlicht preßt so schwer auf die Lukenfenster, dahinter die flirrenden Hafenkräne sind auf seiner Seite, der kalte Schnaps verfugt sich im Magen zu einem kantigen Klumpen, er kennt alle am Tisch seit Jahr und Tag, darauf verläßt er sich, spricht Gedachtes aus wie die Regeln des Denkens es ihm zuschieben, er hat nicht sondiert, nicht getestet, nicht durchblikken lassen, er setzt sich aus, das hätten wenige von dem gedacht.

Sie bestellten, beginnend sofort und auslaufend Ende August, eine Reportage über Ostdeutschland, sie den Abonnenten nachzuschicken in die Ferien. An eine Reportage hatte Karsch nicht gedacht. Sie gaben in Auftrag einen Reisebericht in der lockeren, appetitlichen Manier wie bekannt und gern gelesen. Daran hatte Karsch nicht gedacht. Läßt ein ständiger Mitarbeiter des Blattes mit einem unangemeldeten Urlaub die Dritte Seite zwölf Wochen lang verhungern, wird man allerseits eine Entschuldigung, wenn nicht Einsicht und Anpassung erwarten dürfen. Karsch, ja achso pardon, hatte gedacht an eine Analyse der Verwaltung, einen wirtschaftlichen Report in Hinsicht auf Wiedervereinigung, eine Darstellung ostdeutscher Folgen westdeutscher Politik, auf Verlangen ausgemalt mit Geschichtchen, die das Auge des Lesers erquicken, viertens. Das war für den August nicht geeignet, da war die Politik im Urlaub. Ja Karsch hatte übrigens auch eher den September in Aussicht genommen. Und viertens sollte die Redaktion wohl die Anerkennung Ostdeutschlands sich vorschlagen lassen. Ja, meinetwegen, ergibt sich ja. Kiebig werden; gleich gewußt; sind Sie bei sich; was versprechen wir uns; was versprechen Sie sich; ich verspreche Ihnen, laßt ihn ausreden; hören Sie zu: Dies war eine unabhängige Wochenzeitung. Ja, deswegen doch. Ein unabhängiges, auf mittelbürgerliche Bezieher eingerichtetes Blatt kann nicht mitten im Juli von einem Tag auf den anderen, ohne Weisung des Vorstands sich entfernen von den Richtlinien der westdeutschen Regierungspolitik. Nach denen mit Ostdeutschland über Wiedervereinigung nicht verhandelt werden kann, da dieser Staat nicht existiert und Schmu bei seinen Wahlen macht, was? Ganz recht. Aber Kinder ich hab es doch selbst gesehen, wie werd ich denn fünf Polizisten meinen Wagen untersuchen lassen auf Verkehrstauglichkeit, wenn nicht von wegen Staat. Dies ist wie jeden Mittwoch keine Leserversammlung sondern eine Konferenz. Ihr sollt es doch bloß drucken, Leute! Dann nehmen wir also doch den Bericht über die Gartenausstellung, Neuvorlage im September, Aktennotiz für den Vorstand, telefonieren Sie doch mit Ibiza. Gesegnete Mahlzeit. Na denn nicht: sagte Karsch. Mahlzeit.

Zunächst glaubte er sich bloß ungeschickt, schief aufgelegt, mit dem linken Fuß aufgestanden, mit welchen Ausdrücken nämlich er sich eingestand, wie unerklärlich ihm seine Regelverstöße waren, so viele auf einmal. Der gute Verkäufer hält seine Ware nicht auf der flachen Hand, sondern enthebt sie dem Gewöhnlichen durch Verpackung. Der gute Verkäufer läßt seine Ware nicht in Diskussion ziehen. Der Versuch zu überreden macht ihn einer Notlage verdächtig. Er hatte auch wieder ostdeutsche Ausdrücke benutzt, nämlich bei dem Gartenschaubericht gefragt ›Gegen wen‹ wie ein Ostdeutscher mit einer politischen Bildung, die es hier nicht gab. Er hatte gar nicht gedacht bis zu einer Anerkennung, er hatte sich zu Nicken überrumpeln lassen wie von etwas Folgerechtem. Er ging nach der Sitzung nicht allein aus der Tür, Feuilleton lud ihn zum Essen ein und sprach vom Wagnis des Thesenjournalismus, da roch er noch Neugier, Wirtschaft und Sport erklärten ihm die enge Verbindung des Blattes mit ihm aus der Weigerung des Blattes, mit ihm aufzutreten, da schmeckte er Trost, und sah er manchmal über die redenden Köpfe hinweg, merkte er andere ihm mit Blikken Maß nehmen, die er nicht zu deuten wußte, es sei denn mitleidig, und endlich ging ihm auf, daß er überfahren worden war wie vor acht Jahren als Anfänger. Er entschuldigte sich mit Eile und ging langsam den Betonkanal hinunter zum Zimmer von Seite Drei. Seite Drei hatte die Beine auf dem Tisch und beschrieb ihm mit rudernden Armen wie gut und verwertbar der Karsch früherer Gelegenheiten geschrieben hatte, – du warst für uns immer so der Augenzeuge; sagte er, was Karsch hilflos denken ließ an den gleichnamigen Titel der ostdeutschen Wochenschau, und aus immer träger abkippenden Gedankenschleifen holte ihn erst Schweigen. Er hatte nicht zugehört. – Du bist am Ende noch nicht ganz wieder angekommen: sagte Seite Drei. Karsch vermochte seine Aufführung so wenig einzuschätzen, daß er den zweiten Schnaps zur Vorsicht ablehnte, obwohl er ihn wünschte, wenngleich ohne Eis. Zwischen den roten Häusern wälzte sich Tischzeitverkehr wie alle Tage. Auf der Fahrbahn trat ihm jemand so tölplig in den Weg, daß er einen Schritt versäumte und um Jackendicke zwei kreuzenden Wagen entkam, die ihm beide einen rascheren Schritt zugetraut hatten, so bildete er sich immerhin ein.

Vorsorge fiel ihm nicht ein. Anfragen bei einer anderen Zeitung unterließ er, da er doch jahrlang gewöhnt war an diese, an ihr griffestes Papier, die strengen Teilungslinien, den großbürgerlichen Umbruch, kaum je von Kleinanzeigen zertreten, eingerichtet auf den Zeitplan und die Vorurteile der Redakteure, deren Streichungen er inzwischen schon mit Kürzungen entgegenkommen konnte, nichts als Treue ließ ihn den Stoff aufgliedern wie üblich. Für den äußersten Fall stellte er sich seinen Bericht vor als ein Buch, mit ganzseitigen Fotografien, breitem Rand, gebunden in der biegsamen, kunstlosen Pappart, die damals den westdeutschen Markt aufkeilte; so lässig diese Überlegung war, er hatte erst einmal zu tun. Übrigens empfand er die Arbeit anfangs als angenehm. Vormittags fuhr er zur Bibliothek, verließ den Lesesaal nur einmal in der Stunde um zu rauchen, kochte bald sein Mittagessen selbst, schrieb nachmittags seine Notizen auf Karteikarten, aus denen mit der Zeit ein Kasten für die Geschichte politischer Begriffe zusammenkam, abends war er müde genug, er ging noch für eine Stunde in die Dunkelkammer, manchmal um die Ecke zu einem Bier oder in einen Film mit Jungmädchenfleisch in unerhörten Umständen, der den Kopf lahmlegte zum Schlafen. Er schlief aber unruhig, fuhr manchmal vor Hellwerden hoch unter einem Schmerz, dessen er sich nicht erinnern konnte, lief sich wach in den morgendlich leeren Straßen. Mit der Zeit überkam ihn Betretenheit. Je mehr Kenntnisse in der Staatstheorie er zusammenbrachte, desto deutlicher wurde in jeder Versuchsanordnung, daß Ostdeutschland die klassischen Kennzeichen eines Staates aufwies wie Westdeutschland auch, was ein Staat so braucht in den Augen der Wissenschaft: ein eigenes Territorium, eine eigene Verwaltung, zu deren Verfügung Bevölkerung mit besonderer Nationalität, wenn es hoch kam Kultur; fast wurde ihm die Stirn unerfindlich, mit der die regierende Politik die Wissenschaft hinterging; mit einem Mal verblüffte ihn, wie bieder ein an außenpolitische Weisungen gebundenes Land, dessen Wirtschaft übernational integriert war, eben solcher Eigenschaften wegen einem anderen die Existenz absprach; mitunter verlor er die Geduld, sich eine Meinung zu versagen. Mit der ostdeutschen Wirtschaft kam er besser zurecht, obwohl ihre Zahlen geschickter versteckt waren; Ökonomie hatte er ein paar Semester lang mitgehört, und mit allen Lehrmeinungen der Volkswirtschaft kam er doch immer wieder auf verläßliche vier Milliarden Mark, um die sowjetische Reparationen die ostdeutsche Wirtschaft mehr entblößt hatten als westalliierte die westdeutsche vor der Währungsreform und noch danach, dazu Mangel an natürlichen Vorräten, der Neubau einer Schwerindustrie erklärten ihm den ostdeutschen Lebensstandard peinlicher, als er gefürchtet hatte, der Stolz auf den westdeutschen zerlief ihm. Und fast beängstigend fügsam bestätigten ihm Archive, Zeitungen, Dokumentationen seinen Eindruck, der doch wenig mehr als Gedächtnis im Rücken gehabt hatte, er war nicht weit von Verdruß beim Zusammenstellen der Angebote, die die ostdeutsche Seite der abgewandten westdeutschen vorgetragen hatte, bis neuerdings eine deutsche Einheit nicht einmal mehr um Neutralität zu haben war, nicht um Abrüstung, nicht um Kredite, und ob etwa um Anerkennung und Verhandlungen war nicht versucht worden; er tastete die Schreibmaschine tagelang nicht an, als er daran gehen sollte, die dreizehn Jahre westdeutscher Politik auf seinen Karteikarten zusammenzubringen unter den Hut der Wiedervereinigung, den die westdeutsche Regierung unerschütterlich trug. Das war schon Ende August, er glaubte sich in Eile, das Manuskript war nur zur Hälfte druckfertig, von da an löcherig, und er beschied sich endlich, es zu kürzen auf den unterhaltsamen Reisebericht, den er sich eher zutraute. Überdies hielt er sich vor, gedankenlos einen Plan angefangen zu haben, der allemal beliebig war, da ein

Herr Karsch vor der Reise die Wiedervereinigung kaum für das dringlichste Problem deutscher Politik angesehen hatte und nun vielleicht schriebe über Gartenbauausstellungen, wäre ihm nicht in Frau Liebenreuths Korridor der ostdeutsche Mietenstopp so aufschlüssig, die Gegend in dem abgescheuerten Treppenhaus so wirklich geworden, und das durch Zufall.

Er mag denn auch mit seinen Gedanken woanders gewesen sein als bei der lokalen Fernsehsendung, in der fünf Leute an einem krummen Tisch unter den Augen von zwei Kameras einander langweilten mit Anständen wegen der Hamburger Stadtgrenze, schief saß er da und hatte weniger Blick für die Quadratmeterpreise Garstedts als für das beschlagene Wasserglas vor ihm, und er war wohl nicht weit davon, die Stirn auf die lahm hingepackten Hände zu senken, als die muntere Wechselrede auch hier noch eine spätere Wiedervereinigung berücksichtigt haben wollte und Karsch, ohne die Schultern höflicher zu heben und das Objektiv eigentlich anzureden, in nörgelndem Ton und mißmutig wie ein Zuschauer brummte: er könne das Wort nicht mehr hören, seiner unerheblichen Meinung nach, und mit entsprechenden Artigkeiten trug er nun die Rede vor, über die alle spätere Auffassung so sich zertritt, daß er nämlich einmal es satt habe, mit anständigen Reportagen auf Dritten Seiten sich hochzudienen, und deshalb mit einem umstrittenen Thema den Sprung auf das Spesenkonto der großen Meinungsmacher versuche, oder andererseits seine Laufbahn politisieren wolle, drittens nicht Herr seiner Wahrnehmung, nächstens ostdeutsch bestochen sei, während ihm in seinem Murmeln nur deutlich Stadtränder mit klappernden Arbeiterfrühzügen erschienen, eine Straße mit bunten Giebeln zwischen grauen, das ganze ostdeutsche, aus der zeitlichen Nachbarschaft verlorene, vergessene, lebende Land, das er gesehen hatte, so benutzte er öfter die Worte tatsächlich, Realität, bloß hinsehen, er sprach zu schnell von Zahlen mit drei bis acht Stellen, auffälliger Weise ließ er auch nicht von einer Beschreibung eines eigentümlichen Geruchs schon über der ostdeutschen Autobahn, später Phenol gemischt mit den Ausdünstungen der Küchen, Treppenhäuser, offener Kneipentüren und Straßenbahnen, er gebrauchte das Wort Anerkennung gerade im erkenntniskritischen Sinn, stellte aber den Anwesenden und dem hitzematten Nachmittagspublikum eine diplomatische Anwendung des Ausdrucks frei, kam endlich sehr ordentlich auf Garstedt zurück, so daß der Ton erst mit seinem abschließenden Seitenblick ausfiel, denn die Besatzung des Regieraums war nicht für solche Zwischenfälle ausgewählt und ließ das folgende Geschrei minutenlang stumm zappeln auf dem Schirm, bis wahrscheinlich aus Versehen ein Finger rutschte auf den Knopf für das Einblenddia von der sogenannten Technischen Störung, hinter dem entging den Zuschauern auch noch die ungewohnte Szene, wie einer weggeht von den Kameras, sich hinter die edelgrauen Kulissen verdrückt, und nämlich nicht auffahrend, mit hochgerissenem Kinn und Drohblick, sondern schwergliedrig, in krummer Haltung, mit dem Anschein traumtiefer Müdigkeit, mit anerzogenem Rücknicken über rechte Schulter, das denn doch. Er horchte auf Schulterschmerzen, die sich gewichtig, nicht störend, in seine Nackenmuskeln stemmten, und eine Empfindung von Leere unter der vorderen Schädeldecke ließ ihn fürchten, auch einen gewöhnlichen September werde er nicht bis zum Letzten aufrecht durchgehen. Tatsächlich gab er sich vor Dezember nicht genug Zeit, eine Klinik um Erklärungen zu bitten.

Denn gleich am Abend hatten ihm die Mädchen vom Kundendienst der Post eine dreiviertel Stunde lang telefonische Bestellungen auszurichten, darunter solche, die sie ihm lieber aufgeschrieben zuschicken wollten, um sie nicht nachsprechen zu müssen, und sie hatten der Stimme des Auftraggebers solche heiklen Verhältnisse nicht zugetraut. In den folgenden Wochen war er unterwegs zu Jugendgruppen der zugelassenen Parteien, zu Studentenausschüssen, zu Privatleuten, die ihn eingeladen hatten als Redner der Versammlung, Teilnehmer der Diskussion, Partner vertraulicher Erwägung, so daß er ausreichend Hotelzimmer zu sehen bekam, ohne die Serie über Service doch anzufangen, denn nachts an den unzulänglichen Schreibtischen saß er über einzelnen Sätzen seines Reiseberichts und mühte sich, sie mit anderen Worten so vielflächig und szenisch zu machen wie seine Erinnerung war, dabei auch noch nicht ohne das Bewußtsein von Vergeblichkeit, Irrtum, Zeitverschwendung. Denn warum noch versuchen, die beiden deutschen Provinzen miteinander bekannter zu machen, wozu denn sich einlassen auf die kleinliche Niedertracht, mit der sie einander Maß nahmen, als wäre das Jahr 1960 jeweils an der Grenze zu Ende, warum schreiben, Briefe beantworten, Auskunft geben, wenn die Veranstaltungen auslaufen in Beifall und Biertisch wie nach beliebiger Unterhaltung und Genuß von Nachrichten aus fernem Land, wenn der Briefträger der mutmaßlichen Judensau schöne Empfehlungen bringt vom

Rollkommando Wandsbek, wenn allmählich die Spaltenschreiber der kleineren Zeitungen dem unbekannten Journalisten so etwas wie Repräsentanz und moralisches Recht absprechen, wenn er dafür fast jeden Abend den Aufruf zu einer parteipolitischen Führung von sich weisen muß und die Verachtung der Neunzehnjährigen für den feigen Bürger anzieht, weil er für nichts einstehen will als für seinen Bericht, nicht für ein Urteil. Bald bekam er regelmäßig Streit auf offener Bühne, weil er neuerdings die Aussprachen eröffnete mit der Frage, warum, aus welchen Gründen, mit welchem Recht, wozu auch die Damen und Herren sich vereinigen wollten mit den Fremden, Brüdern, Schwestern, die seit dem Krieg in ungebrochener Haltung hätten entbehrt werden können, und nach dem lärmlosen Hohlraum seiner Wohnung unter dem blauschiefrigen Dach, dem mehr verdunkelten Himmel verlangte ihn so häufig, daß er gegen Ende Oktober wohl aus freien Stükken seine Rolle hingeschmissen hätte, wäre dem nicht die polizeiliche Haussuchung mit dem Verdachtstitel Landesverrat zuvorgekommen.

Er war nicht am Ort, und die Fahndung hatte seinen Namen nicht gefunden im Bremerhavner Hotelregister, so daß er in der Nacht darauf ohne Verständnis innehielt auf den knackenden Bohlen der Vorderdiele, als rundum im unteren Stockwerk hinter den Türen Stimmen laut wurden mit mäßigen parlamentarischen Beschimpfungen für den Kerl ohne Staatsangehörigkeit, dem der üble Trick mit dem Kauf des oberen Stockwerks nichts nutzen werde gegen Anwälte, die es in Hamburg gebe zum Kündigen von Verträgen. Karsch setzte den Koffer ab und ging die halbe Treppe hinunter zu der Lichtritze über einer Türschwelle, die unter seinem Klopfen aber wegsprang, Antwort bekam er nicht. Die Wohnungstür hing angelehnt, das Schloß war unbeschädigt. Die Sessel standen steif und gradeckig um den Tisch gerückt, wie in einem Schaufenster. Neben der Schreibmaschine war die behördliche Unterrichtung zurückgelassen, auch die Kündigung der Putzfrau. Die Wäscheschränke waren aufgeräumt wie von Militärs, die Matratze gewendet und frisch bezogen wie von Hausmädchen. Aus den Stahlkommoden, die alle wieder verschlossen waren, fehlte der Kasten für unerledigte Briefe, alle Karteien, Negative, vom Schreibtisch die Tinte. Das Verzeichnis der beschlagnahmten Gegenstände ging auf die einzelnen nicht ein, nannte keine Zahlen, hatte aber zum Schluß aufgeführt einen Kellnerblockzettel mit einer Nachricht in Kinderhandschrift. Karsch blieb da eine halbe Stunde ohne sich hinzusetzen, verließ mit zwei Koffern das Haus, fuhr über die Stadtgrenze, verabredete sich mit L. und kam am anderen Vormittag mit der Stadtbahn herein, wartete in der Kantine des Synchronstudios.

Herr L., auf den wir sonst nicht eingehen müssen, hatte das Geld bei sich, nahm die Vollmachten, versuchte aber auch, ihn umzustimmen, denn so wenig er einsehen konnte, wie einer ohne Angehörige in Ostdeutschland Wochen lang bestehen kann auf Gerede von einer Wiedervereinigung, er hielt doch den Zustand von Karschs Wohnung für ein Mißverständnis, – wessen denn? fragte Karsch, und hatte nicht zugehört, hockte vor dem großen Klaren am frühen Morgen, hielt einen Arm mit dem andern vor der Brust wie ein Frierender, schabte manchmal mit dem bartstoppligen Kinn auf der Schulter, dabei fielen ihm die Augen zu. Er wollte nicht reden. Er machte nur einmal geltend, ihm seien mit den Karteien acht Jahre Arbeit weggekommen, ohne Karteien könne er nicht weiterarbeiten; er hielt nur der Höflichkeit zuliebe aus am Tisch, sie gingen nach einer Viertelstunde auseinander. Inzwischen, obwohl die Behörden ihren Einfall weder ausgenutzt noch zurückgenommen haben, zwar mangels Adresse, nach all der Zeit wird auch Karsch eher nach Erklärungen suchen in der ungewöhnlichen Post, die er seit seiner Rückkehr bekommen hatte, nämlich Briefe oder Ansichtenpostkarten aus Ostdeutschland von Leuten, die zufällig auf dem Bahnhof von Jüterbog, im Ratskeller von Erfurt oder sonst wo ins Gespräch gekommen waren mit einem Besucher aus Westdeutschland, der ihnen für alle Fälle, wegen Spaß oder Hilfe, seinen Namen mit Adresse auf Fahrkarten oder Streichholzschachteln gemalt hatte, nun mußte man ihm Andeutungen schreiben, die er vielleicht noch verstand, gewiß nicht aber die ostdeutsche Zensur, und oft hatte Karsch ähnlich rätselhafte Grußworte auf Postkarten zurückgeschickt, wenn er nicht gerade die Tür aufmachte und eine Person davor sah mit Koffern und der etwas umständlichen Erkundigung: wir kennen uns doch; inzwischen ist die Klingel abgeschaltet, hinter der Tür rührt sich kein Schritt, es kommt keine Post mehr mit dem Anschein von Geheimbündelei, wird auch keine beantwortet.

Herr L., der mit Karschs Angelegenheiten wahrlich nicht hausieren geht, macht was her von einem Vorfall, der sich vor seinem Treffen mit Karsch im Studio zugetragen hatte. Sie hatten da eine Bandaufnahme eilig fertigzustellen, und da der Sprecher allein mit den Lampen und Mikrofonen im Aufnahmeraum nicht seinen bestmöglichen Vortrag zustandebrachte, fragten sie einen deutlich übernächtigten Herrn, der im Korridor wartend an der Wand lehnte, ob er nicht den Zuhörer machen wolle für zwanzig Minuten, damit sie für ihr Geld genug bekämen von der besonderen Fähigkeit des reizbaren Schauspielers, und der Fremde, wiewohl er den Mund nicht auftat, ließ sich gleichmütig hinter die doppelten Türen führen, ließ sich nieder, blickte der speziellen Charge auf die Lippen. Dabei muß er im Regieraum hinter dem Glas seine Frau gesehen haben am Schneidetisch, an den sie nach der Scheidung zurückgegangen war, jetzt sechs Jahre älter, immer noch mit der Vorliebe für glockige Röcke und gemischte Pulloverfarben, sie trug die Haare kürzer als damals, sie aß gerade mit kleinen Bissen von einer lokkeren Kuchenschnitte, hielt eine gewölbte Hand unter die andere, hatte den Kopf schräg zur Tiefe des Raums gewandt und sagte mit ganz geringen Lippenbewegungen, in einer scherzhaft schuldbewußten Art etwas zum Tonmeister, was Karsch nicht gehört haben kann durch die doppelten Scheiben, wenn er es auch vielleicht ebenso im Ohr haben mochte wie das kugelige, dunkle Auflachen, bei dem sie die freie Hand an die Kehle legte, als wolle sie es darin festhalten. Er hat sie wohl nicht stören wollen, wieso dreht denn einer seinen Stuhl und sich mit dem Rücken zur Regie, wenn deswegen die Sprechprobe wiederholt werden muß, und später fiel den Leuten Karschs Gesicht wieder ein, so undeutlich das Foto in der Zeitung auch herauskam. Den Dezember über war er in einer Klinik in Mailand, dann versuchte er in Rom Arbeit zu finden, ging schließlich nach Mailand zurück, die nötigen Leute nahmen ihm seit langem sein Italienisch ab, er hat zwei Zimmer vor der Stadt, nach Westdeutschland kriegt man ihn nur zu den nötigsten Fällen, und so nötig ist es gar nicht. Er hat mehr Eigenheiten seitdem, beantwortet private Briefe gar nicht und geschäftliche nur mit wenigen Zeilen, gibt keine Telefonnummer an, schickt seine Manuskripte ohne Grüße, zahlt seine Steuern in Italien, von dem er Ansichten hat, die wir für verständliche Vorurteile halten, wenn wir manchmal noch über ihn reden, so zu sagen beispielmäßig über einen Fall, in dem einer wegen einer fehlberatenen Polizeiaktion sich gleich für immer ausgeschlossen meint von den Bürgern, oder einen anderen, in dem einer Alterserscheinungen für Einsichten hält. Seine Berichte lesen sich wieder wie vordem, und eine annehmbare Zahl von Lesern kaufen die Zeitung wahrscheinlich wegen der Seite Drei, auf der er mit hübschen Einzelheiten, so mit Wind und Sonnenschein auf den Markisen, schreibt über persönliche Verhältnisse der italienischen Politik und Industrie, oder einfach einen sonnendunstigen Morgen in den Westalpen so angenehm, daß Mancher gern und lieber da wäre als alle Tage hier und in der Not der deutschen Teilung, von der öfter mal die Rede ist, mit der wir so leben.

Jonas zum Beispiel

Jehova war der Herr, der das Meer und das Trockene gemacht hat, und die Juden waren sein Volk, er schloß einen Vertrag mit ihnen. Der ging über die menschlichen Kräfte, von Zeit zu Zeit geriet er in Vergessenheit. Dann erweckte Jehova einen Vorbedachten und Auserwählten in seinem Volke zum Propheten, der sollte dem König mit seinen Großen und ihren Untertanen sagen, wie der Herr es meine. Jesaja lebte im Unglück mit seinen Reden, Jeremia kam in die Kloake zu sitzen. Die Seele des Propheten ist empfindlich und wissend und zweiflerisch, um die Stimme des Herrn zu hören und das Unglück zu erfahren.

Als die Bosheit und Sünde der Stadt Ninive vor Jehova gekommen waren, geriet er in Zorn wegen seines Gesetzes. Er berief Jona (den Sohn Amitthais, von Gath-Hahepher) und beauftragte ihn mit dem Ausrufen seines großen Ärgers und mit der Verkündung des nahen Untergangs in den Straßen von Ninive.

Da wollte Jona nach Tharsis fliehen. Die gelehrte Forschung dieser Hinsicht meint, daß diese Stadt vielleicht in Südspanien vermutet werden könne, und hält eine unvergleichliche Entfernung für jedenfalls wahrscheinlich. Als das Schiff aus dem Hafen von Joppe gelaufen war, drückte Jehova einen gewaltigen Wind ins Meer, und es entstand ein gewaltiger Sturm auf dem Mere: so daß das Schiff zu scheitern drohte. Die Besatzung warf das Los über den Schuldigen, und das Los fiel auf Jona. Er soll ja geschlafen haben. Sie holten ihn an Deck und schmissen ihn über Bord, zumal er es selber für das Beste hielt. Und das Meer wurde still. Und Jehova entbot einen großen Fisch, der verschlang Jona, und Jona sang drei Tage und drei Nächte im Bauch des Fisches zu Jehova, seinem Herrn. So heißt es. Dann spie der Fisch ihn ans Land, und Jona ging nach Ninive.

Ninive war eine über alle Maßen große Stadt und nur in drei Tagesreisen zu durchqueren. Und Jona ging in die Stadt hinein eine Tagereise weit; dann predigte er: Noch vierzig Tage, und Ninive ist zerstört!, und die Leute von Ninive erkannten Gott in seinem großen Ärger. Sie riefen ein schlimmes Fasten aus und kleideten sich in ihre Trauergewänder. Und der König von Ninive bedeckte sich mit dem Trauergewand und bestrich sich ein wenig mit Asche. Der König befahl: Menschen und Vieh sollen nichts genießen, sie sollen nicht weiden noch Wasser trinken. Sie sollen sich in Trauer hüllen: Menschen und Vieh, und mit Macht zu Gott rufen, und sollen ein jeder sich bekehren von seinem bösen Wandel und von dem Frevel, der an seinen Händen ist. Wer weiß, vielleicht gereut es Gott doch noch. Als Gott nun diese Dinge alle sah, die sie tun wollten, gereute ihn das angedrohte Unheil, und er tat es nicht.

Das verdroß Jona sehr, und er ging zornig weg. Er baute eine Hütte östlich der Stadt und saß darunter, bis er sehe, wie es der Stadt ergehen werde. Und zum dritten Male redete Jehova mit ihm: Ist es recht, daß du hier sitzest und lieber sterben möchtest als noch weiter leben? Aber Jona antwortete, das sei recht, denn warum habe er nach Tharsis fliehen wollen? Weil du nie tust, wie du gesagt hast und wie es gerecht ist nach deinem Gesetz! Und der Herr entbot einen Rizinus, dessen Saft als castor oil gehandelt wird anderswo in der Welt; der wuchs über Jona empor, um seinem Haupte Schatten zu geben und ihm so seinen Unmut zu nehmen. Über diesen Rizinus freute Jona sich sehr. Am folgenden Morgen entbot Jehova einen Wurm, der beschädigte den Rizinus, so daß er verdorrte. Und der Herr setzte Jona zu mit hartem Wind und großer Hitze. Da wünschte Jona sich den Tod. Der Herr aber sprach zu Jona: Ist es recht, daß du so zürnest um des Rizinus willen? Jona antwortete: Das Leben ist mir verleidet. Da sagte Jehova, sein Herr: Dich jammert des Rizinus, um den du keine Mühe hattest, der groß gewachsen ist und verdorben von einem Morgen zum anderen. Warum jammert dich nicht der großen Stadt Ninive, in der über hundertundzwanzigtausend Menschen sind, die zwischen links und rechts noch nicht unterscheiden können, dazu die Menge Vieh?

Und Jona blieb sitzen im Angesicht der sündigen Stadt Ninive und wartete auf ihren Untergang länger als vierzig mal vierzig Tage? Und Jona ging aus dem Leben in den Tod, der ihm lieber war? Und Jona stand auf und führte ein Leben in Ninive? Wer weiß.

Gesine und Marie Cresspahl*

Als Gesine Cresspahl im Frühjahr 1961 in diese Stadt kam, sollte es für zwei Jahre sein. Der Gepäckträger hatte das Kind auf seinen Karren gestellt und fuhr es mit Schwung durch die vergammelte Halle der Französischen Linie; das Kind nahm beide Hände auf den Rücken, als er seine ausstreckte und die Kappe abnahm. Marie war fast vier Jahre alt. Sie hatte nach sechs Tagen auf See den Mut verloren, in dem neuen Land auf den Rhein, auf den Kindergarten in Düsseldorf, auf die Großmutter zu hoffen. Gesine dachte an Marie immer noch als an »das Kind«, das Kind konnte sich kaum gegen sie wehren. Sie war besorgt, dieser Umzug könne vereitelt werden durch das Kind, das unter seinem weißen Kapotthut finster und verschüchtert gegen das Schmutzlicht der 48. Straße West blinzelte.

Sie hatte zwanzig Tage Zeit, eine Wohnung zu finden, und an jedem wehrte sich das Kind gegen New York. Das Hotel fand eine deutschsprachige Aufpasserin für sie, eine steifnackige betagte Schwarzwälderin in einem teerschwarzen Kleid voller Rüschen und Knopfleisten, die mit dünnem Sopran Lieder von Uhland singen konnte, aber die Emigrantin hatte mehr von ihrem Dialekt behalten als von dem Hochdeutsch, das vor fünfundzwanzig Jahren in Freudenstadt gesprochen wurde; das Kind antwortete ihr nicht. Das Kind zog mit Gesine durch die Stadt, ließ sie nicht von der Hand, stand dicht an sie gedrückt in den Bussen und Ubahnen, wachsam bis zum Mißtrauen, und ließ sich erst im späten Nachmittag von eintönigen Fahrtbewegungen in den Schlaf tölpeln. Sie zog den Kopf zwischen die Schultern, wenn Gesine ihr aus den Wohnunganzeigen der New York Times vorlas, ihr lag nicht an den bewachten Fahrstühlen, nicht an der Klimamaschine; sie fragte nach Schiffen. Sie sah mit einer Art Befriedigung umher in den Wohnungen, die Gesine erschwingen konnte, knausrig geschnittenen und schäbig möblierten Zimmern, drei Fenster zum nachtdunklen Hof und eins auf die kahle harte Gegenfront, teuer weil frei von Negern als Nachbarn; sie kamen den Gartenfenstern in Düsseldorf nicht gleich, die mußte sie sich nicht bieten lassen. Das Kind nahm sich kein englisches Wort an, sie ließ sich die Grüße und Zurufe und Schmeicheleien in Imbiß-Stuben im Bus in der Hotelhalle gefallen als sei ihr das Gehör ausgegangen, Antwort gab sie nur mit einem verzögerten wütenden Kopfschütteln bei niedergeschlagenen Lidern. Sie war so still versessen auf die Rückkehr, sie wurde wieder und wieder wohlerzogen genannt. Sie fing an, das Essen zu verweigern, weil das Brot, das Obst, das Fleisch anders schmeckten. Gesine überwand sich zu Bestechung und erlaubte ihr Trickfilmprogramme im Bildfunk anzusehen; das Kind kehrte sich ab vom Schirm, nicht trotzig. Das Kind stand am Fenster und sah hinunter in die von hochstöckigen Fassaden verdunkelte Straße, in der alles anders war: die knallbunten Taxirudel, die uniformierten, trillernden Portiers unter ihren Baldachinen, die amerikanische Fahne auf dem Harvardklub, mit Knüppeln spielende Polizisten, der weiße Dampf aus den Schächten der Fernheizung, leuchtend in der fremden Nacht. Sie fragte nach Flugzeugen. Gesine war erleichtert, wenn das Kind nach vieltägigem Betrachten fragte, warum manche Leute hier eine dunkle Hautfarbe haben, oder warum alte Frauen aus dem Schwarzwald Juden sind; das meiste Gespräch war stumm, blickweise, in Gedanken:

gäbst du überhaupt auf, mir zuliebe?
Gib mir diese zwei Jahre. Dann gehen wir nach
Westdeutschland für so lange du willst.
Denkst du denn aufzugeben

Dem Kind zuliebe ließ Gesine am zwölften Tag das Suchen in Manhattan sein und verlegte sich auf die Villenviertel in Queens. Der Zug kletterte aus dem Tunnel unter dem East River auf die hohen Stelzen gegenüber den Vereinten Nationen, und das Kind sah entmutigt und rechthaberisch auf die übermenschlich hohe Zackenlinie des anderen Ufers und dann auf die ärmlichen niedrigen Kästen, die einstöckige Wüstenei (wie ein Dichter sagt) rechts und links der Bahn. Aber in Flushing fanden sie Parkstraßen, breit zwischen Rasenhängen, von alten Bäumen beschattet, locker eingefaßt von abständigen Häusern aus weißem Holz und schiefrigen Dächern nach dem Muster der Bauern, und Gesine bat dem Kind nicht mehr heimlich ab. Das Kind sagte: Wollen wir nicht lieber an einem Strand suchen gehen?

Der Makler in der Hauptstraße war ein gesetzter, leise sprechender

Mann über die Fünfzig, ein Weißer. Wenn er die Brille abnahm, sah er erfahren aus. Alter ließ ihn verläßlich scheinen. Er hatte möblierte Wohnungen in den Baumgebieten vorrätig, mit Treppen zu Gärten, mit Schwimmbädern um die Ecke. Gesine konnte hier bezahlen. Der Mann lächelte dem Kind zu, das steif vor Empörung die Ansiedlung für geschehen hielt. Er sprach über die Gegend, nannte sie anständig und jüdisch und sagte: Haben Sie keine Sorge, wir halten die shwartzes schon draußen. Gesine nahm in einem Griff das Kind vom Stuhl, die Tasche vom Tisch und war auf dem Bürgersteig, auch sorgfältig bedacht, die Glastür mit einem Knall gegen den Rahmen zu werfen.

Abends saßen sie in einem Restaurant auf dem Flughafen Idlewild und sahen die Maschinen auf das Feld hinausziehen, vor dem schwärzlichen Himmel aufs Meer hinaus starten. Sie versuchte dem Kind zu erklären, daß der Makler sie für eine Jüdin gehalten hatte, für einen besseren Menschen als eine Negerin. Das Kind wollte wissen was das heißt: You bastard of a Jew, und verstand, daß Wunder möglich sind, sah den Koffer mit dem Spielzeug aus dem Hotel angefahren kommen, wußte sich schon im Flugzeug, morgens zu Hause. Gesine war bereit, aufzugeben. Unter solchen Leuten ist nicht zu leben.

Die westdeutsche Regierung will die Verjährung für Morde und Massenausrottung in der Nazizeit ganz und gar aufheben, vielleicht.

Die leichte Artillerie kann man mit der Post bestellen, aber für eine Pistole braucht man einen Waffenschein, und sie traut sich nicht zur Polizei.

Wäre sie hier geblieben, wenn nicht in der Wohnung an der Straße am Fluß? Sie wäre kaum geblieben, hätte sie nicht, ohne noch zu suchen, die schmale Anzeige gefunden, die drei Zimmer am Riverside Drive versprach, »alle mit Blick auf den Hudson«, zu haben auf ein Jahr für 124 Dollar im Monat. Die Stimme am Telefon klang erstaunt über Gesines Fragen. Gewiß war die Wohnung überlaufen mit Anwärtern, »aber wir warten auf jemand, den wir mögen«. Kinder waren zugelassen in dem Haus. »Sollten Sie farbig sein, kommen Sie unbesorgt«. Gesine war auf ihrem ersten Besuch in New York im Fünferbus den Riverside Drive hinuntergefahren, dem inneren Rand einer ausgedehnten Kunstlandschaft, die mit einer Promenade am Fluß beginnt, landeinwärts geht mit einer Schnellstraße aus getrennten Fahrbahnen und nahezu gärtnerischen Zufahrtschleifen, mit einem geräumigen, hügeligen Park fünfzig Blocks lang, mit Denkmälern, Spielplätzen, Sportplätzen, Liegewiesen und bankgesäumten Spazierwegen. Erst dann rahmt den Park die eigentliche Straße, die an vielen Stellen gekrümmt ist, über zierliche Bodenbuckel schwingt, schmale Abfahrtfinger hinter wiederum Grüninseln zu den Häusern ausstreckt, ein Unikum in Manhattan, eine Veranstaltung von Gartenkunst, eine Straße mit Aussicht auf Bäume, auf Wasser, auf Landschaft. Gesine hatte sich damals gewünscht, jemals zu wohnen in einer der hohen Burgen des Wohlstands, reich geschmückt im orientalischen, italienischen, ägyptischen, immer prächtigen Stil, eher ehrwürdiger durch Verwitterung, und sie hatte die Straße für nicht erschwinglich gehalten.

Der Broadway, wo er die 96. Straße kreuzt, ist ein Marktplatz aus meist kleinen Häusern, mit viel Laufkundschaft unterwegs in der irischen Bar, dem Drugstore an der Südwestecke, dem Eßgeschäft gegenüber, am Zeitungskiosk, und damals und heute standen abgerissene Männer an den Hauswänden, Hehler wie Diebe, Betrunkene, Irre, viele afrikanischer Abstammung, arbeitslos, krank, manche bettelnd. Die Sprachen auf diesem Broadway sind vielfältig, verwirrend arbeiten Akzente aller Kontinente an Versionen des Amerikanischen, im Vorbeigehen zu hören sind das Spanisch aus Puertoriko und Cuba, das westindische Französisch, Japanisch, Chinesisch, Jiddisch, Russisch, die Jargons der Illegalen und immer wieder das Deutsche, wie es vor dreißig Jahren in Ostpreußen, Berlin, Franken, Sachsen, Hessen gesprochen wurde. Das Kind hörte eine hochbusige Matrone, altmodisch in einem großblumigen Kleid mit Schleifen, auf deutsch einreden auf den kleinen Mann, der bekümmert unter seinem schwarzen Hut neben ihr schlich, und das Kind blieb vergeßlich stehen, merkte Gesines Hand erst nach einer Weile ziehen. Es war ein weißlicher Vormittag, mit vielen Leuten auf der Straße, die sich vorsichtig gegen die von Feuchtigkeit verdickte Luft bewegten, und die Kreuzung versprach die Erinnerung an Italien für viele Morgende. Die 97. Straße, abfallend nach Westen, war düster zwischen den alterskranken schmächtigen Hotels, schmutzig mit verschleimtem Abfall im Rinnstein, fleckigen Säcken und verbeulten Mülltonnen auf dem Bürgersteig, und öffnete sich an ihrem Ende auf ein weites schwingendes Feld aus dem fließenden Damm des Riverside Drive, Wiesenhängen, dem walddichten Sommerpark. In dem Spielplatz sprangen Kinder unter glitzernden Wasserstrahlen umher. Im

Schatten am Parkgitter lagen und saßen Familienrunden auf dem kühlen Gras. Hinter den fülligen Blattwolken hielt sich das blaugraue Bild des jenseitigen Ufers, des meilenbreiten Flusses. Sie standen eine Weile gegenüber dem Haus aus gelben Steinen, um dessen Fuß ein Band exotischer Stiermuster geschlungen war. Zu wohnen an dieser Stelle schien so weit vom Griff, Gesine begann Teile ihres Geldes in Bestechungssummen aufzuteilen, sah sich in umständlichen, gefährlichen Verhandlungen

Wenn ich jetzt dich vorschicken könnte
Du sagst: Es soll Ihr Schade nicht sein, mein Herr. Du sagst: Die Vorzüge dieser Wohnlage bewegen mich, mein Herr, Ihnen meine Erkenntlichkeit zu versprechen.
So hast du nie reden können.

Die Wohnung beginnt mit einem winzigen Flug, dessen linke Seite eine Küche in der Wand hat und mit dem wuchtigen Kühlschrank endet. Der Flur öffnet sich nach rechts in ein großes Zimmer, in dem zwei Mädchen Taschenbücher in Kartons packten, in Gesines Alter, eine mit einem dänischen, eine mit einem schweizerischen Akzent, die beide zuerst das Kind begrüßten, ernsthaft und höflich, wie eine Person. Dies Zimmer geht mit zwei Fenstern in den hellen freien Raum über der Straße, auf den Park. Nach rechts ist die Wohnung fortgesetzt mit einem kleineren Zimmer hinter Flügeltüren mit verhängten Glasscheiben, und es hat ein Fenster gegen den Park. Hier hatte die Dänin ihr Bett. Auf der anderen Seite des Flurs, neben dem Bad, das ein Fenster auf den Park hat, ist hinter einer festen Tür das frühere Zimmer der Schweizerin, mit einem Fenster auf den Park. Im Winter ist durch das kahle Geäst das Steilufer New Jerseys zu sehen, und die Breite des Flusses, dunstige Luft können die architektonische Wüste auf der anderen Seite verwischen in das Trugbild unverdorbener Landschaft, in die Einbildung von Offenheit und Ferne. Die beiden Mädchen waren Stewardessen, die nach Europa versetzt werden sollten. Sie wollten ihre Möbel zurücklassen auf ein Jahr. Sie wollten die Wohnung gleich übergeben. Sie sollte nichts kosten als die Miete. Sie fragten Marie, ob sie hier bleiben wolle, und Marie sagte: »Yes«. Der Hausverwalter, ein schwerer förmlicher Neger mit einem strahlenden britischen Akzent, gab auf den Cent genau auf Gesines Anzahlung heraus. Die Mädchen luden zum Mittagessen ein und ließen sich beim Packen helfen und halfen die Koffer aus dem Hotel holen, und das Kind schien betrübt, als sie nachts zum Flugplatz fuhren. Die kamen nicht wieder nach einem Jahr, aber wir besuchen die Dänin in den Ferien. Wir hatten eine Wohnung, und fragten nicht weiter. An die Stelle der Fabrikmöbel sind in den sieben Jahren viele handgemachte gekommen, zuerst in Maries Zimmer, dem schweizerischen, dann auch im mittleren, schwarzbraunes Holz, ein lindgrünes verglastes Bücherregal, blaue Rupfenvorhänge, ein flauschiger Teppich, auf dem das Kind bäuchlings aus der Zeitung vorliest, das Kinn auf den Händen, pendelnd mit den Beinen. Den ganzen Tag sitzt um die Wohnung ein ebenmäßiges Feld aus Regenrauschen. Hier wird es keine Überschwemmungen geben.

Skizze eines Verunglückten

In den hunderter Straßen geht ein alter Mann abends in sein Restaurant. Es war mal seines. Jetzt ist es von Puertorikanern geführt; er hat sich von der Räumlichkeit nicht trennen können, reinlich und gut beleuchtet wie sie ist. Die Neuen haben von ihm gelernt, daß er abends immer nur Kaffee und Toast bestellt, aber sie antworten nicht richtig. Überhaupt ist es nicht richtig. Er hat seinen Stammplatz!, mit dem Rücken zum Straßenfenster. Sie wissen es; sie halten ihm den Platz nicht frei. Allabendlich kommt er um sieben; sie müßten es wissen. (Für mehr als Toast und Kaffee reicht das Geld nicht.) Die anderen, die Iren, hatten ihm helfen wollen, immer so lehrhaft seine Bestellung nachgesprochen, damit er sie besser sagt, nicht mit so dickem deutschen Akzent. Wenn man wenig sagen kann den ganzen Tag über, sieht man am Abend krank aus. Mit sich selbst sprechen, damit fängt es an. Manchmal merkt er schon, daß er die Lippen bewegt. Unterhält sich mit Toten. Deutsche dürfen die Toten allerdings nicht sein.
– Ssänk ju: sagt er schüchtern. 1941, bei der Zeremonie der Einbürgerung, haben die amerikanischen Beamten ihn davor gewarnt, die deutsche Staatsbürgerschaft abzulegen. Es könne sein, daß er Heimweh bekomme nach dem Ende des Krieges. Heimweh. *(1971)*

Herr Dr. J. Hinterhand (1906–1975) gestattete seit Juni 1975 die folgenden Berichtigungen, Ausführungen, Auskünfte und Nachträge.

I

Nach seiner Entlassung aus dem Staatsgefängnis bei Ossining am Hudson, 1957, habe er in New York City als einen Wohnsitz sich fügen müssen, als ihm verbliebene Freunde, bei einem nahezu erzwungenen Besuch in ihrer Wohnung am Riverside Drive, ihn wie beiläufig für die Nacht unterbrachten in einem Gäste-Appartement, an dessen Wänden er gerettete Stücke aus seinem Besitz so aufgestellt fand, daß er einen Vorschlag erkennen mußte, einstweilen hier zu überleben. Was sie aus seiner Bücherei aufgestöbert hatten, es überzeugte ihn schon nach der Auswahl vom Gedächtnis ihrer Freundschaft; die Ausstattung des Raums mit eigenem Küchengelaß und Badezimmer versicherte ihn einer Geselligkeit nach jeweils seinen Wünschen; indem sie ihm einen Blick stifteten aus einem vierzehnten Stockwerk über den Riverside Park hinweg auf Hudson und Brücke und Steilufer gegenüber, hatten sie seine Bedürfnisse von ehedem so freundwillig erinnert, daß er ihnen das Recht zugestehen mußte an der Freude, die sie ihm und einander mit solchem Geschenk und Schutz zu bereiten gedachten. Leider sei er schon damals, wie im Grunde seit 1947, ungeschickt gewesen, ihre Teilnahme an seiner Person zu vergelten mit Unbefangenheit im täglichen Umgang, auch weil ihnen seine Tat, oder vielmehr deren Vorgeschichte, als die Mitte seines Bewußtseins gegenwärtig war, all dieselbe Zeit aber tabu selbst für eine unschuldige Anspielung, zumal gegenüber einem Ehepaar, mit damals halbwüchsigen Kindern. Übrig bleibe die Freundeshilfe. Die Unbeholfenheit im Restaurant, eingangs zitiert, obwohl er sie bestätige, verdanke sich einer anderen … Konstellation? Konstitution? Sei es drum, da er auf solche Ausgänge nunmehr verzichtet habe. Als in den sechziger Jahren wie viele Häuser am Riverside Drive auch dieses umgewandelt wurde in ein Condominium … in einen gemeinschaftlichen Besitz der Mieter, habe es ihm immer noch gemangelt an Verlangen nach einem ausgesuchten Platz in der Welt, so daß er zurückgelegten Verdienst aus seinem veränderten Berufe darauf verwandte, den ihm geliehenen Teil der Wohnung zu erwerben als ein Eigentum, lediglich der Gewohnheit folgend, aus Verlegenheit. Sein Aufenthalt »in den hunderter Straßen« zwischen Broadway und Riverside Park habe, insbesondere nach der Übersiedlung der Freunde in einen anderen Bundesstaat, vollends sich erwiesen als ein befestigter Zufall.

2

Was Judentum oder Jüdisches angehe, so verübe jene erste Skizze an ihm wohl eher einen Augenschein nach Hörensagen. Zuvörderst liege ihm an der Versicherung, er sei für seine Person aus einer solchen oder auch deutsch gearteten Frage bereits als Jugendlicher ausgestiegen, in religiöser und behördlicher Hinsicht obendrein, mit dem bestätigten Erfolge, »daß man dies sehr wohl könne«.

Allerdings sei er vielleicht ein wenig jüdisch. Was denn anderes konnten die Pflegerinnen des Waisenhauses in Gneez befinden über ein männliches Kind, dem geschätzten Alter nach zwei Monate alt, das ihnen im Sommer 1906 vor die Hintertür gelegt wurde, bekleidet mit einer Herrenweste und durch einen Zettel am Halse bezeichnet als »Joachim de Catt«? Da sie auch zu wählen hatten zwischen holländischen Wanderarbeitern als Eltern oder einem ungelenken Scherz, sei das Findelkind einer evangelischen Taufe eher halbherzig unterworfen worden, mit der Folge, daß er bis zu seinem sechzehnten Lebensjahr, sei es nun in wechselnden Waisenheimen, bei Pflegeeltern oder auf dem Gymnasium, angesehen und benamst worden sei als »ein von de anneren«, selbst nachdem sein Vorname in den Papieren zur Person umgeändert erschien als »Joachim«, wobei dem Schreiber nun ein Erbarmen oder ein Bestehen auf Ordnung mochte die Feder geführt haben.

Immerhin sei dies die zweite Angabe zur Person gewesen, die er mit zwanzig Jahren, 1926, dem neunzehnjährigen Mädchen eröffnet habe, die und da sie ihm erschienen sei als für sein weiteres Leben bestimmt, leider auch hervorgekommen aus einer der erzprotestantisch berühmten Familien von Schwerin, wie immer verarmt, wie immer verwaist. Jedoch mehr als an seiner unsicheren Herkunft habe ihr gelegen an seinem ersten Eingeständnis, gleichermaßen einer Abweichung von herkömmlicher Wesensart, und so sei denn von jenem Schild an seinem Hals in den mehr als zwanzig Jahren ihres benachbarten und gemeinsamen Lebens nie die Rede gewesen, weder versehentlich noch spaßhaft, und statt »Jochim« habe er von ihr »Joe« als Rufnamen bekommen und angenommen, dies aber wegen seiner damaligen Neigung zu angelsächsischen Redeweisen und Lebensarten.

Jedoch habe er dem jüdischen Fleck in seinem Leumund wiederum Vorschub geleistet, nämlich als er ihr sein erstes Versprechen wahr machte und zugleich mit einer philosophischen Dissertation ein literarisches Buch in die Öffentlichkeit setzte, 1931, ihr schon gewidmet auf dem ersten Blatt des Manuskriptes. Weil der eigene Name sich angelassen habe wie ein Pseudonym, habe er sich eins erfunden, ein mehrwertiges.

– »Joachim de Catt«, mir hätte der Name weiterhin eingeleuchtet, auch weil er einem niederdeutsch gebildeten Leser das Betragen einer

Katze ankündigte. Aber Katzen sind begabt, das zu versprechen stand einem Autor schlecht an; weiterhin klang de Catt nach preußischem Programm und Koketterie in einem, Schaden für den Roman. Wie es bei ersten Versuchen so gehen kann, erzählte er aus den Jugendjahren eines Waisenknaben auf dem mecklenburgischen Lande, von der Sucht seiner Vormünder, ihm die Hammelbeine der guten Sitte länger zu ziehen als einem anderen Kinde, vom Aufstand dieses Kindes gegen ihre Schicklichkeit; es waren Beschwerden vom vereinigten Bürgertum zu erwarten. Zum anderen hatte das Buch begonnen mit der Erziehungsgewalt eines verlotterten Gastwirtes, der war um 1930 Ratsherr geworden, für die Nationalsozialisten, so dachte er aus seinen Schulden zu kommen. Belesen wie er war, verschaffte er dem Gemeinwesen von Gneez für eine Weile den Beinamen des mecklenburgischen Schilda. Denn er führte die Bürger an in einem Feldzug gegen einen Bildhauer, der der Stadt Gneez angeboten hatte, ihr possierliches Wappentier in einer Bronze zu verewigen. Alles was die Frick, Goebbels, Hitler gegen jenen »verjudeten« (leider berühmten) Künstler oder über arische Kunst je über die Lippen gebracht hatten, das führte dieser Stadtrat im Munde, im genauen Zitat, bis in die Grammatik hinein, jedoch in seiner urtümlichen Lautbildung. Es war demnach eine zweite Gruppe des künftigen Publikums bekannt, und es lag dem Verfasser von »Ein behütetes Schaf« daran, gerade diesen Leuten eine fortgesetzte Neckerei und Beobachtung zu versprechen. Also verfiel er auf eine Anleihe bei der Skatsprache, jenen Partner nämlich, der seine Karten als letzter ausspielt; »J. Hinterhand« nannte sich der Autor.

Leider sei ihm erst nach der Veröffentlichung aufgegangen, daß die nazistische Faktion des deutschen Lesepublikums mit der eigenen Sprache ebensowenig bekannt war wie mit den Vorschriften, nach denen die österreichischen Behörden in den Jahren 1782 und 1783 den bei ihnen ansässigen Juden Familiennamen aufzwangen; H. L. MENCKEN nenne als Beispiel solche wie »Karfunkel« und »Veilchenduft«. So sei auf jenen Seiten der nationalsozialistischen Presse, wo sie ihre kulturpolitischen Analysen anbot, alsobald die Rede gewesen von dem »jüdischen Volksverhetzer J. Hinterhand«, dem sogar die Diskretion abgehe, seinen verräterischen Familiennamen zu verändern. So sei es fortgegangen anläßlich eines Bandes mit Erzählungen im nächsten Jahr, und lediglich eine süddeutsche Reaktion sei von

Zweifel befallen worden, als sie dem Verriß eine fotografische Aufnahme des »jüdischen Nestbeschmutzers« beifügte. Denn »J. Hinterhand«, damals sechsundzwanzig Jahre alt, habe dem Wunschbild der Nazis von einem germanischen Jüngling so gleich gesehen, es müsse zum Weinen gewesen sein für jene Rassenforscher, deren Meßtabellen ausdrücklich verlangten nach einer Schädelform wie der seinen. Unter dem Bilde habe gestanden: »Der berüchtigte Mischling Hinterhand.«

Den Rest dürfte eine schriftliche Äußerung gegeben haben, die die etwas undeutsche Figur des Hitler, die etwas unheldische Figur des Goebbels und anderer Parteigenossen Auftreten verglich mit ihren eigenen Ansprüchen; die Ausbürgerung und die Aberkennung der deutschen Staatsangehörigkeit sei auf dem Fuße gekommen, schon 1933. Korrekt, wie eben Nazis seien in ihrer Wut, habe die Bekanntmachung gelautet auf einen Menschen namens Joachim de Catt.

Die eingangs zitierte Skizze enthalte einen Fehler. Denn wie jeder Emigrant in den U. S. A. habe er erst nach fünf Jahren angestanden für die Einbürgerung, gerade er, nach der deutschen Kriegserklärung vom Dezember 1941 ein enemy alien ... ein feindlicher Ausländer, der für alle Reisen über den Umkreis von New York hinaus eine Erlaubnis gebraucht habe vom district attorney ... von der Staatsanwaltschaft! Die korrekten Daten seien der Februar 1944, für die Prüfung, und der August 1944, für den Eid auf die Verfassung, weil die Staaten die Niederlage Deutschlands nunmehr hätten absehen können. Übrigens, als Dank an jenes Mädchen von 1926, habe er seinen Namen dabei ändern lassen in Joe Hinterhand, immer noch ohne Ahnung, was er damit sich vorausgesagt habe.

Er bitte, drei Worte in diesem Punkt seiner Erwiderungen als bloß zeitgeschichtlich erforderliche anzusehen, auch als »Hilfsworte« in einem anderen als dem grammatikalischen Verständnis, gänzlich unter Vorbehalt: Nationalsozialistisch, verjudet, gemeinschaftlich.

3

Siebzehn Jahre lang als Pflegekind unterwegs in wechselnden Haushalten, Zeuge der Verletzungen, die ein Mann und eine Frau einander antun können, habe er eine Vorstellung vom Leben in einer Ehe für sich selbst noch einmal erfinden müssen, eine anachronistische in einer Zeit, da der Ehebruch zum bürgerlichen Schwank verkommen sei. Ein einsames Kind, das Zuspruch nur erfahren habe als Weisung, Tadel oder Befehl, sei er bestärkt worden in dem auserlesenen Entschluß, wenigstens für die eigene Person wirklich zu machen, was gegen die Regel gegangen sei. Wahrscheinlich auch sei er geleitet worden von dem naiven Wunsch, sich selbst zu versichern gegen den Verrat, blind gegen die noch hier durchscheinende Verabredung des Tausches, als werde Treue vergolten mit einem ihr entsprechenden Wert. Marxistisch gesonnenen Freunden an der Universität habe er folgen können in ihrer Theorie, auch in der moralischen, jedoch jeweils gezögert an dem Punkt, da sie KALININ zitierten:

Die Ehe ist eine politische Aufgabe.

Er habe dies für eine persönliche angesehen und demgemäß eine Bedingung für sich behalten, wie sie angedeutet werde in PLATONS *Gastmahl*. Dort (118 D bis 194 A der Stephanus-Ausgabe) nehme ARISTOPHANES das Wort und erzähle den Androgynen-Mythos vom ursprünglich einigen Menschen, den Zeus als zu gefährlich auseinandergeschnitten habe in hälftige, »schnittige« Menschen, die seitdem unablässig auf der Suche sind nach ihrem anderen Teil, der counterpart soul. Manchmal, heiße es da, gelinge einem die Suche:

Und so führt die Begierde
und das Streben nach dem Ganzen
den Namen Liebe.

Wer auch nur den Schatten eines solchen Märchens übriglasse in seinem Bewußtsein, der falle aus eigenem Verschulden in die Einbildung und Eitelkeit, mit zwanzig Jahren schon zu finden, was nur »manchmal«, demnach wenigen verstattet ist, also dem Zufall nach, und werde mißverstehen für Notwendigkeit, daß ihm auf einmal ein Mädchen gefällt mit Gesicht und Stimme, mit Haut und Haar, auf den ersten und den letzten Blick.

Der werde sich einbilden, er überprüfe einen antiken Philosophen, wenn er von Anfang an sie ausfrage nach ihrer Kindheit, ihrer Jugend, ihren Lehrern (den ersten Liebhaber ausgenommen), und werde zunächst ungläubig vernehmen:

– Über ihre Verwandtschaft spricht sie mit Spott, sobald die Rede auf deren parteipolitische Vorlieben kommt; auch sie muß ein schmales Stipendium aufbessern mit Nebenarbeiten (Aquarellmalerei auf Bestellung); sie spart auf Ferien an der Ostsee; sie ist dabei, sich das Haar wachsen zu lassen; auch sie liest die *Weltbühne*; sie geht schwimmen sooft sie kann; sie hält die Aleksandra Kollontaj für fälschlich zitiert mit jenem Glase Wassers, und kann es nachweisen:

Das Ideal bleibt die monogame Verbindung, begründet auf der großen Liebe,

(*Die Neue Moral und die Arbeiterklasse*, 1920, S. 46f.); ihr liebster Baum ist die Pappel; sie ist einverstanden mit einem Wiedersehen, aber hält es für einen Unfug, daß die Menschen sich verlieben in einander, sie weigert sich, sie weist es von sich...

Wem hiervon alles komplementär klinge, verflochten in Blick und Bewegung und Laut, er werde noch heilfroh sein über wenigstens etwas an ihr, das ihm mißfalle, und sei es ihre Gewohnheit, in erkältetem Zustand zu schnüffeln, statt die Nase einmal kräftig auszuschnauben...

Das sei die einzige Warnung gewesen, und wer aufs Weghören versessen sei, der bringe nun zu jedem Spaziergang ein Seidentuch, sei der Himmel hell oder trübe; der halte Frottee bereit, wann immer sie mit nassen Haaren aus dem Wasser kommt; der besuche sie im Winter allmorgendlich mit Spanholz, ihren Ofen zu befeuern; der höre schweigend und vergnügt ihre Verwunderung an, daß sie seit einem ganzen Jahr von keinem Schnupfen heimgesucht worden sei, geschweige denn einer Grippe...

Der werde längst begonnen haben, ihr auf Verlangen den jungen de Catt wie den von morgen und vorgestern getreulich darzustellen, ohne je noch sie bloß guter Manieren oder der Neugier zu verdächtigen, benommen wie er sein müsse von der Verwandlung von Stücken des eigenen Lebens in kostbare Zwischenfälle und Zusammenhänge, solange sie es sei, der sie anvertraut und von der sie angenommen würden. Mit der Summe seines Lebenslaufes aber habe er ihr ausgeliefert, was in seiner Person die Mitte zusammengesetzt habe, jenen Ort im Bewußtsein, von dem aus und in dem der einzelne Mensch das Wort Ich zu denken wagt, das Geheimnis des Individuums, die einzig unersetzliche und unheilbare Stelle in ihm, wofür man früher das Wort Seele gebraucht habe (das seine marxistisch gesonnenen Freunde ihm für einen belletristischen Gebrauch hätten zugestehen müssen, Ausnahme halber). Und es sei ihm diese Mitteilung vorgekommen weder als Opfer noch als Verlust; im Gegenteil, als sichere Bewahrung.

Inzwischen habe er mit ihr das Unternehmen »Ein behütetes Schaf« besprochen, Satz für Satz, Kapitel für Kapitel, Person für Person, geschrieben für sie, ohne Täuschung oder Irrtum im mindesten zu besorgen. Denn zu PLATO habe sich ein anderer Eideshelfer gesellt, einer aus diesem Jahrhundert, ERNST BLOCH, der als einen notwendigen und natürlichen Vorgang beschrieb, wovor man anderen Falles sich hätte fürchten müssen als einem Wunder:

So ist gerade dieses, was sich das Weib, wenn es zu Recht geweckt ist, an Großem, Vollkommenem, Lösendem, Tiefem ersehnt, für den schöpferischen Mann die farbigste Verkörperung des kategorischen Imperativs seiner gesamten Produktion: daß er, daß sein Schaffen ihrer würdig sei, daß er ihre Farben trage und für sie kämpfe, als dem Maß der Seele und des dem Schaffen aufgegebenen absoluten Apriori.

Im August 1932 habe er sie um einen Bündnisvertrag gebeten, um ein Zusammenleben gegen die bürgerlichen Normen abzusichern, um sechs Jahre gegenseitiger Prüfung zu besiegeln, um die Ehe.

4

Für den Herbst 1932 sei an »Mr. J. Hinterhand« von einer Agentur in New York City die Einladung ergangen, die Staaten zu einer Reise mit Vorträgen zu besuchen. Zu seiner gelinden Enttäuschung sei er von der Freundin gebeten worden, auf diesen Ausflug zu verzichten, auch zu seiner Verwirrung, da sie weiterhin darauf bestand, daß sie beide an verschiedenen Orten lebten, ihm übrigens die Heirat abgeschlagen habe (ihrer Dissertation zuliebe), nun aber den Wunsch vortrug, er möge einer solchen überseeischen Erfahrung nicht ohne sie sich aussetzen, da sie vielleicht später schwerlich ihm werde folgen können in solche Fremde, in der er ihr voraus sein werde. Ausdrücklich so einen Grund, und keineswegs Angst vor einer längeren Trennung, habe sie ihm angegeben.

Die auf vier Monate geplante Reise habe er verteidigt mit seinem Zweifel an der Überzeugung, für die die marxistisch gesonnenen unter ihren gemeinsamen Freunden hätten einstehen wollen, nämlich »daß wir siegen werden«, wohingegen es geraten war, für den Fall eines anderen Sieges in sicherer Entfernung einen Ort zu suchen, an dem ein Schriftsteller und eine Kunsthistorikerin ihre Arbeit fortführen könnten, sei es auch in einer anderen als der deutschen Sprache. Wie in allen ihren Beratungen seien sie einig geworden, diesmal in dem Vorsatz, ihn tatsächlich nur als ihren Kundschafter zu entsenden, und er entsinne sich ihrer Abschiedsgeste am Fernschnellzug nach London auf dem Bahnhof Friedrichstraße, eines stillschweigenden Versprechens, wobei sie die Hände flach vor der Brust gegeneinander verschoben habe.

Dieses Grußes, von ihr für allein sie beide erfunden, sei er eingedenk gewesen von Boston bis New Orleans, und, wie er aus einem Brief an sie vom Oktober 1932 bitte zitieren zu dürfen, seine Berichte hätten alle gezielt auf Zukunftsstätten für sie wie für ihn:

»Wenn wir hingegen alt sind: du etwas dicker und ich mit längeren Falten, wollen wir allerdings leben daß wir uns rächen an diesen Betten wie sie in ihrer Breite ein Zimmer ganz bewohnen und mir gegenwärtig noch kommen dürfen als Katafalk und Schaustück unter Baldachin mit kein Mal weniger als zwei Kopfkissen auf der unermeßlichen Fläche, so müde kann ein Reisender allein gar nicht sein in einer einzigen Nacht. Solche werden wir aufstellen in einem Haus, das in New York den Central Park und den Hudson in einem überblickt vom fünfzehnten Stockwerk, und vom Fahrstuhl an soll ein leinenes Dach den Regen vom Bürgersteig halten wo du gehst und ein Kerl in der Uniform versunkener Fürstentümer soll immer die Mütze abnehmen und sagen welcher Wochentag es ist. Also werden wir das graue Wasser sehen in der Nacht von unseren eckigen Sitzplätzen her und über dem Fluß den engen und den weiten Lichterbogen der Washington Bridge, von unten soll das Geräusch der Autos heraufdringen wie stetiger Regen, dennoch wird es kaum je regnen, und Zahlungen leisten wir mit Schecks …

Oder wir verlegen alles in eine von diesen neuenglischen Gegenden im Frühling wo in weiten Bogenschwüngen ausgebreitet zwischen all dem grünen und braunroten Laub weiße Häuser zierlich stehen, sind aus Holz und erinnern dich an etwas das schien auch so alt und bürgerlich; in einem kommt das Wasser in sehr bequemen Wärmeunterschieden aus der Wand und läuft heizend rundum und jagt als Eis die Butter wie den Gin in kühlen Schreck und draußen sitzt es als Schwimmbad im weich rasierten Rasen umgeben von altrömisch verwitterten Steinbänken und Figuren und ist von der Terrasse aus zu sehen als ein See in jahreszeitlich wechselnden Sandbänken verschwimmend nun immer so weiter: fahren wir abends zwischen all den dicken Autos in die Stadt und zeigen dich und erklären den Touristen die Vorteile einer breiten Mittelschicht für den Bestand einer im Grunde demokratischen Gesellschaftsordnung und die dir gefallen nehmen wir mit in das Haus, das hölzern pocht und knackt in der Nacht mit den Dielen und den Möbeln, die sehen nach deinen Großmüttern aus und wir wie die du etwas dicker und ich mit längeren Falten auf einer bereits vergilbten Fotografie nebeneinander: ja.«

Eine Reise mit Erfolgen und Aussichten demnach, als Vorkehrung bestätigt durch die Entscheidung der deutschen Wähler, daß Hitler siegen werde. Nur daß bei de Catts Rückkehr nach Europa im Hakenkreuzdeutschland eine Person festgehalten wurde, den erneuerten Behörden bekannt wegen ihrer Beziehungen zu dem auslandsflüchtigen Nestbeschmutzer J. Hinterhand alias Joachim de Catt, weswegen ihr für den Reisepaß eine Verlängerung der Gültigkeit zu verweigern. Fast fünf Monate lang habe er an der Südküste der dänischen Provinz Falster gesessen, in Unruhe auch deswegen, wie eine so geschickte Person keinen Weg finde zwischen den bewachten Grenzstationen hinaus in die Schweiz, in die Niederlande, nach Dänemark.

Ihre Briefe seien datiert gewesen aus München, Bayern, und nie habe sie eine Vorliebe bekundet für den dort ansässigen Menschenschlag. Ein Brief endete, ihn sonder Maßen überzeugend, mit dem Wunsch: »und möge mir [nach dem Wiedersehen] ein Leben in Deutschland erspart bleiben!« Von Gjedser nach Warnemünde in Hitlers Deutschland habe die Fähre zu jener Zeit zweieinhalb Stunden gebraucht, und der tägliche Anblick der hochbordigen Trajekte habe verführerische Pläne befördert. Mit wendender Post habe sie geschrieben aus den bayerischen Landen:

»dafür daß du nicht [nach Deutschland] kommen sollst, sprechen noch zwei schwerwiegende Gründe: erstens man würde dich höchstwahrscheinlich einsperren, da hätten wir auch nichts von einander. Und zweitens würde ich es nicht ertragen, wenn du nicht mehr schreiben dürftest und könntest [hier], das wäre so, wie wenn du erblindetest oder etwas ähnlich Schreckliches und das würde uns nur beide zur Verzweiflung bringen.

Aber wir haben ein halbes Jahr warten können auf deine Rückkehr aus Amerika, und wir können uns noch ein halbes Jahr oder ein Jahr gestatten, können wir nicht?«

Can't we? Dabei sei eher das Französische die ihr vertraute Fremdsprache gewesen.

Bis am Ende seinen Freunden aufgefallen sei, daß »de Catt« (so der Spitzname) auch müsse geholfen werden, und sie einen schickten. Es sei jener gewesen, der eine Ehe à la KALININ im Sinne hatte, aber willkommen mit seiner Frage, ob de Catt denn keine private Aufnahme jener Person bei sich führe, geeignet für einen Reisepaß, irgendeinen.

Zwar habe er eine Fotografie hergegeben, jedoch ohne Hoffnung. Aus jener Nacht werde ihm der Ausspruch nachgesagt: Für mich ist sie verloren, und dessen gleichen. Dennoch sei, nach fast neun Monaten der Trennung von ihr, in Gjedser ein Telegramm aus Deutschland eingetroffen, bestimmt für einen sicheren Joe Hinterhand (unterzeichnet Karl Alinin). Es forderte ihn auf, anderthalb Stunden nach Mitternacht einen Anruf zu erwarten. Als er um diese Zeit den Schlafwagenzug aus Deutschland bestieg, habe die, die er suchte, geträumt hinter verschlossener Tür, bis Kopenhagen. Sie hatte die Überfahrt verschlafen, und ihn desgleichen.

N. B.
Es sei ihm zuverlässig gegenwärtig, daß der Hafenort Gjedser neuerdings anders geschrieben werde. Auch bitte er darum, in diesem Nachtrag die Worte »für allein sie beide« und »demokratisch« aufzufassen mit einem Mißtrauen.

5

Umsonst sei die Sorge gewesen, es werde allzu praktischer Beweisführung bedürfen, sie zu einer Eheschließung zu bewegen, denn sie habe mit einer fast ängstlichen Bereitwilligkeit eingewilligt, fru de Catt zu werden, und darauf Mrs. Hinterhand. Dies, weil ihm bei einer müßigen Reise durch die südlichen Provinzen von England aufgefallen sei, daß sie für die verlorene Ostsee entschädigt werden müsse mit einer anderen Küste. Das Haus in einem Wohndorf nördlich von Folkestone, das er mit seinem letzten und mit geliehenem Gelde erwarb, habe sie sogleich getauft als ihre »Mitgift«, und es sei am Ende mehr ihr Haus geworden als das seine. Denn auch dort habe sie den Leuten gefallen und eine Mannschaft Handwerker in nur acht Wochen dazu bewogen, Reparaturen und Umbauten unter Dach und Fach zu bringen, indem sie mit jedem, ob Elektriker oder Klempner, sprach über sein jeweiliges Fachgebiet oder, nach Belieben, über die verschiedenen Verdienste der Radio-Sinfonie-Orchester von London, Wien oder Berlin, und hierbei erhebliche Kenntnisse in Dingen des Fischens und Angelns erwarb. Und wenn sie ihm nachgekommen sei in das pub ... in die Kneipe, habe ihr manchmal an zwei Haaren Ölfarbe gehangen, worauf die übrigen Gäste weniger sahen als daß dieser vormals einzelne Ausländer zu tun habe mit dieser Dame, nämlich zur Förderung seines Ansehens. Bald von fast allen mit dem Vornamen angesprochen, habe sie beim Verlassen des Lokals auf das Cheerio der anderen unbekümmert gerufen: Cheerio! wozu er, mit seinen amerikanischen Angewohnheiten, anfangs zu schüchtern gewesen sei. Und auf die Frage, was denn die Hinterhands, doch keine Juden dem Namen nach, aus Deutschland in diesen von allen Orten gebracht habe, antwortete sie: My husband did it. Das hat mein Mann getan.

Ein beliebtes, ein angesehenes Ehepaar, diese Hinterhands, wie immer fremd. Wie Verliebte, immer zusammen unterwegs, ob bei Fahrten nach Folkestone oder auf Wegen entlang der Steilküste. Höfliche Gäste, die ihrem ersten Kind den Vornamen Anthony gaben. Ein bißchen selbständig die Frau, mit ihren Reisen zur Universität von London oder über den Kanal zum Kontinent, gelegentlich für länger als eine Woche. Joe Hinterhand als Kindespfleger, als Kindeshüter. Im Grunde beide Schriftsteller; er mit der Hand, sie für ihn an der Maschine. Wären alle Ehen so.

N. B.
Ungenaue Worte: My husband. Ihrem ersten Kind.

6

Unter den Gerüchten aus Deutschland habe eines ein Freundespaar betroffen, Peter und Martha Niebuhr, vielmehr Martha allein, und wollte für gewiß haben, daß sie ohne ihn in einem Salzburger Hotel gesehen worden sei, in Begleitung eines Fremden, der zu ihr sich betragen habe wie ein Liebhaber.

Da die Niebuhrs bekannt gewesen seien als verabredet zur Aufrichtigkeit gegen einander, ähnlich wie die de Catts, habe er sich, mit wem wohl, beraten über die Frage, ob man Peter warnen solle, etwa mit einer Erkundigung nach Reisezeiten im Österreichischen.

Mrs. de Catt, Mrs. Hinterhand: Das wäre Marthas Pflicht. Das muß die Frau dem Mann sagen.

Oder:

Auf Vortragsreisen allein unterwegs, seien dem Schriftsteller Hinterhand (oder vielleicht dem zweiunddreißigjährigen Joachim de Catt) gelegentlich von Damen erwiesen worden, was man damals Avancen genannt habe. Da ihm aber nie eine so schön und begehrenswert erschienen sei wie die zu Hause wartende Frau, habe er jeweils sich verhalten wie der Joseph in der Legende, der Joseph vor der Frau Potiphar, auch um nichts bekennen zu müssen, das ihn das Vertrauen von Mrs. Hinterhand kosten könne. So habe er jedes Mal heimkommen dürfen mit einer Geschichte, lustig zu erzählen, statt mit einem Geständnis.

Dazu Mrs. Hinterhand: Du trägst den falschen Nachnamen.

Oder:

Am Ende eines Steuerjahres sei er von Mrs. Hinterhand hingewiesen worden auf einen Fehlbetrag, eine Differenz zwischen belegbaren Ausgaben und wirklichem Einkommen, wahrscheinlich zustande gekommen durch verlorene Rechnungen. Eine ärgerlich hohe Summe. Um seine Untüchtigkeit in der Buchführung einzugestehen, andererseits die Frau zu erheitern, habe er ausgerufen: Halte ich mir eine Jacht? Gehe ich fremd für Geld?

Mrs. Hinterhand: Und wenn's so wäre, ich wollt's nicht wissen.

Ob sie Zweifel in ihn setze.

Nein. Keine Zweifel an ihm.

7

So daß er von Glück habe sagen können. Mehr noch, als es ihm gelungen sei, Mrs. Hinterhand zu bewegen, ihn, mit dem Kind, zu begleiten auf einer Amerikareise im Sommer 1939. (Ihr Zögern habe er sich gedeutet als Besorgnis vor dem, was sie einmal seine »amerikanische Vorhand« nannte.) So daß sie in Sicherheit lebte, als Folkestone in die vorderste Reichweite deutscher Bomber geraten war. (Seine einzige Furcht zu jener Lebenszeit: noch einmal eine längere Trennung von ihr.)

So daß der Schriftsteller Hinterhand, abermals ein Neuling in den USA, ganz unbedenklich mitmachte in dem Streit um den Obersten Lindbergh. Charles Lindbergh, in den Jahren 1936 bis 1938 ein Kundschafter bei Göring und dem deutschen Luftwaffenministerium, habe noch nach dem Anfang des Krieges in Europa versucht, die amerikanische Öffentlichkeit gegen ein Eingreifen der Staaten aufzubringen. Am 15. September 1939, in einer Radioansprache, habe er wiederholt: Weder England noch Frankreich seien imstande, Deutschland militärisch zu besiegen, weswegen es ihnen besser anstünde, sich anzupassen oder zu verhandeln über ein neu verteiltes Europa. Ein Besucher aus jenem England, habe Mr. Hinterhand auf die jeweils erste Frage von Reportern

How do you like America?

bereitwillig mit dem Ja geantwortet, mit einer Einschränkung: An diesem America mißfalle ihm der Colonel Lindbergh. Vielleicht aus persönlichen Gründen. Denn er komme nun einmal aus Folkestone, Kent, Britannien. Er erinnere sich der Aussicht von den Klippen von Folkestone, sechzig Meter oberhalb der See, die Küste von Frankreich mit bloßem Auge erkennbar. Folkestone, einer der Cinque Ports. Dortselbst die Statue William Harveys, der den Blutkreislauf entdeckt habe, De Motu Cordis et Sanguinis, 1628. Die Rennbahn, die Altstadt, der Hafen von Folkestone, 1313, 1629, 1805, die Martello-Türme... all dies wolle der Colonel Lindbergh zerbombt und zerschossen sehen, da er der größten Militärmacht der Welt abrate, das britische Defizit auszugleichen. Lindbergh, der Zerstörer Folkestones... Eine Ansicht, mit der man in den USA jenes Jahres habe recht allein stehen können, außer man wisse die eigene motio cordis et sanguinis beschützt und wohl bewahrt, etwa à la KANDINSKY:

Meine Frau weiß jetzt alles, was ich denke, alles, was ich sage, alles, was ich glaube, alles, was ich tun kann, und alles, was ich nicht tun und nicht sein kann.

Schon Anfang 1942 habe die US Army ihn geworben für etwas, was man am Ende eine Aufklärung von Nachrichten gegen die der Nazis habe nennen können, siehe »Folkestone«, und das Reisen sei ihm eigens aufgetragen worden, zu einem umherziehenden Amte, weg von der Frau und dem Kind; ein Glückslos noch von einem Auftrag, da er anderen Falles die Meldung zum Frontdienst von sich habe verlangen müssen, in Übereinstimmung mit der Frau, auch hierin. Jede Rückkehr in den Alltag mit ihr, Urlaub habe er jeweils begonnen, indem er die Uhr vor sich versteckte, die Zeit. Und wenn er in noch einem Zitat MARIE LUISE KASCHNITZ anrufen dürfe:

Ein Schriftsteller ist meistens ziemlich einsam und seine Frau ist für ihn die Verbindung mit der Welt. Sie ist die Welt mit ihren Anforderungen, ihrer Unerbittlichkeit und ihrem schrecklichen Vertrauen. Ob man noch oder längst nicht mehr in sie verliebt ist, ändert daran nichts –

so wünsche er ihr auch zu widersprechen. Alles werde verändert, wenn man auch nur mit einer Spur von Mißtrauen anhöre und entgegennehme, was die Frau mitbringt aus jener Tageszeit, die man am Schreibtisch versäume – ob nun die neueste Nachricht von dem Leuchtband am Times Square oder die Sprüche des Fahrstuhlführers, der gern etwas Verlegenheit gespielt habe nach Ausrufen wie diesem: Congratulations! The Germans have lost another battle! Sie habe ihn versorgt mit Wirklichkeit, und wäre ihm jemals der Plan zu einem Roman mit amerikanischer Szene gekommen, so hätte er daran sich gewagt allein im Vertrauen auf ihre Mithilfe. Wenn er eine andere Karte ziehen dürfe, mit einem Text von FONTANE diesmal, so beschreibe dieser weite Bereiche seines Selbstverständnisses von damals:

Es kommt nicht darauf an, daß irgend etwas, oder wohl gar alles, auf einer Musterhöhe wandelt, es kommt auf das »Zueinanderpassen« an, und wenn man sich auf diesen Punkt hin nicht verrechnet, so wird man glücklich. Auch das ist richtig, daß das gegenseitige Sichhelfen eine große Rolle spielt. In dieser Beziehung ist mir immer die Geschichte vom *Swinegel un sine Fru* als Musterstück niederdeutscher Weisheit und Poesie erschienen. [...] Darin ist das Musterstück einer guten Ehe vorgezeichnet [...] Aber dabei muß ich bleiben, ein anständiges Sichhelfen, mit guter Rollenverteilung, bedeutet viel in der Ehe, und »mine Fru« hat diese große Sache geleistet.

Und noch im zwanzigsten Jahr des Zusammenlebens mit Mrs. Hinterhand habe er sich erkannt in einer Stelle bei TSCHECHOV, nur daß für ihn täglich neuer Anfang gewesen sei, was in der Erzählung *Der Literaturlehrer* beschrieben werde als der Beginn des Endes:

All das, was in ihren Worten richtig war, schien ihm ungewöhnlich und erstaunlich; dasjenige aber, was von seinen Worten abwich, war seiner Ansicht nach naiv und rührend.

Wobei Naivität ihm erschienen sei als eine Tugend und Begabung, etwas, das ihn angerührt habe als ein Glück, damit zu leben alle Tage.

Man habe die Hinterhands zwar belächelt wegen der symbiotischen Art ihres Betragens zueinander, übrigens durchaus vermutet, es sei Mrs. Hinterhand, die den Mann an der Stange halte mit einer sozialistischen Moral. Andere hingegen vermochten sich abzufinden mit dem Sachverhalt, so daß er manchmal geradezu um Rat gefragt worden sei von Freunden, die an der eigenen Ehe verzweifelten. Demnach habe er im Jahre 1947 einer im folgenden zitierten Auffassung angehangen, wie sie bei der Gerichtsverhandlung verlesen worden sei:

»Denn die Form der Ehe, was ist sie viel mehr als verabredetes Zusammenleben, mag sein mit Arbeitsteilung. Das halte ich für eine offene Lage. Ich stimme der Vorschrift zu, darin dürfe keiner willkürlich verfahren, als einem Teil der Definition, weil Willkür den anderen aus der Funktion der Partnerschaft verdrängt und er einem so unerreichbar wird. Die Qualität des Erfinderischen, Neuerungen, Änderungen aber sehe ich nicht an als gefährlich für die Ehe. Schon die unausweichliche Gelegenheit, daß einer auf den anderen reagiert, verlangt Erfindungen und sollte Stillstand wie Starre ausschließen. Diese Auskunft ist nicht geeignet zur Vorlage bei der Ausländerpolizei.«

Im gleichen Jahre seien die Hinterhands endgültig aus der Stadt gezogen, in eine dörfliche Siedlung auf Gardiners Island im Sund von Long Island, sie abermals zu versorgen mit dem Anblick weiter Flächen Wassers, um seine Bücher zu Ende zu schreiben, um ungestört sich vorzubereiten auf das gemeinsame Alter.

Der letzte literarische Plan sei gewesen, ihre Biographie herzustellen. Was Alice B. Toklas recht war, ihm sei es bloß als billig erschienen für eine Mrs. Hinterhand. Obwohl sie dem Vorhaben sich widersetzte, erwähnte er es in einem Rundfunk-Interview, künftige Arbeiten angehend, und in der Tonaufzeichnung sei ihr (ruhiger) Zwischenruf festgehalten: Over my dead body.

So daß später ein frühzeitiges Beweisstück vorlag, ein Zeuge gerufen werden konnte, und sie eine Voraussage ausgesprochen habe.

8

In der Gerichtsverhandlung des amerikanischen Volkes gegen den Bürger Dr. Joe Hinterhand habe er, sorgfältiger Belehrung zum Trotz, auf die Frage nach dem Schuldbekenntnis geantwortet: Isn't that for this court to decide?, was sein Rechtsanwalt vorschriftsmäßig berichtigt habe in ein: Wir erklären uns für nicht schuldig, Euer Ehren. Aber er habe weder in jenem Augenblick noch bei der Verurteilung zu entscheiden vermocht, ob das richtig sei.

Der Rechtsbeistand, eifrig wie nur ein Freund ohne Anspruch auf ein Honorar, habe den Angeklagten zu entschuldigen versucht, indem er ihm einen mildernden Umstand nach dem anderen anhängte: Dem Angeklagten sei nach fast vierzehn Jahren ehelichen Lebens, in der Tat nach zwanzig Jahren Zusammenlebens mit seiner Frau eröffnet worden, daß sie ihn getäuscht und belogen habe von Anfang an, insbesondere über ein Liebesverhältnis mit einem Bürger der Feindstaaten seit 1932, fortgesetzt und erneuert durch carnal knowledge... fleischliche Bekanntschaft bis 1938, von 1932 bis 1947 unterstützt durch regelmäßige Korrespondenz, worin der Angeklagte habe eine Verschwörung erblicken müssen sowohl gegen seine Person als auch gegen seine Arbeit, da er durch ihr Bündnis mit einem Verfechter faschistischer Theorien geschädigt sei in seiner Glaubwürdigkeit, nachdem er gegen solche Theorien angegangen sei in Wort und Schrift... und müsse dem Angeklagten angerechnet werden, daß er verzichtet habe auf jeden Versuch, einer Strafverfolgung sich zu entziehen, vielmehr binnen einer Stunde die örtliche Polizei an den Tatort rief, obwohl er wegen der abseitigen Lage des Hauses und eines Vorrats an Bargeld in der Lage gewesen sei, unbehindert nach Mexico auszuweichen, oder in das noch näher gelegene Canada.

Der vorsitzende Richter habe an solcher Begründung, dankenswerterweise, auszusetzen gehabt, daß sie beruhe auf hearsay... auf Hörensagen. Die einzige Person, die die Vorgeschichte der Tat würde erhärten können, sei mit dem Angeklagten durch Heirat verbunden, obendrein das Opfer selbst; der in Frage stehende Briefwechsel offensichtlich von ihr vernichtet oder ungreifbar in Europa. Abgelehnt; es sei denn, der Angeklagte wolle einen oder mehrere Zeugen in den Staaten oder Europa benennen... In der Weigerung des Angeklagten, solche Namen preiszugeben, müsse der Gerichtshof einen Mangel an Bereitschaft zu einer Zusammenarbeit erblicken.

Wenig besser sei der Rechtsbeistand gefahren mit dem Versuch, eine Handlung im Affekt zu konstruieren, nämlich aus dem Widerspruch zwischen dem Leumund des Angeklagten und der Tat. Die Zeugen seien ohne Ausnahme bereit gewesen, die Legende vom Ehepaar Hinterhand zu bekräftigen; es blieb die Tat selbst.

Es blieb die Aussage des Angeklagten über sein Bemühen, das Zusammenleben mit Mrs. Hinterhand fortzuführen, über eine beträchtliche Zeit, bis sie darin gestört worden seien durch die Machenschaften eines Skandalschreibers. Die hätten in ihm das Innstetten-Syndrom hervorgerufen... Erklärung des so benannten Syndroms; Buchstabieren des Namens Wüllersdorf. Woraus sich ergab, daß der Angeklagte zu vernünftiger Überlegung fähig gewesen sei, zu der Ausarbeitung eines Vorsatzes für die Tat.

Zu einem Motiv befragt, habe der Angeklagte verlauten lassen, es sei zu einem geringeren Teil beschrieben in einer Erzählung von GORKI. Mittlerweile sei ihm entfallen, wie die Debatte ausgegangen sei, für oder gegen die Verlesung eines kommunistischen Textes in einem amerikanischen Gericht von 1949; der Text sei ihm gegenwärtig, zum ersten Mal veröffentlicht in Krasnaj Nowj (Rotes Neuland) in der Nummer 6 für den Oktober/November 1923:

Nein, ich war zu jung und zu selbstsicher, eifersüchtig zu sein. Aber – es gibt Gefühle, Gedanken und Ahnungen, über die man nur mit der geliebten Frau spricht und die man niemand sonst sagen würde. Es gibt solch eine Stunde der Gemeinschaft mit der Frau, wenn man sich selbst fremd wird und wenn man sich vor ihr wie der Gläubige vor Gott aufschließt. Wenn ich mir vorstellte, daß sie all dies – so ganz und ausschließlich meins – in einem intimen Augenblick einem anderen erzählen könnte, wurde es mir schwer, und ich fühlte die Möglichkeit von etwas, das dem Verrat sehr ähnlich war.

Des weiteren sei er überzeugt, Mrs. Hinterhand habe die Tat gewünscht, indem sie ihm vorhielt, er selbst trage die Verantwortung für das Bild, das sie ihm von sich selbst gemacht habe. Zunächst bloß verdutzt, habe er sie erinnert, daß sie beide einig seien mit der Behauptung, aufgestellt in einem jüngst erschienenen Buch von MAX FRISCH:

Es ist bemerkenswert, daß wir gerade von dem Menschen, den wir lieben, am mindesten aussagen können, wie er sei. Wir lieben ihn einfach. Eben darin besteht ja die Liebe, das Wunderbare an der Liebe, daß sie uns in der Schwebe des Lebendigen hält, in der Bereitschaft, einem Menschen zu folgen in allen seinen möglichen Entfaltungen. Wir wissen, daß jeder Mensch, wenn man ihn liebt, sich wie verwandelt fühlt, wie entfaltet, und daß auch dem Liebenden sich alles entfaltet, das Nächste, das lange Bekannte. Vieles sieht er wie zum ersten Male. Die Liebe befreit es aus jeglichem Bildnis.

Dies – so ihre Erklärung – habe sie lediglich zugestanden aus Bequemlichkeit, um einmal der Mühe des Nachdenkens und Sprechens zu entgehen. Auch unbewußt der Täuschung und Lüge, unverändert bleibe er verantwortlich, sie aufgefaßt zu haben als was sie sei. Es sei sein Entschluß gewesen, ihr zu glauben, oder an sie zu glauben. Damit liege die Schuld für die letzten zwanzig Jahre ihres Lebens bei ihm.

Nicht sie sei es gewesen, die sich den Tod gesprochen habe mit dieser... philosophischen Leichtfertigkeit. Sie sei ihm verwandelt erschienen in ein Prinzip, eine Verkörperung aller Kräfte, die seinem Leben entgegen seien, als die Drohung, die Gültigkeit der Worte abzuschaffen. In diesem Augenblick habe er nur noch wünschen können, dies möge aus der Welt sein.

Dies zu übersetzen in das juristische Verständnis einer Notwehr, es habe dem Verteidiger mit Notwendigkeit mißlingen müssen.

Die Weigerung, am Begräbnis von »Mrs. Hinterhand« teilzunehmen, habe die Angehörigen der Jury ungenügend verärgert.

Des Totschlags schuldig, bei verminderter geistiger Zurechnungsfähigkeit im Augenblick der Tat.

Ein halbes Jahr Aufenthalt in jenem Festen Hause am Hudson, flußaufwärts, das die amtliche Bezeichnung Verbesserungsanstalt führe. Nach einem zweiten Herzanfall Überführung in ein bewachtes Krankenhaus. Wegen fortgesetzter Versuche zum Selbstmord Beobachtung in einem Institut für die geistig Kranken. Wegen übermäßiger Fügsamkeit Rückkehr nach Ossining. 1957 Entlassung wegen der erwünschten Art der Führung.

9

Genauer entsinne er sich der Sorge, es möchten von den fotografischen Aufnahmen aus den Jahren 1926 bis 1947 etwelche fehlen, und der bösen Erleichterung, sie im Negativ vollständig vorzufinden. So habe er den schon 1934 gefaßten Plan ausführen können, sie auf Diapositive umkopieren zu lassen, wenn sie denn ein wenig gelungen waren. Ein Glück noch, daß er 1926 gleich mit der Leica angefangen habe, denn zur Arbeit mit einem anderen als dem Kleinbildformat sei bereits in den späten fünfziger Jahren kein Labor bereit gewesen. Denn es habe jedes Negativ einzeln mit der passenden Belichtungszeit auf das Dia-Material gebracht werden müssen, eine arge Fummelei, eine Sache für ausgebildete Techniker. (Zum anderen habe er sich erspart, die Arbeit selber zu tun, weil nun einmal er bestimmen müsse, wann er diese Bilder sich zumute.) Und da die Negative zwei der größten Aktenordner so dick füllen, daß die Klammern kaum noch einrasten, lasse ein Stückpreis sich ausrechnen und somit, daß das Unternehmen ihn um die Hälfte seiner Ersparnisse gebracht habe zu einer Zeit, als der Dollar noch ein Geld an und für sich gewesen sei. Betrüblicher jedoch, der Labortechniker von 1926 habe, bei aller Bekanntschaft, sich den Rat verkniffen, besser gleich einen schwarzweißen Positivfilm zu verwenden. Vielleicht sei dergleichen aber nicht handelsüblich gewesen, so für einen bloßen Amateur. Amateur... dies sei das Wort. Schließlich habe er erfahren müssen, daß solche schwarzweißen Diapositive mehr bringen als die Papiervergrößerungen, mit denen er sich begnügt habe in seiner Unkenntnis. Dabei sei das Verhältnis zwischen dem hellsten Papierton und der tiefsten möglichen Schwärzung ungefähr 1 : 30. Ein Diapositiv biete bei der Projektion ungefähr 1 : 300. So sitze er da. Nur bequemer habe er es mit dem Dia-Karussell, komplett mit Fuß-Schalter. Und tatsächlich gebe es einige Bilder, für die hole er sich doch wieder das Episkop aus dem Schrank, weil man am Verdunkeln der alten Vergrößerungen die Zeit genauer merken könne, ihr Vergehen nämlich.

– Das mit 1 : 300 will ich erklären, indem ich etwas aus dem Sommer 1935 auf die Leinwand werfe, Dunst über der See, Abstrahlungen der Sonne entlang den Umrissen der Wolken, die sich in Streifen unterschiedlicher Helligkeit auf den Wellen abbilden. Das würden Sie vergeblich suchen in einer Vergrößerung auf dem Papier, und machte doch den Entschluß zu der Aufnahme, den Hintergrund für das halb verschattete Profil vorn, das Sie allerdings auf Papier unweigerlich fänden. Das ist die Dame, deren Anblick allein mir einst das Herz angehalten hat, die unerhörte Verwirklichung des Lebens für einen Joe Hinterhand. Dachte er, und hat inzwischen gelernt zu denken, daß sie an diesem Tage zurückgekommen war von einer ihrer... Studienreisen auf den Kontinent, aus der italienischen Schweiz diesmal, weswegen ihr das Mundwerk nur so läuft mit s'arrangiarsi und essere stato a Roma senza aver veduto il Papa, und heute kann Joe Hinterhand denken, was sie arrangiert hat, in Worten von einer Obszönität, deren einmal ich mich für unfähig gehalten habe, Lochschwager und sleeping dictionary...

– Hier haben Sie sie im Jahre 1937, zu Füßen einer Great Old Lady der Emigration; beachten Sie, wie gehorsam sie ihr das Gesicht entgegenhält, den gespannten Hals, das Kinn gehoben in der Art einer bevorzugten Schülerin, ganz aufgegangen in der Rolle der Ehefrau eines Dr. Hinterhand, berühmt für die entschlossene Treue, mit der sie ihm folgte aus dem Deutschland der Nazis. Der das Bild aufnahm, hat bequem vergessen, daß er hat sie holen lassen müssen; der es heute ansieht, ist durchdrungen von... Geniertheit, daß er eine Rolle gespielt hat in solcher Schaustellung, in Wahrheit der mißachtete Mann, der

bloß gut ist zum Besorgen von Unterkunft und Auskommen, für Kleidung und Schuhwerk à jour, den hält sie sich in einer Hinterhand …
– Dies zeigt sie auf der Rückkehr vom abendlichen Gang zum Postamt, und dem Fotografen war es angekommen auf das schräge Licht, den flirrenden Umriß ihrer Gestalt, bewegt wie er war von ihrer Fürsorglichkeit, mit der sie seine Arbeit bewahren will vor Störungen durch den Boten, weswegen sie im Dorf ein Fach gemietet hat und es täglich bedient. Nur die Briefe mit den italienischen und schweizerischen Marken, die behält sie in der Handtasche, die stecken später an einer heimlichen Stelle in ihrem Sekretär, neben denen von Joe Hinterhand …
– 1939 im Juni, auf dem Bahnhof Folkestone Central, ein mutiges Mädchen auf dem Weg über das weite Wasser nach Amerika, weswegen der Fotograf das Kräuseln auf ihrer Stirn im Sucher hat, sein belastetes Gewissen, er hat sie fast zu dringend gebeten um ihre Gesellschaft auf der Reise. Heute muß er es übersetzen in ihren Verdruß über den Abschied von den Grand Hotels des europäischen Festlandes, von ihren Wochenenden in jenen Hotels, dirty weekends …
– Einmal auch Joe Hinterhand himself, an einem Mikrofon in Chicago, einen unverfrorenen Redner gegen die Politik des Isolationismus und insbesondere gegen Mr. Charles Lindbergh. Auffällig die Selbstsicherheit, die Sprechgewandtheit eines Mannes, der keinen Augenblick sich fürchtet vor Zwischenrufen und einem doch ausgesetzt wäre: Aber deine Frau schläft mit einem Faschisten …
– Hier ist sie zu sehen an Bord des Schiffes, mit dem die Hinterhands zurückkehren von ihrer ersten Europareise nach dem Krieg, 1947. Der ihren düster versonnenen Blick festhalten wollte, sah darin ihre Erinnerung an den gemeinsamen Aufenthalt in Zürich und Basel. Heute weiß er die Richtung ihrer Gedanken genauer, jene zwei Tage, die sie ohne ihn in Locarno verbracht hat …
– Mrs. Hinterhand in ihrem vierzigsten Lebensjahr, beim Tennisspiel auf Long Island, beim Aufsprung mit erhobenem Arm so fixiert, daß sie gut und gerne jünger scheint. Ihrem dreizehnjährigen Partner, einem vom Spielernst verbissenen Jungen, hat sie eben noch zugerufen: Bravo Antoonioo –! und der da durch die Kamera zusieht und hinter ihr zuhört, weiß nur Bewunderung für sie und ihre Umsicht, dem Kind einen internationalen Namen zu geben, üblich in einem Land mit englischer wie deutscher Sprache; später wird sie ihm

sagen, daß er eine andere Herkunft und Sprache hinzutun muß, das Italienische...

Ein Purgatorium für eine einzelne Person? Er ziehe es vor, sich das Wort zu übersetzen als eine Reinigungsanstalt, als dry cleaning. Anfangs habe er einen vollständigen Durchlauf der Bilder bis zu fünf Malen im Jahr benötigt.

Das Fotografieren habe er nach 1947 zu keiner Zeit wieder aufgenommen.

10

Es sei doch schon der authentische amerikanische Gefängnisroman (A. N. A. P.) vergebens von ihm erwartet worden.

Denn im Moment der Erkenntnis, daß man ihm ein richtiges Leben vorgespielt habe inmitten eines falschen, sei sein Bewußtsein angehalten worden, arrestiert, versiegelt, bloß noch ein Behältnis, in dem starr Vergangenheit verwaltet werde. Er sei im Gefängnis lediglich vorhanden gewesen, blockiert gegen Wahrnehmungen. So habe eine Besucherin aus jener Zeit ihn erinnert an eine Nacht, in der er zwischen zwei Wärtern über einen sanitär ausgeleuchteten Korridor getaumelt sei, schwächlich wie ein kranker Mensch, unter rutschenden Decken; er begreife, daß dies für die Zeugin ein Erlebnis bedeutet habe. Dergleichen sei ihm verwehrt gewesen und abgeschottet geblieben. Das Bewußtsein sperre sich gegen neue Eingänge. Gelegentlich, etwa angesichts der Baumblüte im Riverside Park unter dem Fenster, erinnere er sich der Begeisterung von ehemals, auch daß er zu ihr verpflichtet wäre; aber ein solcher Motor müsse sich selber starten, und bleibe kalt.

Das vorrätige Material hingegen, Erfahrungen aus den zwanzig Jahren zwischen 1926 und 1947, sei verdorben. Denn wer das Lebensgefühl eines werdenden Vaters erzählen wolle, der könne ausgehen nur von den eigenen Zuständen; die jedoch seien ihm verursacht worden durch Vortäuschung, und gehörten ausgestrichen. Die Erregung beim ersten Aufstieg in einem Flugzeug habe sich noch einer anderen Sache verdankt als der Technik, nämlich der Voraussicht auf das Wiedersehen mit einer... geliebten Person; sobald diese sich herausstelle als jemand, der ihm nach dem Leben getrachtet habe, werde die Empfindung negativ aufgeladen und entfalle als eine Voraussetzung für die Arbeit des Erfindens. So verhalte es sich mit der Erinnerung an die Geräusche des Hamburger Hauptbahnhofes, gehört in einem nächtlichen Hotelzimmer, oder an den mit Hausterrassen besetzten Hafenkessel von Folkestone, an das wacklige Klappern der Hochbahn auf der Innenschleife von Chicago; so gehe es mit sämtlichen Lebensinhalten jener zwanzig Jahre. Schon die zufällige Berührung im Bewußtsein, wie das Gedächtnis sie vermittle nach einem wahnwitzig willkürlichen Programm, scheide sie aus, schalte sie ab, Stück für Stück. Wie in die Fotografien, sei in die Vorräte der Erinnerung eine Sperre eingestanzt: *Unwahr. Falsch. Vergiftet. Entwertet. Ungültig.*

Vom Schaltsystem des Bewußtseins sei eine Automatik allerdings erhalten geblieben, ausreichend für die Übertragung von fast allen amerikanischen Texten in die deutsche Sprache. Joe Hinterhand, ein geschätzter Übersetzer, akkurat, pünktlich und all das; ein Betriebsunfall.

II

Nach einer ärztlichen Lehrmeinung sei der Zustand des Patienten Hinterhand physiologisch zu erklären, als eine Kapitulation des Körpers vor den coronaries... den Herzinfarkten, nachweisbar an organischen Ausfällen wie der zerstörten Handschrift oder dem vollständigen Verlust der nordamerikanischen Satzmelodie. Tatsächlich sei er einer der wenigen Bankkunden von New York City, die mit barem Gelde in die Wildnis der Straße müssen, um Zweifeln an der eigenen Unterschrift zuvorzukommen, und selbst in der Filiale um die Ecke solle der Manager gutsagen für jeden Scheck, wenn ein Kassierer noch unvertraut sei mit dem Phänomen Hinterhand. Auch den Rückfall in den deutschen Akzent bestätige er also, wie Hemmungen beim Sprechen überhaupt. Das eine zu reparieren scheine bisher jenseits der Wissenschaft, die Therapie für das andere zu aufwendig.

Bei einer anderen Lehrmeinung, der psychoanalytischen, sei er nur bis zu Erkundigungen gelangt. Denn er habe versagt bei dem Versuch, den Gedankengängen dieser Schule anders zu folgen denn auf einem abstrakten Strich, der nie sich habe verwandeln wollen in das Erlebnis, das zum Begreifen erforderlich ist. So habe er als ein Modell zwar anerkennen können, wonach ein männliches Kind dem Vater die Mutter neide und für die verlorene Person die einer anderen Frau einsetze; von mehreren Pflegeeltern behandelt als eine lästige Waise, sei ihm ein solcher Neid, Verlust und Ersatz unwirklich nach wie vor. Vielleicht ein Verlust für die Wissenschaft. Denn er sei mit einer Art von Entsetzen gefragt worden, wie denn er sich habe einlassen können auf einen anderen Menschen so ganz und gar, ohne einen Teil der eigenen Person in einem Versteck zu halten!, worauf er schon aus Verständigkeit zugestanden habe, er sei in der Tat auf der Strecke geblieben mit seinem Entwurf von einer Liebe sonder Vorbehalt – dies, ohne daß er sich überwinden könne, seine Eideshelfer, von PLATO bis BLOCH, im Ernst zu verklagen, da zumindest der eine von ihnen eine Erfahrung vorzutragen scheine. Auch sei Patient Hinterhand verdächtigt worden, im Grunde den Schnitt zwischen der eigenen und der anderen Person zu fürchten. Als sei er süchtig, im Zustand einer Folter zu verharren! Im Gegenteil sei er begierig, sich von den gefälschten Elementen zu reinigen, schon um einer Nekrose vorzubeugen. Nur bedeute dies, das Gedächtnis abzuschaffen. Vielleicht auch habe er sich behindern lassen von dem Vorurteil oder der Gewißheit, nach zwanzig Jahren Durchwachsenseins sei eine Abtrennung des verdorbenen Lebensmusters nur zu bewerkstelligen um den Verlust des anderen, wie bei Wald und Gebüsch, bei Sumpf und Röhricht, bei Rosenbusch und honeysuckle ... Jelängerjelieber, bei Fleisch und Sehnen.

Krank, demnach; vornehmlich an einer Funktion des Gedächtnisses. Zwar hüte er sich, den Erinnerungen Vorschub zu leisten, oder gar sie einzuladen. So meide er den Broadway, ohne Fehl zur Zeit der Weihnachtsfeste, da er ohnehin im Ohr habe, wie eine Deutsche mit absichtlich ausländischem R das Lied von *Rudolf the Red-Nosed Reindeer* singt, um ein Kind zu belustigen ... Des weiteren laufe er auf der Straße Gefahr, noch einmal einer Matrone zu begegnen, die ihrem Mann den Kragen hochstülpt gegen zu scharfen Wind, dabei die Passanten blickweise einladend, mit ihr sich zu verwundern über die Ungeschicklichkeit von Männern. Dergleichen eheliche Verständigung, oder der Anblick von Liebespaaren, habe ihm vor wenigen Jahren noch Tränen in die Augen getrieben. Deswegen seien ihm die Filmtheater am Broadway verschlossen, habe er auf das Fernsehen verzichtet von vornherein, und sogar beim Rundfunk, den er benutze für Übungen in der amerikanischen Sprache, von Berufs wegen, müsse er vorsichtig sein. Sogleich treibe er den Skalenknopf, wenn eine italienische Produktion angesagt werde, ob in Musik oder Sprache ... aus hygienischen Gründen. Jedoch beim versehentlichen Einschalten einer Station sei er einmal geraten in den Satz eines Schauspielers: It would be like paying a stranger for getting to bed with your wife. Eine Sendung nach der unverdächtigen JANE EYRE habe ihm das Mißgeschick beschert, von einer Frau den Satz gesprochen zu hören: I do love your for my heart. Im Riverside Park gehe er auf Umwegen um die Nacktsamer, die Ginkgo-Bäume, etwa den nördlich der Johanna von Orleans, gegenüber der 93. Straße, denn dieser Baum sei früher eines seiner Wappen gewesen, und das Zurückdenken an die Zeilen 5 bis 12 des dazugehörigen Gedichtes be... lästige ihn. Das Essen auswärts habe er aufgegeben, da Besuche in Restaurants Feste gewesen seien ehedem, das Feiern von Geburtstagen, Erfolgen, Vergnügen...; er ziehe es vor, aus Dosen zu essen. Manche Münzen loszuwerden sei eine Erleichterung, da ihre Jahreszahl lauten könne auf 1926, 1935, 1947... Wie er habe sagen hören, müsse ein Reisender in den modernen Flugzeugen recht eng sitzen, da sei wenig Auslauf für unruhige Einfälle; er sei 1946 zum letzten Mal in der Luft gewesen. Aber es genüge, gedankenlos mit dem nackten Fuß auf Fußbodenkacheln zu kommen, und unverzüglich sei er in der Falle, eingeholt von den Morgen an der See, 1928, 1938, der Gegenwart des Wachwerdens beim Schwimmen, der Freude auf den Anfang des Tages, entwertet, vergiftet, verloren, und gegenwärtig ohne Ende.

Er halte sich an einen Befund, den MAX FRISCH vor elf Jahren veröffentlicht habe: es sei nicht die Zeit für Ich-Geschichten. Auch er habe einmal sich bemüht, einzelne Personen nur zu zeigen in ihrem Zusammenhang mit mehreren, in der Einrichtung der Gesellschaft, und sei Geschichten aus dem Wege gegangen, wenn sie ihm befangen schienen in nur einem Menschen, oder zweien, müßig, unverantwortlich, unstatthaft. Und doch, so die Antithese, vollziehe das menschliche Leben sich am einzelnen Ich, oder verfehle sich daran. Nirgends sonst.

Demnach sei er eine von den verfehlten Varianten, eine von den verunglückten.

12

1949, vor Gericht, habe er recht inständig gehofft auf ein Urteil, nach dem man ihn ums Leben bringen werde durch Stromstöße oder durch den Strang, wobei es ihm nicht um die Strafe gegangen sei, sondern um einen Notausgang, einen Ausweg. In der Folge habe er eine eigene Todesstrafe gefunden, abzuleisten durch Ableben.

Marthas Ferien

Dies ist eine andere Sache. Die hat mit Mrs. Cresspahl vielleicht ein paar Personen gemeinsam, aber wenn es gut geht, wird das ein Buch für sich. Das Buch würde heissen »Marthas Ferien«, und es würde bestehen aus einer Anzahl von Versuchen Klaus Niebuhrs über seine Mutter.

Der erste Versuch

Im frühen Sommer 1932 wollte Martha Klünder mit Peter Niebuhr auf dem Wasser reisen, zum fünften Mal. Sie waren verabredet für den dritten Donnerstag im Mai auf dem Bahnhof von Fürstenberg an der Havel, von da geht eine Nebenbahn nach Lychen.

Guten Tag, Pietja. – Ja, es soll Marthas Geschichte sein. Aber fürs erste haben wir nur dich bekommen mit dem Nachmittagszug von der Küste. Der aus Berlin hat keine Martha abgesetzt. Das kannst du, drei Bahnsteige absuchen nach ihr mit einem Blick, die Enttäuschung macht dir das Herz hohl, darin fehlt sie. Wenn der Schmerz da ist, gesteh ihn dir ein; so naturwissenschaftlich sie dich erzogen haben, was schert dich die Mode mit den Worten. Dann wird die abgeschabte Ziegelfront der Station Fürstenberg ein wenig kahler, als die Vorfreude es wollte. Und ein von der Sonne streng versengter Güterwagen zeigt dir, wie Einer es anfangen soll mit dem Warten.

Eine Erinnerung. Peter Niebuhr, 1926: Du, was ich schlecht abkann, das ist Warten. Ich nehm dir das geradezu als einen Anschlag auf mein Leben. Was kann Einer tun in der Zeit, die er fest angespart hat für den anderen.

Martha Klünder, auch vor sechs Jahren: Aber auf mich warten, das tust du.

Peter N.: Mit dir lieber.

Martha K.: Dich kenn ich, du willst mir eine Uhr schenken. Brauch keine Uhr.

19. Mai 1932. Für diesen Tag hat Herr Dr. Niebuhr sein blaues Maschinistenzeug angezogen und die Bootsschuhe. Hochaufgeschossen und kräftig in den Schultern ist er auch. Da darf eine oll' Fru ihm ihren Korb dicht vor die Füsse setzen, gehorsam greift er zu und geht hinter ihr her und kann ihr wahrhaftig antworten, als fehlte ihm nichts. Durch die offenen Fenster der Bahnhofswirtschaft sieht er: keine Martha. Wenn am Gepäckschalter Stücke auf den Namen Klünder abgegeben wären, er hätte sie gleich erkannt. Er ist wahrhaftig imstand zu reden mit dieser Oma Labahn: über die Maihitze seit Pfingsten, die ganze letzte Woche ohne Gewitter, ohne Abkühlung. – Bei so trocknem Boden wie hier, es is ja manchmal das Getreide nich aufgelaufen. Er spricht ein so südliches Mecklenburgisch wie Grotmudding Labahn, sie hält ihn für einen Jungen aus der Gegend, vom Lande. Dann war er lange in der Stadt, die Hände sind ihm schmal geblieben. Nach der Art, in der er den Kopf herunterbeugt im Sprechen, ist er das gewöhnt mit einer Person, die ist einen Kopf kleiner als er.

Ob das Küken sind in diesem zugenähten Korb?

Das sind Küken, die sollen zum Postauto nach Bredereiche. Und was is sie dem jungen Herrn nun schuldig?

Er kommt im nächsten Jahr vorbei, da holt er sich ein Ei.

Das will Grotmudding zufrieden sein. Und das Fräulein in der Post von Fürstenberg sieht ihn an für einen aus Berlin, weil er »Einmal Ortsporto« verlangt. Für Elli Korbjuhn, Schreibwaren und Schreibbüro, ist er gewiss ein Student, wer denn sonst hat so anschlägige Wünsche.

Fürstenberg, viereinhalbtausend Einwohner. In der Drogerie Inhahn halten sie ihn für einen Touristen, der will da fotografieren. Ein gebildeter Tourist ist das, er geht stracks quer über den Markt auf die gelbe Kirche zu. Die Angler auf der Baalenseebrücke meinen: Der hat seinen Dampfer verpasst, wozu kehrt der um auf dem Fuss. Wozu soll er ihnen sagen, dass auf diesem Steg eine Martha Klünder hätte sitzen können. Mit diesem Reisenden ist es ungewiss, der hat nur einen abgewetzten Beutel aus Segeltuch bei sich, das ist keine Empfehlung für die Hotels von Fürstenberg. Und richtig geht er zurück zum Bahnhof.

Wenn man Friedrich Dusenschön fragt, so hat er die Welt gesehen und weiss Bescheid: Ein Arbeitsloser issas, da ssahlen wir unsre Steuern für. Friedrich Dusenschön zahlt keine Steuern. Friedrich ist ein Mann um die Sechzig, schrumplig im Gesicht, der sitzt in einer Drillichjacke und Knautschhosen auf der Bank unter den Fenstern der Bahnhofswirtschaft, und ist seines Zeichens ein Hoteldiener Ehren halber. Er heisst ganz anders als Dusenschön; aber Peter hat solche schon an vielen Ecken warten sehen, zapplig vor Neugier, jibbrig aufs Reden, der kuckt ihm noch den Kaffee aus der Tasse, dem wird er wohl einen Namen geben. Das fuchst Friedrichen am meisten: Der junge Mann lebt von der Stütze, und bestellt sich eine Kanne Kaffee, das macht mit Bedienungsgeld und Getränkesteuer so seine fünfundsiebenzig Pfennige! Oma Labahn hat genauer hingesehen. Leider ist es Friedrich, der uns noch eine Weile an der Hacken bleibt.

Frau Lowise Labahn hat wenigstens gegrient in ihrer Gewissheit, dass Peters blauer Kittel gebügelt ist und das weisse Hemd darunter auch. Seine leinenen Schuhe hat er weisser gemacht als weiss, und beim Friseur ist er auch erst gestern gewesen. Die Haare sind ihm erst gestern geschnitten worden zu einer Bürste, da kannst du einen Schlips zu tragen. Der junge Mann hat sich fein gemacht, der wartet auf ein Mädchen, der will er gefallen.

Guten Tag, Martha. Denn du bist auch da, in Peters unverwandtem Blick und seiner Erinnerung. Nach seinem Steckbrief fänden sie dich bald. Du bist 1,64 m gross, Augenfarbe braun, brünett, runde Kopfform, regelmässig gebildet im Gesicht, lockeren, leicht hängenden Busens, schmal in den Hüften, gedrungen im Becken, schönbeinig, geschickt mit den Worten, mecklenburgischer Akzent, klingt wie eine Nachahmung, eine Altstimme, fünfundzwanzig Jahre und zweieinhalb Monate alt, Studentin der deutschen Sprache und Psychologie, wohnhaft im Sächsischen, zweiundsiebzig Minuten überfällig. Nur dass du nicht in Wörter aufgestückelt bist in Peters Bewusstsein. Du wohnst darin als eine ganze Person, mit allem, was er gesehen und gehört hat von dir, alles in einer gleichen Zeit anwesend, wenngleich er jetzt in einem fort denkt und überlegt: ob sie wohl die Haare aufgesteckt trägt? Das wäre ihm ganz recht. Und bisweilen vergisst er darüber, dass er auf dich wartet. Du bist, wo Peter ist.

Der zweite Versuch

Seit den Gärten von Oranienburg – so wird sie es Peter erzählen – grübelt Martha Klünder daran, warum sie ankommen wird mit einem anderen Zug als versprochen. Eine Entschuldigung geht ihr über den Stolz; sie sieht auch voraus, wie Peter sich die verbittet. Der mit seinen grauen Augen, mit seinen vollen Lippen, wie der schweigt.

Löwenberg, Gransee. Zu Marthas Leidwesen ist Pünktlichkeit eine der ersten Sachen, die sie mit Peter verabredet hat, schon 1926. Sie wusste ihm vorzuhalten, dass man beim Warten auf den anderen immerhin an ihn denken kann, aber sie wollte ihm zugeben, dass solche Erinnerung gestört ist, weil der andere fehlt in einer unabmessbaren Zeit. Peter hält die Zeit ohne sie schlecht aus. So soll es sein, es gefällt ihr, ein Vergnügen daran kann sie verleugnen. Die Verspätung bleibt falsch; beide werden sie es wissen und verstecken, sie ihre Reue und Peter seinen Kummer. So ist schief anfangen.

Wie kann sie anfangen mit dem Schaufenster am Stettiner Bahnhof, das sie angehalten hat mit dem Wort auf einem Kärtchen: »Bootsanzug«, so dass sie den mitnehmen musste, aus reiner Vorfreude. Bei solchem Einkaufen kann man aber treffen auf eine Freundin von früher. – Rat mal, Peter, die Tante Margot war es, die ist jetzt katholisch geworden und verheiratet. Der ist der Umgang mit Leuten wie dir und mir verboten. Und als der Kaffee serviert wurde, war der Zug entwischt. Ein günstiger Handel ist das gewesen, Tante Margot sagt das auch, Polostoff mit weisser Bluse, fünf Mark fünfundneunzig. Wie kann das taugen als erstes Wort für Peter.

Dannenwalde. Drögen. Sie wird sich kämmen für ihn. Ihm zuliebe hat sie sich das Haar wieder lang wachsen lassen seit sechs Jahren, längst kann sie es dicht aufstecken, weil er sehen will, wie rund ihr Kopf ist und wie schmal ihr Nacken. Das ist, wie er sagt, und verschwiegen hat er, dass sie so sich verwandelt aus einem Mädchen in eine Frau.

Nun kriecht die Havel zum zweiten Mal hindurch unter dem Zug. Sie glitzert vor Ferien. Hier ist Fürstenberg. »Hier is Fürstenberch!« Sie sieht Peter gleich, wo der Packwagen zum Halten gekommen ist. Aber er lehnt am Zaun, ohne jede Eile. Fremd und neugierig sieht er sie an, obwohl er doch denkt an den Satz in ihrem Brief: »Ich hab auch 'ne neue Bluse, die zeig ich dir.« Sofort weiss sie das Spiel und hat es erfunden seit Oranienburg: Wir sind einander fremd, wir lernen einander kennen. Dies wird die halbe Stunde für Friedrich Dusenschön. Höflich und gemessen tritt er näher zu dieser jungen Dame aus der Reichshauptstadt. Dort mag sie sich auskennen, aber in Fürstenberg wird sie

seiner Dienste bedürfen. Er ist ein Mann in den besten Jahren. Vorurteile gegen Weibsleute in Hosen ertrinken in seinem Blick für das Elegante. Er hat die Welt gesehen. Und wahrhaftig fragt sie ihn: ob er ihr wohl eine Liebe tun kann?
– Gnädige Frau, gnädiges Frollein, bei Friedrichen sind Sie vor der rechten Schmiede.

So verwirrt, so hilfsbedürftig hält sie ihm den Gepäckzettel hin, er läuft geradezu vor ihr her und hebt in einem fort Stabtaschen und Bootswagen und Zeltsack auf den Bahnsteig, auf einen platten Wagen und fährt der jungen Person die Sachen an den Zug nach Lychen und packt sie abermals um und lässt sich, eine Ehre ist es ihm, einladen in ihr Abteil, denn, *busy*, hat er zu tun in Lychen.

Zu seinem Verdruss kommt nach einer Weile dieser junge Kerl in seinem blauen Kittel angeschlendert und steigt zu, ohne Sinn und Achtung für die älteren Rechte Herrn Dusenschöns. Und als einziges spricht für ihn, dass er sich bescheiden in die Ecke am anderen Fenster drückt, fremd wie er ist.
– Tach auch: sagt der. Und unwirsch, in Vertretung der Dame, antwortet Friedrich: Tach. Denn er muss doch über das Wetter nachdenken, damit er ihr etwas über das Wetter mitteilen kann. Konversation heisst das, wenn man Erfahrung hat im Hotelwesen.
– Denn hab ich ja nun Gesellschaft: schlägt die junge Frau vor. Und Friedrich macht ihre Stimme Spass, so klar und fest an den Rändern klingt sie mecklenburgisch. Scheint es wohl, dass Herrn Dusenschöns Begleiterin zu dem Eindringling hinübergesehen hat, ernst und forschend? Das scheint gewiss nur so. Leider hat sie etwas so Offensichtliches ausgesprochen, dass Friedrich nur die Frage einfällt: ob er wohl rauchen darf? Das Rauchen ist ausdrücklich gestattet durch das rote Umklappschild an der Wand, aber Friedrich weiss, was sich schickt in Damengesellschaft.
– Zu aller Lust und Zeitvertreib: sagt sie fröhlich. Ein wenig rätselhaft ist es ja, aber Friedrich will es denn für eine Erlaubnis nehmen und holt seine angerauchte Zigarre aus der Tasche. Leider steckt sich der andere gerade nun eine Pfeife an, als wäre er auch gemeint. Herr Dusenschön muss sich so ärgern, er hustet noch, als der Zug anfährt. Und erst hinter Ravensbrück, erst beim Regensteinbach ist er gefestigt genug, der Dame zu erklären, dass dieses Gewässer auch Thymenbach genannt wird nach dem hierorts belegenen Thymensee und der Forst Neu Thy-

men, die wir nunmehr durchqueren, gnädiges Frollein. Er kennt sich da aus, das tut Friedrich. Wenn man das Wetter versäumt hat, kann man auch noch über Anblicke reden, Landschaft etwa.

– Ja: sagt sein Gegenüber, was man denn nun doch, nich, für eine beträchtliche Zustimmung nehmen darf. Aber die Dame hebt das Kinn an mit einem Ruck, als sei sie bestürzt, als fürchte sie, ihren eigenen Augen zu trauen. Aufgeregt ruft sie: – Hier sind ja auch Beete!

Beete. Beete? Im Wald?

– Das gnädige Frollein wird die Wege zwischen den Jagen meinen: stellt Friedrich fest in seiner besonnenen Art. Was er weiss, das weiss er.

– Jagen, das sind so die Felder in der Forst. Und die Wege, müssen Sie wissen, die heissen Schneisen. Welche sagen da auch Gestelle zu, da fahren sie das Holz ab auf. Ja.

Friedrichs Gesprächspartnerin beharrt auf ihren Beeten. Und für einen Moment verwandelt sie sich in Friedrichs Augen in eine von jenen weiblichen Hotelgästen, die zäh und zänkisch bestehen auf dem, was sie einmal gesagt haben, mag man ihnen auch zehnmal auf das bestimmteste Auskunft geben. So um die Fünfzig sind die meist. Oh, was hat Friedrich seine Not mit denen. Diese junge Dame ist doch man knapp halb so alt. Aber so unerbittlich hartnäckig wie nur so eine alleinreisende Matrone zeigt sie ihm entlang der Strecke abgeteilte Stücke Wald, kurz und mit Rändern wie Gartenbeete oder die Wege eingetreten wie ein Gartensteig, und leider sieht Friedrich es nun auch. Die Wege sind wenig breiter als die zwischen Beeten, da kommt kein Fuhrwerk durch. Wie dreht sich ein aufrechter Mann aus seinem Wort? Jedoch ist er undankbar, als der Dritte [im] Abteil, dieser pfeiferauchende, dieser kaffeetrinkende Tunichtgut, sich einmischt in die Unterhaltung zwischen ihm und der Dame. Der sagt mit einer tiefen, langsamen Stimme, so wie Friedrich Leute im Radio hat sprechen hören:

– Feuerschneisen sind das, wegen der Funken von der Kohlenfeuerung in der Lokomotive. Eine Unverschämtheit ist das von der Reichsbahn, im Jahr 1932!

Zu Friedrichs Schmerz wendet sich seine Schülerin dem Fremden zu, diesem jungen Bescheidwisser, obwohl der ebenmässig vor sich hingesprochen hat, ohne Blick für sie. Viel zu eifrig für Friedrich wendet sie ein, dass das Feuer doch überspringen könne über solch enge Abstände.

– S-timmt's? sagt sie, unangemessen vertraulich, und: Orre schnitt min Seis nich?
– Se ehr Seis schnitt nich: sagt der Kerl. Bloss zugestiegen ist der, und fast ist Friedrich zumute, sich zu empören: einer Dame zu sagen, ihre Sense sei stumpf! Und obendrein hat sie nun ein gedrücktes, ein demütiges Wesen angenommen, ganz gefügig lässt sie diesen jungen Schnösel sagen:
– Es sind weniger die Bäume, die da anbrennen, das ist das Untergras, der Nadelabfall, das Wurzelgewebe, der Wasen. Kennen Sie ja wohl vom Moor, Schwelbrände, eklig.

Das war eure Versöhnung. Und nun bekommt Friedrich Dusenschön von Martha eine krumme, krumme Geschichte erzählt. Darin sollen der Berliner Stadtbahnring und der Berliner Gepäckträger herhalten dafür, wie leicht man sich verspäten kann auf Reisen. Friedrich nickt gewichtig ab und an, denn die Reichshauptstadt mit ihren vielen Fernbahnhöfen war bisher ausserhalb von seiner Kenntnis der Welt, geschweige dass er dort je umgestiegen wäre. Peter hingegen hütet sich, sein Gesicht abzuwenden von der Betrachtung des Waldes. Denn Dusenschön würde es ungehörig finden, dass Einer lacht während seiner Beratungen mit Fräulein Klünder. Denn keines von ihren Worten ist wahr. Wenn jemand von auswärts sich auskennt mit der Stadtbahn von Berlin, so ist es Martha. Seit fast zwei Jahren, an jedem zweiten Montagmorgen, hat sie den Weg gefunden aus Peters Bett zum Anhalter Bahnhof und dem FD-Zug nach Leipzig, Kurswagen nach Ventimiglia. Vermittels der S-Bahn hat er sie ausgiebig spazierengeführt zwischen Wannsee und Tegel. An der Haltestelle Himmelpfort hat sie die Stirn, Friedrichen beizupflichten mit einem Seufzer: Was haben Sie das waldicht hier! und ist doch mit Peter zugang gewesen in der Rostocker Heide wie am Heidberg von Güstrow und noch in der Zehdenicker Forst. Sie ist gewöhnt an ausgedehnte Waldungen. Als der Zug ins Offene gekommen ist und die Ufer des Grossen Lychen-Sees erreicht, wendet Peter sich zum zweiten Mal an die Reisegefährtin des Herrn Dusenschön, in zweiflerischem, eher missbilligendem Ton:
– Sie sind ja mit allerhand Gepäck unterwegens.
– Wenn man so allein steht wie ich in der Welt: antwortet sie. Und da Friedrich firm ist in der Etikette, erwartet er ein mitfühlendes Schweigen. Sein Urteil über die Manieren grossstädtischer Jugend bekommt abermals Auftrieb, denn Peter erkundigt sich rasch und beiläufig:

– Dann würden Sie nicht glauben, dass ich Ihnen mit allen Ihren Sachen an den See helfe?
– Dessen bin ich mir sicher: sagt Martha, finster, aufrichtig.

Friedrich Dusenschön hätte nach Hause gehen können mit einem Dreimarkstück und einem Beweis dafür, dass es sie noch gibt, die Liebe auf den ersten Blick. Aber es juckt ihn zu sehr, als dass er die beiden allein lassen könnte, und er wird noch oft erzählen, wie schändlich ihm alten Manne mitgespielt worden sei. Denn erst nachdem er nach Marthas strammen Anweisungen aus einer Gummihaut und verwirrenden Stäben ein Faltboot aufgebaut hat, sieht er Peter in einem zweiten Boot neben dem Steg warten, und obendrein holt dieser Arbeitslose aus seinem schäbigen Beutel eine Kleinbildkamera, die blitzt nur so vor Geld. Endlich gibt Dusenschön das Wundern auf und lässt sich fotografieren: ratlos, mit hängenden Armen, die spärlichen grauen Haare durcheinander über seinem vom vielen Nachdenken zusammengedrückten Gesicht. Nun nimmt er die drei Mark und ruft: Dafür hebb ick dat nich dauhn! Und Glück auf den Weg, Friedrich Dusenschön.

Erst als ihr euch ausser Sicht gebracht habt hinter dem dichten Schilf, fahrt ihr in Bögen aufeinander zu, bis Boot neben Boot liegt und du neben ihr bist wie sie dir gegenüber. Denn so sind eure Begrüssungen seit sechs Jahren: die Hand gebt ihr anderen, einander nehmt ihr in die Arme.
– Kannst mich noch riechen, Pietja?
– Gut riechst du, nach Brennesseln riechst du.

Dritter Versuch

Wie hell das Zelt ist, das leinene Haus, du musst die Augen öffnen. Aber aufgewacht bist du, weil dein Arm leicht und leer geworden ist. Sie hat dich verlassen, deine Martha. Mit Glück findest du den flimmernden Umriss ihres Kopfes im Morgenwasser östlich der Insel. Endlich zieht sie ihren linken Arm hoch gegen die Sonne, guten Morgen.

20. Mai 1932. Der Hohe Werder im Lychen-See fällt steil ab zum Wasser. Auf der Höhe ist euer Zelt versteckt in einer Lichtung inmitten verflochtenen Laubgesträuchs und Nadelholzes. Nur nach Osten ist eine Schneise offen, abgesenkt, aber der See muss ganz frei gewesen sein

von Fischerbooten, und auf der Insel seid ihr allein. Ganz nackt bis auf die Badekappe kommt Martha dir entgegengestiegen.

– Wenn nun Einer, und er hätte mich gestohlen: sagt sie vorwurfsvoll und lässt sich fallen in das Frottéetuch, das du ihr ausstreckst wie ein Diener.

– Wer nicht wiederkommt, soll auch kein Frühstück kriegen: sagt der Diener.

Die zweite Aufnahme dieses Tages bedeutet einen Abschied. Sie zeigt Martha im Boot, dicht am Ufer, hinter ihr den glitzernd gekräuselten See und das aufsteigende Festland hinter einer ungleich dichten Reihe von Erlen. Die Schilfblätter vor ihr stehen still, und nur winzige Wellen sind ins Wasser gekritzelt, so faul geht der Wind. Das Boot liegt hoch auf dem Wasser, ein schmaler, langer Pfeil, gespannt wie zum Abschiessen, und Martha hält das Paddel schon mit beiden Händen vor sich, wartend. Dies Foto hast du vergrössern lassen auf das Format 10 mal 15 cm. Du hast gesucht, was das Gegenlicht, die Schatten in ihrem Gesicht verbergen. Und erst innerhalb von 18 mal 24 cm hast du deine Erinnerung gefunden. Nicht nur die halbe Wendung ihres Kopfes zu dir, auch ihr fragender Blick sind erhalten. Wenn du diesen letzten Blick aufbewahren willst, sie wird sich so still halten wie sie nur kann.

– Du könntest auch was singen für mein Geld: verlangt sie, während sie sich mit dem Boot in einem halben Kreis zurücksetzt. Und schon steht Peter auf dem märkischen Sand, reif für eine Bühne, die Hand an der Brust, schmerzlich deklamierend: »Martha, Martha, du entschwandest ...« – und mit mir dein Portemonnaie: ergänzt sie in ihrem schadenfrohen Alt, während sie davonzieht, hinter dem Schilf, Richtung Lychen, Martha fährt einkaufen. Sie hat aber gesungen in einer Manier, die nennt sie die einer Gewesenen, wild schwankend in der Tonbildung, und ihr letztes Wort ist herausgekommen als Porchtmonneh. So wiederholt sich ihre Stimme in deinen Gedanken den ganzen Vormittag beim Verkleben der Kielstreifen, und manchmal singst du ihr geradezu nach.

Du hast es mit den Namen. Auch noch ihres Namens wegen bist du ihr nachgelaufen, hast du erklärt, am Teetisch der Studentin Klünder vor sechs Jahren. Damals war Martha ihres Namens längst müde. Zu oft war sie geneckt worden mit der häuslichen Geschäftigkeit der biblischen Martha, deren Schwester das bessere Teil erwählt hat, zu oft war sie angepfiffen worden mit jenem Zitat aus Flotows Oper. Peter aber konnte ihr beweisen, dass die Martha des Singspiels eine verkleidete Ehrendame der Königin war, ungeschickt beim Spinnen, aber ungemein anstellig beim Vorsingen des Liedes »The last rose of summer«. Dir kam es an auf eine andere Zeile aus Lukas 10,38: »Da war ein Weib mit Namen Martha«, auf die Identität, die Wirklichkeit, die in einem Namen enthalten ist, und es hat dir dann gefallen, dass diese Wissenschaft so alt ist wie Babylonien. Der Eigenname, *nomen proprium*, ist in Aussagen ein Ausdruck, der steht an der Stelle der Person oder Sache, von der die Aussage handelt. Kraft solcher Magie war sie in ihrem Namen die unverwechselbare neunzehnjährige Martha für dich, und nur sie wolltest du meinen mit der Martha, die entschwindet, und jeden 29. Juli seitdem hast du begangen als ihren eigenen Tag. Unter der heissen Sonne singst du leise ihren Namen, aber mit dem ursprünglichen Text: »Gib mir wieder, was du fandest, / Oder teile es mit mir.«

Eine Erinnerung. Martha Klünder, Herbst 1926: Tust du das immer, andern Leuten was in die Gedanken säen, und dann haben sie plötzlich was Neues im Garten?

Peter Niebuhr, auch vor sechs Jahren: Was sollen mir die ander Leuts.

Martha K.: Ich habe es jetzt nachgelesen, und so heisst das: »Da war ein Weib mit Namen Martha, die nahm ihn auf in ihr Haus.« Bin ich ein Weib?

Peter N.: Hast du mich aufgenommen?

Martha: Ich glaub, dich behalt ich.

Und mit ihr dein Portemonnaie mit wahrhaftig Geld darin. Ganze zweihundert Mark hast du ihr gestern abgeliefert für die Reisekasse. Im Deutschland dieses Sommers sind mehr als sechs Millionen Leute ausser Arbeit, ohne Aussicht auf Arbeit, und nur der Hälfte von ihnen zahlt der Staat eine Unterstützung. Friedrich Dusenschön, stolz wie er sich gibt, hat seinen Lohn am Ende doch gern hingenommen. Von einer Million Menschen in Deutschland bringen 260 sich um in einem Jahr, aus Hunger, Entbehrung, Verzweiflung, mehr als in einem anderen Land der Welt. Ihr habt Geld, zum Wechseln. Frag du Martha, geborgt wird sie es nennen. Geborgt von der Zukunft: sagt diese Person, die weder sich hat verdingen müssen als Zugehfrau noch um das Geld für Nachhilfestunden betteln. Schon vor ihrem Examen war sie angeheuert von einem Professor mit Vermögen. Der will etwas so Grundsätzliches beweisen in der Kunstgeschichte, der wird ihr noch mal fünf Jahre ein Gehalt zahlen

für Besorgungen in den Bibliotheken und ihre Künste an der Schreibmaschine. Den hat sie sich längst so handzahm gezogen, er gibt ihr in der Woche einen Tag frei für ihre Arbeit über den Dichter Mörike. Diesen Tag benötigt sie für das Wochenende, wenn sie nach Berlin reist zu einem Herrn Niebuhr.
– Aber es hat doch schon einen von uns erwischt: beweist ihr der. Fast zweieinhalb Jahre wollte keiner dich anstellen, und wenn Einer dich fragt, so hast du die Jahre überstanden mit der Schreibmaschine, die Martha dir auf den Tisch stellte im Herbst vor fünf Jahren, ein fabrikneues, schwarzes, blitzendes Ding, auf dessen weiss eingelegten Tasten du dich durchgearbeitet hast mit dem Schreiben für andere Leute, bis deine Dissertation fertig war und der Niebuhr ein Name in der Erforschung der mecklenburgischen Felderwirtschaft seit dem Dreissigjährigen Krieg, gut genug für einen Posten als Redakteur. Und wenn in diesem Herbst dein zweites Buch auf den Markt kommt, kannst du dir gut und gern ein Frauenzimmer kaufen, die Einrichtung für das Zimmer einer Frau, sie muss nur wollen.
– Und dann kommste in die Zeitung und heiratest reich, und ich verlassenes Mädchen am Herd kann sehen, wo ich abbleibe: hat sie gesagt in erbittertem Ton. »Plötzlich, da kommt es mir, / Treuloser Knabe, / Dass ich die Nacht von dir / Geträumet habe ...«
– Siehst du: hast du geantwortet, so kühl wie sie wollte: bleib man bei mir.

Das war dein dritter Versuch in fünf Jahren, sie zum Heiraten zu kriegen. 1927 hast du dafür gehalten, sie sei die vernünftigere von euch beiden; jeder hattet ihr nur ein möbliertes Zimmer. 1930 konntest du sie einladen in eine Wohnung unter dem Dach in Berlin-Friedenau. Damals und heute morgen sollte dir gefallen, wie unabhängig sie bleiben will und lieber leben mit dir als Martha Klünder, die will sich ihren Doktortitel selber verdienen statt durch eine Eheschliessung. – Niebuhr, was ist denn das schon für ein Name: hat sie gesagt. Martha Niebuhr, Martha Neubauer, du siehst es denn ein.

Aber nun sieht das Licht in den Bäumen aus nach Mittag. Du kommst dir immer einzelner vor in der Lichtung; nun sollte sie kommen. Und gerade noch zur rechten Zeit stehst du am Ufer und lässt ihr den Steven ihres Bootes in die Hand laufen.
– Als du ankamst, waren sie alle schon da? fragst du, denn so soll gefragt werden nach eurem Vertrag.

– Als ich ankam, waren sie alle schon da: sagt sie, und sie ahmt die Empörung so kräftig nach, dass ihr die Stimme hart wird: Oh, was bin ich verworfen. Da ging eine Ollsch achter mich, das war wohl deine Oma Labahn. Geh mir doch vom Acker mit Bredereiche, denn war es eben die Schwester von Friedrich Dusenschön. De keek mi so an, als wär ich aus dem Film über Sodom. Alles wissen sie von mir: einen jungen Mann lach ich mir an auf der Bahn, so aufs Geratewohl, und einen Schlafsack hab ich auch mit für ihn, von einem Pyjama und Rasierzeug ganz zu schweigen, mit dem fahr ich auf den Hohen Werder im Lychen-See und bleib da bei ihm die ganze Nacht. So verworfen bin ich bei den anständigen Leuten von Lychen, so tragen wir Frauen für euch die Last der Emanzipation. »Golddollar«-Zigaretten hat sie sich gekauft, die Person, das Stück, das Stück zu zwei Pfennig. Traut sich auf den Markt von Lychen.

– Dafür, sagt Peter, dafür ziehst du nu einen Rock an, der geht dir über die Knie, und eine Bluse, die reicht dir bis an den Hals.

– Ja, das ist erwiesen, die haste mir geschenkt, man weiss ja warum: du möchst, dass ich hübsch ausseh.

Lebensstationen

Begleitumstände

Die Lese-Anfälle waren wieder und abermals aufgetreten, jetzt zumindestens dem Opfer kenntlich als Anzeichen einer Sucht. Denn sie wurden verborgen wie eine strafbare Handlung. Missbrauch einer Lust; Eingreifen der Behörden dringend geboten. Die Wochenenden schieden aus, da die Voraussetzung des Alleinseins fehlte. Also wurde der gesamte Nachmittag eines Wochentages langfristig im Voraus geplant, indem Schularbeiten vorgezogen oder, wie betrüblich zu erwarten stand, aufgeschoben wurden, zum Zwecke einer Stunden währenden Völlerei an Büchern, sogar solchen, auf denen der Blick eines Lehrers hätte mit Billigung ruhen können. Kennzeichnend, dass in fast keinem Fall Tatsachen auf den Druckseiten vorkamen, sondern erfundene, und dass sie wieder und abermals angesehen wurden wegen der Fassung, die die Urheber ihnen gegeben haben. So bleibt man zwar in allen Sprachen auf der Zensur Eins, aber die Lehrkraft für Chemie betrachtet diesen Schüler bekümmert.

Noch schwerer ins Gewicht fiel ein anderes Symptom, gleicher Massen übersehen, weil wohlweislich im Verborgenen gehalten: Nachdem in der Deutschstunde Hinweise auf die Machart einer Novelle vorgekommen waren, muss dieser Schüler sich verstiegen haben zu einer gesteigerten, wiewohl im Ausbildungsziel unerwünschten Form des Lernens, des Erlernens nämlich. Man ermesse die verschwiegene Unverfrorenheit eines Siebzehnjährigen, der sich da sagt, das könne er auch. Es genügte eine Winterwoche, in der er von Niemandem eine Frage nach seinem Tun oder Lassen zu gewärtigen hatte, und er ging auf Papier zu Werke. Die Lehre aus dieser Erfahrung war erfreulich. Denn der Schüler gab seinen Versuch auf, als er mehrmals neben einer ausgeschalteten Lampe vergebens darauf gewartet hatte, er werde für das Aufplatzen des Lichtes in eine seit Tagen ungeheizte Stube jene zwei Worte finden, die ihn überzeugen würden. Der Verzicht war von einiger Dauer. Leider nahm der Ausgleich, der passive Umgang mit Geschriebenem, nun überhand.

Zu Gunsten dieser fatalen Neigung kann angeführt werden, dass gerade durch sie eine Mahnung zur Vorsicht ausgesprochen wurde. Denn dieser Siebzehnjährige, wie viele neben ihm, glaubte sich zu befinden in einer einzigartigen Verstrickung von Umständen und Beziehungen, deren Kenn- und Wahrzeichen darin bestand, dass sie unentdeckt war, von seiner Umwelt weder bemerkt noch begriffen, in der Tat unverstehbar, es sei denn für ihn. Dies nährte die Versuchung, eine so erlesene Variante wenigstens in Gedanken umzubauen in eine Erzählung – er hatte wenig genug gelernt aus dem eigenen Eingeständnis, dass ihm der Falke der Novelle davongeflogen war. Der heilende Eingriff kam als ein antiquarischer Band der Collection Fischer, in dem ein Mensch namens Tonio Kröger auf das unwiderleglichste mitteilte, er habe um die Wende des Jahrhunderts sämtlich entschieden und beschlossen, was in vergleichbarer Lage aufzuschreiben sei. Es gebe etwas: sagt er:

> was ich Erkenntnisekel nenne, Lisaweta: Der Zustand, in dem es dem Menschen genügt, eine Sache zu durchschauen, um sich bereits zum Sterben angewidert (und durchaus nicht versöhnlich gestimmt) zu fühlen – der Fall Hamlets, des Dänen, dieses typischen Literaten. Er wusste, was das ist: zum Wissen berufen zu werden, ohne dazu geboren zu sein. Hellsehen noch durch den Tränenschleier des Gefühls hindurch, erkennen, merken, beobachten und das Beobachtete lächelnd beiseite legen müssen noch in Augenblicken, wo Hände sich umschlingen, Lippen sich finden, wo des Menschen Blick, erblindet von Empfindung, sich bricht –, es ist infam, Lisaweta, es ist niederträchtig, empörend ... aber was hilft es, sich zu empören?
> (Thomas Mann, Ausgewählte Erzählungen. Aufbau Verlag, Berlin 1953, p. 130)

Demnach war der Fall längst bekannt, ein Typus sogar statt des vermuteten Originals, obendrein analysiert, definiert und endgültig ad acta genommen, die »Sehnsucht nach den Wonnen der Gewöhnlichkeit« eingeschlossen. Ja, wenn das so war. Offenbar verhielt es sich in dieser Weise. Dem etwas hinzuzufügen, das erübrigte sich. Es ist ganz beliebig und unnütz, zu maulen über Hände, die »sich« umschlingen, statt einander; grundsätzlich war die Sache ausgestanden, abgetan, erledigt, nämlich: bereits aufgeschrieben und mitgeteilt.

Danach ist für diesen Jugendfreund (denn so war die Titulatur für Angehörige der F.D.J. und ihre Anrede unter einander) vorläufig nur noch etwas zu melden, was aber gedeutet werden kann als zusätzliche »gesellschaftliche Betätigung«: er machte die Ansage für den Chor seiner Schule, wenn dieser Gastspielreisen unternahm. Der Ehrlichkeit halber ist einzugestehen, es war fast eine Conférence, in der dem Publikum eine leicht verquere Vorschau auf die dargebotenen Kunst- und Volkslieder geboten wurde. Um ganz ehrlich zu sein: sie war gereimt. Um der letzten Wahrheit die Ehre zu geben: sie wurde in einer Zeitung rezensiert. Wie hiess es da? »In humorigen Zwischentexten versucht sich glückhaft ein junger Güstrower Poet«, folgt ein Name. Jedoch war diesem eine solche Berufsbezeichnung heikel, und er glaubte im Ernst, er wähle das Studium der Germanistik, damit ihm der ständige Umgang mit Literatur erhalten bleibe. Anzurechnen ist ihm, welch hohes Risiko er einging: für die beiden ersten Studienjahre war nebenher Psychologie zu belegen, Teil der Ausbildung für Pädagogik; erst danach wollten die Behörden über ihn befinden, nämlich ob seine Leistungen ihn ausweisen als einen Kandidaten für das Diplom oder für den Beruf, den er als Praxis kannte, mithin fürchtete von Grund auf: den eines Lehrers für Deutsch.

So grausiger Aussicht auf Zukunft war wiederum zu begegnen mit der vorerst einzigen Waffe, dem Fleiss. Es war schlicht eine Lebensversicherung entrichtet, wenn die Zwischenprüfung nach dem 1. Studienjahr einen solchen Kontostand ergab:

Grundlagen des Marxismus-Leninismus	1
Mittelhochdeutsche Grammatik	2
Geschichte der deutschen Literatur von 1700–1789	1
Literatur des demokratischen Deutschland	1
Russische Sprache	1

Der Wege dieses stud. phil. versprach einen weiten Bogen um die Neuen Oberschulen, winkte mit der Arbeit eines Lektors, eines wissenschaftlichen Redakteurs. Von dem war Literatur vielleicht nur zu erwarten, wie man sie benötigt für den privaten Gebrauch; hätte man ihn denn in Ruhe gelassen.

Im April 1953 erschien ein Extrablatt der Zeitung »Junge Welt, Organ des Zentralrats der Freien Deutschen Jugend«. Die Schlagzeile mit dem Untertext lautete:

»Junge Gemeinde« – Tarnorganisation für Kriegshetze, Sabotage und Spionage im USA-Auftrag

Schändlicher Missbrauch des christlichen Glaubens / »Junge Gemeinde« wird von den westdeutschen und amerikanischen Imperialisten dirigiert / Enthüllungen über die Verbindungsleute der »Jungen Gemeinde« im Westen / Ehemaliger Gestapo-Agent – als »Diakon« getarnter USA-Spion

Aus der Beweisführung:

Es erweist sich, daß die heuchlerisch mit christlichem Schein verbrämte »Junge Gemeinde« direkt durch die in Westdeutschland und vorwiegend in Westberlin stationierten amerikanischen Agenten- und Spionagezentralen angeleitet wird. Der christliche Glaube vieler junger Menschen wird durch eine geschickt aufgebaute religiöse Staffage missbraucht, um sie unter Vorspiegelung angeblich kirchlicher Betätigung nicht nur gegen die Deutsche Demokratische Republik aufzuhetzen, sondern auch zu feindlichen Handlungen, die schweren Strafen unterliegen, aufzuwiegeln. Somit ist die »Junge Gemeinde« nichts weiter als ein verlängerter Arm der Terrororganisation BDJ. Ihre Leiter sind die gleichen, die in Westdeutschland im Auftrage Adenauers und seiner amerikanischen Hintermänner eine Hetzjagd gegen die für Frieden und Freiheit mutig kämpfende Jugend veranstalten und solche aufrechten junge Patrioten wie Jupp Angenforth verhaften, verschleppen und misshandeln. Die Hintermänner und Leiter der »Jungen Gemeinde« wollen – wie die Tatsachen beweisen – in unserer Republik ein gleiches System des Terrors aufrichten wie in Westdeutschland, sie besorgen die schmutzige Sache Adenauers, des Todfeindes der deutschen Jugend.

An Tatsachen wurde angeführt: Ein Studentenpfarrer in Halle bezog Literatur von einem »Evangelischen Hilfswerk« in Westberlin. Es wurden (offenbar bei einer Haussuchung) Sätze gefunden wie dieser: »Die Russen zerstören aus purer Freude am Untergang«, oder es wird einem lettischen Pfarrer mit »einem glühenden Eisen ein Kreuz auf die Brust gebrannt und der Kopf mit Stacheldraht gekrönt«. Von anderen Pfarrern werden Äusserungen berichtet wie diese: Die Umwandlung der Wüsten in der Sowjetunion sei Sünde. Oder: es sei mit dem christlichen

Charakter einer kirchlich betreuten Pflegeanstalt unvereinbar, in ihren Räumen die Fahne der F.D.J. sowie die Bilder des Genossen Stalin und des Präsidenten Pieck anzubringen. Eine Reportage behauptete als Tatsache die Misshandlung von Jugendlichen in kirchlichen Stiftungen. Der Preis für diese Nachrichten betrug zehn Pfennige.

Die einzige Tatsache, die zählte und auf die es ankam, war die Entschiedenheit der Regierung, mit der »Jungen Gemeinde« eine vermeintliche Konkurrenz für die eigene Jugendorganisation abzuschaffen. Hier sprach noch einmal der Grosse Genosse Stalin. Seit Januar 1953 waren Pfarrer verhaftet und kirchliche Wohlfahrtseinrichtungen beschlagnahmt worden; nun hatte die Kampagne folgerichtig die Hochschulen erreicht. Den Arbeitern hatte man die Fahrpreisermässigungen per Dekret weggenommen; hier scheute die Regierung vor dem Weg, den sie sonst den administrativen zu nennen beliebte. Bei den Studenten sollte es demokratisch zugehen.

Vor der Grossversammlung der F.D.J.-Gruppe Philosophische Fakultät wurde eines ihrer Mitglieder beiseite genommen vom Stellvertreter des Ersten Vorsitzenden oder einem anderen Vorgesetzten. Die Instruktion lautete, zusammengefasst, so: Du bist doch der Jugendfreund aus Güstrow. Du bist Org.-Leiter gewesen. Da weisst du ja Bescheid. Du meldest dich zu Wort. Du sprichst zunächst über den Kampf der »Jungen Gemeinde« gegen den Frieden, danach konkret über die drei evangelischen Banditen von der »Jungen Gemeinde«, die am vorigen Sonnabend einen Rekruten der Roten Armee mit einem Taschenmesser überfallen und schwer verletzt haben, in der Bahnhofstrasse von Güstrow.

Der Jugendfreund aus Güstrow bestritt das. Wenn so etwas da vorgekommen sei, fünfzig Meter von der Wache der Volkspolizei, dann wüsste man das in Güstrow. Ihm wurde bedeutet, die Zeit des Funktionärs sei zu schade für fruchtlose Diskussionen. Als er weiterhin sich wehrte gegen den Auftrag, bekam er gesagt: Das ist ein Befehl.

Auf das Grundsatzreferat folgen die Wortmeldungen, so ist es demokratisch. Der Instrukteur winkte, der Instruierte stieg zum Pult. Er stellte sich vor als Jugendfreund aus Güstrow, genauer noch als einstmaliger Org.-Leiter, als vertraut mit dem Prinzip des demokratischen Zentralismus, jedoch gänzlich unerfahren in der Technik der gelenkten Diskussion. Sodann stellte er seinen Auftrag dar, bis hin zum evangelischen Taschenmesser. Er erklärte sich für ausserstande, über irgend eine andere »Junge Gemeinde« zu reden als die ihm bekannte; das sei die in Güstrow. Im Gegensatz zu der Meinung des Vorredners sei das weder eine illegale noch überhaupt eine Organisation; ihr fehle eine Befehlsstruktur wie ein Mitgliedsbeitrag. Ihr Zeichen, das Kreuz auf dem Kreis der Erdkugel, diene lediglich der Erkennung, wie das Abzeichen für den Fünfjahresplan. Entgegen der Unterstellung, die Junge Gemeinde wolle damit signalisieren, sie strebe die Weltherrschaft für sich an, sei ihr Symbol unter Historikern bekannt als das Wendische Kreuz, von dem Kreuz der morgenländischen Pilger unterschieden durch ein darunter stehendes Rad, welches nun hinwiederum die Schnelligkeit bedeute, mit der dereinst Heinrich der Löwe und Albrecht der Bär die wendischen Heiden zu bekehren hofften; so gegeben und angenommen, den 29. Juni 1147 zu Magdeburg. Im Mittelalter wurde es verstanden als Bild für die Lehre von den zwei Reichen, nämlich dem des Reichsapfels und dem des Kreuzes. Die freiwilligen Zusammenkünfte der Jungen Gemeinde seien am ehesten vergleichbar einem Seminar zur Auslegung eines Textes, hier der Bibel. Von öffentlichen Überfällen sei in Güstrow nur der bekannt auf zwei Oberschüler, Angehörige der Jungen Gemeinde und mit eben dieser Begründung von der Schule verwiesen, in einer Vollversammlung. Zum Schluss kam der Jugendfreund aus Güstrow mit der Feststellung, die Hetze und die Schikanen gegen eine Religionsgemeinschaft konstituiere einen mehrfachen Bruch der Verfassung der Deutschen Demokratischen Republik, ausgeführt durch die Regierung der Deutschen Demokratischen Republik: Artikel 9 gewährleiste die Freiheit der Meinungsäusserung, Artikel 41 die Glaubensfreiheit und ungestörte Ausübung der Religion, und so fort bis zum Artikel 45. Wenn das eine Verschwörung sei, so wolle er, gerade als einstiger Org.-Leiter, da austreten.

Kein Beifall.

Wer so redet, soll eine Vorladung erwarten; aber sie hatte eine andere Adresse als die erwartete, es war eine Niederlassung der S.E.D. (Sozialistische Einheitspartei Deutschlands). Mitzubringen waren Studienbuch, Personalausweis, Mitgliedsbücher F.D.J. und D.S.F. (Gesellschaft für Deutsch-Sowjetische Freundschaft); auffälliger Weise keine Zahnbürste. Offenbar sollte es demokratisch zugehen. Die Anklagen lauteten auf: Boykotthetze gegen demokratische Einrichtungen und Organisationen. Diversion. Bündnis mit dem Klassenfeind. Agitation gegen den Fünfjahresplan. Missbrauch der Geschichtswissenschaften.

Bruch der Befehlsdisziplin. Ausführung eines Agentenauftrages. Verächtlichmachung der demokratischen Presse. Provokatorisches Auftreten.

– Aus einer Verschwörung, wenn es eine gibt. Von der Mitgliedschaft in der F.D.J. war keine Rede.

– Ach so. Na dann provokatorisches Auftreten. Und wer ist dein Oberagent, Jugendfreund aus Güstrow?

Das war ihnen unfasslich: hier hatte einer keinen Agentenauftrag, keine Hintermänner, keine dreissig Silberlinge; ja es vermehrte das Ausmass seines Verbrechens. Nach dem zweiten Verhör beschloss die Partei über ihren Jugendfreund aus Güstrow: Exmatrikulation, Sperre sämtlicher Hochschulen.

Das war im Mai. Dann kam der zehnte Juni, und am 11. stand es in der Zeitung: Der Ministerpräsident der Deutschen Demokratischen Republik, Otto Grotewohl, der stellvertretende Ministerpräsident, Otto Nuschke, der Minister für Erziehung, Paul Wandel, der Minister für Staatssicherheit, Wilhelm Zaisser, im Gespräch mit acht evangelischen Bischöfen, dem Generalsuperintendenten von Ostberlin und dem offiziellen Vertreter der Kirchen bei der Regierung, Probst Heinrich Grüber. Grotewohl: Die Regierung bedauert ihre Massnahmen. Sie verspricht, das begangene Unrecht wieder gut zu machen. Die Junge Gemeinde wird betrachtet als keine illegale Organisation. Die Regierung wird es unterlassen, gegen sie und andere kirchliche Vereinigungen vorzugehen. Alle Schüler, die wegen ihrer Zugehörigkeit zur Jungen Gemeinde von den Oberschulen gewiesen wurden, müssen wieder aufgenommen werden. Wegen Eintretens für solche Schüler entlassene Lehrer dürfen ihre Tätigkeit wieder aufnehmen.

Die Regierung Grotewohl hatte kürzlich erfahren, dass vor drei Monaten, am 5. März, der grosse Jossif Wissarionowitsch Stalin verstorben war.

Mit den Kirchen hatte die Regierung Grotewohl sich vers-tändigt. Eine Verständigung mit einem Jugendfreund aus Güstrow, derzeit in der Schwebe zu Rostock, unterliess sie.

Und wenn eine Universitätsbehörde einem von der Exmatrikulation bedrohten Studenten kein Schriftstück aushändigt, auf dem geschrieben steht von der Aufhebung dieser Ordre, sind keine Vorgänge belegbar, die zu ihr geführt haben.

Nach dem Aufstand der Arbeiter und Bauern gegen die Regierung der Arbeiter und Bauern ging jemand ins Prorektorat der Universität Rostock und erkundigte sich nach seinen Lebensaussichten. Die Auskunft lautete: Die Streichung ist gestrichen.

So bekam jemand seine ureigene Sache, seinen persönlichen Handel mit der Republik, seinen Streit mit der Welt darüber, wann etwas eine Wahrheit ist und bis wann eine Wahrheit eine Bestrafung verdient. Da ihm verwehrt ist, dies öffentlich auszutragen, wird er es schriftlich tun.

So wird er zum Lehrling in diesem Beruf, den er sich selber beizubringen hat.

Schicksalhaft war es nicht

Bevor der alte Suhrkamp im Juli 1957 von Frankfurt a. M. nach West-Berlin flog, riet sein Mitarbeiter Siegfried Unseld ihm noch vor dem Durchgang zur Maschine dringend ab, mein Manuskript *Ingrid Babendererde* anzunehmen: darin komme so viel Segeln und Natur vor, da sei die Ideologie von Blut und Boden.

Während ich in seinem Zimmer in Zehlendorf, zwischen alten Möbeln und wenig Büchern, auf ihn wartete, wusste ich einen Satz auswendig, den er mir einen Monat zuvor geschrieben hatte: Es juckt mich, ein Buch daraus zu machen, und zwar sollte das Buch möglichst noch im Herbst herauskommen.

Seine Übersetzung seines Satzes war lehrreich. Der alte Herr, der den Besucher mit ausgesuchter, verschollener Höflichkeit begrüsste, hielt den Verfasser sogleich an, an der Ablehnung seines eigenen Manuskriptes mitzuarbeiten. Bequem zurückgelehnt in einem korrekten grauen Anzug, mit abgetragenen Pantoffeln wippend, nahm er gerade die unsicheren Lebensumstände und die Äusserungen des jungen Menschen vor ihm zum Anlass, dem Manuskript einen »Mangel an Welt« nachzusagen; und ausdrücklich lobte er die Art, in der darin die Natur vorkam und das Segeln beschrieben war. Gegen Fragen nach solcher »Welt« sträubte er sich. Mangel an Welt sei nicht zu verstehen in einem Gegensatz von Hauptstadt und Provinz, da hülfen auch nicht Aufenthalte im Ausland, da fehle Weite des Lebensbewusstseins, vielleicht sei die aber neuerdings in der europäischen Literatur nicht mehr zu erreichen. Er hielt die Lider gesenkt, vergewisserte sich mit heimlichen, befriedigten Aufblicken der Verwirrung, die er angerichtet hatte. Der junge Mensch ergab sich in die Willensäusserung, die er verstanden hatte, das war dem Alten als Reaktion zu milde. Er brach einen Streit vom Zaun: was das denn schon für ein Name sei, Babendererde. Ich war mit Leuten dieses Namens in Mecklenburg zur Schule gegangen, ich hatte diesen Namen auf verwitterten wie neuen Grabsteinen gesehen. Suhrkamp wurde laut und gab sich Mühe, den Jungen aufzubringen. Als der genug entrüstet war, ging der Alte über auf fürsorgliche

Erkundigungen nach Berufsaussichten und Freunden des abgeschlagenen Verfassers, schenkte ihm Bücher, begann dann zu schweigen, und obwohl der Abschied ein Wegschicken war, kam er mit bis an die Haustür, als wolle er den Gast ehren.

Ich brachte es nicht fertig, nicht wieder zu ihm zu gehen. Es war eine unkritische Verehrung. Er war indiskutabel. Anfangs wohl verstellt von den Bildern, der Legende: er hatte Brecht vor den Nazis gerettet, er hatte den Verlag Samuel Fischer über die Diktatur gebracht, er würde sterben an den Folgen der Haft im Konzentrationslager, er hatte diesen Verlag zustandegebracht. Später war es sein Alter und seine Person, kostbares Muster von Erfahrungen, sein Gesicht, Einsamkeit und die Nähe des Todes, das sorgfältige Rauchen des Kranken, der würgende Husten und dabei die abwinkende Hand, die die Lebenden vorsorglich verabschiedete. Seine Art zu erziehen blieb schwierig; nach wie vor benahm er sich ungerecht und wies eigens darauf hin, fragte nach neuen Arbeiten und gab sich den Anschein nicht zuzuhören, bestellte sich Briefe und beantwortete sie nicht, gab sich dann ein Jahr lang gleichgültig. Also mag es zu einem guten Teil Trotz gewesen sein, aus dem ich ihm nach diesem Jahr das Manuskript von *Mutmassungen über Jakob* schickte; weniger als dass er es drucken liess, wünschte ich mir, er werde es lesen, auch nur einen Satz darüber zurückgeben. Gelesen hat er es nicht mehr; von ihm gehört habe ich nichts mehr als die Todesnachricht, eine Notiz von drei Zeilen in einer Zeitung in der Deutschen Bücherei in Leipzig, im oberen Lesesaal.

Berliner Stadtbahn
(veraltet)

Erlauben Sie mir, unter diesem Titel zu berichten über einige Schwierigkeiten, die mich hinderten einen Stadtbahnhof in Berlin zu beschreiben. Da tritt unter vielen anderen eine einzelne Person aus dem eingefahrenen Zug, überschreitet den Bahnsteig und verläßt ihn zur Straße hin. Dieser Vorgang bleibt sich ähnlich, so oft er vorkommt; ich habe ihn fast täglich gesehen oder beobachtet, daher glaubte ich ihn erwähnen zu dürfen. Bei der Arbeit an einem größeren epischen Text wurde eine Episode benötigt, die den Zusammenhang unterbrach. Vier verbundene Sätze sollten lediglich quantitativ auftreten, etwas anderes sein, eine Pause bewirken. Dafür war der angedeutete Vorgang ausgewählt. Er fügte sich weder in einen langen noch in vier kurze Sätze vom erwünschten Umfang, also wurde er ausgewechselt gegen einen anderen Anlaß, der dieselbe Wirkung tat. Nach einiger Zeit war es aber ärgerlich, daß diese einfache Bahnhofsszene nicht für den Namen Berlin hatte stehen wollen, und ich versuchte mit ihr eine Geschichte: eine Beschreibung für sie allein. Damit gab es Schwierigkeiten.

Der Name Berlin ließ sich voraussetzen als das Schema für eine Groß-Stadt. Einige Millionen Menschen halten sich dauernd auf in einem Gebiet, das territorial oder politisch zu definieren ist. Sie benutzen dafür Vorrichtungen, die sich von denen einer bäuerlichen Gegend unterscheiden: der Statistik wie dem Blick aus dem Flugzeug erscheint eine erhebliche Masse von Wohnhäusern, Arbeitsstätten, Straßen, Parks, Türmen für Funk und Kirche nebeneinander. Dazwischen vollziehen sich die Einzelhandlungen über längere Strecken und summiert, die meisten treffen in einem Zentrum zusammen. Die Groß-Stadt produziert und handelt die Waren des täglichen Gebrauchs sowie Dienstleistungen, Nachrichten und kulturelle Reize für eine mehr differenzierte Skala von Bedürfnissen, sie unterhält entsprechende Verbindungen mit dem umgebenden Land und anderen Städten. Das Gefüge der sozialen Beziehungen ist im Verhältnis zu diesen Größen komplex. Nationalität, historische Entwicklung, Landschaft und Klima besetzen das Erscheinungsbild der Stadt mit eigentümlichen Merkmalen, die jedoch die Definition nicht verändern. Macht man diese Voraussetzungen heutzutage (und berücksichtigt den Stand der Technik), so dürfen sie einschließen: daß eine solche Stadt zwischen ihren einzelnen Teilen Verkehr betreibt mit einer elektrisch angetriebenen Schnellbahn, die auf eigenem Gleiskörper über und unter der Erde von Bahnhof zu Bahnhof fährt, der Wagenzug hält, tauscht Fahrgäste mit der Plattform, da ist einer ausgestiegen, geht zwischen anderen zum Ausgang und mit ihnen die Treppen hinauf oder hinunter zur Straße. Der Anblick ist nicht kompliziert. In zutreffende Worte gesetzt sollte er verständlich und beiläufig wirken auf jedermann, der über Anschauung oder Erfahrung für den Begriff Groß-Stadt verfügt.

Die Grenze zerlegt den Begriff. Sie kann nicht als Kenntnis vorausgesetzt werden. Zwar ist bekannt, daß das Gebiet der ehemaligen deutschen Hauptstadt wie eine Insel vom ostdeutschen Staat umschlossen liegt und daß die Insel wiederum geteilt ist. Um jene Hälfte, die von den Armeen der Vereinigten Staaten, Großbritanniens und Frankreichs beaufsichtigt wird, ist die frühere Verwaltungsgrenze hart geworden, wie lebendige Haut verhornen kann und nicht mehr atmet. Sie ist wirtschaftlich und politisch isoliert. Der äußere Umriß der anderen Hälfte, die von der Armee der Sowjetunion beaufsichtigt wird, lebt mit dem umgebenden Land zusammen. Wo immer die beiden Zoll- und Hoheitsgebiete einander berühren, steht auf beiden Seiten deutsche Polizei im Auftrag der Siegerstaaten, was sie erlaubt und was ihr nicht auffällt darf die Grenze benutzen. Bekannt sind auch einige Oberflächen dieses Zustands: Stacheldraht. Maschendraht. Schlagbäume. An Waldwegen, Straßenecken, Kanälen stehen Personen in Uniformen ungleicher Farbe und ungleichen Zuschnitts einander in Paaren oder Gruppen gegenüber, sie beugen sich über den Ausweis eines Passanten, sie lassen ihn über den leeren Zwischenraum gehen zur anders gekleideten Staatsmacht, die den Ausweis entgegennimmt, als sei er nicht geschickt worden. Der Mann, der in einem sehr schnell fahrenden Wagen über die Grenze gerissen wird, ist diesseits unerreichbar. Fahrbahnen, die zur Grenze bestimmt sind, haben Frost und Hitze aufgebrochen, in den Rissen wuchert Unkraut. Gewisse Bürgersteige sind nur durch eine Türschwelle getrennt von Gaststätten oder Wohnräumen, in denen anderes Geld gilt. An einer Hausecke, vor der keine Katze stutzt, kann jedermann verhaftet werden. Die Grenze in einer Stadt ist einmalig, der unerhörte Anblick verleitet dazu ihn hinzunehmen wie etwas bereits Erklärtes. Er zeigt aber lediglich die gegenwärtige Phase eines Zustands, der veränderlich ist und eine Geschichte von fünfzehn oder zweiundzwanzig Jahren hat; und seine Bezeichnung ist irreführend. Es gibt nicht: Berlin. Es sind zwei Städte Berlin, die nach der bebauten Fläche und der Einwohnerzahl vergleichbar sind. Berlin zu sagen ist vage und vielmehr eine politische Forderung, wie die östliche und die westliche Staatenkoalition sie seit einiger Zeit aufstellen, indem sie der von ihnen beeinflußten Hälfte den Namen des ganzen Gebietes geben als sei die andere nicht vorhanden oder bereits in der eigenen enthalten. Die juristischen Unterschiede, die nun anzuführen wären, können in einer so ungenauen Bezeichnung nicht deutlich werden. Die elektrische Stadtbahn also, die aus einem dörflichen Ort im ostdeutschen Staat auf die Reise geschickt wird, hält an der Stadtgrenze und wird durchsucht, nach Westberlin entlassen durchfährt sie es eine Weile, bis sie nach Ostberlin kommt, kurz darauf wird sie durchsucht, weil sie wiederum vor Westberlin ist, sie hält nun noch auf einigen Westberliner Bahnhöfen, und jetzt (zum Beispiel) steigt ein junger Mann aus. Er hat den Zug betreten (zum Beispiel) in dem kleinen Ort vor der Stadt, er kann inzwischen zweimal seinen Ausweis vorgewiesen und die Handtasche zur Kontrolle geöffnet haben, hier verläßt er den Zug, der aber nach einiger Zeit Westberlin verläßt und in das ostdeutsche Staatsgebiet einläuft, um durchsucht zu werden. Jetzt sitzt auf dem Platz ein anderer Fahrgast.

Wenn diese Zustände ihren eigenen Begriff verlangen dürfen, so nicht, weil sie pittoresk und intensiv wären, sondern weil sie die Grenze der geteilten Welt darstellen: die Grenze zwischen den beiden Ordnungen, nach denen heute in der Welt gelebt werden kann. Alle anderen Territorialgrenzen zwischen den verfeindeten Armeen sind zu militärischen Demarkationen erstarrt und sperren den Verkehr. Das Leben der beiden Seiten durchblutet sie nicht. Berlin hingegen ist ein Modell für die Begegnung der beiden Ordnungen. Es scheint unmöglich eine Schneise durch eine lebende Stadt zu schlagen und ihre Verbindungen gänzlich abzuklemmen, immer noch nicht ist die eine Hälfte das Ghetto der anderen. In diesem Modell leben zwei gegensätzliche staatliche Organisationen, zwei wirtschaftliche Arrangements, zwei Kulturen so eng nebeneinander, daß sie einander nicht aus dem Blick verlieren können und einander berühren müssen. Solche

Nachbarschaft fordert den genauen Vergleich. Die Abstraktion und Dämonisierung, die politisch mit diesem Ort betrieben werden und als Sprachregelungen auf ihn zurückfallen, verfehlen die Möglichkeiten des Modells. Was in ihm symptomatisch erscheint für die Teilung und Wiedervereinigung eines Landes, kann auch repräsentativ sein für die Feindschaft und Annäherung der beiden Lager in der Welt. Dies ist nicht nur eine Rechtfertigung des Themas. Eine Grenze an dieser Stelle wirkt wie eine literarische Kategorie. Sie verlangt die epische Technik und die Sprache zu verändern, bis sie der unerhörten Situation gerecht werden. Der konventionelle Ausdruck für den Fahrgast, der auf einem (sozusagen) ausländischen Bahnhof für eine längere Zeit aussteigt, beansprucht den ›Flüchtling‹ als einen propagandistischen Wert; indem er so genannt wird, soll er Vorzüge für die eine und Nachteile für die andere Seite der Grenze beweisen. Er mag doch lediglich umgezogen sein. Die einseitige politische Parteinahme, die den Reisenden sofort zu einer Machtposition hin relativiert, sieht nicht genug von ihm und kann sich noch im Erkannten täuschen; außerdem schließt sie die Anwendung von Mitteln zur Massenvernichtung ein, die der Literatur als Argument und Werkzeug nicht gut in der Hand liegen, wenn sie einen Stadtbahnhof und einen zufälligen Fahrgast so beschreiben will, daß der Text nicht nur seinem neuen Leben gerecht wird, sondern auch dem, das er verlassen hat, das in diesem Augenblick sehr rasch verändert wird.

Solange die Arbeit an einem literarischen Text dieser Art sich mit der Wahrheit befaßt, muß ihr Gegenstand also geprüft werden an zwei gegensätzlichen Tendenzen der Wahrheitsfindung. Einige einfache Fehlerquellen bei der Herstellung und Übermittlung von Information sind bekannt: da haben die Augenzeugen nicht genau hingesehen, was sie nicht gesehen haben, können sie nicht sagen. Sie erfinden etwas, was ihnen den Vorfall abzurunden scheint. Oder sie haben die Situation schlicht nach ihren gewohnten Bezugspunkten geordnet, die mögen privat sein oder von sektenhafter Moral oder parteipolitisch. Presse, Rundfunk, Fernsehen und Stadtgespräch verändern nochmals, was sie als bereits zubereitetes Material bekommen. Sie müssen sich zum Teil einlassen auf die Interpretation, die der erste Berichterstatter mit einem Eigenschaftswort im Vorfall ansiedelt. Sie alle schädigen die Realität (vorausgesetzt, daß dies Wort noch zutrifft) je nach ihrer technischen Eigenart um eine oder mehr Dimensionen. Diese subjektiv oder technisch verursachten Fehler wachsen komplex, sobald sie mit der fruchtbareren Fehlerquelle der Tendenz verbunden zum Schema werden. Von diesen gibt es auf jeder Seite der Grenze eins. Es ist selbstverständlich, daß die Gesetze des einen Informationsschemas nicht zum Maßstab für das andere gemacht werden können. Es ist genau so selbstverständlich, daß die Zuverlässigkeit des einen Schemas nicht quantitativ ermittelt werden kann: etwa nach den Dementis, die dem anderen aufgenötigt werden, oder nach den Beweisen, die ihm selbst gelingen. Nur versuchsweise können die oberflächlichen Phänomene des Schemas verlängert werden bis zu den Interessen des Staates, der politischen Position, der Wirtschaftsgruppe, an die das Informationsschema durch Zwang, Auftrag, Lebenswillen gebunden ist. Was können sie wollen von einem arbeitsfähigen und jungen Mann, der den Wohnsitz wechselt, was mögen sie mit ihm vorhaben? Diese Interessen sind aber nicht regelmäßig, da ihr Ausdruck sich den Veränderungen der Gesamtlage anpaßt; es gibt nur vorübergehend Permanenzen, nach denen ein ähnlicher Fall jetzt so beurteilt werden kann, wie er früher unter ähnlichen Umständen ausgesehen hat. Diese Interessen sind auch kaum in einem Grunde so gutwillig, hilfsbereit, vertrauenswürdig, daß man sich ihnen verschreiben könnte und den entgegengesetzten blicklos wie ein Gläubiger begegnen. Selbst in befristeten Bündnissen kann, abgesehen von der vervielfachten Wirkung, unter dem Namen eines vernünftigen (jetzt notwendigen) Zugeständnisses eine Art der Korruption anfangen. Und auch die Prüfung dieser Interessen ergibt nicht eindeutige und selten zutreffende Resultate, da die Absichten nicht gradlinig oder kausal verlaufen müssen, da der taktische Plan für die Deformation einer Nachricht nicht immer in der Phase der Prüfung zutage tritt, da auch im Apparat des Informationsschemas oder sogar der herrschenden Machtgruppe Personen verborgen sein mögen, die eigentlich für das fremde Lager arbeiten und das Schema mit Fälschungen einer noch anderen Qualität ausstatten. Wenn also das Schema der einen Seite den Fahrgast auf dem Bahnsteig erwähnt, so kann das andere ihn verschweigen. Das Schema A beansprucht ihn als Kronzeugen für die Vorzüglichkeit des Staatswesens, in dessen Sinn zu arbeiten es beauftragt ist. Das Schema B verschweigt den Reisenden. Oder es macht ihn zu einem Zeugen für die Schrecklichkeit des Landes, das er eben erst aufgesucht hat, das er noch gar nicht kennt, für das er nur insofern entschieden ist, als er in dem anderen nicht hat bleiben mögen. Die Nachbarschaft dieser zwei politischen Ordnungen ist nicht mehr als eine Alternative von Wirklichkeiten. Sie sind nicht durch Logik verbunden, sondern durch eine Grenze.

Im Besitz aller Informationen über einen solchen Insassen der städtischen Schnellbahn kann der Verfasser eines Textes mit gleichem Gegenstand sie zunächst ordnen nach den beiden Haupttendenzen. Dann ist ihm freigestellt: den Vorfall entweder zu übersehen oder ihn genau ins Auge zu fassen. Das ist kein leichter Entschluß. Es gibt viele Grade der Gleichgültigkeit oder der Anteilnahme, aber wie auch immer sie erscheinen, faktisch sind sie eine Parteinahme für die Machtgruppe, deren Information übernommen wurde. Es geht hier noch gar nicht um die Wahrheit dieses Vorfalls, sondern um den Gebrauch, dem er ausgesetzt sein wird. Der Text sollte so angelegt werden, daß die Raster von Schema B oder A seine Bezüge weder umgruppieren noch eingemeinden können. Nach einiger Zeit kann diese Arbeit sinnlos vertan sein, weil sie zu einem unverbesserlichen Zeitpunkt bezogen war auf ein nur aktuelles Gefüge von Tendenzen und Verhältnissen, die geändert worden sind und nun die Absichten des Textes umkehren. Zumindest die Vorsicht empfiehlt zu vermeiden, daß die Diagnosen über den Abschluß des berichteten Vorfalls hinaus zu Prognosen ausgeweitet werden. Und warum eigentlich sollte zwischen oder neben den beiden Schemata der Berichterstattung noch ein anderes erscheinen?

Das ist zunächst die private Angelegenheit des Verfassers. Er ist beispielsweise entschlossen, die Zahl von drei Millionen Abwanderern aus dem ostdeutschen Staatsgebiet für symptomatisch zu halten und demnach einen Fall zu berichten. Das kann den ganz belanglosen Grund haben, daß er selbst daher kam: es ist sein eigenes Erlebnis, das er aus der Vergänglichkeit herausnehmen will, das er in einem Text haltbar machen möchte. Das geht noch niemanden etwas an. Er redet sich heraus. Er leugnet eigensüchtige Motive. Er fängt einfach an. Dann wird er zum Sprecher eines Personenkreises, der ihn nicht beauftragt hat. Oder man hält ihn dafür. Er wendet sich an einen anderen Personenkreis, dem er die Notwendigkeit seines Themas erst noch nachweisen muß; dazu darf er aber keine anderen als literarische Argumente benutzen, so daß die Einzelheiten der geplanten Geschichte mit Absichten besetzt werden, die diesem Medium fremd sein können. Und dies Schema C oder Y wird die abgelehnten Hauptschemata kaum zuverlässig korrigieren, da der Verfasser es ja zusammengesetzt hat aus seinen eigenen Kenntnissen und Absichten. Die sind vielleicht so stellvertretend nicht, wie er am liebsten glauben würde. Das Verfahren ist fragwürdig. Er besichtigt eine gewisse Anzahl von Stadtbahnhöfen und nimmt ihre Ähnlichkeiten zusammen. Ist aber der Durchschnitt repräsentativ, wenn das Außerordentliche übersehen wurde, in dem doch sehr viel mehr Realität versammelt sein mag? Der Verfasser kann die Person, von der er berichtet, nur mit Verhaltensweisen ausstatten, über die er selbst verfügt oder die er bei Dritten und Achten beobachtet hat. Es mag ja noch andere geben. Er befragte alle Zeugen, die ihm erreichbar sind. Und wenn sie ihn anlügen? Er mag nachher gar nicht an die richtigen gekommen sein. Er hält den Vorfall überhaupt für ein Beispiel, das man anführen darf. Er glaubt, daß es etwas beweist über die Lebensverhältnisse beiderseits der Grenze. Da kann schlicht die Statistik ihn getäuscht haben. Es muß in drei Millionen nicht unbedingt eine ansehnlich große Zahl enthalten sein, die seiner Auffassung den Rükken stärken würde. Spricht ein Drittel gegen zwei Drittel? Er kann auch befangen sein in Erfahrungen, die ihm als einzigem zugestoßen sind. Wie, wenn seine Unterstellungen Vorurteile wären? Was, wenn er sich orientiert nach Meinungen, die er nicht im Traum zu überprüfen denkt, denen zufällig niemand widersprochen hat? Das sind seine Voraussetzungen. Sein Schema kann spezifisch literarische Fehler produzieren: Er kann für allgemein halten, was einzeln ist. Er kann typisch nennen, was privat ist. Er kann ein Gesetz erkennen wollen, wo nur eine statistische Häufung erscheint. Unablässig ist er in der Gefahr, daß er versucht etwas wirklich zu machen, das nur tatsächlich ist.

Das Wort Dilemma tritt nicht oft in so reiner Kongruenz mit seinem Gegenstand auf. Das zweiseitige Problem der Wahrheitsfindung wirkt also hinein in die Phase der Konzeption (die wiederum für sich zweifelhaft ist). Es bestimmt die Auswahl der Einzelheiten, die den Text konstituieren sollen, wie sie die Realität konstituieren. Ein Beispiel ist der zweite deutsche Krieg, weil er die Grenze hinterlassen hat. Es sind genug Ruinen in der Nähe von Stadtbahnhöfen übrig, sie bilden die Umgebung, sie gehören zum Eindruck des Ankömmlings. Der Text erwähnt beflissen: eine Ruine. Ist aber darin der Krieg enthalten? Es gilt für die Welt und wohl auch für etwas mehr als die Hälfte der deutschen Bevölkerung als erwiesen, daß der Krieg von Deutschland verschuldet ist und daß seine Führer freiwillig gewählt wurden zu einem Zeitpunkt, als sie ihre sämtlichen Ziele bereits ausgesprochen hatten. Es ist eine eigentümliche Umkehrung der Verhältnisse, daß die Hauptstadt eines so verachteten Volkes wieder ein unverächtliches Thema abgeben kann. Fast ist die Schande vergessen, da die Funktion ihres Ortes geändert wurde. Diese Umkehrung muß jedenfalls an verzeihenden Gesten gehindert werden. Die Ruine muß folgende Fragen beantworten: Bleibt für den einzelnen Staatsbürger zwischen der manipulierten Macht und seiner manipulierten Entscheidung für sie am Ende die kollektive Schuld übrig? Haben die Kinder von damals die Schuld ihrer Väter geerbt? Oder sind sie allesamt entschuldigt durch die Konstruktion des Staatsapparates, der jeweils den persönlichen Wirkungen der amtierenden Staatsführer nachgibt, tut er das? Es gibt ausführliche und verfeindete Theorien über die Rolle der Persönlichkeit in der Geschichte, fast wöchentlich werden neue Fakten des Krieges bekannt und verändern Teile seiner Interpretation; wenn die Wissenschaft diese Probleme noch nicht entscheiden mag, kann ein literarischer Text nicht gut mit einer Ruine ankommen und tun als sei diese Oberfläche deutlich und gefüllt. Die Folge dieses ungenau bekannten Ereignisses ist in der Grenze anders enthalten als in den diplomatischen Verhandlungen. Über die Pläne, die in Jalta und Teheran noch vor Ende des Krieges mit dieser Stadt veranstaltet wurden, ist eine neue Gegenwart gewachsen, in der das zeitweilige Arrangement sich fossil ausnimmt. Es scheint weder klar noch vernünftig geplant, daß mitten im Einflußgebiet der westlichen Armeen die Stadtbahnhöfe unter ostdeutscher Verwaltung stehen; komisch mischt sich ein Besitztitel ein, so daß ostdeutsche Polizisten einen Reisenden kontrollieren dürfen, wo er sie wenige Meter entfernt mit Gebärden und Grimassen verantwortlich machen kann für Umstände, für die sie meist zu jung sind. (Er wird noch nicht wagen, sich mit Worten zu verraten.) Dieses Risiko ist für den Reisenden erheblich wie dessen Vorgeschichte für das Verständnis und muß in der Beschreibung seiner Lage enthalten sein: plötzlich jedoch scheinen Ruine und Polizei unvergleichbare Phänomene ohne gemeinsame Ursache, ihre Nachbarschaft desorientiert. Hier ist ein Augenblick erstarrt in stetig veränderter Umgebung, beide verlangen einen anderen Blick.

Auch in der Phase der Beschreibung kann das Dilemma wirksam werden. Das Aussehen des Bahnhofs scheint geeignet, die Entscheidung des Ankömmlings zu vergegenwärtigen. Zumindest ist dies der Ort, an dem er angekommen ist. Er sieht die gleiche Architektur wie jenseits der Grenze: gußeiserne Pfosten halten ein nach unten gewölbtes oder geknicktes Dach über die Plattform, die meist aus kleinen hellen Steinen gepflastert ist. In Abständen sind auf dem Bahnsteig Sitzbänke und Bedürfnisanstalt errichtet, Buden für die Beamten des Fahrbetriebs, Kioske für den Verkauf von Proviant und Zeitungen. Zum Glück gibt es Unterschiede. Was an einem solchen Bahnhof dem ostdeutschen Staat gehört, sieht ärmlicher aus. Auf den Glasscheiben der Niedergänge sitzt Schmutz wie eingeätzt, die Farbe an Warteräumen und Diensthäuschen ist verwittert, die Dachbohlen faulen, die gußeisernen Blumenzierate an den Pfeilern rosten, und wo vor vielleicht fünfzehn Jahren eine Kugel das Namensschild der Station getroffen hat, starrt aus der Emaille immer noch der unregelmäßig gezackte Einschuß. Was aber den Bahnhof umgibt und was darauf an Westberlin vermietet ist, sieht opulent aus. Der Reisende bemerkte an verputzten Brandmauern Reklame für ihm unbekannte Waren in werbewirksamen, also angenehmen Farben, beim Überfahren von Straßen hat er wohlhabende Fassaden aus Glas und Marmor viel Verkehr schleusen sehen, unterhalb des Bahnhofs parken ungewohnt viele Wagen still am Bürgersteig, die Kioske auf der Plattform bieten Lebensmittel, Tabakwaren, Zeitungen von vielen Arten an: sie werden anders schmecken, sie werden anders zu rauchen und anders zu lesen sein. Vielleicht besser. Ist dieser Unterschied echt? Wird er einmal zur Sprache gebracht, so akzentuiert er die Entscheidung des Fahrgastes, der hier bleiben will. Hat er es so gemeint? Wollte er lieber leben in einem Lande, das seine Wirtschaft der freien Konkurrenz überläßt und zur Zeit eine Hochkonjunktur genießt, und hat er etwas gegen die staatliche Verwaltung und Leitung der Wirtschaft (denn sie hat kein Glück, wo er herkommt)? Dies sind nicht Gründe für eine Reise. Der Wunsch, prächtiger zu leben, kommt vereinzelt vor als Antrieb und ist nicht beachtenswert. Ihm fällt in den Blick, daß das hiesige Leben reich ist. Ist aber nun die wirtschaftliche Leistung eines Staatswesens ein Beweis für seine gerechte Einrichtung? Die Wissenschaft hat nicht ausgemacht, ob die ungehinderte Warenwirtschaft auf die Dauer ihre Bürger mit wachsenden Gefälligkeiten so reichlich wird versehen können; es gibt über die Krisenzyklen Theorien, die von den erfahrensten Fachleuten sehr uneins vorgetragen werden. Ebenso ist möglich, daß die Besitzer des ostdeutschen Staates das Planen und Lenken der Wirtschaft doch noch lernen könnten; auch für diese Frage gibt es Experten, die miteinander nicht mehr reden, weil sie einander zu heftig haben widersprechen müssen.

Von Abwarten ist keine Rede: der Ankömmling hat sich soeben entschieden. Gewiß wird die organisatorische Form eines Staates seine Wirtschaft beeinflussen; die Verbindung ist aber nicht unmittelbar. Die Veränderungen ihrer Zustände erscheinen nicht zusammenhängend einer im anderen. Die freie Warenwirtschaft mag eines Tages verarmt auftreten, der staatlich gelenkten Wirtschaft sagt man voraus, daß ihr dereinst vielleicht nicht mehr so viel fehlschlagen wird. Will man die Gründe des Reisenden, die sich nämlich auf den Grad von Demokratie in einem Gemeinwesen beziehen, sichtbar machen, so ist dafür das Aussehen des Stadtbahnhofes nicht geeignet: es lenkt ab von seinen Gründen. Aber was ihm hier begegnet, ist die Außenseite, die sein verändertes Leben unablässig umgeben wird. Und es ist undenkbar, bei der Beschreibung eines grauen Bahnhofs von den bunten Flecken abzusehen. Und unter (noch nicht ausgemachten, faktischen wie wissenschaftlichen) Umständen ist es ungerecht gegen die Leistungen der freien Warenwirtschaft, wenn sie dem ratlosen Reisenden nur erscheinen als Fremde: als nicht gewünschter und nicht verständlicher Unterschied.

Auch die sprachliche Artikulation stößt auf Widerstände. Es gibt keinen einheitlichen Ausdruckszusammenhang für das Gemisch unabhängiger Phänomene, die auf einem solchen Grenzbahnhof zusammentreffen. Die beiden Herrschaftsordnungen, unter denen entlang der Grenze gelebt wird, haben das Betragen der verwalteten Bürger geändert, indem sie ihre Situation änderten. Beide haben ihre Angehörigen zu Reaktionen erzogen, die von unterschiedlicher Struktur sind. Das Verhalten gegenüber staatlichen Anforderungen, solche Verhältnisse wie der Arbeitsvertrag, eine Freundschaft, Nachbarschaften in einem Verkehrsmittel werden anders kalkuliert und erscheinen demnach als verschiedenes Verhalten. Sie sind auf jeweils andere Bezüge orientiert. Der Ankömmling führt mit sich Gewohnheiten und Überlegungen, für die ihm diesseits plötzlich die Anlässe fehlen. Er wird an seinen Nachbarn bemerken, daß sie Dinge nicht beachten, über die er erschrickt. Er wird sie beobachten bei Streitigkeiten, die er geringschätzen oder in der Öffentlichkeit vermeiden würde. Wo sie locker sind, ist er bedenklich. Echtes Ausland ist selten so fremd. Folgt die Beschreibung einige Zeit lang den Konturen seiner Wahrnehmungen, muß sie sich einlassen auf ein durchaus eigenständiges System, das nicht geeignet ist für die Beschreibung von Leuten mit anderer Staatsbürgerschaft. Die Existenz solcher Worte wie Scheu oder Lockerheit fördert die Illusion, daß man sie auf alle vorkommende Mimik und Gestik anwenden könne. Allerdings ist der Teil des individuellen Charakters am Verhalten ungleich geringer als der der Anlässe, die es steuern. Die Anlässe sind unvergleichbar. Das Gefüge der Assoziationen ist anders gruppiert: Polizist und Reklame und bräunlicher Staub auf dem Bahnsteigpflaster sind für den Ankömmling zum Beispiel gefährlicher geordnet als für die Mitreisenden. Die Anlässe sind nicht zugegen. Die Beschreibung kann den Bahnsteig verlängern bis zu den entfernten Gegenständen und Verhältnissen, die die schattenhaften Reaktionen dieses Fahrgastes immer noch auslösen. Vielleicht werden die Differenzen sichtbar, aber der Text ist aufgeschwemmt; und weitere Mängel sind nicht beseitigt. Denn es kommt hinzu, daß beide Machtapparate ihre eigenen sprachlichen Verabredungen getroffen haben und sie in ihrem Gebiet teilweise als Konvention durchsetzen konnten. Beide Städte Berlin etwa nennen sich frei einander unfrei, sich demokratisch einander undemokratisch, sich friedlich einander kriegslüstern usw. Einige dieser diffusen Formeln sind tatsächlich sprachgängig geworden und werden oft ohne Ironie angesetzt. Mithin führt der Reisende mit sich die Namen von Gegenständen, Glaubenssätzen, politischen Verhältnissen, die es nicht gibt, wo er eben aussteigt: deren Namen dort nicht geläufig sind. Da diese Namensgebung parteiisch und wertend verfährt, ist sie ohnehin nicht tauglich für den Text. Außerdem muß sie relativiert werden mit der Distanz, die der Reisende vielleicht zu ihnen bewahrt hat: daß er sie verwendet, heißt nicht, daß er sie billigt. Möglicherweise fand er keine zureichenden Ersatzbezeichnungen, so daß er die amtlichen hat benutzen müssen wie Münzen, deren Kurswert uneingestanden mit Wirklichkeit aufgerundet oder abgerundet werden mußte, bis der tatsächliche Wert ungefähr erreicht war. Jedenfalls wird es ihm mit diesem Material schwerlich gelingen, den Bewohnern des anderen Landes ein eindeutiges Verständnis seiner Lage auch nur anzubieten. Das gilt nicht nur für den Ort der Abfahrt, sondern auch für das Ziel seiner Reise. Er war bisher dem Informationsschema des verlassenen Landes ausgeliefert, das nicht nur einseitig arbeitet, sondern auch die Nachrichten des anderen Landes aussperrt, um es ungehindert interpretieren zu können. Nur manchmal und stets zufällig ist ein Vergleich zustande gekommen. Das allgemeine Mißtrauen gegen die Berichte der Zeitungen und Sender und Staatsämter ist lediglich defensiv, seine Ergebnisse sind vage. Es hat nicht in jedem Fall verhüten können, daß er Bezeichnungen und Bewertungen für die Situation jenseits der Grenze unkontrolliert aufnahm, die hat er mitgebracht, während der Fahrt sieht er schon die angekündigten Gegenstände und wird sie vorerst mißverstehen unter den Namen, gegen die er wehrlos gewesen ist. Es wird ihn Mühe kosten, sein Zeichensystem dem Bezeichneten adäquat zu verändern. Es wird ihn Mühe kosten, das Zeichensystem des fremden Landes zu erlernen, dies mit dem mitgebrachten zu vergleichen und endlich ein eigenes nach seinen persönlichen Erfahrungen anzustimmen. Ein Text, der sich mit diesem Aspekt des Vorgangs befassen will, wird eine Sprache gebrauchen müssen, die beide Gegenden in einen Griff bekommt und zudem überregional verständlich ist. Dazu benötigt er einen Maßstab, der sich durch Neuigkeit und geringe Dekkung selbst gefährdet. Auch kann das Ergebnis am Ende nicht mehr sein als eine separate Lösung. (Es versteht sich, daß einige dieser Bemerkungen nur gerechtfertigt sind durch den Umstand, daß diese zwei Städte einmal die Hauptstadt eines nicht geteilten Landes bildeten, und durch den Blick auf eine mögliche oder wünschbare Wiedervereinigung.)

Aus diesen Bedingungen des Themas (das gewissermaßen für Deutschland nach dem Krieg, als ein Thema, steht) sind verschiedene literarische Konsequenzen hervorgegangen. In diesem Fall, den ich Ihnen vortragen darf, haben sie sich eigentlich ausgewirkt auf den Platz des Erzählers. Wo steht der Autor in seinem Text? Die Manieren der Allwissenheit sind verdächtig. Der göttergleiche Überblick eines Balzac ist bewundernswert. Balzac lebte von 1799 bis 1850. Wenn der Verfasser seinen Text erst erfinden und montieren muß: wie kann er dann auf hohem Stuhl über dem Spielfeld hocken wie ein Schiedsrichter beim Tennis, alle Regeln wissen, die Personen sowohl kennen als auch fehlerlos beobachten, zu beliebiger Zeit souverän eingreifen und sogar den Platz tauschen mit einer seiner Personen und noch in sie blicken, wie er sogar selbst sich doch selten bekannt wird. Der Verfasser sollte zugeben, daß er erfunden hat, was er vorbringt, er sollte nicht verschweigen, daß seine Informationen lückenhaft sind und ungenau. Denn er verlangt Geld für was er anbietet. Dies eingestehen kann er, indem er etwa die schwierige Suche nach der Wahrheit ausdrücklich vorführt, indem er seine Auffassung des Geschehens mit der seiner Person vergleicht und relativiert, indem er ausläßt, was er nicht wissen kann, indem er nicht für reine Kunst ausgibt, was noch eine Art der

Wahrheitsfindung ist. Gewiß entstehen dabei Gesten, deren epischer Charakter umstritten ist, aber wenn zum Beispiel mit den erzählten Vorfällen wirksam verbunden ein ideologisches System vorkommt, so scheint dessen Diskussion auch eine Weise davon zu erzählen und nicht die am meisten unhandliche. Von einem Erzähler werden Nachrichten über die Lage erwartet, soll er sie berichten mit Mitteln, über die sie hinausgewachsen ist? In dem alten Streit wegen der Zeitdifferenz zwischen den populären und den unbekannten Methoden kann er gar nicht anders, als sich für die genaueren entscheiden, denn Genauigkeit wird von ihm verlangt. Allerdings ist das Gesetz auf ihn beschränkt, nach dem er die ästhetischen Mittel unablässig abzuwandeln sucht mit den unablässigen Veränderungen der Realität, natürlich geht er Kompromisse ein, und natürlich wird er sich gelegentlich Sorgen machen, weil viel weniger Leute das lesen wollen, als er möchte.

Hoffentlich habe ich die Schwierigkeiten mit einem Bahnhof der Berliner Stadtbahn dennoch so beschrieben, daß Sie ihn sich ungefähr vorstellen können. *(1961)*

Boykott der Berliner Stadtbahn

Bei der Betrachtung eines Stadtplanes fallen zwischen den begrenzten Farben für bebaute Flächen und Parks verbundene Liniennetze auf, verschiedene für Magistralen, Oberflächenverkehr, Schnellbahnen über und unter der Erde. Die Zusammenarbeit dieser Netze, der von Adern leicht vergleichbar, sagt gut für Gesundheit der Stadt. Ihr Blut bewegt sich darin, durchläuft die Glieder, hält sie belebt.

Eines dieser Systeme war in Berlin die Stadtbahn. Schon für den Ortsfremden lag die Hauptstadt in der Stadtbahn. Sie zog ihn aus den Fernbahnhöfen in die Provinzen der Stadt, mit ausstrahlenden Radialen und einem riesigen Ring brachte sie ihm einen räumlichen Begriff der Gegend bei, bevor sie ihn entließ in eins der Zentren oder der Stadtdörfer, von wo aus seine feinere Bewegung begann in den Bahnen unter der Erde, auf der Erde, den Bussen, durch einzelne Straßen, um die Ecke, in die Nähe des gewünschten Hauses. Für ihn wie für die Einheimischen tat die Stadtbahn das Ihre, wie ein anderes Verkehrsmittel das Seine, sie teilten die Arbeit der Beförderung, Organen vergleichbar.

Die Stadtbahn in Westberlin steht seit 1961 unter einem Boykott, den die Vernunft nicht erklärt, und selbst die Vorgeschichte ist nur davor.

Nach dem Krieg wurden die sowjetisch besetzten Bezirke der Stadt getrennt von den anderen, die seitdem als ein besonderes Westberlin leben. Das Abkommen der Siegermächte hatte auch gemeinsame Einrichtungen der Sektoren geteilt: So war der Betrieb der Stadtbahn der Ostberliner Reichsbahndirektion überantwortet, ihr Gebiet in Westberlin dem Hoheitsrecht der Stadtkommandanten unterstellt. Die Untergrundbahn kam unter Regie der Westberliner Verkehrsgesellschaft BVG, mit entsprechenden Einschränkungen in der Oststadt. Plötzlich 1952 wurden die Straßenbahnen und Omnibusse nicht mehr über die Grenze gelassen. Aber die Straßen standen offen, die Untergrundbahn unterhielt durch beide Städte gehende Linien, die Stadtbahn fuhr beide Städte aus und darüber hinaus ins Land.

An jedem einzigen Tage vor dem August 1961 wurde die Grenze

zwischen den Städten Berlin in beiden Richtungen fünfhunderttausendmal überschritten, vielmals in den gelbroten Zügen der Stadtbahn. Da kamen in den Westen Besuch, Verwandtschaft, Kunden, Käufer, Gäste, Arbeiter, Angestellte, Friedhofsgänger, Leute ins Kino, Flüchtlinge und Flüchtlinge. Da fuhren in den Osten die Besuche, Kunden, Putzfrauen zurück, dahin gingen Beschäftigte der Stadtbahn, Opernhausmitglieder und Publikum, Freunde, Verwandtschaft, Leute zum Friseur. Über den Anteil der Geheimdienstagenten werden uns die Archive in fünfzig Jahren Zuverlässiges nicht sagen. Fünfhunderttausendmal täglich, von neun Bewohnern beider Berlin immer einer war unterwegs, oft stellvertretend, hinüber und herüber. Die Städte blieben einander wenigstens bekannt, flüchtig verwandt, locker verwachsen.

Die Weststadt saß isoliert durch den Neuanfang der wirtschaftlichen und gesellschaftlichen Tradition, durch Absperrung vom Land, durch Wohlstand. Auch die Stadtbahn wurde in ihren friedensmäßigen Anschein hineingezogen, obwohl an ihr Züge waren, die hinter der weststädtischen Zeit her standen, wie Versteinerungen der Zeitschicht, nachkriegsverwittert, unverhältnismäßig, sozusagen absurd:

Auf Westberliner Gebiet waren in den Stadtbahnzügen alle ihresgleichen, oder doch in den Schutz dieser Gleichartigkeit aufgenommen. Fremd dazwischen, vergebens bemüht um Selbstverständlichkeit, standen Uniformen der ostdeutschen Bahnpolizei. Die setzten sich nur zu mehreren, wenn sie ein Abteil ganz belegen konnten.

Die oststädtische Stadtverwaltung unternahm auch den Versuch, in das Hoheitsrecht der weststädtischen Kommandanten einzusteigen, indem sie Symbole ihres Staates auf Stadtbahnhöfen aushängen ließ. Sie nahm deren Entfernung hin. Um so deutlicher wurde der Versuch.

Für einen Schreck reichte der Weststadt auch, daß ein Wasserrohrbruch im Osten die Stadtbahn im Westen anhalten konnte, da sie mit Ostberliner Strom fuhr.

Öfter wurden in den Nachtstunden Züge beschädigt von Betrunkenen und Jugendlichen, die auch mit Steinen warfen, die Schienen blokkierten. Obwohl diese Vorfälle den Durchschnitt der Kriminalität an anderen Orten der Stadt nicht überzogen, sagte die Ostberliner Verwaltung der Westberliner damit Sabotage nach, gab den Bahnangestellten aber ernstlich auf, der weststädtischen Polizei die Fahndung zu erschweren. In einem Fall ist vor Gericht erwiesen, daß die östliche Direktion ihre heilige Stadtbahn von käuflichen Rowdys beschädigen ließ, zugunsten einer unvorstellbaren Politik. (In den übrigen Fällen soll es sich um schlichte Straftaten gehandelt haben.)

Befremdend auch saß im Preisgefüge Westberlins der Fahrpreis der Stadtbahn um die Hälfte billiger als die Tarife der hiesigen Verkehrsgesellschaft. Diese Forderung stand in einem unwahrscheinlichen Verhältnis zum Betriebsaufwand und hatte den anders gemeinten, ostdeutschen Namen Kampfpreis.

Das alles ließ sich sehen und vergessen im Gedränge des allnachmittäglichen Berufsverkehrs, beim raschen Umsteigen, beeilen bitte. Dann wurde der Unterschied der Weststadt zu ihrer Umgebung in volle Kraft gesetzt durch Trennung.

Im Sommer 1961 hatte die ostdeutsche Regierung die Wirtschaft ihres Landes durch Eigensinn und Irrtum schwer beschädigt, die meisten ihrer Bürger durch Gewalt und Drohung so verärgert, daß bald an jedem Tage über tausend Leute auf der Stadtbahn nach Westberlin fuhren, der einzigen noch offenen Stelle Ostdeutschlands, entschlossen, dahin nicht zurückzukehren. Die Station, an der das Flüchtlingslager stand, und der Ausweg durch die Luft nach Westdeutschland, war lange schon ein geläufiges ostdeutsches Wort, als Hoffnung, als Redensart. Jetzt, da deren Regierung endgültiger drohte und die antikommunistische Presse der Westgebiete die Angst einpeitschte, wurde der Bahnhofsname zu einem panischen Ort. Die ostdeutsche Regierung verlor lebensgefährlich viele ihrer Arbeitskräfte, deren leere Stellen zogen täglich mehr nach. Die Zeit der völligen Ausblutung Ostdeutschlands hätte sich vorausberechnen lassen.

In dieser Situation fand die ostdeutsche Regierung nicht den Mut, ihre wirtschaftlichen Ursachen anzugehen, so dringend ihre Ideologie sie dazu verpflichtet hätte. Unter dem Vorwand, es werde in Westberlin und in Westdeutschland ein bewaffneter Angriff gegen Ostdeutschland vorbereitet, wurden die Grenzen um Westberlin völlig geschlossen mit Stacheldraht, Mauersteinen und Militär, was alles zusammen ein antifaschistischer Schutzwall genannt wurde, gerichtet gegen die eigenen Bürger. Am Ring der Stadtbahn konnte endlich Gebrauch gemacht werden von den schon 1955 vorbereiteten Wendeschleifen gegenüber den weststädtischen Bahnhöfen Gesundbrunnen und Sonnenallee. Die übrigen Verbindungen wurden demontiert, Schienen auseinandergebogen, Eisenpfähle eingerammt. Der Ring, eine fast natürliche Bahn im Organismus des Verkehrs: zerbrochen. Die Vorortlinien, die Einladungen der Stadt an die Städte, an Potsdam, Falkensee und Nauen, Velten, Oranienburg, Bernau, Straußberg, Erkner, Königswusterhausen, Teltow, Mahlow, Zossen: abgewürgt, zerschnitten, tot.

In Westberlin fuhr die Stadtbahn eingesperrt. In den ersten Tagen nach der Absperrung begannen die Fahrgastzahlen abzunehmen. Voller als gewöhnlich waren die Züge auf der einzigen Strecke nach Ostberlin, solange die Bürger Westberlins die andere Stadt noch betreten durften.

Die ostdeutsche Sprache verwies auf die Endgültigkeit, die dieser Staat mit der Schließung gewonnen habe, und verlangte, allen anderen Passierscheine ausstellen zu dürfen, und zwar bereits auf Westberliner Gebiet, auf den Stadtbahnhöfen. Als diese Büros in Fahrkartenschaltern im Auftrag der Stadtkommandanten und unter Hinweis auf deren Hoheitsrecht geschlossen wurden, schickte das Grenzmilitär die Westberliner zurück.

Die westdeutsche Sprache wollte den Grund so sehen, daß die andere Polizei nicht ausreichende Kontrollverfahren vorbereitet hatte für diesen Fall und deshalb allzu hilflos war gegen Leute, die hinüberkamen mit einem Westberliner Ausweis in der Hand und einem in der Unterhose, damit sie bei der Rückkehr Staatsbürger mit sich führten, die den Bildern im zweiten Ausweis nur ähnlich sahen. Damals glaubte man an eine vorläufige Aussperrung, eine Atempause für die Entwicklung besserer Kontrollen.

Tatsächlich sind immer noch die Bewohner des Westberliner Besatzungsgebietes die einzigen Nationalitäten der ganzen Welt, die weder über die Straße noch über die Bahn in die andere Stadt dürfen, es sei denn für immer. Wenn ihre Situation beschrieben wird mit der Versicherung, ihre Rechte seien in denen der Schutzmächte enthalten, so ist ihre Lage gefährlich, vorausgesetzt, ein Fehler verderbe die ganze Rechnung.

Dazu hören sie aus Ostberlin, sie hätten ihre Trennung von Freunden, Verlobten, Familie und Verwandtschaft selbst verschuldet, indem sie die Schließung der Passierscheinbüros sich hätten gefallen lassen. Da wird von merkwürdigen »vielerlei« Methoden politischen Protestes gesprochen. Da wird ihnen das Ergebnis der Wahlen zur Westberliner Selbstverwaltung angelastet als Einverständnis mit den Maßnahmen, die diese Verwaltung im Auftrage ihrer Vorgesetzten ausführt, und dies alles aus dem Munde einer Regierung, deren Partei in Westberlin auf die verächtlichste Weise geschnitten wurde und die sich wie anderen das Unterlassen von Einmischungen zum Prinzip macht.

In den ersten Tagen nach dem Aussperren der Ostdeutschen war die öffentliche Stimmung Westberlins gefährlich aufgeregt. Die Gründe für die Abwanderung in Massen waren zu unterschiedlich gewesen, als daß einer hier sie hätte zusammenfassen können, immerhin hatte die Verweigerung des Übertritts brutale Gesten. Das zunehmende Sperrbauwerk, damals schon Mauer genannt, fiel grausig aus der Zeit Westberlins heraus, war zurück in der Geschichte, tödlich für Leute ohne Uniform; ihre alltäglichen Bestandteile aus den Lagern des Wohnungsbaus, Mauersteine, Betonplatten und Winkeleisen, flossen mit dem Stacheldraht zu altertümlicher Drohung zusammen. Das passive Verhalten der Besatzungstruppen, insbesondere der weltmächtigen Amerikaner, versprach Unzuverlässigkeit, und obwohl eine unerheblich kleine Kampfgruppe bei ihrer Verlegung nach Westberlin mit unverhältnismäßigem Jubel begrüßt wurde, setzte sich als Beschreibung der Westberliner Lage die Redensart durch: Verkauft sind wir schon, wir fragen uns nur noch, wann wir wern jeliefert sein. Aufträge für die Westberliner Wirtschaft wurden mit anderen Gründen zurückgezogen, viel Großbürgertum verließ die Stadt, und die Zurückbleibenden erwarteten unbestimmbare Verschlechterungen, obwohl die ostdeutschen Machthaber Westberlin lediglich aus den Verhältnissen der eigenen Innenpolitik ausgeschlossen hatten. Auch erhob sich Zweifel an einer westdeutsch orientierten Politik, die ein solches Ergebnis nach sich gezogen hatte. In dieser Lage, die dringend nach massenpsychologischer Therapie verlangte, entstand die weitergesagte Auffassung, nach der der Stacheldraht auf der Krone der Mauer ein westdeutsches Fabrikat sei, verkauft gegen westdeutsches Geld.

Am 17. August rief der westdeutsche Gewerkschaftsbund in Berlin (DGB) auf zum Boykott der Stadtbahn und nahm dabei Bezug auf den Stacheldraht.

Sofort erhob die ostberliner Reichsbahndirektion von Westberlinern den Fahrpreis auch dann in Westgeld, wenn sie im Osten einstiegen.

Die Maßnahme, begründet nur in ihrer Richtung gegen die andere, konnte nicht eine Formulierung abfangen, die vorhandene Empörung kanalisierte, und zwar in der Vorstellung, vernünftigerweise müsse ein schwer angeschlagenes Land noch weiterhin geschädigt werden, dies abgesichert durch die Meinung, einleuchtenderweise sei ein diktatorisches Regime nicht fähig, sich auf Kosten seiner Untergebenen Devisen in ausreichenden Mengen zu verschaffen.

Auffällig genug waren eben die fünfhunderttausend Fahrgäste der Stadtbahn, die zumeist ihres niedrigeren Verdienstes halber auf dies Verkehrsmittel angewiesen waren, für diese Denkart von Ökonomie empfänglich. Am 19. August blieben bereits hunderttausend der Stadtbahn fern.

Es wurden am Bahnhof Zoo auch Leute tätlich angegriffen und als Kommunistenschweine beschimpft, wenn sie an die Fahrkartenschalter traten. Beauftragte des Gewerkschaftsbundes forderten auf Stangenplakaten: »Keinen Pfennig für Ulbricht!«, nämlich den derzeitigen ostdeutschen Staatsratsvorsitzenden, oder: »Die S-Bahn unter Westkontrolle!« und »Jeder Westberliner S-Bahn-Fahrer bezahlt den Stacheldraht am Brandenburger Tor!«

Der DGB erklärte am 20. August, er wollte nicht zu Gewalt gegen Einzelgänger geraten haben. Am 21. standen Plakatträger vor 46 Stadtbahnhöfen. Am 24. August betraten nur noch hunderttausend Fahrgäste die Stadtbahn.

Im Herbst sprach der westdeutsche Gewerkschaftsbund von dreißigtausend Benutzern der Stadtbahn und schloß daran die Bemerkung, ebenso viele Westberliner Stimmen seien bei den Wahlen zum Abgeordnetenhaus für die ostdeutsche Staatspartei abgegeben worden. Trotz ähnlicher Erpressung blieb die Zahl von etwa hunderttausend Fahrgästen am Tag bis 1963 beständig.

Wie beabsichtigt, gingen die Einnahmen der Stadtbahn in Westberlin zurück. Vor der Sperrung hatte man die Fahrgastzahl multiplizieren müssen mit 22 Pfennigen, das hatte einen monatlichen Betrag von zwei Millionen Mark ergeben. Nach der Sperrung verringerte die Verkürzung der Strecken den Multiplikator um einen Pfennig, und der Boykott beschränkte den monatlichen Eingang bei der Stadtbahn auf etwa 600 000 Westmark.

Eine Rolle Stacheldraht zu zwölf Metern kostet, bei Abnahme größerer Posten, 4 Mark.

Nicht nur behindert der Boykott die Auffassung der Lage; er beschädigt auch die Gesundheit der Weststadt; ihren öffentlichen Verkehr.

Von einem Tag auf den anderen kamen auf die Westberliner Verkehrsgesellschaft, einen Eigenbetrieb der Stadt, vierhunderttausend tägliche Fahrgäste mehr zu. Das kam einem Faustschlag in ein empfindliches, von Schwächeanfällen heimgesuchtes Gewebe gleich. Die BVG war gezwungen, private Omnibusse zu mieten. Viele kommunale Stadtverwaltungen Westdeutschlands, verschuldet, zuschußbedürftig, schickten Autobusse ihrer Verkehrsunternehmen, mit Fahrer, der Stadt Westberlin zu Hilfe in einer Lage, in die sie sich selbst gebracht hatte. Schneller als kaufmännisch mußte der Wagenpark vergrößert werden. Die rätselhafte Abneigung vieler Westberliner gegen die Untergrundbahn, unaufklärbar, behauptete sich. Es mußten unrentable Buslinien eingeführt werden, deren einziger Sinn in ihrer zeitweiligen Parallelität zu Stadtbahnstrecken lag. Der Zuwachs an Fahrgeldeinnahmen wurde so gründlich verschlungen, daß er das Ansteigen des Defizits bei der BVG nicht im mindesten aufhielt. Will man das Gedränge in den Autobussen, die langen Wartezeiten an den Haltestellen, die Zusammenbrüche der Fahrpläne, die eingeengten Busherden auf den überfüllten Straßen hernehmen als den Puls der Großstadt, so muß man ihn auch als provinziell erkrankt bezeichnen, will man im Bilde bleiben.

Es erweist sich, daß die Stadtbahn, 1882 angefangen als die erste Viaduktbahn Europas und seitdem zusammengewachsen mit der Stadt in achtzig Jahren, nicht zu ersetzen ist. Der Vergleich des Boykotts mit einer Amputation zieht den mit schweren Kreislaufstörungen nach sich.

Als die ersten Argumente zugunsten des Boykotts ermüdet waren, versuchte die Presse ostdeutsche Stacheldrahtgewinne oft zu beweisen mit der Behauptung, die Verkehrsanlagen der Stadtbahn würden nachlässig unterhalten und kaum repariert. Tatsächlich wandte die Stadtbahn 1961 verhältnismäßig geringe Mittel für Reparaturen auf, 1962 jedoch wurden Westberliner Firmen für ungefähr anderthalb Millionen Westmark mit Reparaturen des Oberbaus beauftragt. Allerdings hat die Ostberliner Reichsbahndirektion märchenhafte politische Hoffnungen über kaufmännische Vernunft gestellt, als sie den Fahrpreis von zwanzig Pfennig nicht den tatsächlichen Aufwendungen anpaßte, so daß von den monatlich eingenommenen 2 Millionen Westmark früher ganze 1,95 Millionen auf Löhne und Gehälter gingen. Da ist gar kein Reingewinn möglich. Es können nicht gut Mängel am Zustand der

Stadtbahn vorgebracht werden von denen, die diesen Zustand mit Boykott verschlechtern.

Mit ähnlicher Feinheit wird zum Boykott geraten, wenn es heißt, der Betrieb der Stadtbahn sei nicht sicher. Tatsächlich war die Berliner Stadtbahn vor dem Jahr 1939 mit ihren automatischen Streckenblocks die modernste des damaligen Europa. Die Beschäftigung Deutschlands mit dem Krieg verhinderte von da eine ordnungsgemäße Unterhaltung der Anlagen bis heute. Das liegende wie das rollende Gut ist überaltert, und wirklich hat der ungepflegte Zustand des Oberbaus dazu geführt, daß Bahnmeister ihren Dienst nicht mehr fortsetzen wollten, da sie für ein Unglück von dem Westberliner Kommandanten haftbar gemacht werden; es gibt lockere Schwellennägel, die unter den Zügen tanzen, die letzten Wagen schlingern in den wackligen Schienen, es gibt Schienenbrüche, Dauerkurzschlüsse, Motorenschäden, und es gibt die technischen Beauftragten der Kommandanten, die den Betrieb und Verkehr der Stadtbahn als befriedigend abgenommen haben. So bleibt bei diesen Ausstellungen bestenfalls der naive Stolz auf die modernste und leiseste Untergrundbahn in Westberlin übrig, der aber nichts weiß von dem technischen Zustand der Schnellbahnen in London, Paris und New York. Er entspricht dem der Stadtbahn.

Die Stadt Westberlin lebt freiwillig nach den Gesetzen der Marktwirtschaft, ihre Parteien versprechen dem Mittelstand Hilfe und Schutz. Die Kioske, Ladengeschäfte auf den Stadtbahnhöfen sterben einen langwierigen, schweren Tod. Und es ist nicht Ostdeutschland, das daran verliert, sondern die westdeutsche Treuhandstelle für das ehemalige Reichsbahnvermögen, die an solchen Mieten jährlich drei Millionen Mark einbüßt.

Die Sozialdemokratische Partei Deutschlands, die als Partei am 17. Oktober 1961 zur Fortsetzung des Boykotts aufrief, zahlt als Regierung den etwa 7000 Beschäftigten der Stadtbahn monatlich 40 Prozent des Entgeltes in hier gültiger Währung, da die Ostberliner Reichsbahndirektion nur den 700 Mitgliedern der ostdeutschen Staatspartei 100 Prozent Westgeld zahlt, den normalen Angestellten nicht mehr als 60. Da ostdeutsches Geld nicht konvertierbar ist, müssen diese Zahlungen den Betrieb der Stadtbahn stützen sollen, die es aber öffentlich nicht gibt.

Statt sich selbst an die Absichten des Boykotts zu halten und die durch den Ostsektor führenden Linien der Untergrundbahn stillzulegen, zahlte der Westberliner Senat bisher zwei Millionen Westmark nach Osten, ohne über die Verwendung dieser Summe eine Kontrolle zu haben, wie bei der Stadtbahn gemeint.

Der westdeutsche Gewerkschaftsbund, der der Stadtbahn die zwanzig Pfennnig des einen Westberliners nicht gönnt, läßt den andern fünf Mark für eine Benutzung der Autobahn mit dem Wagen entrichten und mehr, bis zu 130 DM für einen Lastwagen. Die ostdeutschen Behörden nahmen seit der Einführung der Straßengebühren im September 1951 bis zum gleichen Monat 1961 etwa 256 Millionen Westmark ein, dazu 2 Millionen Gebühren für Verkehrsdelikte, dazu 60 Millionen Gebühren auf den Wasserstraßen von und nach Westberlin; sie gaben aber für Reparaturen, Brücken, Umleitungen, Deckenerneuerungen höchstens 50 Millionen Mark aus, so daß sie bis dahin einen Reingewinn von 268 Millionen Westmark verzeichnen konnten, dessen Vermehrung die Vertreter des Stadtbahnboykotts nicht antasten, Stacheldraht hin, Stacheldraht her.

Es ist nicht einmal wahr, daß die Stadtbahn dem ostdeutschen Staat gehöre, daß allein dies schon ein Boykott rechtfertige. Die Stadtbahn war ein Bestandteil der Reichsbahn, wie in Hamburg. Das gesamte Vermögen der Reichsbahn wurde nach der deutschen Kapitulation von den alliierten Siegermächten beschlagnahmt. Das Liegenschaftsvermögen auf Westberliner Gebiet ist einer Treuhandstelle überantwortet. Das Betriebsvermögen der Stadtbahn ist der Reichsbahndirektion in Ostberlin übergeben, da sie mit dem Betrieb und Verkehr der Stadtbahn beauftragt ist. Das Eigentum an der Stadtbahn haben die Stadtkommandanten Westberlins. Demontiertes Material muß im jeweiligen Sektor neu verwandt werden, Verbringungen in andere Sektoren bedürfen der Genehmigung, Verkaufserlöse müssen einem Sperrkonto überwiesen werden. Hatten Sie das Besatzungsstatut vergessen? Und wenn einer wissen will, wohin die Einnahmen der Stadtbahn gehen, beobachtet er am besten die geheimnisvollen Transporte der Groschen in den Westberliner Stadtbahnhof Bellevue. Dort macht sich die Westberliner Verwaltung der Stadtbahn in ihrer Verlegenheit eine eigene Bank. Da sie mit anderen Banken nicht einmal zum Zweck des Sortenwechselns verkehrt, muß sie sich auf lächerliche Umwege verlegen, um die Westberliner Firmen für ihre Arbeiten an der Stadtbahn in hinlänglich großem Geld entschädigen zu können: Wer an einem Fahrkartenschalter einen großen Schein anbietet, bekommt mitunter ungefragt bis zu zwanzig und fünfzig Mark in Messing und Silber heraus, wenn er das tragen will. Das ist das Geld, das angeblich den Devisennöten der ostdeutschen Machthaber aufhilft.

Hier machen sich die politischen Führer Westberlins einen Spaß. Sie machen sich einen unpraktischen Spaß mit Leuten, die kein Auto haben, die nicht genug verdienen für die Tarife der hiesigen Verkehrsgesellschaften, denen der Unterschied zwischen zwanzig und fünfundvierzig Pfennig am Ende der Woche etwas ausmacht, die zeitraubende Umwege auf den Bussen hinnehmen müssen, Schlaf und Kraft verlieren müssen zugunsten der Lüge, damit könne etwas gegen den Kommunismus getan werden. Die Verwaltung Westberlins bestellt sich eine politische Demonstration und läßt sie von den Schwächsten bezahlen.

Wir haben hier eine Stadtbahn, elektrisch, geheizt, für Schnellverkehr. Nachdem die von uns gewählten Regierungen in unserem Namen, gegen unseren Auftrag jahrelang versäumt haben, die Ostdeutschen in den Westen, in den Frieden nachzuholen, sind wir endlich von ihnen getrennt durch verminte Grenzen zwischen den Machtgebieten, durch sichere Kontrollsperren, durch die Unterbrechung der Stadtbahn. Unsere Freunde wohnen wenige Stationen, wenige Minuten auf der Stadtbahn von uns entfernt. Wir dürfen sie nicht sehen. Die Ostberliner Linien umgehen uns, oder die in den Ostsektor führenden Ausgänge sind vermauert. Wir haben in unserer Stadt unbegreifliche Stellen genug, wir haben etwa einen exterritorialen Bahnsteig mitten in Ostberlin, über den wir aus der Nord-Süd-Bahn umsteigen können auf den Bahnsteig der Linie nach Westkreuz, wohin aber unsere Angehörigen, die wir vor dem Bahnhof wissen, nicht können, aufgehalten von Schildern, gekachelten Kontrollzellen, verbauten Aufgängen. Das reicht uns nicht.

Die Folge des Krieges, den die vorigen Deutschen uns nach Hause geholt haben, schieben wir auf die Stadtbahn. Wir anerkennen sie nicht. Wir radieren sie von der Karte. Und wenn uns jemandes Nase und Auffassung mißfällt, schicken wir ihm anonym eine Stadtbahnfahrkarte, damit er uns in den Osten verläßt mit seiner miesen Nörgelei an der Verschworenheit der Gemeinschaft. Hierin folgen wir der großen Politik unserer Seite. Da wir nichts tun können, tun wir zumindest dies. Nicht um den doppelten Preis würden wir damit fahren. Wenn wir hören, daß Überfälle und Notzuchtverbrechen jetzt nicht mehr nur auf Schuttplätzen und unbeleuchteten Straßen vorkommen, sondern auch nachts in der verödeten Stadtbahn, haben wir es kommen sehen. Dies alles tun wir in der Meinung, Ostdeutschland zu schädigen. Dazu haben wir den vernünftigsten Grund, sind dort doch unsere Liebschaften, Verwandtschaften, auch Brüder und Schwestern. Wir hacken uns ein Bein ab, wenn es uns paßt! – und sollte es die Stadtbahn sein. Wer weiß, wozu wir nächstens fähig sind. Für diese unsere Haltung lassen wir uns loben von der westlichen Welt, auch diese unsere besondere Lebensweise lassen wir die Westdeutschen mit ihrem Geld unterstützen. Wir lassen uns tapfer nennen, instinktsicher, unbeirrbar. So blicken wir in die Zukunft, mit solcher Klarsicht denken wir sie zu überstehen. Tatsache.

Nur manchmal ... nachmittags, wenn die Busse im Schritt hintereinander herfahren, voll bis zum Dach, gegen Monatsende, wenn uns die fünfzig Pfennig für den Fahrschein zum zweifachen Umsteigen schmerzen, wenn es für ein Taxi schon lange nicht reicht, wenn wir dennoch aus dem Süden in den Norden müssen binnen zwanzig Minuten ... manchmal erinnern wir uns der Stadtbahn, die auf eigenen Gleisen, ungekreuzt, eilig die Ecken und Enden unserer Stadt verbindet. Wir wußten von ihr. In den Restaurants unter ihr zittern Gläser, die Musik scheint in ihrem Dröhnen zu ersticken. Auf den Brücken sahen wir unsere alte Farbe: über einem Rot ein Gelb, klirrende Durchfahrt. In den Unterführungen erschrecken die jungen Hunde, Kinder fühlen Kopfschmerz. Nachts hörten wir das atmende Bremsen und Anfahren, singende Beschleunigung. Wir hatten aber den Verkehr mit ihr abgebrochen, jetzt gehen wir befangen auf sie zu, wie auf einen Geächteten, als stießen wir auch uns aus. An den Eingängen der Bahnhöfe, auf Brücken zeigen grüne Transparente das weiße S: Stadtbahn. Dann hatten wir uns doch nicht vorgestellt, daß die Ladengeschäfte mit Bohlen vernagelt zugestellt sind, und zwar nicht wegen Krankheit, Todesfall, Alter, sondern unseretwegen.

Oft sind die Fahrkartenschalter geschlossen, die Karten werden am Eingang des Bahnsteigs verkauft und gelocht, wir finden uns nicht gleich zurecht. Wir wundern uns über die entgegenkommende Freundlichkeit der Beamten, die dazu früher keine Zeit hatten, und wir erinnern uns, daß wir ihre Arbeitsstelle verfemt hatten. Wir brachten auch zuwege, daß die Züge seltener fahren, kürzer sind, an geschlossenen Stellwerken vorbei. Auf den Reklametafeln sehen wir die großen Firmen und Kaufhäuser unparteiisch mit uns rechnen, obwohl wir jetzt Verräter sind. Ein Maler streicht von hoher Leiter das Innere des Bahnsteigdachs, das hat man uns anders gesagt. Es stehen tatsächlich einige Leute auf der Plattform. Die Blicke gehen aneinander vorbei. Wir müssen lediglich Geld sparen, wir haben es bloß eilig, wir möchten nicht verachtet werden als Parteigänger der Institution, die all die Hunderttausende meiden wie aus einem guten Grund. Da wir der Stadtbahn ostdeutsche Staatsgesichtszüge aufgezwungen haben, könnte der Mann neben uns, jeder andere Fahrgast ein Parteigänger sein. Fast wäre uns ein Schläger lieber. Was sagt man dem, wenn er jetzt gleich was sagt. Es wird wenig gesprochen in den Abteilen, sie sind regelmäßig leer, und auch nach Ende der Arbeit kommt es nur zu zwei Leuten auf einer Bank, nicht zu Nachbarschaften. Dies war früher ein belebter Teil der Stadt. Wir ließen ihn krank werden, als hätten wir's dazu, gaben ihn auf, als sollte sie es nicht mehr lange machen.

Versuch, über unsere Stadtbahn eine Kurzgeschichte zu schreiben: Da kommt also am Sonntagnachmittag Frau Poggenrath zu Besuch bei ihrem Sohn. Sie kann mit seiner Frau nicht recht, die fremde Familie ist schwer niederzuleben, aber seit da der Enkel ist, sagt Frau Poggenrath doch immer: Ich will die Kinder ja nicht aus den Augen verlieren. Vorsichtig prustend steigt sie die glatte Betontreppe hinauf, hält inne auf den Absätzen, sieht ein neues Namensschild, danach wird sie am Kaffeetisch fragen. Man muß sich immer etwas zum Reden mitbringen bei Leuten, die was anderes leben. Seufzend legt sie die Hand wieder aufs Geländer und zieht sich höher. Mit Wasser in den Beinen, da lauf einer. Sie steht vor der Tür, es ist ihr Name, sie ist bewegt. Die Arme werden ihr lahm beim Zurechtrücken des Hutes. Jetzt ist sie nicht mehr kurzluftig, jetzt wird sie klingeln. Der Enkel öffnet, fünf Jahre ist er alt, er sieht ihrem Mann so ähnlich, vielleicht wird es an diesem Nachmittag keinen Streit geben. – Au fein! sagt der Knabe, ruft in den Flur: Omi ist da! Frau Poggenrath hört das schwere Ausatmen ihrer Schwiegertochter, sie lächelt in abknickenden Mundwinkeln, wenigstens freut sich das Kind. Gewiß sieht das aufgeweckte Kind der Omi mit Wohlwollen entgegen, weil sie etwas mitbringt, leider, aber es sieht doch wenigstens so aus. Nur, heute hat sie nichts, gestern war Festtagsputz, sie wollte noch einmal über die Straße und dem Kind diese Bilderbücher kaufen, die sein Vater aber nicht haben will, o Gott, die Treppen, und dann hat sie es vergessen. Der Blumenladen an der S-Bahn ist nun auch schon die fünfte Woche zu, was mag bloß mit den Leuten passiert sein? Ja, ihr kommen neuerdings so Abwesenheiten, sie muß gewiß noch zum Arzt, und was recht ist, soll Gewohnheit bleiben, heute hat sie nur etwas zu überreichen als Versprechen für den nächsten Sonntag. Und sie gibt dem Kind ihre Stadtbahnfahrkarte. Hat sie dem Knaben mitgebracht, zum Spielen wird es schon reichen. – Woher haste'n die? erkundigt der Knabe sich, er kann sie zwar gebrauchen, aber die Herkunft muß geklärt sein. Frau Poggenrath erklärt verwirrt: woher soll sie die wohl haben, von der S-Bahn doch. – Aber das darfst du doch nicht. Omi! sagt der Enkel vorwurfsvoll, und Frau Poggenrath weiß sich kaum zu lassen, Kinder haben manchmal so sonderbare Einfälle, man kann sie gar nicht so rasch verstehen, und jetzt wollen wir die Geschichte fortsetzen. Nein, der Junge ruft und petzt es seinem Vater, daß Omi mit der Stadtbahn gekommen ist. Darum geht es uns doch nicht, hören Sie mal. Ins Wort fällt uns leider der junge Herr Poggenrath mit der Erklärung, bei uns fahre die S-Bahn nur herum, um Geld zu holen für Stacheldraht. Da irrt der gute Mann, zum Beispiel laut Ordre 217 der Alliierten Kommandantur, da ist er falsch berichtet, sollen wir denn tatsächlich beginnen von vorn? Frau Poggenrath steht immer noch unter der Tür. Jetzt wehrt sie sich auch noch! Warum dürfte sie etwa nicht mit der Stadtbahn fahren, seit vierzig Jahren kommt sie auf der in die Stadt, was soll der Witz, was soll sie mit ihrer Rente, ihren kranken Beinen im Bus? Darum geht es uns nicht, die Geschichte will ganz woanders hin, sie bleibt aber stecken in dem Streit, der den ganzen Nachmittag währt bei Kaffee und Kuchen über die Stadtbahn, und insgeheim schiebt Frau Poggenrath alles auf die Schwiegertochter, die hat aber kaum was gesagt. Wer will denn da erzählen.

Wer möchte da erfinden. Nein, da sind wir doch lieber mit unserem Funkwagen, mit unseren Kameras und westdeutschen Gästen, mit unserer Reportage an den Innsbrucker Platz gefahren, sitzen friedensmäßig im September auf der Terrasse und bestellen uns ein gut geschenktes Bier. Wir erklären Ihnen die Situation am Beispiel des Verkehrs. Auf der Fahrbahn sehen Sie drei Reihen Autos nebeneinander vor der Ampel warten. Die Schlangen stehen bis zum Anfang des nächsten Blocks. Über den Zebrastreifen schwemmen Ströme von Fußgängern, die auf dem breiten Trottoir verrieseln, an der Bushaltestelle dicke Klumpen bilden und vergrößern. Der erste Bus nimmt nur drei Personen auf, der Schaffner schwitzt, schreit. Betrachten Sie weiterhin den Kreisverkehr, in den aus allen Richtungen Autos einfallen. Die Glastüren des Untergrundbahnhofs schwenken unablässig hin und her zwischen den Fahrgästen. Im ausgezehrten Himmel sehen Sie blitzend ein Flugzeug herankommen, ausgebucht, voll besetzt setzt es schräg zur Landung an. Im Hintergrund der Szene läuft leise rasselnd die Stadtbahn aus der Halle über die Brücke. Die Fenster zerhacken das Gegenlicht. Die Stadtbahn ist leer. *(1964)*

Ein Teil von New York

Upper Westside, das ist ein Viertel von Manhattan, in New York, aber nicht ein Viertel mit einem Begriff. Ein Viertel wie Greenwich Village in New York meldet sich zumindest als sein Mythos, auch solche Namen wie Trastevere in Rom, Montmartre in Paris, Pöseldorf in Hamburg tun gleich bekannt mit einer Legende, mit einer Ansicht aus Erinnerung und Phantasie, die eine ungenaue Vertraulichkeit erlaubt. Dazu muß ein Viertel nicht berühmt sein. Gewöhnliche Stadtviertel lassen sich mit einem Kennzeichen einführen, sie sind charakterisiert, ihr Leumund gibt einen vagen Hinweis auf ihr gesellschaftliches Klima. Die Obere Westseite in New York, Manhattan, bietet einen solchen Begriff nicht. Die umgebenden Viertel reichen einer Beschreibung viele Finger: im Norden die Morningside Heights heißen nach einem Park und nach einer Straße, die Harlem überblickt, in Morningside Heights ist die Columbia-Universität, die einen Block nach dem anderen aufkauft und zu einer Stadt in der Stadt wird, sind berühmte Kirchen und ein Krankenhaus, die nicht nur den Anblick jenes Viertels bestimmen, sondern auch das Leben darin. Das Viertel südlich der Oberen Westseite bietet das Lincoln-Center an, die Oper, die Philharmonie, ein Theater, steigende Bodenpreise, Stadterneuerung, einen immensen Wohnkomplex, modern und vielstöckig. Jedoch die Obere Westseite läßt sich bloß vorstellen mit ihrer Lage. Sie befindet sich im Nordwesten der Insel Manhattan, zwischen der siebzigsten und hundertzehnten Straße, im Osten begrenzt durch den Central Park, im Westen durch den Fluß Hudson. Zwischen Süden und Norden verlaufen die Straßen am Central Park, die Columbus Avenue, die Amsterdam Avenue, die West End Avenue, der Riverside Drive, schräg durch das Kastenmuster geht der Broadway. Allgemeine Auskünfte über das Viertel sind so kräftig wie ihr Gegenteil: in den Seitenstraßen sind Slums. In den Seitenstraßen sind bürgerliche Wohnstätten, poliert wie edles Gestein. Aus der Luft gesehen scheinen die Hochbauten entlang des Central Park und des Flusses das Viertel einzudämmen, ein ungleichmäßiges Geschiebe aus Türmen und Hütten. Wieviel Blocks sind das? Nicht ganz zweihundert. Wieviel Leute kommen auf einen Block? Nahezu eintausend, mehr als in der Welt gewöhnlich. Was für Leute wohnen da, gehört das Viertel einer Gruppe mehr als den anderen? In der Mehrheit sind die Weißen verschiedener Herkunft, ohne die Juden sind sie die Hälfte, die Juden stellen ein Viertel, die Lateinamerikaner sind ein Sechstel, die Neger ein Achtel, der Rest ist zusammengesetzt aus Japanern und Chinesen und anderen. Alle sind Amerikaner, aber alle Gruppen halten fest an ihrer Sprache, an ihrer Kultur, sie verbinden sich nicht miteinander, und die verwirrende Mischung ist nicht beständig, ihre Anteile wandern zu und weg, bleiben nicht wie in einer Heimat. Die Obere Westseite hat nicht mal einen Namen. Früher haben hier die Holländer ein Dorf gegründet, es hieß Bloomingdale, ›Tal der Blumen‹, aber ein Blumental ist es nicht mehr, sondern eine bis aufs engste zugebaute Wohnstadt, und übriggeblieben ist nur die nüchterne Beschreibung nach der Geographie. Die Sprache beweist, daß dem Viertel eine unabhängige Identität abgeht, vom Zusammenhang in einer Gemeinde lieber zu schweigen, denn wenn die Bewohner unter sich von diesem Viertel sprechen, nennen sie es ›the area‹, das Gebiet, als wäre es nicht bebaut und nicht bewohnt, oder doch nur eine zufällige Ansammlung von Häusern, ein zufälliges Nebeneinander von Leuten, keine Nachbarschaft, eine Gegend aus Unterschieden.

Der offensichtliche Unterschied ist der zwischen Reichtum und Armut, dem angenehmen Leben und einem Leben in Schwierigkeiten. Für das Leben im Wohlstand stehen hier die Straßen Central Park, West End Avenue und Riverside Drive, altmodische, solide, zäh verteidigte Erbstücke. Central Park West blickt auf sorgfältig kultivierte Landschaft, künstliche Seen, gespiegelte Wolken, hügeliges Grün, ausgewachsenen Fels, Wiesen, gewundene Wege, durch offenen Himmel zu der immer noch besseren Adresse Fifth Avenue, die strahlend unter ihren Wassertöpfen hockt. Die West End Avenue, dicht am Hudson, ist eine tiefe, nahezu finstere Schlucht zwischen Ziegelungetümen und weist die Zähne des Reichtums, die Baldachine vor den Portalen, die livrierten Türsteher, die nach Taxis für ihre Brotgeber pfeifen, die reingefegten Gehsteige, die gefaßte Stille, die sich schweren Güterverkehr verbeten haben will. Die dritte dieser Straßen, der Riverside Drive, wird unter die berühmten Straßen der Welt gerechnet, aber auch sie ist kein Wahrzeichen der Oberen Westseite, sie ist dem Viertel angesetzt, nicht angewachsen.

Der Riverside Drive längs des Flusses Hudson, ›Straße am Fluß‹, angelegt in den achtziger Jahren des vorigen Jahrhunderts, ist der innere Rand einer ausgedehnten Kunstlandschaft, die mit einer Promenade am Fluß beginnt und landeinwärts geht mit einer Schnellstraße aus getrennten Fahrbahnen und geradezu gärtnerischen Zufahrtslösungen, dann mit einem breiten, hügeligen Park vierzig Blocks lang (unter dem Park ist eine Eisenbahnlinie eingegraben), mit Denkmälern, Spielplätzen, Sportplätzen, Liegewiesen und bankgesäumten Spazierwegen. Erst dann rahmt den Park die eigentliche Straße, die an vielen Stellen gekrümmt ist, über zierliche Bodenbuckel schwingt, schmale Abfahrtfinger hinter wiederum Grüninseln zu den Häusern ausstreckt, ein Unikum in Manhattan: eine Veranstaltung von Gartenkunst, eine Straße mit Aussicht auf Bäume, auf Wasser, auf Landschaft. Um die Aussicht ging es. Die Aussicht wurde beschlagnahmt. Denn die Häuser entlang des Riverside Drive, kaum eines unter zehn Stockwerken, die meisten darüber, wurden für die neue Aristokratie des neunzehnten Jahrhunderts gebaut, für das junge Geld, Eisenbahngeld, Minengeld, Ölgeld, Spekulationsgeld, das Geld der industriellen Explosion. Riverside Drive sollte die Fifth Avenue als Wohngegend übertreffen, mit dem reichlichen Fassadenschmuck im orientalischen, italienischen, ägyptischen, immer prächtigen Stil, den Achtzimmerfluten, den Dienstbotenkammern, versteckten Lieferantenaufgängen, den feierlichen Foyers, den Angestellten in der Uniform, mit der reservierten Aussicht auf Natur. Am ganzen Riverside Drive gibt es nicht ein Geschäft, keinen Laden, nur zwei, drei Hotels, allerdings Residenzen für Dauergäste. Wo der Kommerz wohnte, wollte er von Adel sein. Hier wohnten solche Figuren wie William Randolph Hearst, der Axel Springer der USA, der wahre Erfinder des schmutzigen Journalismus, und zwar wohnte er gleich auf drei Stockwerken, die er später zu einer kirchenhohen Halle ausbaute, der seinen privaten Fahrstuhl hatte, dann noch mehr Stockwerke, bis er sich alle zwölf kaufte, 1913. Eine Adresse am Riverside Drive bedeutete damals Vermögen und Kredit, Macht und fürstlichen Rang. Es war eine Straße für Weiße, Angelsachsen, Protestanten. Zu ihnen stießen nach dem Ersten Weltkrieg jene Juden, denen die ehemals exklusiven Quartiere Harlems nicht mehr standesgemäß schienen, und die Immigranten von der unteren Ostseite, deren Einkünfte inzwischen ausreichten für das Prestige dieser Adresse, Emigranten, die es geschafft hatten. In den dreißiger Jahren kamen die Juden aus Deutschland, anfangs mit dem Haushalt in Kisten, dann ohne Gepäck, dann aus den von Deutschland besetzten Ländern Europas, und nach dem Krieg kamen die Überlebenden der Konzentrationslager und Bürger des Staates Israel, unveränderliche Europäer, die mit den Nöten, dem Klima, der Belagerung Israels nicht zurechtgekommen waren, so daß am Riverside Drive und an der West End Avenue eine jüdische Kolonie versammelt war, nicht nur verbunden durch Familie und Religion, sondern auch durch die Erinnerung an das verlorene Europa. (Eine Emigrantin aus Karlovy Vary, der die Erinnerung an die Heimat auf den heilen Tod verleidet ist, spricht von Heimweh nach Karlovy Vary, von Heimweh nach Europa, nach dem Geschmack des Brotes zu Hause. Sie lebt seit fünfzehn Jahren am Riverside Drive.) Dann zogen auch die jüngeren und bessergestellten unter den Juden in die Vororte nördlich der Stadt, den Kindern zuliebe.

Aber die Fifth Avenue hat der Riverside Drive als Residenz nicht überflügelt, hier wohnt nicht die Witwe des Präsidenten Kennedy mit Herrn Onassis. Hier wohnen die Pensionäre, die Leute mittleren Einkommens, die angestellte Klasse, intellektuell Beschäftigte, Studentengemeinschaften. (Ein Schlachtergeselle lehnt es ab, hierherzuziehen, er glaubt an den eigenen Rasen vor dem eigenen Haus.) Die meisten Häuser sind sich noch zu fein für dunkelhäutige Bürger als Mieter; Neger dürfen sie verwalten, in Stand halten, den Lift führen, das Messing putzen. Immer noch scheinen die grandiosen Baumassen Burgen des Wohlstands, eher ehrwürdiger durch Verwitterung, aber in ihnen sitzt auch das Alter der Vernachlässigung. Manche der herrschaftlichen Zimmerfluchten sind in sparsame Kleinappartements aufgeteilt, es gibt leckende Heizungen, Geklapper in der Klempnerei, Ketten von Defekten und in den Foyers jene sanfte Haut aus Schmutz über dem Marmorpaneel und dem ältlichen Mobiliar, gegen die Wasser und Besen nichts mehr vermögen. In einigen Häusern sind die Mieten durch ein Gesetz seit dem Kriege eingefroren. Die Türsteher, die nicht nur den Mieter begrüßen, sondern auch Einbrecher und Kindesentführer fernhalten sollten, sind inzwischen selten zu sehen, und oftmals sind die bemannten Aufzüge ausgewechselt gegen automatische, in denen die Fahrgäste einen Fremden mit Vorsicht besehen. Jedoch ist es nicht leicht, in diesen Häusern eine freie Wohnung zu finden, aus noch anderen Gründen als denen der Hautfarbe und des Einkommens. Die

Decken sind hoch, der Zimmerplan ist altmodisch, die Wände dämmen den Schall; die Verwaltungen besorgen den Müll und die Reparaturen. Die Straße gilt als beinahe sicher (Mißtrauen begegnet den Homosexuellen, die einander sommers am Denkmal der Soldaten und Seeleute abpassen und es den Hochzeitskuchen nennen.) Und die Straße gehört zu den stillen. Wenn es hoch kommt, sieht sie im Jahr zwei Paraden. Wohl dringt von der Schnellstraße am Fluß ein nahezu gleichmäßiges Motorengeräusch herüber, in meeresähnlichen Wellen, zwei Jahreszeiten lang durch das Parklaub gefiltert, aber außerhalb der Stoßzeiten (und der Wochenenden vor und nach nationalen Feiertagen) ist der Riverside Drive selbst eine Straße mit Nahverkehr, in der Nacht leer und lautlos, bis sechs Uhr morgens, wenn die ersten zur Arbeit fahren und die hohlen Pfiffe der Eisenbahn unter den Parkwülsten in den dünneren Schlaf dringen. Schließlich, die Aussicht ist unverletzlich.

Die Aussicht geht auf nichts als ein anderes Ufer, ein Stück des Staats New Jersey, aber das Ufer steigt steil und hoch auf, und die Breite des Flusses kann die architektonische Wüstenei auf der anderen Seite in das Trugbild einer Landschaft verwischen, in die Einbildung von Offenheit und Ferne. Der Fluß unter dem unverstellten Himmel zieht auf das nahe Meer zu, bietet langsam reisende Schiffe, nachts Nebelhörner, grüne, graue, blaue Farben gerahmt von denen des Parks, eine Ansicht von Ferien. Aber der Fluß ist so vergiftet von industriellem Abfall und Abwässern, daß die Fische schon hoch im Norden sterben und ein Bad für Menschen lebensgefährlich ist, nicht etwa wegen der Strömung. Der Fluß sammelt das Licht des Himmels und färbt mit seinen Dünsten die Wolken über ihm, aber der Himmel ist dick durchsetzt mit Schwefeldioxyd, Kohlenmonoxyd und festen Rauchpartikeln, die immerhin die Sonnenuntergänge gefährlich kolorieren helfen. Die frühe Sonne rötet das jenseitige Ufer, und die Industrie pflanzt in die Richtung des Blicks auf die Natur unausweichliche Buchstaben, die den Schwärmern auch dieser Straße einhämmern sollen, wer wohl zum Backen Bestes bietet. (Eine friedfertige und gefaßte Dame hat angekündigt, sie werde eines Nachts mit ihres Mannes Schießgewehr jene rote Neonbatterie zerknallen, die irrsinnig pausenlos ALCOA, ALCOA ins Fenster ruft. Sie weiß gar nicht, wie man ein Gewehr hält, aber ihr Mann besitzt eines.) Die Dächer des Riverside Drive geben dem Gekreisch Alcoas mit keinem Leuchtzeichen Antwort. Über den blinkenden Lichterterrassen New Jerseys, über dem Farbenknäuel des

Rummelplatzes auf den Palisaden, über dem grauen Fluß, einem weiten Tor nach Norden, sind an flachen Kabelbögen weiße Birnen aufgereiht, über das doppelstöckige Brett zwischen den beiden Pfeilern der George Washington Bridge tappen Scheinwerfer und Katzenaugen, und die Reiseführer der Welt empfehlen den Anblick.

Zur Aussicht gehört der Park, das breite wiesige Gelände aus sanften Abhängen, Spazierwegen, Stützmauern, Fahrbahneinschnitten, Tunneln zum Fluß, alten Bäumen. In den unteren Etagen färbt er das Zimmerlicht. Nachts halten die Blätter Laternenlicht unter sich in strahlenden Höhlen. Der Park ist benutzbar, denn er hat die Vorliebe der Polizei gefunden. Dort fahren die Funkwagen zu Verschnaufpausen und Manneswörten auf, und in der warmen Jahreszeit stellen die Ordnungsmächte ihre Pferde in den tiefen Schatten des Gebüschs. Im Sommer scheint der Park die Stätte eines beständigen Volksfestes. Die Bänke an der Uferpromenade sind dicht besetzt mit Ausflüglern aus den ärmeren Gebieten, Tennisspiele sind im Gange, Männer an Angeln hoffen auf Fische von robuster Konstitution, Schachspieler sitzen rittlings auf den Bänken und erteilen Kiebitzen Unterricht, Leute mit der vorgestrigen Zeitung überm Gesicht schlafen wie in der eigenen Wohnung, die der Park sein mag, Spaziergänger mit Hunden begegnen einander und bleiben gern stehen zu einem Gespräch über ihre Tiere, Picknicks breiten sich im Grase aus, halbnackte Kinder springen und kreischen unter den blitzenden kühlen Fontänen auf den Spielplätzen, jagen die Schaukeln, drängen sich um den Mann mit dem Eiskarren, und Eltern auf den Bänken richten durchaus das Wort aneinander. Das Bild scheint aus friedlichen Vorgängen zusammengesetzt, und tatsächlich fühlen viele Anwohner des Riverside Drive Zusammengehörigkeit. Sie haben ein Ausmaß von Erziehung gemeinsam, ihre Einkommen sind vergleichbar, sie sind nur in Ausnahmen nicht rosahäutig, sie schicken ihre Kinder in die gleichen Anstalten, sie haben gemeinsame Wohnbedingungen zu verteidigen und treten als Gruppe bei politischen und Elternversammlungen auf. Wer morgens mit einem Kind an der Hand auf den Bus wartet, kann fast sicher darauf vertrauen, von Unbekannten zur Schule oder zum Kindergarten mitgenommen zu werden, womöglich das Kind allein in das fremde Auto steigen lassen, und der Busfahrer, dem gequetschten Stadtverkehr in den raschen Fluß des Riverside Drive entkommen, spricht mit den hier Zusteigenden wie mit einer Familie, die netter ist als die anderen. Aber die dunkelhäutigen

Sonntagsausflügler kommen aus Gegenden, in denen Parks nicht vorgesehen sind oder bei der Polizei weniger beliebt und nun zerstört, das Gras verdorrt und weggetreten, die Bänke zerschlagen, die spärlichen Bäume beschädigt und der Boden dicht bestreut mit Splittern von Glas, das da in säuberlicher, gleichmäßiger Wut zerschlagen wurde, da knirscht jeder Schritt. Im Riverside Park sind die dunkelhäutigen Kinder an einem Wochentag in der Minderheit, sie spielen in Gruppen für sich, und die Negerin im weißen Kittel, die ein Rudel wild rennender Kinder im Auge behält, paßt nicht auf ihren eigenen Jungen auf, sondern auf den ihres rosahäutigen Arbeitgebers. Auf den Baseball-Plätzen sind die Puertorikaner für sich, auf den Basketballfeldern üben die Neger für sich allein, und Fußball spielen die Westinder untereinander. Leute vom Riverside Drive warnen den ausländischen Touristen vor den Seitenstraßen um die Ecke und raten ihm, sie nachts mit wenigstens und nicht mehr als acht Dollar in der Tasche zu betreten, dem ungefähren Preis für eine Heroininjektion, damit der Angreifer wenigstens das Messer stecken läßt. Um die Ecke sind die Slums, von hier aus gesehen gesellschaftliches Ausland.

Das Wort Slum ist akzeptiert, es bedarf keiner Übersetzung ins Deutsche mehr. Seine Herkunft ist nicht zu finden. Ursprünglich soll es ein abfälliger Ausdruck für ein Zimmer gewesen sein. Die gewöhnliche Entsprechung im Deutschen ist das ›Elendsquartier‹. Aber die Slums der Oberen Westseite sind nicht eigens für das Elend vorbereitete Quartiere, anders als die von Bauspekulanten zusammengeklatschten Arbeiterblocks in deutschen Großstädten, ein Bidonville in Paris oder ein Barackendorf für Flüchtlinge. Die Slums in New York sind nicht als Slums gebaut. Diese ›brownstones‹, so genannt nach der Fassade aus rötlichbraunem Sandstein, waren nach dem Bürgerkrieg geradezu das Abzeichen für bürgerlichen Wohlstand. Die geräumigen Aufgänge waren für würdige Auftritte geschaffen. Die vier Stockwerke waren bestimmt für eine einzige Familie mit ihren Dienstboten, innen reichlich ausgestattet mit Edelholztäfelungen, eichenem Parkett, marmornen Kaminen, geschnitzten Türen, gedrechselten Treppenspindeln. Es waren Luxusbauten, und der Schmutz am Beischlag, die verrotteten Möbelstücke und Matratzen, die unverdeckten Mülleimer und der verstreute Abfall, die verschmierten Fenster passen nicht zu ihnen. Es sind aufgegebene Häuser. Gebaut wurden sie für Weiße, Protestanten, Angelsachsen. Die Iren, die in den siebziger Jahren des vorigen Jahrhunderts in hellen Scharen hierherkamen, versammelten sich in den Miethäusern entlang der Columbus und Amsterdam Avenue, aber viele sparten auf ein solches braunes Haus nach der letzten Mode und nutzten den Besitz durch Untervermietungen. Die Iren waren die kräftigste politische Gruppe des Viertels, bevor die Juden aus Harlem zuwanderten. Nach dem Zweiten Weltkrieg zogen in großen Wellen Neger aus den New Yorker Gettos und Puertorikaner zu, und die weißhäutigen Einwanderer, längst angepaßt an die vorgefundene Werteskala, gaben eine Straße nach der anderen auf. Allerdings nicht ganz. Aus einem solchen Einfamilienhaus kann der Besitzer zunächst einmal vier Wohnungen machen, je eine pro Stockwerk, und mit den erhöhten Mieteinnahmen die Einbuße im Grundstückswert wettmachen. Aus diesen kleinen Wohnungen kann der Hauswirt wiederum Einzelzimmer herstellen. Inzwischen hat er ein Vielfaches der alten Miete. Da seine Mieter, die aus Harlem kommen, auch solche Wohnbedingungen noch als eine Verbesserung ansehen müssen und die spanisch sprechenden Einwohner zu einer Gegenwehr anfangs noch nicht fähig sind, ist es dem Hauswirt unbenommen, weiterhin Reparaturen zu verschleppen, an der Heizung zu sparen, auf einen Hauswart zu verzichten. Das Gesetz sieht für alle solche Vernachlässigungen Strafgebühren vor, aber Leute ohne Schulbildung und ausreichende Kenntnis der Sprache prallen am bürokratischen Apparat ab, und die Gerichte sind dem Slumwirt milde gesonnen, denn er vertritt die Begriffe von Erwerb und Eigentum. Solche Geschäftstüchtigkeit stellt den Slum erst einmal her: die Häßlichkeit und Durchlässigkeit der Trennwände, die nicht reparierten Fensterscheiben, die defekten Türsicherungen, die kaputten Briefkästen, den glitschigen verkrusteten Dreck schon im Korridor, die Küche im Schrank, den ekelhaften Zustand der sanitären Einrichtungen, die Verseuchung der Zellen durch Ungeziefer und allerdings ein Verhalten der Slumbewohner, das ihrer gesellschaftlichen Lage entspricht.

Konservative Weiße, wenn sie Negerfamilien aus ihren Appartementhäusern fernhalten wollen, weisen auf die Slums und glauben zu beweisen, diese Schwarzen verstunden es einfach nicht, in einer Zivilisation zu leben, als sei das eine natürliche Veranlagung. Idiotisch wie alle Argumente, die einer gleichmäßigen Verteilung des gesellschaftlichen Reichtums einen Riegel vorschieben sollen, übersieht dies, daß nicht sämtliche Neger in Slums wohnen und daß nicht nur Neger in

Slums wohnen. Das Vorurteil der amerikanischen Nation gegen ein alteingesessenes Zehntel ihrer Angehörigen mag unbegreiflich sein; die Gegenstände, die mit Hilfe dieses Vorurteils verteidigt werden, sind handfest. Es geht um Arbeitsplätze als ein Mittel des Einkommens, um Ausbildung als ein Mittel zu besserem Einkommen, um Gleichberechtigung als eine Sicherung des Einkommens. Keine Gruppe hat um diese Bürgerrechte so lange kämpfen müssen wie die Neger. Die davongelaufenen und freigelassenen Sklaven, die im vorigen Jahrhundert in den fortschrittlichen Norden aufbrachen, wurden dort isoliert in reservierten Vierteln, ausgebeutet von weißen Hausbesitzern und Kaufleuten, ausgeschlossen von gleichberechtigter Erziehung und Ausbildung, immer zuerst gekündigt, immer zuletzt angestellt, und sie sahen Gruppe nach Gruppe von auswärts einwandern, Fuß fassen, zu gleichberechtigten Bürgern werden, die Iren, die Italiener, die Juden, in den fünfziger Jahren die Puertorikaner. 1960 wie heute läßt sich ihre Lage in klassischen Zahlen zusammenfassen: »Das Negerkind hat... ungeachtet seiner Begabung, statistisch... halb soviel Aussicht, die Oberschule abzuschließen wie das weiße Kind, ein Drittel soviel Aussicht, die Universität zu absolvieren, ein Viertel soviel Aussicht, in einem Fachberuf zu arbeiten, und viermal soviel Aussicht, ohne Arbeit zu sein« (John F. Kennedy, in einer Wahlrede). Was immer die Wurzel sein mag für die traumatische Aussperrung durch die Weißen, die Gruppe der Neger muß aus diesem Grund die höchsten Verluste im Arbeitskampf hinnehmen, konsequent stellen sie die meisten derjenigen Bürger, die die Hoffnung auf Arbeit aufgegeben haben, die zu dieser Hoffnung nie imstande waren, die sich fallen lassen in den Slum. Der Slum ist ein Gefängnis, in das die Gesellschaft jene deportiert, die sie selbst verstümmelt hat. Das sind Wohnungen, aus denen die Wanzen nicht mit der geduldigsten Anstrengung vertrieben werden können, in denen am Kühlschrank nicht die Kühlung der Nahrungsmittel die wichtigste Funktion ist, sondern die des Tresors, den das Ungeziefer nicht knacken kann. Kinder in den Slums haben gelernt, einen Rauschgiftsüchtigen, einen Homosexuellen, einen Alkoholiker auf der Straße zu erkennen und als einen alltäglichen Bewohner der Nachbarschaft zu erwarten; die Hunde bellen die torkelnde Figur mit der Flasche an und können sich kaum beruhigen. Diese Kinder sind um Spiele verlegen, sie stehen umher gleich Arbeitslosen, beobachtend, gelangweilt, feindselig. Die Neger in den Slums fühlen sich vernachlässigt von der Polizei, ihre Straßen werden spärlich patrouilliert, Einbrüche bei ihnen werden lässiger verfolgt, bei einer Schlägerei wird der Dunkelhäutige eher festgenommen als der Hellfarbige; dennoch wünschen sich die Neger einfach mehr Polizisten, besseren Schutz (wo die Weißen es sich leisten können, eine zivile Aufsichtsbehörde für die Ordnungskräfte zu fordern). Zwei Drittel der Neger in der Oberen Westseite sind einzelne Männer, wahrscheinlich nicht zuletzt, weil eine vom Ernährer verlassene Familie einen Anspruch auf Fürsorgeunterstützung hat, aber auch vollständige Familien wohnen hier in einem einzigen Zimmer. Die Kinder, die dort Hausarbeiten machen sollen, die notwendig Zeugen unausbleiblicher Streitszenen werden, kommen müde und verstört in die Schulen, ihre Leistungen müssen hinter den Anforderungen zurückbleiben, sie verlassen die Schulen so früh als möglich und beginnen in niederen Berufen zu arbeiten, die mit der elektronischen Entwicklung aussterben werden, und sind ausgebildet für die Armut. Die Stadtverwaltung versucht durch ihre Fürsorgebehörden wenigstens flicken-, fetzen-, krümelweise Fällen der Not abzuhelfen, sie bietet vorzeitigen Schulabgängern Kurse in Berufen, sie fördert den gemeinschaftlichen Schulbesuch von hellen und dunklen Kindern; diese Programme sind dekorativ, Beschwichtigungen, Kuren am Symptom, sie sind ohne Einfluß auf die wirtschaftliche Lage der benachteiligten Gruppe, stützen nicht ihre Familienstruktur, heben die Isolierung nicht auf. Wo es auf Ordnung nicht mehr ankommen kann, fliegen die Abfälle aus dem Fenster, und wenn sie auf einem weißen Hinterhof landen, könnte es Post sein: tatsächlich heißt der Vorgang Luftpost. Die Weißen hören als Gruppe nicht, vielleicht hört der weiße Passant etwas, neben dem auf dem Bürgersteig eine Flasche zerplatzt. Da diese Wirklichkeit einen Ausweg in das lebenswerte Leben nicht enthält, warum dem Leben nicht in den Illusionen und Krankheiten des Rauschgiftes entgehen. Da die Weißen als Gruppe Hilfe verweigern, warum nicht dem einzelnen Weißen ein Messer aufs Herz setzen und seiner Brieftasche, seiner Ladenkasse, seiner Wohnung Hilfsmittel entnehmen. Da die Gesellschaft um dieses Leben einen Zaun errichtet hat, warum die Normen der Gesellschaft einhalten, warum die Fürsorgerin anders behandeln als den Überbringer einer Abschlagszahlung, warum nicht die Kinder betteln schicken, warum unter Dächern wohnen. Da die Verbindungen mit der Gesellschaft abgebrochen sind, warum nicht die Kabel öffentlicher Telefone herausreißen; warum eine Adresse hinterlassen, wenn man weggeht. Das Wort Slum gibt es auch als Verbum, in der Bedeutung von Spazierengehen in heruntergekommenen und gefährlichen Straßen, und die New Yorker Polizei hat vorsorglich weitere fünftausend Schutzhelme für die kommenden Aufstände bestellt.

Das Verhalten der Puertorikaner unter den Bedingungen des Slums weicht allerdings von dem der Neger ab, und sie sind dem Slum eher entkommen. Zwar hat ihre mengenhafte Einwanderung nach dem Zweiten Weltkrieg die Wohnverhältnisse auf der Oberen Westseite erst eigentlich beengt, aber sie kamen von der Insel mit dem Bewußtsein, gleichberechtigte Bürger zu sein, und ihre Reaktion auf überteuerte Wohnungen und Arbeitslosigkeit war Gegenwehr, nicht die hundertjährige Resignation der amerikanischen Neger. Sie waren als Gruppe zusammengehalten durch ihre unabhängige Kultur, durch stabile Bindungen in der Familie und Verwandtschaft und durch ihre Religion. (Die puertorikanischen Mütter gehen mit ihren Kindern in den Park.) Sie nutzten den Einfluß der Kirchen, ihrer Abgeordneten, ihrer Vereine für bessere Unterbringung, mehr Spielplätze, mehr Präsenz der Polizei, und da die Hellhäutigen unter ihnen nicht dem rassistischen Vorurteil unterworfen waren, fanden sie leichter Arbeit und beständige Arbeit. Sie sind nun eine kräftige politische Gruppe innerhalb des Viertels und haben auch sein Aussehen verändert, mit spanischer Reklame, spanischen Gottesdiensten, eigenen Zeitungen, einem Kino, das nur noch Filme in ihrer Sprache zeigt, und mit Läden, die nicht nur ein spanisches Schild zeigen, sondern auch ihnen gehören.

Ein Beispiel für das zerrüttete Verhältnis zwischen der städtischen Verwaltung und den Armen des Viertels ist das Sanierungsprogramm, das vor zehn Jahren hier anlief. Die Behörden untersuchten ein Gebiet zwischen der 87. und der 97. Straße, eingefaßt von der Straße am Central Park und der Amsterdam Avenue, und fanden für eine Viertelmillion Dollar heraus, daß hier zwischen 1950 und 1956 keine Neubauten errichtet worden waren, jedoch hatte die Bewohnerzahl um ein Viertel zugenommen. Ein Sechstel der Haushaltungen saß in jeweils einem einzigen Zimmer. Aber die Miete pro Quadratmeter war doppelt so hoch wie in einem bewachten und gepflegten Appartementhaus an der West End Avenue oder am Riverside Drive. Das durchschnittliche Einkommen war ein Minimum, und die Kennzeichen der Gegend waren Armut, beständige Kriminalität und Rauschgiftmißbrauch geworden. Der Vorschlag der Behörden lief darauf hinaus, durch die Reparatur einiger Gebäude etwa 3000 Luxuswohnungen herzustellen, den größten Teil der Brownstones und alten Miethäuser jedoch abzureißen und an ihrer Stelle Hochbauten aufzuziehen. Diese Hochhäuser sollten fast 5000 weitere Luxuswohnungen enthalten, fast 2500 Wohnungen für Familien mit mittlerem Einkommen und etwa 400 Sozialwohnungen, also einen Anteil von etwa 4 Prozent für die soziale Gruppe, die die Mehrheit der Bewohner ausmachte. Zwar brachten Proteste der Bevölkerung es zuwege, daß die Zahl der geplanten Sozialwohnungen später auf 2500 angehoben wurde, aber es blieb offenbar, daß diese zwanzig Blocks nicht zugunsten der damaligen Bewohner saniert werden sollten. Das Ziel der Behörden war vielmehr, den Grundstückswert in die Höhe zu treiben, das Steueraufkommen um ein Vierfaches zu verbessern und dabei womöglich noch ein Ausstellungsstück zu gewinnen, ein Paradepferd des Städtebaues. Die Stadt übernahm die zum Abbruch bestimmten Häuser in ihre Verwaltung und in ihr Eigentum, aber zum Erstaunen der Mieter wurden nun die Reparaturen keineswegs pünktlicher ausgeführt, die feuerpolizeilichen Vorschriften durchaus nicht strenger durchgesetzt. Die Mieter, die Unterkunft in anderen Teilen New Yorks hatten finden können, wurden mit Behilfen zum Umzug versehen, und die übrigen, zu schwach oder wegen der Hautfarbe unfähig zu solchen Initiativen, wurden in stadteigene Gebäude südlich des Sanierungsgebietes umquartiert, oftmals in Verhältnisse, die denen des Slums ähnlich waren oder auf ihn zuliefen. Die Iren wehrten sich bis zuletzt. Tatsächlich waren ihre guthaltenen und geräumigen Wohnungen entlang der Columbus und Amsterdam Avenue nicht in solcher Qualität und nicht zu den alten Baukosten zu ersetzen, aber das Alter eines Hauses, wie immer solide, bestimmt es für die Rolle des Opfers im Gespräch mit der Stadtplanung, und auch diese Häuser brachen unter den geschwenkten Kugeln und den Preßlufthämmern zusammen. Die irische Kolonie nahm ihre Kinder aus den Schulen, gab die meisten ihrer Geschäfte auf und ist inzwischen kaum noch im Leben des Viertels zu spüren. Die Sanierung brauchte lächerlich viel Zeit von der Planung über die Exmittierung und den Abriß bis zu den Neubauten; die verurteilten Häuser, ohne Fenster, ohne Türen, waren lange Spielplätze für Kinder, Zuflucht für Rauschgiftzirkel, Prostituierte, Obdachlose und fette katzengroße Ratten. Das Unternehmen brachte die landesüblichen Skandale mit sich. Einmal übergab die Stadt einer Baufirma einen Block zum Abriß, der noch nicht bewohnt war, und die Geschäftsführung kassierte jahrelang die Mieten, die in solcher Höhe nirgendwo anders zu erlangen waren, und baute nichts. Ein anderes Mal schüttete eine Baufirma die Fundamentgruben eines ganzen abgerissenen Blocks zu und benutzte die gewonnene Fläche als ertragreichen Parkplatz; auch heute noch liegen solche Flächen hinter ordentlichen Zäunen seit Jahren unbebaut. Die Hochbauten stehen inzwischen zu einem guten Teil, riesige, rechteckige Kästen inmitten der niedrigeren Umgebung, und ein Ausstellungsstück städtebaulichen Ingeniums sind sie nicht geworden. Diejenigen, die die volle Steuer aufbringen, die Luxusimporte, sind mit Gartenschmuck, Balkons, mit Wächtern versehen; die anderen, an deren Bau die Stadt beteiligt war, müssen sich mit dem Schmuck einer bronzenen Plakette am Fuß begnügen, wo die soziale Leistung in feierlicher Form verkündet ist, die Namen der Schuldigen eingeschlossen. Umgeben sind die einförmigen Klötze immer noch von halbzerstörten Brownstones und von den verlassenen Miethäusern an der Amsterdam Avenue, den aufgegebenen, vernagelten Geschäften, Bars, Imbißstuben, Werkstätten. Die ehemaligen Bewohner dieser Straßen hatten zu drei Vierteln in dieser Gegend bleiben wollen, aber die meisten Neger und Puertorikaner erfüllten nicht die Normen für eine Sozialwohnung und sind in andere Armutsviertel New Yorks und in die verbliebenen Seitenstraßen abgedrängt. Der Slum, der aus der Welt geschafft werden sollte, ist um die Ecke getragen worden.

Die verschiedenen Fronten, die geschiedenen Parteien, Einkommensgruppen, Rassen des Viertels begegnen einander auf dem Broadway, der alten Landstraße zwischen dem Dorf Bloomingdale und der Siedlung Neu Amsterdam im Süden Manhattans. Aber der Broadway, der quer durch die Obere Westseite läuft, hat wenig gemein mit seinem legendären Stück oberhalb des Times Square, das ausgehängt ist mit ungeheuren Lichttüchern, flackernd unter Kinobaldachinen, den unreinen Farben des Neongases, laufenden Schriftbändern, unter Scheinwerfern und den kreisenden, springenden, platzenden Leuchtreklamen. Auf der Oberen Westseite sind die Lichter geringer und hängen tiefer.

Ein anderer Broadway beginnt an der 72. Straße, wo er auf die Amsterdam Avenue trifft und ihr den Verdipark abschneidet. Hier teilt ein geräumiger Mittelstreifen, an den Kreuzungen mit Querbänken und gelegentlich mit Gebüsch besetzt, ihn in zwei breite Fahrbahnen. Zu beiden Seiten sind Muster der Renaissance in elefantischen Baumassen aufgetürmt, und weit in den Norden hinein zeugen die vielfenstrigen Kästen unter ihren gefühlvollen Gesimsen von dem fiebrigen Vertrauen in dem Baumarkt, der 1900 mit dem Bau der U-Bahn unter dem Broadway zu galoppieren begann. Es sind Hotels, Appartementhäuser, Lichtspieltheater einer Zeit, in der Gewinne angelegt wurden, mit Kunst am Bau. Der Auftrieb reichte nicht aus für eine geschlossene Kolonne dieser dekorierten Ungetüme, zwischen ihnen hocken ärmlich und vierstöckig die billiger kalkulierten Miethäuser, die sich weniger Mühe mit dem Verstecken ihrer Feuerleitern machten, nun stellt ihr Alter sie bloß. Wenige Hotels haben die vermögende Kundschaft halten und die Reputation bewahren können, die die Fassade verspricht; vornehmlich beherbergen sie jetzt Dauergäste, verarmte Pensionäre, Fürsorgefälle und oftmals solche Gäste, die eher einer ärztlichen Behandlung bedürfen als eines Hotelservice, der über das Kassieren nicht sonderlich hinausgeht. Die Appartementhäuser rechnen noch zu den begehrteren des Viertels, weniger wegen der Adresse, als wegen der Nähe zu Einkaufsstätten und Verkehrsmitteln. Die Kinos, mit solchen Namen wie ›Embassy‹, ›Symphony‹, ›Riverside‹, ›Riviera‹, haben überstanden als Denkmäler einer majestätisch geplanten neuen Kultur, mit Jugendstil oder italienischem Gerank an der Stirn, den Foyers aus Plüsch und Marmor, Wohnzimmerteppichen zwischen den Sesselherden und den himmelartigen Dachwölbungen, und hartnäckig verteidigen sie ihre gefährdete Pracht mit Preisen, die doppelt so hoch sind wie die des Times Square; zwei von ihnen, die weniger pompösen, sind bekannt für ihre beständigen Retrospektiven. Und der Park, in dem Verdi steht mit Tauben auf dem Schädel, heißt nunmehr ›Park der Nadeln‹, der Injektionsnadeln. Seit vierzig Jahren ist an dieser Straße nichts Neues gebaut worden, und trotz des Lichtgewimmels am Fluß der verwitterten und berußten Großfassaden erinnert der Broadway an ein Foto aus jener Zeit, als hier noch Pferde vor den Wagen liefen und man vom ›Boulevard‹ sprach.

Der Broadway ist der Marktplatz, die Hauptstraße des Viertels. Die ebenerdigen Geschosse sind in dichter, ungebrochener Kette mit Geschäften vollgestopft, mit Feinkostläden und Superhandlungen, mit Waschsalons, Friseurstuben, Cafeterias, Gemüsemärkten, Bars, Schuhbesohlanstalten, Reinigungsfilialen, Steuerberaterfirmen und Fahrschulen und Reisebüros. Wer die wöchentliche Kühlschrankladung holen will, muß hier kaum zwei Blocks abgehen, und stünde ihm auch der Sinn nach japanischem Bier, Kamtschatkakrebsen, irischem Honig, Düsseldorfer Senf oder Dresdner Stollen. Hier gibt es chinesische Restaurants, in denen auch Chinesen essen, israelische Restaurants und Bodegas und ein Etablissement ›Zum Maharadscha‹, italienische Pizzerias und Eissalons, hier hängt ein Nowoje Slowo aus und das namenlose westdeutsche Nachrichtenmagazin am Montagabend des nämlichen Datums. Zu Einkäufen muß ein Bewohner des Viertels es kaum verlassen, er findet Antiquitäten wie Kindermoden wie Zwetschgen um die Ecke, wenngleich die Auslagen mitunter verstaubt sind, die Textilien minderwertig und die Läden nicht so blitzblank wie an der Fifth Avenue um das Rockefeller Center. Immerhin verlangt hier kaum einer nach jenen Uhren, die die Großen der Welt unaufhörlich tragen. Der Kampf um die Gunst der Kunden ist aufreibend; viele der kleinen Geschäfte werfen ihre Pächter alle paar Monate ab und warten dann staubig und vermüllt auf Unternehmer mit längerem Geld.

Der Broadway ist die Promenade der Oberen Westseite, der Hauptstraße einer Kleinstadt vergleichbar, ein Ort zum Beobachten und Beobachtetwerden. Der Passant begegnet braunen, gelben, schwarzen, weißen, roten und rosa Gesichtern; er ist abgebrüht genug, sich keineswegs umzudrehen nach der Matrone in Bermuda Shorts oder Blue jeans, nach dem Harlemer im afrikanischen Kostüm, dem jüdischen Habit aus Langmantel und schwarzem Hut, dem Kopftuch über den Lockenwicklern, dem Sari, dem Hut aus feinstem Gemüse, dem Mantel aus Leder wie dem Mantel aus Lumpen – auffallend ist ein Kragen in Weiß und Schwarz, sensationell wäre ein eleganter Aufzug; mit dem Passanten unterwegs sind Hausfrauen, die ihren Einkaufswagen hinter sich über die Zementplatten zerren, und Laufjungen, die anderen Hausfrauen die Einkäufe an die Hintertür bringen werden, da gehen Bürger, Bettler, Wahnsinnige, Studenten, Prostituierte, da stehen Polizisten. Die Sprachen auf diesem Broadway sind vielfältig, verwirrend arbeiten Akzente aller Kontinente an Versionen des Amerikanischen, im Vorbeigehen zu hören sind das Spanisch aus Puertoriko und Kuba, das westindische Französisch, Japanisch, Chinesisch, Russisch, Jiddisch und die Geheimsprache der Rauschgiftwelt und immer wieder das Deutsche, wie es vor dreißig Jahren in Ostpreußen, Berlin, Franken, Sachsen und Hessen gesprochen wurde. (Hier steht eine Fleischerei für den westfälischen Geschmack, und die beiden puertorikanischen Gehilfen des Meisters wissen sich auf Deutsch mit einer jiddischen Satzmelodie auszudrücken.) Hier zieht ein Mann umher mit einer Balgkamera und sucht nach Kindern, die sich auf seinem bejahrten Pony fotografieren lassen wollen. Hier stehen Polizisten. Sie stehen zu Paaren an der Ecke und wirbeln den Knüppel am Handgelenk wie sie es auf ihrer Akademie gelernt haben, sie haben den stumpfen und schweifenden Blick der Allesseher, die Freunde und Helfer des Bürgers, das Gesprächsthema Nummer Zwei. Alle, die Bewohner der Seitenstraßen wie die Fürsten am Central Park, sind sich einig, daß die Polizei nicht ist, wo sie gebraucht wird. Hier stehen sie, mitten in der Beleuchtung, groß und kräftig mit dem Rücken zur Wand, und warten, daß sie gebraucht werden. Der Mann, der bei ihrem Anblick seinen Würstchenkarren um die Ecke lenkt, wird sie nicht ›bezahlt‹ haben. Die Bewohner des Viertels hegen den Glauben, daß die Polizisten von allen ›bezahlt‹ werden, von der Wäscherei wie dem Eisauto wie dem Zeitungsstand, jedoch ganz sicher erführe einer das erst von den Hütern der Ordnung selber, und offensichtlich erwarten sie die Frage nicht. Ein Polizist ist als ›Sir‹ anzureden. Ein Polizist betritt eine Bar und zeigt mit dem behandschuhten Finger in die Richtung der Abtrittstür, und ohne eine Frage drückt der Wirt den Summer, der den Schnapper lockert. Die Vorrichtung soll Raubüberfälle in der Toilette verhindern. Der Polizist auf dem Rückweg geht vorbei an Leuten an der Bar, die für den ungebildeten Blick in eine Klinik, in eine Entziehungsanstalt, ins Gefängnis oder ins Bett gehören, aber der Blick des Polizisten gilt dem Fußballspiel auf dem Fernsehschirm, wo die Sache einen Sinn hat. Die Antwort auf die Frage, ob die Verhältnisse durch Mildtätigkeit gebessert werden könnten, muß einer prompt und eindeutig im Kopf haben, denn die Bettler sind nicht immer höflich, sie benutzen nicht immer die religiöse Formel, und ein ausweichender Hellfarbiger gilt ihnen als eine jüdische Sau. (Eines Mitternachts kamen drei freundliche Negerkinder mit feststehenden Messern auf einen Passanten zu, und weil er hilfesuchend auf sie zuging und sich ausgab für einen Touristen aus Island, auf der Suche nach einem Hotelzimmer für seine letzten vier Dollar, gaben sie ihm sein Portemonnaie zurück mit sämtlichen vier Dollar und wiesen ihm ein solches Hotel und wünschten ihm eine gute Nacht. Jedoch der Mann an der Theke des Hotels vermutete eine Notlage und verlangte acht Dollar, bar im voraus.) Jetzt bewegen sich die Polizisten Schulter an Schulter, die Revolverbeule auf dem Gesäß, spielerische Hand am Knüppel, so gehen sie los durch das Gewimmel, vorbei an einem Kind, das auf einer Kiste döst mit dem Kopf gegen die Wand, weil keiner von diesen verdammten Weißen sich die Schuhe putzen lassen will um elf Uhr in der Nacht, die Polizisten gehen vorbei an einer jungen Dame in strammen roten Hosen, die Schminke der Dame platzt plötzlich in ein Zwinkern auf, sie gehen weiter, sie gehen vorbei an dem alten Mann, der in seinem verschuppten Bart und Lumpen schläft auf einer Bank mitten im Broadway, sie gehen vorbei an der weißhäutigen Matrone, die sich mit einem gutartigen Lächeln hinunterbeugt zu einem dunkelhäutigen Baby in einer Schubkarre, aus dem U-Bahnschacht quillt unverhofft ein Schwarm junger Nonnen unter Kapotthüten, die mit dem Grünlicht über die Kreuzung fliegen, und jetzt sind die Polizisten nicht mehr zu sehen.

Brief an Walser

New York City, August 1966

Lieber Martin:

Oft auf der Strasse tun Kopfformen und Physiognomien Leuten in Deutschland ähnlich, besonders Doppelgänger Günter Eichs sitzen vielfach auf Bänken und an Theken, aber auch von Leuten, die die genasführte Erwartung unverhofft gern entbehrt, im Bus, in der Subway oder auf dem Spielplatz im Riverside Park gegenüber unserer Wohnung. Der Spielplatz ist in drei Ebenen angelegt, von der Terrasse auf dem Dach des Wärterhauses sieht man den Hudson, in die mittlere Ebene ist ein umgittertes Oval eingelassen zum Ballspielen, wo aber auch vier Fontänen an heissen Tagen die Kinder unter Wasser halten können, die untere Ebene ist solid mit Bäumen bestanden, mit Schaukeln, Rutschen, Wippwappmaschinen, Sandkästen und Bänken, und als ich da am Sonntagmorgen unter dem vielerlei Publikum Herrn Anselm Kristlein erkannte, wollte ich mich getäuscht haben, bis ich ihn doch erkannte. Er war zu erkennen an ziemlich nachdrücklichen Blikken über den Immobilienteil der Times hinweg auf eine junge Frau, die zwei Bänke weiter sass und die Route eines dreijährigen Mädchens vom Sandkasten zu den Fontänen verfolgte; er bekam den Blick nicht los von der hellen roten Bluse aus rauhem Stoff, von den rötlichen Haaren, die ihr in einem ganz unüberlegten, aber komplizierten Knoten am Kopf lagen, von der trockenen, aber nicht harten Stirnhaut mit sanften Sommersprossen, von den Lippen, von der großen bläulichen Sonnenbrille, die ihm dies Gesicht aber versteckte. Über der Anstrengung, mit Blicken in die Zeitung die Blicke zur Seite zu leugnen, hatte er nicht mehr auf das Kind geachtet, das er bei sich hatte und das ich für Drea hielt, und auf der Suche nach diesem Kind sah ich ihn ziemlich hilflos quer durch den Platz irren, und er war schon halb die Stufen hinauf, als ihm gelang, was er nicht versucht hatte: die Frau winkte ihm. Sie hob ihre Hand hoch und schlenkerte sie an steifem Arm, bis er sie sah und sie ihm sein Kind in einer Ecke beim Wassertrinken zeigen konnte, sie war auch schon da gewesen und hatte etwas gesagt und war wieder auf ihrem Platz, ehe er am Trinkbrunnen war. Mit seinem Kind an der Hand ging er auf die Frau zu und erklärte ihr: »She did not understand you. She doesn't understand English.« Sie nickte. Ihr eigenes Kind sass ihr unter dem Arm, sie bewegte den Arm leicht, in der anderen Hand hielt sie wartend ihre Zeitschrift, beide betrachteten ihn und sein Kind geduldig. Er rührte sich nicht. Er hatte ein Gespräch angefangen, er wollte es länger machen, ihm fiel nichts ein als »Thank you«, und die Frau machte »HmHm« so endgültig, dass er sich von seinem Kind endlich wegziehen liess. Später sah ich ihn von seiner Bank aus wehrlos der Frau entgegenblicken, die an ihm vorbei zu dem Eismann ging, der seinen Karren draussen auf dem Parkweg angehalten hatte; ich lief ihm genau in den Blick, der ihrem kräftigen und zierlichen Gesäss galt. Später sah ich ihn an den Schaukeln mit seinem Kind, zwei Plätze von ihm entfernt die Frau mit ihrem, und er verpasste gelegentlich seine Schaukel über dem Bemühen, sich für alle Zeiten einzuprägen, wie sie den Kasten mit ihrem Kind sich in die erhobenen Hände schlagen liess und mit einem festen kleinen Druck wieder in die Luft schickte, der in ihren nackten Füssen sich nicht mehr abbildete. Er war noch gegen Mittag da; und als ich mich abends ans Fenster setzte, konnte ich durch einen freien Raum im Laub den jungen Herrn stehen sehen in seinem ausgesuchten Wollhemd und mit hochgerecktem Kinn suchen; und hätte er mich am Morgen erkannt, wäre ich in der Lage gewesen, ihm zu sagen, dass sie vor Dienstagabend nicht wiederkommt, aber er wird das wohl herausfinden in seinem dringenden Verlangen, auch ihr nur ein einziges Mal die Sonnenbrille abzunehmen und ihr zu sagen, was er wieder einmal noch gar nicht weiss. Soll ich ihm was ausrichten?

Mit den schönsten Grüssen,

Uwe.

How to Explain Berlin to a Newcoming Child

One morning, with summer hardly over,
hanging by four Pratt & Whitney engines
over the clear Mark Brandenburg
        the army exercise grounds of Döberitz
        tank tracks
        yellowish wounds in the vegetation

after seven hundred and eighty nine days in
Greater New York
on an PanAm flight from Kennedy International
since the evening before
over the hidden tanks in the forests of the Mark
the child arrives at the final questions:

        Why isn't England in Europe?
        Why is Germany behind Scotland?
        Why should we land in West Berlin?

The plane is a flying foyer, full of
drowsing rugs, Manhattan evening papers
beside breakfast things
homelike enough for the wish to travel on in it
away over Berlin Moscow Tokio San Francisco
to New York, New York.

The child has swapped experiences with all the passengers
exhausted all the stewardesses
and still knows questions:

Why is it later here?
Is Berlin out of time?
Is Vietnam nearby?

Nearby is East Germany.
Nearby is Schmöckwitz and Caputh and
Werder and Lehnitz and Lichtenberg station
in East Berlin.

Like Jones Beach and Hoboken and Connecticut?
Automobile, ferry and railroad?
Any time?

Not before the peace treaty.

Will we find another war there?
What will be left of the war?
Battleships, napalm, hand-to-hand combat on TV?

Only the straightened front around the city.
Occasional socialists dead in the wire.
Ruins, stronger than booms, behind billboards.
Students march against wars in general power
in general
marriages in general traffic lights in general
senior citizens watch with trembling
lips & sticks & bank accounts
go-ins, sit-ins, police in crash helmets
Berlin in the foreign service of WABC-TV.

What business do we have in Berlin?

Memories.
To see again
The place where you were born
The way other friends are changing
Talks at the street market
Smaller villages, Steglitz Lübars Lichterfelde

The silky light at this time of year
Leaves turning in the courtyards
The weight of colors in November
Din of jets above the hip roofs
Stillness between the old housefronts
The breathing of the Elevated in the night

Are there Jewish children to play with?
Is there a Palisades Amusement Park?
Is there a hole in the frontier
to Lichtenberg?

Hanging by the trusty Pratt & Whitney engines
which screw the aircraft down over Oranienburg
towards the Havel lakes and the forests in the North
towards the rustic Tegel airport,
in conversation with a child:

Have they radar here?
Do they speak English?
Do they shoot at visitors too?

They have radar here and divided highways and patriotism
Those who come to stay get loans and »danger« premiums
and the Schöneberg Town Hall.
You would not understand their way of speaking.
The Empire State Building they call the Funkturm
Rockefeller Center Pepper's Heffalump Trap
South Ferry Circle Line the Star and Cirle Excursion Co.
For John Vliet Lindsay they have no word.

And where can you fly from here?

Fasten seat belts.
Every day to London, once a week to New York.

That is what I like about Berlin.

(1968)

Versuch, eine Mentalität zu erklären

Über eine Art DDR-Bürger in der Bundesrepublik Deutschland

So reden Kinder von ihren Eltern. So reden Erwachsene von jemand, der einst an ihnen Vaterstelle vertrat. Sie reden von der DDR mit einem Abstand, der auch Achtung zu verstehen gibt, mit einer Vertrautheit, die eher aus intimer Kenntnis denn aus ungemischter Zuneigung gewachsen ist. Sie fordern den ehemaligen Vormund in die Rolle des Partners, noch im Zorn verlangen sie das Gespräch mit ihm. An den wechselseitigen Kränkungen wäre ein gewöhnliches Verhältnis längst zerbrochen; dies ähnelt der schwierigen Ehe jenes Römers, der sie umschrieb mit dem unausweichlichen Vorsatz *Nec tecum, nec sine te*. Seit die DDR sie vor zwanzig Jahren vereinnahmte, sind sie von ihr mit Beschlag belegt; sie leben fern von ihr, immer noch haben sie das Tischtuch nicht gänzlich zerschneiden mögen. Hier ist eine Rechnung nicht abgeschlossen.

Die DDR, 1949 als Erzieherin über sie gesetzt, hatte es leicht, die Zuständigkeit der alten Instanzen zu verkleinern. Die Eltern suchten das Geschäft, das Erbe, den Stand, die bürgerliche Moral, also die Vergangenheit zu bewahren. Die beiden Kirchen verteidigten ihre eigenen Positionen; wieder einmal war ihr Geschäft nicht von dieser Welt. Die neue Weltanschauung hatte Gift genommen. In der traditionellen Philosophie war für einen solchen Fall nichts vorgesehen. Der Fall war, daß hier mit der Vergangenheit gebrochen werden sollte.

Die DDR trug ihren Vorschlag nicht mit schwächlicher Stimme vor. Wer das Personal der Justiz, der Schule, der Verwaltung auswechselt, wer da enteignet und verhaftet und verurteilt, der hat den Staat, und die Macht dazu. Noch das Irrationale an der neuen Art von Rechtsprechung machte denken oder glauben: dies ist auf ewig. Diese Wirklichkeit mochte noch nicht richtig sein: vorhanden war sie. Und die neue Ewigkeit kam daher nicht nur mit Macht, sondern auch mit dem Ansinnen: Ihr solltet vernünftiger leben lernen als noch eure Eltern. Das hört sich gut an für junge Leute, nicht nur weil da ein Jeder anders werden will als seine Älteren. Wem das nicht glatt genug hinunterging, dem half auch Nüchternheit nicht gegen die Annahme, daß nach dem abgetanen System der Faschisten diese neue Autorität von Haus aus die bessere war, weil anti-faschistisch. Die moralische Eindeutigkeit war verführerisch. Das saß.

Es saß tief, es reichte für Vorschüsse, zu entrichten in Vertrauen. Die Kluft und die Musikzüge der alten Jugendorganisation waren kaum vergessen, da fing die neue schon an mit der massenhaften Verkleidung, diesmal mit blauem Tuch für den Oberkörper, mit Trommeln und Trompeten, mit Fahnen und Fackeln. Wozu hatten diese Hemden Klappen auf den Schultern? Damals hieß die Erklärung der Funktionäre: wenn die Organisation erst mal Mützen bekommt, dann kannst du deine unter eine von den Klappen stecken, Jugendfreund. Heute hat uns die Mode-Industrie den Namen für solchen Aufzug verraten: Military. Das brauchen die Kinder: dachte die Staatsmacht; die DDR denkt von uns daß wir das brauchen: dachten die Kinder, die einander nun nicht mehr als Jugend, sondern als Freunde der Jugend anzureden hatten. Hier war ein Riß in dem Gefühl der Verständigung.

Die Proklamation der sozialen Neuordnung war attraktiv für jugendliche Gemüter. Denn auch hier wurde Tatsächlichkeit durchgesetzt gegen die bloß verbalen Maß-Stäbe der Eltern. Die personellen Kontakte des Großgrundbesitzers zu den Faschisten reichten schon aus als Argument für die Aufteilung des Bodens unter kleine Bauern; die schulische Version des Marxismus lieferte noch historische und ökonomische Gründe nach. Die industrielle und finanzielle Konzentration war ebenso kompromittiert, ebenso lernte man sie mit theoretischen Schlägen eindecken. Und es war nur recht und billig, daß nun die vernachlässigten Gruppen der Arbeiter und Bauern ihre Kinder mit Vorzug in die Bildungsstätten schicken sollten. All dies war Gerechtigkeit, allerdings prozentual. Sie ließ sich strecken zu dem Gefühl, in einem grundsätzlich anständigen Staat zu leben. Gelegentlich flackerte dies Gefühl, so wenn die Gerechtigkeit auftrat mit den Manieren der Brutalität, der Willkür, des Gesetzesbruchs. Aber die westdeutsche Alternative war verkrüppelt durch politische und Kriegs-Verbrecher in der Regierung und Armee von Bonn, durch die Fortführung des diskreditierten wirtschaftlichen Systems. In der DDR war viel Solidarität, viel Loyalität investiert. Ein Bruch mit ihr hätte schon Verluste bedeutet. Wem es zum Bruch nicht reichte, der begann sein Vertrauen zu befristen, von Fall zu Fall.

Die DDR als Lehrerin, so streng und wunderlich sie auftrat, konnte sich lange Zeit fast unbedenklich verlassen auf die beiden moralischen Wurzeln, die antifaschistische und die der sozialen Proportion, an denen sie die Jugendlichen hielt. Das zeigen die Reaktionen jener, deren Eltern sie Kampf und Nachteile angesagt hatte. Denn die Einladung zum neueren Leben, die Gebärde der weit geöffneten Arme, sie war zum Mißverstehen gewesen. Sie hatte nicht allen Kindern gegolten. Mancher Einzelne, der sich der neuen Gemeinschaft gerade als Individuum überantworten wollte, hatte nun zu erfahren, daß er gar nicht als Einzelner angesehen werde, sondern als Angehöriger einer Gruppe. Diese Gruppe aber waren die Eltern, Leute der alten, der aufgegebenen Zeit. Und es war nicht die Zurücksetzung der mittelständischen und intellektuellen Minderheiten allein, der die abgestempelten Kinder entgehen wollten, oft war es auch die Prägung durch die Minderheit, der sie mißtrauten. Aber die Ausnahme für den Freiwilligen wurde nicht gemacht, das gleiche Recht und die gleiche Geltung mußten in diesem Kindergarten gesondert verdient werden. Die Aktivität der »Bürgerlichen« in den staatlichen Organisationen, mit der sie obendrein zögernde Freunde vergrämten, wurde in ihrer Ehrlichkeit durch Mißtrauen gekränkt. Sie sahen das höhere Stipendium für Kinder von Arbeitern und Bauern nicht nur als Selbstverständlichkeit sondern geradezu als Forderung, und versuchten sie ihren Rückstand durch Fleiß aufzuholen, wurden sie in einer verordneten Diskussion mit dem »bürgerlichen Leistungsethos« denunziert. Die Angehörigen dieser Gruppe waren mit verwandtschaftlichen und finanziellen Sicherungen im alternativen Westdeutschland besser versehen als andere; dennoch ließen sie sich nicht beraten vom Trieb zur Selbsterhaltung, sondern vom Selbstverständnis der DDR, das sie sich angeeignet hatten gegen die Vorbehalte der DDR, in der Zuversicht auf spätere Zulassung zum Status der Gleichberechtigung. Gerade diese Kinder gingen nicht am ehesten aus dem Land.

Für alle, die hier reden, war es mehr als ein Land, mehr als Heimat und biographische Gegend. Der Begriff Vaterland, gereinigt von Pathos und Patriotismus, ist hier nicht fern, gestützt durch die Profiltiefe der Prägung, die ein junger Mensch in der DDR erfuhr. In vielen Aussagen erscheint die DDR als fest umrissene personenähnliche Größe (während die Bundesrepublik bewußt ist als lediglich eine Lage, in der man sich befindet). Auf den beiden moralischen Voraussetzungen des Antifaschismus und Antikapitalismus konnte ein nahezu partnerschaftliches Verhältnis anwachsen. Bürger und Staat konnten einfach um der Wahrheit willen zueinander stehen gegen die unzutreffenden Interpretationen von seiten westlicher Scharfmacher. Dann, die DDR war allgegenwärtig wirksam. Sie erzwang sich Kontakt nicht nur in den Schulen, den Arbeitsverhältnissen, den Organisationen, wo sie Ideologie verbreitete und Liebes-Erklärungen abforderte. Sie war den meisten Vorgängen des Alltags immanent. Die mitunter grotesken Zustände in der Versorgung waren eben nicht einem einzelnen Geschäftsmann und seinem Mangel an Geschäftsinteresse zuzurechnen, sondern den Funktionären in allen Instanzen, also der DDR in Person. Die Wahl einer Wohnung, eines Ferienortes, eines Studienfachs, eines Berufs war administrativen Entscheidungen untergeordnet; die DDR war der Swinegel und immer schon da. Die persönliche Natur dieses Verhältnisses zwischen Staat und jugendlichem Bürger wird auch belegt durch eine Form der Nachsicht, die man als Jüngerer einem Älteren erweist, anderer vermuteter Tugenden wegen. Diese Nachsicht richtete sich auf die Funktionäre des Handels, die die Technik der Warenbewegung eben an einer lebendigen Bevölkerung sich einüben mußten; auf diese sprachlichen Extravaganzen, namentlich die russifizierenden, die man der Mühsal des Selbstausdrucks und einer übertriebenen Sentimentalität zuschreiben konnte; noch auf die Kampagnen gegen »bürgerliche« Bräuche wie das *cum tempore* zwischen Vorlesungen, weil das Prinzip des Mißtrauens begreiflich war, so absurd es sich im Detail auswirkte. Gewiß, die Wirklichkeit war noch immer nicht richtig. Aber das war die Zukunft, nicht nur vorhergesagt, sondern auch versprochen.

Dies Versprechen, als Vertrag unter Partnern, trug in sich den Keim, der das Bündnis mit der DDR auflösen würde. Denn es war Kritik möglich an der Einlösung dieses Versprechens, eben nicht nur Mängelrügen. Da wurde entgegen der Vereinbarung geliefert, da war für Nichtgeliefertes zu quittieren. Der Grad der persönlichen Enttäuschung erlaubt sehr wohl einen Rückschluß auf das Ausmaß der Treuebereitschaft. Es ist peinlich, eine sonst geachtete Person beim Lügen zu ertappen, oder beim Tragen auf beiden Schultern. Die neue Ideologie sollte nun doch nicht allein ein Bewußtsein erzeugen, das für zeitgemäß brauchbare Arbeitsentschlüsse geeignet war; die neue Ideologie fungierte auch als Zahlungsmittel, mit dessen verbaler Übergabe Rechte wie Privilegien erworben werden konnten. Es war enttäuschend, daß die DDR die Unredlichkeit des bloßen Aufsagens von Erkenntnisformeln wahrnahm, und honorierte. Die Bedingungen für die Zulassung in diesem Staat waren eindeutig genug, sie mußten erfüllt werden; sie brachten den Erfüller bedenklich in die Nähe des Arrangements, das ihm als typisch für »bürgerliche« Heuchelei dargestellt worden war. Simonie und Sozialismus, es ist kein Reim. Und die Ideologie erwies sich wieder und wieder als eine im Marxschen Sinne, als falsches Bewußtsein, benutzbar zur Stützung und zum Ausbau der Herrschaftsverhältnisse. (Das bedeutete noch nicht Zweifel an der Richtigkeit der Herrschaftsverhältnisse, nur Skepsis gegenüber dem Baumaterial.) Die sozialen Errungenschaften schienen im Grunde zu schade für den Zweck, Kritik an anderen Phänomenen der Gesellschaft abzuweisen, und der dauernde Hinweis auf diese Errungenschaften verriet gelegentlich durch das Punktuelle des Argumentierens, daß es Schwierigkeiten geben würde mit der Anfertigung eines die DDR ganz umfassenden Systems. Der Antifaschismus, die unentbehrliche Voraussetzung, ging inzwischen am theoretischen Stock, da er strukturell, nämlich durch das Vorhandensein von Faschismus, nicht mehr zu manifestieren war, schon gar nicht durch die faschistische Verteufelung der westdeutschen Regierung, denn deren Gebaren füllt die Definition des Faschismus nicht aus, mit der die DDR sich so viel Mühe gegeben hatte. Unter diesen Umständen wirkte die Begründung für die Aufrüstung der DDR (zumal ohne Wehrpflicht) nicht völlig abgesichert, und kam überdies einem Wortbruch gleich. Die humane Kalkulation, die die DDR ihren Kindern in den Mund gelegt hatte, erzeugte nun Widerstände gegen die paramilitärischen Organisationen und die Armee, die den Krieg gegen die Westdeutschen üben sollten. Und nicht nur die Tschechen erschraken über die Uniform dieser Armee, und wieder war mit der freiwilligen Meldung zum Wehrdienst Vorzugsbehandlung zu erkaufen, und wieder war die Armee nicht neuen Typus', sondern Barras. Selbst so fundamentale Theorie wie das Mehrwertgesetz, die für westliche Ökonomie auf der Hand lag, stak in der DDR im Feuer und war ein heißes Eisen, da über die Verteilung des gesellschaftlichen Mehrwerts in großer Entfernung von seinen Erzeugern entschieden wurde, in einer annoncierenden Art, der bei den Posten des militärischen Etats die Stimme versagte. Allmählich auch wurden die Wahlergebnisse zu anekdotisch. Und Nepotismus ist nun einmal Nepotismus. Hier hatte die DDR offensichtlich Butter auf dem Kopf, da mußte sie den Hut gar nicht mehr abnehmen. Es ist beschämend, eine sonst geachtete Person bei solchen Machenschaften ertappt zu sehen. Es kam so weit, daß in der Darstellung der Realität, wie sie die DDR betrieb, schwer zu wählen war zwischen taktischen Finessen und gestörter Wahrnehmungsfähigkeit, so wenn sie den republikweiten Arbeiteraufstand im Jahre 1953 nicht als selbst produzierte Reaktion sondern als auswärts gebastelten Putsch erkennen wollte und im übrigen im niedlichsten politischen Witz Staatsgefährdung nicht nur roch, sondern auch vor Gericht zog. Die Fragen nahmen überhand, und überhand nahm die Erbitterung darüber, daß sie nicht gestellt werden durften. Denn diese strenge Erzieherin DDR bestrafte schon leisen Zweifel an ihrer Güte mit Liebesentzug. Ein boykottiertes Kind kann da mitten in der Familie verhungern. Schließlich war für viele Anhänger der versprochenen DDR das Eingeständnis nicht mehr abweisbar, daß sie zu jeder theoretischen und praktischen Aktion der wirklichen DDR eine apologetische Version mitführten, ein rein defensives Schmiermittel, das das persönliche Verhältnis zu diesem Staat in Maßen erträglich halten sollte. Es ist bitter, sich einzugestehen, daß man seit langem die Wahrheit nur heimlich, im Vertrauen gesagt hat. Wer so weit war, beneidete Jeden, der die offizielle Analyse des Vorhandenen mitdenken konnte, ohne die widersprechenden Elemente im totalen Bild zu bemerken, ohne Aufmerksamkeit für den Schatten hinter den Worten, ohne Gefühl für den Riß zwischen den Ableitungen der Glaubenssätze. Jetzt hielten noch die Freundschaften, wie sie unter solchem innenpolitischen Druck gediehen, Bindungen von einer Intensität, Ausdauer, Unbedingtheit, derengleichen anderswo schwerlich zu erwarten war. Das waren nicht Zusammenschlüsse gegen die DDR, sondern Verbindungen im gemeinsamen Kummer über ihr Verhalten, also in einer Dritten Sache, die freilich dem schlicht Persönlichen an diesen Beziehungen unerhört zugutekam. Wer nun ging, brauchte dazu kaum einen einzelnen tagespolitischen Anlaß, und nicht einmal alle zusammen: er war mit der DDR fertig, er glaubte ihr kein Wort mehr, er konnte nicht mehr mit ihr, er mochte ihre Stimme nicht mehr ertragen, ihm war die Luft aus dem Vertrauen gelassen worden, es ging nicht mehr: alles Ausdrücke, mit denen die Auflösung eines persönlichen

Verhältnisses kommentiert wird. Denn wer ging, der verließ die DDR nicht ohne das Bewußtsein, sie im Sinne der Redensart sitzen zu lassen, wie eine allzu herrschsüchtige und unverträgliche Braut, die nun auch einmal Kränkung fühlen sollte. Oder, was da an Abschiedsbriefen hinterlassen wurde, erinnert an die Vorkehrungen eines abgewiesenen Liebhabers, der der Unerreichbaren zumindest die Tiefenschärfe seines Schmerzes gemeldet wissen möchte. Und noch einmal: wer da ging, sagte sich von einem Lehrer los, nicht ohne Würdigung der vermittelten Erkenntnisse, aber unbeirrbar in dem Entschluß, die Vormundschaft grundsätzlich aufzukündigen. Sie sprachen sich aus freien Stücken frei und großjährig.

Die Prozedur der westdeutschen Aufnahmelager wirkte wie ein Schock. Sie immunisierte auf Dauer gegen Träume von staatlicher Vereinigung: So werden nicht Leute behandelt, mit denen man eine Einheit will. So widerlich war der Eintrittspreis nicht zu erwarten gewesen. Diese Verletzung wurde versteckt, das half ihr nicht zu heilen. Übrigens waren sie nicht gekommen, um in der Bundesrepublik Deutschland zu sein, sondern um aus der DDR wegzugehen. Immerhin, hier war nun die Eleganz der unbehinderten Warenwirtschaft, was die anderen Kinder vor ihnen angezogen hat. (Das sind die, die hier nicht zur Rede stehen.) Es war dann ein bißchen wenig. Mancher verdächtigte sich, einer Trotzreaktion erlegen zu sein. Eine Rückkehr aber verbot die DDR selbst durch die Gesetze, mit denen sie damals für Abtrünnigkeit sich rächen wollte: auch die Reaktionen der DDR hatten etwas Persönliches. Da das nicht anging, auch das Licht das nüchternen Tages nicht vertrug, blieb nur die Einrichtung im westlichen Gebiet. Das ging nicht leicht an. Die hier erforderlichen Anpassungen in Arbeitsverhältnissen, politischen Gruppen, gesellschaftlichen Konventionen waren ja formal nichts Unbekanntes. Der Kapitalismus funktionierte allerdings anders als in den Analysen der DDR geschildert; das zu berichtigen war eine Arbeit. Diese Arbeit wurde durch nichts honoriert als individuelle Erkenntnis, und es fiel Einem da auch nichts in den Schoß. Die westdeutschen Herrschaftsverhältnisse waren hinter so viel Augenschein versteckt, deren Wirklichkeit war in der alltäglichen schwierig aufzufinden. Die Toleranzen, die die Macht in der Bundesrepublik ihren Bürgern ließ, waren zwar zu erklären als Luxus einer bestimmten Phase und nicht ein ewiges Kennzeichen; Luxus blieben sie, fast unglaublich. Die gesellschaftliche Lüge saß auch hier in Strich und Faden, aber die Weberichtung war eine andere, und die Wahrheit schien an ganz unverdächtigten Stellen durch. Und die Westdeutschen, da hatte das Gerücht nicht übertrieben, waren in der Tat anders. Die fuhren wahrhaftig so gern Auto, und auch das mit den sagenhaften Fernseh-Abenden traf zu. Die lebten ganz harmlos privat. Die westdeutschen Freundschaften wuchsen langsam, anfangs immer noch mit der Hoffnung, es sei an einem der Hiesigen doch Interesse zu finden für das Wichtigste, das ein so Auswärtiger kennen gelernt hatte: die Politik. Die leisteten es sich, darauf zu verzichten. Deren Haltung war, genau wie die eigene, von Produktionsverhältnissen erzeugt; die Erkenntnis von der Formbarkeit des Individuums war doch niederschmetternd. Hinderlich war eine Zeit lang die Einbildung der eigenen Minderwertigkeit, mit der die DDR ihre Leute angesteckt hatte, die auch die Westdeutschen gern ausnutzten. Nicht nur sind Leute II. Klasse gefügiger; es war auch viel westdeutsches Mißtrauen echt, also antikommunistisch, also ohne Ansehen der Person. Die aus der DDR mitgebrachten Vorstellungen von gesellschaftlichem Fortschritt konnten beliebig humanitär sein und mit dem christlichen Ideengut der offiziellen Bundesrepublik noch so freundlich harmonieren; dies Gepäck erschien durch den Ort seiner Herkunft etwas zu konkret. Da aber die Westdeutschen von der Freiheit sprachen wie die DDR vom Frieden, also von etwa Anderem, war eine ideologische Integrierung nicht Bedingung. Das hatte als angenehme Konsequenz, daß der Ankömmling sich nicht durch obligates Bekenntnis kompromittieren mußte und so den Neurosen des Renegaten entging. Ohnehin, auf einen Zustand ist schlecht schwören. Die wollten Leistung sehen, na bitte. Die wollten sehen, wie der Dollar rollte; warum nicht. An der Theorie vom Konsumzwang wurde allmählich eine andere Seite sichtbar, die vom Genuß am Konsum. In diesem Zusammenhang regte sich der Widerspruch nicht einmal bei den zurückgebliebenen Freunden, die nunmehr ihren Anteil an westdeutschen Tabakwaren, technischem Dingsbums und weiteren neunhundertachtundneunzig kleinen Dingen einforderten. Allmählich hörte auch der dauernde Vergleich auf, der Verhältnisse in der DDR an der falschen, weil westdeutschen, Elle gemessen hatte; das war ein Heilsymptom. Und wen die Grenzformalitäten zwischen Chiasso und Como nicht zur Vernunft bringen, dem ist nicht zu helfen. So weit, gut.

Zur Behaglichkeit reichte es nicht ganz. Behaglichkeit stellte sich schwer ein in einem deutschen Land, das allen Grund zur Angst vor faschistischen Entwicklungen hatte und in dem solcher Abwehrreaktion nur selten zu begegnen war, zum Beispiel bei der SPD als taktischer Variante. Hier konnte sich, bei politisch professionell trainierten Personen, Gleichgültigkeit gegenüber politischen Vorgängen einschleichen. Zum anderen Beispiel, die rechten Parteien hatten noch nicht begriffen, daß Deutschland den Krieg verloren hat. Was man so links nennt, das hatte sich den Sozialismus wegmachen lassen. Die revolutionären Gesten der »Außer-Parlamentarischen Opposition« erregen Amusement in diesem Personenkreis, in dem bekannt ist, was man so zu einer Revolution nimmt, und mit welchen Zutaten eine importierte Revolution gerät. Da ist kaum Ansatz. Andererseits, dieser Personenkreis wäre zu haben für ein gesellschaftspolitisches Engagement, das dem Selbstverständnis der Bundesrepublik zu mehr Wirklichkeit verhelfen wollte, was Rechtssicherheit, soziale Gerechtigkeit, Verständigung mit den osteuropäischen Nachbarn und Kriegsopfern angeht; und nämlich nicht als fünfte Kolonne im ausländischen Auftrag, sondern aus einer Loyalität zur Bundesrepublik, die sich eine bessere Bundesrepublik wünscht, eine Verwirklichung auch von Erwartungen, die die DDR enttäuscht hat. Es ist leider nicht ausgemacht, ob die Bundesrepublik einer Loyalität bedarf, die über die Umlage kommunaler Kosten hinausginge. Vorläufig ist es möglich, daß ein politisches Engagement verkümmert zur passiven Verarbeitung von Politik. Die Freiheit, Meinung zu äußern, einst in der DDR entbehrt, hier ist sie gegeben. Hier trifft sie kaum auf Widerstand, produziert selten Wirklichkeit. Die fast vollständige Unterrichtung über Zustände in Staat und Wirtschaft, hier ist sie. Nur kann die Information nicht in praktische Anwendung gebracht werden. Sie ist genießbar. Nicht zuletzt ist dies noch eine Gelegenheit, über die DDR zusätzlich zu erfahren, was sie versteckt hielt. Wer hätte denn dort gewußt, daß die sich an jedem Dienstag hinsetzen zu Beschlüssen über das Land, und zwar regelmäßig eine Stunde, und nicht irgendwo in Ostberlin, sondern am Werderschen Markt, zum Beispiel? Oder: Was hat Adenauer nun tatsächlich als Letztes gesagt? Wie ist die Firma Krupp nun in Wahrheit konstruiert? Was alles gedenkt die SPD noch für Regierungsmacht auf den Tisch zu legen? Es nützt nicht viel, das zu wissen, aber es macht Spaß, auch das noch zu wissen. Die Leistungen der oppositionellen wie der institutionalisierten Publizistik machten das Leben im Gebiet der

Westmark von Anfang an annehmbar. Von allen Freuden des Konsums ist diese echt unverzichtbar. Wem aber sogar die politische Kommunikation als Genußmittel vorkommt, dem darf man getrost nachsagen, daß er eingebürgert ist, Spaß beiseite.

Dennoch, es sind nicht alle angekommen. Von Arbeitern wie Lehrern wird gelegentlich eine Rückkehr in die DDR nahezu unkritisch erwogen. Da schlägt die alte Haltung des Kindes vor dem Vormund wieder durch. Dann reden sie, als seien sie immer noch rechenschaftspflichtig. Gerade von der DDR wollen sie nicht verachtet werden. Immer geben sie der DDR ihren Namen, nur weil die eine mehr geographische Umschreibung mit Unmut aufnehmen könnte (gewiß auch in Opposition gegen die unberatenen Verlegenheitsausdrücke westdeutscher Politik). Immer reden sie behutsam, um der DDR ja nicht wehe zu tun; und wären doch nicht hier, hätte die DDR nicht ihnen wehgetan. Es ist, als wäre Offenheit in der Öffentlichkeit ihnen peinlich, als wollten sie es mit der DDR nicht verderben. Sie gehen nicht ein auf die Behauptung der DDR, ihre Umzügler seien Opfer einer Abwerbung, eines Handels mit Menschen. Da sie es besser wissen, und verschweigen, ist ihnen die Hoffnung zu unterstellen, daß sie sich mit der DDR eines Tages, und sei es nur in vertraulichem Gespräch, verständigen könnten. Wirklich? Wird man sich da versöhnen? Auch über Ausdrücke? Da ist gar kein Zweifel: eines Tages nimmt die DDR sie zurück. Tatsächlich? wenn sie ankommen mit einem Abonnement des Nachrichtenmagazins DER SPIEGEL (auf vierzig Jahre) in der Tasche und mit der Erinnerung an die letzte Italienreise im Gedächtnis? Dann wird die DDR sie vielleicht nicht nehmen. So reden also verstoßene Kinder.

Es geht auch anders.

1. *Wenn es einer Staatsmacht freisteht, eine Staatsbürgerschaft zu verhängen über Leute, die sie bei der Machtübernahme auf ihrem Territorium vorgefunden hat, so muß es diesen Leuten freigestellt werden, auf Staatsbürgerschaften von sich aus zu verzichten. Auch Palmström hatte ja seine Gründe, als er das Kreuz für Kunst mit Dank zurückreichte.*
2. *Gewiß, die DDR war eine Erfahrung, obendrein die einer juvenilen Periode. Aber die Erfahrung sollte nicht verkleinert werden durch die Tricks der Erinnerung. Es gibt da auch Dinge, die der Regen*

nicht abwäscht. Was da an Biographie gestiftet wurde, war immerhin nicht alles notwendig zum Leben. Es ist nicht nötig, diese Rechnung neu aufzumachen, aber sie verträgt es, offen zu bleiben.

3. *In der DDR sind noch einige persönliche Orte, die Orte der Kindheit, der Jugend. Dort sind Freundschaften, Landschaften, Teile der Person. Es ist Vergangenheit. Es hat neun oder zehn oder zwölf Jahre gedauert. Nun ist es vorbei.*

Ach! Sie sind ein Deutscher?

Ein Fremder besucht die Insel Sheppey in der Mündung der Themse, er geht dort spazieren auf den Straßen der Stadt Sheerness-on-Sea. Es ist eine kleine Stadt, die Bewohner kennen einander. Woran erkennen sie den Fremden? Er kauft einen Stadtplan, er muss seinen Weg suchen. Er sieht mehr die Häuser an als die Leute, er erwartet kein Gespräch mit Bekannten. Er geht an einem Werktag müssig, er ist ein Besucher von auswärts. Woher kann er kommen? Vom Festland, aus London, aus einer anderen Grafschaft. Dann ist er ein Engländer wie die Einheimischen, er gehört zu ihnen. Er kann mit der Fähre aus Holland gereist sein, dann ist er ein Tourist, Touristen sind willkommen in Sheerness. Wann werden die Leute von Sheerness es genau wissen? Wenn er den Mund aufmacht.

Der Fremde hält den Mund. Er hat gelächelt, als der Verkäufer ihm den Stadtplan in die Hand gab, denn der Verkäufer hat gelächelt. Ihm wurde ein freundliches Wort gesagt über das Sommerwetter, er hat nur einverstanden genickt. Kann er kein Englisch? Er kann sich verständigen in dieser Sprache. Aber er weiss, woher er kommt. Er hat in der Tasche einen deutschen Pass. Der Krieg mit den Deutschen ist dreissig Jahre her und vorbei, er denkt an diesen Krieg. Auf dieser Insel gab es den Flugplatz Eastchurch, den haben die Deutschen bombardiert; es gibt Tote bei Luftangriffen und es wird sie geben im Gedächtnis der Bürger von Sheerness. Über diese Insel hinweg schossen die Deutschen ihre Raketenbomben nach London; die Bewohner der Insel werden sich erinnern an das tödliche Pfeifen. Dieser Deutsche war damals ein Kind, sein Vater war nicht bei der Luftwaffe der Deutschen; er bleibt ein Deutscher, einer von den Feinden. Er erwartet kein Willkommen auf dem Broadway von Sheerness. Er erschrickt, als eine Dame ihn anspricht, denn nun muß er antworten, sie wird ihn erkennen als einen Deutschen, sie wird sich abwenden von ihm, das wird sein wie ein Schlag ins Gesicht.

– Entschuldigen Sie, mein Herr: sagt die Dame.

Er antwortet, wie er es gelernt hat in der Schule, das gibt viele Worte, eins davon wird deutsch klingen. Aber das Gesicht der Frau bleibt vorfreudig, und sie fragt: Sind Sie es?

Im Englischen kann das heissen: Bist du es? So hat er es gehört in der Stimme der Frau.

– Ich bin es nicht, gnädige Frau: sagt der Fremde in den vielen Worten, die die Schule wollte, und all die nationale Mühsal mit dem britischen *th* kommt heraus. Der Blick der Dame bittet ihn um etwas, und sie sagt:

– Wenn du es bist, so ist dein Name Charlie Baker, und du warst auf dem Flughafen Eastchurch, und dann musstest du nach Schottland, und ich bin – du weisst, wer ich bin.

Der Fremde weiss das Jahr 1940, das Jahr der ersten Bomben. In den Augen der Frau sieht der Deutsche aus wie jemand, der war achtzehn Jahre alt im Krieg, und weil er sie verlassen hat, soll er wiedergekommen sein. Sie glaubt dem Fremden nicht seine sechs Jahre von damals, sie überhört seine germanische Aussprache, denn er soll ein Charlie Baker sein, der blickte wie er, der ging wie er. Sie war ein angenehmes Mädchen von dreissig Jahren, und Charlie war ein Dummkopf, denn sie hat dreissig Jahre lang gewartet auf ihn. Nun muss der Fremde die Wahrheit sagen, für ihn und für sich.

– Es tut mir so leid: sagt die Frau. – Sie sind ein Gast des Landes, Sie sind bei uns in den Ferien. Und da bin ich und belästige Sie; es ist nicht üblich bei uns, daß wir einen Fremden anhalten auf der Strasse. Sie müssen mir glauben! Denn wir hatten einen Flughafen Eastchurch, da arbeitete ein junger Mann, der war wie Sie ... Werden Sie mir verzeihen?

Der Deutsche weiss nun nur noch wenige Worte, als er Abschied nimmt von Charlie Bakers Mädchen, und es sind die falschen Worte.

– Manche kommen einmal zurück: antwortet sie traurig, und höflich sagt sie: Seien Sie willkommen auf der Insel Sheppey! Seien Sie willkommen in England!

Das Schiff

In der Themse, etwa drei Kilometer vor der nördlichen Küste der Insel Sheppey, fällt eine Gruppe schräg paralleler Stangen auf, vor allem sichtbar bei Niedrigwasser, noch in der um sechs Meter höheren Flut, denn in ihrem Rücken schaukelt Wasserfläche weit und, da drüben die Küste von Essex recht bestimmt nach Norden hochgebogen ist, der Horizont unter den rasch wechselnden Beleuchtungen des Himmels. Wer hier zuzieht, in der Stadt Sheerness an der Nordwestecke der Insel, dem ist es angekommen auf die Spiegelungen des Lichts in der vielfältig bewegten Flußmündung und Nordsee, der hält jene Stangen anfangs für Reusen, von einem rabiaten Westwind schief gedrückt, denn der Blick über unbegrenztes Wasser vertut sich leicht in Entfernungen, und das schwarze Dreieck, das bei Ebbe zwischen ihnen erscheint, kann recht wohl genommen werden für ein Fischerboot mit Stammrecht. Wer hier zugezogen ist, meint eines Fernglases zu bedürfen, er wird irre an den Reusen, denn keinmal in zwei Wochen werden sie versetzt, außerdem sind die Stangen von ungleicher Länge, in befremdlich regelmäßigem Verhältnis zu einander, und zu dicht am Fahrwasser stehen sie auch. Was ist das?

Oh, die Freude der Autochthonen am Belehren der Fremdgeborenen! – Tja: sagt einer, er stellt den Hammer neben sich und blickt versonnen auf das Wasser, schade um die mit Arbeit vertane Zeit, es ist so passendes Wetter zum Fischen da draußen; vorfreudig und vertraulich teilt er mit: Es möge eine Wolke noch so dunkel sein, einen Silberstreif habe sie doch.

Die Wolke, unter der die Leute leben an diesen Meilen der Themse, war die Erinnerung an die Flut vom Februar 1953, die weite Bereiche der Insel und auch der Stadt Sheerness überschwemmte und wieder kommen könnte mit vollgelaufenen Wohnstätten, ertränkten Schafen, abgesoffenen Telefonschächten, kurzgeschlossenen Stromleitungen, geborstenen Gasrohren und enttäuschten Auskünften von seiten der Versicherungsgesellschaften. Diese Aussicht ist seitdem gründlich, mit den besten Vorsätzen und Plänen, besprochen worden. Als die Flut die

Insel von neuem betrat im Januar 1978, waren weder die Schutzwälle noch das Warnsystem vollendet, und sie durfte sich austoben wie vor fünfundzwanzig Jahren, nur daß es diesmal nicht unmittelbar Tote gab unter den Menschen. Das ist die eine hiesige Zukunft.

Die andere, der kostbare Rand dieser düsteren Wolke, heißt »Richard Montgomery«. Das ist der Name eines amerikanischen Munitionsschiffes, dem hier im Sommer 1944 der Rücken brach, worauf es sank und seitdem nur die Spitzen seiner Ladebäume und Masten, auch eine Ecke Brücke zeigt. Genannt schlicht »das Wrack«, auch »unser Wrack«, ehrfürchtiger »die große alte Dame der Themse«, erscheint sie im versteckten Stolz ihrer Anrainer als »unsere einzige Sehenswürdigkeit«. – Entweder gehen wir feucht unter, oder wir werden zerfetzt in einem Feuerball!

Sind wir bis dahin imstande, dieser Strandbeute auf den Grund zu gehen, das aufgelaufene Gut zu bergen, historisch, magisch, biografisch, soziologisch, hemisch, administrativwissenschaftlich, poetisch, statistisch?

Richard Montgomery, geboren 1738, er wird selten im Ernst gemeint haben, noch zweihundert Jahre nach seinem Tode werde sein Name stehen für irgend etwas. Denn er war als Ire, achtzehnjährig, in britische Dienste getreten, erst im Alter von vierunddreißig Jahren verkaufte er sich an die Sache der aufständischen Amerikaner, und so war er kaum der erste, den George Washington 1775 zum Brigadegeneral der Kontinentalarmee ernannte. Montgomery bewährte sich bei der Einnahme von Montreal am 13. November 1775, er blamierte sich, als er am 31. Dezember die von englischen Berufssoldaten verteidigte Festung Quebec (Québec) mit nur 1675 ungeschulten Mann angriff, mit einer vollständigen Niederlage am letzten Tage seines Lebens. Überdies war dieser Söldner mit der wechselhaften Loyalität ein General gewesen, dem liefen die Leute fort. Demnach mußte er sich gedulden, als im Amerika des Zweiten Weltkrieges Schiffe getauft wurden auf Namen von Vätern der Revolution. Die Baureihe der Liberty-Schiffe begann 1941, die »Richard Montgomery« lief 1943 vom Stapel in Jacksonville, Florida. Kaum ein Jahr später war sie kaputt vor Sheerness, Kent –

hier wäre eine Grabung denkbar in Richtung Namensmagie.

Ein Schiff für die Freiheit. Die Bezeichnung sollte verweisen auf eine nationale Notlage, auf kein geringeres Symbol als die Glocke der Freiheit, Liberty Bell, 1753 aufgehängt im Haus des Staates von Pennsylvania, mit der Inschrift: »Verkündige die Befreiung im Lande für alle, die darin wohnen« (3. Mose 25.10), zum fünfzigjährigen Jubiläum der Verfassung von William Penn. Allerdings war sie gleich beim ersten Guß mißraten, unsicher im Ton. Mehrmals umgegossen, ging sie ihren Anwohnern dennoch auf die Nerven, und schon 1772 beschwerten sie sich bei ihrer neuen Obrigkeit, der feierliche Lärm werde bei zu vielen Gelegenheiten bemüht. Dann allerdings wurde unter ihrem Geläute am 8. Juli 1776 öffentlich die Erklärung der Unabhängigkeit verlesen. 1777 besetzten die Briten die Stadt, und die Glocke mußte versteckt werden auf dem Lande. Zurückgebracht an die Chestnut Street, tat sie ihren vaterländischen Dienst, bis sie endgültig entzwei ging im Jahre 1835, beim Begräbnis eines Justizministers. Wie einstmals durch die Truppen der Londoner City war die amerikanische Art der Freiheit 1941 bedroht durch die Unterseeboote der Deutschen und Italiener. Die Antwort eines Roosevelt auf die Verluste von Schiffsraum durch Versenkung war die Massierung des Schiffsbaus, im Zeichen von Victory, von Liberty.

(Die Geschichte der Liberty Bell hat eine Fortsetzung in der Alten Welt. 1950, nachdem die siegreiche Rote Armee abgelassen hatte von der Blockade Westberlins, stifteten an die siebzehn Millionen Bürger der USA eine Nachbildung ihrer Freiheitsglocke für das Rathaus in Berlin-Schöneberg. Deren Inschrift lautet, übersetzt: »Möge diese Welt mit Gottes Hilfe eine Wiedergeburt der Freiheit erleben.« Seitdem läutet sie jeden Mittag zwei Minuten [sowie, zusätzlich, bei feierlichen Anlässen]. Im Winter 1965 rief die loyale Presse des Besatzungsgebietes Westberlin die Eingeborenen auf zu Spenden für Nachbildungen des Schöneberger Instrumentes in Porzellan [Stückpreis 17,25 DM], zu versenden an die Hinterbliebenen von Bürgern der USA, die bei ihrem Einsatz in Vietnam ums Leben gekommen waren oder deren Tod dort für die Zukunft zu erwarten stand. Offenbar sollte eine solche Rückerstattung des Geschenks von 1950 zumindest unter trauernden Amerikanern ein Bild von Berlin [West] verbreiten, für das auch man sterbe in Südostasien, mit Gottes Hilfe die Freiheit spendend oder bewahrend, symbolisiert durch ein kleines Glöckchen aus der Porzellanmanufaktur von Berlin auf amerikanischen Kaminen neben den Fotos mit Trauerflor.)

Die Schiffe, die benannt wurden nach der echten Liberty an der Kastanienstraße von Philadelphia, haben dazu beigetragen, ein Kapitel der amerikanischen Gewerkschaftsgeschichte zu verdüstern. Sie waren Standardfrachter, im Frühjahr 1942 schon in sechzig bis siebzig Tagen herstellbar (der Plan hatte einhundertfünf Tage vorgesehen). Die Werft eines Henry J. Kaiser in Richmond, Kalifornien, brauchte schließlich nur noch 4 Tage und 15 Stunden für den Bau eines solchen 10 490-Tonnen-Schiffes von 134 Metern Länge. Die Wiederholung des Musters, die Vereinfachung der Konstruktion, die Verwendung vorgefertigter Teile holten auch solche Arbeiter auf die Werften, die noch keine Fabrik von innen gekannt hatten. Die Kriegsdringlichkeit, das Anwachsen der Produktion brachten die chronische Arbeitslosigkeit für die Dauer der Kriegsperiode zum Verschwinden. Da auch viele Frauen in die Fabriken gingen, schien der Lebensstandard einer durchschnittlichen Familie höher als je. Tatsächlich waren die Löhne »eingefroren« und streng besteuert, während die Preise stetig in die Höhe schlichen. Streiks waren illegal – durch eine freiwillige Kriegsverpflichtung der Gewerkschaften selber. Für ein Drittel der Stimmen im Kriegsausschuß stimmten die Gewerkschaften Entscheidungen zu, die sie den Arbeitern entfremden mußten. Es waren die Gewerkschaften, die verzichteten auf das vertraglich festgelegte Recht ihrer Mitglieder, für Arbeit an Sonn- und Feiertagen doppelten Lohn zu beziehen. Sie unterstützten Roosevelts Erlaß, der die Arbeiter für die Dauer des Krieges an ihren Arbeitsplatz band. Kam es zum Niederlegen der Arbeit, ließ die Regierung die Fabrik durch bewaffnete Truppen besetzen und drohte den Streikenden mit Zwangsverpflichtung in die Armee, und die Gewerkschaft mißbilligte das Verhalten der Arbeiter in aller Form (Juni 1941, Kalifornien). Im Juni 1943 wurde ein Streik gesetzwidrig, sobald der Staat den Betrieb übernahm. Die Führer der Gewerkschaften ließen sich für ihr Stillhalten belohnen mit einer Vertragsklausel, die einem Arbeiter auferlegte, bis zum Ablauf seines Kontrakts in der Gewerkschaft zu verbleiben. Weiterhin nahmen die Fabriken den Gewerkschaften die lästige Mühe ab, bei den Mitgliedern die Beiträge einzutreiben, zogen sie vom Lohn ab und überwiesen sie direkt auf das Konto der Arbeitervertreter; eine Folge war deren weitere Isolierung. Die Kommunisten machten da keinen Unterschied, wenn auch erst seit Juni 1941. Sie waren die eifrigsten Anhänger des Streikverzichtes und erklärten Streikende zu Verrätern, beschimpften sie als Angehörige einer »Sechsten Kolonne«. Sie predigten den speed-up, die Beschleunigung der Produktion, traten ein für die Arbeit im Akkord, die Blockierung der Löhne und schlugen sogar vor, den no-strike-pledge fortzuführen auf unbegrenzte Zeit, ja, über das Ende des Krieges hinaus.[1] Für die Arbeiterbewegung der USA ist ihre Lage in dieser Zeit hinausgelaufen auf das Gegenteil von *Liberty.*

Das Liberty-Schiff auf dem Grunde der Themse liegt da auch als ein Mahnzeichen für eine andere amerikanische Freiheit, nämlich die Begabung, die Arbeit anderer zu benutzen. Sprichwörtlich war sie verkörpert in Henry John Kaiser, der seinen geschäftlichen Aufstieg begann, indem er mit dreizehn Jahren, 1895, von der Schule abging und für anderthalb Dollar die Woche in einem Schnittwarenladen arbeitete. Als er 1967 starb, hatte er es gebracht zu 180 Fabriken, dreihundert verschiedenen Erzeugnissen in 41 Ländern und fast drei Milliarden Dollar auf der Aktivseite. Dazwischen liegen Meilen nach Meilen Straßen und Autobahnen (allein in Cuba 200 Meilen und 500 Brücken [und zwar in viereinhalb Jahren statt der vorgesehenen sieben!]), Staudämme, Rohrleitungen, Autos, Krankenhäuser und 1490 von den insgesamt 2610 Liberty-Schiffen, die seinen Namen berühmt machten. Die Aufgabe Liberty war passend für einen Mann, dessen Wahlspruch lautete, in einem langsam ausgeführten Auftrag sei kein Geld. Ein Biograph Roosevelts sagt Kaiser nach: er »riß alles Werkzeug und jeden Rohstoff, die er in die Finger kriegen konnte, an sich, stellte unbekümmert Arbeiter ohne Fachausbildung ein, mit der Behauptung, er könne ihnen alles beibringen, und wurde öffentlich gebrandmarkt wegen des Kaperns von Arbeitskräften und vorrangigen Materiallieferungen«. Er habe instinktiv die Regel Roosevelts erfaßt, wonach »Energie mehr war als der Nutzeffekt«.[2] Dort ist auch die Rede von der »happy protection of cost-plus«, also der Garantie für die Erstattung der Gestehungskosten und für den Gewinn, wie bei Regierungsaufträgen üblich. Kaiser selbst sah die Sache so: »Ich bin ein Baumeister, und wenn einer das von sich sagt, sollte er alles Mögliche bauen können.«[3] Am Ende betrieb er sechs Schiffswerften an der pazifischen, eine an der atlantischen Küste, 58 Hellingen obendrein, und bekam auch deswegen eine

1 Guérin, Daniel, *Die amerikanische Arbeiterbewegung 1867–1967,* Frankfurt/M. 1970, S. 82–87.
2 Burns, James McGregor, *Roosevelt – The Soldier of Freedom,* New York 1970, S. 245.
3 *Time Magazine,* 1. Sept. 1967, S. 52.

standesgemäße Beerdigung in der *New York Times*, und zwar, ohne daß er im geringsten eines rüden Betragens bezichtigt wurde.[4] Zwar ist die *Encyclopaedia Britannica* von 1975 sich zu fein für ihn, wohingegen sie über Richard Montgomery einiges anführt. Das kann ein Henry J. Kaiser verschmerzen, denn jener Montgomery fehlt, wo das Wissen der Nation Macht ist: in der neuesten Auflage der *Amerikanischen Enzyklopädie*[5] ist Kaiser über zwei Spalten hin aufgebahrt, und von ihm wie seiner Gilde kündet bis auf den heutigen Tag ein Schiff in der Themse, England, Alte Welt.

Die Britannia auf dem Kreuz vor dem Bahnhof Sheerness hat auf dem Sockel Raum lediglich für die Toten des Ersten Weltkrieges, die des Zweiten sind aufbewahrt in einem Ehrenbuch in der Abteikirche im Innern der Insel. Sheerness und Sheppey haben ihr Denkmal für den Krieg 1939-1945 im Wasser statt zu Lande, ein »Häßliches Entlein«. Denn die Liberty-Schiffe trugen unweigerlich auch eine dienstliche Bezeichnung, EC-2, die Zwei wegen der amerikanischen Version eines ursprünglich britischen Entwurfs, und EConomy wegen der sparsamen Ausführung. Bei der Liberty sollte es vordringlich ankommen auf die neue Technik des Schweißens anstelle des Nietens, die fünf Laderäume und die Ladebäume, da durften die Unterkünfte für die Mannschaft von Schiff und Flak kunstlos untergebracht werden in einem dreistöckigen Aufbau mittschiffs. Auf Eleganz war zu verzichten, ebenso wie auf einen Kreiselkompaß oder ein Funkpeilgerät. Die einzige Aufgabe dieses Fahrzeugs war das Befördern von Fracht, geleitet und beschützt von den Wachhunden des Konvois, und nie konnte die zärtliche Achtung für diesen Schwerarbeiter, ausgedrückt in dem Märchennamen, ihn verwandeln in einen weißen Schwan. Diese plumpen, tüchtigen Liberty-Schiffe waren es, die das anfangs von den deutschen Unterseebooten eingesperrte England versorgten mit Waffen, Ausrüstungsgegenständen, Lebensmitteln und schließlich mit den Truppen für die Invasion, den Tag D, 6. Juni 1944. In der »Richard Montgomery« sind keine Toten, aber wer damals ein Liberty-Schiff betrat, ging auch in das Risiko, an den Torpedos der Deutschen umzukommen.

Die juristische Grundlage für solche Lieferungen ohne umgehende

4 *New York Times*, 25. August 1967, S. 1, 31.
5 *American Encyclopedia of Biography*, New York 1974.

Bezahlung war das Leih- und Pachtgesetz vom 11. März 1941, vom amerikanischen Repräsentantenhaus und Senat erst nach schlimmen Auseinandersetzungen mit den Isolationisten angenommen, mit wenig brüderlichen Mehrheiten. Vornehmlich war es Großbritannien mit seinem Commonwealth, dem die Lend-Lease-Hilfe zugute kam; Großbritannien anerkannte deren Gewicht für die Entscheidung des Krieges und hat rund zwei Prozent zurückgezahlt von den etwa 30 Milliarden Dollar, deren Gegenwert es empfing. Mit dem 7. November hatte Roosevelt es endlich legal machen können, daß solche Lieferungen auch an die Sowjetunion gingen, via Murmansk, Archangelsk, Wladiwostok und den Iran. »Die Bedeutung dieser Hilfe für das Durchhalten der UdSSR und ihren Übergang zur Offensive (1942/43) ist kontrovers«[6] und lädt demnach ein zu einer Diskussion im Lichte des historischen Materialismus. In einem offiziellen *Wörterbuch für Geschichte*, erarbeitet durch »insbesondere das Institut für Marxismus beim ZK der SED«[7], kommt dies Leih- und Pachtgesetz weder als Stichwort vor noch in dem Artikel *Großer Vaterländischer Krieg der Sowjetunion* noch unter *Weltkrieg, zweiter*. Unter *Antihitlerkoalition* findet sich die Feststellung: »Die A. wurde weiterentwickelt z. B. durch [...] das Abkommen zwischen der UdSSR und den USA über die Prinzipien der gegenseitigen Hilfeleistung vom 11. Juni 1942.« Weder der erste noch der zweite Blick wird in dieser Umschreibung amerikanische Lieferungen im Wert von 10,6 Milliarden Dollar vermuten, und das sind nur die angekommenen, weiterhin die britischen und kanadischen ungerechnet. Für das Schweigen, das die amerikanischen Schiffe voller Lastwagen, Erdölprodukte, Lebensmittel, Eisenbahnausrüstungen in drei sowjetischen Häfen noch heute verhängen soll, lassen dialektische Überlegungen sich vermuten; jedoch auch solche der Realpolitik und der schlicht emotionalen Kränkung. Denn vorläufig lieferten die Alliierten bloß Sachen. Obendrein bestanden sie ein wenig taktlos auf ihrer Quittung, so wenn der Botschafter der USA in Moskau schon im März 1943 von einer »undankbaren« Haltung der Sowjets gegenüber den staatlichen wie den privaten Hilfen seines Landes sprach. Die *Pravda* druckte eine ziemlich vollständige Liste der amerikanischen

6 *Lexikon zur Geschichte und Politik im 20. Jahrhundert*, Köln 1971, S. 465.

7 Innentitel: »... Deutschlands und der deutschen Arbeiterbewegung«, Berlin (Ost) 1969, S. 1.

Lieferungen seit Kriegsbeginn; so viel immerhin lag Stalin an deren Fortsetzung. Aber er durfte es taktlos finden, daß man ihn zwang, so die nazistischen Gegner zu unterrichten über einen Teil seiner Vorräte. Was die umstrittene Offensive angeht, so berichtete der damalige Vorsitzende des Staatlichen Verteidigungskomitees der Sowjetunion am 6. November 1943: »Fügt man zu alledem noch die Tatsache hinzu, daß die Verbündeten uns regelmäßig mit verschiedenem Kriegsmaterial und mit Rohstoffen versorgen, so kann man ohne Übertreibung sagen, daß sie durch all das die Erfolge unseres Sommerfeldzuges bedeutend erleichtert haben.«[8] So spricht der Militärschriftsteller, zu Lebzeiten unumstritten, so spricht der Generalissimus, der mit diesem Titel auch die Verantwortung für die Erfolge seiner Politik auf sich genommen hat. Vorläufig ist seine Politik gegenüber den Alliierten ein Mißerfolg. Damals, als die Sache mit Hitler schief ging, hat er doch gleich, am 18. Juli 1941 schon, von den Briten eine zweite Front gegen den Verräter »im Westen (Nordfrankreich) und im Norden (der Arktis)«[9] erbeten, und ohne Verzug hat die Sowjetunion die Atlantik-Charta unterzeichnet. Was Molotow im Sommer 1942 in Washington abholen sollte, war gewichtiger als Ersatzteile und Schinkenfleisch in Dosen, es war der Hauptsatz in dem gemeinsamen Communiqué mit Roosevelt: »[...] wurde volle Verständigung erreicht in Hinsicht auf die dringende Aufgabe, in Europa eine zweite Front zu errichten«[10], und so ist das einem frohlockenden Obersten Sowjet verlesen worden, in Gegenwart der eigenen Person. Dann bleibt die zweite Front 1942 aus. Blamiert steht man da vor seinen Leuten. Man ist doch der große Stalin selbst, der Churchill ermahnt, daß ein solches Versagen »der gesamten sowjetischen Meinung vom Ausland einen tödlichen Schlag«[11] zufüge. Blamiert ist man auch vor den Soldaten dieses Hitler, denen man Flugblätter abwirft mit der zweiten Front 1942. Keine zweite Front an der gewünschten Stelle im Jahre 1943, statt dessen immer andere Entschuldigungen, seien sie nun dem mittelmeerischen oder dem pazifischen Kriegsschauplatz entnommen; zwischendurch Kürzung der Leih- und Pacht-Lieferungen, angeblich zum Aufbau der zweiten

8 Stalin, J., *Über den Großen Vaterländischen Krieg der Sowjetunion,* Moskau ³1946, S. 137f.

9 Werth, Alexander, *Russia at War,* New York 1966, S. 271.

10 Burns, a. a. O., S. 234.

11 Burns, a. a. O., S. 237.

Front, die mittlerweile unsichtbar bleibt. Wer Jahr nach Jahr eine Kriegführung auf dem Boden des eigenen Landes, auf dem Rücken der eigenen Leute zu verantworten hat, darf solch Zögern seiner Verbündeten oft verstehen als ihren Wunsch, die Rote und die deutsche Armee möchten einander erst einmal ausbluten – bis eine zweite Front in Frankreich steht. Im Februar 1945 ist es nur schicklich, sich freiwillig zu bedanken und Lend-Lease als »eine der bemerkenswertesten und lebenswichtigen Leistungen«[12] des amerikanischen Präsidenten zu bezeichnen. Kaum aber ist der Krieg zu Ende und der Mai 1945 vergangen, da kündigen diese USA einem ihre Leih- und Pacht-Sachen, so daß der ausländische Anteil an der Ernährung der Roten Armee wegfällt von einem Tag auf den anderen, zehn Millionen Soldaten zur Gänze der ohnehin unterernährten Zivilbevölkerung auf dem Brotbeutel liegen. Dann darf man allerdings bemerken, »daß die Russen vorgehabt hatten, den Vereinigten Staaten für die Lend-Lease-Unterstützung in angemessener Form ihren Dank auszudrücken, aber die Art, in der das Programm abgebrochen wurde, hat dies nun unmöglich gemacht«.[13] Dann wollen wir also, Genossen, dieses Roosevelt eigene Worte gebrauchen und die Angelegenheit eine Berieselung mit dem »Gartenschlauch« nennen! (Bis heute gibt es keinen vertraglichen Abschluß für Lend-Lease zwischen der Sowjetunion und ihren Alliierten.) Es war diese Praxis, den sowjetischen Verbündeten allzu lange abzuspeisen mit bloß Gütern, die neben dem Streit um Polen zu den frühesten Wurzeln des Kalten Krieges gerechnet werden muß, und so liegen denn aufwärts des Hudson – »eingemottet«, aber in vier Wochen einsatzbereit zu machen – eine Flotte von Schiffen und in der Themse vor Sheerness ein einziges, deren Baureihe hat in einem kommunistischen Bewußtsein (stalinistischer Observanz) keinen Namen: Liberty.

Das Anrichten des Unglücks: In der Morgendämmerung des 20. August 1944, bei mildem Wetter und guter Sicht, bog im Englischen Kanal die »Richard Montgomery«, unterwegs nach Cherbourg, nach Westen in die weite Mündung der Themse ein, wo sie auf einen Geleitzug warten sollte. Als sie, weisungsgemäß, auf eine Untiefe zusteuerte, wurde sie von anderen Schiffen mit Sirenengeheul gewarnt. Auch im gegenüber liegenden Southend hatte der stellvertretende Ha

12 Werth, a. a. O., S. 884.
13 Werth, a. a. O., S. 912.

fenmeister inzwischen bemerkt, daß diesem Schiff mit 32 Fuß (etwa zehn Metern) Tiefgang ein Liegeplatz zugewiesen war, an dem das Fahrwasser bei Ebbe nur in einer Tiefe von 24 Fuß (etwas mehr als sieben Meter) sicher war. Er war gerade dabei, der Molenkopf-Aufsicht günstigere Anweisungen für den Fremdling zu erteilen, als sein Vorgesetzter ihn störte. Von Berufs wegen wußte der, daß die »Montgomery« an die vorgesehene Stelle gehörte, und machte die Entscheidung seines Untergebenen rückgängig. (Der erbat sich eine schriftliche Ausfertigung des Befehls, wurde zwei Tage später versetzt und fehlte, als Ende August eine Untersuchungskommission ergründen wollte, was denn hier vorgegangen war. Die Antwort des Ersten Offiziers auf die Frage, warum er den Kapitän habe schlafen lassen: Weiß ich nicht.) Die »Montgomery« warf Anker vor Sheerness. Dann kam eine Springtide, warf das Schiff hin und her gegen die Sandbänke und setzte es schließlich fest. Entweder wurde der Kapitän jetzt aus dem Bett geholt, oder die Stöße weckten ihn. Es war der Kapitän, der das Hilfsangebot eines Schleppers zurückwies. An die vier Stunden später lief die Flut aus, dem Rumpf fehlte die Stützung durch Wasser, unter der Spannung bogen sich die ersten Stahlplatten und brachen auf (geschweißt, statt genietet). Wiederum zwei Tage später zersprang das Schiff in zwei Stücke und sank. Es gelang noch, die Laderäume drei, vier und fünf zu leeren. Aber die britischen Schauerleute hatten Gefahrenzulage verlangt, als sie erfuhren, was da bei ihnen angekommen war, und so manches Kind in Sheerness sollte an diesem Tag im Hause bleiben.

Denn die Ladung war bestimmt für die Luftwaffe der Vereinigten Staaten, und so führt das Manifest der »Richard Montgomery« als im Wrack verblieben auf:

2893 t Bomben, enthaltend ungefähr 1200 t Trinitrotoluol (TNT)
173 t Selbstzerlegerbomben mit eingebautem Zündmechanismus, beste Wirkung gegen Personen, und
107 t Behälter mit Phosphor, entzündlich bei bloßem Kontakt mit Sauerstoff.[14] In deutschem Gewicht sind das nahezu 2,9 Millionen Kilogramm, 2885 Tonnen.

(Die Ladung war bestimmt für die Deutschen.)

14 *The Sunday Times,* 27. August 1978, S. 4–5.

Eine Explosion dieser Mischung wird unter die größten im menschlichen Gedenken gerechnet werden, wenn man die nicht-nuklearen aufzählt. Nimmt man die »Richard Montgomery« als den Mittelpunkt eines Kreises mit einem Radius von zwei Meilen (drei Kilometer), ist an festem Land vorerst nur die Nordwestecke der Insel betroffen, mit Stadt und Hafen Sheerness. Dort würden ältere Gebäude und unabgestützte Mauern einstürzen, Gas- und Wasserleitungen zerrissen werden. In einem Radius von sieben Meilen noch sind Glasschäden, der Einsturz wackliger Schornsteine und lockerer Dächer zu erwarten. Das bezieht die halbe Stadt Sittingbourne ein, dazu den Ölhafen und den Komplex der Raffinerien auf der Insel Grain westlich von Sheppey. Die Detonation kann einen Feuerball hervorbringen, dessen Luftdruck schwere Gegenstände oder Trümmer über eine Meile weiterschleudert, etwa in einen der Supertanker mit über hunderttausend Tonnen Öl im Bauch. (Die »Richard Montgomery« liegt neben dem recht belebten Fahrwasser der Themse.) Die gleichzeitige Explosion der gesamten Ladung wird eine Flutwelle verursachen, die die Flüsse Medway und Themse hinaufrauschen und weitere Siedlungen in Ufernähe zerstören. Bei Niedrigwasser wäre die Wirkung vervielfacht, wegen der geringeren Dämpfung. Über den endlichen Umfang wird das Wetter entscheiden. Hängt über dem explodierenden Bombenlager eine schwere, tief liegende Wolkendecke, wird sie die von unten kommenden Druckwellen zurückprallen lassen, und die mehrfache Reflektion erreicht dann auch die Insel Canvey zehn Meilen flußaufwärts und trifft dort auf Tanks mit einem Fassungsvermögen von fünfundvierzigtausend Hektolitern Öl, auf Chemikalien- und Methangaslager. Eine Kettenreaktion oder Domino-Wirkung könnte die östlichen Außenbezirke Londons mehr oder minder beschädigen. Daß das Unterhaus oder Whitehall in Mitleidenschaft gezogen würden, gilt für unwahrscheinlich.[15]

Eine Verlautbarung aus Whitehall: Wie Ihnen bekannt ist, vertreten die Sprengstoffsachverständigen der Regierung die durchgehende Auffassung, daß jeder Versuch, das Wrack oder seine Ladung zu bergen, in sich gefährlicher ist, als es unberührt zu lassen (Herbst 1977). Das bekam schon die Regierung der USA zu hören, als sie 1948 diese ihre Habseligkeit abholen und auf tiefstem Meeresboden deponieren

15 *Kent Evening Post,* 2. Oktober 1978, S. 9.

wollte. 1967 empfahlen die Amerikaner abermals, die Bomben bergen zu lassen. Die Hilfe wurde höflich verbeten.

Lange Zeit war überdies unklar, welchen Arm Whitehall im Falle eines Unglücks hinzuhalten hätte. 1952 schien eine parlamentarische Anfrage zu ergeben, die »Richard Montgomery« liege unter der Zuständigkeit des Hafenamtes London. Jedoch diese Behörde zog es vor, zu dieser öffentlichen Vermutung zu schweigen. Erst achtzehn Jahre später bekannte sich das Handelsministerium zu dem Wrack. Jedoch auch das Ministerium für Verteidigung (und Kriegssachen) unterhält Beziehungen zu der »Montgomery«, so wenn es den Leuten vom Handel für die Inspektionen Taucher, Boote und Gerät ausleiht. Wäre hier eine Soziologie zu versuchen, fiele sie in die Bürokratie.

Die britischen Gastgeber dieses Liberty-Schiffes scheinen zu zweifeln, ob denn die Amerikaner sich auskennen mit ihren eigenen Bomben. Das Ausmaß der britischen Kenntnisse läßt sich ersehen aus der Auskunft des Unterstaatssekretärs für Handelsgesellschaften, Luft- und Schiffahrt an den Abgeordneten für Gravesend: Der Regierung ist der Zustand des Sprengstoffs unbekannt, und sie wird kein Risiko eingehen, ihn zu erforschen.[16] Dies betreibt sie gründlich. Zum letzten Mal wurden die Bomben amtlich betrachtet im Jahr 1952. Seitdem lautet die amtliche Legende: je mehr und je länger ihnen das Seewasser zusetze, desto unschädlicher würden sie, gänzlich unbeschadet des Umstandes, daß sie wasserdicht in Stahlkisten verpackt sind, und der wissenschaftlichen Mitteilung, wonach TNT gegen Wasser unempfindlich ist. (Und: »let sleeping bombs lie.« Aber die Hunde, mit denen hier abgewiegelt werden soll, haben es an sich, gelegentlich aufzuwachen.) Seit 1952 ist es nur noch der Rumpf, der einer Untersuchung für bedürftig befunden ist, alle vier Jahre einmal. Im September 1978 ging es vor allem um die Frage, ob das Wrack inzwischen an einer zweiten Stelle auseinandergebrochen sei. In Sheerness war der zweite Riß seit vier Jahren keine Neuigkeit, da auch von der Regierung angestellte Taucher nach der Arbeit ein Bier trinken und dabei ins Reden kommen. »Das Ministerium für Verteidigung teilt mit, es habe von einem zweiten Riß im Rumpf seit einer Reihe von Jahren gewußt, wohingegen das Handelsministerium mitteilt, eines der Ziele der gegenwärtigen Inspektion sei die Feststellung,

16 *Kent Evening Post*, 28. Sept. 1978, S. 16.

ob in der Tat ein zweiter Riß vorhan-den ist.«[17] Die vorläufige Mitteilung des Handelsministeriums über die »Richard Montgomery« im Jahre 1978: »Der Zustand des Wracks ist nicht wesentlich verändert und es sind keine weiteren Bomben herausgespült worden.«[18] Dieser Satz enthält Bomben, die bereits durch die vorhandenen Löcher herausgespült wurden.

Das zuständige Ministerium gibt zu, daß ihm sogar die Anzahl der Bomben unbekannt ist, die 1944 in der wracken »Montgomery« belassen wurden. »Als einige der Bomben aus dem Schiff entladen wurden, sind die Zahlen nicht getreu aufgenommen worden. Es ist seit einigen Jahren bekannt, daß das Manifest nicht zur Gänze genau ausgefüllt war.« Der Minister selber: »In anderen Worten, die Ladung kann jetzt völlig sicher sein oder sie kann noch reagibel sein.«

Die Möglichkeit einer Explosion ist unumstritten. Eine davon, bei dem Versuch einer Bergung, fiele als Verantwortung auf die jeweils amtierende Regierung; der Versuch muß daher vermieden werden. Die anderen sind: Kollision eines anderen Schiffes mit dem Wrack (die Station der Küstenwache Warden hat 24 Fast-Zusammenstöße verzeichnet). Einwirkung starker Flutwellen und Bruch von Zwischenböden, wobei höher gelagerte Bomben auf die unter ihnen fallen. Selbstzündung des Sprengstoffs durch Quetschung des Bombenmantels. Sogar die Druckwellen niedrig fliegender Düsenflugzeuge sind erwähnt. Schließlich: Ein Selbstmörder, der die Einsamkeit fürchtet. Terroristen. (23 einzelne Terrorakte zur See seit 1974.) Studenten, die sich einen Jux machen wollen (wie geschehen im Jahre 1969). Oder ein eigensinniger Philologe, der die Redensart prüfen will, wonach Wunder wirkt, wer die Themse in Brand steckt.

Wie immer das Problem verwaltet wird, die Administration ist mustergültig. So ist ein Schild dran.

Achtung	Mindestentfernung
GEFAHR	500 Fuß
Unexplodierte	Vom Wrack halten
Munition	WRACK

17 *Sheppey Gazette*, 28. Sept. 1978, S. 1.
18 *Sheppey Gazette*, 2. Nov. 1978, S. 36.

Zwei Leuchtbojen. Piepende Warnsignale in der Nacht. Auch ist das Betreten verboten (Gesetz zum Schutze von Wracks, 1973). Das Hafenamt Medway hat das Dilemma auf dem Radarschirm und seine Barkassen besuchen es viermal am Tag. So ungefährlich ist es. Amtlich erwogen werden noch an Variationen: die »Richard Montgomery« solide einzuzäunen, ihre Bomben unter Wasser abzuschleppen, sie in einer Betonkuppel einzuschließen. Und: der Bau eines Flughafens ihr gegenüber, dessen Lande- und Startbahnen gewichtige Jets auf einen Kurs über das Wrack führen, notwendig in geringer Höhe.

Belletristische Verarbeitung: ein Kriminalroman.[19] Die deutsche Entsprechung des Titels: Der Hausblockknacker.

Anläßlich der Atombombe haben wir einen Theologen fragen hören, ob Gott am Ende der Menschen müde sei. Muß es gleich die Menschheit im ganzen sein? Die Anrainer der »Richard Montgomery« sollten doch genügen, fürs erste.

Letzte Meldung. »Für die Bewohner Sheppeys muß es sehr beruhigend sein zu erfahren, daß das Wrack der ›Richard Montgomery‹ immer noch den Vereinigten Staaten von Amerika gehört, ebenso wie ihre tödliche Ladung. In einem Schreiben neueren Datums[20] stellte der parlamentarische Unterstaatssekretär für Handel fest: Sollte das Wrack explodieren, würde jegliche Schadenersatzforderung an die Regierung der Vereinigten Staaten zu richten sein.«

– Die sind es also, die wir dann verklagen müssen.

– Das schon. Bloß wir sind dann weit entfernt davon, da zu sein...

(Seit der Flut vom Januar 1978 haben die Bewohner Sheppeys das Versprechen eines Wahlbeamten, die Insel werde niemals mehr überschwemmt, solange er im Amt sei, und anderen Falles werde er zurücktreten. Sie hatten fast zwölf Monate Zeit zu beobachten, daß die Seepromenade wieder begehbar gemacht wurde, den Londoner Tagestouristen zuliebe; sie fragten einander, warum denn die Flutmauer so im geheimen befestigt werde, daß ihr Ausbau dem willigsten Auge unsichtbar bleibe. Am 30. Dezember 1978 um 23 Uhr, kurz vor einem im amtlichen Tidenverzeichnis vorhergesagten Hochwasser über Normalstand, plätscherte es schon über das vielbetrachtete Mäuerchen, und so viel hatten die Behörden inzwischen gelernt, daß der Alarm erst

19 Barlay, Stephen, *Blockbuster*, New York 1977.
20 Circa Nov./Dez. 1978.

zwei Stunden später ausgelöst wurde – mit Lautsprechern statt der versprochenen Sirenen. Rüstig, einen vorhersagbaren Sturm im Rücken, ging das Wasser spazieren auf der Insel, machte es sich gemütlich in über fünfhundert Wohnhäusern und Geschäften, ließ Sicherungen durchbrennen, Gasrohre platzen, Telefonkontakte ertrinken, und verdarb eine Menge Sachen, die noch zu brauchen gewesen wären als Lebensmittel und Bekleidung. Und weil es ihr so leicht gemacht war, kam die Flut am Nach-Silvesternachmittag noch einmal, die Pump- und Räumarbeiten des Vormittags zunichte zu machen, das Acker- und Weideland gründlicher zu vergiften. Zwar sind in ihr unmittelbar wiederum nur Schafe umgekommen. Aber die Versicherungsgesellschaften ziehen sich zurück aus einer Gegend, in der sie tatsächlich umgehend zahlen müssen, wann immer das Wetter es will. Für die neuen Schäden werden die Betroffenen aus ihren Grundsteuern mehr zahlen müssen als die Viertelmillion Pfund, die im Januar fällig wurde. Und abermals wird eine Untersuchungskommission sich befragen, wie dies geschehen konnte, und viele Leute werden versprechen, hieraus wollten sie nun aber grundsätzlich etwas lernen. [Jener Rücktritt ist ausgeblieben.])

> Was I deceived, or did a sable cloud
> Turn forth her silver lining on the night?[21]

Darauf antwortete der Statistiker Murphy mit seinem einzigen Gesetz: Gibt es für eine Sache auch nur die geringste Chance, schlecht auszugehen, fällt sie dahin aus.

Murphys Gesetz in der ausgearbeiteten Fassung: Nichts ist jemals so einfach, wie es scheint. Alles dauert länger, als der Mensch erwartet. Ist es möglich, daß mehrere Sachen schief gehen, so wird diejenige den meisten Schaden anrichten, die als erste schief geht.

Gedrängt, seine Unausweichlichkeit ein wenig weiter zu lüften, fährt Murphy fort: The importance of a subject can be judged by the lack of interest in it, woraus folgt: Sobald eine Gefahr unsere Aufmerksamkeit und unsere Gegenwehr verlangt, kann sie unserer theoretischen Bemühung gewiß sein. Sei das ein zerbrochenes Bombenschiff in der Mündung der Themse.

21 Milton, John, *Comus: A Mask*, I/272.

Erinnerungen

Einer meiner Lehrer

In Leipzig, der wahren Hauptstadt der Deutschen Demokratischen Republik, gab es einmal in der Germanistik drei Möglichkeiten. Die eine hiess Frings und war der letzte König, die andere hiess Korff. Noch eine hiess Hans Mayer.

Man kann nicht immer auf seine Freunde hören, insbesondere wenn sie sagen: Das einzig Solide ist die Linguistik, komm mit zu Frings.

Die Möglichkeit Mayer betritt raschfüssig den Hörsaal 40, hat es noch auf dem Podium sehr eilig, endlich hinter dem Pult angelangt, beginnt fixes Sprechen. Sehr gespannte Stimme, könnte leicht reissen, phonetisch explosiv. Schöne Jahrhundertdurchblicke.

Irgendein Student macht während der Vorlesungen Aufnahmen von allen drei Möglichkeiten und verkauft sie an Interessenten. Welche Fotografie soll man sich ins biographische Album tun?

Die Möglichkeit Mayer ist aus Gerüchten zusammengesetzt, vorerst. Wir haben es hier mit einem Gast aus der Bundesrepublik zu tun. Er will hier den Marxismus aufs Weltniveau bringen. Im Gegenteil, er hat Streit mit der Partei. Also was nun.

Professor Mayer, prall in meist dunkelblauen Anzügen, Schlips wie gewünscht, Taschentuch in der Brusttasche, eine bürgerliche Erscheinung. Er sagt, vor sich hinblickend, beobachtet von allen vierhundert Plätzen des hoch aufsteigenden Hörsaals, er beginnt gemütlich: Neulich in Budapest... Er schliesst Vorlesungen mit dem Hinweis, dass die nächsten ausfallen, nämlich er muss nach Paris, einen Vortrag halten.

Vor ihm sitzen Studenten, denen Besuche in Westdeutschland für die Ferien und überhaupt untersagt sind. Er weist darauf hin, dass es Paris gibt.

Gefehlt. Professor Mayer berichtet seinen Zuhörern abermals von einer Reise, die Reise war diesmal bloss nach Ost-Berlin gegangen, er sagt mutwillig, mit leerem, wachem Blick gegens Auditorium: »Unser verehrter Alterspräsident –.« Wir waren nicht gegen Pieck. Zwar glaubten wir kaum, dass Übergriffe der Behörden unterblieben wären, »wenn das Pieck wüsste«; nach unserer Meinung erfuhr Pieck nichts mehr. Aber Herr Professor Mayer hatte sich soeben mit einem Symbol des Staates mehr als nötig identifiziert. Im Gegenteil, er hatte sich soeben von diesem Staat und Übergriffen der Behörden distanziert, indem er seine Achtung auf eine Privatperson beschränkte. Also was nun.

Jedoch der *Geist der Goethezeit* ist ein anstrengendes Werk. Und Professor Korff, hört man, hat zwar ausnahmsweise eine Arbeit über einen Roman des zwanzigsten Jahrhunderts angenommen, ein Werk von Rilke allerdings, er soll aber zum Schluss der Unterredung gesagt haben: Wie war doch gleich der Titel des Romans?

Für ein Umsteigen in den linguistischen Zug ist es mittlerweile zu spät.

Nieder mit der Stalinschule des sozialistischen Realismus! ruft Professor Mayer aus. Der Hörsaal, manchmal bis auf die Treppen besetzt, kann ihm nur das Wort »unerträglich« nachweisen. Eine Figur in einem sowjetischen Roman hat ihn gelangweilt. Das ist alles.

Die Literatur ist nicht teilbar! ruft er aus. Nach dem Wortlaut ist aber nur zu belegen: An einer Äusserung J. R. Bechers, des Kulturministers der DDR, über Gottfried Benn, sonst genannt Prototyp volksfeindlicher Dekadenz, weist Professor Mayer sehr ausführlich den Schmerz nach, den der Kulturminister der DDR über den Tod seines Feindes in West-Berlin empfunden hat. – In einem Gespräch mit Brecht ...: sagt Professor Mayer. Er ist jemand, mit dem Brecht sich unterhält. Andererseits, zu Thomas Mann soll er Tommy sagen.

Und offenbar nicht biographische Einzelheit, sondern Bestandteil des Lehrstoffs war die Mitteilung jenes Nachmittags, da Hans Mayer zu Hause am Klavier übend sass und auf ein Klingeln – »ich trug da noch kurze Hosen« – die Etagentür öffnete, begrüsst von einer erstaunlichen Dame mit den Worten: Guten Tag, ich bin der Prinz von Theben! – Wollen Sie nicht näher treten: will er gesagt haben, hat die Zeit des Gedichtes eindeutig bestimmt, fährt mit der Analyse fort.

Vor seinen Raum ist die Schleuse des Sekretariats gesetzt. Da sind viele, die warten. Beschenkt sehen die Rauskommenden nicht aus. Zu seinen Sprechstunden muss man sich lange vorher anmelden. Hans Mayer fragt den Kandidaten rasch und erbarmungslos aus, damit der weiss, was er von sich zu halten hat. Dann nimmt er das Angebot einer Arbeit über einen Roman des zwanzigsten Jahrhunderts an, er kennt den Titel, die Behörden haben sich noch lange nicht zu einer Anerkennung des Verfassers entschlossen, Professor Mayer will keine Verteidigung des Verfassers hören, er will eine Arbeit über ihn.

Dann wäre da noch die Sache mit dem Zettel. Die Deutsche Bücherei leiht gewisse Werke der Belletristik nicht ohne Bescheinigung aus. Der Zettel könnte die Sondererlaubnis auf bestimmte Titel beschränken. Das Papier, unterschrieben von Hans Mayer, ist allgemein formuliert. Man kann damit bestellen, was man will.

Kinder, so geht das doch nicht! ruft Prof. Mayer vor dem Proseminar aus. In der Haltung dieses Satzes, ungeduldig steht er vor uns, es ist ihm unerträglich und es ist ungehörig, dass uns Beispiele für Allusion so langsam einfallen. Wir fürchten, ihn gekränkt zu haben, er schiebt die Unterlippe vor; er denkt aber bloss nach. Dummheiten schiebt er warnend beiseite. Jetzt läuft das Seminar, eine Antwort der Studenten ruft die nächste, es stellt sich aber zum Schluss heraus, dass Herr Mayer soeben einen sorgfältigen Vortrag über Allusion komponiert hat.

Ein anderesmal hindert er dreissig Personen mit Erfolg daran, das Gedicht *Erinnerung an die Marie A.* zu rasch zu lesen. Er weist ihnen, mit einer Art Empörung, nach, dass sie das Gedicht ja gar nicht gelesen haben. – Ihnen fällt ja nicht mal am Rhythmus was auf! Er muss das Original leiern, es geniert ihn durchaus nicht. Na? sagt er. Unter seinen Fragen weitet sich das Gedicht zu einer Welt aus. Die Studenten müssen über eine Stunde an dieser Welt bauen. Sie verlassen den Seminarraum und haben im Ohr einen Essay von Hans Mayer.

Es ist nicht wahr, dass Professoren an den Universitäten der DDR nicht heilig wären, von unten gesehen. Sie sind erhabene, dem Alltag entrückte Gestalten mit unsterblichen Geschäften. Selbst die Regierung muss mit jedem von ihnen einen Einzelvertrag ausmachen. Auf den mit Menschen vollgedrängten Korridoren des Volkspolizeikreisamtes in Leipzig schritt ein Herr an einer langen Reihe vorüber, er sah deutlich verkleidet aus in einem hellen Staubmantel, hatte vor Verlegenheit in dieser Umgebung die Hände in den Taschen, den Hut tief in der Stirn, er stutzte neben mir, deutlich jemand, der sich vor der Polizei verstecken will mitten in der Polizei. Dieser Typ, Mitglied einer Hohen Fakultät, zwang mich, ihm die Hand zu geben. – Was machen Sie denn hier: sagte er. – Ich bin auf der Müritz gekentert und muss mir einen neuen Ausweis ausstellen lassen: sagte ich gehorsam. Er kannte mich von einem einzigen Gespräch, von einem einzigen Referat. Ich sollte ihm erzählen, wie mein Ausweis in die Müritz gekommen war.

Darauf erzählte er mir, was ihn in diese Räume führte, er bewies mir, dass er mir eine Antwort schuldig war, wie ich ihm. Die Behörde hatte es ihm plötzlich zur Pflicht gemacht, nach der Rückkehr von Reisen im kapitalistischen Ausland in Person sich zurückzumelden. Ratlos und verkleidet ging er davon und suchte das Zimmer, in dem der Augenschein seiner Anwesenheit protokolliert werden sollte.

Die Tradition des studentischen Status bewies sich in den Geschichten, die über Professoren umliefen. Ferne Grössen, waren sie sagenhaft. An Häufigkeiten wurden Mayergeschichten nur von den Blochgeschichten übertroffen. Solche, im Vertrauen mitgeteilt: Mayer hat ein Abkommen mit allen Taxichauffeuren von Leipzig. (Dies Abkommen sollte ich nicht erläutern, da Hans Mayer der einzige ist, der den Wortlaut kennt und ihn in seinen Erinnerungen *Wie ich Leipzig änderte* sowohl mitteilen als auch kommentieren wird.)

Oder dramatische Nachrichten wie diese: Mayer ist von der Strassenbahn abgesprungen. Was? Ja. Die Strassenbahn wartet vor dem Rotlicht, Mayer sieht sich bequem vor den Schaufenstern der Franz Mehring-Buchhandlung und springt auf sie zu. Hinter ihm her ein Polizist, der ihn anschreit: Sie sind eben von der Strassenbahn abgesprungen!

Mayer, Realist: Ja.

Polizist, Polizist: Das kostet Sie Strafe.

Mayer, über die Schulter: Wieviel.

Polizist, hoffnungsvoll: Wissen Sie nicht, was es bedeutet, von der Strassenbahn abzuspringen?

In der Franz Mehring-Buchhandlung erscheint Prof. Dr. Hans Mayer, Direktor des Instituts für Geschichte der Nationalliteraturen und all das, er hat einen Schlips um und all das, er hat in seinem Gefolge einen Menschen in Uniform, der nicht ablässt, ihm von hinten etwas zuzusprechen. Das stört. Herr Prof. Dr. Mayer verhandelt mit den Verkäuferinnen, es geht ihm um ein bestimmtes Werk, sieben Bände, er spricht von Rabatt. Der Mensch in Uniform zerhackt die Verhandlungen aus dem Hinterhalt mit der unermüdlichen Frage: Wissen Sie nicht, was es bedeutet, von der Strassenbahn abzuspringen? Hans Mayer, von den verwirrten Angestellten um Erkärungen befragt, weiss sie nicht. – Der Mensch will Geld von mir. Ich hab's ihm sofort angeboten. Das ist ihm nicht genug, er will mich überzeugen. Verstehe den Menschen nicht.

Oder gestische Zitate. Wenn einer der Freunde vom linguistischen Zweig in einem Gespräch über Anthropologie oder Truppenbewegungen statt zu antworten einen Finger zwischen Nacken und geschlossenen Hemdenkragen würgte und auf so beengtem Hals unbehagliche Kopfbewegungen ausführte, war zu verstehen: Dies würde Mayer nicht freuen. Oder: Da wüßte nicht mal Mayer.

Und Abstand bewies sich, wenn nach Gesprächen über die Anlage der Prüfungsarbeit und über Probleme der Literatur, die von den Behörden nicht anerkannt wurden, wenn andere Leute die Intimität von Verschwörern in die Luft des Büros gelassen hätten, Abstand war die Etiquette, wenn der Schüler am Schluss der Beratung sich eine Frage herauszunehmen hatte mit der Anrede: Herr Professor.

Herr Professor, ich habe hier ein Manuskript, Roman, und bin mir bewusst, dass Ihre bemessene Zeit... ich bitte Sie um Ihre Meinung. Ich bitte Sie nicht um Ihre Vermittlung, da es in diesem Lande an keine Anstalt zu vermitteln wäre, ausgenommen eine disziplinarische. Was Sie meinen.

Prof. Mayer, die Beine so unbequem übereinandergeschlagen wie drei Minuten vorher, äussert sich nicht über die strafrechtlichen Implikationen, sondern versichert: Meine Meinung, sollen Sie haben, geben Sie's mir dann später. Nach dem Examen les ich's. Bis dahin müsse man für den Prüfer ein Prüfling bleiben.

Und Abstand, korrekter Abstand zwischen Lehrer und Schüler bewies sich, wenn der Unbedarfte in der Examensklausur eines der Themen zum Anlass nahm, um ausgehend von den Ergebnissen des XX. Parteitags der KPdSU und ausgehend von einer Äusserung eines behördlich lizensierten Schriftstellers, einen Realismus des Realismus zu beschreiben, und dann nicht etwa von seinem Lehrer, sondern vom Dekan die Mitteilung erhält: die Philosophische Fakultät weigere sich, diese Arbeit anzunehmen, und erkläre das Examen für abgebrochen.

Und Abstand, schlicht die Unmöglichkeit, Professoren zu kennen, bewog zwei Mädchen dazu, einen halben Nachmittag unter ihren Sachen zu prüfen, was denn nun chic genug wäre für einen Besuch bei Prof. Dr. Mayer und die Bitte, mich dennoch zu prüfen. Ich konnte es nicht verhindern. Er soll sich verblüfft gezeigt haben.

Die Prüfung fand sowieso statt und war eine Unterhaltung. Es hätte Cognac geben dürfen, wäre da nicht der Beisitzer gewesen. Es war ein reichlich skeptisches Gespräch aus Vergleichen zwischen einer vorhandenen Theorie der Literatur und der Theorie des sozialistischen Realismus, der Prüfling lehnte sich mitunter bequem zurück und klemmte die Daumen in die Gesässtaschen und sagte: Ach, wissen Sie... Das Examen wurde später für bestanden erklärt.

Danach, unverfroren wie ein Absolvent, begann ich, die Fortsetzung solcher Gespräche zu wünschen. Die Gelegenheit schuf in einem Herbst Hans Mayer mit einem Aufsatz, der in der *Wochenzeitung für Kultur, Politik und Unterhaltung* eine Seite einnahm und die zwanziger Jahre der Literatur mit der halbgeteilten der fünfziger Jahre verglich. Es war darin die Rede von dem Positiven, das Erich Kästner schon damals nicht gefunden habe, und da war die Ermahnung, darüber sich nicht zu wundern, so lange Kafka ein Geheimtip sei. Freier Mensch der ich war, ging ich in eine Telefonzelle und rief Herrn Mayer an. (Herr Mayer.) Und er sagte: Wo sind Sie und Kommen Sie her.

Von da an der Status von heute. Auch die Wohnung in der Leipziger Tschaikowskistrasse hatte eine Schleuse. Es war die Küche, unerhört reinlich und kahl, in der man zu warten hatte, bis die Vermieterin, die auch die Haushälterin war, sich im Türrahmen manifestierte und sagte: Herr Professor ist jetzt fertig mit dem Diktat. Hier lang. Auf dem Flur hingen Fotografien, die Schriftsteller beim Fotografiertwerden zeigten. Im Besuchszimmer stand der Gästesessel neben den Regalfächern für die Zeit von 1800 bis 1840, und der Besucher hatte das Licht im Gesicht, so dass er sein Gegenüber nicht genau erkannte.

Das ist nichts, womit Sie aufhören dürften! sagte der Student von eben noch, und

Hans Mayer erzählte die Schicksale des Artikels und Verhältnisse im Deutschlandsender und wo er inzwischen wieder mal gewesen war, ich glaube Prag gehört zu haben, aber es wird Warschau gewesen sein, und dass er im Adlon das Steak habe zurückgehen lassen. – Franz (oder Bruno etc.)! habe er gesagt. Und dann kam das neue Steak und war, obgleich an der Wilhelmstrasse gebraten, wie jemand es haben will, der einige Jahre in der Schweiz hat leben müssen.

Über die literarische Opulenz hatte jener Artikel geheissen. Opulenz war fortan in jenem Lande ein häufiges Wort.

Ein mehr kulinarischer Ausdruck, Beweis für die genussüchtigen Erwartungen, die Hans Mayer ans stiftende Schrifttum stellt. Hans

Mayer, gefolgt von Gästen und Assistenten, betritt Auerbachs Keller. Er wird von sämtlichen Obern begrüsst, mit erinnernder Mimik, auch brüderlich. Er sagt dem Zahlkellner etwas Rasches. Danach setzt er sich irgendwohin, mit dem Gehaben eines Blinden, und betrachtet das Tischtuch, dabei alert, startfertig. Er verlässt sich auf den Spiegel seines Bildes. Und: Kinder, das könnt ihr doch nicht machen! ruft er, – dies ist mein Kollege Emrich, Fachmann für Entfremdung, und, ruft er: Dies ist Günter Grass, Sie werden sich noch wundern. Der Herr hat auf mein Bitten hin etwas vorgelesen, er ist naturgemäss erschöpft. Bringen Sie ihm die Sache kalt! So haben die Kellner in Auerbachs Keller, im Hotel International und anderen Separés der Hauptstadt Leipzig ihre ersten Ermunterungen empfangen, Kafka und Grass zu lesen.

Lehrer, der er ist, schmiss er mich nicht raus, nachdem ich ihn in einem Herbst, zwischen seinen eigenen Möbeln, über die Innenpolitik des Landes belehrt hatte. Er fragte mich nach meinen Verhältnissen. Dann stand er, die linke Hand mit dem Manuskript unter der Lampe, die rechte am Hinterkopf. Später lernte ich den Vater eines Radrennfahrers kennen, der hatte, in vergleichbarer Situation, dieselbe Gebärde an sich.

Und Herr Professor Dr. Hans Mayer sagte:

Ich hab's jetzt gelesen.

In dem Buch wird zuviel gegrinst.

Es sind Schüler in dem Buch: sagte ich. – Herr Professor: sagte ich. – Was hätten sie machen sollen, 1953.

Nun gehen wir in die Einzelheiten. – Wenn Sie etwa glauben, dass das Wort Konstruktion in der Ästhetik Platz greifen sollte ...

Und er sagte:

Neulich in Frankfurt, könn' sich ja denken.

Hab ich Peter Suhrkamp davon erzählt.

Finde im Grunde, ist im Grunde für den nicht gut genug.

Machen Sie was dran.

Natürlich waren seine Hinweise druckreif, und haben mich lange beschäftigt. Hans Mayer wollte meine Zeit nutzen.

Danach Briefe, auf die er kaum antworten konnte. Es stand nur darin, was so gefällig war. Als ich ein anderes Buch geschrieben hatte und die Vorgänge vor meinem Fenster mir die Erkenntnis nahelegten, dass es in jenem deutschen Teil vorläufig nicht gedruckt werden würde, verliess ich den Teil, und einen meiner Lehrer auch.

Hans Mayer kam später. Jetzt sind es Hotels und Kellner in Hannover, die wissen, was ihm nötig ist. Ich habe ihn begrüsst, als er kam, er war jetzt wieder für mich erreichbar, aber ich habe mich auch erinnert an den Schüler, der ich in Leipzig war, und mir die vorgestellt, die da seine jetzt nicht werden können, und ich dachte: Schade.

Fünfundzwanzig Jahre mit Jake, auch unter dem Namen Bierwisch bekannt

Was soll ich Dir, ›Oh, Jake, Oh dear‹, bescheren?
Die Zeit verrinnt. Wir werden langsam alt.
Nicht mehr wie einst in Leipzigs Sphären
Treibt uns des dunklen Triebes Urgewalt.

Wir sitzen nicht mehr ängstlich und beflissen
in dieser Stadt, die unsre Jugend war.
Kein Hund wird mehr an seinem Schwanz gerissen
und fliegt in weitem Bogen durch die Bar (...)

Walter Hasenclever

Teilnehmer und Gäste einer Bierwisch-Tagung werden alle diesen Patron in ihrem Gedächtnis aufzubewahren wissen. Ein großer, schlanker Mann, bescheiden auftretend, kommt ihnen in den Sinn, geschätzte Größe: ein Meter neunzig, asthenischer Typ, nur eben ohne jeden Anflug einer Rundung, die ihn gegebenenfalls für die Güteklasse »playboy« wählbar gemacht hätte. Viele werden sich zuerst an seinen Bart erinnern; andere werden sich ihn vergegenwärtigen, indem sie sich sonderbare Gewohnheiten in Erinnerung rufen: die Art, wie er auf oder in seine Pfeife schaut, als ob sie ein fremder Gegenstand oder gar ein Zauberkelch wäre, sein widerhallendes Gelächter, mit dem er auf einen überraschenden Vorschlag antwortet. Die Polizei seines Landes wird, um ihn zu identifizieren, allein ihrem ureigenen Schlüssel vertrauen: 280730/4/30030, das ist er. Vor allem die Mehrheit wird darauf vertrauen, eines der wichtigsten Dinge über ihn zu wissen, die Besonderheit, die ihn zum Tragen eines Passes berechtigt: seinen Namen. Kurz, sie werden denken und glauben, er sei Manfred Bierwisch.

Hier meldet sich eine Stimme aus der menschewistischen Fraktion, die darauf beharrt, daß er Jake ist und niemand sonst. Als ich eine kleinere Universität zugunsten der Leipziger verließ, nahm ich an, auf dem Weg zur Ausbildung und Erziehung der Persönlichkeit wäre es eine normale Weiterung, in eine Gruppe von Freunden aufgenommen zu werden, die einander das ganze Leben hindurch zur Seite stehen. Heute betrachte ich es als außergewöhnlich, als ein seltenes lebensgeschichtliches Geschenk, und allein schon die Vorstellung, daß ich es versäumt haben könnte, vermittelt mir das Gefühl, von allem beraubt worden zu sein. Es ist jetzt fünfundzwanzig Jahre her, da gab es fünf ordentliche Mitglieder, alle waren sie gleichrangig. Einer lief unter dem Namen Béla, eingedenk eines Verhältnisses, das er einmal mit den Werken von Béla Bartok unterhalten hatte. Ein anderer, der seinen eigenen Passierschein in akademische Gefilde mit einer Analyse der Umgangssprache in Leipzig ausschrieb, hatte seinen Taufnamen mit dem Namen James vertauscht aus Gründen, die mir niemals erläutert wurden. Der Dritte im Bunde, unser Pfadfinder & Führer & Bevollmächtigter in den Jagdgründen der Bildhauerei und der Malerei, trug auch den Namen James, vielleicht um etwas Vernunftwidrigem das letzte Wort zu überlassen. Als ich aufgenommen wurde, hatte ich den Namen Ossian anzunehmen, Zugeständnis an einen Hintergrund, der den anderen fremdländisch vorgekommen sein mußte. Und es gab noch einen Jake, der war in Halle geboren, aber in Leipzig aufgewachsen, jener Stadt, die unsere Jugend gewesen ist. Gelegentlich hören wir, wie seine Eltern ihn mit Manfred anreden, aber wenn sie mit uns über ihn reden, benutzen sie seinen wirklichen Namen: Jake. Das ist der einzige Name, den ich für ihn von Anfang an und seitdem für immer hatte. Uns ist bewußt, daß die Außenwelt Umgang mit ihm pflegt unter einer Kennzeichnung, die für die Papiere und zur offiziellen Identifikation gut genug sein mag; wir beharren indes auf Jake, und zwar in einem Ausmaß und mit einer Konsequenz, daß keiner von uns eine Auskunft riskierte, warum ihm gerade diese Kurzform als angemessen zuerkannt wurde.

So wünschte Jake ziemlich früh auf verschiedenen Feldern mit Ausnahme seiner eigenen zu Rate gezogen zu werden.

Und überdies liebe ich es, originelle Freunde zu haben. Warum nicht einen, dessen Handschrift nicht lesbar erscheint. (Juni 1955)

Und wie sahen die Regeln einer solchen Freundschaft *à cinq* aus, die wir einforderten, genossen, und denen wir uns selbst unterwarfen?

Hier eine Auswahl: Wenn du dazu gehörst, dann gehörst du eben dazu. Du hast das Recht, deine Meinung zur eigenen inneren Zufriedenheit auszusprechen und das Vorrecht, auf der Stelle Kommentare zu erhalten, ob sie dir gefallen oder auch nicht. Wenn du dich an »die Freunde« wendest, dann meinst du uns Fünf und was das Wort tatsächlich bedeutet. Es steht dir frei, einen Spaten ein »Gerät zur Aushöhlung« zu nennen; wir stimmen darin überein, daß es gleichwohl ein Spaten ist. Jedes mutmaßlich außerordentliche Mitglied wird separat einer Auswahlprüfung durch die ordentlichen Mitglieder unterworfen; das Votum zur Zulassung muß einstimmig erfolgen. (Nach meiner ersten Anhörung bei Jake wußte ich, daß ich die Prüfung bestehen wollte, aber ich war mir keinesfalls sicher, ob ich es schaffen würde.) Jeder von uns macht sich selbst verantwortlich für die mit ihm verbundene Dame, wenn er sie denn mitbringt, und für die Dauer des Verhältnisses ist sie ein voll berechtigtes Mitglied. Vor allem: Wir müssen einander in jeder Weise vorbehaltlos vertrauen können; laßt uns verschwiegen sein, wenn Verschwiegenheit sachdienlich ist. (Diese letzte Regel mag heute ein wenig zu selbstverständlich, ja sogar lächerlich erscheinen; im Jahre 1955 aber war das noch eine Versicherung dagegen, von den Erben Stalins in Ost-Berlin mißverstanden zu werden. Es funktionierte wirklich. Wir sind niemals amtlich als Leute (»eine Versammlung«) notiert worden, die aus verschiedenen Vierteln Leipzigs zusammenkommen, um nächtelang zu tagen und darüber zu diskutieren, ob Johann Sebastian Bach in seinem *Musikalischen Opfer* von 1747, wohl eine Botschaft versteckt habe. Deshalb: Wie allegorisch ein Hund auch immer erscheint, errege nie seine Aufmerksamkeit. Und niemals besuchten wir Bars. Ferner, laßt uns in Verbindung bleiben: Zu einer Zeit, in der keiner von uns die Genehmigung erhielt, ein Telephon zu mieten, wußte jeder von uns, wo ein abwesendes Mitglied sich gerade aufhielt, und was er oder sie im Schilde führte. Gleichwohl hatten wir auch ein Erkennungszeichen, es bestand aus einer musikalischen Sequenz von fünf Tönen, einem Pfeifsignal, das uns zusammenzubringen hatte trotz beschädigter Türklingeln oder tobender Menschenmengen. Und wir hegten eine ganz besondere Interpretation dessen, was ein »klassischer Dichter« als die Einigkeit in einer »Dritten Sache« definiert. Ende der ausgewählten Regeln.

Kein anderer als Jake war es, der mir die funktionierende Wirklichkeit dieses Geheimbundes vorführte. Als er mich im übervölkerten Leipzig auf der Suche nach einem Zimmer sah, bot Jake den wertvollsten Besitz eines jungen Mannes an: jenes Zimmer, in dem er aufgewachsen war und weiter zu leben wünschte. Es war eine der großzügigsten Leihgaben, die mir jemals gegeben wurden. Als ich in sein Elternhaus im Nord-Stern-Viertel von Leipzig auf der Sesenheimer Straße einzog, fand ich Jakes Rat für »Sesenheim« leicht zu befolgen,

Anweisung zum Umgang mit meiner Alten Dame: Sie ist die liebenswerteste und freundlichste Person der Welt

und zutreffend.

[Nachdem ich diesen Ort der Kindheit Jakes erreicht habe, möchte ich, nur für ein einziges Mal, mich von meinem Vorsatz lösen, das Hörensagen zu vermeiden, das sich auf die ersten fünfundzwanzig Jahre seines Lebens bezieht. Denn bei dem Versuch, mich mit Material für einen ganz anderen Text auszustatten, bot er versehentlich einen kurzen Einblick in die Welt, in der er aufgewachsen war:

Hier ist eine Schul-Geschichte (...) 1937 wurden in Leipzig (und wahrscheinlich nicht nur dort) die noch bestehenden Konfessionsschulen aufgelöst. Ich hatte mein erstes Schulhalbjahr in einer katholischen Schule verbracht und kam nun in eine allgemeine Volksschule. Was mich dabei immer wieder verwirrte, war die Tatsache, daß überall und immerzu mit »Heil Hitler« gegrüßt, begonnen und geendet wurde. Darin hatte ich keine Übung, immer mal wieder verirrte ich mich in undeutsche Formeln. Mit einem Umlauf in die Nachbarklasse geschickt, klopfte ich dort an und trat beklommen und stolz (sicherlich, denn das war ja ein direkter Auftrag der Obrigkeit, und dann stand ich vor der ganzen, mir fremden Klasse von Schülern) auf den respekteinflößenden Menschen am Pult zu und händigte die Botschaft aus, um mich sogleich – stolz und beklommen – in die Anonymität zurückzuverfügen. Und dabei, natürlich, vergriff ich mich in der Formel, sagte, sicherlich nicht laut, aber doch deutlich »Auf Wiedersehen« (was ich damals noch für irgend etwas wie »Aufiedersehen« hielt, nicht ahnend, daß die Formel aus einer Präposition und einem substantivierten Infinitiv zusammengesetzt war). Die Obrigkeit antwortete streng und bestimmt, aber sicherlich nicht einmal böse, mit dem einzig wahren, von mir heimlich bewunderten »Heil Hitler«. Da wußte ich, daß ich etwas, heute würde ich sagen, Obszönes gesagt hatte. Vielleicht habe ich versucht, mein schändliches Nichtdazugehören (womöglich merkte der nun gleich, daß ich von den Katholiken gekommen war?) zu kaschieren. Als ich jedenfalls die Tür des Klassenzimmers zwischen mich und die Obrigkeit gebracht hatte, wäre ich sicher gern unsichtbar geworden. Ich stelle mir vor, daß ich einigermaßen verstört auf meinen Platz zurückgeschlichen bin.

Und zurückgeschlichen, zweifellos einigermaßen verwirrt, zu Eltern, die ihm nicht beigebracht hatten, den Tagesgruß unter Bezugnahme auf das Wohlergehen des augenblicklichen Staatsoberhauptes zu verderben.]

Im Jahre 1955 konnte Jake ein privates Zimmer ausleihen und vermieten, weil er in einer Heilanstalt versorgt werden mußte. Die erste Heilanstalt war in Adorf, eine Ortschaft von kärglicher historischer Bedeutung in der Nähe der tschechoslowakischen Grenze, die er aus tiefstem Herzen gehaßt haben mußte. Denn trotz seines Vorbehalts gegen die einschlägigen Schriften Thomas Manns zitierte er dunkel die Versuchung, in das flache Land zu fliehen, und, noch vielsagender, er widersetzte sich den Variationen über einen Ortsnamen, der mit dem Buchstaben A anfing. Er war dort oben ziemlich allein, nur mit den Herren MAILER/ ADORNO/ BRECHT/ BENN/ SARTRE als Gesprächspartner; daraus resultierte zuweilen eine unheilvolle Perspektive:

Mir scheint fast, als könnte ich auch ein Poet werden, denn ein Satz zu jedem Gefühl fällt mir immer ein. Aber natürlich bin ich keiner. Und ich glaube fast, daß ich froh sein sollte, wenn sich für etwas »kein gestaltetes Wort« findet. (Juni 1955)

Davon heilte er sich selbst aus eigener Kraft und er ermahnte mich, daß die Psychologie der Sprache wirklich unverzichtbar sei. Einen Nutzen hatte seine Trennung von uns: es vertiefte unsere Korrespondenz.

Der Horizont seiner Großzügigkeit war weit genug, seinen Gast in »Sesenheim« dazu einzuladen, die Möbel im Zimmer anders zu stellen, als er es für angemessen hielt. Aber ich war ganz zufrieden damit, den riesigen Tisch, der von einem jüngeren Jake gebaut worden war, genau dort zu belassen, wo er stand, und auch die schweren Sessel (ebenfalls Jakes Entwurf) bewegte ich keinen Zentimeter. Abgesehen von dem

Wunsch, das Zimmer für Jakes Rückkehr bereit zu halten, hatte ich herausgefunden, daß alle Sitzmöbel in dem Zimmer mit schräger Decke arrangiert waren, den Blick auf den von Dr. Gachet zu lenken, der noch, wie im Mai 1890, seine Patienten anblickte, um nach einem Anhaltspunkt für eine Diagnose zu suchen, die sie anhören und zur rechten Zeit annehmen würden. (»Das Vergnügen ist ganz meinerseits, uns beide in Freundschaft für Dr. Gachet einander verbunden zu wissen.«)

1957 wurde Jake in eine Heilanstalt im Nordwesten Berlins verlegt, und das mußte er lockerer genommen haben, denn er entdeckte dort in einer Folge von Bahnhofsnamen

Bärenklau – Vehlefanz - Schwante – Kremmen

nicht nur einen deutschen Satz, sondern auch die Information, daß Vehlefanz eine dunkle Ahnung hatte, Bärenklau könnte dem, wofür auch immer Kremmen stand, etwas Böses antun. Oder könnte es auch andersherum sein, sofern Bärenklau einen Imperativ verberge oder irgendeine andere verbale Funktion? Der nächste Bahnhof war der für die Heilanstalt von Sommerfeld und diesen Namen konnte Jake für seine Zwecke ebenso gut gebrauchen: »Geländestück einer Jahreszeit« gab er jetzt als seinen Wohnort an, und manchmal unterschrieb er sogar selbst als »Jakopp«. Das ist der Name einer Person, der in der modernen deutschen Literatur als der eines liebenswürdigen Menschen, aber etwas sonderlichen Freundes bekannt ist. Dort oben in der Mark Brandenburg war er uns viel näher, denn wir hatten mittlerweile zumindest einen Brückenkopf in Berlin, um ihn von dort aus zu besuchen. Diese Wochenenden verwandelte er, wie nicht anders zu erwarten war, in Seminare über Themen von Hegel bis Einstein, und für eine Weile schrumpfte der Umfang unserer Korrespondenz zusammen.

Denn in Wahrheit ist es nicht allein die Sonne, der Himmel, der Steg am See oder die Ruine von Chorin, um derentwillen das Leben nötig ist, sondern zugleich auch das Gespräch darüber. Dieses (...) Leben, das wir führen, wird (...) aber ertragbarer, wenn du es mit den Freunden zum Gespräch machen kannst. (Juli 1957)

Aber das Alltagsleben in Sommerfeld wurde von den Regeln einer unangenehmeren Machart beherrscht, und gleichwohl war Jakes Erfolg, gegen sie anzugehen, beträchtlich.

Indessen vertraue ich auf meine Brille nebst Schreibmaschine, welche mir im Laufe der Zeit ein Einzelzimmer eintragen wird. (Mitte Mai 1957)

Die Unterwerfung unter medizinische Disziplin brachte manches Mal einen zu geringen und nicht einmal wahrnehmbaren Fortschritt im Kampf gegen Jakes Krankheit. Wir waren beträchtlich erleichtert, als wir ihn aus dieser schwarzen Wolke im nächsten Sommer wieder zurückerhielten mit der glaubwürdigen Versicherung, daß ihm dies niemals mehr widerfahren würde. Das war einer der zentralen Tagesordnungspunkte unserer Gipfelkonferenz von 1958, deren festlicher Teil durch eine private Aufführung von Goethes *Faust* gekrönt wurde. Jake war ein Mephistopheles, der sich selbst in den Szenen »Auf der Straße« übertraf.

Was ich noch zu Sommerfeld anmerken möchte ist, daß es Jake eine Vorstellung vom Norden Deutschlands vermittelte.

Vielleicht besteht Norddeutschland nur aus dem Himmel mit einem Rand aus Bäumen darum und ab und zu einem Wasser, darin er sich spiegeln kann. Dieser Himmel jedenfalls war tagelang ohne jede Wolke und der Wind vermischte sich unermüdlich mit der Sonne, strich über grüne Bäume und vor allem über das endlose Blau. Unter diesem Himmel wird man allmählich voll von einer Trunkenheit, für die ich keinen Namen weiß... (Juni 1957)

Mir erwies Jake im Juni 1958 die Gunst, mich dort zu besuchen, wo ich aufgewachsen war (als Vorsichtsmaßnahme gegen Langeweile schleppte er Pawlows *Ausgewählte Schriften* an). Wir gingen den ganzen Tag von Doberan zur See, zuerst auf dem Damm (um ihn von der Auszeichnung »Deutschlands schönste Landstraße« zu befreien, die Hitler ihm verliehen hatte, um ihm dann aus unserer eigenen Machtvollkommenheit dieses Prädikat wieder zurückzugeben), schließlich auf Wegen zwischen Feldern und langsam fließenden Wassergräben entlang, die uns zu dieser uferlosen Mischung von grauem und grünem

Wasser unter dem weiten Himmel führten, der Jake jetzt genauso gehörte. Und überdies erwies uns die See einige Augenblicke lang die Höflichkeit, so blau zu sein, wie blau nur sein kann. Wir wanderten umher in dem hügeligen Wald südöstlich von Güstrow und verständigten uns, einige von Jakes Fragen für gut zu halten: Das ist der deutsche Besenginster? Du meinst die Pflanze, über die man in Büchern lesen kann?

Heute verbringt Jake viele seiner Ferientage im Ginsterland.

Und Jake, sicherlich ein gestandener sächsischer Patriot, kehrte gemeinsam mit mir in sein Land zurück, bestieg ohne jeden Argwohn einen Leipziger Straßenbahnwagen und hörte Sachsen, wie sie in gewohnter Weise schwatzten. Plötzlich hatte ihn der Originalton überwältigt. Er schaute mich an, und ich richtete meine Aufmerksamkeit sofort sonstwohin. Denn Jake lachte hemmungs- und rücksichtslos über den Tonfall, in dem Sachsen miteinander reden.

Für die Nachbarn in »Sesenheim« muß das ein vermaledeiter Sommer gewesen sein. Denn schon 1955 hatten sie mich für Jake gehalten; das zeigt, wie sehr er ihnen fehlte. Sie nickten seinem Abbild zu, sie erwiderten die entbotene Tageszeit, sie anerkannten sogar meine Art, ihre Sprache zu sprechen. (Und Leidensgenossen in Sommerfeld hatten sich geweigert, seinen leiblichen und natürlichen Bruder anzuerkennen, nachdem sie mich mit Jake zusammen gesehen hatten.) Jetzt hatte es den Anschein, es gäbe zwei Jakes in »Sesenheim«. Wer war welcher? So mußten wir einen Privatvertrag schließen, in dem wir vereinbarten, uns immer von unserer höflichsten Seite zu zeigen, um jeden Schaden für den Ruf des jeweils anderen zu vermeiden, und ihm Glanz zu verleihen.

Als Jake sich nach Berlin zurückzog, konnte ich mein zeitweises Leben in »Sesenheim« fortsetzen und die Gastfreundschaft seiner Eltern so genießen, als ob sie auch meine Familie wären. Liebe gnädige Frau, lieber Herr Bierwisch, ich danke Ihnen für Ihre Güte. Salute!

Sobald eine Delegation der Freunde Jakes Zimmer zum vierten Mal in Berlin herausgeputzt hatte, taufte er seine neue Adresse, indem er den ersten Teil des Namens seiner Straße mit »heim« kombinierte (es hatte niemals ein »Sommerheim« gegeben). Der Platz, an dem er jetzt arbeitete, die Akademie der Wissenschaften, war schon unter einem Spitznamen bekannt, »Paradies der seltenen Vögel«, aber Jake übertraf das leicht:

Meine Berufsbezeichnung ist weiterhin wie schon stets seit gestern *Plerologe* für die deutsche Sprache der Gegenwart, welches sich von Plerem herleitet und mir unverständlich ist. Ich will aber nächstens ein Plerem herstellen (erschaffen? produzieren?) und an meiner Kulissentür befestigen, denn das ist eine revolutionäre Tradition. Da werde ich starken Kundenzustrom haben. (Jakob B. Plereme en gros et en detail.)

In einer Fußnote verweist er den hilflosen Empfänger dieser Korrespondenz auf »*Faust,* 1. Teil, 2. Akt, 3/7 Szene«. Studierende dänisch und griechisch konstruierter Sprachwissenschaft merkt bitte auf! Ich erwähne diesen Punkt nur, um Hilfestellung zu geben. Ich schwöre, dies wurde von ihm selbst geschrieben und am 5. August 1958 unterzeichnet.

1958 war auch das Jahr für Jake, um eine neue Ansicht seiner Identität zu finden. Nach vier Tagen in Budapest fühlte er sich in weiten Bereichen seiner Gesinnung als Ungar.

Heute verbringt Jake viele Ferientage in Ungarn.

Unsere erste Gipfelkonferenz im Jahre 1959 wurde mit unserer Teilnahme an der Demonstration zum 1. Mai in Leipzig eröffnet. Wir marschierten in den Reihen der Universität mit, als ob wir dazugehörten.

In Berlin präsidierte Jake freiwillig bei einer Fortsetzung der Sitzung, in deren Verlauf mir geraten wurde, das Land zugunsten jener Gegend zu verlassen, in der mein erstes Buch veröffentlicht wurde. Es war ein Werk der Fiktion, das sich am Rande die Freiheit nahm, leichte Zweifel anzumelden gegen das Axiom, demzufolge ein menschliches Wesen in dem Maße erkennbar wäre, in dem ihr oder sein Gehirn als elektronische Maschine nachgebaut werden könnte. Stück für Stück hatte ich meine Schrift mit den Freunden diskutiert, aber erst als sie unwiderruflich gedruckt wurde, hielten sie ihre Argumente für gewichtig genug, mich des Verrats an den ethischen Grundsätzen der Wissenschaft zu beschuldigen.

Zu jener Zeit pflegte ich an unsere Berliner Fraktion, Jake und James, als die »kybernetische Gang« zu denken. Den zweiten Artikel des Vertrages »Erklärbarkeit ist nicht Erklärtheit« halte ich noch immer schlecht und recht für einen Sieg. Es tut mir leid, Jake, aber deine Unterschrift unter diesen Vertrag hüte ich noch heute.

Die Zeit vom Sommer 1959 bis zum Sommer 1961 erinnere ich als die unkomplizierteste Periode unserer Freundschaft. Denn ich hatte mir den Teil des Westens gewählt, der den Freunden am nächsten war, das andere Berlin, und zum ersten Mal lebten wir als Nachbarn. Die Wochenenden an meinem Wohnort waren zu einer Institution geworden, und die Kritik und der Ratschlag der Freunde ließen mein zweites Buch zu dem werden, das am angenehmsten zu schreiben war. Glücklicherweise veranlaßte es Jake, an bestimmten Stellen aufzulachen. Wir mußten geglaubt haben, daß die Zukunft kein Ende in Aussicht stellte für unser Zusammensein bei Diskussionen, Spaziergängen, Ausflügen. Als die Berliner Mauer gebaut worden war, und Jake sich in seiner Loyalität dafür entschied, auf der anderen Seite zu bleiben, schien das Gefühl der Trennung und des Verlusts gänzlich unüberwindbar.

Wir waren so verwöhnt worden und abhängig zugleich von der produktiven Gewöhnung an eine »Atmosphäre des wechselseitigen Austauschens und des Gins und des Gesprächs«, daß wir uns selbst erst beibringen mußten, wieder nur mit Briefen in Verbindung zu bleiben. Ende 1962 war Jake bereit, diese Art zu akzeptieren, unser Leben noch einmal miteinander zu teilen. Dieses Mal mit begrenzten Möglichkeiten. Denn es gab Dinge, die hätten wir einander erzählt, die hielten wir aber für ungeeignet, auf Papier gebracht zu werden. Politische Themen wurden eingeschränkt, denn zuweilen fanden wir unsere Briefe geöffnet, bevor wir sie erhalten hatten. Es gab auch Mißverständnisse, Argumente, die sich verselbständigten; sie hätten durch Gesprächsgepflogenheiten gebändigt werden können. So benutzten wir die Leipziger Mustermesse, um einander zu treffen, aber nur ein einziges Mal, um das Wohlwollen der ostdeutschen Obrigkeit nicht zu überfordern. So präsentierte ich mich 1965 an der Grenze zwischen den Städten Berlins mit Papieren, zu denen ich mich berechtigt fühlte, die ich aber aus der Sicht einer anderen Schule gesetzlichen Denkens besser nicht verwendet hätte und gewann dadurch ein halbes Jahr an Nachbarschaft mit Jake. Aber solche Gelegenheiten waren Höhepunkte, Feste, wirkliche Ferientage: das plötzliche Ende war uns immer gegenwärtig und das Gefühl, einander portionsweise zugeteilt zu werden, verließ uns nie. Und zu gehöriger Zeit warf die Grenzpolizei ein sehr aufmerksames Auge auf das Dokument meiner Identifikation und nötigte mich, nicht mehr in Jakes Stadt Berlin zurückzukehren. So nahmen wir die Korrespondenz wieder auf, verwirrt über den Verzögerungseffekt in der Interaktion, und vermißten die gesellige Gelegenheit des Gesprächs, ausgestattet mit der zusätzlichen Information durch die Stimme des Partners, seinem Gesichtsausdruck, seiner schnellen oder zögerlichen Erwiderung. Nichtsdestoweniger wuchs unsere Korrespondenz an, und ein Archivar könnte feststellen, daß alles da ist. Beispielsweise, daß Jake in Ungarn erreichbar war, wohin ich nicht gehen konnte; daß Jake an einem bestimmten Nachmittag im Transitraum des Flughafens von Zürich zu erreichen gewesen wäre, was er aber niemals war; daß Jake in Prag erreichbar war, aber erst nachdem der Befehlshabende des Flughafens ihn in die Männertoilette abführen ließ und ihm mit einer Art Schafschere wertvoller Teile seines Bartes beraubte (um ihn so aussehen zu lassen wie Photographie in seinem Pass) – eine Szene, bei der ich auch nicht Zeuge sein konnte. Unter uns ist bekannt, daß Jake mehr noch als in seiner Jugendzeit der Schrecken aller Herausgeber war, indem er erlesene Gerüchte in die Welt setzte über seine großzügige Manier, mit der er Manuskripte behandelte. Daß Jake einstmals selbst von Reisen nach Prag ausgeschlossen wurde und seine Bewegungsfreiheit erprobte, indem er eine Ortschaft namens Kunowice für genau drei Stunden besuchte mit wenig Gedanken an, ja nicht einmal mit einem Blick für die historische Bedeutung von Kunersdorf. Auch das, was Ezra Pound mit einigem Stolz die »laundry list« nannte, bewegte sich im Überfluß durch unsere Briefpost, denn wir berichteten einander selbst über die unterschiedlichen Küsten der Ostsee, die uns zugeteilt waren. Und in meinem Besitz befinden sich Jakes gesammelte Kommentare über Dinge, die ich ihm geschrieben habe, seitdem Mauersteine zwischen uns aufgetürmt wurden; nützliche Hinweise, hätte ich sie vor der Veröffentlichung im Gespräch mit Jake erhalten können. Sicherlich erfüllt unsere Korrespondenz den Zweck, unsere miteinander verschlungenen Handlungen während all dieser Jahre zu dokumentieren, aber ich würde es vorziehen, sie in Jakes Anwesenheit zu verwenden, sie aufzunehmen und aufs Papier zu bringen.

Wir hätten einander wiedererkannt, so wie wir noch den Rat eines anderen Dichters beachteten:

I will send a picture too
if you will send me one of you,

was uns betraf, das war der Augenblick nach solch einem unwahrscheinlichen Zusammentreffen. Wo wir einst eine intuitive und vertrauensvolle Anteilnahme am Tagesablauf des jeweils anderen und an seiner Stimmung genossen, mißtrauten wir jetzt sogar der Beschreibung.

Zuweilen frage ich mich, ob wir uns über die kaum zehn Kilometer hin, die uns für gewöhnlich trennen, noch genügend deutliche Vorstellungen machen können, wie wir so leben. Nicht nur, wie ich, sagen wir gegen elf Uhr meine Kollegtasche unter den Arm nehme, zur U-Bahnstation Magdalenenstraße eile, während der Fahrt in einem linguistischen Aufsatz lese oder im Protokoll der Moskauer Prozesse oder im *Sonntag*, wie ich in mein Amt trete (...), sondern auch wie wir uns mit den verschiedenen Freunden benehmen, wie wir ungeduldig sind oder gelassen, höhnisch oder freundlich, wie wir Staub aufwirbeln oder still bleiben? (Mai 1964)

Nach neun Jahren eines zwanglosen Briefwechsels beantwortete sich diese Frage genau in dem Augenblick selbst, als es für mich rechtens war, die Akte zu schließen, die zu einer Person gehört, die sich selbst der Außenwelt als »Bierwisch« vorstellt. Unser Vertrauen war auf der Stelle belohnt worden. Nicht im mindesten hatten wir das Gefühl dafür verloren, wie geduldig und gelassen, freundlich und ruhig der jeweils andere sein konnte. Aber wir wirbelten viel Staub auf.

Zunächst mußten wir uns vergewissern, daß wir das Jahr 1955 ähnlich erinnerten und so weiter bis ins Jahr 1972. Aber von jetzt an würden wir Zeit haben, und vielleicht kam ich um den Wunsch herum, erzählt zu bekommen, warum Jake sich nun dafür entschieden hatte, *Psycholinguist* zu sein, und er klärte mich in einer Weise auf, die selbst ich begreifen konnte. Unter anderem ist er nach wie vor ein fordernder und geduldiger Lehrer zugleich. Wegen dieser Eigenart und aus Gründen, die von Fachleuten aus einem anderen Metier zu beurteilen sind, sähe ich es gerne, wenn ihm der Titel eines Professors patientiae causa verliehen würde; für einen Neubeginn. Darf ich fragen, ob Sie diesen Antrag unterstützen?

Er würde nur für die Sprachwissenschaft gelten. Nicht für Leistungen auf dem Gebiet der Architektur, um nur ein anderes Feld zu erwähnen. Denn als er mich neulich besuchte, kamen wir durch Canterbury, und ich machte ihm deutlich, daß er die Chance hätte, der erste meiner Besucher zu sein, der die Kathedrale übergehen dürfe. Jake, der gleichwohl Canterbury Cathedral besuchte, erklärte mir deren ursprüngliche Gestalt, und wie sie durch die Jahrhunderte hindurch verändert wurde. Ich sah ihn mir an, denn ich wußte, was dieses Gebäude für Leute bedeutete, die normalerweise nicht in Kent lebten. Mit festem Schritt ging er umher, jeder Zoll ein Mann, der auch die Bhagavadgita im Original liest, eine imposante Erscheinung. Als er die Stätte seiner Unterweisung verließ, kaufte Jake sich eine Broschüre über Canterbury Cathedral, die eine von seinen Belehrungen etwas abweichende architektonische Geschichte anbot. Furchtlos trotzte Jake einem imperialen englischen Regen, schritt aus wie ein Mann, der seinen Kram anders kennt.

Glückwunsch, Jake, Häuptling!

Bedauerlicherweise erinnere ich mich erst jetzt an den deutschen Brauch, demzufolge man am fünfzigsten Geburtstag eines Mannes niemals einen Trinkspruch auf ihn ausbringt, aber ganz gewiß auf seine Frau. Da der Schaden angerichtet ist, und das Pferd sich vergaloppiert hat, laßt mich zum Schluß den Stall mit einem letzten Zitat schließen:

Am 12. Dezember 1975 um 12.00 Uhr hat Judith auf dem Rathaus Pankow mit amtlicher und privater Billigung den Namen Bierwisch-Doherty angenommen. Die damit verbundene Amtshandlung wurde auf unseren Wunsch eingeleitet durch Abspielen der Kleinen Suite Nr. 2 von Igor Strawinsky, Trauzeugen waren nicht erwünscht.

Jetzt sind sie erwünscht und gegenwärtig. Laßt uns alle diesen Antrag unterstützen, auf daß er durchgebracht werde.

(Aus dem Englischen von Eberhard Fahlke)

Dem Fleiss zuliebe, oder doch zumindest dem Willen dazu.
Siegfried Unseld – 20 Jahre Verleger

Lieber Siegfried –

möge das Datum dir zeigen, dass ich immerhin in Gedanken dabei bin, wenn ihr heute abend ein Abendessen »in kleinem Kreis« abhaltet. Zum ersten Mal musste ich mir versagen, einer Einladung von dir zu folgen, wenngleich aus einem Grunde, den du selbst den vorzüglichsten nennst: dem Fleiss zuliebe, oder doch zumindest dem Willen dazu. Am 7. Mai soll ich antreten in Frankfurt mit 110 Seiten Skript, daran fehlen mir zuviele, als dass ich die zwei Reisetage entbehren dürfte. Denn zu oft kommen Arbeitszeiten, da kehre ich mit den bestwilligen Vorsätzen heim zu dieser macchina da scrivere, das Pensum fertig geplant im Kopf – unvermittelt sitze ich vor dem Tastenfeld gelähmt, und so bis zum Abend, ohne dass das Papier bewegt worden wäre. Selbstverständlich gibt es hierfür eine medizinische Ausdeutung. Denn ich fasse diese Vorlesungen auf als einen Auftrag von dir, ich möchte den so ausführen, dass sie stehen können unter dem Zeichen »Für Siegfried Unseld«.

Du wirst Reden anhören müssen, und die meine kannst du dir denken. Nun hat der Brief den Vorteil, dir sagen zu dürfen, was ich dem Zuhören anderer vorenthalten würde. Denn nach dem Rückblick auf diese deine zwanzig Jahre Arbeit und Erfolg habe ich anzuführen, dass dieses Jubiläum auch eines für mich ist. Im März vor zwanzig Jahren hast du etwas von mir angenommen, »daraus ein Buch zu machen«; im Hotel Hustler an der Schloss Strasse von Steglitz. Du wirst dich erinnern: ich hatte jemand mitgebracht als Beistand, da ich ihn mehr erfahren glaubte mit den Listen der westlichen Gesellschaft, der ich nun überantwortet werden sollte, aus wie immer ansehnlichen Gründen – so misstrauisch war ich, und bin es gegenüber dir nie mehr gewesen. Es ist dir unvergessen, wie pfleglich und umsichtig du meinen Übergang in eine andere Lebensart behütet hast – angefangen mit deiner Entscheidung, dass jemand wie ich im Jahre 1959 genau sechshundert

Mark im Monat brauchte zum Leben in Westberlin. So frappierend es war, dass hier ein Verleger von seinem Autor das Darben abwenden wollte, die Vervielfachung dieser Sechshundert hat mir lange Sorge bereitet. Denn ich sah, wie konnte ich anders, in dir vorläufig den Geschäftsmann, der sein Geld einklagen würde mit fürchterlicher Gewalt. Das hat sich endgültig gegeben bei einer Gelegenheit im Sommer 1960, als du mich vom Frankfurter Flughafen nach Mainz kutschiertest, schlicht weil du dies ansahest als die günstigste Verbindung zwischen beiden Orten. Auf dieser Fahrt bot ich dir an, meine viertausend Mark aus dem westberliner Fontanepreis zu verrechnen gegen meine Schulden bei Suhrkamps, und du erwidertest mit Gelächter. Ich konnte begreifen, dass es eher Vertrauen war, was du in mich investieren wolltest, und ich danke dir, dass ich bis auf den heutigen Tag ohne eine solche Unruhe arbeiten konnte.

Und wie man sagen könnte, nach einem Schriftsteller U. Johnson suchte man vergebens ohne diesen beharrlich vorgesetzten Entschluss, ihn zu verwirklichen, so wären wiederum deine letzten zwanzig Jahre jeweils anders verlaufen, hätte Hilde einen anderen Weg gewählt als den, immer Haus zu halten – für dich und, für wie viele andere Autoren, auch für mich. Sie hat das Haus 35 an der Klettenbergstrasse eingerichtet als einen Ort, an dem bin ich mit Frankfurt auf gutem Fusse. Auch ihr danke ich für zwei Dekaden Gastlichkeit und Freundschaft.

Von Anfang an bist du ein guter Wegweiser gewesen in dem Gelände, das für mich eine Fremde war. Ich weiss noch deine Sorge, ich könnte mich zu früh locken lassen in den »Süden«, bevor ich denn eine rechte Ahnung hätte vom »Westen«. So hast du ein Ferienhaus an der ostholsteinischen Ostsee in meine Richtung geschoben. Vorsorglich verordnetest du mir eine Woche Paris, vielleicht auch damit ich Frankfurt in genauerem Verhältnis sähe, und hier danke ich dir für eine Aufführung von Becketts *Das letzte Band*, ein Mittagessen im Silbernen Turm und für die Freiheit der Métro. Und nach Italien liessest du mich erst, nachdem du mir vier Monate in God's own country zur Aufgabe gemacht hattest, ein Geschenk, das uns zehn Jahre später die *Jahrestage* eingetragen hat, von denen du noch in diesem Jahr das letzte Wort gelesen haben wirst.

Denn auch das bist du für mich: mein erster Leser. Nach zwanzig Jahren einvernehmentlichen wie streitbaren Gesprächs hast du auch erfahren von dem Ungeschriebenen, und so bist du für mich der menschliche Ort geworden, ohne den das einsamste Leben ummöglich ist: die Gewissheit, dass es in der Welt einen Menschen gibt, bei dem man als zusammengefasste Kenntnis sicher aufgehoben ist. Obwohl ich keiner Probe darauf bedurft hätte, hast du mir geholfen im schlimmsten Unglück meines Lebens, als ich mich jenseits von Hilfe glaubte. Damit ist erwiesen, warum von allen Freundschaften, die ich seit 1959 gefunden habe, die mit dir als einzige sich erwiesen hat als in allen Stücken zuverlässig und haltbar, und wenn es nach mir geht, soll das so bleiben, wie ich auch weiterhin zum »kleinen Kreis« gehören möchte.

Ich unterschreibe mich dir (1959-1979) als dein
Uwe Johnson

Lieber Uwe,
Lieber Herr Frisch …

16. 3. 1976

Lieber Uwe,

eine der unerlässlichen Voraussetzungen, so sagten wir unterwegs, sei Übermut, eine Art von Frechheit. Anders bringt man fingierte Figuren nicht zum Reden, kaum zum Handeln, d. h. für Gesine: zum Heiraten. Ich habe Sheerness nicht sorglos verlassen.

Heute abend hätte in Milano, anlässlich einer Vernissage, das ungezwungene Wiedersehen mit Dürrenmatt stattfinden können, leider liegt Marianne mit Fieber, so dass wir nicht haben reisen können, und zum Geburtstag hat sie sich mit heissem Öl auch noch den Fuss verbrannt; die Götter, scheint es, haben die Aussöhnung anders programmiert. Was gibt es eigentlich auszusöhnen? Zu melden wäre, dass ich seit, seit zehn Tagen etwa, wieder in Gockhausen arbeite, im Atelier von Honegger; viel Platz, Werkstatt mit fremdem Gerät, eine lange leere Wand, wo ich meine Blätter anheften kann, und das ist gut, sonst kommt in meinem schlechten Gedächtnis alles durcheinander; hier kann ich, Hände in den Hosentaschen, vor der Wand stehen (zum grossen Teil noch leer) und die Scenen-Skizzen in ihrer Reihenfolge umhängen, um ihren Stellenwert zu ändern, mit Reissnägeln; ich muß nur die Hände aus den Hosentaschen nehmen; Komposition als schlichte Handarbeit. Ob es ein Stück wird, kann ich noch nicht sagen. Gut ist: ich fahre zur Arbeit (eine Viertelstunde), ich bin allein, Rumpelstilz mit Imbiss, gegen Abend fahre ich nachhause und die Geister, so ungenau wie sie noch sind, schlafen in Gockhausen. Sie brauchen sich dort vor keinen Besuchern zu verstecken. Nicht gut ist die regelmässige Müdigkeit über Mittag; sie erinnert mich an den alten Suhrkamp, der mir sagte, dass er nur noch vier Stunden am Tag arbeitsfähig sei, und ich fand es schrecklich. Ein Gartensessel neben dem Öl-Ofen, Blick auf eine Wiese oder gegen Wald. Es ist nicht schrecklich, aber lästig; Schübe von körperlicher Müdigkeit, so dass es Willen braucht, um aufzustehen. Das mitten im Tag. Plötzlich ist der Tag einfach zu lang.

Der Text aus Ihrem Brief, den Sie für den Über-Band gegeben haben, steht jetzt am Schluss (»Aus einem Brief, 13.1. 1975«) und beschämt die Berufs-Rezensenten durch die Klarheit der Struktur-Analyse. Ich bin froh um diesen Text. Und froh, daß ich jetzt, nachdem Hans Mayer sein Nachwort des Herausgebers überarbeitet hat, auch mit der WERKAUSGABE nichts mehr zu tun habe; das war doch ein melancholisches Geschäft, nicht funeral, aber lähmend. So viel Ballast, nicht bloss literarischer, kommt da zum Vorschein. Umso notwendiger die leere Wand in Gockhausen – so unerlässlich wie der Übermut ist die Illusion, man fange etwas Neues an; Spielraum durch Vergessen.

Ich habe nicht fragen wollen, wann Sie voraussichtlich den vierten Band[8] abgeschlossen haben werden. Vielleicht haben Sie dann doch Lust, zusammen mit Elisabeth und Katharina sich in Berzona auszuruhen; das Haus steht noch.

Herzlich grüsst Sie
Ihr Max

Sheerness, 21. März, 1976

Lieber Herr Frisch,

wir danken für Ihren Brief vom 16. März und beklagen den Gebrauch, den Marianne von heissem Öl gemacht hat. Allerdings vertrauen wir darauf, dass der Fuss heilt, und wünschen ihr auch das Fieber weg.

Nein, »Aussöhnung« ist auch für mich kaum das Wort, das ich zwischen Sie und F. D. setzen wollte, eher wäre es Verständigung, nämlich darüber, was für Vorbehalte denn eigentlich der eine dem anderen gegenüber unterhält, eine gemeinsame Inventur, aus der dann jene Spontaneität wachsen könnte, in deren Sachen Sie mich neulich beraten haben. Er ist doch in Manchem das, was wir Angelsachsen Ihre opposite number nennen würden, und da wollen mir die Störungen zwischen Ihnen vorkommen als eine Art Verschwendung.

Die Nation, bei der wir zu Gast sind, hat es schwer. Es ist doch fast zehn Jahre her, dass das »neue Geld« eingeführt wurde, und immer noch tun die Leute sich schwer damit. Sie trauern der guinea nach, und den neuen halben penny nennen sie »half«, um das Andenken des zerschmolzenen »hejpenny« in Ehren zu halten, und in einem fort werden Löhne oder Preise umgerechnet in »bobs«, so dass wir nebenher doch wieder ein Nebendenken in Schillingen erlernen müssen. Das wirkt sich bunt aus in Gelegenheiten, wo an den Rechenkünsten nur noch zu zweifeln ist: wir hatten eine verlegene Minute mit einem Busschaffner, den die Nennung von zwei Fahrpreisen (Erwachsener mit Kind) so in Verwirrung versetzte, dass er sie an den Fingern zusammenzuzählen versuchte, mit falschem Ergebnis, so dass er am Ende lieber jede Summe allein erledigte. Der Tabak kostet ab morgen 4.91, aber die vorhandenen Bestände werden noch zu 4.90 abgegeben, das weiss die Verkäuferin; verlangen Sie aber nun noch Süssigkeiten zu 0.22 hinzu, nimmt die Dame Papier und Bleistift. In der Buchhandlung war etwas abzuholen für zwölf Pfund, aber die Ladenkasse kann nur einstellige Pfundsummen drucken, wie machen wir das bloss? Das alles mit der Mehrwertsteuer verrühren, durch einen Taschencomputer in Wallung bringen, und Sie bekommen ein Gericht, dem man wohl erst mit den russischen Rechenkugeln Geschmack abzugewinnen weiss. Sicherlich sind das Ausnahmen, aber auch Elisabeth meint: es sind ein bisschen viel, und es braucht eine gelinde Ergebenheit, das Spiel der Mädchenfinger auf den Kassen der Supermärkte zu betrachten und hinzunehmen.

Auch in moralischer Hinsicht steht es anders als zum besten. Neulich wollte eine Freundin auf Heathrow einen Zuschlag in deutschen Mark bezahlen: händeringend versuchte die Stewardess sie von diesem wirtschaftlichen Selbstmordversuch abzubringen. Der Gentleman im Reisebüro verrät uns den Trick europäischer Geschäftsleute, die nur den Weg bis England in ihrer Währung bezahlen, den weiteren oder den Rückweg mit billigeren Pfunden begleichen: der Mann ist durchaus bereit zum Verrat an seiner Nation, kann er uns nur als Kunden fesseln.

In Kenntnis dieser Umstände haben wir uns der Meinung des Steuerinspektors gebeugt, wir seien in diesem Lande steuerpflichtig...

Vielleicht interessiert Sie diese Meldung des Börsenblattes für den deutschen Buchhandel: der Verlag Piper plant für 1977 eine Gesamtausgabe Ingeborg Bachmann. Herausgeber sollen sein Christine Koschel, Inge von Weidenbaum und Clemens Münster. In vier Bänden angelegt, soll die Ausgabe aus dem Nachlass unter anderem enthalten: unveröffentlichte Gedichte, frühe Erzählungen, einen unvollendeten Roman aus der Reihe »Todesarten« und zum ersten Mal vollständig die Frankfurter Vorlesungen. Ingeborg Bachmanns Erben... unveröffentlichte Gedichte oder frühe Erzählungen sind doch solche, von deren Veröffentlichung die Verfasserin abgesehen hat, oder?

Neuigkeiten aus der Landwirtschaft: Das zuständige Ministerium führt in gemischten Kommissionen Gespräche über die Frage, ob die Rosen am besten noch einmal zurückgeschnitten werden sollen. Elisabeth leugnet es, aber sie muss etwas gegen Rosen haben. Der hohe, unversetzbare Strauch ist ganz dicht überwuchert von Jelängerjelieber, der wird ihn zum Verderben bringen, dem sieht sie zu mit etwas, was sie auf Befragen Fatalismus nennen würde ... und die Mittelfläche, aus der einmal ein geradezu klassischer Rasen werden soll, gräbt sie um und siebt sie durch, wie sie sonst nur den Brotteig knetet. Kurz, es ist die fast spartanische Idee eines Gartens, aber immer wenn wir vorbeikommen an dem verwilderten, verunkrauteten, gänzlich unbehelligten Hof unterhalb der Neptun-Terrasse, sagt sie: Diesen Garten mag ich am liebsten von allen in Sheerness.

Unnötig zu sagen, dass sie sich unseren Verzicht auf ein Veto in Fragen der Land- und Forstwissenschaft gesichert hat.

Lieber Herr Frisch, wir freuen uns sehr, dass Sie wieder Arbeit gefunden haben. Gleichzeitig aber wollen wir es vorausgewusst haben, denn auch ich habe noch jedes Mal nach dem Abschluss einer Sache gemeint: jetzt wüsste ich nichts mehr. Es ist dann aber immer jemand da, der etwas von einem wissen will, und sei es niemand als man selbst. Dies Hin- und Hergehen vor der Wand, mit den Händen in den Hosentaschen, wir stellen uns das gern vor.

Mit herzlichen Grüssen
Ihr Uwe Johnson

Sheerness, 10. Mai, 1976

Lieber Herr Frisch,

was schenken wir Ihnen nun zu Ihrem runden Geburstag? Nach einigem Zögern haben wir etwas Nationales ausgesucht, in der Hoffnung, es sei Ihnen weniger bewusst. Wollen Sie sich, bitte, erinnern an den 10. August 1792, die Erstürmung der Tuilerien? Wir meinen an dieser alten Kamelle jenen Umstand, dass aus dem siegreichen Volk einige aus den roten Uniformen der hingemetzelten Schweizer sich Banner oder Fahnen verfertigten, damit zu paradieren – was nämlich nach Georges Sorel (Reflections on Violence, Huebsch, New York o. J.; p. 194) die erste Gelegenheit ist, bei der die rote Fahne als ein Symbol der Revolution benutzt wurde, made in Switzerland.

Wussten Sie das? ja, dann müssen Sie selber was wählen, zum Beispiel das Hausrecht auf den Rasen (denn uns ist ein Rasen geliefert frei Haus), oder aber beliebige Seitenwahl beim Tischtennis (der Ihrer Rechten missliebige Rosenstock ist ausgegraben) oder auch das Bruchstück von der Ente, die wir Ihnen gebraten hätten...

Jener Versuch über falsche Ehe ist umgearbeitet; ich bedanke mich nochmals für Ihre Beratung. Ansonsten hätten wir Ihnen zu erzählen, warum die Prinzessin Anne ihrer Nation einen Nachwuchs versagt: um noch an der Olympiade teilnehmen zu können. Danach wird sie wohl verzichten müssen auf das Leben zu Pferde, denn sie fällt zu oft vom Rücken desselben. Wir haben nun mit eigenen Augen gesehen, wie dies in Wahrheit eine Insel der Schafe ist; dicht waren die Weiden bestanden mit grossen und kleinen, die Mütter verzweifelt über die dumme Neugier der Kinder, die Angst ausstanden auf menschlichen Wegen, statt sich an den Bauch der Mama zu halten... Es gibt Schafe, die sehen aus wie frisiert: sagte Elisabeth, und in der Tat war an manchem noch die Spur der Brennschere kenntlich. Und seit mir von einem Zollkommissionär des Hafens ein Bier spendiert wurde, dürften wir zur Not auch einen kleinen Handel mit Illegalien aufmachen. Wieder und wieder gibt es Momente, da verzweifeln wir an der Möglichkeit, uns dieser Mentalität zu adaptieren, so beim Anhören eines Quiz im Rundfunk, wo Einer in drängendem, federndem, treibendem Ton nach der letzten Äusserung einer Notorietät vor der Hinrichtung fragt und die Antwort quittiert in der folgenden Weise: Eichmann. Korrekt. Und nun begeben wir uns auf das Gebiet der klassischen Musik!... sie haben ja recht, es geht sie nichts an, sie sind Äonen davon entfernt; damit aber wir von ihnen auch. Dann beim Einkaufen legen wir das Kleingeld einmal ausgesucht hin und bekommen auf das schönste gesagt: Lovely!

Wes ohngeachtet wir aber bereits borgen dürfen, und es tun, indem wir uns erheben und Ihnen singen nach zwei Melodien: HAPPY BIRTHDAY TO YOU! sowie auch MANY HAPPY RETURNS!

Mit herzlichen Grüssen
Ihre U. + E.

Küsnacht, 1. 6. 76

Lieber Uwe!

Gestern zurückgekehrt, und das ist der erste Bogen, den ich in die Maschine (eine alte, die ihre Tücken hat; sie ist 1958 der reisenden Ingeborg auf neapolitanisches Pflaster gefallen) spanne nach drei schreibfreien Wochen. Delphi, Mykene, Knossos. Überall Bus-Kolonnen mit Touristen, was man, selber Tourist, so gar nicht mag. Die Zeiten, da man Griechenland besuchen konnte, sind vorbei, es sei denn, es komme eine Geldkrise über Deutschland und Amerika; die Briten, die Knossos ausgegraben und die Akropolis geplündert haben, sind schon ausgefallen. Meine vierte Griechenlandreise (die erste als Prähippy zufuss, die zweite mit Volksbus, die dritte mit dem römischen Fiat) war voraussichtlich die letzte; die erste für Marianne. Der Geburtstag, der mich zum Rentner deklariert, wurde mit Schwimmen verbracht, also beinahe gewichtlos; denn das Meer dort ist sehr salzig, und das Salz trägt einen mehr als eine Werkausgabe.

Uwe, wie geht es Ihnen?

Ich danke Ihnen für den Brief, den ich hier vorgefunden habe, und möchte noch mehr wissen von Ihnen. Wann sehen wir uns und wo? Passt Berzona für Sie in diesem Sommer? Übrigens könnte es auch Küsnacht sein. Ich sollte mir jede Einmischung versagen, aber kann nicht verhehlen: die Vorstellung, dass Sie wieder den ganzen Sommer an der Themse bleiben, bekümmert mich; Sheerness ist (langsam glaube ich's) eine Insel. Ich weiss, Sie wollen keinen Ausflug, bevor die JAHRESTAGE abgeschlossen sind. Ist das aber richtig? Ich will nicht zudringlich sein, nur möchte ich Sie wissen lassen, dass die Einladung nach Berzona besteht; der Feigenbaum wurde versehentlich gefällt, sonst ist alles wie bekannt, und ich werde Sie diesmal nicht mit Lektorat belasten, allenfalls die eine und andere Frage stellen, betreffend die Lage der deutschen Nation, zu der ich im September etwas sagen soll, und Sie zu keinen Berggängen nötigen, Ehrenwort. Auch wenn Berzona eine ganz verkehrte Idee ist – vielleicht bringt es Sie und Elisabeth auf eine bessere, ich meine aber, dass Sie etwas brauchen (was vielleicht wie ein Umweg aussieht) zur Erhaltung. Beim letzten Besuch in Sheerness hatte ich für Augenblicke den bestürzenden Eindruck, Sie geben etwas auf, Sie trauen sich etwas nicht mehr zu; Sie richten sich gegen sich selbst. Vielleicht wagt es Ihnen niemand zu sagen: Das dürfen Sie nicht, Uwe, wir lieben Sie.

Meine Pläne für den Sommer sind schlicht. Keine Reisen; China rückt ferner, und wenn ich sage, die Visa-Geschichte wird langwierig usw., so ist das nur der halbe Grund; es zeigt sich dabei, dass es mir an Energie fehlt, an Kraft (Ausdauer der Lust) und vielleicht sogar an Neugierde, oder genauer gesagt: die Neugierde wird zu mühsam, ich lerne immer langsamer, und man müsste vor einer solchen Reise sehr viel gelernt haben. Selbst wenn ich verstehe, was ich lese, so bleibt zu wenig haften. Shit! – ich hoffe, dass ich demnächst in die begonnene Arbeit zurückfinde, die Entwürfe nicht verwerfen muss beim Wiedersehen. Die Rede, die in der Paulskirche zu halten ist, sollte eine nützliche sein; eine halbe Stunde, aber sie fordert, dass ich mir über den Stand meiner politischen Erwartungen klar werde, also vor mir selber antrete. Darin liegt wohl der einzige Sinn einer solchen Verleihung, und diesen Sinn muss ich ihr selber geben.

Ich hoffe, Sie haben die Werkausgabe erhalten, die unterdessen erschienen ist; ich schulde Ihnen, lieber Uwe, grossen Dank für Ihre beharrliche Forderung, dass eine solche Ausgabe auch enthalten soll, was ich, von heute aus gesehen, lieber nicht geschrieben haben möchte. Ihr lästiger Rat war richtig. Da stehen schon Sätze, viele, die meinen Pflichtverteidiger vor dem Jüngsten Gericht der Literatur in Verlegenheit bringen – geschrieben von einem Mann in dem Alter von Uwe Johnson, als der seine MUTMASSUNGEN schrieb...

Lassen Sie mich wissen, Uwe, wie es Ihnen geht.

Herzlichst Ihr Frisch

Sheerness, 12. Juni, 1976

Lieber Herr Frisch,

zu danken haben wir für den schwer versehrten Wagenlenker, den Marianne und Sie uns aus dem Museum von Delphi haben überstellen lassen, und bedauern seine Invalidität um so mehr, als sich unmöglich so zurichten kann, wer noch im ruhigen Faltenwurf seines Gewandes Gelassenheit auszudrücken imstande ist. Was nützt ihm nun, dass er damals freigesprochen wurde. Zu danken ist für Ihren langen Brief vom 1. Juni aus Küsnacht.

Sheppey, damit Sheerness, ist eine Insel; in solcher Feststellung deuten Sie Befürchtungen an. Um ihnen vorzubeugen, lassen wir schon mal mit uns reden, wenn die Verwaltung der Stadtbücherei Kassel ein hundertjähriges Bestehen auch begehen will mit der Vorführung eines der Lieferanten. Auf dem Flughafen Frankfurt ist noch wenig entgangene Welt nachzuholen, aber wenn in einem Taxi am Bahnhof beide Kopfstützen geziert sind mit giftigfarbenen Aufklebern des Wortlauts AUS LIEBE ZU DEUTSCHLAND – CDU, dann weiss man fast sicher, dass das Defizit an Kenntnis westdeutscher Zeitläufte geringer ausfallen wird als anfangs befürchtet. Was allenfalls versäumt wurde, wird notgedrungen erworben durch morgendliches Schwimmen mit Herrn Unseld, durch Aufwarten und Vorsprechen bei Frau Zeeh, Frau Borchers, Frau Ritzerfeld, Herrn Busch – dann weiss man in Sachen Tendenzwende mitzusprechen, und lässt es lieber sein. Sollte man Kassel vergessen haben, so macht es sich gegenwärtig mit einer Pressekonferenz, zu der von der Verwaltung drei Vertreter erschienen sind und von der Presse keiner, denn der Kulturfachmann der einzigen Zeitung am Ort ist bei der Feier eines Geburtstags im Schnaps hängengeblieben und wird erst nach der Veranstaltung auftreten, wirr im Kopf, automatisch redend in der Hoffnung, seine trostreiche Freundin werde schon etwas von seinem Gesprochenen (und dem des Gastes) aufzeichnen, denn mit der Frau geht es schlechter, seit er diese Freundin, weswegen noch ein Bier – das wussten Sie schon, oder Sie wollten es kein zweites Mal erfahren. An der Grenzübergangsstelle Berlin Friedrichstrasse werden Sie bei drei Besuchen dreimal angehalten, einmal müssen Sie Ihr Geld auf den Pfennig vorzählen, das andere Mal sollen Sie Ihren Aktenkoffer vorzeigen und den Inhalt erklären, und zum Abschied sind Sie bitte so freundlich und leeren sämtliche Taschen Ihrer Kleidung aus; wenn man dann verschwiegen, geradezu blicklos von dannen zieht, sind die Kontrolleure über das Abbrechen einer menschlichen Kommunikation ehrlich enttäuscht. Danach hätten auch Sie nur ungern einen Nachmittag und einen Vormittag auf dem Flughafen Tegel verbracht, aus einem Aufenthalt im Hotel Schweizerhof bloss zum Zwecke des Wartens wäre Ihnen ungenügend Weltgefühl geworden, da wären Sie wenig empört über die Ankunft in einer Gegend, da ist es still, da singt man keine Lieder.

Lieber Herr Frisch, ich bedanke mich herzlich für Ihre Einladung. In unachtsamen Momenten ist die Versuchung gross, einfach loszufahren und eine Ferienzeit zu verbringen mit Gespräch, Spazier- und Müssiggang – without a care in the world. Aber ich habe noch jemanden in der Welt, für den muss ich zuerst sorgen, Mrs Cresspahl, die wird langsam ungeduldig in der Ecke, aus der herauszukommen sie doch selber zögert. Kurz, solche Reise nach Kassel und Berlin, zwar gerechtfertigt durch Archivarbeit für ein anderes Vorhaben, soll nun die letzte Gelegenheit gewesen sein, mit der ich dem Schluss des Buches ausgewichen bin. Es ist nun einmal so, dass das Buch im Keller dieses Hauses steckt und schlecht mitgenommen werden kann auf eine Reise, wo Manches vielleicht sich lässiger und unbefangen ergäbe. Wenn ich angekommen sein werde bei den letzten drei Worten (die ich leider weiss), sollen Sie mich gleich fragen hören, in welcher Ihrer Erholungsanstalten Sie denn Besuch haben mögen. Inzwischen wird Ihnen hoffentlich gewärtig bleiben, dass eines der Zimmer in diesem Haus nach Ihnen heisst und für Sie bereitsteht.

Den Glückwünschen, die wir Ihnen zum Börsenpreis – ein Dauerversprecher – zum Friedenspreis des westdeutschen Buchhandels telegrafierten, fügen wir nun pflichtschuldigst unsere Kondolenz bei. Denn bei aller Ehre, es bleibt da doch der Auftrag zur Rede, zu halten für alle Fernseher in den Ländern der Eurovision, ohnehin kein kleines Kunststück, jetzt aber verschärft durch den nahen Termin der Wahlen zum Bundestag. Wir, da festgelegt auf den politisch negativen Schluss der »Jahrestage«, werden natürlich besonders warten auf Ihren Rückblick in Sachen der C. S. S. R. vor und nach dem August 1968.

Es war sehr freundlich von Ihnen, uns »im Auftrag des Verfassers« die Werkausgabe zukommen zu lassen. Bitte, entschlagen Sie sich doch der Sorge wegen der frühen Stücke. Sie sind unentbehrlich, weil sie dem Leser die Herkunft und Veränderung Ihrer Schreibweise zeigen, nicht nur stilistisch, sondern vor allem im Bereich der politischen Haltung. Der vorsichtige Ekel, mit dem Sie schon 1935 über Hitlers Deutschland berichtet haben, gibt doch die Voraussetzung für Ihre heutigen Ansprüche. Fehlte das, so wäre die Ausgabe einer Biographie vergleichbar, aus der die Jugend weggeschnitten ist.

Auf welches Jahr, übrigens, würden Sie den westdeutschen An- und Ausspruch schätzen »wir sind wieder wer«? Gewissheit darüber könnte ich ganz gut brauchen für das »Nachwort«, mit dem ich die »Jahrestage« beschweren möchte.

Dies ist ein sonderbarer Haushalt! Vorn im Keller sitzt einer an der Maschine und schreibt, was der andere dann hinten im Keller auf einer Maschine noch einmal schreibt. Darüber in drei Stockwerken spielt ein

Kind Urlaub von der Schule. Aber dann werden wir spazieren gehen auf einem der Wege, die Sie kennen.

Mit herzlichen Grüssen an Marianne und Sie,
Ihr Uwe

22. 7. 76

Lieber Uwe,

es regnet sich ein nach Monaten der Dürre, das Schwimmbecken füllt sich, die Tage werden schon wieder etwas kürzer. Dazu die Pflicht, über den Frieden nachzudenken; zwei Monate noch habe ich Zeit, bevor die Paulskirchenkanzel zu besteigen ist, und lese, um wenigstens einigermassen zu wissen, was in 30 Minuten alles nicht zu sagen ist. Darf ich Ihnen einen ersten Entwurf der Rede unterbreiten zur Kritik? während ich eine Pause mache, d. h. wieder einmal das eigene Heft auf den Tisch nehme, Dialoge am Styx.

Nach Ihrem lieben Brief sehe ich Sie im Souterrain, ich hoffe: gesund, arbeitslustig in der Zielgeraden. Kürzlich kam Peter Weiss (zusammen mit Martin Walser) nach Küsnacht: weil er in Stockholm sich wie am Ende der Welt (der Literatur) fühlt, und wir besichtigten unsere Sackgassen kameradschaftlich; damit da keine Fronde entstehe, kam Siegfried auch dazu; so erfuhren wir unter anderem, dass H. M. Enzensberger der wahre Vorspürer ist, man könnte etwa sagen: der in der Tendenzwende nicht die Wünschelrute verliert. Aufschrei von Martin, Staunen meinerseits haben den Verleger nicht irritiert in seiner herzhaften Zuversicht, dass der SV dank Magnus in der geistesgeschichtlichen Vorhut bleibt. Danach machte ich einen Besuch bei Jürgen Habermas in Starnberg, worauf manches wieder komplizierter erscheint. In Berzona angemeldet hat sich Lars Gustafsson. Im Pingpong fühle ich mich auf Senioren-Höchstform, nur im Kopf sind immer mehr Löcher, die nicht zu zeigen ich mich redlich bemühe. Ein Mittagessen mit Walter Scheel, der Frohnatur, findet am 17. September statt. Uwe, was soll ich ihn fragen? Unser Nachbar, Alfred Andersch, ist ein verwandelter Mann; wir unterhalten uns krampflos, Lachen nicht ausgeschlossen, das macht dieses Tal etwas weiter. Überhaupt ist das Alter anders als beschrieben; am Sonntag werde ich Ehrenbürger von Berzona, es gibt einen Risotto vor der Casa Comunale, ich stifte ein Fass

Wein dazu, da die Wahl (17 Stimmen) einstimmig erfolgt sei. Und um auf eine Frage zu antworten, die Sie auf dem Damm der Marine Parade aufgeworfen haben damals: Lynn hat jetzt das Buch gelesen und schreibt, keine Zeile habe sie verletzt.

Ein ruhiger Sommer also.

Und Sie und Elisabeth?

Ich grüsse Euch herzlich
Euer Herr Frisch

27. 8. 76

Lieber Uwe,

spät kommt mein Dank für Ihren hilfreichen Brief vom 29. Juli – dafür werden Sie sehen, dass ich die meisten von Ihren Bemerkungen habe verwerten können. Die Rede, so wie ich sie Ihnen heute schicke, muss nun so gehalten werden. Ob sie dem Börsenverein gefällt? Als in der Zeitung stand, dass ich an einem Seminar im Engadin teilnehme, bei dem auch Herbert Marcuse dabei ist, zeigte sich schon etwas Nervosität; man liess durch die Sekretärin anfragen, wo ich brieflich zu erreichen sei – in der Hoffnung wohl, es stelle sich heraus, das mit dem Marcuse sei eine Zeitungsente. Und nun meldet sich auch der schweizerische Bundesrat, der auf den Offenen Brief wegen der Chile-Flüchtlinge nie geantwortet hat: Einladung zu einem Mittagessen im kleinen Kreis und so. Ich werde hingehen. Vielleicht ist es nützlich, indem der Bundesrat mich eher empfangen muss, wenn ich einmal keinen Appetit habe, sondern einen Fall: Einreiseverbot (Redeverbot) für Mandel (während der ZDF-Löwenthal ohne weiteres hierzulande öffentlich reden darf) usw.

Vorgestern war Tankred hier. Wie es Uwe gehe. Vorher Michaelis, der auf den vierten Band wartet und das Unternehmen JAHRESTAGE mit grossem Arbeitseinsatz würdigen will. Morgen kommt Lars Gustafsson für eine Woche. Was nicht immer ganz strikte gelingt: mein Alkohol-Verzicht. Wenn er über eine Woche gelingt, so fühle ich mich wohler, immuner gegen Depression und Resignation.

Apropos: Sozialismus gehöre der Steinzeit an – also gesagt von F.J. Strauss am Parteitag der CSU, orkanartiger Beifall.

Hier herbstelt es. Die Sonne, wenn sie überhaupt durchkommt, ist dünn, besonders schön. Herbstzeitlosen im Gras, der blaue Dunst nimmt den Bergen ihre Sturheit, sie hängen mehr wie Soffitten. Die paar Sonnenblumen sind noch auf ihren Stengeln, aber welk, Gesicht nach unten. Die Trauben über dem Steinstein schon blau, aber noch sauer. Wir bleiben noch bis Mitte September.

Uwe, geben Sie ein Zeichen, wie es in Sheerness geht? Hat Gesine die Ehe gewagt? Nein? ICH STELLE MIR VOR: wenn Sie den letzten Band aus der Hand geben – alle diese Gestalten, ihr Exodus – plötzlich haben Sie nur noch uns!

Wir erwarten Sie herzlich
Ihr Max F.

20. 10. 76

Lieber Uwe!

Die Rede ist gehalten, das Echo wirr, zum Teil wie erwartet. »Sie Arschloch aus der Schweiz, vom Kommunismus gevögelt«, schreibt einer, Absender: FUCK FRISCH. Willy Brandt reagierte positiv. Ein Korb voller Zuschriften. Theo Sommer, DIE ZEIT, nachsichtig mit der Feststellung, dass da eben ein Laie schwätzt. Zustimmung aus der DDR mit Zitaten: wobei gestrichen wird, was denen nicht passt; dieselbe Fälscher-Methode in Moskau. Gleichzeitig hat der Bundesrat mich zu einem Ehren-Diner im Palais von Wattenwyl empfangen, um nicht hinter Walter Scheel zurückzustehen; ich bin hingegangen nicht ohne Hemmung, ganz ohne Lust, nicht ohne die Hoffnung, dass man, einmal im Gästebuch des Bundesrates eingetragen, bei Gelegenheit auch vorgelassen werden muss mit einer Beschwerde. Wir werden sehen.

Ihr seid in den USA jetzt, ich hoffe, es gehe Euch gut. Ihr werdet die grosse Hannah Arendt vermissen. Ich bin gespannt, was Ihr von Amerika heute berichten werdet, wenn wir uns wiedersehen, ich warte in Zürich.

Im Sommer habe ich meine Arbeit, eine Art von Bühnenspiel, so weit gebracht, dass ich jetzt nicht weiter weiss; es führt in eine seltsame Gegend, eine, wo es fast nichts mehr zu sagen gibt. Ich schicke das Manuskript, vielleicht hilft Euer Urteil mir weiter.

Mit vielen Wünschen grüsst Euch von Herzen
Euer Max

Sheerness, 26. November

Lieber Herr Frisch,

ich zitiere: *»im Foyer des Hotels Unter den Linden, wo Max Frisch erwartet wurde und eintraf. Er hatte zuvor dem D. D. R.-Fernsehen ein Interview gewährt und war hungrig. Der Kellner, der gebührend auf sich warten liess, näherte sich dem Tisch, um, wie man zu spät erkannte, den Aschenbecher zu leeren. Max Frisch äusserte mitten hinein seinen unvorsichtigen Wunsch nach einem Bier und ein paar Sandwiches. Der Kellner: Immer langsam, guter Mann, ja?! Ich hab schliesslich zu tun!«*

Sollten Sie diesen Bericht bestätigen können, gedenke ich seinen Erstatter unter festen Vertrag zu nehmen.

Das Manuskript jenes Bühnenspiels, das Sie in Ihrem Brief vom 20. Oktober ankündigen, haben wir in unserer Post nicht vorgefunden. Wir sind aber beruhigt durch Ihren Brief vom 14. November, wonach Sie eine Kopie haben.

Über unsere amerikanische Reise sollten Sie Elisabeth vernehmen. Die mag da etwas gesehen haben; für mich war das a busman's holiday. Allenfalls aus Montreal kann ich Ihnen berichten von einem Herrn Lechner, der »Montauk« nach Ihrem Besuch gelesen hat wie ein Tagebuch. Das sagt er auf eine so herzensgut empfindsame Weise, dass man sich unverhofft nach den Sehenswürdigkeiten der Stadt erkundigt.

Ja, doch, unser Verleger als Gastprofessor in Austin ist uns nachdrücklich aufgefallen. Er hatte an jenem Tage gerade seine »Identität«, die Kennkarte der Universität mit echtem Photo, in die Hand bekommen und freute sich wie ein kleines Kind. Auch fährt er einen Wagen, der ist so wenig geräumig, Martin Walser würde dessen sich schämen. In seinem Seminar behandelt er auch »Eine Reise nach Klagenfurt« und will auch erwähnen, dass er diese Reise einmal abgetan hat als Geste. Er beschreibt sein Lebensgefühl als das eines Studenten, weil er eine Zweizimmerwohnung mit Bad und Küche allein bewohnt und gelernt hat, sich selber ein Frühstück zu bereiten. Frau Zeeh meint, er werde gänzlich emanzipiert zurückkehren nach Europa. Der Einladung zu seinem Dienstjubiläum, das Sie ihm in Frankfurt richten wollen, werde ich auf das gehorsamste Folge leisten.

Auch Hannah Arendt sind wir begegnet. Denn Helen Wolff im Verein mit der Nachlassverwaltung haben sich in den Kopf gesetzt,

Frau Arendts Biographie sollte von mir geschrieben werden. Darüber würde ich gern mit Ihnen reden, wenn wir einander wiedersehen.

Mit herzlichen Grüssen,
Ihr Uwe

Alpensanatorium Wiessee,
1. Januar, 1977

Lieber Herr Frisch,

ich wünsche Ihnen ein Jahr, von dem Sie in ein paar Tagen, so um die dreihundertfünfundsechzig, sagen könnten, es sei im Grunde doch recht gewesen.

In diesem Moment sagt mir die American Forces Radio and Television Network, Munich: Now that you are sufficiently awake, go back to sleep – nobody cares today. Mir aber ist ein Typoskript hinterlassen, betitelt »Ostern am Styx«, das will nun endlich zum dritten Mal gelesen und einmal auch schriftlich besprochen sein.

Da geht mir die Vermischung von christlicher und griechischer Sage schwer ein. Die allgemeine Vorstellung der christlichen Ostern, die Sie voraussetzen, beruht auf dem meist bekannten Evangelium, dem von Lukas:

Es kam nun der Tag von Ostern, auf welchen man musste opfern das Osterlamm.

(Kurz vor dem Tod durch Kreuzigung das Versprechen an den einsichtigen Sünder:) Heute wirst du mit mir im Paradiese sein.

Also ist's geschrieben, und also musste Christus leiden, und auferstehen von den Toten am dritten Tage, und predigen lassen in seinem Namen Busse und Vergebung der Sünden unter allen Völkern … Ihr aber sollt in der Stadt Jerusalem bleiben, bis dass ihr angetan werdet mit Kraft aus der Höhe.

Versprochen also wird neben der Wiederkehr zu einer Art Leben die Erfüllung des Individuums mit seinem eigenen (und göttlichem) Sinn, eine Zukunft.

Vom Styx hingegen weiss das Publikum ungefähr, es sei ein Fluss in der Unterwelt, unterschieden von der Quelle des Vergessens, der Lethe, durch seine Funktion als Kultgegend, indem da die Götter ihre unverbrüchlichen Eide schwören. Der Styx bezeichnet die Unterwelt allgemein, als den für die Zeit nach dem Tode bestimmten Ort, an dem das Individuum sich nicht mehr verändert und ihm überhaupt Entschlüsse verwehrt sind, mag da eine Rekapitulation der irdischen Vergangenheit erlaubt sein. Sie unterstützen das durch den Prolog oder das Vorwort nach Walter F. Ott: »(Der Mensch) wird im Tode nicht wachsen.«

Diese beiden Pferde im Joch des Titels, die das Stück ziehen sollen, beissen einander, in meinen Augen. Gelegentlich scheint mir die Benutzung der österlichen Assoziationen ein von aussen in das Stück hineingebrachter Mechanismus, unnötig im Grunde, da die Toten ja ohnehin im Tode erscheinen, im Hades. Der Hades lässt nur ein statisches Verhalten zu: die Wiederholung des versuchten Fischfangs, das Stehenbleiben in dem Moment des Todes: »Warum leben die Leute nicht?« »Es gibt kein Gericht.«

Dem widersprechen aber die Richtungen solcher Fragen: offenbar will der Pastor immer noch eine letzte Aufrechnung, für ihn ist da etwas offen, das er noch erwartet. Für den Sträfling ist seine Situation, obwohl endgültig besiegelt, weiterhin einer in den nächsten Schritt führenden Erfüllung bedürftig: dass die Leute ihm glauben, was er bei einem zweiten Banküberfall tun würde. Leben sollen die Leute im Hades demnach doch. Das hervorragende Beispiel ist das märchenhafte Liebespaar, Masche und der Botaniker, im Leben getrennt, deren einem Zukunft versprochen wird: »Sie werden sie finden«, und die einander finden, in einer Umarmung, auf die Gregorianischer Gesang folgt, ein Versprechen auf weiteres Leben besiegelnd.

Und schon die Rekapitulation kommt aus einer Bewegung, statt aus einem Stillstand: wozu sollte einer etwas wissen wollen aus dem von ihm versäumten Leben der später Gestorbenen, als weil er dazu sich neuerdings zu verhalten gedächte. Nicht bloss Handlung, schon gegenseitige Information verändert den persönlichen Status: wer Fische im Styx vermutete, wird verändert durch die Kenntnis, dass er mit dem Angeln gar nicht erst anzufangen braucht. Wer nun endlich seine Frau sieht in dem Zustand, den sie, ihm unbekannt, während ihres Lebens erreicht hat, und ihn beurteilt (»Du bist schön geworden, Anna«), der nimmt eine neue Haltung ein, ist ein anderer geworden. Eine solche Vermischung von Stehenbleiben und Änderung zumindest im Ausblick stellt Grundsituationen her, von denen das Publikum eine weitergeführte Entwicklung erwarten konnte. Wenn Sie das verweigern, sind

Sie hier einer von denen, die den Kuchen wohl haben möchten, ihn zu essen aber sich scheuen.

Dies ist, durch den Titel eingeführt und bekräftigt, das eine, das offene Zentrum des Stückes. Das andere, das heimliche, das auf einer Bühne alsbald sich vordrängen wird, ist Katrin, die Frau, die mit keinem von insgesamt vier Männern zufrieden gewesen ist, aber noch jetzt vor einer Analyse davonläuft mit schnippischen Ausflüchten, die zwar sie im Äusseren umreissen, aber ihre Motive der Vermutung überlassen. Es ist, als sei der Verfasser fasziniert von dieser Frau und schrecke gleichzeitig davor zurück, ihrer Wirklichkeit so nahe zu treten, dass er sie zwänge, sich selbst zu definieren. Ihre Haltungen sind am wenigsten banal, stereotyp, im Vergleich zu denen der anderen Gestalten, besonders weil sie eine Zukunft im Hades weiss (»Sie werden sie finden«); mit ihr werden die meisten Mitwirkenden unmittelbar befasst; das Stück insgesamt könnte ihr Stück werden.

Im einzelnen möchte ich noch einmal Sie bitten, auf das Motiv des Spanienkrieges zu verzichten. Sie handeln sich damit lediglich einen Mangel an Überraschung ein; die verschiedenen Variationen, denen Sie diese Sache bisher schriftlich unterzogen haben, sind dem Publikum bekannt, erst recht den Kritikern. Wiederholen also möchte ich als erbetenen Ersatz den Ingenieur oder Handwerker, der in den zwanziger Jahren in das Vaterland der Werktätigen zog, bloss um der Wirklichkeit des Sozialismus näher zu sein als er das je vermöchte in der Schweiz, und der nun bis in den Tod zurückgekommen ist mit seinen Erfahrungen von Schauprozess, Deportation, meinetwegen Kriegseinsatz, abermaliger Verbannung ins Lager und der nutzlosen Rehabilitation. Das bezöge sich nicht nur direkt und in bedauerlicher Dialektik auf die Niederschlagung des ungarischen Aufstands, den Sie bereits im Stück haben, es brächte auch die gegenwärtige Bewusstseinsszenerie hinein, die doch eher auf den gegenwärtigen Zustand des praktischen Sozialismus, von Moskau bis Ostberlin, angewiesen ist.

Zweitens, ich möchte etwas vorbringen gegen die Form, die der Name Katharina im Stück angenommen hat. Einmal ist es unwahrscheinlich, dass alle ihre Männer sie so genannt haben. Wichtiger: wenn eine Person in einem Stück von Brecht so heisst, ist der Name stark genug besetzt, dass man bei seiner Verwendung in einem eigenen Stück einen wie auch immer gearteten Bezug annimmt; der ist für mich unsichtbar geblieben. Warnen möchte ich auch vor einem noch immer recht populären Romantitel, der da lautet »Die Katrin wird Soldat«. Schliesslich will mir der Name für eine so wichtige Figur in dieser Form zu burschikos, zu flott, zu sehr wie ein Stempel erscheinen.

Drittens, ich würde Sie bitten, für den Ausbruchsvorschlag zwecks Luftballon ein anderes Motiv einzusetzen. Selbst hartgesottene Verächter der Schlagerindustrie haben jenen Schmarren im Ohr, schon weil sie ihn als Abgrenzung ihrer Haltung benötigen: »Schenk mir einen bunten Luftballon, flieg mit mir davon: in das ferne weite Märchenland ...« Zum Verdacht des Kitsch-Zitats gesellt sich unpraktisch das allgemeine Wissen, dass man ja tatsächlich Ballons mieten kann, vorausgesetzt, man hat seinen Ballonführerschein gemacht und ist ein echtes oder ausländisch assoziiertes Mitglied des Vereins der Ballonflieger e. V.

Lieber Herr Frisch, ich habe noch nicht heraus, auf welcher Ebene Sie Kommentare zu einer Ihrer Arbeiten auffangen und verarbeiten; gemerkt habe ich schon, dass es eine ganz andere ist als die, auf der zum Beispiel ich mit Ihnen zu argumentieren versuche. Das lässt sich bei einem mündlichen Gespräch leichter erfassen als in einem Brief; dieser soll denn auch lediglich gemeint sein als ein Auftakt für die Unterhaltung über das Stück, die er hoffentlich einleiten kann.

Die Grossfürstin, die diesem Institute vorsteht, hat in ihrer ärztlichen Eigenschaft eingesehen, dass es widersinnig wäre, mich nach einer solchen Ausschweifung, wie sie für den achten Januar in Frankfurt zu vermuten ist, in eine Kur zurückzuholen, hat mich jedoch entlassen auf Grund meiner Ankündigung, ausgedehnte Ferien im Tessin traute ich mir ohnehin kaum zu, weswegen ich mich nach dem 8. zurückziehen würde ins Niedersächsische, wo ich auf einer Bibliothek etwas Längeres nachzusehen hätte. Nun ich höre, Sie planen in der Tat nur einen Besorgungsbesuch von drei Tagen, käme ich mir kaum wortbrüchig vor, wenn ich am Sonntag abends (am 9.) in Zürich ankäme und, nachdem ich Sie zum Nachsehen im Tessin begleitet habe, am 12., dem Mittwoch so rechtzeitig in Zürich wäre, dass ich am nächsten Morgen wahrhaftig abreisen kann nach Hannover. Dies nur für den Fall, dass Sie wirklich Gesellschaft wünschen auf dem Abstecher in eine Ihrer Heimaten, und für den anderen, dass Sie zufällig gerade diese Tage vom 10. bis zwölften Januar dafür vorgesehen haben.

Das Typoskript von »Ostern am Styx« bringe ich nach Frankfurt mit. Gegenwärtig traue ich der Post kaum zu, dass sie ein solches

Päckchen rechtzeitig bis zu Ihrem Abflug in die Sarrazinstrasse tragen kann.

Yours, sincerely, Uwe Johnson

P. S. Bitte, würden Sie die unsaubere Schrift entschuldigen; es ist eine fremde Maschine, eine ungehorsame.

Sheerness, 21. Juni, 1977

Lieber Herr Frisch,

zugegeben, das war eine spannende Dekade. Der Autor von »Styx« war dazu übergegangen, mit uns nur über einen Mittelsmann zu verkehren, dann kam das vordere oder hintere Stück eines Triptychons ohne Widmung, zu unserer Erleichterung allerdings mit einer Lenin betreffenden Mitteilung versehen, dann endlich schrieb der Autor wieder als er selber, und ich freue mich sehr.

Sollte ich die Geschichte erzählen, wüsste ich dies: Der Ort ist die Place des Pyramides. Den mag es geben oder nicht, mein Brockhaus weiss nichts von ihm, und seltsamer Weise steht da ein Denkmal für die Heilige Johanna, die wenig genug mit Ägypten zu tun hat. Das fragt sich auch im Gespräch des Paares im Vorraum eines Cafés Francine, die mit Sicherheit tot ist und für eine letzte Auseinandersetzung mit Roger noch einmal auf die Szene gekommen ist. Die beiden haben einmal drei Jahre lang versucht, als das vollkommene Paar zu leben, es geradezu von neuem zu erfinden, und sind gescheitert. Darüber ist sie als Person und Tote hinweg; er nicht. Denn man kann nach einem solchen Fehlschlag noch eine texanische Ann heiraten, die einem kraft Schlichtspruch des Scheidungsrichters ab und zu einen Jungen ausliefern muss, aber es ist eben immer nur eine Frau, mit der man wirklich aneinander, ineinander gerät, vor der man auf Ewigkeit sich rechtfertigen möchte, bei der man nach aller Trennung doch geblieben sein will, und sei es in einem Gespräch über die Trennung; jeden Falles diesem Roger geht es so. Er hat zwei Bedrängnisse. Das erste ist, dass man ihm den Ausspruch nachsagt: »Was hat mich diese Frau gekostet!«, was offenbar unter seiner Würde ist, nie ausgesprochen wurde, auch insofern unstimmig ist, als diese Frau ihn hätte kosten dürfen, was sie wollte, weit über den Bereich des Geldes hinaus, ausgeschlossen immer ihren Verlust. Darauf bekommt er von Francine keine eindeutige Antwort.

Was er, zweitens, schlecht verwinden kann, ist die auf ihn gemünzte Feststellung, er habe nie geliebt, er werde niemals einen Menschen lieben können, was er aber von sich verlangt, wie eine Tugend oder eine Potenz, und sei es im Leumund, und er verrät sich tatsächlich, indem er anerkannt haben will, was er ja als Leistung ganz insgeheim von und für sich wissen könnte. Mit diesem Selbstbewusstsein hapert es, und Francine erklärt ihm seinen Mangel an dieser Fähigkeit mit den Interpretationen, denen er sie ausgesetzt hat: Ersatz für die Mutter, die Ehefrau als Spiegel für Narcissus, und was sie sonst noch gelernt hat. Dadurch immer tiefer gekränkt, dennoch immer mehr darauf bedacht, die sich erweiternde Kluft zwischen ihnen zuzuschütten, sucht er wenigstens die technische Wiedervereinigung mit ihr durch Selbsterschiessung am frühen Morgen, wobei er sich geirrt haben könne, denn was er nun mit ihr gemeinsam hat, ist bloss der Tod, und ob sie einander treffen werden im Reich des Todes, und ob sie da etwas mit einander werden anfangen können, das steht dahin, das ist nun sehr die Frage, die freilich für den Kenner des Stückes »Styx« schon aufgelöst ist, und auch Francine scheint von daher einige Erinnerungen mitgebracht zu haben, denn sobald er ihre Brille bewundert, lässt sie die verschwinden, damit er ja nichts hat von ihr, an das er sich halten könnte. Es war einmal ein Paar.

Ich danke Ihnen für die freundliche Erkundigung nach meinem Befinden und melde mit allen Zähnen, dass ich lieber einer von den alten Griechen wäre, denn bei denen flossen zügig die Zähren, ohne dass es eine Schande gewesen wäre. Innerhalb meines Mundes hat ein Londoner Zahn-Bader einen Zustand entdeckt, den er »klassisch« nennt, mit Begeisterung, weswegen er mich mehrmals in der Woche kommen lässt, um daran herumzuschneiden und darauf einzuhacken. Ich sage Ihnen dies mit einem ganz langen Gesicht.

Als die-und-die, nennen wir sie Dotty, neulich geheiratet hat, fing das Unglück schon am Morgen an. Kam der Junge mit den Zeitungen und musste ihm gesagt werden, die Comics solle er man lieber wieder mitnehmen, die Dame heirate nun gleich. Vor dem Altar versagt dem Vater die Stimme bei der Frage, ob er nun dieses Mädchen weggeben wolle, und es sprang ein Mann von der Strasse ein, ein Polizist, wie Sie sicher auch gleich gedacht haben. Na, und was beim Hochzeitsmahl vorkam –! Das erspare ich Ihnen, alldieweil Sie keine Köchin sind. Nicht auf der Insel, aber anderswo, war ein Mensch des ganzen Rummels um das Jubiläum der Königin müde und stellte ein Schild ins Fenster, darauf stand: OLIVER CROMWELL. Da haben unbekannte Nachbarn eines Nachts ihm das Haus in den nationalen Farben angestrichen, schön dauerhaftes Blau und Rot und Weiss und mit eben demselben Qualitätsöl solche Sprüche angebracht wie LANG LEBE ELIZABETH II REGINA. Technisch gesehen braucht der Mann auf Jahre hinaus keinen neuen Anstrich, aber wenn Sie es einmal menschlich betrachten wollen ... Und neulich hat ein kleiner Junge, weil er nämlich lesen gelernt hatte, ganz in sich aufgenommen, was aussen stand auf seiner Badeseifentube, und kam ganz empört aus der Wanne: Ja, sauber bin ich nun, aber wo bleibt das Gefühl der schwebenden Erfrischung? Und Charles, der von 26 Marine Parade, der mit der grossen Uhr, der hat neulich zu einer Beerdigung einen Kranz schicken lassen, da stand auf der Schleife: von Clive. Wir haben den ganz bestimmten Verdacht, der heisst ganz anders als Charlie.

Das wünscht Ihnen nicht,
mit herzlichen Grüssen
Ihr Uwe Johnson

15. 7. 77

Lieber Uwe,

ich habe eben gepackt – für Island – Rucksack knallblau, Trainingsanzug, den mein Bauch ganz und gar füllt, Schlafsack, Anorak ebenfalls blau, Taschenmesser, Wollmütze, Essbesteck und Plastikteller, zwei Pullover etc., die Gummistiefel, die in Island zu beschaffen sind, dürften gelb sein – ein bunter Rübezahl also und gerüstet (unauffällig) mit Herztabletten und vollem Vertrauen, dass Oswald Wiener nicht bloss starten, sondern die einmotorige Piper auch landen kann. Marianne kommt leider nun doch nicht mit, weil sie sich nicht gesund genug fühlt auf dem Magen.

PLACE DES PYRAMIDES ist ein realer Platz in Paris, Kreuzung Rue de Rivoli und Rue des Pyramides, angrenzend an den Jardin des Tuileries, allda steht eine vergoldete Jeanne d'Arc – hingegen weiss ich, dass das Stück nicht steht, so jedenfalls nicht, und ich möchte mich eigentlich entschuldigen, dass ich es doch zum Lesen gegeben habe. Übrigens sind Sie nicht der Einzige, lieber Uwe, dem der Satz WAS DIESE FRAU

MICH GEKOSTET HAT so in die Augen gestochen ist; für mich ein beiläufiges Exempel: wie Gerüchte von aussen entstehen, die dann die Beteiligten trotzdem betroffen machen. Kann ohne Verlust gestrichen werden. Zentral ist das nicht, aber offenbar sticht es im Text so heraus und reduziert, was mir wichtig wäre, zentral: WIR LEBEN MIT TOTEN, UND DENKEN NICHT UM. Sie haben recht (in Bezug auf Roger), da hapert es mit dem Selbstbewusstsein; ob ein Mensch der Liebe fähig gewesen ist und sein wird, das muss er selber wissen. Ja. Nur gibt es ja auch Menschen, die da ihr intaktes Selbstbewusstsein haben und sich grässlich irren. Von einem toten Partner auf Umwegen zu hören, man sei der Liebe nicht fähig, ich meine, das kann schon irritieren, vielleicht sogar töten... Aber das eben müsste dargestellt werden. Was im ersten Ansatz offenkundig nicht gelungen ist. Ich habe den Text jetzt weggelegt, vielleicht greife ich ihn später noch einmal auf, wenn der Stoff für mich kalt geworden ist, mein Interesse daran ein pures Interesse – wie zu Beginn der Arbeit, das Interesse an der szenischen Situation, die, als solche unwirklich, eine psychische Realität verkörperlicht (theatralisiert).

Ihnen, lieber Uwe, geht es nicht gut. Ich weiss es, sonst hätte ich mich nicht erkundigt. In Berzona habe ich gehofft, wir kommen zum Gespräch. Es fiel so viel Schnee. Vielleicht habe ich etwas falsch gemacht.

Uwe, seien Sie wohlwollend mit sich selbst.

Herzlich Ihr Frisch

Sheerness, 4. August, 1977

Lieber Herr Frisch,

Elisabeth hat mir die Bitte aufgeschrieben, Ihnen »mitzuteilen, dass es sich bei dem Satz ›ich habe nie jemand geliebt‹ nicht um Kolportage handelt (er ist mir nicht von Frau Bachmann gesagt worden und auch von sonst niemand als dem Ich und Er in ›Montauk‹)«. End of the message.

Denn sie hat so gar keine Zeit für einen Brief, sie sitzt an den Korrekturen der und dem Register zu den Lebenserinnerungen Frau Boveris.

Der Verlag Piper scheint in diesem Buch einen möglichen Bestseller zu erblicken und will das fördern mit Veranstaltungen, in denen ich auftrete. Aber auch andere Gelegenheiten, eine Vorlesung in Westberlin, das Jubiläum der Gruppe 47, die Akademie-Tagungen und nicht zuletzt der fünfzigste Geburtstag von Günter Grass werden mich in diesem Herbst so oft auf den Kontinent holen, dass ich Sie ganz ungefähr jetzt schon nach Ihren Reiseplänen fragen möchte. Und wo, zum Beispiel, gedenken Sie am 29. und 30. August zu sein? Ich möchte Sie gern wiedersehen. Wenn ich versuche, Sie in Zürich anzurufen, bekomme ich vielsprachig versichert, es sei diese Nummer ausser Betrieb, und werde gebeten, doch im Telefonbuch nachzusehen. Das Telefonbuch von Zürich in Sheerness ...

Sheerness hat seinen öffentlichen Disput. Der Gemeinderat träumt davon, Teile von High Street und Broadway in eine Fussgängerzone umzuwandeln, versuchsweise erst einmal für die Sonnabende. Denjenigen, die von den schweren Lastwagen Schlimmes für die Standfestigkeit der alten Häuser befürchten, soll das recht sein, aber da bekommen sie schon Streit mit den Ladenbesitzern, die Käufer mischen sich ein mit Klagen über die weiten Anmarschwege mit den vollen Taschen zu den Bussen, und ganz zufrieden sind nur diejenigen, die den Gemeinderat für völlig unfähig halten, das Projekt noch in diesem Jahrhundert durchzuführen. Charlie? Ja, der hat keine Meinung, aber hört sich jede gerne an; so einer ist das.

Dass Ernst Bloch heute morgen zwischen Aufwachen und Frühstücken gestorben ist, »eingeschlafen«, habe ich in der letzten halben Stunde komplett vergessen, und den ganzen Tag lang mache ich mir klar, dass ich diesen Tod noch nicht begriffen habe. Ich bin zwar Frau Zeeh dankbar, weil sie uns die Nachricht telefonisch übermittelt hat, »damit Sie es nicht aus der Zeitung erfahren«. Ich denke solche Sachen wie »Totenmaske«, an die dräuende Trauerfeier, aber die Tatsache selbst dringt ungeheuer langsam zu mir durch. Offenbar hatte Ernst Bloch von mir den Auftrag, ewig zu leben.

In der Hoffnung, Sie seien wohlbehalten zurück aus Island, mit herzlichen Grüssen

Ihr Uwe Johnson

9. 9. 77

Lieber Uwe,

ich wäre erleichtert, wenn Sie mir die erste Version von PLACE DES PYRAMIDES zurückschicken möchten – oder mir bestätigten, dass Sie das Heft vernichtet haben. Die zweite Version, die ich Ihnen heute als Drucksache schicke, verpflichtet Sie nicht zur promptem Lektüre; das alles hat jetzt Zeit, viel Zeit (auch der STYX, der sich wenig und doch etwas verändert) – wie ich plötzlich viel Zeit habe; die letzten fünf Tage habe ich verbracht, indem ich, allein, zwei bis drei Stunden steige, was dann, da ich immer wieder nachhause absteige, eine körperliche Tagesleistung von vier bis fünf Stunden ergibt, eine gute Ermüdung vorallem in den Beinen und Hüften. Hoffentlich hält das ordentliche Wetter an, ein wenig Regen kann nicht schaden, aber Nebel würde zu einer anderen Lebensführung nötigen, und die sehe ich im Augenblick nicht.

Was Sie mir in Tübingen unter vier Augen gesagt haben, ich habe es verstanden und grüsse Sie herzlich

Ihr alter Frisch

»Vorderhand ist es der Tod selbst,
der seine Würde herstellt«

Rede zum Bußtag
19. November 1969

Ich lebe in einer Berliner Straße, aus der die Bomben drei Miethäuser herausgetrennt haben, gegenüber der einstmals leeren Fläche, auf der die evangelische Kirche ein Haus für den Dienst an Gott und eins für die Geselligkeit hat hochziehen lassen, in einer recht modeseligen Auffassung von Baukunst, und nicht nur die auswärtigen Besucher stehen versonnen an meinem gemieteten Fenster und sprechen unverhofft von einem Ski-Übungshang. Dennoch sind unsere Beziehungen zu dieser Niederlassung Gottes verblüffend innig. Das kommt von dem frei stehenden Glockenturm, der, besonders am Freitag, zu oft knalligen Lärm in die Schallkanäle zwischen den vierstöckigen Häusern drückt, die Fenster dröhnen macht und nicht nur Kleinkindern Ohrenschmerzen bereitet. Einer Fluggesellschaft würde die Bürgerschaft zumindest fahrlässige, wahrscheinlich vorsätzliche Körperverletzung vorwerfen. Aber diese Körperschaft des öffentlichen Rechts nimmt ein jungmädchenhaft gekränktes Wesen an, wenn man sie behandelt wie eine Körperschaft des öffentlichen Rechts, und ich habe nicht angefangen, Unterschriften zu sammeln. Und wenn diese Kirche nicht nach mir ruft in ihrer grobianischen Manier, traue ich mich in ihre Nähe und lese die Ankündigungen im Schaukasten, die Farblichtbildervorträge über die Seilstraßenbahnen in San Francisco oder die Erstickung des Individuums in den Zwängen und Isolierungen der modernen Industriegesellschaft, mit Diskussion, und bin regelmäßig verdutzt durch die Hartnäckigkeit, mit der dies Institut die feuilletonistischen Entwicklungen verfolgt, nicht nur in der Architektur, auch in der zeitgemäßen Reform seines Betriebsauftrags, der in der Erklärung der Welt für Mitglieder und Schwankende besteht. Und wie viele meiner Nachbarn drücke ich meine Hochachtung schweigend aus, und gehe nicht hinein.

Vielleicht sollte die Kirche es billiger geben.

Einmal, es kann dem Bürger nicht ungemein schmeicheln, daß die Kirche für nötig hält, ihn zu ködern mit bunten Bildern aus Kalifornien, womöglich mit dem passenden Schlagern (I lost my heart in San Francisco), damit sie ihm gelegentlich mehr grundsätzliche Andeutungen über seine Lage machen kann. Zum anderen, der Bürger befindet sich gewiß unter den Bedingungen der Wettbewerbsgesellschaft, die die Kirche ihm bei solchen Anlässen als theoretische Hochebene hinzeichnet; Ratschläge müssen ihm willkommen sein, selbst unberechnete. Aber das Individuum im Bürger, um das die Kirche sich die besseren Sorgen macht, hat womöglich mehr einfache Fragen, etwa die, warum es denn zustandekommt, und warum nur für unsere begrenzte Zeit. Nun zählt die Kirche sich zu den wenigen Beratungsfirmen der Erde, die der Welt und dem Leben in der Welt ein System von Erklärungen gegenüberstellen könnten, demzufolge ist der Bürger ausführlich bedient mit der christlichen Sicht auf die Sexualerziehung, die Beatles und die Minoritätenprobleme in Bessarabien, aber wenn es um die Beendigung der individuellen Existenz geht, ist die Äußerungssucht der bescheidwisserischen Instanz eingetrocknet zu trüben und ungreifbaren Formeln, widersprüchlich und widerwillig abgegeben.

Dabei ist das Individuum, noch ehe es ideologisiert ist, eine Voraussetzung für mögliche Verhältnisse eines Gottes. Denn jene Stelle im Bewußtsein, in der eine eigene und abgetrennte Anwesenheit im Leben zusammengefaßt wird zum Ich, muß ja nach christlicher Deutung eigens stark und unabhängig werden, ehe es überhaupt ein echter Partner für den Gott werden kann, ein Subjekt, dessen Entscheidungen gegen oder für Wünsche des Gottes durch Bindung an kalkulierten Entschluß und Willen überhaupt erst Gewicht bekommen sollen. Warum nun wird dies Individuum nach wenigen Jahren vernichtet, wenn es womöglich eben erst den komplizierten Anforderungen des hypothetischen Verhältnisses zupaß gewachsen ist? Der natürliche Tod ist ein Vorbehalt, den die Kirche der individuellen Verantwortlichkeit entzieht und für den Gott reserviert, und sie spricht von einer gütigen Einrichtung, wo das Individuum zwangsläufig Grausamkeit und Enttäuschung empfinden muß. Daher ist der christliche Tod nicht begreiflich, und wo jugendliches Vertrauen sich einen Notausgang sucht in die ausnahmsweise persönliche Unsterblichkeit, vermag das Alter wenig gegen die Klage: warum denn eine solche persönliche Möglichkeit, Schmerz und Genuß zu empfinden, überhaupt erst wachgemacht worden ist. Und warum, wenn man hier eine begrenzte Leidensfähigkeit des Menschen gütig aufgehoben sehen will durch das Verscheiden, warum ein Verscheiden mit Vorbereitung? Warum die Beschwerden des Alters, warum das Abnehmen mit Schmerzen, das Sterben unter Qualen, alles als Vorwarnung und Einstellung auf einen Abschied, der dadurch das Wesen einer Strafe und Züchtigung annimmt? Denn der bevorstehende Ort ist schrecklich. Wenn man das bürgerliche Zeremoniell bei Beerdigungen abzieht, bleibt es die Erde, also ein Ort ohne Bewußtsein, ein Defizit. Außer in Worten läßt sich jenes individuelle Zentrum, von der Kirche die Seele genannt, abgelöst nicht halten, ausgenommen im Gedächtnis Überlebender, denen in manchen Fällen immerhin die persönliche Anwesenheit der Abgeschobenen lieber wäre. Es mag egoistisch sein, daß Einer sagt, er werde sich doch sehr fehlen, aber warum soll er nicht sich zurückziehen auf seinen eigenen Verlust, wenn der Partner Gott sich den selber zufügt. Hierzu sind die Erklärungen der Kirche nicht annehmbar. Ich weiß von einer alten Frau, die ihren Vertrag mit Gott, so wie er von der pommerschen Landeskirche aufgesetzt war, bis zum Schluß erfüllt hat, sie hat nicht mal mit dem Eiergeld gemogelt, sie war auch darin mit der Bibel einig, daß siebzig Jahre genug sind, aber sie hat sich erkundigt, als sie noch zwei Stunden hatte, ob sie jetzt ins Paradies komme. Es ist ihr mit Ja beantwortet worden. Das ist nach den neueren Streitigkeiten in der evangelischen Theologie eine nicht unbezweifelbare Antwort. Das Paradies ist verlegt worden, oder sein Name steht nicht mehr dafür. Jetzt liegt die Frau verrottet zwei Meter tief in der Erde und hat ihre zwei letzten Stunden gelebt mit einer falschen Antwort von einer Auskunftsbehörde, die sie für unfehlbar halten mußte und die ihre letzte war. Hier wird mir die Belehrung zuteil, daß die Kirche den Anspruch auf ein solches Letztes Wort nicht erhebe, oder nicht mehr. Jedoch erweckt sie den Eindruck, und durchaus heutzutage. So hat die Evangelische Kirchgemeinde zu Schöneberg in Berlin einen Schaukasten unter der S-Bahn am Innsbrucker Platz hängen, für die mehr grundsätzlichen Bekanntmachungen, die eines bestimmten Termins nicht bedürfen. Dort konnten Sie seit dem Sommer, bis in den späten Oktober hinein, ein Plakat besehen, das zu drei Vierteln schwarze Farbe zeigte. Unten in dieser Mitte all dieses Schwarz' war ein weißes, wenn Sie wollen ein erleuchtetes Viereck, und darin stand hübsch schräg und dekorativ ein Sarg, kein überaus elegantes Modell, beileibe nicht so schick wie die für Überführungen im Flugzeug, aber auch kein billiges Stück, so mit Schmuckrillen und eingefrästen Pflanzensymbolen. Der beleuchtete Raum in der finsteren Erde war also das Grab, und das Licht, in dem der sehr saubere und ganz heile Sarg ausgestellt war, kam von oben, nämlich in der Form eines Blitzes, und der Blitz verdankte seine Leuchtkraft dem oberen weißen Rand des Plakats, weil der die Worte trug »Des Herrn Wort ist wahr, und was er zusagt, das hält er«. Was könnte das bedeuten sollen? (Da ist ja nicht eine Bibelstelle angegeben, sondern die grafische Agentur.) Es ist ein Versprechen, unter anderem, es werde im Grabe hell sein, oder werden, zumindest außerhalb des Sarges, der bekanntlich verschraubt oder vernagelt ist. Andererseits, man kann auch etwas Fürchterliches versprechen oder zusagen, und so, als eine Drohung, ist dies Plakat bei einer Umfrage unter Freunden denn auch verstanden worden. Hier hat sich nicht eine Werbefirma im Geschmack vergriffen, hier hat eine Kirche mit ihrem Bescheidwissen renommiert, mit einer Kompetenz, deren unverbindliche Formulierung ihr ausgedehnte Weiterungen vorbehält. So billig sollte die Kirche es nun wieder nicht geben. Es ist nicht witzig, hier noch zu unterscheiden zwischen der Kirche überhaupt und einem punktuellen Versagen ihres Personals. Für den Laien ist die Kirche, schon wegen der Unverrückbarkeit ihrer Baulichkeiten, eine einzige, ganze, zusammengefaßte Größe. Hier drängt die Kirche sich ein in die metaphysische Notlösung, die das Individuum sich mühselig genug und aus eigenen Kräften für den Fall seiner eigenen Vernichtung zusammenbasteln muß, und wem das nicht lästig ist, dem ist das eine Belästigung, mitten auf dem Bürgersteig. Wäre es da nicht besser, die Kirche verzichtete darauf, uns bei dieser Amtshandlung mit der Ursache des Sterbens zu vermitteln, und beschränkte sich darauf, zwar nicht die Abgehenden, aber die anderen am Grabe bürgerlich zu trösten?

Es wäre nicht viel besser. Denn die Kirche hat ihren Anspruch als Sachwalterin des Lebens, des Schutzes von Leben, regelmäßig aufgegeben zu Gunsten der Geschäftsverbindung mit der jeweils regierenden Gewalt. Ihre Funktionäre kommen nach dem Ende des Krieges zusammen zu einem Stuttgarter Sühnebekenntnis und legen schriftlich nieder, sie hätten »nicht mutiger bekannt, nicht treuer gebetet, nicht brennender geliebt«, was ins Gemeindeutsch und ins Positive übersetzt bedeutet, daß sie dem Hitler die Soldaten kampfesmutig gehalten haben mit ihrem Segen, und wenn da militärisches Gerät auf dem Kasernenhof stand, galt der Segen eben auch dafür, und für die Feldkriegsordnung. Und richtig, kaum waren ein paar Jährchen vergangen, da bestellten sie einen Bischof für die Militärseelsorge in der westdeutschen Bundeswehr, der heißt Hermann Kunst. 1959 hieß es noch nur, in theologischer Sprache, es sei eine »heute noch mögliche christliche Handlungsweise«, »durch das Dasein von Atomwaffen einen Frieden in Freiheit zu sichern«, durch das *Dasein* von Atomwaffen (8. Heidelberger These). 1969 führt Herr Kunst schon geheime Verhandlungen mit dem Militärministerium der Bundesrepublik und schränkt das Grundrecht auf Wehrdienstverweigerung insofern ein, als natürlich erst einmal der Bedarf an Soldaten gedeckt werden müsse und die Unwilligen bestraft werden sollen mit einem Arbeitsdienst auf längere Zeit, als die zum Töten bereiten Typen ihn ableisten müssen. Wenn hier eine Sorge um das Militär vorliegt, so richtet sie sich offenkundig auf etwas anderes als die Seele. Die Kirche will eben auch überleben und siegen mit dieser Armee. Sie mag nicht verzichten auf ihr Ansehen als Immobilienhändlerin, Wertpapiermaklerin, Dollarmilliardärin, Körperschaft des öffentlichen Rechts, indem sie das Bündnis mit dem Staat aufkündigte; lieber nimmt sie sich die Lizenz, ihren Angehörigen beim Sterben für diese Art des öffentlichen Rechts behilflich zu sein.

Und die abweisende Haltung der Kirche gegenüber der Armee der DDR beweist nicht etwa Tapferkeit, sondern daß sie da nicht erwünscht ist mit militärischer Seelsorge, unter anderem auch, weil sie immer noch nicht sich hat lösen können aus der traditionellen Frontstellung, wie sie im Währungsgebiet der Westmark fortgesetzt wird. Offenbar ist es ein Problem nur für die extravagante Theologie, wieso ihr heikler Begriff von »Freiheit« ausgerechnet mit der Freiheit des Kapitalismus zusammenfällt, statt mit dem Freiheitsbegriff der sozialistischen Idee; ein Laie wäre damit wohl überfordert. Allerdings, da die Kirche in der DDR unter dem Druck der gesellschaftlichen Umformungen eine Intensivierung ihres Gemeindelebens erfahren haben mag, werden wahrscheinlich auf der dortigen Seite prozentual mehr gläubige Christen fallen als auf dieser, wenn auch ohne Pfarrer im Felde. (Und es ist ein Argument nachzureichen, mit dem evangelische Vertreter dort einander den Rücken stärken: Die Partei wisse nichts gegen den Tod. Never say die.) Wie weit die Identifizierung der Kirche mit früheren Geschäftsfreunden gehen kann, zeigt ein Vorfall in der DDR im Jahre 1957. Da starb die neunzehnjährige Edeltraut Andersson in dem westmecklenburgischen Dorf Holthusen an Lungentuberkulose. Der Probst Maercker aus dem Kirchdorf Pampow verweigerte Besuche, als das Mädchen noch lebte, mit der Begründung, sie solle erst einmal den Konfirmationsunterricht nachholen, den sie wegen der »Jugendweihe« versäumt habe. Die Jugendweihe ist eine pseudoreligiöse Einführung in den Vulgärmarxismus und die Pflichten des Staatsbürgers in Ostdeutschland. Entsprechend betrachtete der Rat der Evangelischen Kirche in Deutschland die Teilnahme an dieser Zeremonie als Absage, und als einen Grund für den Entzug der kirchlichen Rechte. Edeltraut Andersson war offenbar zu krank, um noch rasch den Konfirmationsunterricht nachzuholen, denn sie starb in diesem Oktober 1957. Probst Maercker erwischte sie aber doch noch, indem er ihr eine kirchliche Bestattung verweigerte. Der Vater Andersson war Mitglied der evangelischen Gemeinde, und der Friedhof wurde auch von seiner Kirchensteuer unterhalten. Der Probst verweigerte weiterhin die Aufbahrung der Tochter in der Friedhofskapelle des Kirchdorfs, mit der Begründung, Leichen dürften nicht an gottesdienstlichen Stätten liegen. Das wissen wir besser. Dann verweigerte Probst Maercker eine Aufbahrung, indem er sich auf seuchenhygienische Gründe berief, wegen der Lungenschwindsucht. Schließlich ließ er der Mutter durch den Totengräber eröffnen, daß das Mädchen nicht in der Reihe, sondern abseits am Zaun beigesetzt werden müsse. Damit hatte die Kirche sich endlich vergangen gegen eine Vorschrift für das Gebiet der mecklenburgischen Landeskirche von 1922, die die Armesünder-Ecken aufgehoben hatte. Das Mädchen wurde ordentlich begraben, denn nun griff die Staatsmacht ein und verhaftete diesen Diener der Kirche, wegen Verstoßes gegen die verfassungsmäßig garantierte Gleichberechtigung der dortigen Bürger. Wieder ein Märtyrer der christlichen Kirche, nicht wahr? Und sogar der Kölner Kardinal Frings schrieb einen Brief an die Evangelische Kirche in Deutschland und erklärte sich mit ihr solidarisch im Fall Maercker, als müsse der Fall nicht Andersson heißen, nach einem Kind, dem der Sinn des Lebens materialistisch dargestellt worden war, nicht mit dem endlichen Triumph des Individuums im kapitalistischen Sinne, jenes angenommenen, durchschnittlichen, namenlosen Individuums, an dessen Beispiel die Kirche uns Nachholkurse bietet im Fortschritt des theologischen, philosophischen, soziologischen Jargons, an Hand der beliebten Frage: Wird das Individuum sterben? Das halte ich für die Frage eines Ausländers.

Vorderhand ist es in den meisten Fällen der Tod selbst, der seine Würde herstellt, und nicht die Kirche, so passende Dekorationen sie liefert. Meine Erfahrungen
– und es steht Ihnen frei, mir ihre Verallgemeinerungen zu verbieten; es wird nicht möglich sein, sie mir wegzunehmen – meine Erfahrungen mit Beerdigungen, die ich selbst besorgt habe, sind in der Tat nur meine Erfahrung. Der eine Pfarrer sagte bei der Vorbesprechung für seinen Auftritt am Sarg: Ja, wenn Sie eine Spende geben wollen? Der andere sagte: Wo denken Sie hin, uns für Beerdigungen bezahlen zu wollen! Dafür sind wir doch da.

Das mag ja sein.

Eine Reise nach Klagenfurt

Klagenfurt, Montag, 29. Oktober 1973

Außerdem ist sowieso jeder Nachruf
zwangsläufig eine Indiskretion.

Nachruf, gehalten am 4. November 1973 in der Akademie der Künste, Westberlin:

Ingeborg Bachmann, außerordentliches Mitglied der Abteilung Literatur seit 1961, lebte vom 25. Juni 1926 bis zum 17. Oktober 1973. Geboren ist sie in Klagenfurt, der Hauptstadt des österreichischen Bundeslandes Kärnten. Sie studierte, von 1945 bis 1950, Philosophie an den Universitäten Innsbruck, Graz und Wien. Sie wurde 1950 in Wien promoviert für eine Dissertation über »Die kritische Aufnahme der Existenzialphilosophie Martin Heideggers«. Sie arbeitete mit dem »Wiener Kreis«, einer philosophischen Richtung, die versucht, ohne Benutzung der Metaphysik die erkenntnistheoretischen und logischen Grundlagen der Wissenschaft freizulegen. Von 1951 bis 1953 war sie angestellt bei der Sendergruppe Rot-Weiß-Rot. An späteren wissenschaftlichen Beschäftigungen sind vor allem zu nennen Beiträge zum Verständnis des Werkes von Ludwig Wittgenstein, Übersetzungen von Werken Sigmund Freuds ins Italienische und Beihilfen zur neuen Ansiedlung des Psychoanalytischen Instituts in Wien. Sie schrieb drei Libretti, alle für Opern von Hans Werner Henze. Ihre literarischen Veröffentlichungen sind:

Die gestundete Zeit. Gedichte. 1953.
Anrufung des Großen Bären. Gedichte. 1956.
Zikaden. Hörspiel. 1955.
Der gute Gott von Manhattan. Hörspiel. 1958.
Das dreißigste Jahr. Erzählungen. 1961.
Malina. Roman. 1971.
Simultan. Erzählungen. 1972.

Übersetzungen von Gedichten Ungarettis,
Prosastücke wie »Was ich in Rom sah und hörte«.

In Rom lebte sie zwanzig Jahre lang, mit Unterbrechungen, so in Bayern, in England, der Schweiz, den U.S.A., in Westberlin, in Frankreich, in Hessen, gelegentlich in Österreich. In Rom ist sie gestorben.

Das Ärgste ist, daß ich an der fixen Idee, nach Rom gehn zu wollen, selber schuld habe (...)

Aber Ingeborg Bachmann liegt nicht in Rom begraben. Ihr Grab ist in Klagenfurt.

Man müßte überhaupt ein Fremder sein, um einen Ort wie Kl[agenfurt] länger als eine Stunde erträglich zu finden (...).

»Der Präsident des Landesfremdenverkehrsverbandes, Karl Koffler, berichtete (bei der Vorstellung des neuen Winterprospektes, am 30. Oktober 1973) über seine Goodwilltour bei deutschen Reisegroßveranstaltern. Es seien von dieser Seite einige Anregungen gemacht worden, die bereits demnächst in der Kärntner Werbung ihren Niederschlag finden werden. Um was es sich konkret handelt, wurde allerdings noch geheimgehalten.

Kärnten hat sein Badeland-Image, das gepflegt werden müsse. Nun müsse nur noch ein Winter-Image gefunden werden. Die ›heile Umwelt‹ in Kärnten könnte als Werbeaussage dienen, preisgünstige Familienarrangements müßten die Attraktivität Kärntens vervollständigen.

Das Preisgefüge bleibt Angelpunkt des Fremdenverkehrs auch in der kommenden Sommersaison. Im Vorjahr dürfte in Kärnten ein Preisplafond erreicht worden sein, für die kommende Sommersaison wurden keine neuen Preiserhöhungen bei den Ferienarrangements gemeldet.

Die bedeutendste Anregung aus Deutschland betrifft wohl die Preisgestaltung in der Vor- und Nachsaison: Bisher war es in Kärnten üblich, für die Vor- und Nachsaison Preisreduktionen von zehn und höchstens 15 Prozent zu geben. Dies ist im Vergleich zu den Vor- und Nachsaisonangeboten in Italien und Jugoslawien lächerlich wenig. Man sollte nun eine ›Zwischensaison‹ für Juni und die erste Septemberhälfte einführen, wo die bisherigen Vorsaison-Preisreduktionen angewandt werden könnten. In der tatsächlichen Vor- und Nachsaison sollten dann die Preise so kalkuliert werden, daß gerade die Kosten gedeckt sind. Dadurch könnte die Saison außerordentlich verlängert und die wirtschaftliche Gesamtnutzung der Fremdenverkehrsinvestitionen erhöht werden.

Allerdings müssen die Fremdenverkehrsgemeinden in einem umdenken: Das Unterhaltungs- und Betätigungsservice an den Vor- und Nachsaisongästen müsse verstärkt werden. Dafür könne man die Fülle der Veranstaltungen zur Hauptsaison ein wenig in die Vor- und Nachsaison verlagern.

Außerdem ist unsere Provinz hier wirklich völlig ruiniert, den See habe ich schon vom Programm gestrichen, weil jeder Quadratmeter von Rhein-Ruhr-Menschen okkupiert ist, die im billigen (!) »Sonnenland Kärnten« kostspielige Ferien verbringen, alles ist teuer und schlecht, und wer da auf wen hereingefallen ist, das stelle ich dahin.

Auf den Übersichtskarten, die das italienische Ministero dei Trasporti e dell' Aviazione Civile in den Wagen seiner Ferrovie dello Stato aushängt, ist Klagenfurt leicht festzustellen: rechts neben dem 14. Längengrad, im Norden.

Von Italien aus ist Klagenfurt direkt zu erreichen mit dem Italien-Österreich-Express von Siracusa in etwa 30 Stunden, mit dem Romulus-Express von Rom in ungefähr zehneinhalb Stunden.

Nach dem Sommerflugplan der Austrian Airlines (OS) landet in Klagenfurt täglich um 11:25 eine D. C. 9 aus Frankfurt am Main, abgeflogen um 10:10 Uhr.

Diese Angaben erfolgen ohne Gewähr. Sollten die westdeutschen Fluglotsen Ihnen eine Verspätung beschert haben, werden Sie vergeblich nach einem Bus suchen vor dem enormen Flughafengebäude, das am 11. September 1971 in Anwesenheit zahlreicher Würdenträger der Kärntner Flughafenbetriebsgesellschaft m. b. H. übergeben wurde: er bedient eine ländliche Linie, sein Fahrplan ist weniger antastbar.

Sie werden sich auf die Reise vorbereitet haben, etwa durch den Erwerb von Wertpapieren, die Sie, neben runden Ziffern, mit den Bildnissen von Carl Ritter von Ghega (1802-1860), Ferdinand Raimunds

(1790-1836), Angelika Kauffmanns (1741-1807) und Bertha von Suttners (1843-1914) wenigstens in die Anfänge österreichischer Kulturgeschichte einzuführen versuchen. Bertha von Suttner zum Beispiel ist bekannt für das Verfassen eines zweibändigen Romans »Die Waffen nieder« (1899); 1892 inspirierte sie Alfred Nobel zur Stiftung eines Friedenspreises; 1905 erhielt sie ihn. Diese papiernen Scheine sind etwas unhandlich. Für Telefongespräche würden Sie Schillinge in Münzen benötigen.

Weniger gut wären sie beraten durch jene Prospekte, wie das Landesfremdenverkehrsamt Kärnten (A–9010 Klagenfurt, Alter Platz 15) oder dessen Werbestelle für die B. R. D. (D–4358 Haltern/Westf., Rekumerstraße 11) sie ausgibt. »So schön ist Kärnten« unterrichtet Sie über Möglichkeiten von Segeln, Rudern, Wasserski, über architektonische, landschaftliche, gastronomische Genüsse und solche der lokalen Bekleidungsindustrie, jedoch scheint ausgeschlossen, daß hier jemand begraben wird. »Klagenfurt/Wörthersee« bietet Ihnen zusätzlich städtische Ansichten und den Anblick jenes viermotorigen Propellerflugzeuges, das die Austrian Airlines früher benutzten, zwar ist im inneren Blatt die Lage der Stadt in einem Tal zwischen Bergen und am See zeichnerisch angedeutet, jedoch fügt es sich, daß just eine Bergkuppe Ihnen den Blick auf das Gesuchte verstellen muß. Zu empfehlen ist »Klagenfurt / die Gartenstadt am Wörthersee«, da dieser Prospekt auf der Rückseite einen Straßenplan enthält, auf der vorderen ein Hotelverzeichnis und noch eine Darstellung der Landschaft von dem selben E. Kucher. Hier erblicken Sie jenen Maria Saaler Berg im Norden, aber wiederum ist zu einer Undeutlichkeit zugestrichelt, was ihm zu Füßen liegt, und eben so unterdrückt der instruktive Stadtplan die Annahme, es könnte hier irgend wo ein Friedhof sein.

> *Jemand ist auf die Idee gekommen, den Flugplatz neben den Friedhof zu legen, und die Leute in Kl*[agenfurt] *meinten, es sei günstig für die Beerdigung der Piloten, die eine Zeitlang Übungsflüge machten. Die Piloten taten niemand den Gefallen, abzustürzen.*

Wer aber das Wort *neben* nicht so wörtlich nimmt, da er auch vorbereitet ist auf ein *Niemandsland zwischen Friedhof und Flugplatz*, fährt im Taxi, ehe er sich's versieht, schon entlang an einem weißlichen langen

Gebäude, muß vielleicht warten vor den Doppelschranken bei der Station Annabichl, der Strecke Klagenfurt–St. Veit an der Glan, gewinnt die Richtung nach Süden, die St. Veiter Straße, kann mit einer ersten Besichtigung der Stadt beginnen, wird rechts das Landeskrankenhaus neu bemerken und die berühmten Gebäude und Bildmale bloß nach den Prospekten wieder erkennen, bis er am Bahnhof abgesetzt wird, wo er eben so gut hätte ankommen können, auf dem Walther-von-der-Vogelweide-Platz. Inzwischen wird er ahnen, daß die Bahnhofstraße um ein weniges zu lang ist und will, daß ein Fußgänger sich die Stadt erst einmal verdient; daß in der Stadt hingegen ihn des öfteren die Frage erwartet, ob dieser Platz, jenes Palais, welche Kirche denn nun am besten gelungen sei, welche Wortwahl zumindest offene Vorsätze andeutet.

> *Man müßte überhaupt ein Fremder sein, um einen Ort wie Kl[agenfurt] länger als eine Stunde erträglich zu finden, oder immer hier leben (...).*

Die Stadt Klagenfurt (Stadt mit eigenem Statut) umfaßt, seit der letzten Eingemeindung vom 1. Januar 1973, als die Bürgermeister von Klagenfurt und St. Veit einander auf dem *Ulrichsberg mit seinen Rübenfeldern, Lärchen und Fichten* als neue Nachbarn die Hände drückten:

die Stadtbezirke I-XII,

mit den Katastralgemeinden

Ehrental	Nagra
Blasendorf	Neudorf
Goritschen	Pubersdorf
Grossbuch	St. Martin
Grossponfeld	St. Peter
Gurlitsch I	St. Peter am Karlsberg
Hallegg	St. Peter bei Trentschach
Hörtendorf	St. Ruprecht
Klagenfurt	Stein
Kleinbuch	Tentschach

Kleinponfeld	Waidmannsdorf
Lendorf	Waltendorf
Marolla	Welzenegg

und den Ortschaften

Amelsbichl	Nessendorf
Bach	Pitzelstätten
Berg	Polkeritsch
Dellach	Ponfeld
Ehrenbichl	Poppichl
Emmersdorf	Retschach
Faning	St. Jakob an der Straße
Görtschach	St. Martin
Gottesbichl	St. Peter am Bichl
Grossbuch	Seltenheim
Gutendorf	Stegendorf
Hallegg	Schönfeld
Hörtendorf	Tentschach
Kleinbuch	Trettnig
Limmersdorf	Tultschnigg
Lippitz	Weißenbach
Mörtschen	Winklern
Nagra	Worounz.

Die Stadt Klagenfurt befindet sich 445 Meter über dem Meere (auf dem Neuen Platz).

Ihre Fläche umfaßt 122,11 Quadratkilometer.

Sie zählt neuerdings 83,872 Einwohner.

Sie besitzt eine Wörthersee-Schiffahrt, die auf der Strecke Klagenfurt-Velden verkehrt.

An Wochentagen wird allgemeiner Markt auf dem Benediktinerplatz gehalten.

Der Wochenmarkt wird gehalten an jedem Donnerstag und Samstag auf dem Benediktinerplatz. Der Markt in der Kanaltaler Siedlung findet statt an jedem Mittwoch und Samstag. Jeden Donnerstag ist Viehmarkt auf dem Schlachthofgelände.

Regelmäßiger Zugverkehr. (Bahnsteig I und II.)

Man müßte überhaupt ein Fremder sein, um einen Ort wie Kl[agenfurt] länger als eine Stunde erträglich zu finden, oder immer hier leben, vor allem dürfte man nicht (...) auch noch wiederkommen.

Inzwischen werden Sie nicht nur ein Hotelquartier sondern auch im Bahnhof einen Stadtplan erworben haben, einen brauchbaren, herausgegeben 1963 vom Stadtbauamt Klagenfurt, Vermessungsabteilung, sogar ein Maßstab ist angegeben, 1 : 12,500, mit einem Strichnetz, in dem das einzelne Feld 500 Meter andeutet. Eine Friedhofstraße gibt es im Verzeichnis der Straßen, aber wo sie nach seinen Angaben dargestellt sein sollte im Plan, steht das Wort Flughafenstraße. Sie werden die Entfernung bis zum Zentralfriedhof Annabichl auf etwa 5 Kilometer schätzen, die Stadtwerke Klagenfurt berechnen die Strecke auf 4,7 Kilometer; vor Ihnen steht der Bus A, Hauptbahnhof-Annabichl, die Fahrt kostet 4 Schilling und dauert 20 Minuten.

Annabichl werden Sie nicht nur als Endhaltestelle erkennen, denn im Aussteigen bereits geraten Sie vor reichhaltige Assortiments ziergärtnerischer Produkte. Im Norden des Wendeplatzes, rechts von der Straße in Richtung Wien, bemerken Sie ein Etablissement, das Dürnsteiner Flohaxn anbietet, desgleichen Fremdenzimmer. Rechts daneben ein Wirtshausgarten, das Café Blumenstöckl, eine Blumenhandlung im Umbau, diese mit zwei Anleitungen in Lebenskunst:

BETRETEN DER BAUSTELLE VERBOTEN. WÄHREND DES UMBAUS GEHT DER VERKAUF WEITER.

Sie haben Zeit, dies nachzuprüfen, denn über der nach Osten führenden Flughafen- (nicht Friedhof-) Straße sind abermals die Doppelschranken niedergelassen, wie zu erwarten bei einer werktäglichen Durchfahrt von 35 Zügen nach Wien oder Villach, die Gütertransporte nicht gerechnet, alles übrigens auf einem Gleis. Rechts von Ihnen die Haltestelle Klagenfurt–Annabichl der Ö. B. B. Links voraus die Städtische Friedhofsgärtnerei, eine schulterhohe Mauer und das längliche weiße Gebäude, das Ihnen bekannt ist. Die Fenster zur Straße sehen weder verhängt noch zugestrichen aus. An den Seiten ist der Bau bezeichnet als LEICHENHALLEN. Der Torpfosten verspricht Ihnen einen

GARTEN DER RUHE

GEÖFFNET
April – Oktober 6h – 20h
November – März 8h – 17h.

Die gewünschte Auskunft bekommen Sie im Büro der Friedhofsverwaltung: Es ist Feld XXV, Klasse I, in der Reihe 3 die Nummer 16. Sie werden gebeten, den Hauptweg zu benutzen, bis zum Hauptkreuz, sich dann rechts zu wenden und wieder links Stufen hinauf.

Es kann sein, daß Ihnen Totendiener begegnen, Leute mit barettähnlichen Mützen, in schwarzen Kutten mit einem Umhang über der Brust. Vielleicht bemerken Sie am Hauptweg links, daß das Feld III beginnt mit der Gedenkensanlage

DEN OPFERN FÜR EIN
1 1
9 9
3 4
8 5
FREIES ÖSTERREICH,

vor der eine blecherne Bank für Kerzen aufgestellt ist. Das Hauptkreuz zeigt tatsächlich eine gekreuzigte Figur in schlichter Ausführung, rechts daneben sind geringfügige Stufen. Sie betreten das Feld XXV. Sie sind da.

Eine Klasse fällt Ihnen kaum auf. Eine dritte Reihe können Sie feststellen. Das Grab Nummer 16 finden Sie nach Umständen. Wenn der Sarg am 25. Oktober beigesetzt wurde, dürfen Sie vier Tage später noch kein Schild erwarten. Ein Abschreiten der Reihe drei nach dem Maß der belegten Stellen hilft Ihnen die Stelle im unbelegten Rasen nicht gleich finden. Sie werden sich entschließen müssen zu dem frisch aufgeworfenen Hügel unter den neueren Kränzen, in ungefähr südlicher Richtung angelegt, links von vier Birkengruppen.

Nicht weit davon, am nördlichen Rand des Gräberparks, steht am schütter durchwachsenen Maschendraht eine Bank, von der aus das Grab gut zu betrachten ist. Hinter Ihnen eine Bauernwirtschaft, zu Terndorf gehörig, im späten Sonnenlicht die wiesigen Hänge des Maria Saaler Berges, oberhalb nicht gänzlich ohne Dunst.

Non si fuma nel cimitero?

Der Kranz des Landeshauptmanns von Kärnten, links, trägt auf seiner Schleife die Farben Gelb/Rot/Weiß. Das Amt der Kärtner Landesregierung, vertreten durch sein Kulturreferat, zuvorderst: dunkelrote Schleife. Rot/Weiß/Rot, rechts hinten: Der Bundesminister für Unterricht und Kunst. (Auch bekannt als eine Sendergruppe.) Weiter vorn mit Grün/Weiß/Rot: Der Bürgermeister der Landeshauptstadt. Dazwischen eine lockere Abdeckung des Hügels aus Blumen, meist Nelken, mit nadligem Gestrüpp, auch kleineren Tannengebinden. Vorn rechts vier Kerzen aus weisslichem Material, nicht ganz ausgebrannt. Die Gebinde verstecken die Erde nicht ganz. Es ist gut zu sehen, daß sie schwere rundliche Steine enthält. Der ausgehobene Boden ist in diesem Jahr schon einmal gefroren gewesen.

vor allem dürfte man nicht hier aufgewachsen sein und ich sein und dann auch noch wiederkommen.

Besuch im Krankenhaus
Erinnerung an Margret Boveri

Zum letzten Mal habe ich Frau Dr. Margret A. Boveri am 24. Mai gesehen. Es war in einem bekannten evangelischen Krankenhaus, und wie beim vorigen Mal wünschte ich nur die Regeln zu achten, als ich den Pförtner um die Erlaubnis zum Besuch bat. Der Pförtner war aber mehr beschäftigt mit einem verwirrten Bürger der Vereinigten Staaten von Amerika, der nicht die Vorstellung ertrug, er werde am nächsten Morgen das Gästehaus des Institutes verlassen müssen, ohne die Möglichkeit, dann und bis dahin und rechtzeitig die erforderlichen Gebühren entrichtet zu haben, da kann ein Besucher leicht zum Dolmetscher werden, auch teilhaftig eines dankbaren Händedrucks jenseits von Viet Nam und Watergate, überlassen bleibt er sich allein als ein Besucher, der gehen darf, wohin er will. So fährt er also in dem ihm bekannten Fahrstuhl, geräumig genug für fahrbares Krankenbett wie für Sarg, in das bekannte Stockwerk zu dem bekannten Flur und wurde nicht aufgehalten auf dem etwa fünfzehn Meter langen Weg zu dem ihm bekannten Krankenzimmer. Er hätte an diesem Nachmittag sämtliche Patienten dieses Stockwerks per Euthanasie erfreuen oder per Erbarmen verwunden dürfen; Zeugenaussagen, die nach seiner Kenntnis von Berliner Untergrundbahnhöfen und des sogenannten wirklichen Lebens unerlässlich sind für den Anfang einer Mordaufklärung, hätten der Polizei zuverlässig gefehlt.

Anders als vor einer Woche rief Frau Dr. Margret A. Boveri nicht herein, als der Besucher klopfte und dann eintrat in das Apartment des Krankenzimmers, das sich in Anlage wie Ausstattung nicht von dem Royal SAS Hotel in Kopenhagen unterscheidet (Nasszelle und Korridor als Lärmschutzzone dem Wohnraum vorgesetzt, der durch eingebaute Wandschränke, Möglichkeiten für Sitzen und Liegen, Klimatisierung *mit* der Chance sie auszuschalten, einen Menschen zwar zurückführt auf seine mindesten Bedürfnisse, diese jedoch nicht einschränkt). Anders als vor einer Woche begriff Frau Dr. Margret A. Boveri erst allmählich, dass ein Besuch eingetreten war. Anders als vor einer Woche traute der Besuch sich nicht, mitgebrachte Rauchwaren zu benutzen, also Blumengaben auf dem Fensterbrett zu rücken, das Fenster zu öffnen, damit Rauch wie Asche gleicher Massen anonym davongejagt würden, nämlich fast untadelbar. Unterhaltsamer Blick auf Kiefernkronen, dazwischen rohe Wege halb planiert, appetitlich gelb, wenn einer wollte.

Sie war sehr schön geworden. Das gilt unter der stillschweigenden Voraussetzung, dass Schönheit bedeuten könnte die Zusammenfassung aller mimischen, damit körperlichen Möglichkeiten in einer physiognomischen Grimasse, die keinen Raum mehr lässt als für die persönliche Wirklichkeit. Sie wusste nicht, dass ihr die inzwischen fast weissen Haare über die Stirn gewuschelt waren, wie einem Kind das egal sein kann.

Anfangs gelang es ihr zu sprechen. Es sei diese Stunde vor der Abend-Spritze, die ihr schwer werde, nicht eigentlich wegen des Schmerzes, sondern wegen des so lange vergeblichen Wartens auf Erleichterung von ihm. Sie war, soweit es mit dem Sprechen geht, zärtlich in den Erkundigungen nach Tochter und Frau, deren Ergebnisse sie recht schnell vergass. Sie lag auf dem hochgestellten Kopfdrittel des Bettes mit dem Kopf auf einem Luftkissen sehr mager da, in ihrem Gesicht ganz auf sich selbst zurückgeführt, auch mit dem körperlichen Volumen eines Kindes, und hingeführt auf das mentale, dessentwegen sie fast zwei Drittel ihres Lebens lang zwar nicht angebetet, zwar nicht geliebt, aber bewundert worden ist.

Das Gespräch, das sich hier so als Schuldigkeit erfordert, wurde unterbrochen durch das Klingeln des Telefons, das sie auf dem Tisch links neben sich zwischen Medikamenten, Gläsern, einer Weckuhr und Lektüre zu stehen hatte. Ungeachtet seiner Bemühungen ums Weghören erschrak sich der Besucher sehr über den allmählichen Verfall ihrer Fähigkeiten zur Artikulation, über ein Lallen, das sie selbst offenbar noch für geformtes Sprechen hielt, und war insbesondere entgeistert, weil nach seiner Mutmassung auch noch Kinder jener ihm unbekannten Familie an einem fernen Telefon gesprochen und gehört haben müssen.

Unter dem Vorwand der Diskretion rannte dieser Besucher auf den Flur, rüttelte an Schwesternzimmer 2 (verschlossen), Schwesternzimmer 1 (verschlossen), in das Foyer zum Arztzimmer (verschlossen), Anmeldung zum Arztzimmer (verschlossen), zurück auf den Korridor in verschiedene Teeküchen, Arzneimittel-Lager, bis er endlich eine aufsichtführende Schwester fand, die gemütlich telefonierend nebenbei sich unterhielt mit Gästen, der er sagte, Frau Dr. Margret A. Boveri gehe es schlecht. Diese Schwester antwortete, sie wisse ja nicht, ob sie berechtigt sei, ihm etwas zu sagen. Der Besucher: ihm gehe es nicht darum, sich medizinische Auskünfte zu erschleichen, was er wünsche, sei eine ärztliche Hilfeleistung. Die Aufsichtsschwester, das Gespräch in ihrem Telefonhörer gemütlich hinlegend: sie wisse ja nicht, ob sie berechtigt sei, hier etwas zu sagen.

Bei der Rückkehr des Besuchers in Frau Dr. Margret A. Boveris Zimmer lallte sie weiterhin ins Telefon; jedoch war ein Ende der Konversation erkennbar, denn sie liess diesen Plastikgegenstand an ihren Kopf schlagen, so dass ein Geräusch entstand, als töne nur noch ihr Schädel wider. Dass er ihr den Hörer abnahm und in das Telefon zurücklegte, entging ihr bereits. Vieles von ihren nun folgenden Äusserungen musste erraten werden. Bifokalbrillen, die Reisedistanz per Flug zwischen Westberlin und London, die Konstruktion eines grossbritannischen Kinderhutes für Reitschulen entgingen ihr oder doch zumindest so, dass sie in Missverständnisse verfiel oder eine Frage dreimal wiederholen musste. Nach der Flugzeit hat sie sich zweimal erkundigt, nach einem Kind viermal.

Sie hatte so wenig Haut übrig im Gesicht, sie musste den Mund offenhalten. Bei Gelegenheiten, in denen ein Freund hätte ein Lächeln erwarten dürfen, war nur noch eine winzige, eben nur noch im Ahnen wahrnehmbare Muskelanstrengung zu sehen. Die Haut sass ihr so streng um den Schädel, die reichte nicht mehr zum Lächeln. Ihre Augen sahen noch, aber für den Ausdruck von etwas waren die muskulöse damit mimische Umgebung zu schwach. Sie war sehr schön.

Nach zwei Stunden, und weil man eine andere Verabredung verdammt noch mal einhalten will, ging dieser Besucher am gähnenden Pförtner vorbei wie ein Unschuldiger.

Am nächsten Morgen, aus Westdeutschland, kam er mit seinem telefonischen Anruf nur noch bis an die Telefonzentrale dieses landschaftlich so ausserordentlich gedachten Krankenhauses und erhielt die Auskunft: »Die hat keine Gespräche mehr drin.«

Mir bleibt nur, ihr zu danken
Zum Tod von Hannah Arendt

Es ist zehn Minuten her, seit ich erfahren habe von Hannah Arendts Tod, zugleich mit der Aufforderung, etwas dazu zu schreiben. Wenn ich wüsste, wie sie gestorben ist. Es ist noch Post an sie unterwegs, ein englisches Buch zum Gedenken W. H. Audens, es wird sie verfehlen. W. H. Auden, Walter Benjamin, The New School, »Elemente und Ursprünge totaler Herrschaft«, die heute morgen abgegeben wurden »im Auftrag der Autorin« – mehr Berufene werden dazu etwas sagen. Mir bleibt nur, ihr zu danken. Wir waren einmal Nachbarn am Riverside Drive von New York. Den Streit wegen Brecht, den hatten wir schon 1968. Dem folgte die Einladung, zu ihr und Heinrich Blücher aufs Land zu kommen, in die Catskills. Eines Abends, in einem Restaurant in Palenville, gingen plötzlich alle Lichter aus, unerklärlich, plötzlich. Ich sprach weiter im Dunklen, als sei ich nicht erschrocken, sie wies mir meinen Schreck nach, und gestand den eigenen. Sie hatte recht, was lag näher als der Gedanke an die Ankunft des Krieges. Das war im Sommer, ich hatte mich schon ein Jahr lang eingelassen auf ein Buch mit Mecklenburg und New York, daran unterhielt ich Zweifel, sie sagte: Ach was! Das ist New York! Dann durfte man sie necken mit ihrer Weigerung, je die subway von New York City zu benutzen. Ich danke ihr. Drei Jahre später war ich einige Wochen lang ihr Gast in der Wohnung hoch über dem Hudson, in Heinrich Blüchers Zimmer, unablässig verwundert, warum da auf einer Kommode ein westdeutscher Groschen lag. Ich bekam Seminare in Philosophiegeschichte, zeitgenössischer Politik, Zeitgeschichte, je nach Wunsch. Zu einem Besuch in Westberlin war sie nicht zu bewegen. Sie hat den U.S.A. die Gastfreundschaft gelohnt, jedes Mal litt sie unter den Fehlern und der Unredlichkeit in der Führung des Landes, jedes Mal ging sie hin und half sie berichtigen. Die alte Dame aus Jamaica, würdig vor britischem Wesen, die ihr im Haushalt half, trat nicht in den Ruhestand, bevor sie ihr eine Ablösung verschaffte, die kam aus Harlem herüber, beide nennt man dort »gefärbt«, mit dieser weissen Person waren die beiden eher befreundet. Das Kochen aber besorgte Frau Professor selbst. Solche Anreden, selbst im Scherz, hat sie sich verbeten. Alles was sie erzählte von Königsberg, die nächtlichen Fahrten mit den Fischern, ich wollte es aufschreiben, sie verweigerte es. »Wir waren die letzten in Keenichsbarch, die mit den Händen redeten.« Sie ist an einem Herzinfarkt gestorben, in New York, ich wünschte in einem Zimmer. Im Lift ist sie einmal angegriffen worden von einem Messerhelden, so jung und verängstigt, dass sie eher erheitert war. Ich bewunderte die Gelassenheit, mit der sie ihrem Mann ins Krankenhaus brachte, was er eben benötigte, über den Verstand der Ärzte hinaus. Es war das Selbstverständliche, sie zeigte es einem noch einmal. Da sind ja keine Tugenden, die ihr nachzurühmen wären, sie kam ohne dergleichen aus; sie bezog ihre Haltung aus ihrer eigenen Wirklichkeit. Jetzt ist der dritte Anruf gekommen. Es war abends, sie hatte Gäste, sie war nicht allein. Bewirtet wurde man bei ihr in der Bibliothek, einem Zimmer zum Durchgehen mit Hoffenster; wie kann man denn in New York leben und kein Berliner Zimmer haben! »Kindchen« konnte sie sagen, zärtlich lächelnd, nachdem sie eine andere Meinung angehört hatte. Einmal hat sie mich ausdrücklich hinweisen müssen auf den Umstand, dass sie eine Jüdin ist: im Umgang mit ihr war es zu vergessen. »Es gibt keine jüdische Frage mehr, das ist jetzt eine deutsche.« Es ist doch so, nur noch einmal kommt ins Bewusstsein der Blick aus diesem sanften, wilden Gesicht; danach weiss der Verstand, sie ist tot, sie ist wahrhaftig gestorben, dann muss schon die Erinnerung arbeiten, die liefert keine Gegenwart. Wie hart ihre Stimme werden konnte in Momenten der Empörung, der Verachtung. Sie hat bereits einen Infarkt überstanden, sie wusste davon lustig zu erzählen, sie glaubte sich geradezu gebessert in der Gesundheit. Ein »massiver Infarkt«, sie benutzen am Telefon das Wort, das sie selbst beim Tode ihres Mannes verwendete. Jetzt kommt die Tochter aus der Schule, für die ist Hannah Arendt nach sieben Jahren Trennung nur noch ein Name im Gedächtnis und viel wirklicher in einem Text aus einem Schullesebuch, der beschreibt einen Besuch bei ihr... wie sie an der Tür steht... wie sie die Hand mit der Zigarette bewegt beim Erzählen einer Geschichte... all das »wie sie ist«. Es machte Hannah Blücher-Arendt Spass, die Dame zu spielen; wenn der Begriff überhaupt noch Wert hat, sie war eine. Wer mit ihr das Clubrestaurant der Columbia-Universität betrat, er wurde unter den Blicken der Kellner zum Ausgezeichneten; im Hotel Windermere in Chicago wurde sie empfangen wie eine entbehrte Königin. Sie war eine Frau. Wollte sie etwas wissen über einen Mann, steckte sie sich hinter dessen Gefährtin mit der Erkundigung, ob er denn ein langsamer Mensch sei. Des Gegenteils versichert, was das Denken betreffe, wollte sie im Gegenteil wissen, wie er sich benehme beim Kofferpacken, bei häuslichen Arbeiten... Sie brauchte den konkreten Eindruck, den Beweis. Einmal durfte ich sie in einem überwiegend jüdischen Teil New Yorks spazieren führen, da erklärte sie mir an den Passanten deren gesellschaftliche Stellung und Beschäftigung (mit Wohnorten) vor der Emigration aus Deutschland; zuversichtlich wäre ich bereit gewesen zu einer Stichprobe. Das fiel ihr schwer zu begreifen: dass einer ausserstande ist, Jüdisches am Gesicht zu erkennen. »Hannah, Hannah, du siehst doch aus wie sieben Synagogen!« Ein heller, vergnügter Nachmittag. Sie konnte bar jeden Zweifels von Leuten sagen, sie seien ohne Fehl und Tadel; sie riskierte ihre eigene Person mit dem Urteil, sie hat mich den Ausdruck noch einmal neu sehen gemacht. Ihre Freundschaft war ehrlich genug für Tapferkeit vor dem Freund. Das ist ein Zitat, es kommt nicht von ungefähr. Ich habe ihr zu danken für das, was sie mir gezeigt hat an Benehmen gegen Menschen, gegen das Alleinsein, gegen das Alter. Was sie mir schreibt in ihrem letzten Brief im August, es gehört zu ihr, aber ich bin doch dankbar und froh darüber, dass sie sagen konnte, sie geniesse nach wie vor das Alt-sein. Es hat ein Ende mit dem Werden, und sie wundere sich, dass es seit Ciceros De Senectute nichts Vernünftiges darüber gebe. So war sie einverstanden mit ihrem Tod, wie jeder von uns einverstanden sein soll mit dem eigenen und den des anderen hinzunehmen sich weigert.

Erinnerung

Damit Werner Düttmann einen Spass hätte, weil es Leute gibt, die fangen unweigerlich an mit einem Zitat, tu ich ihm den Gefallen und führe einen antiken Bescheidwisser vor, Menander heisst er, und sein Schnack lautet: »Der Arzt aller notwendigen Übel ist die Zeit.« Nämlich wir müssen uns verabreden, diese Redensart für Werner Düttmann zunichte zu machen.

Wenn es einen Trost gibt, wir können ihn beziehen von dem Menschen, dessen wir gedenken. Denn er war vertraut mit dem Sachverhalt, wonach zwischen seinem ersten Bewusstsein vom Leben und dem notwendigen Übel des Sterbens nur eine unbestimmte Zeit ist und das, was er in sie hineinbringen kann nach Willen, nach Kräften. Da er sich Mühe gegeben hat, ist seine Hinterlassenschaft von einer Art, die uns zur Dankbarkeit beredet, zu einer Freude geradezu an dem Glück, das er hatte und bereitete, für sich wie für uns.

Das eine, das erste Glück: Er hatte seine Mutter behalten dürfen bis zum 18. Februar 1977, bis in ihr einundachtzigstes Jahr. Das stelle ich mir vor als ein Geschenk. Den Vater zwar hat er am 9. Juli 1952 eingebüsst, dem sind drei Jahre im Konzentrationslager Sachsenhausen, eine Folge jähzorniger Missverständnisse, zu schlecht bekommen. Vor allem aber, bis zum letzten Tage seines Daseins hat er sich in einer Welt gewusst mit seiner Schwester, Frau Ursula Schliesser, dem Menschen, den er ansah als den allerwichtigsten für sich.

Das andere Glück, das untrennbare: Werner Düttmann hat seine Heimat behalten dürfen. Geboren und aufgewachsen in Berlin, hat er sein Leben fortgeführt im Raum, der Sprache, in den Nachbarschaften dieser Stadt, sich bedankend mit Arbeit für sie. Und wäre er von auswärts, so hätten die Berliner ihn zu einem der ihren gemacht, Ehren halber: indem sie für seine Akademie gleich zwei Übernamen benutzen: »Gewächshaus« und »Kunstspinnerei«; welche Übung hierzulande gelten soll als (noch mal) ein Bürgerbrief.

Aber er ist richtig aus der Caprivistrasse, vier Blocks vom Stralauer Tor, als geboren gemeldet an einem 6. März (»Michelangelo und ich«), dem von 1921, Sohn der fünfundzwanzigjährigen Frieda Düttmann, des Bildhauers Hermann Düttmann. Zu dem Vornamen Werner bekam er noch die seiner Grossväter: Richard, nach einem Eisenbahner, vorsorglich, wie sich erweisen wird; Otto nach einem Bildhauer, der für die öffentlichen Gebäude von Bremen Figurenschmuck verfertigte. Zwar war der Enkel in seiner letzten Woche in Bremen, einen Preis verliehen zu bekommen; gesucht hat er an den Gebäuden von Post und Polizei nach den Bären, Löwen, Heiligen des Grossvaters. Aus der Caprivistrasse zieht der Vater Werner Düttmanns für ein Jahr nach Brasilien, dort ein Glück zu versuchen; kam nach Berlin nur zurück, um die Familie abzuholen nach Rio. Dem widersetzte sich die Mutter, die Düttmannschen Kinder durften ihr Berlin behalten. Der Junge sollte mit seinem roten Spielzeugauto geneigt gestimmt werden zur Auswanderung; der Junge wollte mit etwas anderem spielen. Unbedenklich tauschte er das kostbare Ding ein gegen ein paar Stücke Kreide, mit denen man auf dem Pflaster malen kann. Er wünschte sich auszudrücken.

Aber es fehlte in der Familie Düttmann damals das Geld für eine Ausbildung in der Kunst, etwas aufzuzeichnen. Der erste Umzug 1930, in die Genfer Strasse in der Weissen Stadt, erwies sich als zu kostspielig für einen »Bildhauer ohne Fortüne«, Originalton Düttmann, nach einem Jahr mussten sie zurück ins arme Kreuzberg, Grossbeerenstrasse, eine geteilte Wohnung, Aufgang für Dienstboten. Es ging so knapp zu, den Kindern musste das Mitgehen bei Schulausflügen untersagt werden. Manchmal kamen am nächsten Tag Kameraden aus der Klasse, von Mitleids wegen, und brachten aufgehobenen Kuchen; das sei das Schlimmste gewesen in jener Zeit. Oft war Essen nur zu haben aus der Kirche St. Bonifatius an der Yorckstrasse, oder es mußten bei Bolle Knickeier geholt werden. Schliesslich war sogar da die Miete zu teuer, es ging in eine Kellerwohnung an der Lankwitzstrasse, Nähe Hallesches Tor, nur zwei Fenster. Erst im Winter 1933 konnten die Düttmanns in ein eigenes Häuschen einziehen, Stadtrandsiedlung Blankenfelde, etwas Eigenes, dennoch unbehaglich.

Die Kinder wurden Fahrschüler, auf der Heidekrautbahn nach Wilhelmsruh (Reinickendorf). Ausgelassene Kinder, mit den Schaffnern auf Neckfuss; mit ihnen verhielt es sich ja so, dass der Bruder gleich eine Schwester vorgefunden hatte. Die aber nannte er, seinen Anspruch anzumelden und Gefühle zu verbergen, Katinka. Heute besteht sie darauf: Es war anders. In Wahrheit sei er das Allerwichtigste in ihrem Leben gewesen, ein unermüdlicher Erfinder von Geschenken, Hilfeleistungen, Ratschlägen. Sie waren sich einig auf der Heidekrautbahn und beraubten amtliche Vorschriften ihrer Heiligkeit, indem sie selber welche an die Wände schrieben, so die, wonach das Abpflücken von Blumen während der Fahrt untersagt sei. Katinka nannte ihren Bruder nach einer Kurzform des Namens von Winnetou, eingedenk gemeinsamer Indianerschlachten in Kreuzberg; Tüte nannte sie ihn.

1942 besannen Hitlers Leute sich darauf, dass ein Werner Düttmann volljährig geworden war. Ist ja unerhört, da studiert einer seit 1939 an der Technischen Hochschule die Baukunst! Den ziehen sie ein, pünktlich. Bei der Luftnachrichtentruppe in Ostpreussen, später in der Ukraine. In Reinickendorf hatte es das erste Mädchen gegeben, dem er Blumen brachte; in der Sowjetunion hatte er von einer zweiten Blumenfreundin Abschied zu nehmen. »Niezapominajki«, das hat er sich dauerhaft gemerkt. Es folgt Dienst in Charkow. »Da war das Scheusslichste, was ich hab ansehen müssen in meinem Leben.« Danach Kurierdienst zwischen Ostfront und Frankreich. 1944 bei Reims hatten die Amerikaner einen Düttmann auf der Liste, prisoner of war. Er überlebte, mit Glück, das erste Lager in Frankreich; er schaffte noch die Verbringung in ein englisches. In dem, bei der Vernehmung, wurde der junge Düttmann »pampig«, Originalton und Eingeständnis; bekam Verschickung nach Comrie in Schottland. Dort schliefen die Kriegsgefangenen zu hundert in den Wellblechbaracken, und von den paar Geheilten in der Ecke musste jeweils einer wach bleiben, einer Heimsuchung durch die unentwegten Anhänger Hitlers vorzubeugen. Düttmann hatte einen Knüppel in seiner Pritsche, den trug er auch tags als Waffe bei sich. Immerhin gab es noch an diesem Ort Offiziere, die hielten Taktikunterricht ab an einem Tablett voll Sand; wer das für überholt hielt, galt als Verräter. Matthew Sullivan, in seinem Buch *Thresholds of Peace*, beschreibt Düttmann als »einen höchst unmilitärischen und ungezwungenen Mann, mit einer Decke um die Schultern«, als einen der »am weitesten befreiten Menschen im Lager« und vermutet, das Aufwachsen in einer liberal gesonnenen Familie habe ihn mit einem Gegengift versehen. Als dramatisch an dieser Haftphase bezeichnete Düttmann damals, »wie jeder Standpunkt, den man einnahm, immer noch falsch ausfiel«. Er war einer von denen, die im Dezember 1944 verlegt wurden in ein Hotel in Cumbria; er schien anfällig genug für Ausbildung in demokratischem Verhalten. Dort gab es Kurse in Philosophie, Geschichte, Literatur, Musikwissenschaft, Geographie und Architektur; pünktlich trafen die englischen Zeitungen ein, dazu die *Schweizerische Weltwoche*. Für den Gefangenen Düttmann wurde später in Wilton Park eine Ausstellung seiner Aquarelle und Linolschnitte veranstaltet; unter den Besuchern fand sich der Dichter Walter de la Mare, der Kritiker Herbert Read, der Bildhauer Henry Moore. Moore lud diesen jungen Deutschen in sein Atelier zu London; der durfte auch in Oxford zu Besuch gehen, da hängen noch heute zwei seiner Gemälde. Sehnsüchtiger Briefwechsel mit der Schwester (»Ich bin vielleicht zu weit gegangen, / Du weisst, man hat mich weggefangen«); unterschrieben: »Dein Winnetou, der tiefbetrübte«. Im zweiten Herbst nach dem Krieg entlassen die Engländer ihn, nach Berlin.

Im November 1946 fuhr kein Zug auf der Niederbarnimer Eisenbahn in Richtung Schorfheide, aber der Heimkehrer musste aufgepasst haben bei seinen Touren auf den Schienen als Kurier, oder jemand erkannte ihn auf dieser Strecke, da heizte ein Zugführer eine Lokomotive auf für den einzelnen Passagier, und ein Schaffner warnte die Familie mit der guten Nachricht in Blankenfelde. Desgleichen war ein Grossvater bei der Reichsbahn gewesen.

Und was machte Herr Düttmann danach sich aus den Engländern? Hatte er einen Rochus auf sie? Aus England führte er bei sich eine Bekanntschaft mit Henry Moore, zum Zeugnis derer wir eine ungemein bedenkenswerte Figur vor der Akademie zu liegen haben. 1950 bietet ihm die Durham University ein Stipendium fürs Studieren in England; er nimmt es an. Von der Stadt Newcastle heisst es, er habe sie auswendig erzählen können. In London erwirbt er dereinst ein ganzes Haus, Regent's Park Road; dermassen haben die Engländer ihm eingeleuchtet. Von ihnen hat er den spielerischen Umgang mit Maximen gelernt: »Let's compromise; do it my way.« Und das Haus in Morsum, es war doch erst vollständig eingerichtet, als er dafür eine Nummerntafel aufgefunden hatte, deren Ziffern er eigens zu loben liebte als englisch gezeichnet, ganz und gar; eine britische Fahne flatterte daran viele Sommer lang. Und 1981, um seiner Frau noch einmal Auskunft zu geben über sein Herkommen und seine Bewandtnis, bittet er sie auf eine Reise nach England. Was zeigt er ihr da? Ein Hotel in Shap Wells, Cumbria. Das war einmal eine Verwahranstalt für Feinde aus Deutschland. Er gibt sich zu erkennen als ein Insasse, und er ist ein willkommener Gast bei den Engländern.

Vorläufig hungert er nach den Regeln, die 1947 galten für Berlin, ist mangelhaft bekleidet und im Grunde ohne Einkommen. Nichts da, es wird studiert. 1948, und es hat ihm wahrlich genug im Wege gestanden, besteht er die Diplom-Prüfung an der Technischen Universität von Berlin. (Obwohl er, ein Muster an Zuverlässigkeit und pünktlichem Auftreten, zwei Stunden verspätet zum Mündlichen kam, wegen eines Sackes Zuckerrüben, der ihm sonst durch die Lappen gegangen wäre; Scharoun sah ihm das nach.) Unersättlich nach neuen Adressen in Berlin, zieht Düttmann abermals um, in die Gitschiner Strasse, wohnt über der Eckkneipe von Herrn Jäker, der hilft ihm mit warmem Essen über die Runden. Da ist auch eine erste Anstellung, Stadtplanungsamt Kreuzberg. Für Werner Düttmann hat der Beruf in Berlin angefangen.

1949, er ist achtundzwanzig, fällt ihm eine Frau auf in der Stadtbahn. Es verbietet sich, sie augenblicklich anzusprechen; da sind die guten Sitten, die Manieren, nun auch noch englische. Er sucht sie zwei Monate lang, gibt fast täglich auf die Frage nach seiner Tätigkeit an, er fahre S-Bahn; Katinka, die Schwester, weiß wozu. Das Wozu ist die erste Ehe, geschlossen am 6. März 1950 mit einer Frau aus Norwegen, »Tüppen-Küken« heißt sie für ihn, drei Kinder bringt sie mit: Björn, Britt, Bettina. Wohnung in der Bayernallee, später in Spandau. Am 30. September 1951 stirbt Ingeborg Düttmann bei der Geburt seines Sohnes Hans Werner. Sie ist auf dem Waldfriedhof Heerstrasse beigesetzt; in ihr Grab zu kommen hat er für sich bestimmt.

Wiederum ein Umzug, der letzte innerhalb Berlins, wohl der bitterste von allen. Denn es geht auf ein Grundstück im Westend, das die Verstorbene sich gewünscht hat. Da muss er eine Ruine in Ordnung bauen, für eine Frau, die tot ist. Werner Düttmann steht auf dem rückwärtigen Balkon des fertigen Hauses, unter sich zwar Fahrgeräusche auf der Strecke nach Hamburg und Sylt, im Blick den täuschenden Baumbestand des Friedhofes Heerstrasse, darin weiss er, schräg links von ihm, das Grab Tüppens. Seit dem Einzug, 1954, sagt er dabei: Da werd't ihr mich denn abliefern.

Er wartet länger als zehn Jahre, ehe er es noch einmal versucht mit dem Heiraten, das Datum ist der 13. April 1962, von Renate Düttmann hat er eine Tochter Katharina, geboren am 9. Oktober 1962. Dieser Versuch bewährt sich über vier Jahre.

Danach nimmt er sich fast dreizehn Jahre, bis zum 6. März 1979, ehe er noch einmal den Annehmlichkeiten des Ehestandes sich unterzieht, mit Martina Düttmann, der wir alle wünschten, sie und Werner Düttmann hätten einander noch des Längeren beim Leben behilflich sein dürfen.

Er ist gestorben. Aber statt in einer Fremde, ist es ihm zugefügt worden auf den Strassen seiner Stadt, vom Hanseatenweg in Richtung Charlottenburg. Er hatte da eine Arbeit zu besorgen. Er genoss es, chauffiert zu werden; er betrachtete eine Umgebung, die seit mehr als sechzig Jahren die seine war. Dabei starb er. Er atmete einmal schwer. Er neigte sich ein wenig vor. Er sass nur ein wenig stiller da.

Seit vierzig Jahren gehörten zu seinem Handgepäck, den griffbereiten Erfordernissen, die Werke eines Schriftstellers, den zu zitieren er unermüdlich war. So wird ihm auch dessen Wort vom Tod gewärtig gewesen sein. Da fragt ein Malte Laurids Brigge: »Wer gibt heute noch etwas für einen gut ausgearbeiteten Tod?« Und später heisst es: »Zu weit darf [der Tod] sein: man wächst immer noch ein bisschen. Nur wenn er nicht zugeht über der Brust oder würgt, dann hat es seine Not.« Für Werner Düttmann ist es abgegangen ohne Not und Würgen; da können wir einig sein: Glück hat er gehabt.

Für den Professor Düttmann eine römische II

Zu Werner Düttmanns sechzigstem Geburtstag versuchten die Mitglieder der Akademie der Künste ihm zu zeigen, wie sie ihm verbunden sind oder zugetan; ich zählte ihm was auf in einem Brief. Dass mir das Datum unglaublich erscheine. Weil er mir niemals vorgekommen sei als jemand, der möchte anderen eine Sache voraus haben, etwa die Würde des Alters. Ich berief mich auf das Düttmannsche Nachdenken, das ihm die eigentümlichen Faltenbögen in die Stirn treibt, mehrere über jeder Braue. Auch klingt mir seine Stimme zu jugendlich. Kurz, ich beschwere mich in sanfter Form, so wie es einem Mitglied gegenüber dem Herrn Präsidenten eben gerade noch erlaubt ist.

Dann redete ich mich heraus auf die Herkunft des Wortes Gratulation, man könne sie beschreiben als »Angenehmes darbringen«, und hielt dem Geburtstagskind entgegen, das habe er doch bereits angebracht und aufgestellt. Das seien seine An-Teile von Berlin, ob sie nun zu finden seien im Wedding, in Zehlendorf, »In den Zelten«, im Hansa-Viertel, im Grunewald, am Wannsee und abermals im Wedding – das sind lediglich die, die er für erwähnenswert erachtete. Wenn da noch Glück zu wünschen sei, so weil ich weiss von Leuten, die wohnen dermassen einverstanden in einem Düttmannschen Haus, die lassen den Architekten auch später noch durch die Tür, zusammen mit ausländischen Kollegen, die mal von innen sehen wollen, wie er das überhaupt anstellt. Für mein friedenauer Teil dankte ich ihm die Wiederherstellung eines Reliefs am letzten, nordwestlichen Haus in der Hähnelstrasse – sehenswert! Denn das hat er getan mit seinem Aufruf von 1964 *Rettet den Stuck!* und der Begründung: »Das sind die Jahresringe von Berlin. Die wollen wir mit Würde tragen.« Aus seiner Tätigkeit als Hochschullehrer war zu erinnern an den Ausspruch: »Wer ein Haus bauen kann, der baut eine ganze Stadt.« Und was er in Berlin errichtet hat, das erscheine mir, mit fälligem Respekt, als Berlin-Düttmannsdorf.

Zum Anlass jenes Geburtstages gehörte der Versuch, Werner Düttmann zu danken für die Geduld, mit der er unserer Akademie vorsteht, so oft auch ein Plenum ihn verblüfft, wenn es sich benimmt wie eine heillos verkrachte Schulklasse. Bei all seiner Begabung und Bereitschaft, das Gegenüber anzuhören und zu verstehen, seine Arbeit in der Akademie bedeutete ein Opfer, und er möge noch lange darauf sich einlassen.

Auf eine Antwort war ich kaum vorbereitet. Ein Architekt hat zu arbeiten. Ein Akademiepräsident bekommt viele Briefe. Die Antwort kam nach zwanzig Tagen. Er habe, so schrieb Werner Düttmann, seinen »Nachruf zu Lebzeiten« gelesen. Das war die Zensur; er hatte dergleichen Übungen angeregt, wenngleich für andere Gelegenheiten. Er habe schmunzelnd gelesen, dies war die Beanstandung: denn so schön sei er wirklich nicht. Dabei hatte ich bloss geschrieben, was ich wusste.

Eine Sache immerhin hat er mir bestätigt. Das ist die Sache mit der Zuneigung, mit der Freundschaft, die hat er mir unterschrieben. Daraus mache ich mir was.

Denn seine Begabung für die Kunst, anderen Menschen Freund zu sein, sie ist mir aufgegangen, seit ich ihn kenne, 1960. Anfangs mit Verwunderung. Denn er hatte mit Bauherrn zu tun, er war Senatsbaudirektor, Professor, Leiter der Abteilung Baukunst in der Akademie – da fällt reichlicher Umgang an, da kann es Ärger setzen, Feindschaft sogar. Und dennoch habe ich weder in Berlin noch auswärts einen Menschen getroffen, der über Werner Düttmann ein ungutes Wort gesagt hätte oder ein böses. Offenbar haben alle an ihm etwas gefunden, das leuchtete ein, das war achtbar, das gefiel ihnen, das liebten sie, das war ihnen recht.

Da hat ein jeder seines; Düttmanns Angebot ist vielseitig. Wir erinnern uns der Gastfreundschaft in seinem Haus; worin nur befremdlich war, dass er alljährlich darin drei Wände versetzte oder verschwinden liess. Als er seinen Studenten durch einen Neubau den Blick auf die Uhr am Rathaus von Charlottenburg verstellen musste, verschaffte er ihnen eine andere Uhr; es wird wenige Hochschullehrer geben, die so begrüsst werden: Glückwunsch, Tüte! Viele von uns gedenken seiner Geschenke; denn von zehn Stücken, die er anbrachte von den Flohmärkten in Paris, London oder Berlin, waren immer sieben ausgesucht zum Vergnügen seiner Freunde, auch zu ihrer Belehrung. Wenn die Kritik ihn hart anliess wegen seiner Bauten im Märkischen Viertel, er stand zu seiner Arbeit; und sollte er da Birken anpflanzen mit eigener Hand, am Bahndamm entlang; wiederholte voller Zuversicht auf die Leute, die in seinen Häusern wohnen: Geht doch hin und klingelt und fragt nach mir! Lehrstuhlbesprechungen hielt er mit Vorliebe in der Paris-Bar an der Kantstrasse. Wer mit ihm arbeitete, der lobte die universitäre Art, auf die ein Werner Düttmann hält. Mit der Einladung zu seiner dritten Hochzeit gab er das Versprechen, er und seine Frau würden »gute Freunde, liebe Verwandte und weitere Wohlwollende« am Abend zu trösten versuchen. Einmal sollte die Akademie unter seiner Aufsicht einen Ratschlag erarbeiten, den nannte dann der Auftraggeber recht aufwendig; halblaut, in eine exakt abgewartete Pause hinein, sprach Düttmann: Guter Rat ist teuer. Er dachte nach über ein Kind, das sich schwer tut mit den Radiergummifusseln auf seiner Zeichnung; endlich hat er es und bringt und stiftet einen feinhaarigen Pinsel. Wir kennen ihn als einen Künstler beim Erzählen von Geschichten; betrübt haben wir ihn still werden sehen und wegtreten in heimliche Abschiede. Und wie wehrte er sich, wenn einer ihm zu nahe kam mit der Erkundigung, wie es ihm denn ergehe mit dem ärztlichen Verbot zu rauchen? Er versuchte dagegen anzurauchen. Er war keinem ähnlich als sich selbst; das kann einem gefallen.

Von meinem Exemplum mit ihm möchte ich auswählen: die Freude zu sehen, wie er einen Raum betrat und die Anwesenden begrüsste. Die Disziplin, die er sich auferlegte; wenn er aussah nach dem Stoss-Seufzer Fontanes: »Es muss auch *so* gehen.« Zuverlässiges Vertrauen. Und einmal bin ich von mir fremden Leuten aufgenommen worden als ein willkommener und verlässlicher Gast, weil Werner Düttmann mich angekündigt hatte.

Wie ein Mensch kaum wegen seiner Tugenden geliebt wird, sondern wegen des Gebrauchs, den er von ihnen macht, so kommt auch Zuneigung aus ohne auch nur annähernde Kenntnis des anderen, ja, es scheint fast, als zöge einen der an, der seine Geheimnisse zu bewahren weiss. Werner Düttmann hatte eines. Es ist, vielleicht, verborgen in einem Gedicht von Rilke, das er rezitieren konnte, als sei es auf ihn geschrieben (Paris, Frühsommer 1908). Es ist eine Absage an das Bleiben, das Besitzen, an die Beständigkeit. Es trägt die, für uns schlimme, Überschrift »Der Fremde« und beginnt so:

> Ohne Sorgfalt, was die Nächsten dächten,
> die er müde nicht mehr fragen hieß,
> ging er wieder fort; verlor, verließ –.

Es endet:

> Und dies alles immer unbegehrend
> hinzulassen, schien ihm mehr als seines
> Lebens Lust, Besitz und Ruhm.
> Doch auf fremden Plätzen war ihm eines
> täglich ausgetretnen Brunnensteines
> Mulde manchmal wie ein Eigentum.

Werner Düttmann und ich, wir hatten es mit den Zitaten. Denn dass man einander gern hat, das mag angehen, aber es zeigen, unter Norddeutschen! Kommt nicht in die Tüte! Also musste in meinem Brief zum Geburtstag eine Vorlage her als Behältnis und Versteck; gedruckt ist sie im Jahre 1817 zu Berlin bei Carl Friedrich Amelang, und sie möge mit ihren Abwandlungen uns passen auf diesen Vormittag:

»Wie man bei dem Abschiede eines abgestatteten Besuches noch einmal der Person, welcher unser Besuch galt, etwas Verbindliches zu sagen pflegt, so auch in der Rede am Schlusse desselben. Man empfiehlt bescheidentlich sich der Person, für welche unsere Rede bestimmt ist, zum fortdauernden Wohlwollen, Andenken oder zur Geneigtheit und Liebe, sagt derselben sein Lebewohl, und schliesst dann mit der Endversicherung der unveränderlichen Gesinnung, welche man gegen ihn hegt.«

14. August 1968

Ach, wie entbehrten wir Lockenvitz!

Der war noch bei uns gewesen auf der Betriebsbesichtigung Barlach; fuhr mit nach Güstrow in einem Anzug wie die Schülerin Cresspahl in einem sonntäglichen Kostüm; indem ihr Vater das angewiesen hatte als eine Schicklichkeit für den Besuch bei einem Toten. Den hatten die Mecklenburger, Fiete Hildebrandt immer voran, so getriezt und gequält, er starb in Rostock 1938, begraben werden wollte er in Ratzeburg. Hier, vor den schwebenden Engel im güstrower Dom, vor die Figur des Zweiflers, die junge Frau im schlimmen Jahr 1937, traten wir ein zweites Mal, wenn Bettina durch war mit ihrem ausdeutenden Sums; um sie schweigend ansehen zu können. (Lise Wollenberg brachte den Versuch fertig, den Namen der »Gefesselten Hexe« der ehemaligen Freundin Cresspahl anzuhängen; wegen einer zweifelhaften Ähnlichkeit en face; Lise wurde bei Gelegenheit nun angesehen, gerade von Jungen, als sei sie von Sinnen.) Mit einer Sammlung von Abbildungen des »Fries der Lauschenden« zog Gesine Cresspahl um nach Hessen, ins Rheinland, nach Berlin, an den Riverside Drive von New York City.

Den Ausflug hatten wir im September unternommen, im Dezember 1951 begann eine Ausstellung von Werken Barlachs in der Deutschen Akademie der Künste in Berlin NW 7, im Januar danach begann in Gneez eine Lehrerin für Deutsch und Gegenwartskunde zu lernen aus der Zeitung der Einheitspartei

> *Und in welchen Fällen bilden wir den Genitiv »des neuen Deutschland«?*
> *Warum sprechen wir von einer Veröffentlichung »des ›Neuen Deutschlands‹«?*

was Bettinchen uns falsch berichtet hatte vier Monate zuvor. Die S. E. D. hatte ihren Sachbearbeiter für Kunst entsandt in die Akademie, einen Girnus, wohlbewandert in den volksfeindlichen Praktiken des

Formalismus, der wollte dem Verstorbenen wenigstens zugute halten, daß die Nazis ihn behandelt hatten als ihrer Art fremd. Aber Barlach habe auf verlorenem Posten gestanden, ein im Grundzug rückwärts gewandter Künstler sei er gewesen. Unberührt vom Hauch der russischen Revolution von 1906. Bekleidete eine Welt der »Barfüßler« mit einem Glorienschein. Was hingegen hat Stalin in seinem Werk »Anarchismus oder Sozialismus« über diese Welt der »Barfüßler« gesagt? Er hat erwidert: Richtig ist, daß... Barlachs Orientierung auf eine verfaulende Gesellschaftsschicht hat ihm den Zugang zu dem großen progressiven Strom des deutschen Volkes verschlossen. Von ihm sich isoliert. Das das ganze Geheimnis seiner selbstgewählten Vereinsamung.

Pflichtgemäß verfaßten wir einen Aufsatz in Deutsch über das ganze Geheimnis, peinlich vergleichend zwischen den Äußerungen eines N. Orlow in der Zeitung der Besatzungsmacht

Tägliche Rundschau! Neueste Ausgabe!
Klägliche Rundschau; alles Angabe.

und gewissen Auffassungen des zum Formalisten beförderten Ernst Barlach über die Bindung der plastischen Gedankenwelt »an die solidesten Begriffe des Materials, des Steines, des Metalls, des Holzes, fester Stoffe«. Wir logen wie gedruckt; wir arbeiteten für das Abitur.

Seit dem Besuch in Barlachs Haus am Inselsee von Güstrow hatten die Schülerinnen Gantlik und Cresspahl eine Verabredung mit einander, eine Heimlichkeit. Beide waren beiseite getreten von der kunstkritischen Unterweisung durch die Fachkraft Selbich, fanden einander auf dem Kamm des Heidberges, wo ein Abgang sich öffnet, güstrower Kindern wohlbekannt als Schlittenbahn, auch dem Auge freien Weg öffnend über die Insel im See und das hinter dem Wasser sanft ansteigende Land, besetzt mit sparsamen Kulissen aus Bäumen und Dächern, leuchtend, da die Sonne gerade düstere Regenwolken hat verdrängen können; welch Anblick mir möge gegenwärtig sein in der Stunde meines

Es ist uns schnuppe, ob dir das zu deftig beladen ist, Genosse Schriftsteller! Du schreibst das hin! wir können auch heute noch

aufhören mit deinem Buch. Dir sollte erfindlich sein, wie wir uns etwas vorgenommen haben für den Tod.

Sterbens. Wir vertrauten einander etwas an über die Unentbehrlichkeit der Landschaft, in der Kinder aufwachsen und das Leben erlernen. Wir sagten eine der anderen, wie wir einander gefielen. Für den Rest des Schuljahres galten wir weiterhin als zwei, da bleibt die eine der anderen fremd; freund waren wir.

Nachwort

Otto Dix, *Uwe Johnson*, Kreidezeichnung 1962/02,
(© VG Bild-Kunst, Bonn 1994)

Siegfried Unseld
Uwe Johnsons »ureigene Sache«

I.

Meine erste Begegnung mit Uwe Johnson im Mai 1959 hatte eine inzwischen bekannte Vorgeschichte. Johnson hatte im Winter 1953 in Rostock einer alten Frau, wie er sagte, ein Manuskript »in die Maschine diktiert«, *Ingrid Babendererde. Reifeprüfung 1953*. Kurze Zeit später siedelte der Student Johnson von Rostock nach Leipzig über und traf dort seinen Lehrer Hans Mayer. Er konnte sich ausrechnen, daß manche Passagen seines umgearbeiteten Romans »als dem Staat abträglich« gelesen werden mußten. Und doch bemühte er sich 1956 um Veröffentlichung in der DDR, beim Aufbau-Verlag in Berlin, beim Hinstorff Verlag in Rostock, beim List Verlag in Leipzig und beim Mitteldeutschen Verlag in Halle, vergeblich, alle lehnten ab. Am 22. Februar 1957 schickte er das Manuskript auf Empfehlung von Hans Mayer zu Peter Suhrkamp nach West-Berlin. Den »juckte es«, ein Buch daraus zu machen, obschon sein damaliger Mitarbeiter Siegfried Unseld große Einwände hatte und für Ablehnung plädierte. Aus bis heute unerforschlichen Gründen lehnte Suhrkamp das Manuskript dann doch ab; aus Johnsons Brief an ihn kennen wir eine Begründung: Mangel an »Welt«.

Uwe Johnson hat seine erste Begegnung mit Suhrkamp beschrieben: »Der alte Herr, der den Besucher mit ausgesuchter, verschollener Höflichkeit begrüßte, hielt den Verfasser sogleich an, an der Ablehnung seines eigenen Manuskripts mitzuarbeiten.« Johnson reagierte nicht, wie für Autoren üblich, nämlich das Manuskript einem anderen westdeutschen Verlag zuzuschicken. Er wollte im Verlag Suhrkamp, im Verlag Bertolt Brechts, erscheinen, und so resignierte er nicht, ja, er sah die Chance, »eine neue Arbeit anzufangen«.

Im März 1959 traf diese neue Arbeit in Frankfurt ein: *Mutmassungen über Jakob*. Peter Suhrkamp erhielt das Manuskript im Krankenhaus, starb aber, ohne es noch lesen zu können. Ich nahm es aus dem Sterbezimmer nach Hause. Nach Suhrkamps Tod, nun alleiniger Verleger, hatte ich Dringendes zu tun, aber irgendwie beschäftigte mich dieses Manuskript. Ich erinnerte mich an die endlosen Debatten über *Ingrid Babendererde* mit Suhrkamp – nun mußte ich über eine etwaige Ablehnung allein entscheiden, aber ich *mußte* entscheiden. Die Lektüre fiel mir – wie bei *Ingrid Babendererde* – schwer, doch bei einer zweiten, bei der ich noch immer nicht alles verstand, glaubte ich, die Pranke eines erzählerischen Löwen erkennen zu können. Es war eine meiner ersten verlegerischen Entscheidungen, dieses Buch zu machen.

Unsere erste persönliche Begegnung fand im Mai 1959 in Berlin im Hotel Hustler an der Schloßstraße von Steglitz statt. Damals kannte ich sein »homerisches Gedächtnis« noch nicht, das Max Frisch später so rühmen sollte. Aber es war überdeutlich und man sah es diesem jungen Mann in allen Gesten an, daß er an seine Begegnung mit Suhrkamp dachte. Es trat ein skeptischer Autor auf mich zu, doch zu unserer beider Überraschung: wir verstanden uns auf Anhieb. Und es entstand etwas, was Uwe Johnson später so beschrieben hat: »Zwanzig Jahre Vertrauen stellen unweigerlich eine Freundschaft dar.«

Mit Geduld beantwortete er meine Fragen zu den *Mutmassungen*. Dann nahmen wir uns Zeit, gemeinsam jene »Angaben zur Geschichte Jakobs« zu formulieren, die ich als Hilfestellung für den Leser als unumgänglich erachtete – sie wurden dann auf die Rückseite des Schutzumschlags der ersten Auflage gedruckt. Johnsons größtes Problem: er wohnte in Leipzig und wollte dort bleiben. Er hatte die Illusion, später einmal auch in der DDR sein Buch veröffentlichen zu können. Daß er dies unter dem eigenen Namen ohne Gefährdung nicht tun könnte, war ihm klar; er hatte sich ein Pseudonym zurechtgelegt, das den Autor vor dem Zugriff der Staatssicherheit schützen sollte: Joachim Catt. Mit diesem Autorennamen begann die Herstellung, wurde der Text gesetzt, der Umschlag entworfen. Einem »niederdeutsch gebildeten Leser« würde der Name Catt das Betragen einer Katze ankündigen; schon in den *Mutmassungen*, erst recht in den *Jahrestagen* sollte dann die »Katze Erinnerung« eine große Rolle spielen, jener wohltuende Geselle mit den Eigenschaften, die ja auch für Johnson typisch sind, »unabhängig, unbestechlich, ungehorsam«. Damals, bei jener ersten Unterredung, meinte er, er zöge »das Land DDR« vor. »Schreibend«, meinte er, »es endgültig erworben« zu haben, »wie ein Eigentum«. Er glaubte, es werde sich verändern, und er wollte anwesend sein bei diesen Veränderungen.

Doch seine Freunde machten ihm deutlich, daß der »VEB-Horch-und-Greif«, wenn er nur halbwegs so arbeite, wie er ihn beschrieben habe, sofort den richtigen Namen ermitteln würde. Deshalb entschloß sich Johnson dann doch, nach West-Berlin überzusiedeln. Am 10. Juli wurde die Titelei seines Buches mit seinem Namen gedruckt. Am gleichen Tage fuhr Johnson mit einer Schreibmaschine und einer Aktentasche nach West-Berlin. Er empfand sich nicht als Flüchtling, »er hatte vor, ein Westberliner zu werden, mit dem verlassenen Lande durch seine Freunde verbunden«.

Am 30. September 1959 erschien das Buch. Das Echo war überwältigend. »Aus Pommern kommend, in Berlin lebend, gestern noch ein total Unbekannter«, schrieb Günter Blöcker, »präsentiert er seinen ersten Roman, der so etwas wie eine Abbreviatur aller modernen Erzählmöglichkeiten ist. Aber nun nicht ... als freischwebende Kombinatorik fern den Objekten praktiziert, sondern an dem, was uns am nächsten betrifft: der harten Tatsache des zweigeteilten Deutschland, der beiden Vaterländer.« Es meldeten sich auch sofort die Schriftstellerkollegen, Hans Magnus Enzensberger und Martin Walser. Erhart Kästner schrieb mir in einem Brief: »Mich überzeugt der Ernst dieses Menschen, mich überzeugt seine Zucht, seine Rücksichtslosigkeit gegen den Leser, und ich verkenne nicht seine Zärte. Er ist der Mann, aus seinem großen Talent etwas zu machen... so sehe ich Zukunft für ihn und für uns.« Bei einem Besuch in Montagnola sagte mir Hermann Hesse: »Dieser Johnson ist ein wirklicher Dichter.« Und er lud ihn ein, ihn zu besuchen.

Die Stadt Berlin schlug ihn für ein Stipendium in der »Villa Massimo« in Rom vor und sprach ihm für 1960 den »Fontane-Preis« der Stadt zu. Die Laudatio hielt Erhart Kästner, und er wagte, »in einer äußersten Formulierung« zu sagen: »der Atlas unseres Schrifttums habe sich mit dem Auftritt dieses Buches verändert«. Kurz hintereinander erscheinen dann *Das dritte Buch über Achim*, *Karsch, und andere Prosa* und *Zwei Ansichten*.

1959 war Uwe Johnsons erster Besuch bei der Tagung der Gruppe 47 in Elmau. Mir schien es wesentlich, daß er den ihm unbekannten Westen kennenlernte, niemand sollte ihm je mehr »Mangel an Welt« vorwerfen können. Gemeinsam reisten wir 1961 durch Frankreich und reisten noch einmal, als im September 1962 die französische Übersetzung der *Mutmassungen* – *La frontière* – erschien. 1961 lud ich ihn zu einem Vortrag in Detroit ein. Er blieb danach drei Monate in den USA, um dann, im Juni 1961, das berühmte International Seminar der Harvard University zu besuchen. »Und nach Italien ließest Du mich erst, nachdem Du mir vier Monate in God's own country zur Aufgabe gemacht hattest, ein Geschenk, das uns zehn Jahre später die ›Jahrestage‹ eingetragen hat.« Im August 1961 besuchte er aus Anlaß des Erscheinens der italienischen Ausgabe der *Mutmassungen* seinen italienischen Verleger Giangiacomo Feltrinelli; ein Jahr später trat er das Stipendium in der »Villa Massimo« in Rom an. In Mailand gab es eine Kontroverse mit Hermann Kesten, der Johnsons Äußerungen zum Bau der Grenzmauer in der DDR kritisierte; auch der damalige Bundesaußenminister von Brentano mißverstand Johnsons Äußerungen, was zu einem Wortwechsel im Bundestag führte.

1966 wieder in den USA. Zunächst bei der Tagung der Gruppe 47 in Princeton, dann in New York. Auf meine Bitte hin hatte Helen Wolf, in der Nachfolge ihres Mannes Kurt Wolf Verlegerin beim Verlag Harcourt & Brace, ihm für ein Jahr eine Anstellung als Schulbuchlektor verschafft, das zweite Jahr konnte er dank eines Stipendiums der Rokkefeller Foundation finanzieren. Uwe Johnson hat immer Wert darauf gelegt, nicht als Besucher und Tourist, sondern als »normaler« Angestellter, mit festen Bürozeiten, den Alltag in New York zu erleben. Die Familie begleitete ihn dabei. Am 1. Juni 1966 trat er seinen Job an.

»Dann aber saß ich in der Zelle bei HBJ, wie ich mir gewünscht hatte, und sicherlich werden mir die Inhalte dieser Fensterrahmen für das Leben bleiben, der Dunst aus Dreck und Nässe, jenseits des East River, das Grün der Hammarskjoeld Plaza zwischen gestuften Magazinkästen, das Gewimmel von Schornsteinen und Oberlichtern«, schrieb er am 28. Juli 1966.

Am 21. September 1970 erscheint der erste Band *Jahrestage. Aus dem Leben von Gesine Cresspahl.* Jahrestage, das sind zum einen die Tage eines Jahres, die Gesine Cresspahl mit ihrer elfjährigen Tochter Marie in New York verbringt; Jahrestage, das ist aber auch Vergangenheit erinnerter Tage, da ist die Erinnerung an das Land Mecklenburg, das 1953 in drei Regierungsbezirke aufgelöst worden war, womit »ein Stück Herkunft unkenntlich gemacht« wurde. Der Herkunft zur Kenntlichkeit zu verhelfen, sie in der Erinnerung gegenwärtig zu halten, zugleich aber den Eindruck zu vermeiden, hier wolle jemand lediglich in seine Kindheit zurück, das ist die eigentliche Funktion der

Erzählungen der Mutter für ihre Tochter. Manhattan und Mecklenburg, das sind die beiden Pole dieser großangelegten Erzählung. Der zweite Band der *Jahrestage* folgte pünktlich im Jahre 1971, wie im Jahr darauf der dritte Band, auf dessen Klappentext es keck heißt: »Nächstes Jahr, wie üblich, mehr.« Es kam anders.

Nochmals erhielt er drei große Preise: den Georg-Büchner-Preis von 1973, den Wilhelm-Raabe-Preis von 1975 und den Thomas-Mann-Preis von 1979. 1974 richtet sich Uwe Johnson mit seiner Familie in einem Haus auf der Insel Sheppey ein, in Sheerness-on-Sea, einer direkt an der Themsemündung gelegenen Ortschaft. Zu den ersten Gästen gehört Max Frisch, mit dem ihn seit langem Freundschaft verband. Für das 25. Jubiläum des Suhrkamp Verlages gibt er unter dem Titel *Max Frisch Stich Worte* eine Auswahl von Zitaten aus den Werken von Max Frisch heraus, ein Versuch, aus Stichworten eine Biographie herzustellen, nicht mit den üblichen Lebensdaten, sondern mit solchen, die im Umgang mit der heimatlichen, mit der deutschen Sprache »verwirklicht« wurden.

Zum 1. April 1979, dem 20. Jahrestag meines Verlegerseins, erinnerte er sich an eine Fahrt im Sommer 1960. »Auf dieser Fahrt bot ich Dir an, meine 4000 Mark aus dem Westberliner Fontane-Preis zu verrechnen, gegen meine Schulden bei Suhrkamps, und Du erwidertest mit Gelächter. Ich konnte begreifen, daß es eher Vertrauen war, was Du in mich investieren wolltest, und ich danke Dir, daß ich bis auf den heutigen Tag ohne eine solche Unruhe arbeiten konnte.«

Doch eine andere Unruhe bestimmte seit 1975 sein Leben. Er hat das in dem Buch *Begleitumstände* beschrieben, das seine Frankfurter Vorlesungen zum Ausgangspunkt hatte. »Ja. Es ist auf einige Jahre gelungen, mich abzubringen von dem Weiterschreiben an diesem Buch. Das war einmal ein Begleitumstand.« Er berichtet von der Beschädigung seiner Herzkranzgefäße und von einer »Beschädigung des Subjekts, das ich in der Vorlesung eingeführt habe als das Medium der schriftstellerischen Arbeit, als das Mittel einer Produktion«. Er definierte den Zustand des »writer's block« (jene Schreibhemmung, die ihm zunächst die Fortführung der *Jahrestage* unmöglich machte). Er mußte sich »im Alter von 44 Jahren das ›Schreiben‹ wieder beibringen, zwei Zeilen am Tag, fünf Zeilen in der Woche, aber nach drei Monaten eben 17 Seiten«. Meine Aufgabe war klar – ich mußte alles versuchen, Bedingungen zu schaffen, die es diesem Autor ermöglichten, wieder zu schreiben und die *Jahrestage* mit dem vierten Band zu vollenden. Fast jedes Mittel mußte mir recht sein: Bitten, Beschwörungen, Bedrängungen, und immer wieder hielt ich ihm vor, es sei Sache des Schriftstellers *zu sagen*, was er leide. Unter solchen Begleitumständen entstanden dann die *Stich Worte*, die Poetik-Vorlesungen in Frankfurt und sein Beitrag zur Festschrift für Max Frisch, unter dem Titel *Skizze eines Verunglückten*. Der deutsche Schriftsteller Joe Hinterhand, alias Joachim de Catt (1906–1975; mit den Lebensdaten von Hannah Arendt ausgestattet), »ein Waisenknabe aus dem mecklenburgischen Lande«, versucht, die Beziehung zu seiner Frau zu beschreiben. Nach zwanzigjähriger Ehe hat er entdeckt, daß seine Frau vierzehn Jahre lang ein »Liebesverhältnis mit einem Bürger der Feindstaaten« unterhielt. Er ermordet sie, kommt ins Gefängnis, lebt nach seiner Entlassung noch 20 Jahre. Er hat »eine eigene Todesstrafe gefunden, abzuleisten durch ableben«. 1983 erscheint dann doch der vierte Band der *Jahrestage*. In mein Exemplar trägt er als Widmung ein: »Hiervor war eine Pause. Ich bin froh, daß wir sie be(und über-)standen haben. Yours truly.«

Er hat sie nur nicht lange überstanden. Im September 1983 reist Uwe Johnson für den Fernsehfilm von Klaus Podak, »Auf den Spuren von Gesine Cresspahl«, nach New York. Es ist sein letzter Aufenthalt dort. Er macht sich Notizen für das von uns für 1984 angekündigte Buch: *Heute 90 Jahr*. Dies ist Fragment geblieben. Noch eine letzte Lesereise, die in Berlin unterbrochen wird. Im November nimmt er in Köln den Literaturpreis dieser Stadt entgegen. Im Februar 1984 trifft die zu Lebzeiten Uwe Johnsons letzte gedruckte Arbeit bei uns ein: »Erinnerung«, die Totenrede auf einen Freund, den verstorbenen Präsidenten der Berliner Akademie der Künste, Werner Düttmann. »Wenn es einen Trost gibt«, schrieb Uwe Johnson, »wir können ihn beziehen von dem Menschen, dessen wir gedenken.« Nun müssen wir auf jene Weise Trost beziehen. Am 13. März 1984 wird Uwe Johnson in seinem Haus in Sheerness-on-Sea tot aufgefunden. Das Herz hatte in der Nacht vom 23. zum 24. Februar versagt. »Seine Größe war die Einheit von Geduld und Trauer, die Einheit von Empfindsamkeit, Zorn und Genauigkeit: Im einzig möglichen Sinn nahm er seine Zeit wahr. Spätere Zeiten erst werden seine Größe wahrnehmen«, schreibt Heinrich Böll zu seinem Tod.

Uwe Johnson hatte mich als seinen Nachlaßverwalter, die gemeinnützige Peter Suhrkamp Stiftung als Erben eingesetzt. Wir bemühen uns, dieser Aufgabe gerecht zu werden. Das Uwe Johnson-Archiv in Frankfurt zeugt davon und die Bemühung des Verlages, Johnsons Werk lebendig zu erhalten.

II.

Uwe Johnsons Werk ist von allem Anfang an von der Kritik gewürdigt, von der Wissenschaft beachtet und von einem treuen Leserstamm begleitet worden. Doch erst nach 1989 kann eine größere Öffentlichkeit Zugang zu diesem Werk finden. Jens Reich schreibt in einem Essay im Mai 1994 (*FAZ* 18. 5. 1994): »Immer wieder geschieht es, daß eine junge Generation sich ein Kultbuch auswählt, das ihr Lebensgefühl genau ausdrückt«; Reich erwähnt *Werthers Leiden*, den »Steppenwolf«, »Die neuen Leiden des jungen W.«. »Johnsons ›Mutmassungen‹ ist das verhinderte Schicksalbuch der DDR-Jugend der fünfziger und der sechziger Jahre... ›Mutmassungen‹ sind das authentische DDR-Buch geblieben. Es heute wieder zu lesen oder neu zu lesen, bedeutet ein Schockerlebnis. Die ›Mutmassungen‹ muten uns heute an, als seien sie nach dem Ende der DDR geschrieben. Wir damals Lebenden und Handelnden kommen uns entgegen, als wären wir auf einer Leinwand, wir sind unsere eigene Erinnerung. Da sind wir, Figuren, federwerkgetriebene: Jakob (Reichsbahn-Dispatcher), Gesine (Dolmetscherin im Westen), Heinrich Cresspahl (Tischler), Rohlfs (der Stasi-Offizier)... Kein Parteisekretär, kein Traktorist, kein Klischee.«

Uwe Johnson wurde schon früh als »Dichter der beiden Deutschland« bezeichnet. Enzensberger sprach von den *Mutmassungen über Jakob* als vom ersten »gesamtdeutschen« Roman. Nach den *Jahrestagen* wurde Johnson immer mehr der Erzähler und Gestalter der verlorenen mecklenburgischen Heimat. Er hat derlei Etikettierungen widersprochen, und doch sehen wir ihn heute als Erzähler der beiden Deutschland. Wie kein anderes Werk eines deutschen Schriftstellers hat das Bestehen zweier deutscher Staaten die Bedingungen seines Lebens und Schreibens geprägt. Da wir nach der Vereinigung den schwierigen und langwierigen Versuch machen wollen, zu *einem* Staat zusammenzuwachsen, da wir Antworten suchen auf die Fragen: wie war das am Anfang und wie war das am Ende möglich, bietet sich das Werk von Uwe Johnson an. Es ist in unserer deutschen Geschichte hinterlegt.

Wohin gehörte Johnson? Ganz unironisch bekennt er: »Am Ende könnte man mir nachsagen, ich sei jemand, der hat es mit Flüssen. Es ist wahr, aufgewachsen bin ich an der Peene von Anklam, durch Güstrow fliesst die Nebel, auf der Warnow bin ich nach und in Rostock gereist, Leipzig bot mit Pleisse und Elster, Manhattan ist umschlossen von Hudson und East und North, ich gedenke auch eines Flusses Hackensack, und seit drei Jahren bedient mich vor dem Fenster die Themse, wo sie die Nordsee wird. Aber wohin ich in Wahrheit gehöre, das ist die dicht umwaldete Seenplatte Mecklenburgs von Plau bis Templin, entlang der Elde und der Havel, und dort hoffe ich mich in meiner nächsten Arbeit aufzuhalten, ich weiss schon in welcher Eigenschaft, aber das verrate ich nicht.«

In dieselbe Richtung scheint Uwe Johnsons Antwort von 1967 auf die Frage seiner Vorstellung von Heimat zu weisen: »Ein gesellschaftliches System kann ohnehin keine Heimat bieten. Heimat ist schliesslich ein privater Bereich, das sind Personen, das ist eine Landschaft, dazu kann man sich bekennen.«

Wenn Heimat also für Uwe Johnson etwas Privates war, wie kann dann das in seinem Roman evozierte Mecklenburg, wie können die Auswirkungen der verschiedenen Gesellschaftssysteme auf dieses Land und die dort lebenden Menschen verstanden werden? Die Beantwortung dieser Frage bedeutet gleichzeitig eine Antwort darauf, wie und warum Uwe Johnson zu diesem so eigenen Schriftsteller werden konnte.

Sein Buch *Begleitumstände* beschreibt den ersten gravierenden Konflikt mit dem damaligen System der DDR, mit Partei und Regierung: »So bekam jemand seine ureigene Sache, seinen persönlichen Handel mit der Republik, seinen Streit mit der Welt darüber, wann etwas eine Wahrheit ist und bis wann eine Wahrheit eine Bestrafung verdient. Da ihm verwehrt ist, dies öffentlich auszutragen, wird er es schriftlich tun. So wird er zum Lehrling in diesem Beruf, den er sich selber beizubringen hat.«

Nehmen wir dies wörtlich: Jemand bekam »seine ureigene Sache«, den »persönlichen Handel mit der Republik«, seinen »Streit mit der Welt« – seinen Streit, »wann etwas eine Wahrheit ist«. Und ihm widerfuhr Verrat; es wurde ihm verwehrt, »dies öffentlich auszutragen«. Und daraus resultiert der Schluß, »er wird es schriftlich tun«. Das heißt, er wird den Konflikt schreibend zu meistern suchen, wenn auch zunächst als »Lehrling« im Beruf Schriftsteller. Es ist für Uwe Johnson kennzeichnend, daß ein Verrat im Politischen wie im Menschlichen ihn zum Schriftsteller evozierte, so wie ein von ihm empfundener Verrat fast die Vollendung der *Jahrestage* verhinderte.

Für die *Mutmassungen* schuf sich Johnson ein anderes, eigenes Erzählmodell. Er wollte nicht mehr die Chronologie des Erzählens einhalten, nicht mehr die Rolle des allwissenden Erzählers spielen, »so einen Umgang verweigerte Jakob Abs, er wollte weder bei seiner Arbeit noch beim Schreiben davon jemand so sprechen lassen«. Alfred Döblin kam ihm zu Hilfe, wenn er fragte: Wenn Tante Emma ins Zimmer stürzt und ausbricht in hemmungsloses Schluchzen – »woher weiss der das, der davon schreibt?« Uwe Johnson erkannte: Seine Leute waren keine »Tante Emma« für ihn. Seine Personen »müssen freiwillig auftreten, in sich stimmig aus eigenem, in ihrem eigenen Recht, dem Urheber ebenbürtig«. Sie waren ihm »wichtig genug«, daß er sie um Ruhe bat, bis er die Antwort auf die Frage gefunden hätte.

Diese Antwort ließ zu Beginn der Arbeit an den *Mutmassungen* gefährlich lange auf sich warten. Schon schienen sich einige Figuren von ihm abzuwenden, dann gewann er, bei Barlach, eine Erfahrung, nämlich sich selbst, den Erzähler, »als bloßes Mittel« zu betrachten. Plötzlich ist »es« da: »Es ist«, so Barlach, »als wäre die Arbeit in ein Schubfach gelegt und dort fertig geworden von vielen Händen, die sie uns höflich präsentieren.« Hieraus zog Johnson eine Einsicht, die ihn für sein ganzes Werk begleiten und es charakterisieren sollte: »Er hörte seine Leute reden. Es war ein Ton, der aufbegehrte gegen eine Gewissheit, die war so unwiderruflich...; ihm wurde deutlich vorgesprochen, und gehorsam schrieb er nach: ›Aber Jakob ist immer quer über die Gleise gegangen.‹ Er hörte sie (die Figuren) reden, ihre mutlose, ihre unentwegte Gegenwehr.«

Und Johnson fügt später hinzu: »Es war ein Glück, dass da Papier bereit lag, dass da eine Maschine stand im Mai 1958, so ging kein Fetzen verloren. Nach fünfzehn, achtzehn Seiten war die Erzählung gesichert.«

Dieser Tag im Mai 1958, als für ihn die Erzählung gesichert war, ist wiederum ein Beleg, daß der Autor Uwe Johnson nur unter den Bedingungen der DDR zu diesem Erzähler geworden ist. Verrat, Verwehrung der öffentlichen Mitteilung, intimer, persönlichster Umgang mit seinen Figuren, wegen der Ungewißheit aller Verhältnisse herabgestiegen vom »hohen Ross eines allwissenden Erzählers«, das Warten auf die Antworten seiner Figuren solange, bis sie kamen, ihm vorsprachen und er gehorsam nachschreiben konnte.

In diesem Zusammenhang ist auf Hölderlins Hymne *Patmos* zu verweisen; hier hört der Dichter die »Stimmen des heißen Hains« und weiß, »denn fast die Finger müßten sie (die Himmlischen) uns führen«, wenn »deutscher Gesang« noch möglich sein soll. In solcher Intuition erkannte und erlebte Uwe Johnson die Beziehungen zu den Personen seines erzählerischen Kosmos, dies war für ihn die Triebkraft und die Methode seines Arbeitsvorgangs.

Die Lektüre des Romans war damals ein Angriff auf die Bereitschaft des Lesers, in Geheimnisse von Mutmaßungen einzudringen. Schrieb hier ein Autor, als wolle er die Undurchschaubarkeit der Welt mit einer ebenso undurchschaubaren Konstruktion abbilden? Der Roman bot sich in verschiedener Form zur Lektüre an. War es ein Detektivroman? Jemand war gestorben oder getötet worden, der erste Satz greift einen ungeklärten Todesfall auf – und das erste Wort des Romans, »Aber«, eine adversative Konjunktion, sorgt für Spannung gegenüber einem aufzuklärenden Fall: »Aber Jakob ist immer quer über Gleise gegangen.« Allein von diesem ersten Satz aus hätte man die damaligen zwei Lehrmeister Johnsons erkennen können: Ernst Bloch und Bertolt Brecht.

Die Figuren waren Johnsons »tatsächliche Erfindungen«: der Tischlermeister Heinrich Cresspahl, dessen Tochter Gesine, Jakob Abs und seine Mutter, die beide nach dem Krieg bei Cresspahls eingezogen waren. Dieser Jakob Abs, Dispatcher bei der Reichsbahn, ist im Herbst 1956 Belastungen ausgesetzt – zum einen bringen die Militärtransporte, die der Niederschlagung des ungarischen Aufstandes dienen, seinen Fahrplan durcheinander, zum anderen hat Herr Rohlfs, Hauptmann des Staatssicherheitsdienstes, den Auftrag erhalten, über Jakob Abs Kontakte zu der nach dem Aufstand 1953 in die Bundesrepublik übergesiedelten Gesine aufzunehmen. Die NATO-Angestellte Gesine Cresspahl und der Staatssicherheitsoffizier Rohlfs verkörpern in gewisser Weise den Kapitalismus und den Sozialismus, den westlichen und den östlichen Staat, die immer mehr auseinanderdriftenden deutschen Teile; eine Versöhnung wäre nur möglich, wenn über dem Kapitalismus wie über dem Sozialismus Demokratie obwalten würde;

im Westen war dieser Prozeß im Gange, für wenige Monate im Jahr 1956 wird er auch in der DDR versucht.

Für den Verfasser der *Mutmassungen* heißt dies immer wieder, »zwei gegensätzliche Tendenzen der Wahrheitsfindung« zu erkennen, sie darzustellen und zu erkunden, ob jene Versöhnung möglich ist. Jakob fährt zu Gesine nach Westdeutschland. »Bleib«, sagt sie – »Komm mit«, sagt er. Jakob kehrt zurück. Am Morgen seiner Rückkehr wird er, der immer quer über die Gleise gegangen ist, ermüdet im Nebel von einer Lokomotive überrollt, Mutmaßungen über seinen Tod: Unfall, Selbstmord, Mord. Die Rekonstruktion der Vorgeschichte bestimmt die Form des Buches. Dreier Techniken bedient sich die Erzählung: erstens des Dialogs der beiden Freunde Jakobs, denen dieser Tod unbegreiflich ist; zweitens der Erzählerstimme, die nicht allwissend mit den Personen zusammenarbeitet, und drittens schließlich des Monologs, in dem einzelne Rechenschaft ablegen über ihren Anteil an der Vorgeschichte des Todes von Jakob. Auf diese Weise wird in den *Mutmassungen* die Suche nach der Wahrheit über Jakob vorgeführt, die verschiedenen Versionen dieser Wirklichkeit, die verschiedenen Wahrheiten also zur Sprache gebracht, und dies unter der leitenden Perspektive, wie es im Herbst 1956 um die Menschen bestellt ist, wie sie leben, was sie sich wünschen, kurz: welchen Einfluß sie auf das Gesellschaftssystem haben und welchen Einfluß das Gesellschaftssystem auf sie hat.

Als Uwe Johnson 1966 nach New York kam, entdeckte er, daß er an einen Ort gelangt war, an dem sich eine seiner Personen bereits aufhielt: Gesine Cresspahl. Am 13. April 1967 will er ihr persönlich begegnet sein. In einem in englischer Sprache gehaltenen Vortrag an der Universität Austin in Texas hat Uwe Johnson seine Begegnung mit Gesine Cresspahl festgehalten, er geriet förmlich ins Singen, wenn er den Namen Gesine mit Dschi-sain aussprach. Mit Gesine, die in einer New Yorker Bank arbeitete und die beabsichtigt, im Auftrag dieser Bank nach Prag zu reisen, um denen Kredite zu vermitteln, die einen Sozialismus mit menschlichem Antlitz versuchen wollen, schließt er einen Vertrag: Er, der Genosse Schriftsteller, beschreibt, beginnend mit dem 21. August 1967 und endend am 20. August 1968, Tag für Tag ihr tagtägliches Leben in der Bank, ihr Leben mit Dietrich Erichson, den sie nach ihrer Rückkehr aus Prag heiraten möchte, und mit ihrer Tochter Marie, der sie das Leben im Mecklenburgischen, vor allem in Jerichow, erzählt, damit dieses Kind von Heimat und Herkunft erfährt. Um Jahrestage handelt es sich also, in der zweifachen Bedeutung des Wortes: um die einzelnen Tage eines Jahres, aber auch um Tage, die der Erinnerung dienen, der Erinnerung an jene Vorgänge in Güstrow während der Weimarer Republik, während des Nationalsozialismus und während der Gründung der DDR und der Bundesrepublik, des Lebens also in vier verschiedenen Gesellschaftssystemen.

Mutmassungen und *Jahrestage* sind komplementär zu lesen. Gesine Cresspahl gilt in den *Mutmassungen* das letzte Wort, im ersten Band der *Jahrestage* gilt es Jakob Abs. Er ist die Hauptgestalt der *Mutmassungen*, Jakob heißt auf hebräisch »Gott möge schützen«; der biblische Jakob, einer der Erzväter Israels, entkommt dem Bruderzwist und verkörpert später in seiner Gestalt die Einheit des Volkes Israel. Der Name Abs stammt mutmaßlich von Faulkners Roman *Absalom, Absalom*, dessen »Handwerklichkeit« für Johnson vorbildlich war (Absalom, Davids dritter Sohn wurde nach seinem Mord am Halbbruder Amnon getötet). Jakobs Abs verkörpert die nicht vorhandene Einheit, die Gespaltenheit der damaligen deutschen Gegenwart.

In den *Jahrestagen* ist Gesines Weg beschrieben von Jerichow über Düsseldorf nach New York. Auf mehreren Ebenen geschehen die Ereignisse. Das tagtägliche New York von Gesine und ihrer Tochter Marie: »Ein Terrain aus Schocks und Befremdungen mit Oasen von Vertrautheit.« Der Zeitungsstand an der Ecke von Broadway und 96. Straße eröffnet die zweite Dimension: im Zwiegespräch mit der *New York Times*, in der ironisch-skeptischen Herbeizitierung von Polizeibericht und Vietnam-Meldungen, von Lokal- und Auslandsnotizen gewinnt das Buch Weite, Welt und gewinnt die dritte Dimension: die (scheinbare) Provinz, das mecklenburgische Jerichow mit den bekannten Figuren.

Einen Tag umfaßt der *Ulysses* von James Joyce, ein Jahr, 365 Tage, mißt die äußere Zeitstrecke der Romantetralogie *Jahrestage*, eine private Geschichte, die zufällig und doch nicht zufällig am 20. August 1968 endet, an einem historischen Jahrestag, an jenem Tag, an dem russische Panzer den Prager Frühling niederwalzten. In die Familiensaga eingewoben sind Ereignisse und Verstrickungen einer schon zu Geschichte gewordenen Epoche: Nachkriegsdeutschland und Berliner Mauer, der Golf von Tonking und die Figuren Adenauer, Ulbricht, Honnecker, Che Guevara, Martin Luther King, Lyndon B. Johnson, Henry Kissinger und immer wieder die *New York Times*, das »Bewußtsein des Tages«. Namen, Orte und Stationen wie diese charakterisieren das Werk. Wie in einer Chronik erscheint deutsche und Welt-Geschichte in Form von Erzählungen.

Johnson nannte die *Jahrestage* auch das Buch von Jerichow und New York. Dieses fiktive Jerichow mag die Arbeitsweise Johnsons illustrieren, der stets von sich behauptet hat, über keine Poetik zu verfügen. Einen Ort mit Namen Jerichow gibt es zwar in der Nähe von Stendal, aber dies ist nicht Johnsons Jerichow. Johnson hat den Ort in seiner imaginären Topographie östlich von Lübeck angesiedelt, im Klützer Winkel, und ihn aufgebaut mit Häusern, Plätzen, Kirchen und Rathaus aus anderen mecklenburgischen Orten. In einer Mischung von Imagination und Faktischem kondensiert sich sein Mecklenburg. In Jerichow ist am 3. 3. 33 – einem magischen Datum – Gesine geboren, und Jerichow wird als Schauplatz deutscher Geschichte immer wieder in unzähligen Geschichten erzählt.

Die hundert Personen des erzählerischen Kosmos von Johnson sind Fiktionen, durch Fakten gestaltet, von hier aus gewinnen sie ihr Eigenleben. Johnson wußte, daß »die delikaten Eruptionen im Gemüt des Individuums uns kostbar bleiben. Sie können nur zunehmen von Belang, wenn den Veranlassungen solcher Happenings nachgegangen wird, etwa jenem Vorgang, in dem der Einzelne von Kindheit an zu- und abgerichtet wird von den Einzelnen und der Gesellschaft, die sie sich gefallen lassen, bis endlich einer begreift, was für eine Art Erziehung dies ist und auf welchen Zweck sie aus ist.«

Der Erzähler Uwe Johnson bietet dem Leser kein maßstabgerechtes Modell der Welt, keinen Spiegel, aber eine vom Leser zu eruierende »Version der Wirklichkeit«. Diese Version der Wirklichkeit ist so konkret und historisch verankert, daß sie Reales und Visionäres auf geschichtlichem Hintergrund zuläßt: das sowjetische Häftlingslager Fünfeichen, wo Heinrich Cresspahl gefangengehalten wurde, und das erst in jüngster Zeit mit Schrecken entdeckt wurde. Es sei erinnert an das Kapitel im *Irrealis*, die hellsichtige Vision »Wenn Jericho zum Westen gekommen wäre«. Mit seinen erfundenen Figuren und ihren konkreten Landschaften will Uwe Johnson, wie er in den Berliner »Sachen« einmal seine Erzählweise beschrieb, »eine Wirklichkeit, die vergangen ist, wiederherstellen«. Und er will erzählen, »für jedermann, der zuhören will, mit der Bereitschaft zu erwägen, ob es so gewesen sein könnte in der Vergangenheit«.

Wohin ich in Wahrheit gehöre? Uwe Johnson hat diese Frage beantwortet in seiner Weise: »Das ist die bewaldete Seenplatte Mecklenburgs von Plau bis Templin, entlang der Elde und der Havel.« Ist Uwe Johnson also der Heimatdichter Mecklenburgs? Gewiß in jenem Sinn von Heimat, den Ernst Bloch damit verband: »Hat er (der Mensch) sich erfaßt und das Seine ohne Entäußerung und Entfremdung in realer Demokratie begründet, so entsteht in der Welt etwas, das allen in die Kindheit scheint und worin noch niemand war: Heimat.«

Johnson, als Erzähler wie als Mensch, gehört zu den Orten seines erzählerischen Kosmos, den Orten seiner Kindheit, den Orten des Aufwachsens, den Orten seiner Erinnerung. Eberhard Fahlke hat kürzlich auf einen unbekannten, 1979, also kurz vor seinem Tod geschriebenen Brief Johnsons hingewiesen, ein Stück Prosa, verdichtet wie Poesie, in dem alle Erinnerung aufgehoben ist: »Die Orte des Aufwachsens aus dem Gedächtnis verlieren, das hieße ja, die Dievenow vergessen, die für ein Kind zu breite Schlange Wassers mit ihren niedrigen schwarzen Booten, den glucksenden Fischkästen, dem wildwüchsigen Bruch und den federnden Wiesen an ihren Ufern. Sie bleibt, wie die Peene, die bei Karnin weißen Sand auswäscht, fein wie für Sanduhren, wie die Nebel, die an der Güstrower Bahnhofsbrücke den Blättersträhnen der Trauerweide zu trinken gibt. Unverzichtbar und jeweils aufs Neue zu leben ist der Tag, der aufwachte, an der Bützower Schleuse, seinen Mittag hielt inmitten der Ebenen vor Schwaan und den Abend beging auf den wiegenden Querwellen des alten Hafens von Rostock. Alle Flüsse sind aufgehoben in ihrer Zeit, und alle nach ihnen, vom badischen Rhein bis zum Hudson der Walfänger, wozu sind sie denn da? Zu erinnern an die Flüsse von ehemals.«

In dieser ganz und gar persönlichen Melodie hat Uwe Johnson ein Bekenntnis zu dem gegeben, was ihn als Schriftsteller ausmacht: den Beschwörer des Zusammenhangs von Gegenwart und Erinnerung. Am Schluß der *Jahrestage* erinnert sich Marie Cresspahl, wie sie im Alter von drei Jahren nach den USA fuhr. In New York sei sie vier geworden: »Endlich sind wir angekommen«, rief sie aus, angekommen, »wo meine Erinnerung Bescheid weiß«, und Marie triumphiert: »Welcome home!« – mit Ausrufungszeichen! »Wo meine Erinnerung Bescheid weiß« – »welcome home«. Das ist die Mecklenburgische Seenplatte, das war dieses Land DDR, dessen Bedingungen ihn zum Schriftsteller werden ließen, der aber dort kein Schriftsteller sein konnte und in den

Westen übersiedeln mußte, um die zweite Tendenz der Wahrheit zu erkunden, der seine Erfahrungen und Erinnerungen als Produktionsmittel des Schreibens mitnahm und auch hier Beobachter war, zählender Erzähler, keiner Ideologie verpflichtet, die Lebensvorgänge so schildernd, daß der Leser prüfen kann, wie er sich zu dem Erzählten verhält. Seine Bücher machen Vorschläge, wie deutsche Geschichte, einst West und Ost, zu verstehen, wie sie zu lesen sei. Wenn unsere Erinnerung dann »Bescheid weiß«, dann können auch wir Leser das ›Welcome home‹ sprechen, das dieser Erzähler der beiden Deutschland so unverzichtbar verkündet.

Als eine »Einladung, die Bücher und die Geschichten in den Büchern auch einmal vollständig anzusehen: nachzuschlagen«, verstand Uwe Johnson seine Auswahl aus den Büchern Max Frischs der er den Titel gab *Stich Worte*. Solche Absicht bestimmte auch die Zusammenstellung dieses Lesebuches, bei der gleichfalls »Belieben mit einer tieferen als sonst auffälligen Wurzel dieses Wortes« am Werk war.

Den Auftakt bilden zwei sogenannte biographische Texte, in denen Uwe Johnson sich der sonst von ihm abgelehnten Mühe unterzog, von sich selbst zu reden. Der erste Text ist 1979 entstanden: »Die Orte des Aufwachsens aus dem Gedächtnis verlieren, das hieße ja, die Dievenow vergessen«, den Fluß des Geburtsortes Cammin. Beim zweiten Text, *Ich über mich*, wurde der von der Redaktion der *Zeit* gewählte Titel von Uwe Johnsons Vorstellungsrede bei der Deutschen Akademie für Sprache und Dichtung im Jahre 1977 beibehalten, obwohl der Autor in seinem Belegexemplar diesen abänderte in »Andere über mich«.

Die Anordnung innerhalb der einzelnen Abteilungen folgt bewußt nicht der Chronologie der Niederschriften oder Publikationen der ausgewählten Texte. Da das herausragende Merkmal von Uwe Johnsons Schreiben der Umgang mit seinen literarischen Figuren als Personen in ihrem eigenen Recht ist, steht in der Abteilung »Erzählende Prosa« die Geschichte der wichtigsten Gestalten innerhalb Uwe Johnsons erzählerischem Kosmos im Vordergrund: Heinrich und Lisbeth Cresspahl, Jakob Abs, Gesine und Marie Cresspahl. Wir machten uns das Strukturprinzip der *Jahrestage* zu eigen: obgleich jeder Tageseintrag seine eigene Gestalt hat und in ihm die New Yorker Erfahrungen zusammen mit den Ereignissen in Mecklenburg geschildert werden, läßt sich in den Schilderungen der Mutter für die Tochter eine durchgehende, über die Berichte der einzelnen Tage hinausgreifende Erzählung isolieren: auch hierin dokumentiert sich die Gestaltungskraft des Autors (zwei Leerzeilen markieren in diesem Lesebuch die Zäsur zwischen den einzelnen Tageseintragungen, auf deren Nennung verzichtet wurde, um den Erzählfluß nicht zu unterbrechen; der Stern in den Überschriften verweist darauf, daß der Titel vom Herausgeber stammt). Neben allen von Uwe Johnson selbst veröffentlichten Erzählungen enthält die Abteilung »Erzählende Prosa« auch einen bisher unveröffentlichten Text: *Neuigkeiten von Cresspahls Tochter*; ihn schrieb Uwe Johnson als Zwischentext für eine Lesung aus *Karsch, und andere Prosa* im Westdeutschen Rundfunk am 27. August 1967.

Die Texte der Abteilungen »Lebensstationen« und »Erinnerungen« folgen ebenfalls nicht der chronologischen Ordnung, die Abfolge orientiert sich an den wichtigsten Lebensorten Uwe Johnsons: von seinen Erfahrungen an der Rostocker Universität, die ihn zum Schriftsteller werden ließen, über seinen Umzug nach Berlin, der notwendig wurde, weil sein erstes Buch in Westdeutschland gedruckt wurde, den Aufenthalt in New York, der ihm die *Jahrestage* ›einbrachte‹, bis zu dem Umzug auf die englische Sheppey-Insel.

Johnson begegnete Personen, die sein Schreiben und Leben nachhaltig geprägt haben: seinem Lehrer nicht nur in Sachen Germanistik, Hans Mayer, dem Studentenfreund Manfred Bierwisch, Max Frisch und Ingeborg Bachmann, Margaret Boveri und Hannah Arendt, Werner Düttmann, dem Präsidenten der Berliner Akademie, und immer wieder seinen Freund und Verleger. Wie er von diesen Menschen erzählt, sagt ebenso viel über ihn wie über die Portraitierten aus.

Der Titel der vierten Abteilung »Vorderhand – ist es der Tod selbst, der seine Würde herstellt« ist Uwe Johnsons Rede zum Bußtag entnommen. Sie schließt mit dem Nachruf auf Werner Düttmann: »Wenn es einen Trost gibt, wir können ihn beziehen von dem Menschen, dessen wir gedenken.« Solchem Gedenken soll dieses Lesebuch, wie jede Betreuung seines Werkes, dienen. Er hat mit seinem Werk geantwortet auf die Frage: »Wohin ich in Wahrheit gehöre«, und erinnert sei an die Eintragung in den *Jahrestagen* vom 14. August 1968: Zwei Schülerinnen haben sich von Barlachs Haus am Inselsee von Güstrow entfernt und kommen auf den Kamm des Heidberges, »wo ein Abgang sich öffnet, güstrower Kindern wohlbekannt als Schlittenbahn, auch dem Auge freien Weg öffnend über die Insel im See und das hinter dem Wasser sanft ansteigende Land, besetzt mit sparsamen Kulissen aus Bäumen und Dächern, leuchtend, da die Sonne gerade düstere Regenwolken hat verdrängen können; welch Anblick mir möge gegenwärtig sein in der Stunde meines Sterbens.«

Drucknachweise

Ich über mich
Rede vor der Deutschen Akademie für Sprache und Dichtung 1977. Erstdruck in: *Die Zeit* vom 4. November 1977

Versuch, einen Vater zu finden
Aus: *Versuch, einen Vater zu finden. Marthas Ferien*, hg. v. Norbert Mecklenburg, Frankfurt 1988, S. 7-34

Heinrich und Lisbeth Cresspahl [Titel vom Herausgeber]
Aus: *Jahrestage. Aus dem Leben von Gesine Cresspahl*, Band 1, Frankfurt 1970, S. 16-18, 30-34, 56-59, 68-71, 72-73, 85-88, 93-96, 102-105, 105-106, 111-115, 122-124, 128-131, 141-143, 146-149, 158-160, 163-165, 169-172, 180-183, 191-194, 194-201

Jakob Abs [Titel vom Herausgeber]
Aus: *Mutmassungen über Jakob*, Frankfurt 1959, S. 20-25

Karsch, und andere Prosa, Frankfurt 1964, S. 7-84

Neuigkeiten von Heinrich Cresspahls Tochter 1 und 2
Zwischentext für eine Lesung aus *Karsch, und andere Prosa* im Westdeutschen Rundfunk am 27. August 1967

Gesine und Marie Cresspahl [Titel vom Herausgeber]
Aus: *Jahrestage. Aus dem Leben von Gesine Cresspahl*, Band 1, Frankfurt 1970, S. 19-25, 26-29

Skizze eines Verunglückten, Frankfurt 1981

Marthas Ferien
Aus: *Versuch, einen Vater zu finden. Marthas Ferien*, hg. v. Norbert Mecklenburg, Frankfurt 1988, S. 35-50

Begleitumstände
Aus: *Begleitumstände. Frankfurter Vorlesungen*, Frankfurt 1986, S. 57-69

Schicksalhaft war es nicht
Aus: *Porträts und Erinnerungen*, hg. v. Eberhard Fahlke, Frankfurt 1988, S. 7-9

Berliner Stadtbahn
Aus: *Berliner Sachen*, Frankfurt 1975, S. 7-21

Boykott der Berliner Stadtbahn
Aus: *Berliner Sachen*, Frankfurt 1975, S. 22-37

Ein Teil von New York
Erstdruck in: *Neue Rundschau* 80 (1969), S. 261-274

Brief an Walser
Aus: *Leporello fällt aus der Rolle. Zeitgenössische Autoren erzählen das Leben von Figuren der Weltliteratur weiter*, hg. v. Peter Härtling, Frankfurt 1971, S. 216-217

How to explain Berlin to a newcoming child
Aus: *Berliner Sachen*, Frankfurt 1975, S. 102-105

Versuch, eine Mentalität zu erklären
Aus: *Berliner Sachen*, Frankfurt 1975, S. 52-63

Ach! Sie sind ein Deutscher?
Erstdruck in: *Süddeutsche Zeitung* vom 27./28. Januar 1978

Das Schiff
Aus: *Stichworte zur ›Geistigen Situation der Zeit‹*, hg. v. Jürgen Habermas, Frankfurt 1979, S. 799-814

Einer meiner Lehrer
Aus: *Hans Mayer zum 60. Geburtstag*, hg. v. Walter Jens, Fritz J. Raddatz, Reinbek 1967, S. 118-126

Fünfundzwanzig Jahre mit Jake, auch unter dem Namen Bierwisch bekannt
Deutsche Übersetzung zuerst in: *»Wo ich her bin ...« Uwe Johnson in der D. D. R.*, hg. v. Roland Berbig und Erdmut Wizisla, Berlin 1993, S. 51-67, Übersetzung von Eberhard Fahlke

Dem Fleiss zuliebe, oder doch zumindest dem Willen dazu
Aus: *Porträts und Erinnerungen*, hg. v. Eberhard Fahlke, Frankfurt 1988, S. 92-94

Lieber Uwe, Lieber Herr Frisch ...
Erstdruck in: *Du. Die Zeitschrift der Kultur*, Heft Nr. 12, Dezember 1991, S. 74-79 und S. 115

Rede zum Bußtag
Aus: *Berliner Sachen*, Frankfurt 1975, S. 44-51

Eine Reise nach Klagenfurt, Frankfurt 1974, S. 7-18

Besuch im Krankenhaus. Erinnerung an Margret Boveri
Aus: *Porträts und Erinnerungen*, hg. v. Eberhard Fahlke, Frankfurt 1988, S. 63-66

Mir bleibt nur, ihr zu danken. Zum Tod von Hannah Arendt
Erstdruck in: *Frankfurter Allgemeine Zeitung* vom 8. Dezember 1975 (unter dem Titel *Uwe Johnson: Ich habe zu danken*)

Erinnerung
Aus: *Porträts und Erinnerungen*, hg. v. Eberhard Fahlke, Frankfurt 1988, S. 114-125

14. August 1968
Aus: *Jahrestage. Aus dem Leben von Gesine Cresspahl*, Band 4, Frankfurt 1983, S. 1820-1823